おくだ ひでお
奥田英朗
作品

罪の轍

〔日〕奥田英朗 著

谭媛媛 译

人民文学出版社
PEOPLE'S LITERATURE PUBLISHING HOUSE

著作权合同登记号　图字 01-2021-4537

Original Japanese title: TSUMI NO WADACHI by Hideo Okuda

Copyright © 2019 Hideo Okuda
Original Japanese edition published by SHINCHOSHA Publishing Co., Ltd.
Simplified Chinese translation rights arranged wih SHINCHOSHA Publishing Co., Ltd. through The English Agency (Japan) Ltd.

图书在版编目(CIP)数据

罪辙/(日)奥田英朗著；谭媛媛译. —北京：
人民文学出版社，2021
(奥田英朗作品)
ISBN 978-7-02-016951-1

Ⅰ.①罪… Ⅱ.①奥… ②谭… Ⅲ.①推理
小说—日本—现代 Ⅳ.①I313.45

中国版本图书馆CIP数据核字(2021)第009757号

责任编辑	朱卫净　陶媛媛
封面设计	钱　珺

出版发行	人民文学出版社
社　　址	北京市朝内大街166号
邮政编码	100705

印　　制	凸版艺彩(东莞)印刷有限公司
经　　销	全国新华书店等

字　　数	407千字
开　　本	787毫米×1092毫米　1/32
印　　张	17.625
版　　次	2021年12月北京第1版
印　　次	2021年12月第1次印刷
书　　号	978-7-02-016951-1
定　　价	98.00元

如有印装质量问题，请与本社图书销售中心调换。电话：010-65233595

罪の轍

1

捕捞海带的海禁明天就要开禁了。一想到这件事，宇野宽治就兴奋得难以入睡。虽然他晚上九点就早早地上了床，但睡意始终不肯降临。他起身喝了点儿酒，希望能借着酒力赶紧睡去，却反而更兴奋了。无奈之下，他只得再次翻身坐起，爬上瞭望台去吹夜风。

此刻，北方的天空中已经透出朦胧的曙光，在日本海的海面上映出细细的微光。海面上一片宁静。宽治闭上眼睛，耳畔传来绵绵不绝的波涛声。礼文岛①的七月让人明白无误地体会到，地球是个浑圆的球体。

他一个人住在这间空荡荡的番屋②里已经有三个月了。码头附近的海边还残留着不少在捕捞鲱鱼的鼎盛期建成的番屋，但大多已破败不堪。这一带的船主中，只有一个名叫酒井寅吉的还打算继续捕捞鲱鱼，便雇了宽治来打理渔船，并让他搬进番屋住。酒井一家则住在附近小山上新盖好的房子里。番屋里最老旧的一间已建成八年之久，因缺乏修缮，外面的墙壁已经严重风化，屋顶也时常漏水。宽治惊讶地发现，海风竟能对房屋造成如此大的破坏。

这些零零星星、久无人烟的古旧番屋，似乎也在预示着这座小岛的黯淡前景。

在北海道鲱鱼捕捞业的鼎盛期，渔民们往往只要撒下渔网便能获得高达二百吨的收成。然而盛况从昭和三十年③起便急转直下，渔民们的收获不再以吨计，而只能按条计。至于捕捞量骤减的原

---

① 礼文岛，北海道西北侧岛屿。
② 番屋，类似值班室、哨所、看守人居住的小屋。
③ 昭和三十年，即1955年。

因，有人说是由于狂捞滥捕，也有人说是因为水温起了变化，总之众说纷纭。上了年纪的人则带着些许挖苦的语气断言，这都是"老天爷的报应"。

其实，鼎盛期的那段繁荣岁月，如今看来更像是一场梦。梦终归有醒来的时候，除了船主，其他人早就看明白了。

在那段时期，宽治还在上小学。但他仍清楚地记得当时鲱鱼捕捞给整个村子带来的热闹繁华。每年的一到三月，被当地人称为"渔痞子"的那些来自东北地区的渔工便随着春天的脚步来到村里。他们撤掉番屋外面围着的防寒席，铲走积雪，住进番屋。每间番屋大概能住三十个人。之后，渔工们便开始为捕鱼作业作准备。渔船需要重新粉刷，渔具也需要修理，还要在海上设置拦截鱼群的拦网。要做的工作有很多，而人手似乎永远不够。

番屋里面很宽敞，铺着木地板的大开间被三只围炉大致划分成三段隔间，每只围炉周围的三面墙边设有两层上下铺。阁楼里也摆上了床铺，但铺位低矮，人爬上去几乎站不直身子，只能用来当作睡觉的地方。屋里没铺地板的土间里砌着水池和炉灶，方便村子里的女人来为渔工做饭。水池和炉灶的另一边则是船主的地盘，整间番屋里，这部分最讲究，在木地板上又铺了一层榻榻米。

准备就绪，还要举行开网仪式。人们请来寺庙的神官祈福，在神位前供奉美酒佳肴，还向村民分发喜饼——最后这个仪式让孩子们最为欢天喜地。

到了三月中旬，附近的海域终于出现鲱鱼群的踪影，那便是大人们口中的"群来"。群来期一到，海水便被染成一片乳白色，因为三月上旬刚好是雌鲱鱼的产卵期，随之而来的雄鲱鱼便纷纷在海水中排出精液，染白了海水。船老大们拿捏好时机，终于驾驶着渔船离开了港口。捕鱼船队通常由一艘起浪船、两艘侧围船、两艘抽水船和两条联络用的小舢板组成，所有的船只各司其职，分工合作。因为鲱鱼的警觉性很高，而且对声音十分敏感，所以所有的船只都只能以人工划桨的方式前进。到了晚间，渔工们在船上略作休息，天一亮便开始进行捕鱼作业。

捕捞鲱鱼的位置在离岸大约五百米远的海面上。宽治和小伙伴只需爬上半山坡，便可眺望大人们在海中捕鱼作业的情景，偶尔还能听到随风传来渔工们边干活边哼唱的歌声。在捕鱼季节，因为小孩子也要回家帮忙干活儿，所以学校特地给他们放"群来假"。

邻近中午时分，渔船开始陆续返航。每艘船的船舱里都装满了堆积如山的鲱鱼。渔工们个个神情亢奋，到处人声鼎沸，分不清是欢呼还是怒吼。码头的栈桥上，女人们背着当地称为"磨口"的木箱早已等候多时，只等着一趟一趟地把从渔船上卸下的鲜鱼运到货场。小孩子则跟在母亲和祖母的身后，负责拾起从磨口中漏出来的鱼儿。除了婴儿和病人，村子里的所有人都会被分配到一些活计。只要像这样忙碌上一星期，便可挣得整整一年份的收入。船主们还争先恐后地建造鱼神庙，村民们因此沾了不少的光。可以说，礼文岛上的捕鱼业就是岛民生活的全部。然而，被岛民视为生命线的鲱鱼捕捞业终究衰落了。到了昭和三十八年[①]的今天，那些孤零零地散落在海岸边的番屋就成了这场梦境的遗迹。

凝望着漆黑一片的海面，宽治不由得感到一阵寒意，搓了搓自己的双臂。虽说还是夏天，但在日本列岛北端的夜半时分，短袖衣服仍然抵挡不了寒意。他打了个喷嚏，走下瞭望台，重新缩回被

---

① 昭和三十八年，即1963年。

窝，打开了收音机。混杂着朝鲜广播的杂音，收音机里传出了弘田三枝子演唱的《假日》。这首歌从去年开始流行，宽治很喜欢。

"让我们沐浴着耀眼的阳光，在碧蓝的大海里畅游吧……"

一听到这段歌词，他的脑海里立即浮现出东京近郊的海滨、明亮刺眼的阳光和身着比基尼的女孩打闹嬉戏的场面，心情也变得快活起来；又因为这些都是礼文岛上绝不会出现的景象，便越发令他神往。今年秋天，宽治打算去东京。待在礼文岛上只能当一个给别人打工的渔夫。他刚刚年满二十岁，有权享受人生，再也不想在礼文岛上虚度光阴。

听着收音机里播放的一支支流行歌曲，眼皮慢慢沉重，睡意终于降临，宽治一瞬间沉入了黑甜乡。

第二天早上四点，宽治起床朝窗外望去，见太阳刚刚冒出头的天空中飘浮着几根像是比着尺子画出来的淡淡的直线云，桅杆顶端的风向标像钟摆一样来回摇晃着。看来，今天虽然算不上风平浪静，但风力绝不会妨碍捕捞作业。他赶忙换好衣服，走出番屋，朝半山坡跑去。

绕到船主酒井寅吉宅子的后门，他大喊一句："您早！"

"吵死人了！不会好好说话吗？"

老板娘瞪眼训斥。她平日里老是教训宽治："不要像个傻子似的大喊大叫！"

"对不起，失礼了！"

"赶紧吃饭去吧！"

宽治顺从地走进厨房，端了饭菜走到正房用餐。早饭是一成不变的白米饭和浇了味增汁的烤鱼。他总是一边朝嘴里扒拉着米饭，一边斜眼看用人端着盘子走进东家的房间，盘子上是用炭炉烤好的整条鲷鱼。

吃饭只花了五分钟。吃完饭，他走进寅吉的房间，例行做早晨的问候。

"老板，今年捞海带的活儿，还请您多多关照！"他端端正正地跪坐好，深深地低下头，直到额头碰到了向前伸出的手。

"啊呀，是宽治啊！你可要好好干活儿哟。这三个月我可是一直白养着你。记着点儿，做人总要讲点良心！"

寅吉正背靠壁龛的柱子吃着鲷鱼。一大早，他就喝上了酒。或许是为了在开渔季的头一天讨个吉利，又或许给自己打打气。

"是，我明白。"宽治简单地应了一句便退出房间。三个月来，虽说东家的确为他提供了餐食，但宽治也没吃闲饭。他每天都来帮东家劈柴、打扫，还时不时为寅吉按摩腰腿。

照老板娘的吩咐，今天他又打扫好了院子，在大门和玄关处放好了盐。天完全亮了，四周弥漫着淡淡的晨雾。忙活了一通之后，他已经热得浑身是汗。

干完杂活儿，他便离开老板的家，一口气跑到海边，在没挂风向标的另一根杆子上挑起一面白旗。这是通知渔工们"今天可以上工"的信号。

船舱里已经聚集了三十多名渔工，正各自整理着渔具。

"各位，有劳大家了！"

"啊，是宽治啊！老板还没过来？"一名渔工跟他打招呼。

"他一会儿就过来。"

"该不会还在喝小酒吧？"

"嗯，是在喝着呢。"

"哎呀,这个老板可真是不撞南墙不回头!海里早就没有鱼了,明明只能靠捞海带凑数,他倒还是这么逍遥快活!"那名渔工讥讽地冷笑道。其他人哄堂大笑。寅吉平时只会摆架子、耍威风,在渔工的眼中毫无威望。

不久,寅吉和渔业协会的头头一同走进来,身后还跟着一身白衣的神官。

"各位辛苦了!今年动钩子的季节总算来到了。还请大家干活时务必注意安全,千万别出什么事……"渔业协会的头头跟众人寒暄着。"动钩子的季节"是指海带捕捞的开禁日。

接着,寅吉站到了众人前面。因为喝了酒,所以他一大早就面红耳赤的。

"各位,今年捞海带的季节又来咧,都加劲儿干起来呀。多多地捞,使劲儿地捞,然后再买船、买发动机!那样的话,你们就可以自己当老板了!"

渔工们满脸尴尬地苦笑。

捞海带的活儿不像捕捞鲱鱼那样需要众人合作,一个人就能胜任。这让船主寅吉很有危机感,于是他向那些缺少本钱的渔工出租渔船和发动机,好把他们都掌握在自己的手中。宽治在渔工中属于最底层,身无片瓦,只能寄人篱下,与奴隶毫无区别。毕竟,他每月的工钱只有区区五千日元而已。

最后,神官开始进行祈福仪式。这些捕鱼的汉子个个神色庄重地垂下头,默默祷告。不知何时,村里早早起床的孩子围拢了过来,远远地朝这边张望。今天是开海禁的日子,照例会分发喜饼,孩子们都在翘首期待。

清晨五点,渔业协会的头头敲响了钟。捕捞海带开始了!渔工们乘上小船，驶出港口。宽治也随即跟上。对渔工们来说，今天固然是个好日子，但无法与当年捕捞鲱鱼时的豪气万千相提并论，一切都显得平淡无奇。不说别的，现在码头上连一个为他们送行的女人都没有。

宽治驾着小船，绕过海角来到了东边的海面上。捕捞地点都是事先经过调查、逐个选定的位置。这几年，东海岸的礁石区，海带产量颇丰，其他的船只都纷纷选定这一带进行捕捞。他们眼前的利尻富士①沐浴在橙红色的朝霞之中，构成了一幅极美的画面，连早已见惯了的本地岛民也为之陶醉不已。

到达捕捞地点后，各艘船拉开五米左右的间距抛锚停泊。此时，风已停，船身也不再晃动，十分平稳。宽治将玻璃镜箱抛入海中，探出身子朝海水中张望。只见船下的海水里满是两年生的野生海带在慢悠悠地晃动着。渔工们有的两人一组，结对干活，宽治却是单干，所有的步骤都需要由他自己完成。

用玻璃镜箱观察好位置后，他把一根竿头分为两股的马卡竿伸进水里，然后转动竿子，像用叉子卷意大利面那样将海带缠绕在竿上，再奋力向上提起竿子，把海带拉进船舱。这种劳动非常耗费体力，他只捞了几竿，便觉得胳膊上的肌肉酸胀不已。昨天和前天，他都曾驾船出海练习，但实际操作起来就发现完全不是那么回事儿。自己明明是才二十岁的棒小伙，却在体力上完全输给了那些年过四十的渔工。每捞一竿，他便气喘吁吁，非要休息五分钟不可。

"喂，宽治，海带这东西，要是不把根部堆齐，卸船的时候可够你受的！"

---

① 即利尻岳、利尻山，日本北部名山。因形状与富士山相似，又称利尻富士。

旁边船上的一位老渔工正在抽烟休息，一边看宽治干活一边提醒他。

"啊，我会注意的。"宽治赶忙回答。

"老爷子，你告诉他也是白费。我们早就教过他，可这小子是个走三步路就忘事的家伙。他外号叫鸡脑袋，你不是知道吗？"一名姓赤井的年轻渔工嗤笑着说。

"喂，宽治，你的船要漂走了！"

"啊，是！"宽治闻言才注意到又起风了，海面上已经开始涌起浪头。

"喂，你赶紧脱离队列，不然要跟别的船撞上了！"

"是！"

"你小子就不能放机灵点儿吗？"

"啊，对不起！"宽治朝赤井低了低头，把自己的小船划进了深水区。这个地方的水太深，竿子根本够不着海带。但他在渔工中地位低下，又怎敢违拗赤井？

他从小就记不住事情。从小学到中学，他一直被分在特殊的班级，上的课也跟其他孩子不一样。虽然在学校里没受什么欺负，但毕业后一参加工作就处处碍手碍脚，还曾被人狠狠地教训过。之所以又回到这座岛，也是因为他被先前通过集体招聘而入职的那家札幌的零部件工厂开除了。

"宽治，那边没人！"

老渔工抬了抬下巴，示意他可以去一片空着的海面。

"啊，是！"宽治按老人的指点移动着小船，重新将马卡竿插入水面。提起海带的一瞬间，他的两个大拇指感到一阵剧痛——是手指根部的关节脱臼了。上中学的时候，他便时常帮忙渔事，长期的划桨工作让仍处于发育期的骨骼不堪重负，落下了拇指爱脱臼的毛病。他痛得蹲下了身子。

"你在干吗？赶紧捞啊！"赤井劈头盖脸地呵斥道。

"对不起！好像拇指脱臼了。"

"赶紧顶回去不就行了？"对方没有表示丝毫的同情，还用手朝他泼海水。

宽治只得咬紧牙关，自己治疗脱臼。只听得一声让人心悸的"咔吧"，关节总算复位了，倒是不怎么疼。不过，因为脱臼，他手上不敢再过于用力，只能干一会儿、歇一会儿。别人的船上很快堆满了海带，纷纷返回岸上卸货，他却怎么也捞不满一船，只能在海面上继续漂。通常，每条船每天能往返卸货四趟，而宽治最多只能完成两趟。

上午十点左右，渔场上又响起了渔业协会敲响的钟声。

"收工！收工！"渔工们彼此招呼着。因为渔业协会严格限制海带的捕捞量，所以渔民们一旦听到收工的信号，就必须立即停止捕捞。

想到自己这一天的收获，宽治的心情顿时黯淡起来。他的收获不及其他人的一半，老板一定会大发雷霆吧！

"你还是换成干岸上的活儿吧。船上的活计，你干不来。"赤井冷冷地看着他。

"别这么说。一名好手怎么也得花五年才能练出来。"老渔工庇护着宽治。

"老子头一年就比谁干得都好！"赤井不屑一顾地说。

宽治本就无意当一辈子渔工，所以虽然被赤井轻视，倒也并不恼火。等海带的捕捞季结束，他打算动身去东京。明年就要举办奥运会了,听说东京如今是一片繁荣景象,电视里天天都在报道哪里又建起了高楼大厦、高速公路上的高架桥在不断延伸、新干线开始试运行之类的新闻。只要到了东京,还怕找不到工作吗?他早已厌倦了体力劳动,想去东京找份店员之类的工作。

回到渔港、开始卸货的时候,一看到他的收获量,寅吉不出意外地勃然大怒。

"我就知道你是个没用的家伙!给你一艘船就是浪费汽油!我家上初中的儿子都能比你多捞一倍!"

宽治在骂声中默默地继续劳作,把海带摆到铺着石头的岸边,让太阳将它们晒干。

"这个,就不能小心点儿展开吗?那个,正反面你都颠倒了!我不是教过你吗?"寅吉还在兀自喋喋不休地训斥。赤井也在一旁附和:"真是个笨手笨脚的家伙!"

晒完海带,宽治骑上自己的摩托车朝附近的饭馆驶去。摩托车的排气量只有五十毫升,是他花一万日元从赤井手里买的二手货,分期付款仍没有还完。到了饭馆,他点了中华炒面和米饭,刚拿起一本漫画周刊随手翻看,便见老板娘从厨房里探出头。

"宽治君,我也是实在没法子,才跟你说……麻烦你转告良子,赶紧把这个月的房租给我吧!"

"啊,好。"

良子是宽治的母亲,她从老板娘手里租了一间位于香深的公寓。虽说已经为人母,但她只有三十七岁,在香深那边从事风俗业。她对外瞒报了五岁,平时在店里与宽治以姐弟相称。

"你妈妈之前还说要在公寓里装电话,她应该不缺钱吧?房租方面,以后还是要准时。"

"啊,是,实在对不起。"宽治驼着背,深深地鞠了一躬。母亲在金钱方面的散漫无度不是新鲜事。因为四处借钱,所以她时常与人起纠纷。

只花了五分钟吃完炒面和米饭,宽治走出饭馆,来到附近的一座小山上。他躺倒在草坪上,点燃一支香烟。

从下午开始,他就一直在做晾晒海带的重复劳动。这本该是女人干的活儿,但因为他的捕捞量太低,老板便用这个法子让他弥补浪费的工时。一直干到傍晚,总算解脱了。但捞海带的季节将持续到八月底,也就是说,还有两个月呢。

放学的孩子们发现了宽治,便吵嚷着喊他"连汉字都记不住的傻子宽治"。他对此早已习惯,并不动气。

"你们上学到什么时候?"

"今天是最后一天。"

"真好,又该放暑假了吧?"

"宽治也回来重读一遍小学吧!"

"讨厌!滚一边儿去!"宽治朝他们丢了一颗小石子。

礼文岛的夏天转瞬即逝。这里的日照不充分,能沐浴在阳光下的时光便显得格外珍贵。宽治闭上双眼,打了个盹儿。

晚上,宽治骑摩托车朝香深开去。礼文岛由南至北分为香深和船泊两个地区,从前曾是互不相干的两个村子。昭和三十一年[①],两村合并为礼文町。不过,这个新名字对岛上的老住户来说没有意

---

① 昭和三十一年,即1956年。

义。香深一带的居民原本以从津轻①搬来的人为主，而船泊一带的住户则大多来自富山和秋田②。两村之间，一山相隔，平时少有来往。母亲良子之所以住在香深，大概是为了躲避与船泊那些人的纠葛。不过，说到底，这里也只是一座小岛，没有什么事情能隐瞒到底。香深的人肯定对良子的底细了如指掌，比如谎报年龄、有个儿子、儿子他爹是捕鲱鱼时代来打工的渔痞子之类的。

路上花了三十分钟，宽治总算到达了香深，走进良子开的那家小酒馆。良子以为来了客人，笑着迎出来，嘴里还哆声哆气地说着"欢迎光临"，等到发现走进来的竟然是自己的儿子，一下子变得神情紧张，吐出一句："什么嘛，原来是你。"

"那个……"

"哦，你不说我也知道，又是催交房租吧？"

"既然知道，就赶紧交了呗，连我都觉得怪丢脸的。"

"你少站着说话不腰疼。一个半吊子，土头土脑，你懂什么？"

良子的父母都来自富山，因此她的发音混杂着些许北陆方言。宽治说话偶尔也会带有类似口音。

良子深深地叹了口气，从手提袋中取出钱包，抽出五张千元钞票，又把钱装进信封，"啪"的一声摔在柜台上。

"拿走！老老实实交给房东！"

"搞什么啊，这不是明明有钱嘛！"

"这是刚刚从客人那儿收到的钱。海里打不上鲱鱼，这小酒馆也撑不住了，连咱们家马上也要完蛋了！真到了那个时候，我就只

---

① 津轻市，位于青森县中西部，靠近日本海。
② 富山县位于日本列岛的中心，秋田县位于本州岛东北部，都是日本的农业县。

能靠你养活了。"

"别瞎说,秋天我就要去东京了。"

"行啊,去吧去吧,到了东京别忘了给我寄钱。"良子忿忿地说,叼了支香烟点上。

"饿了,你这里有吃的没有?"宽治问。

"我这里又不是饭馆!"

"那,给我包烟。有没有喜力①?"

"你可真烦人!"良子一脸嫌弃地丢给他一包烟。宽治拿起烟揣进口袋,便走出了店门。外面的太阳还很高,天空是一片淡蓝。他骑上摩托,去附近的饭馆点了份咖喱饭。店里的电视上正在转播巨人队②的比赛,食客们都目不转睛地盯着电视。当长岛③投出一记好球,店里轰然响起一阵巨大的欢呼声。

吃罢晚饭,宽治骑着摩托车在香深的街道上转悠。香深远比船泊繁华,电影院、弹珠店样样都有。后来,天总算黑了,街道上的行人越来越少。

他在早就盯上的一栋民宅的三十米开外停好车,屋里没有一点儿灯光。房子的主人是居民会的会长,今晚在市民馆正举办夏日祭舞蹈和民乐练习。他忖度,主人应该不在家。

宽治放轻脚步,围着房子走了一圈。家里好像没人。确定四下无人注意到自己,他翻墙进入院中,伏低身子,戴上手套,又从夹克口袋里掏出一支手电筒。接下来的行动才是关键。他转到后门,

---

① 喜力,日本香烟品牌。
② 全称为读卖巨人队,成立于1934年,1950年加入日本棒球中央联盟。特点是明星云集,涌现出长岛茂雄、王贞治等明星球员。
③ 指巨人队打者长岛茂雄,后来出任巨人队教练。

发现没有上锁——礼文岛上的居民大多不锁门，闯入别人家简直易如反掌。

脱掉鞋子走进屋，他先去查看起居室。现金和贵重物品一般都放在茶柜的抽屉里，这是他长期积累的经验。自从被札幌的零部件工厂开除后，他一直靠偷东西糊口。闯空门他很拿手，算来已经干了快五十次，其中有两次被人抓住。因为是重犯，第二次被抓后就被送进了少管所，直到去年春天才被释放。母亲让他无论如何要对这件事保密，所以他从没跟任何人提起过。

和预想的一样，茶柜的抽屉里放着一只钱包。借助手电筒的光亮，他把钱包里的钞票一股脑取了出来，有五千日元左右。还有一只手表，他也毫不客气地揣进了口袋。接着，他便开始在黑暗中打量着房间里的一切。客厅里有个餐具架，上面摆着一台进口相机。这是今天的最大收获！宽治用带来的包袱将它包好，系在了腰上。

危险之地不可久留，他决定尽快离开。将抽屉和餐具架恢复原样后，他仔细地关好后门。这样，主人至少要在半天之后才会发现家中被盗。

再次观察了一下周围的动静，他翻墙而出，回到停放摩托车的地方，推着车走了一段路，才在远离那栋房子的地方发动引擎。

偷来的东西可以先藏在番屋里，等到秋天，他就可以乘轮渡去稚内[①]，在典当行里把它们换成钱。自从回到礼文岛，他曾安分了一阵子，不过从今年春天开始，又重操旧业。这已经是第五次了，每次他都选定在香深的商店或民宅下手。不久之后，香深大概会因为盗案频发而闹得沸沸扬扬。如果被认为都是那些乘船来的外乡人

---

① 稚内市，位于北海道最北端，被日本海与鄂霍次克海夹在其中的港湾城市。

干的就太好了。

宽治驾驶着摩托车在沿着海岸线的公路上疾驰。夏天的夜风拂过肌肤,他觉得惬意极了。

2

捕捞海带的作业仍在继续。渔工们请求老板寅吉每周哪怕在星期天休息一天也好。但老板回答说,整个捕捞季只有六个星期,再忍忍就好。大家虽不情愿,但不敢违拗。宽治肌肉疼痛的毛病一直没有痊愈,干活时使不上力气,捞起的海带的数量越发地少了。

"喂,宽治!你本来干活就慢,还要偷懒?你不是一直在休息吗?"每天,赤井都对宽治恶言相向。他家里有二十五岁的老婆要养活,还因为赌博跟黑社会借了高利贷,平时穷得连抽烟的钱都掏不出来,再不找人撒撒气,简直没法活了。

"磨磨蹭蹭的,老子看了就心烦!啊?你说怎么办?还不给老子敬支烟?"

无奈,宽治赶紧掏出一支烟递过去。

"就你小子这个德行,还抽喜力?老子抽的不过是新生[①]!"赤井的脾气越发暴躁。

放暑假的孩子跑来晒台玩耍,看见宽治,便叽叽喳喳地逗他。

"宽治,请我们吃冰淇淋吧!"

"没钱。"

"小气鬼、穷光蛋!还是大人呢!"

---

① 新生,日本香烟品牌。

"少烦我！"宽治抄起马卡竿准备轰走这群小鬼，孩子们却意外地觉得这很好玩儿，干脆跟他捉起了迷藏。

不远处，来了一名骑自行车的巡警，是年近退休的老警察。

"喂，你们这儿有没有一个叫赤井的？"老警察用手擦着额头上的汗问道。

"啊，我就是！"赤井从存放海带的小仓库里探出头。

"你名下有一辆摩托车吧？我有事问你，过来！"大概是嫌走下海滩太麻烦，老警察站在防波堤上朝赤井招手。

赤井一脸诧异地爬上防波堤，跟老警察交谈了几句，二人便一同朝宽治走来。

"喂，宽治，过来！"赤井叫着。

宽治应声走了过去。老警察问他："你就是宇野宽治？听说你从赤井那儿买了辆摩托车，现在还在骑吗？"

"啊，是。"宽治回答。

"那就应该去办正式的过户手续，私下转让可不行！"

"是，我明白了。"

"那好，先不说这事。我问你，七月二十号晚上你干什么了？"

被警察这么一问，宽治不禁打了个寒战。他想起来了，二十号是捞海带的解禁日，也是他晚上去香深偷东西的那天。

"记不清了，大概是在番屋里休息，听听收音机。"他若无其事地撒了个谎。

"警官，他是个傻子，连头天的事儿都记不得，更别说一星期以前了！"赤井用手指头戳着宽治的脑袋嗤笑着说。

"是吗？那就没事了，我也是顺便问问。最近香深那边发生了好几起闯空门的案子，其中两次都有证人说，在被盗住宅附近听见摩托车的声音。上头让我查一下岛上有摩托车的人的情况,我们也只能来问问。你既然记不得,那先就这样吧。"

"什么什么,香深那边在闹小偷?"赤井问。

"最近轮渡增加了班次,岛外的人来得更频繁了,估计是因为这个吧。至于摩托车嘛,如今岛内有摩托车的人那么多,听到声音没什么稀罕的。"

"没错,肯定是岛外来的贼!"

听着赤井和老警察的议论,宽治放心了。礼文岛上很少发生犯罪事件,岛民们对本地的治安状况非常放心。

"今年海带的收成怎么样?"老警察又问。

"成色倒还不错……也就只有这一点,让酒井老板还算满意。"赤井回答。

"听说你们酒井老板打算开观光船公司啊?据说上头挺支持,发展旅游观光业嘛。"

"哟,是嘛。用不着的船,闲着也挺可惜。不过,那个老板除了白白使唤人、榨油水,就不会想别的。"

"你小子怎么这么说人家!酒井老板给市里捐献过神轿[①]。"

"那是哪年的老黄历了?自从海里打不上鲱鱼,那老头就变得特别抠门。您不是也听说了吗?今年他连请客都用次等酒!"赤井忿忿地说。

"嘿,话虽如此……"老警察苦笑两声,跨上自行车走了。

宽治又开始干活,把晒干的海带按顺序翻面。的确,今年的海带叶片厚实,是上等货,肯定能卖出好价钱。果真如此的话,老

---

① 又称神舆,是日本祭祀活动的重要用具,造价昂贵。

板按理应该给他们发喜钱。不过就像赤井说的,老板这些年来很吝啬,喜钱什么的恐怕是奢望。

"宽治!"听到有人在耳边喊自己,宽治吓了一跳,赶忙转过头,眼前赫然是赤井凑近的脸。他离自己太近,连他的呼吸都能感觉到。

"香深那些案子该不会是你干的吧?"

"不是,我什么都不知道。不是我干的!"宽治装出一副慌慌张张的样子,连忙摇头。

"哼!"赤井冷笑道,"我可知道你的底细。你在札幌没少干坏事,还被关进少管所了吧?"

宽治一时语塞,不知如何作答,喉咙里不自觉地咕噜几声。

"你中学毕业后参加集体就业去上班的那家工厂,我堂弟也在那儿。你小子,在宿舍里偷了人家好几块手表,还拿到当铺去卖,最后你是因为偷东西才被开除的吧?后来仍旧东偷西偷,最后被送进少管所,对吧?你大概觉得能一直瞒下去吧?可惜呀,世界就是这么小。"

赤井戳中了宽治的软肋。被他这么一说,宽治记起来了。确实,自己当初就是因为偷窃的事情败露,才被工厂开除的。

"怎么样?给老子点儿封口费,保准没第三个人知道。"

"不是我,我没干!"

"少给我装傻。人就是这样,染上这些个毛病,就一辈子改不了。不过我可以给你一个晚上的时间考虑考虑,反正就算我去举报你,警察也不会奖给我一分钱。"说罢,赤井学着黑社会的派头,趾高气昂地晃着肩膀走开了。

这件突如其来的事,让宽治的大脑一片混乱。是啊,赤井已经知道底细，岛上说不定还有其他人知道了。果真如此的话，关于他的小道消息很快就会流传开来。

他回到晾晒场继续干活，心底慢慢地有一种天翻地覆的感觉，却并不感到害怕。从小就是这样，因为不知道所谓幸福为何物，所以即使被逼到了绝境也不会觉得有多痛苦——大不了一死呗。

他把晒干的海带打成捆搬进干燥室，然后把还没晒干的海带挪了挪地方，免得它们粘在石头上。这个活儿很简单，连宽治也能应付自如。

干完活儿，宽治又去了常去的那家饭馆，发现中学时代的班主任正在店里吃饭。宽治记得这位人到中年、态度和善的男教师早就调职了，奇怪他为什么还会出现在岛上。班主任告诉他："这次是来参加在礼文岛上举办的教师暑假研修班。"

"宽治，看来你气色不错。听说你在从事渔业？混出息了嘛。"

"嗯。不过，工作不太顺手，老是因为动作慢而被人骂。"

"别灰心。你是患有轻度的记忆障碍症，不是脑子笨。从前，你的珠算成绩不是很好吗？摩托车驾照也考下来了吧？"

"嗯，拿到了。"

"人活着要有自信。老师会一直支持你！"

"谢谢您。"

"哦，对了，你母亲怎么样？"

"她在香深开了间小酒吧。"

"哦。祖母呢？身体还好吧？"

"不知道。她现在好像住在旭川，我好几年没见过她了。"

宽治的祖母也从事风俗业。她代行母职，把宽治从小抚养长大。等到宽治中学毕业，祖母扔下一句"这下我可自由了！"便飘然而去，离开了礼文岛。宽治从未见过祖父，大约很早以前就和祖母离婚了。对于家里人的过往，宽治一向知之甚少。

"原来如此。你祖母现在也只有五十多岁吧？对她来说，待在这个小岛上或许太拘束了。"

"说到敏江呀，听说她在旭川又结婚了！"饭馆的老板娘从厨房里探出头来接话，"虽然不知道对方是什么人，不过敏江自己也在开酒馆呢。"

"哦，是吗？总之，健健康康的就好。"班主任点点头。

宽治试着回忆祖母的样子，脑子里却是一片迷雾，什么也想不起来。

班主任慷慨地给宽治买了一份猪排饭，然后拍了拍他的肩膀，说了句"要继续加油哦！"便走出了食堂。宽治望着他的背影，直到最后也没想起这位班主任的姓名。

第二天，干完捕捞的活儿，宽治正打算在番屋里睡个午觉，赤井推门走了进来。

"喂，宽治，我还等你的回信儿呢！封口费的事打算怎么办？"他把宽治叫起来，用蛇一样的目光盯着他。

"不……不是我干的。"宽治回答。

赤井毫不理会，穿着草鞋走进屋，在房中四处打量。

"偷来的东西放哪儿了？从渔季开始到现在，你小子都没出过岛，肯定是把赃物藏在哪儿了！"

"赤井哥，真的不是我干的。求你别再纠缠我了。"

"哈哈，我去你老妈的酒馆打听过了。我问她二十号那天宽治有没有来过店里，结果她看了看挂历说，你去过。也就是说，二十号那天你去过香深。"

"啊……不是……"

"被我逮到了吧？还不给我老实点儿！把赃物拿出来！"赤井"咚咚咚"地大步走过去，翻箱倒柜地翻找宽治的东西。宽治坐在被子上，束手无策地望着赤井。

与赤井目光交会的瞬间，宽治下意识地瞥了一眼自己的身下。赤井立刻冲过来，大喝一声："起开！"

宽治背手坐着，一动不动。

"我叫你起开！"赤井一声接一声地大叫，见宽治束手就擒地蹲下身，便一把将被子掀翻。

宽治滚到地板上，褥子下面的地板上露出一个小洞。赤井见了，不由得大喜。

"这是什么？啊？"说着，他把手深进洞里掀开地板，地板下放着一只麻袋。赤井两眼放光地把麻袋拿了出来，里面是宽治偷来的照相机、手表、现金等物。

"哈哈，这下看你还怎么狡辩？"赤井一边说一边开始兴奋地数钞票。

"那个……"宽治伸出手，却被赤井"啪"地打开了。

"才一万五千块啊，我还以为有多少呢。不过呢，你偷的又不是保险柜，大概只能捞到这些。今天我就先收你这么多吧！"说着，他把现金揣进裤子口袋，又拍了拍宽治的脑袋说，"下个礼拜，老板去参加渔业协会的聚会，不在岛上。到了那天，你不用干活，去一趟稚内的典当行，把照相机和手表换成钱，然后再给我一万块，咱们就算两不相欠了。"

"可是，一万块也太……"

"那我现在就去派出所检举你，怎么样？是好是歹随你。"赤井以胜利者的姿态继续敲打宽治，"我的主意不错吧？反正都是偷来的东西，又不是让你自己掏钱。"

"知道了。"宽治灰心丧气地点点头。

"好，那就说定了。我这个人说话算话，你放心吧。啊，对了，最近你先别去香深那边，听说他们的消防队开始巡逻了。要干就去稚内，那边有不少店铺，现金也多。"

赤井心情愉快，"咯咯咯"地笑个不停。

"你小子还挺会演戏。平时一副傻头傻脑的模样，下手的时候还真不含糊。哈哈，我有点儿喜欢上你了呢。以后干活不利索，我也会睁一只眼闭一只眼，你放心吧！"

"那……赤井哥，摩托车的分期款，你就给我免了吧？"

"那可不行。那笔钱嘛，以后你还可以出去'干活儿'挣回来，哈哈！"

赤井的狂笑声似乎还在番屋里回荡着。宽治沮丧地把手表和相机装回麻袋，他开始担心：这些东西能卖一万日元吗？

老板出岛那天，宽治动身去稚内。想到坐轮渡要花钱，他打算偷偷地开着老板的那艘小渔船前往。"小心点儿，开过去要花三个小时，"赤井递给他一个装满轻油的油罐，"听着，一到稚内就先换上衬衫，打扮成好青年的样子。跟人说话的时候也要多注意点儿，别让人家发现你是个打鱼的。货要卖给不同的当铺，都卖给一家的话，人家会起疑心。我把电话簿上登记的当铺地址都查好了，你按着这个一家一家地去问。"

赤井忽然变得这么热心，当然是为了自己能得好处。他还在等着那一万日元呢。

早上七点，小船驶出了港口，航行在日本海上。海面上很平静，太阳照在水面上，一闪一闪泛着光。几只海鸟跟随在小船后面飞着。这是宽治第一次独自航海远行，因为早已习惯了大海，他并没有感到不安，反而涌起一股终于能独当一面的自豪感。将来，他也想拥有一艘属于自己的船，想去哪儿就去哪儿，那该有多棒啊。

虽然一路上都是风平浪静，但他还是花了三个小时才到达稚内港。找了个不碍事的地方停好船，他背起背囊上了岸。轮渡码头前面有个公交车站，只等了一会儿，公交车就来了，载上乘客后便朝市里开去。

只有五万人口的稚内市在日本地图上是偏远的小城市，但对于礼文岛的人来说，这里简直就是大都会。连街上走着的年轻女人也都时髦得很。

在车站下了车，宽治按地图去了第一家当铺。掀开门上挂着的暖帘走入店内，柜台里一位上了年纪、看起来疑心颇重的老板例行公事地喊了声"欢迎光临"。

"我想把这只手表当抵押，借点儿钱。"宽治对店老板说。

"先看看货吧。"店主戴上眼镜，翻来覆去地端详着宽治递来的国产手表。

"想借多少钱？"

"三千日元？"

"那恐怕有点儿难。东西太旧了，又不是外国货。"

"那就两千。"宽治痛快地说。

"嗯……"店主合计了一会儿，"那就按两千成交吧。请您务必注意,赎回期截至三月。下个月月底,无论多少都要还点儿钱,否则就不能赎回了。"

"明白。"

顺利地拿到钱,宽治一下子放心了。时隔多年,他都忘记了,当初在札幌的时候,他也曾用"战利品"从当铺换过钞票。

店主要求他出示身份证明,他便掏出摩托车驾驶证给对方看。

"小哥是札幌人?"店主看了一下驾驶证上的地址栏问道。

"啊,不是。只是在札幌考的驾照,现在住在礼文岛。"

"原来如此,那就请把现在的地址写下来吧。"

填写单据的时候,因为不知道现在所住的番屋的地址,宽治便写下了从前祖母家的地址。

然后,两千日元到手了!

宽治放心地朝第二家当铺走去。看样子,这次能一下子把所有的货换成钱。背囊里还有一台进口相机,应该值不少钱。

进了第二家店,他掏出那台相机,同样向店主提出要抵押借款。店主一拿起相机便惊讶不已,同时脸上流露出"小青年为什么会有这种高级货?"的疑惑。

"这是祖父送给我的。"宽治不等对方开口便说。

"哦,真是好祖父啊。"

店主给出了一万日元的估值。宽治压抑着喜不自胜的心情,煞有介事地说:"月底我就还钱,请务必替我保留。"就这样,他一共到手一万两千日元。相比之下,渔民一个月区区五千日元的工资简直就是笑话。

在第三家店里,他又取出了一只银杯。银杯是以前从一栋大宅子里偷来的,看主人家的光景,应该是在捕捞鲱鱼的黄金期积攒了不少家产的富人。至于银杯本身，宽治完全不知道它有什么来历。

当铺老板起初表情冷淡，一看到那只银杯便立刻说了声"请稍候"，朝内室走去。不一会儿，一位老太太用托盘端着杯冰麦茶走了出来。她把茶放在柜台上，还对宽治说了声"请慢用"。宽治一边喝着茶，一边打量店内的摆设。只见房顶的房梁漆得油黑锃亮，四面墙壁也刚粉刷过，白得刺眼。空气中还飘荡着榻榻米的清香，一望便知是一家有年头的老铺。那只银杯或许有些来历。真是如此的话，得找有眼光、有经验的人来估值。看来找这家店没错。

过了五分钟，老板仍没出来。只有老太太坐在账房里看账本。

过了十分钟，老板仍没有现身。宽治开始左顾右盼，坐立不安。从敞开的窗口看出去，他从院子围墙的窥视孔中看到一辆警车停在外面。这一带的小巷很窄，衬托得警车特别显眼。

宽治赶忙站起身，背上背囊。老太太一愣，随后朝内室喊起来："老头子！老头子！"

宽治环顾左右，寻找逃跑路线，跑向玄关旁敞开着的窗口。

他从窗口跳到外面，在房子和围墙的夹缝里弓着腰跑了几步，又猛然一跃，翻过围墙，跳进邻居的院中。院子里一个正在洒水的中年女人"啊"地惊叫起来，他充耳不闻，继续狂奔，绕到邻居的屋子后面，从后门跑出去。当铺里传来一个男人的声音："那小子跑了！"

宽治沿着大路拼命地向远处跑去。

真是笨蛋！宽治开始痛恨自己。当初在札幌被捕的那一次不也是因为在当铺里露了马脚吗？这么要紧的事，自己怎么不长记性？

他沿着大路拼命地向远处跑去。

3

傍晚，宽治驾着小船回到船泊的港口时，赤井正面色铁青地在码头上等他。看到海上驶来的小船的轮廓，赤井定睛凝望，确认是宽治的船，便立刻跑过来压低声音对他说："小子，你被警察通缉了！"

宽治猛地一惊。看来，当铺那件事很快闹得全岛皆知。

"到底怎么回事？你都干什么了？"赤井追问。

"我在第三家店里典了一只银杯。店老板拿着银杯进去以后再也没露面，我正在外面等着的时候，警车来了。"

"小声点儿！"赤井照着宽治的脑袋拍了一巴掌，又回头看看周围的动静，"你小子嗓门太大了，不会小声点儿吗？"

"啊，对不起。后来我就慌慌张张地跑了。没事，警察连我长什么样子都没看见。"

"你还真是傻瓜啊！"赤井目瞪口呆，一声长叹，"在当铺，你出示过驾驶证吧？警察肯定把你当成连环入室盗窃案的重要嫌疑人到处搜捕！刚才派出所的人还去过酒井家，问了好多你的事。"

"真的？"

"当然是真的。瞧你还一副优哉游哉的样子！"说着，赤井又拍了他一巴掌。

"赤井哥，别打啊！"

"别吵！让别人看见就糟了，快跟我来！"

赤井抓起宽治的手腕，拉着他朝存放海带的小仓房跑去，随后二人偷偷地躲进了昏暗的小屋里。

赤井坐在木箱上点着了一支烟，"你听着，现在香深的轮渡码头有警察把守，坐船的人都要一个一个地检查。估计稚内那边也一样。总算你运气好，这次碰巧是自己开着老板的船过去。警察以为你没船，肯定会去坐轮渡，哪会想到你偷偷借了老板的船？所以他们以为你还在稚内，没回岛上。"

"原来是这样。"

赤井的一番讲解很透彻，宽治一下子明白了。不过，接下来该怎么办？他对此毫无头绪。

"你弄到的那只银杯是个大麻烦。那是那家的船主老早以前受水产厅表彰时获得的奖品。你小子偷东西的时候怎么不多留意呢？这种东西跟手表、相机不一样，你编什么瞎话都混不过去。"

"唉，下次我一定多注意。"

"笨蛋！还有下次吗？这回我看你就跑不掉！"

"那我该怎么办？"

"我怎么知道？还有，我警告你，万一被警察逮到，千万别提我的名字！我怎么帮你、我要封口费的事，也都……"

"啊，对了，手表和照相机，我都换成了钱。你看，足足有一万日元哪。"

宽治从口袋里取出钞票给赤井。赤井转身推脱："不，不用给我了！记住了吗，宽治？我跟这件事儿没关系，千万别跟别人说起我的名字。"

"啊，知道了。我不会说。"宽治点点头。

他早就打定了主意，绝对不能再被警察逮捕。少管所里的日子他已经领教，不光饭菜难吃，冬天还会冷得简直要把人活活冻死。宽治忽然想起一些往事。少管所里有个心肠很坏的看守总是找他的茬儿，动不动就没收他的毛毯。在那些夜晚，他根本不敢睡觉，只能打着寒战捱到天明。

"我再也不要回到那里了。"宽治蓦地吐出一句。

"你小子没头没脑地说什么？"

"反正我不会让他们抓住。"

"那你就赶紧逃跑，这样对我也好。要跑就跑远点儿，最好跑到本州去。还留在北海道的话，早晚会被警察找到。"

"我要去东京。我本来打算捞完海带就去东京，那边要开奥运会了，找工作肯定很容易。"

"是嘛，那就这么办。东京有那么多人，就算多一个小偷也没人注意。"赤井显出放心的样子。

"可我没钱，捞海带的工钱还没领。"

"不是还有在当铺里换的钱吗？"

"那点儿钱还不够坐火车呢。反正要走了，不如干脆到老板家里干一票大的。"宽治以前就曾想过，离开礼文岛之前要去老板家里光顾光顾。

"你……你小子……"赤井惊讶得说不出话来。

"赤井哥，你不跟我一块儿干吗？我知道老板的钱柜在哪儿，就在壁橱的抽屉里。我给他家打扫的时候看见过。"

面对宽治的邀请，赤井默不作声，暗自思量。

"钱柜里肯定有很多钱，老板平时就爱存钱。还有珠宝，老板娘最喜欢珠宝。"

"你会开钱柜？"

"不会。不过总有办法，用锛子就能撬开。"锛子是船上木匠常用的工具，柄很长，可以当作撬棍，船厂里都有这东西。

"要动手只能趁今天晚上。老板去参加渔业协会的聚会，晚上住在利尻岛不回来。"不知怎地，赤井忽然来了热情，用鼓动的语气说，"我有个好主意。先在番屋放把火，反正那里本来就破破烂烂的，烧掉了也没什么损失。番屋一着火，老板娘和孩子肯定会慌忙跑出来救火，你就趁机溜进老板的房间，撬开钱柜的锁。记着，只拿现金和珠宝，地契什么的拿来也没用。"

"嗯，知道了。赤井哥，你跟我一块儿干吗？"

"我可不想掺和这事儿。"赤井沉下脸，一口回绝，"我有家有口，孩子还小，怎么能跟你去做贼？不过是看你可怜，给你出点儿主意罢了。"

"这样啊，那谢谢你了。"宽治赶忙道谢。

"注意别把屋子翻乱了，尽量保持原样。这样，他们至少要到第二天早晨才能发现家里被偷。"

"这个我懂。"

"也是，你是干这行的老手了。完事后，你就在这间小屋里先躲一宿，等到天亮跟其他的船一起出港。先去稚内，小心别被人发现。再从那儿去函馆，坐青函轮渡到本州。到了本州，你就自由了。警察总不会为了几件入室盗窃的小案子在全日本搜查你，最多发个通缉令了事。"

"这样啊。"宽治开始意识到，只要能离开北海道，他就算逃出生天了。

"赤井哥，我也想抽烟了，能给我支烟吗？"

"啊，给，抽吧！"赤井拿出一支新生，点着了递给他。

宽治抽了一大口，感觉神经一下子松弛下来。

"真好啊，你小子，能去东京自由自在地过日子。"赤井的表情缓和了许多，拍着宽治的肩头对他说，"我拖家带口的，只能一辈子当渔夫，每天就是坐船、出海、捞海带，为了几个小钱给人家当牛做马，什么好事儿也轮不到咱头上。"

"那可真够受的。"宽治很同情赤井。的确，一直待在这座小岛上，人生还能有什么期待？

"你小子就好了！"

听赤井这么一说，宽治不知怎么的，深有同感。

"行了，你就先在这儿躲着等天黑，待会儿我给你拿几个饭团来，你吃完了就赶紧睡觉。那辆摩托车，我还是买回来吧，你欠我的钱不用还了。"

"赤井哥，对不起，从头到尾都麻烦你了……"

"算了，都是自己人嘛！"

赤井的打气让宽治心头一暖。如果能撬开酒井老板家的钱柜，里面肯定有不少钱和宝石。拿了那些东西去东京，租间公寓，再找份店员的工作。

将来，自己一定能重获自由。宽治什么都不怕了。

将近晚上八点，赤井又来到了小屋。

"喂，我又去派出所打听了一下，看来警察还是认为你没回岛。他们说，你从当铺逃跑以后，发现警察在搜查轮渡，没办法坐船，所以大概逃到别处去了。"赤井在黑暗里兴冲冲地说。

"这样的话，我该怎么办？"

"既然他们没什么戒备，你就算回番屋也没事儿。你还有行李在那边吧？"

"嗯，我的收音机还在那边。"

"那就拿走，不然一会儿就被烧掉了。"

"可是，把番屋烧掉还是有点儿过意不去，总觉得对不起他们。"宽治小声咕哝着。不管怎么说,他觉得放火有点儿过分。

"你傻不傻?明明是个贼!"赤井皱皱眉头,"我会头一个发现着火了,然后及时扑灭,你就少操心这些闲心吧!"

"那就太好了……"

"行了,走吧!我再跟你说一遍,万一被逮到了,绝对不能说出我的名字!记住,说好了!"

"嗯,知道了。"宽治点点头。

"还有,把行李都装在这里。你的那个背囊太小了。"赤井递给他一只粗布背包,那是战争时期的军用背包,宽治千恩万谢地接了过来。

二人走出小仓房,宽治手里还握着从附近的船厂里找来的锛子。此刻,云彩遮住了月光,海岸周围一片昏暗。街灯的微弱光线仅仅照亮了公交车沿线两侧的一小块地方。四周一片寂静,只听见海浪声在回响。

到了番屋,他俩动作麻利地收拾行李。晶体管收音机是宽治最值钱的家当,他拿起来装进了背包。衣服尽量少带,反正都是些破衣烂衫。

"好了,点火!"赤井把稻草抖落在地板上。

"赤井哥,拜托了,一定要及时救火!"宽治恳求道。

"放心吧,都交给我了!"赤井满头大汗。

宽治划着一根火柴丢在稻草上。眼前立刻升起一股白烟,紧接着燃起了橘红色的火焰。

"行了,赶紧走。我再拖一会儿,就去通知他们着火了。老板娘和孩子出来后,你就赶紧溜进去。"

"嗯,知道!"宽治背起背包、手拿锛子跑出番屋,爬上山坡后，绕到了酒井家的背面，跳进院子，在后门蹲下身查看屋里的动静，听见屋中传来电视机的声音。

他静静地等候着时机，心里并不紧张。他总是这样。溜进别人家时，他从来不会慌张。以前在海上，即使在渔船快要被浪头打翻的紧要关头，他也从不着慌。周围的人都惊讶不已，只能一口断定"宽治这家伙脑子里少根筋，不知道害怕"。其实，一旦遇到危机或陷入绝境，他就会灵魂出窍似的把自己变成旁观者——旁观者有什么好害怕的呢？

过了五分钟光景，他听到前门传来赤井的高声喊叫："老板娘，了不得了，番屋着火了！"

终于要动手了。宽治竖起耳朵，听见屋里响起慌乱的说话声和"啪嗒啪嗒"沿着走廊奔跑的脚步声，还有赤井的叫喊声："快叫消防车！快打119！"不久，他听见赤井领着老板娘和两个孩子从屋里跑了出去。

宽治站起身，脱掉鞋子，从后门走进屋，轻手轻脚地走到壁橱前。他拉开抽屉，见里面放着一只和装橘子的箱子一样大的铁钱柜。虽然不知道该怎么打开，但他立即将锛子的刃部插进柜门缝隙，用一只脚踩住锛子柄使劲用力。钱柜的外框很快像橡胶一样被扭弯了，缝隙变大了。他又把锛子换了个角度，插进柜门下方。

只听"砰"的一声，柜门被撬开。宽治失去平衡，摔倒在地。他喘了口气，朝钱柜里看去。果然不出所料，柜子里放着大把现金，全是千元钞票，看起来大约有十万日元。光是这些钱就足够他去东京租间公寓，再买台电视机了。

还有珠宝，都是珍珠项链、金戒指之类的。宽治把它们统统倒进自己的背包。

不宜久留。他照原样关上钱柜，又把它放回抽屉。确认一切都恢复原样后，他从后门走出了屋子。耳边听到远处传来一阵钟声。哐哐哐，是消防车在敲钟。抬头一看，宽治不由得惊呆了，只见海滨方向的天空已经被染成一片通红，仿佛要逼退夜晚的黑暗。

番屋燃起了大火。赤井没能及时灭火吗？海边挤满了人，现场一片混乱。

宽治朝小仓房方向跑去。那里离番屋不过一百米，他必须小心，以免被人看见。

"喂，宽治！"身后传来低沉的声音。回头一看，只见赤井弓着腰追了过来。

"赤井哥，你太过分了，不是说好要及时灭火吗……"

"对不住，对不住！番屋的木头都干透了，火烧起来的速度比我预想的快多了。反正是没人住的简易房，就算全烧光也没啥大不了。"赤井气喘吁吁地说，"别管那个了，你那边怎么样？钱柜里有钱吗？"

"有啊，有啊，有十万块呢，还有戒指、项链什么的。"宽治打开背包给赤井看，兴奋得手舞足蹈。

"是嘛，那太好了，你小子可以去东京过有钱人的日子了！"

"赤井哥，还是分给你一些吧？"

"我不要，你都拿走吧。"

"那可不太好……我怎么能独吞呢？"

"我都说了不要，你别在意了。你进了小屋，藏在海带架子后面。这附近没什么用到火的地方，消防队可能会怀疑起火的原因，没准儿还会在周围进行搜查。不过，就算他们怀疑，也只能等到天亮再搜查。我早上四点钟过来，你藏好了等着我。"

说完，赤井便返回了火灾现场。有了同伙，宽治心里很踏实。他一直单打独斗，有人肯帮助自己，这大概是头一次。等到了东京，一定要交上几个朋友。他还想交个女朋友。

番屋那边的火势似乎终于控制住了。宽治听到了随风传来的吵吵嚷嚷声。

干燥的夜风轻柔地吹拂着他满是汗水的肌肤。

4

早上四点，赤井来了。

"喂，你小子，竟然能睡得这么死？"看着宽治的一脸困容，赤井不禁目瞪口呆。他叫了宽治三回才摇醒。宽治的大脑深处似乎仍在熟睡，对周围的一切浑然不知。

宽治爬起来，朝窗外看去，只见东边的天空已经显现出淡淡的橘红色，耳边传来连绵的海浪声。

"时间不多了，赶紧在他们开始捕捞之前逃走吧！虽然好像有点儿刮风，不过天气预报说今天是个晴天，能出海，不用担心。我已经在船里加好了轻油。"

"赤井哥，太过意不去了，还是让我谢谢你吧……"

说着，宽治朝放在脚下的背包里伸出手。赤井慌忙说："我不要，我不要。你把摩托车还给我就够了！昨天着火的事，消防队的人已经开始怀疑你了。不过警察说应该是别人干的。现在是夏天，外地来的那些家伙在海滩上到处露宿。算你小子运气好！"

"是吗？"

"所以赶紧跑吧！老板怎么也得等今天下午过后才会发现丢了

船，那时候你早就从稚内坐上火车去函馆了。"

被赤井催促着，宽治走出小仓房，背着背包朝海边跑去。想到今后可能再也不会回到这座岛，他心中不禁泛起些许感慨。他在这里出生，在这里长大……不对，小时候，母亲还带着他在札幌生活过一段时间。他对这一带的记忆已经很模糊了。

到了栈桥，他跳进船舱，发动引擎，解开缆绳。

"海上好像起浪了。"宽治说。

"没事，今天海上没有低气压。"赤井回答。可是，桅杆上的风向标明明已经被风吹得完全横起来。

"这个也拿上！"赤井朝宽治胸前口袋里塞了一整盒烟。

"谢谢你，赤井哥，真是太过意不去了。"

"快走吧，走了就别再回来了！"赤井朝他招招手。

"嗯，不回来了。"宽治也招手示意。

引擎"突突突"地响起来，小船驶出了港口。虽然海面上有些薄雾，视野不算好，但好在浪不大，没什么可担心的。船穿过礁石区的时候，宽治能看见海带在水中晃来晃去，想到自己再也不用费力去捕捞它们了，他就有一种从这座岛上彻底解放了的感觉。

大约航行了一个小时，他朝燃料表看了一眼，发现指针已经转到了接近红色刻度区，便准备用赤井给他准备的轻油补充燃料。翻开甲板，打开油箱盖，又拧开油罐的盖子，正要往油箱里倒时，宽治的手却不由自主地停了下来——油罐里一点儿油的气味都没有。他把鼻子凑近油罐又闻了闻，还是没味儿。他觉得不可思议，倒了几滴在手上，怎么看都像是海水啊。他又试着用舌头舔了舔，果然是海水。

宽治心头产生了一丝不祥的预感。他返回驾驶室，捡起扔在地上的背包朝里面一看——是些不干不净的烂布头和一本电话簿。

上当了。宽治的脸刷地白了。赤井撺掇他、假装帮他去老板家偷东西,原来是为了坐享其成地霸占"战利品"。

他应该是趁自己熟睡的时候替换了背包里的东西。出于对他的绝对信任,自己一直没有留意。宽治眼前浮现出在栈桥告别时赤井的表情,他所说的"别再回来了",真正的含义是让自己去死。宽治怒不可遏地拿起背包和油罐,使劲地扔到了海里。

他不得不思考对策。仅凭船上剩余的燃料,既不够开到稚内,也不够返回礼文岛。作为权宜之计,他先关闭了引擎。这一带海域位于礼文岛、利尻岛和宗谷支厅西岸之间,来自北面的利马海流和南来的对马海流在此相遇,形成了复杂的海流。没有多少航海经验的宽治无从判断自己的船究竟会被带着漂向何方。但如果开着船在海上乱转,一旦燃油耗尽,船就彻底变成了随波逐流的漂流物。

在最幸运的情况下,或许能遇到其他渔船。但眼下正是捕捞海带和螃蟹的季节,很少有船出海。比较现实的可能性是被途经的轮渡发现。不过那样一来,他们肯定会联系警察,自己也会被捕。比起蹲监狱,还不如死了。宽治躺在甲板上望着天空。空中覆盖着厚厚的云层,一点也不像要放晴的样子。赤井不是告诉自己天气预报说今天是大晴天吗?他忽然觉得肚子很饿,他今天还没吃过东西呢。手边没有食物,也没有水。自己真是个傻瓜,轻易就被骗了,弄到性命不保的地步。

不找赤井报仇,他死不瞑目。不过,还有机会报仇吗?最让他生气的是,赤井居然偷走了他的收音机,那是索尼公司出品的最新型号,他花了将近一万日元才买到手的。

口袋里还有一包赤井送给他的香烟。宽治翻身坐起,掏出一支烟。吸完后,他把烟头丢进海里,看着烟头在水中慢慢地漂走,他猛地想起一件事。礼文岛的海岸上时常会发现来自朝鲜半岛的漂浮物。如此看来,海流应该是从西南方向朝东北方向流动。那么,如果他的船随着海流一路朝东北方向漂过去……他不禁冷汗直流。船一旦越过宗谷岬,就会一直向着苏联①的萨哈林漂去,而在到达那里之前,他肯定早就饿死了。

宽治再次发动了引擎。他已经作出了自己的判断,与其向东驶向稚内,还不如在燃油耗尽之前尽量沿着利尻水路朝南行驶。等到引擎彻底熄火,他再听天由命,让船漂在朝东北方向的海流上,期待能在什么地方靠岸。利尻水道很窄,最宽的地方只有二十公里。

为了排解心中的不安,他接连不断地抽了几支烟。船迎着海浪前进。西面的天空逐渐变暗,等他注意到的时候,海面上已经起风了。日本海的天气总是反复无常,轮渡也经常停航。

又行驶了三十分钟,燃油终于耗尽。引擎发出一阵憋闷的"扑哧扑哧"声之后,便停止了转动。

宽治胸中一阵憋闷。虽然饥饿感已经消失,但他口渴得厉害。用舌头舔了舔嘴唇,发现干得发黏。

过了一会儿,浪头开始涨高了,小船上下左右剧烈地摇晃着。宽治紧紧抱住桅杆,张开两腿,使劲贴在甲板上。

去年有个大新闻,说是有个名叫堀江谦一的年轻人驾驶着游艇独自横渡了太平洋。他的经历还被拍成电影,由石原裕次郎主演,听说要在今年秋天上映。如今,虽然处境有所不同,但他确实也成

---

① 本书中的故事发生于1963年,当时苏联尚未解体,此处仍用旧称。

了孤身一人的海上冒险家。尽管眼下不是该胡思乱想的时候,但宽治还是由衷地佩服这位堀江先生的勇气和毅力。

又过了一会儿,浪更大了,简直可以说是狂风巨浪。小渔船如同在大海上漂着的一片叶子,船身剧烈地摇来晃去,海浪猛烈地拍打着船底。每当小船被掀到浪尖之上,宽治就只能看见天空;每当小船陷入浪谷中时,整个船身又被海水淹没。宽治全身都湿透了。

他很快就开始恶心,把胃里的东西吐了个精光。胃里还残留着一点昨晚吃的饭团,全吐出来之后就只有酸涩的胃液了。眼泪哗哗地淌了出来。自己大概是要死了,宽治想。

不过,他不甘心就这样死在海上。他在人世间还有许多未了的心愿。他还想再吃一顿牛排,也想有个女人抱抱。毕竟,他刚刚满二十岁。

看了看手表,时间刚到上午七点,暂时不用担心天黑,这算是唯一值得庆幸的事。

船至少要过上半天的时间才会漂到某处的岸边吧?如果现在是夜里,宽治想,光是晕船就会让自己发疯。

天空迅速地变暗,开始下起雨来。看来,赤井所说的天气预报完全是胡说八道。他用海水冒充燃料,明知海上会变天还特地送他出海,整件事情看起来就是个完美的杀人计划啊。

船一刻不停地摇摆着。宽治已经没有力气再抱紧桅杆。他拼命地逃进了驾驶室,躺倒在地板上,随着船身的每次晃动,在地板上滑来滑去,然后撞到壁板上。

躺在地板上被抛来抛去的时间里,宽治又吐了好几次。胃里已经没什么可吐的了,他觉得自己几乎连内脏都要吐出来了,还头痛欲裂。简直是地狱啊。他像个旁观者那样审视着自己的处境。遭受如此深重的痛苦，难道这就是自己的人生吗？

不，还有机会。虽然记忆仍像往常一样躲在迷雾的背后，只有模糊不清的印象，但不知为何，宽治仍然坚信自己还有希望。

他蹲在驾驶室里，咬紧牙关，忍受着晕船的痛苦。

狂风巨浪直到下午还没停。在这段时间里，船不停地剧烈摇晃，宽治体内也跟着翻江倒海。他喝了些甲板的坑洼处积存的雨水，虽然暂时缓解了口渴，但马上又全吐出来，事实上没有解决任何问题。

尽管如此，他还是坚持着把脸贴在舷窗上，观察外面的情况，期待能发现陆地的踪影。后来，透过上下翻滚的海浪，他隐约看到了一些黑色的东西。从方位上来看，应该是北海道本岛的某处海岸。既然肉眼能够看到，说明距离应该在一公里内。

宽治奋力挣扎着站起身，再次发动了引擎。他知道油箱并没有彻底空掉，底部还残留着少量燃油，只要摇晃船身就足以发动引擎。幸好有狂风巨浪帮他这个忙，引擎终于发动了，发出低沉的突突声，像鲸鱼睁开了眼，凭借自己的力量重新昂起了头。

宽治转舵朝那片陆地驶去。哪怕只能靠近几百米也好，他早已作好了心理准备。剩下的距离，就只能靠自己拼死游过去了。

万幸的是，船搭上了流向岸边的海流，渐渐地朝岸边漂去。看得见森林了……或许得救了！

船再次停了下来，燃油已经彻底耗尽。宽治脱下衬衣和鞋子，抱着一个橄榄球大小的浮标纵身跳进了大海。他的游泳技术并不高明，但现在他是孤注一掷。海水灌进嘴里又呛了出去，他咳嗽了几下，又喝进几口海水。

他把浮标抱在胸前，拼命地蹬腿。这种挣扎其实毫无意义，他不过是随波逐流罢了。谢天谢地，海流正朝着岸边涌去。

在海水中苦苦挣扎了大约三十分钟，他终于到了岸边。心脏在剧烈地跳动，几乎快要迸裂了。宽治跟跟跄跄地走上海滩，一头躺倒，面向天空，张开嘴接收着空中落下的雨水。

得救了！得救了！

他在心中反反复复地念叨着。

十分钟后，他喘匀了气，站起身来。不知不觉间，雨小了，风停了。抬头仰望，南面的天空已经亮起来，海那边尖尖的大山的轮廓也清晰可见，那是他熟悉的利尻山。这么说来，自己是在佐吕别原野①附近。确定了大致的方位，宽治心里一阵踏实：步行十公里，就会遇到宗谷本线②。也就是说，会遇到当地的人家。

光着脚走进草地，宽治发现了一条修剪过杂草的小路。看来，原野上也有人类踏足的痕迹。又走了一会儿，他看到一所小房子，门上有"林野厅执勤"的字样。虽然不像是有人长期居住的样子，但大概有人在定期维护。

门是锁住的。宽治打破了一扇窗玻璃，走进屋。房间内的面积约有十叠③大小，简单地摆放着桌椅和测量工具等。他四处打量，发现地板上还有橡胶长靴，纸箱里还有工作服、安全帽等物。宽治不禁如释重负，人家说的"地狱里遇见佛"大概就是指眼前这种情形吧？他急急忙忙地换了身衣服，又发现了林野厅的袖标，便随手拿了一个套在袖子上。如此一来，即使有人看到他，也会以为是林野厅的工作人员。

---

① 佐吕别原野，位于北海道北部的西海岸，为日本代表性湿地。
② 宗谷本线，北海道客运铁路线，起点为旭川市，终点为稚内市。
③ 叠，日本建筑物面积单位，即一个榻榻米的面积。1叠约为1.62平方米。

走出小屋，屋前是一条仅容一辆车通行的小路。看来这里并非与世隔绝。路上，他又发现了一面小湖，便走到湖边用手捧了几口水喝。此时，天空已经彻底放晴，湖面上映着阳光，闪闪发光。湖对岸还有一大一小两头鹿，宽治刚看到它们，它们便掉头跑进森林里不见了。

又走了两个小时光景，左侧传来了火车的汽笛声。宽治抬眼望去，只见蓝色的天空下飘着一股黑烟，是宗谷本线的火车！这里应该离有人烟的地方不远了。他越过铁路线，再经过一片杂树林，一栋茅草屋顶的民居便出现在眼前。

宽治大大方方地朝门前走去。他穿着政府部门的制服，别人看了也不会起疑心。屋里好像没人。出于谨慎，他还是大声地喊了一声："打扰了！"没人答应。周围弥漫着一股动物的臭味儿，他立刻明白这是一家猎户。也就是说，屋里大概没有值钱的东西。

玄关的推拉门没锁，一拉就开了。走进土间，再往里便是厨房。灶上支着一口锅，掀起锅盖一看，锅里还有些炖芋头。宽治不假思索，直接用手抓着吃起来了。尝到酱油的滋味，他感到自己又活过来了。

既然来了，总不能空手而归吧？于是，他脱下长靴走进屋中，在壁橱内翻找了一番。有一个旧票箱，里面放着几张百元钞票和一些零钱。姑且用这些钱来买火车票，能坐到哪里先到哪里，到了当地再去找钱。反正，只要是有人家的地方，他就能生存。就这样一路去东京吧！

打扫完"战利品"，他随手拿起一块布擦掉自己的指纹。在少管所的时候，一个狱友曾经告诉他，偷东西的就算被逮捕了，只要没有指纹、鞋印等证据就可以死不认账。从那以后，他便养成了作案后抹掉痕迹的习惯。

一切收拾停当，宽治又回到厨房，狼吞虎咽地吃光了剩下的炖芋头。

5

昭和三十八年八月八日，周六。

穿着睡衣的落合昌夫打开晨报，见上面刊登了人事院建议内阁和国会为公务员涨薪的消息，不禁兴高采烈地对还在厨房里做早饭的太太喊起来："晴美，据说公务员要平均涨薪六七个百分点！我每个月就可以多拿两千日元了！"

"那就新开个零存整取的账户吧，"晴美笑着回头对他说，露出一口洁白的牙齿，"就当作是给浩志存学费。换一家信用金库①开户，跟你警察公积金用的那家分开。"

"你也太心急了，孩子不是才一岁吗？"

昌夫折起报纸，俯身凝望在婴儿床里熟睡的儿子的小脸。

"不算早了。每个月存一千日元的话，到他十八岁的时候就能存到二十几万呢。这是在房东家进进出出的那位信用金库的销售员向我推荐的。等浩志长大了，家家户户的孩子都会去上大学，到时候的花销可不少。"

"是嘛。我还想要个二宝呢，看来不多存点儿钱不行。"昌夫用手指戳戳儿子的小脸蛋，长长地舒了一口气。虽然家中需要添置的物件很多，但眼下只能把孩子放在第一位。

---

① 信用金库，类似我国信用合作社的金融机构。

"对了，还有房子的事。松户那边明年就要建好的常盘平小区，你倒是赶紧带我去看看嘛。"

晴美边把早饭端上桌边对丈夫说。自从两年前结婚以来，夫妻俩就一直租住在墨田区的一套两居室公寓里，也差不多该拥有属于自己的房子了。如今到处都在兴建小区，他俩做梦都想有一套钢筋混凝土的楼房公寓。

"松户不是在千叶县嘛，同事们会怎么想……"做丈夫的面露难色地说。

昌夫在警视厅刑事部搜查一科供职。作为一名随时准备接受工作指令的刑警，居住在警视厅辖区范围内是不成文的规矩。到目前为止，同事中没有一个人住在东京市区之外的地方。

"说是千叶县，其实是在与东京市交界的地方。从那儿去樱田门①比从武藏野过去更近呢！"

"哦，不过，你不是说印象不太好吗？"

"不管怎么样，先去看看嘛。就算参加认筹，也不一定就能中啊。明天你们放假吗？"

"这可由不得我说了算。"昌夫手拿碗筷，耸了耸肩。

晴美明白，问这句话纯属多余。昌夫供职的搜查一科强行班第五组随时待命，一旦有案子发生，会按顺序通知刑警出动。

"那盂兰盆节的休假呢？爸爸说现在订的话，他们公司在伊豆的疗养院还能给订个房间。"

"说不好啊，只能听天由命了！"这类话题在夫妻俩之间已经是老生常谈，昌夫毫不在意地继续埋头吃饭，"老天保佑，千万别

---

① 樱田门，警视厅总部所在地。

闹出什么大案子。"

晴美搓搓手，用海苔包起米饭送进口中。她是个性格开朗的女人，很理解丈夫所从事的刑警工作。

见妻子吃得香甜，昌夫不禁也如法炮制，用海苔包起米饭来吃。

电视里，天气预报员说今天东京地区的气温将超过三十度。

早上八点刚上班，有关公务员涨薪一事就成了搜查一科二号办公室里的热门话题。

"真是个好消息啊，总算能买根新鱼竿了！"

不过，组长警部宫下大吉——此人性情严厉，加上眼窝深陷，同事们便给他取了"杜父鱼"的外号——立刻给大家泼了瓢冷水："我老婆命令全部上交。今天早上一看见新闻，她就说这下一定要攒钱买个冰箱了。"

搜查一科的老资格、警部补森拓朗则在一旁皱着眉头吞云吐雾。他在海军当过军士长，人送外号"坦克罗"——某部军队题材漫画里的主人公。他为人仗义，又重感情，以前曾在防范科少年组待过，街上那些不良小青年对他又是痛恨，又是崇拜。

"坦克罗，府上买冰箱了吗？"调侃他的是离异的单身刑警仁井薰。这位高个子刑警外号"尼尔"，头发用发蜡抹得油光水滑，一副吊儿郎当的花花公子派头，在银座、赤坂等灯红酒绿之地可谓鼎鼎大名。

"别扯淡了！老子可不像你这个单身贵族。家里有三个小崽子，还能指望过上那文明人儿的日子？"森喷着唾沫回敬仁井，引得众人哄堂大笑。

"不过，涨薪这种好事儿总是最后才轮到公务员，与其高兴，还不如说让人生气。"大热天里还规规矩矩地系着领带的巡查部长泽野熊久愤愤不平地说。他原先是人寿保险公司的职员,还是拥有一级记账员资格证书的专业财务人员,虽然已经转行做了警察,但外表仍像个普通白领。

"就是说嘛!这回咱们也总算沾沾经济景气的光。新闻里到处都在嚷嚷什么奥林匹克经济,好像跟咱们没啥关系似的。"坐在椅子上一边涂脚气水一边大发感慨的是巡查部长仓桥哲夫。他还不到四十岁,但头发已经有些花白,厚眼皮总是耷拉着,一副老气横秋的模样。但此人破案的直觉异常敏锐,组长宫下办案时也每每先征求他的意见。

众人正在谈笑,第五组最年轻的成员岩村也气喘吁吁地跑了进来。

"对不起,我来晚了!"他满脸是汗,诚惶诚恐地向众人低头致歉。

上班时间是从八点半开始的。所以,理论上他不算迟到。不过照警察局的规矩,新人应该是最早到的那个。不仅如此,来了之后还要负责帮前辈同事擦桌子、倒茶什么的。岩村上个月才被分配到第五组,是个只有二十七岁的新丁。

"喂,岩村,案子破了就松懈了?"森喝道。

"下午罚你负责在家接电话!正好我们要去赤坂打麻将。"仁井把椅子背靠得"吱嘎吱嘎"响,没好气地说。

"是!"岩村垂头丧气地回答。

"傻瓜,他逗你玩儿呢,还当真了?周六只上半天班,总务部都发通知了。包括刑事部在内,非值班人员都按规定放假。"昌夫赶紧给岩村解围。他爱护这个新来的后辈。岩村不仅是跟他毕业于同一所大学的学弟,年龄也只比他小两岁。

坐在这间屋子里的七个人就是第五组的全体成员。刑事部的各组之间素来有互相较劲的传统,所以各组的内部成员之间反而感情深厚,如同家人。对昌夫而言,同组的六位同事是无论如何都会帮忙到底的伙伴,也是值得信赖的兄弟。

"喂,我说落合啊,听说你们家打从一开始就报名申请公寓了?"宫下一边吹着风扇一边问。组里总共只有这一台风扇,还长期被组长霸占着。

"嗯,是啊。"

"需要的话,也可以去申请公家的宿舍嘛。你家孩子还小,上头会优先考虑的。"

"算了,好不容易等到机会。我老婆一门心思地想买套房子。"昌夫蜷着身子回答。

"那样的话,钢筋水泥的楼房确实比木头旧房子好。年轻太太们更喜欢楼房。"

"不过,住楼房的话,上班就比较远了。"森插嘴说。他家刚在地铁中央线的三鹰站附近盖了房子。

"其实吧,我老婆看上的是松户那边的常盘平小区。"昌夫干脆直接说了出来,想趁机听听大伙儿的意见。

"喂,那不是跑到千叶县去了吗?"

"话虽这么说,不过明年日比谷线地铁就开通了,从常盘平站到霞关站只需换乘一次,一个小时就能到单位。老实说,比三鹰站还要近些呢……"

"可是住到千叶去……"

"我看没什么。我跟科长商量一下,家里孩子小,小区空气好,更适合孩子成长。警察也是为人父母的嘛。"宫下帮昌夫说话。

随着东京奥运会开幕的临近,日本人心中逐渐产生了自我改变的意识。从几年前开始,警视厅就着力推行组织改革,包括增加警员数量、确保奥运会期间的安全保卫工作、缩短工作时间等。警视厅内部面貌焕然一新。

正说着,内线电话响了。众人一下子都收起了笑脸。岩村飞快地拿起听筒,声音响亮地应答着:

"是!这里是搜查一科第五组!……是!全员都在待命!好的,我现在立刻转接!"

说着,他捂住听筒,对宫下说:"组长,是田中科长代理!"

宫下接过听筒,皱着眉头在电话里和田中交谈起来。

众人只能听到他的回答:

"嗯,杀人案?明白了……"

"值班组的那些家伙在干吗?"森问道。

所谓值班组,是指发生案件后第一时间出警的小组。

"品川发生原因不明的纵火案,他们已经出动。"仓桥说。

"难怪会轮到我们。拜托,马上就是盂兰盆节假期……"仁井皱着眉头自言自语。其实大家都是这么想的,只是没说出口。突发事件本来就是刑警的日常。

听完电话的宫下站起身来。

"大家听好,南千住警署辖区内发生了杀人案,地址在荒川区南千住町八丁目1-7号。被害人是一位独居的老年男性,今天早上,住在附近的被害人的女儿女婿发现他死在家中。目前了解到的情况就这么多。初期搜查组的人正在赶往现场,我们也要尽快赶过去。落合,你去联系配车组,调两辆车过来!"

"是！"昌夫探起身子，伸手拨打桌上的内线电话。其他人也都纷纷开始准备。

"保险起见，需要有一个人带枪。尼尔，就交给你吧！"宫下又补充道。

"知道了……"仁井掏出梳子整了整发型，用一副彻底死了心的口气回答。

第五组的七名成员急急忙忙地走出办公室。昌夫的心头刹那间闪过了晴美的脸，但在他从柜中拿出手铐挂在腰间的瞬间又消失了。看来，至少要有两三天不能回家了。他已经习惯了随时放弃个人时间，此时此刻，除了案子，便什么也不去想了。

他朝地下停车场跑去，准备把车开到出口。

他们到达现场时，发现那里已经拉起了"禁止入内"的隔离绳，鉴证科的人已进入现场开始采集证据。宫下走了过去，跟隔离绳里的人打了声招呼。

"请稍等十分钟。摄影组正在拍摄现场照片，其他人进去踩乱足迹就麻烦了。"回应他的是鉴证科的科长。除了此人，现场还有所属辖区的刑警和几名穿制服的警员。昌夫探头看了一下房子门口挂的的门牌，见上面写着"山田"两个字。

这所房子是一幢古旧的日式住宅，周围建有围墙，占地大约一百坪[①]。庭院中草木繁茂，遮住了从外面朝里窥探的视线，所以无论屋中发生了什么事，都很难从外部一探究竟。一大早，院中的蝉鸣就连绵不断，十分聒噪。

---

① 坪，面积计量单位，多用于耕地。1坪约等于3.3平方米。

为了节省时间,第五组的成员先各自去四处看了看。房子所在的街道周围好像古画上描绘的店铺云集的传统商业街,道路狭窄,仅容一辆车通过。隔离绳外集聚了很多看热闹的居民,交头接耳地议论纷纷。

"您住在这附近吗?"昌夫朝一名中年妇女搭讪。

"啊,是啊,是啊。"妇女听见有人问话,猛地回过头来。

昌夫从口袋中掏出证件朝她亮了亮。

"我是警察,想了解一下情况……您认识被害的山田先生吗?"

"哎,认识,认识。毕竟都住在同一条街上嘛。"

"他是干什么的?"

"以前好像是卖手表的……现在把生意都交给最小的女儿夫妻俩打理了,所以他算是退休了……他在车站前那个地段还买了套公寓,很早就是我们这里的有钱人。"

"他跟附近的邻居有来往吗?"

"没有。"一个老头抢着说,"有钱人怎么会和我们这些穷人来往?他连町内会①都没参加过!"口气听起来冷冷的。

"以前还是参加过的!不光如此,每年秋祭节的捐款,人家都是捐得最多的呀!"

"那还不是为了摆阔气、撑门面?"

"人都不在了,您就别再说这些了!"

被中年妇女埋怨,老头"嗤"地冷笑了一声,走开了。

昌夫又询问了其他的居民,反馈回来的都是些无关痛痒的情况,诸如死者很有钱;夫人早早就去世了;因为膝盖不好,最近很

---

① 町内会,日本居民自治组织,类似我国的居委会。

少出来走动……诸如此类的。看来，在事情没搞清楚之前，周围的人谁也不想乱说话。

鉴证科同意放行后，第五组的全体成员走进了被害人的家中。首先是验看尸体，各人戴上白手套，脱掉鞋子进入房子。只有岩村忘了随身带手套。

"笨蛋！把手插在插兜里，不准触碰任何东西！"仁井低声斥责道。岩村满面羞愧地低下头。

现场人员带领他们来到房子深处一间宽敞的西式房间里。一进门，他们就惊讶地发现屋里开着空调，房间里的家具也都十分奢华，架子上摆着一看就很昂贵的日用品。果然是有钱人的派头啊。在一条长椅和桌子之间的地上躺着一具男性尸体，尸体上还盖了一床被子。

"被子是怎么回事？"昌夫问。

"女儿给盖的，大概是感情上接受不了。"鉴证科科长回答。

"被害人家属呢？"

"都在二楼。不过他们的情绪极不稳定，暂时无法交流。"

宫下掀开被子，众人一起围拢过去观察尸体。死者头部有大量的出血，头骨有被铁棒之类的物体重击后凹陷的痕迹。现场没有发现凶器，也没有搏斗的痕迹。考虑到死者年事已高，恐怕即使受到袭击也难以抵抗。

"死者的姓名和年龄？"

"山田金次郎，七十五岁。三年前，夫人去世后，一直独自生活。住在附近的三女儿每天早上做好早饭送过来，似乎已形成规律。发现尸体的时间是早上七点半。死亡时间嘛，还没经过司法解剖，无法准确判断，但根据血液凝固等情况来看，死亡应该已经超过十二个小时。另外，你们稍后可以看到，屋内的物品有被翻动过的痕迹。在另一个房间里，保险柜被撬开了。丢失的具体物品不详。此外，尚不清楚凶手是怎么进入房间的。"

接着，他们勘查了整个房间的情况。窗户和屋内家具上的抽屉都被打开了，地板上到处散落着书籍。

"玄关处和院子里有几处足迹，但还不能确定是不是凶手的。室内未发现足迹，凶手应该是脱了鞋进来的。"鉴证科科长继续向他们介绍情况。昌夫一边听介绍一边凝视着尸体。虽然他明白案子就是案子，总会发生的，但每次看到死者，心头就会涌起一种使命感，那是一种绝不容杀人凶手逍遥法外的决心。

站在他身边的岩村喉咙一阵阵发紧。这是他头一回参与杀人案的调查。

"那么，大家再轮流勘查一下室内，注意不要干扰鉴证科取证。看完就到外面去。"按宫下的命令，第五组的成员开始分头行动。昌夫使了个眼色，让岩村跟着自己。他毕竟还是新手，绝不能出岔子。

他们先察看了厨房和后门。这里并不散乱，似乎凶手没有来过。但后门没有上锁，窗户的插销也没有插上。不过，当时在东京，在这样的老街区，即使主人在家，也普遍习惯了不锁门。所以，这一点还需要与死者家属确认。

之后是佛堂。这里的抽屉全都敞开着，抽屉里被翻得乱七八糟，显然是遭到了洗劫。

他们又来到二楼的和室，见一位中年女性魂不守舍地瘫坐在榻榻米上。这应该就是案发现场第一发现人、被害者的女儿？一眼瞥去，她给人的印象有些俗艳，虽然打扮得很年轻，手上却很显眼地戴着一枚硕大的宝石戒指。跟她靠在一起的男子应该是她丈夫，那男人油头粉面，一副惹人厌的模样。当地警署的一名老刑警正在向他们了解情况，昌夫他们暂时搭不上话，不过二楼似乎并未遭到洗劫。

在屋里四处巡视后，第五组的人都来到了屋外。连同辖区警署的刑警，共有十几个人站着围成一圈。宫下则站在圆圈的中心。

"南千住警署的各位，我是搜查一科第五组的宫下，玉利科长授权由我负责协调这个案子的初步调查。鉴证调查稍后安排在下午的侦查会议之后进行，眼下先安排实地调查的分工。刚刚已经把地图发给各位了，请大家确认一下。南千住一丁目，由泽野、冈田负责；二丁目，由仓桥、北野负责；三丁目，由落合、大场负责……"所谓实地调查就是逐门逐户地走访，收集有用信息。通常会由一名辖区警署的刑警和一名警视厅总部的刑警结对行动。

"尼尔和岩村，你俩一组。"最后，宫下抬起头说。岩村还是新手，不能把他甩给辖区警署的人，以免给人家添麻烦。仁井听了，面无表情地答应了一声"好啊"。

"勘查现场由辖区警署的刑事科科长负责。我和坦克罗去鉴证科跟进物证调查。下午一点，全体人员到南千住警署集合，召开第一次侦查会议。就这样，大家开始行动吧！"

众人散开，分别前往自己负责的片区展开调查。昌夫先跟自己的搭档大场打了个招呼。五十多岁的大场茂吉是老刑警，曾经长期在搜查一科工作，昌夫对他早有耳闻。

"我是落合，请多指教。"

"你多大？"

"二十九。"

"还很年轻嘛。大学生？"

"嗯。"

"哟，搜查一科到底不同以往了，连刑警也讲究学历了。"

大场瞪了昌夫一眼。一望可知，他是那种所谓的老刑警：面孔黝黑，满脸皱纹。

虽然因为学历和年龄而被挖苦了一顿，但昌夫毫不在意，反正他早就习惯了。

身经百战、从基层一路打拼上来的刑警普遍对大学毕业的后辈怀有某种敌意。

"你熟悉这附近吗？"大场问。

"啊，不熟悉，这还是头一次来。"

"那就跟我走吧。"大场甩开大步，昌夫只得赶忙跟上。

他们首先去了当地的房屋中介。

"给我把三丁目附近的地图拿来。"大场毫不客气地要求对方。房屋中介马上给了他们一份写有户主姓名的本街区地图，上面还标明了每栋公寓楼的房间数。

"上头发的那张地图屁用都没有！"大场嘴里叼着烟说。果然是老刑警，一上来就出手不凡。

他们拿着这张地图，从三丁目1号开始，挨家挨户地询问，并将已经问过的地方用红铅笔划掉。询问的主要问题是：知道现场的情况吗？从前与（死者）有过来往吗？昨天去了哪儿？做了什么？有没有见到形迹可疑的人……在询问过程中，还要观察对方有无可疑的举动。

一句话，附近的居民也被当成了怀疑的对象。

大概是因为这附近与案发现场之间隔着常磐线地铁，居民们大多对案件毫不知情。接受询问的主妇千篇一律地瞪大了眼睛表示惊讶，当被问起被害人山田金次郎的情况时，大部分人的反应都是："啊，就是住在那幢大宅子里的那个……"看来山田在当地是个颇有名气的人物，不过并没有与他特别亲近的人。

大场走在街上时，前后左右总有人不断地和他打招呼："您辛苦了！"每逢此时，大场总是抬起一只手，说声"哟！"作为回应。这位老刑警在南千住警署辖区内是个标志性的的存在。

走访了十家住户之后，已经接近中午。大场带着昌夫走进了车站前的一家荞麦面馆。他跟老板似乎很熟，打了招呼后，便要了两份荞麦面。不一会儿，面端上来了，店主还免费赠送了天妇罗。

"这家的面味道挺不错，"大场说着伸手去拿筷子。警察在辖区内的餐饮店就餐，通常会享受一些额外优惠，这已经成了惯例。作为回报，警察通常会帮忙摆平违反交通规则的记录或对一些轻微的违法行为睁一只眼闭一只眼。但昌夫心里对此颇不以为然，所以一直没碰天妇罗。他不太喜欢这种古老的习俗。

似乎是看透了昌夫的心思，大场有些不高兴，也不怎么开口说话，只顾吸溜吸溜地大声吃着面。

"老板，听说了八丁目发生的案件没有？"吃完饭，大场朝厨房里问。

"当然听说了。山田先生以前是我们店里的常客，我还经常去给他送外卖哪。"老板颇有兴趣地走了出来。

"他都是点一人份的面吗？"

"嗯。他总是不要找零，说就当给我们小费了。冈持那家伙可乐意给他家送餐了。"

"最近他家没发生什么奇怪的事儿吧？"

"好像没有。不过我们跟他不是特别熟，即使夫人还在世的时候，也感觉他不太愿意跟我们这些人来往。他家虽然有四个孩子，但上的都是私立学校，没在本地学校上过学。"

"哦，不是说他的三女儿两口子就住在附近吗？"

"哪儿算得上是附近哟！他们住在东京体育馆对面，从这边的老商店街一眼望不到的地方。哎，大场警官，到底是怎么回事啊？我们这条老街可从来没发生过杀人这么大的案子哪！是因为偷东西吗？要不就是仇人干的？"

店主顾不上做买卖，只想打听内情。大场恰到好处地说了些场面话，应付了一下。结账的时候，两个人分别只付了荞麦面的钱，桌上剩下了一份谁也没碰过的天妇罗。

下午一点，他们去南千住警署集合。门卫通知他们立即去停车场，二人便绕到后面只盖了一层铁皮屋顶的停车场，发现其他人很多都已经到了。

混凝土地面上铺着塑料布，上面躺着山田金次郎的尸体。每次办案时大家都说，警署里要是有个太平间就好了，但尸体一般还是在大楼外进行处理。

"到齐了吗？"宫下抬头看看，"虽然还没进行司法解剖，但大家先把已经掌握的情况汇总一下吧。"

在宫下的眼神催促下，负责检查尸体的警察向前走了一步。

"那么，我先来作个简单的说明。死因是头部损伤造成的脑挫伤以及伴随性脑膜下出血。损伤部位只有一处，初步判断是用直径一厘米左右的铁棍从正面猛击造成的。死亡时间推定为昨天中午至傍晚之间……"

他一边说，刑警们一边各自记着笔记。站在人群对面的岩村脸色发青，一直不敢看向尸体。仁井揪住他的脖子，把他拖到最前排。

"你给我好好看着，都印在脑子里！不过可别把你刚才吃的猪排饭吐在这儿！"仁井毫不客气地教训着，引得众人窃笑不已。

"那个小青年也是大学生？"大场问。

"是。"昌夫回答。大场没再说话，从鼻子里"哼"了一声。

之后，所有人移至大教室，开始第一次侦查会议。邻区的千住警署也派了人手前来支援，侦查队伍扩充到四十人左右。这么多人同时掏出香烟来吞云吐雾，大教室里立刻烟雾弥漫，四台风扇都开到摇头模式也于事无补。前方的讲台上并排坐着四个人，分别是搜查一科的二号人物即科长代理田中、鉴证科科长、辖区警署的署长及刑事科科长。

田中先发言。他体型壮硕，像个关取级别①的相扑手。实际上，他也确实是柔道五段的高手。

"首先，我们重新整理一下本案的要点。被害人山田金次郎，明治二十一年②五月十日出生于东京荒川区，享年七十五岁。死前为无业人员，但此前一直从事钟表生意，直到十年前退休。三年前，妻子去世后，他便一直独自生活。有子女四人，一男三女。报案者为第三个女儿，据她介绍，被害人自退休之后很少与人来往，过着安静的隐居生活，似乎也没有仇家，亲戚间无纠纷。财产损失

---

① 相扑按成绩分为十级，关取级别涵盖前六级，即五级及五级以上。
② 明治二十一年，即1888年。

方面，起居室里的保险柜被打开，里面的贵重物品和现金被盗。具体金额不详，但据报案人称，家中放置的现金最多只有数万日元。贵重物品主要是几块进口手表。亡故的夫人曾有若干珠宝，但都被女儿们继承，因此没有放在保险柜中。另外，保险柜系凶手用撬棒之类的工具强行撬开。凶手的行动路径尚不清楚。还有，凶手是单独作案还是团伙作案仍有待查清。本案的侦查总部设在南千住警署这里，案子定名为'荒川区前钟表商被杀案'。最后，还有一件重要的事要向大家通报……"

说着，他昂起脸，扫了一眼下面坐着的刑警，接着又说："昨天上午至下午之间，在隔壁的足立区千住警署辖区内连续发生了两起闯空门入室盗窃案。一件发生在千住寿町的民宅，罪犯敲破窗玻璃闯入室内，从壁橱的抽屉中盗走大约三千日元现金和珍珠项链；第二件发生在千住东町的豆腐店，下午一点，店铺停止营业后，罪犯从后门的窗户，用撬棒之类的工具拨开插销进入室内，偷走装有一万数千日元营业收入的手提保险箱一只。此外，在与足立区相邻的葛饰区，仅星期四一天内就发生了三起类似的盗窃案。所以，很有可能是在东京市的东北地区偏南部一带，由同一名罪犯或同一个团伙在进行连环入室盗窃时导致了杀人事件。当然，我们不能预设立场。希望大家尽全力调查，不放过任何一种可能性。从现有情况判断，极有可能是连环盗窃犯罪人打算趁山田家无人之际入室盗窃，意外地与被害人相遇，慌乱之中挥起撬棒将被害人杀害。大家在进行调查时要时刻考虑到这一点。千住警署的同事也会参与本案的侦查，目前的调查范围设定为：足立区千住地区、荒川区南千住町一丁目至十丁目……"

一名当地警署的刑警把一张大地图贴到黑板上，田中逐一在地图上勾画着各部门负责的片区划分。地图旁边还贴着案发现场的示意图，是用马克笔画在粗纸上的。

昌夫一边在笔记本上作记录一边想，如果杀人的真是那个路过的小偷，那么此人应该是个外行吧？入室盗窃的家伙大部分是惯犯，即使临时起意从入室盗窃变为抢劫，也不至于闹到杀人的地步。而且山田是七十五岁的老人，不杀他也能轻而易举地逃跑。

田中讲完，接着由鉴证科科长介绍情况。

"目前没有发现凶手的遗留物品，包括指纹。发现了几个脚印，但都在玄关附近，没有进入室内的足迹。被害者家订了报纸和牛奶配送，眼下正在比对配送员的足迹……"

最后，田中语气坚决地作了总结："杀人犯正在逍遥法外，这是我们绝对不能容忍的！我们一定要尽快破案，恢复社会秩序，让市民安心生活。今天下午继续进行实地调查、被害人周围情况调查和被盗物品的估值工作。下次集体汇报的时间为晚上七点。晚上，搜查一科的玉利科长将在这里召开新闻发布会，明白吗？找不到线索的话，搜查一科科长就会在记者面前丢脸。所以，请大家务必竭尽全力！解散！"

刑警们一起站起身走出大教室。下楼梯的时候，昌夫遇见了岩村，便向他打了声招呼问："怎么样？还撑得住吗？"

岩村期期艾艾地点点头："还可以吧。"

"什么叫'还可以'啊？"仁井不失时机地出现了，用手指头戳着岩村的后脑勺。

看来，岩村被这位严厉的前辈折腾得够呛。

昌夫和大场一道继续进行实地调查。因为是星期六，居民们大多在家，调查很顺利。平时因为白天几乎没有人在家，他们只能晚上再跑一趟。没办法，实地调查不能漏掉一家一户。

在商店街进行调查的时候，一般由大场问话。而到了住宅区，大场便用下巴朝地图点点，说了声"这边由你去问"，便躲到一旁抽烟去了。

昌夫渐渐有点儿明白大场的心思。这位老资格的刑警根本没打算跟他的搭档分享线索，估计只有当离开昌夫、一个人行动的时候，他才会拿出真本事。除了向市民问话时偶有交集，其他时间里，二人几乎无话可说。如此一来，昌夫也不得不打起自己的小算盘。大学毕业后进入警视厅，第八年就被选进了人人向往的搜查一科。为此，昌夫没少受前辈的排挤和嫌弃，性子早就磨出来了。这个案子，他要自行寻找线索，出其不意地破案，让那些地方警署的同行刮目相看。

又拜访了几户居民后，他们从一位主妇口中获得了一条值得注意的线索。据称，昨天下午三点左右，有个年轻男子在这一带的小巷里走来走去，四处张望。此人身穿工作服，手里还拎着皮包。

"不过，因为他胳膊上挂着政府机关的袖标，我以为是政府的人在调查情况，所以没有在意。"

"袖标？什么样的袖标？"昌夫追问道。

"应该是写着'林野厅'三个字的袖标。您瞧，这附近地势低，一刮台风什么的，堤坝就被冲破了。中央政府和东京市政府一天到晚在建工程，在空地上挖排洪渠，所以我觉得是政府的人来搞测量。"

"袖标上确实是'林野厅'三个字？您没有看错吧？会不会是'建设省'或'东京市'什么的？"

"您这么一说，我倒真有点儿拿不准呢……"主妇耸耸肩。

"顺便问一句，这个年轻男子有没有什么特征？比如身高、发型之类的。"

"对不起，我没仔细看呢。不过，倒不是大个子、光头的那种。没什么特别引人注目的。"

"知道了，谢谢您。"昌夫道了声谢便告别那位主妇。大场也一言不发地转身走了。

林野厅的管辖范围是山川、森林等，与防护堤、防灾等毫无关系。尽管如此，这条线索的价值也不大。即使凶手想乔装打扮，伪装身份，使用林野厅的袖标也很奇怪。换成是自己，昌夫宁愿选择伪装成东京电力的工作人员，反倒显得更合理。

经过一个下午的实地调查，他们没能获得其他的目击者证言。或许是因为天气实在太热了，近两天的气温都高达三十度以上，居民都躲在家中纳凉。

搜查一科科长玉利出现在晚上七点的侦查会议上。警察内部通常把搜查一科科长的大驾光临称为"临场"，加上记者在场，无形中提高了这个案子的级别。在这种氛围下，参加侦查工作的所有刑警士气大增。

会上，由各辖区分别介绍各自进行实地调查的进展，但都没发现有力的证据。有人反映说，在某个时间段里，现场附近的人家有几条看门狗曾经同时狂吠不已。经调查后发现，时间段为下午三点钟前后，正好与那个四处窥探的袖标男的活动时间相符。

昌夫在汇报时没有提到袖标男的情况。他觉得那位主妇的证言比较含混，而且其他刑警都没有提到这个情况。在人口密集地区，又是大白天，单凭一个人的证词根本不足以作为证据。

大场仍是一言不发，只一个劲儿地抽烟。会议结束后，他说了声"明天见"，便独自消失在街头。

6

山谷①的夏天，整个地区都弥漫着垃圾的臭气、汗臭和酒臭，町井美纪子从小就对此深恶痛绝。

今天也是如此。一大早，气温就超过了三十度，巷子里的每个角落都飘荡着一股令人反胃的臭气。刚才她在晒台上拍打着翻晒的被褥，忽然想到被子会不会反而沾染上街道里的臭气，一下子没了干劲。她"啪啪啪"拍打被子的声音仿佛令潮湿的空气开始震颤。

"喂，小姑娘！大清早的，吵死人了！能不能消停会儿？"晒台旁的一扇窗户开了，一个操着不知哪里方言的中年房客大喊。

"啊，真抱歉，您刚刚下夜班？"美纪子停下手中的活儿。

"在首都高速的工地上干活儿，清早刚收工！"

"知道了，我这就停下来，您好好休息吧。"

"拜托！"房客皱着眉头说，随即关上了窗。他的脸晒得黝黑，看不清表情，但从口气听来不像是真动了气。

盂兰盆节一放假，美纪子还以为山谷的棚户区总算能安静几天了。谁知今年大家都决定不回老家探亲，街上的每家旅馆都住得满满当当。一年后就要举办奥运会了，东京到处在大兴土木，连市中心也整天尘土漫天，金属钻头的切削声不绝于耳。前些日子，美纪

---

① 东京的贫民街区，与大阪的釜崎和横滨的寿被称作日本三大短工聚集地。

子进市区办事,顺道去了趟银座,被筑地川那边的景象惊呆了:河流被填埋,上方正在架设一条高速公路。东京像个少女似的,转眼间就"女大十八变"了。

"美纪子,晒完被子帮我去跑趟腿儿,让三轮米行的人送两袋大米过来!"

母亲福子站在下面的走廊上对她大声说着。她自己则搬出全套刀具,在屋外把猪内脏——切成小块。

"妈,咱们还是装电话吧!开旅馆的没有电话,多可笑!"

"那你去装!电话债券要好几万呢,咱家可买不起。"

"您那都是老黄历了,现在只要交一万日元的设备费就能装电话了!"

"一万也太贵!而且每个月还要另外交电话费。再说,谁会给咱们打电话来呢?"

见母亲面露不悦地一口回绝,美纪子便不再多说什么了。

美纪子家在山谷经营着一家廉价小旅馆兼饭堂。创办人,也就是她的父亲,十年前过世了。关于他的死因,据官方说是病死,但母亲一直坚称他是被警察害死的。

对外自称零工工头的父亲其实是这一带的黑帮头目。某天,他以恐吓嫌疑的罪名被带到了上野警署,第二天就死在了拘留所里。警方对外公布说他是因病猝死,实际上是因为在狱中突发高血压,而警方拒绝提供药物,导致父亲不治身亡。

母亲时常流着泪说,就因为父亲是朝鲜人[①],警察才见死不

---

① 美纪子母亲所指的昭和时代初期,韩国尚未成立,所以此处译为朝鲜人。

救。当时美纪子刚上初一，虽然很为父亲的离世伤心，但老实说，内心深处多少有些松了口气。因为有这样一个混黑社会的父亲，她未来的人生路注定不会顺利，而她只想过普通人的生活。

美纪子这个名字是父亲给她取的。虽然如此，去区政府登记出生证明的时候，他连对应的汉字都写不出来，最后只好写成了"ミキ"，所以她名字中的"美纪"是片假名，变成了"ミキ子"。上小学的时候，她从母亲口中听说了这件事，打从心底感到别扭。父亲是昭和时代初期从济州岛来日本的第一代在日朝鲜人，讲日语时总带着奇怪的口音。

她推着自行车从后门走了出去。路太窄，她没有骑上车，只是继续推着走。附近的一条狗追了过来，嗅嗅她的气味便离开了。这是每天的例行仪式。

"小美，盂兰盆节都不休息吗？"坐在长凳上手握酒瓶的老头跟她打招呼。美纪子不知他来自何方，只知道他是在山谷住了三年多的工人。

"旅馆都住满了，休息不成呢。"

"那可真够辛苦的。"

"老爷爷您呢？不用去干活儿吗？现在到处都是工地。"

"我的腰不好，不休息一天就顶不住了！"

"那也真是没办法呢。"美纪子口中虽然这样说，心里却很想说，那也不应该·大早就抱着酒瓶呀。想想说了没用，便不再多嘴。

山谷到处是酒鬼，时常还会招来救护车光顾。

走了没多远，又有好几个人跟她搭讪。町井旅馆家的女儿在山谷可是无人不晓。

美纪子厌烦至极，无数次想离开这个鬼地方。

等到终于走上了大路,她便跨上自行车骑车赶路。车子缺乏润滑保养,每蹬一下便发出刺耳的"吱——吱——"的杂音。

穿过东京电车大道,便走上了昭和大道,眼前的景色为之一变。街上来来往往的都是普通上班族,而不是打零工的。空气里的味道也变了,不再是垃圾、臭汗和酒的味道,而是汽车尾气的汽油味。一位不知是哪家银行的女职员身穿制服、怀抱着文件袋走在人行道上,她一定是外出公干的吧?美纪子心中一痛,忍不住回头多看了几眼。

四年前,她坚信自己作为商业高中的毕业生,一定能找到女职员的工作。但前前后后面试了好几家公司,最后都落选了,大概因为她是朝鲜人吧。更何况,只要略微调查她那过世了的父亲的底细,就绝对不会有公司录取她。那么自己不惜归化加入日本籍,还取得了珠算一级和记账二级资格证书都是为了什么呢?美纪子心中一片悲苦。母亲曾哭着对她说:"我们当爹妈的让你受委屈了!"唉,她这个人总是动辄号啕大哭。结果她终于没能成功就业,只好回来帮忙家里的小生意,走出山谷的梦想也随之破灭。不过,她现在正准备考取税务师资格证书,在这种国家级的资格证书考试中,就算有人想区别对待她,恐怕也没那么容易。

到了米行,相熟的米行老板正坐在柜台里记账。

"您好!我是町井旅馆的。我们常买的那种米,麻烦你们再送两袋过来。"

"啊,好好好,下午就送过去。对了,小美啊,我请你喝汽水,你来帮我验算一下账目吧?"米行老板擎着算盘对她说。

"又要对账?"

"拜托，我再请你吃大福①，好不好？"老板拱起八字眉向她恳求道。

"下次我可要收费了！"美纪子无可奈何地答应了，走进柜台开始打算盘，只花了一分钟就验算完毕。

"谢谢你了！虽然我是个开铺子的，算盘却怎么也打不好。前几天在台东区商业协会的展示会上，他们介绍了叫卡西欧的公司生产的电子计算器，说是帮人家展示样品。那东西可真厉害，只要按一下数字按钮，连四位、五位的数字都一下子给算出来了！他们还问我们觉得怎么样呢。东西是好，可预售价要三十八万日元，比一辆小汽车还贵！我们也只能笑笑了。"

"啊，是嘛。这么说，珠算一级目前还管用？"美纪子接过老板递来的新鲜牌橘子汁，拉开瓶塞就"咕咚咕咚"地喝了起来，连同老板又端上来的大福也心安理得地享用了。

"对了，你们山谷那边，最近有刑警去过吗？"老板问了个奇怪的问题。

"啊？不知道啊，发生了什么事吗？哦，对了，来过来过。"美纪子忙又点头。她忽然记起来了，南千住町不是发生了独居老人被杀的案件吗？

"其实那位老先生以前还是我们店的顾客哩！自打三年前他夫人过世后，他就再也没有来我们店买过东西了。毕竟认识嘛，我们听到消息大吃一惊。"

"嗯。"

"不过他那夫人可不怎么招人喜欢，仗着老公是有钱的钟表

---

① 大福，一种糯米做的甜点，中间包着豆沙馅。

商,老是一副假装上等人的臭架子。"

"是这样啊,那么警察也会来我们店里问话吧。"每次发生什么事,山谷的旅馆就会被警察像捉虱子一样从头到脚搜查个遍。而每当这种时候,那些左翼活动家就会跟警察对着干,于是便会演变成一场骚乱。

"凑合着应付应付就行了。啊,对了,还有个年轻警察问了个奇怪的问题,他问我有没有在附近看见过一个戴着林野厅袖标的年轻人。"

"这又是怎么回事?"美纪子问。

"谁说不是呢?我也不知道。那些刑警也是够奇怪的,白天两个人一道来问一遍,到了晚上又独个儿过来再问一遍。为什么要费两遍事呢?袖标的事,是晚上来的那个人问的。"

"是嘛……"美纪子咬着指甲,沉思片刻,心中涌起一团灰色的疑云。

从米行出来,美纪子没有立刻回家,而是去了浅草。穿过吉原的土耳其浴一条街来到浅草公园的北侧,在一家名叫"回声"的咖啡馆门口停下自行车,推门走进店中。空调房里清凉的空气立即包围了她的全身。她径直走到店的最里面,在一间烟雾腾腾的包厢里聚集着一群一看就不像是好人的小青年。

"喂,年纪轻轻的,一大早就在这儿偷懒!"美纪子毫不客气地说。

"老姐,你又来干吗?"瘫坐在椅子里转头看着她的是弟弟明男,其他几个小青年随即也一言不发地朝美纪子点点头。明男是混黑道的,听说最近还当上了地盘在浅草一带的东山会的小头目,不学好的趋势越来越明显，回家的次数也越来越少。

"你们这些家伙，多少该找点儿活干吧？"

"我可是昨天一晚上都在事务所看电话来着。这些家伙深更半夜还要去夜总会收毛巾，所以现在是在休息！"明男不服气地回嘴。他收了街上的一群不良青少年，自己则以大哥自居。

"明男，你过来！"美纪子抬抬下巴，在旁边的包厢里坐下。

"又要干什么啊，老姐！要是教训我，你就省省吧！"

"少啰嗦，过来！"

见美纪子语气强硬，明男不情不愿地站起来，换了座位重新坐下。他身上穿了件花里胡哨的夏威夷衫，梳着大背头，装扮上很得黑帮风格的精髓，但脸颊圆润，皮肤富有光泽，暴露出二十岁的稚嫩。

"你以前曾经带回家住的那个朋友现在在干吗？就是那个从北海道的什么岛逃出来的男孩？"

"啊，就是专门偷东西的傻瓜宽治啊，他不在这儿。那小子每天晚上都来事务所，随便捡点儿残羹剩饭当晚饭，说不上来是厚脸皮还是傻。大哥们逗他，说只要每天打扫屋子就可以随便来。反正那小子好像脑子里少根筋，也不怕黑社会。"

"你是在哪儿认识他的？"

"在六区转悠的时候，那小子自己过来找我搭讪的，我就顺嘴问了他一句眼下在干什么工作，他说没工作。后来我又问了一回，他就突然一股脑地把什么都告诉我了，说是从北海道的礼文岛逃来东京的，偷东西的手艺一流，哈哈！"明男像是回忆起了当时的情景，颇感滑稽，不由得放声大笑。

"够了，知道了。我问你，那个叫宽治的小子究竟干了些什么？"

"啊？"

"警察在调查呢，说是有人发现一个戴着林野厅袖标的年轻人很可疑。那孩子到咱们家来的时候，工作服上不是套着袖标吗？"

"啊，对，那家伙还挺得意呢，说穿着工作服，戴着袖标，装成政府人员，偷东西的时候根本没人起疑心。"

"我告诉你，警察正在调查的是上星期六南千住町发生的那起入室抢劫案。"

"什么？"明男一下子跳起来，"该不会是真的吧？"

见弟弟一脸吃惊的样子，美纪子放了心。之前她还有点儿疑心明男会不会与这件事有牵连，这个弟弟从小性格冲动，发起脾气来真不知能干出什么事。

"你什么都不知道？"

"那当然！"

"知道了，和你没关系就好。"

"不过，说到那个傻瓜……"明男抱着胳膊，表情很严肃地说，"假如真是他干的，事情可就麻烦了。"

"那还用说？总之，你不要跟他再有什么瓜葛了。"

"他可不像是能干出那种事的人，就是个抠抠索索的小毛贼嘛，脑子还不好使。"明男脸上仍是一副难以置信的表情。

美纪子对宽治没什么印象，或许因为他在家里只住了一个晚上。不过，外人很难明白宽治到底在想些什么。吃饭的时候，他一连让她添了三次饭，像是不懂得客气的小青年。当时她还想，以他这种性格，恐怕很难在社会上讨生活。

"不管怎么说，我叫他赶紧把袖标扔了。那小子，现在还像小孩显摆玩具似的，挺得意呢。"

"我说的不是这个，是叫你少跟他搅和在一起！"

"知道，知道。"明男耸耸肩。

既然眼前是机会，美纪子打算以姐姐的身份劝劝老弟。

"你明年就满二十岁了，要是卷进案子，名字就会登在报纸上，明白吗？"

"切，你可真够啰嗦的。"

"什么叫啰嗦？你这岂不是变成混黑道了？"

"这话你跟老爸说去。"

"老爸是没办法，为了养活家人才那么做。你算什么？不就是不爱干活才瞎混吗？"

"姐，我可没瞎混，每天被人使唤来使唤去的，忙个没完。"

姐弟俩唇枪舌战了一阵，等到美纪子说出"别让老妈为你流眼泪"时，明男立刻败下阵来。

这个弟弟是她带大的，姐弟俩之间的力量悬殊从没变过。

回到家，美纪子向母亲问起有没有警察来过。福子有点儿得意地说："早就来过了。是为了南千住町的案子吧？星期六，事情一发生就来了，你那会儿刚好不在家。那帮家伙简直把山谷当成罪犯的老窝了，一有点儿事就立刻扑过来，又是要检查住宿登记，又是要厚脸皮地去客人房间里乱看，真叫人气不打一处来。我每次都会跟他们吵一架。再说，就是他们害死了你爸爸嘛。我跟他们说，除非警视厅总监亲自带着抚恤金来道歉，否则我绝不会配合警察！"

"然后呢？"

"然后他们就冷冰冰地说，太太，不要说那些话嘛。就像以往一样。不仅如此，他们第二次来的时候还威胁说，如果不配合警察，就把以前'胁迫罪'的事情再翻出来。"福子心有余悸地说。

美纪子明白警察的这套把戏。以前在进行土地交易时，他们家遇到了纠纷，母亲曾委托黑道上的人帮忙斡旋。打那时候起，每当有事发生，警察就会立刻暗示说要立案调查他们是否有恐吓交易方的行为，逼着他们改变想法。

"如果你爸爸还活着就好了，民团肯定会帮咱们。"

"您还说这话？当初决定全家归化加入日本籍的是妈妈您哪！"

"你爸爸一死，济州岛那些连面都没见过一回的亲戚全跑来了，又是这样，又是那样，一个个只会指手画脚，烦死人了！我一生气就决定，既然他们老那么说，我们就干脆全家都入籍，跟他们断绝关系！"

母亲和弟弟一样，都是那种容易头脑发热、一言不合就跟别人干架的火爆脾气。也正因为如此，才会意气用事，对不需要帮助的人也伸出援手，最后总是自己吃亏。她的日本朋友曾经皱眉头叹息地说："你家里的人，喜怒哀乐都过于激烈了。"美纪子居然深有同感。假如他们能像日本人那样懂得权衡利弊，就能在社会上更稳定地立足。

眼看母亲又要开始唠叨，美纪子赶忙起身离开。她走进旅馆旁的饭堂，从里边打开遮雨窗，见店门前已经聚集了很多工人正等着开门营业。这番景象太平常不过了，那些口口声声说工作太累、忽然决定给自己放一天假的工人，不出工的原因大多是想从一大早就开始喝酒。虽然周围有很多酒馆和快餐店，但町井旅馆的老板娘做的炖菜是出了名的美味，引得客人纷纷前来。另外，店里的电视机和电风扇也是招揽生意的法宝。

美纪子跟母亲说过好几次，店里应该从傍晚才开始卖酒。福子立刻一口回绝，说如果那样，客人都要被别的店家抢走了，所以照卖不误。事实也的确如此。在山谷，人们连街道都懒得打扫，非要与众不同的人就是傻瓜。

刚开门营业，客人转眼之间就坐满了八张桌子，所有人都点了用玻璃杯装着的散酒。这些人都是干体力活儿的工人，拿着每天一千日元的工资，住在每晚二百日元的廉价旅馆里，喝着三十日元一杯的劣酒。盂兰盆节还留在山谷的人，要么没有亲人，要么与家人早已断绝了关系。每年都有人死在这里，尸首无人认领，最后只得由区政府以"无缘死"①的名义火化。

没多久，只听有人忽然大叫一声，从椅子上摔了下去。

"刚开门就有人喝醉了？喂，不要再拿酒出来了！"

听见美纪子在厨房里惊呼，另一个人赶忙说："哎，这是贫血啊，阿山今天早上刚去卖过血。"

"真的？"美纪子慌忙跑过去，见一个五十岁左右的男人脸色铁青地横躺在地板上。

"一大早刚卖完血就拿着卖血的钱来喝酒？叫人难以置信！"

美纪子只得先撬开那人的嘴，检查他喉咙里有没有什么东西阻塞了呼吸。这时，福子也跑了过来："美纪子，辛苦你一趟，去隔壁借辆大车来，把他送到佐藤医院。"

说完，福子便手脚麻利地收拾地板。她对这种事早就见怪不怪了，客人在店中猝死的事，之前已经发生过两回了。

美纪子去隔壁的废品收购站借来大车，停在店门前，几个客人

---

① 指失去了血缘、地缘和身份，孤零零地死去。

帮着把昏倒的人搬到了车上。

"咣当咣当"地推着大车往前走,美纪子不由得心灰意冷。自己一个年方二十二岁的姑娘为什么要生活在这样的地方?不管母亲再说什么,她打定主意,今年之内一定要离开山谷。

汗珠不停地冒出来,又顺着下巴簌簌地落在地上。

7

前钟表商山田金次郎被杀案距离案发已有五天,警方仍未获得任何有用的线索。一连几天的侦查会议都是由实地调查组和死者调查组轮流介绍当天的调查结果,没有丝毫进展。田中不禁大发脾气:

"什么叫没有目击情报?案发时间为工作日的白天,就算是气温超过三十度的大热天,也不可能所有人都待在屋子里不外出吧!不要光去问普通居民,还有邮递员、商店的伙计、街头混混……都要纳入询问的范围!"

落合昌夫默默地听着,盘算要从哪里打开突破口寻找线索。

其实,田中大可不必多说,刑警们心中都有自己的主意。不过,在确定能保住自己的功劳之前,谁都不想先说出口,免得为他人做嫁衣。

被分配到搜查一科后,昌夫的第一印象是:刑警都是单枪匹马行动的独狼,具有高度的自主性。诚然,每个刑警只是案件侦查的一分子,但在破案过程中,很多地方其实都需要由刑警独立作出判断,主动采取行动。因此,人人都渴望能一鸣惊人。

"喂,落合!你呢?拿出点儿料来!"田头抬起眼睛,突如其来地点了昌夫的名字。为了向科长汇报，他是在强行向刑警们要材料呢。昌夫是他的直属部下，而且年轻气盛，应该会忍不住说出点儿什么。

"虽然还没找到特别值得怀疑的线索，不过……"无奈之下，昌夫决定先透露一部分情况，反正这件事其他人早晚也能查到。

"有一位主妇反映，案发当日下午曾看到一个身穿工作服、佩戴林野厅袖标的年轻男子在南千住町三丁目附近徘徊。但林野厅的管辖范围是山川、河流和原野，与东京的老商业街毫无联系。后来我再次追问，对方又说看不太清楚，不敢确定。"

"嗯，关于这个穿工作服的男人，还有其他目击线索吗？"田中扫视了其他刑警一眼，见又有两个人举手。既然昌夫已经公开了这条线索，大概他们觉得没有再隐瞒的必要了。其中一个先开口道："在千住警署辖区内也收集到了同样的目击证言。一位买东西回家的主妇称，她在回家途中看到有个身穿工作服、佩戴袖标的男人贴着墙根朝民宅窥探，但没有看到袖标上的具体字样。"

另一个接着说："南千住町十丁目的日本纺织公司也有类似的证词，说是在他们隔壁的单身宿舍附近有一名类似打扮的男子行迹可疑。不过，那附近并没发生过盗窃案件。"

"嗯，可以理解成为了入室盗窃而乔装打扮。那就以此为线索，再分头调查一下。工作服一般不会引起人们的怀疑，有可能疏漏了什么。"田中的心情多少缓和了些。

"另外，还要扩大调查的范围。从明天开始，分出人手去台东区也展开一下调查。对了，山谷一带已经有人去过了吧？"

听到田中提出新的行动方案，参会的南千住警署刑事科科长建议："如果要仔细调查山谷地区，最好请浅草警署予以支援。黑帮、地下职介、左翼活动家、廉价旅馆的老板……山谷那边的事，浅草警署最熟悉。其他地方的人贸然前去调查，反而有可能把事情弄糟。"

"哦？还有这种事？"

"我们署与浅草相邻，查案的时候经常撞车。上个月，我们署第四组的人抓个了暴力伤害犯，对他进行了审讯。结果那家伙是浅草警署长期合作的线人，他们署的刑事科科长听到消息后，跑到我们警署大闹了一场，弄得有点儿不愉快啊。"

"知道了，我先跟玉利科长请示一下。"田中理解地点点头。所谓线人，就是刑警们各自发展的情报来源，在刑事部门很常见。从这一点来说，刑警与黑帮确实有不少相似之处，比如都有各自的地盘，外人一旦越界，必然会引发冲突。

"其他人呢？还有什么意见要补充吗？岩村，你呢？我们这儿最年轻的生力军，提供点儿新鲜角度吧？"田中扬了扬下巴说。他似乎感觉到岩村在侦查会议上一直受压制，这是新丁的必经之路。

"我……我没啥想法……"岩村小声回答。

"不会有人笑话你的。把你白天说过的话再说一遍！"仁井立刻威吓地说。所有人都朝他俩望去。

"啊，那个，虽说八月份天气热，大家白天很少出门，所以收集不到目击者或可疑的信息，不过小学生正好在放暑假。我想，他们大概不管天气有多热，都会跑出去玩儿吧……"岩村小心翼翼地提出。

"这样啊，你是说，可以去向孩子们了解情况？"田中若有所思地问。其他刑警也都纷纷点头。

"岩村，你小子是头一次说到了点子上啊。我听说你上大学的时候参加过划船队,今天看来,不光有力气,脑子也不错嘛!"听到田中开始夸人,坐在下面的刑警一下子纷纷议论起来。

"好,那就采纳岩村的意见,从明天开始,把中小学生也纳入询问范围。长相太凶的家伙怕是会吓着孩子,找些面相和善的组成特命组去问!"

"哎,那咱可就选不上了!"仁井自嘲地说,房间里爆发出一阵大笑。

"还是年轻点儿的比较好。像大哥哥一样亲切地过去打招呼,孩子们不紧张,才能问出话来。在座的有几个是二十多岁的?"田中抬头看去,见有六个人举了手。其中隶属搜查一科的只有昌夫和岩村二人,其他都是各分署的刑警。

"好,从明天开始,限定三天,你们几个去执行这项特殊任务。去孩子们玩耍的地方询问他们是否见过形迹可疑的人。不过,对儿童进行询问时要特别注意。为了引起大人的关注,他们往往可能会夸大其词,也会错过大部分重要的线索。此外,他们能看到的只是他们的身高和视野所及的东西。"田中指出了最重要的注意事项,昌夫一一牢记下来。的确,检方最不喜欢小孩的证词,审判时也会予以剔除。

"既然如此,这几位同事原来的工作要补充人手。"田中又说。

"头儿,我这边一个人就行。他们几个不就是借调三天嘛,就让我单干吧!"仁井一脸无所谓地说。

昌夫凭直觉判断,仁井手里肯定已经有了什么线索。田中肯定也看出来了。

"那好,就特别批准你单独行动!"

"那我也一样吧!"大场也提高了嗓门。他白天与昌夫搭档,一道进行问询调查,但到了晚上,经常甩开昌夫单独行动。

"好,那就特批你也单独行动三天!"

一瞬间,南千住警署刑事科科长的脸上掠过一丝不快。昌夫立刻明白了他们警署内部的人际关系,看来大场没怎么把这个年轻的上司放在眼里。

特命组的分工由田中亲自分配。昌夫和岩村被指定去荒川排洪道一带展开调查。他们打开地图一看,才发现那一带的面积之大,简直要让人昏过去。

会议结束,岩村喜滋滋地跑过来。

"前辈,那就请您多指教了!"

"你小子提了个好建议,应该去谢谢仁井兄。"昌夫微笑着说。

"说什么呢?谢谢就大可不必。"仁井忽然从后面窜出来,"接下来这三天我可算自由了,就冲这一条,我已经够开心了!"

他一把扯住岩村的耳朵:"你小子心里也在偷着乐吧?终于能跟好脾气的师兄搭档了!"

"啊呀,疼疼疼……"

"记着啊,小子,光有孩子的证词还不够,得去作背景调查。没有监护人的签字,不能算是有效证据,明白吗?可别给第五组丢人现眼!"

"明……明白!"

仁井教训完岩村便转身走了。第五组的人都知道他办案有两把刷子,没想到私下里其实还挺懂得提点后辈。

这时,大场叼着烟走了过来。

"喂,落合,你小子不错嘛,把林野厅工作服和袖标的事都抖露出来了。"他吐着烟圈说。

"啊，我之前只是觉得没什么大不了的，才没说。"

"说正经的，我跟林野厅的人私下打听过，问他们最近一个月内有没有哪个部门或分支机构遭窃。对方回复说，一共有两次：一次是月初在岐阜县郡上市①那边，值班室遭破坏，还被偷走了发电机；另一次也是在月初，北海道佐吕别原野的值班室被人破门而入，偷走了一套工作服。至于丢没丢袖标，值班室的管理员也说不准。那个鬼地方一年到头没什么人去，听说以前也经常遭破坏，所以他们早就习惯了，没当回事儿。"

"这样啊。不过，岐阜县和北海道好像没什么关联？"昌夫一边说一边佩服大场的精明强干。自己怎么没想到去问问林野厅？

"你们要是打听到能把岐阜县和北海道联系起来的消息，可千万别放过，还要第一时间通知我，明白吗？"

"嗯。"

"你们这俩小子，越看越没个警察样儿，简直就跟丸之内②那帮上班族似的。哎，警察也是今时不同往日啊！不过，这次倒算是管了点儿用。"说着，大场瞪了他俩一眼，走出了大教室。

"这大叔都说了些哪儿跟哪儿啊……"岩村皱着眉头抱怨。

"你说话小心点儿，他可是搜查一科的老前辈。"昌夫提醒道。他曾听宫下组长和森说起大场是资深的破案高手，曾经破获很多棘手的案件。可惜，因为作风老派，不善言辞，又爱满不在乎地顶撞上级，十年前被调离了搜查一科。

"还真有这样的人——让人看不惯又拿他没办法的老家伙。"

---

① 郡上市，位于岐阜县中部。
② 丸之内，东京主要的商业区之一，聚集着很多大企业。

岩村不服气地噘着嘴。

因为要强化一年后即将召开的东京奥运会的安保工作,警视厅为了扩充警力,从几年前就开始大幅增加警察的录取人数。组织年轻化被视为关键性任务,各级干部对组织机构改革也相当热心。像昌夫和岩村这种年轻人,从前是根本不可能被选进搜查一科的,才招致许多资深的老刑警深为不满。

散会后,他们在警署的内部食堂吃了顿咖喱饭。卖饭的大婶不声不响地给他俩各盛了满满一大碗,这大概是对年轻人的特殊优待。两个人像比赛似的,你争我抢地吃完了饭。

第二天,为了消除孩子们的戒心,昌夫和岩村没穿西装,而是换了一身便服。

见他俩穿着球鞋、浅色裤子和白色开领衫来上班,宫下满意地点点头:"不错嘛,我还真不会注意到这些细节。"

开完早会,九点钟,他俩走出了警署。虽说时间还早,但外面早已被太阳晒得一片火热,连地面都像在冒着热气。

"现在小学生都在哪里玩?"昌夫掏出手绢擦着汗说。

"应该是在平原神社附近,难道还会在荒川里游泳?"岩村被阳光晒得苦着脸说。

"我小时候一到夏天肯定就是在河里游泳了。"

"听说战前那会儿,荒川的水还是挺清的。我从新潟县来东京那年,是九年前吧,河水就开始有污染了。附近居民家和工厂的废水都排进河里,荒川里连鱼都打不上来了。而且,因为荒川的水质恶化,连东京的海水浴场也不得不关闭了。"

"最可怜的是孩子,连个玩儿的地方都没有。所以,我一定要让自己的孩子在郊区长大。"昌夫望着荒川对岸耸立着的四根火力发电厂的大烟囱说。即使是在假期，大烟囱里还是不停地冒着黑烟。东京现在是全世界屈指可数的公害严重的大城市之一。

他们坐电车在千住新桥站下了车，又步行下了防波堤，见宽敞的空地上有很多小孩在玩耍。他们和其中一群手拿钓鱼竿的小家伙搭上了话。这些孩子大多穿着运动背心和短裤，头上戴着草帽，一个个晒得跟黑炭球似的。

"喂，你们在钓什么鱼？"昌夫爽朗地问。

"麦穗鱼！偶尔还有虾虎鱼！"孩子们毫无戒备地回答。

"是吗？放暑假可真好啊！一大早就来钓鱼了？"

"嗯！本来上午十点钟以前不让出门——这是学校规定的，十点钟以前要在家写作业。不过我们早就把作业写完了！"

"是吗？厉害！叔叔是刑警，找你们问点儿事情行不行？"

"刑警？真的假的？"孩子们马上炸了锅，七嘴八舌地开了腔，"把你的警察证给我看看！""你带手枪了吗？""你的手铐呢？"多亏了电视里播出的刑侦剧，刑警现在是受欢迎的职业。

昌夫无可奈何地掏出了警察证。孩子们纷纷凑过来看，都一脸崇拜地看着他。

"最近一段时间，那边有人偷东西，们是来作调查的。你们有没有见过可疑的人？"昌夫问。

"嗯……不知道，这里到处都是不认识的人走来走去！"

"穿工作服的年轻大哥哥，见过没有？"岩村补充问道。

"那样的人不是有很多吗？工厂的工人都穿着工作服呢！"

"说得也是。那么，戴袖标的大哥哥呢？"

孩子们面面相觑，然后纷纷摇头。

"明白了！谢谢你们喽！"他们道了声谢，刚要走，却见孩子们跟了上来。

"你们不是要去钓鱼吗？"

"钓鱼没意思，调查更好玩儿！"

"不行啊，你们跟着，会影响叔叔工作的。"

"切……"孩子们很会看脸色，立刻四散跑开了。

接着，昌夫他们又去问了一群在大桥的背阴处玩母鸡游戏的孩子。被问到"有没有看见奇怪的大人"，孩子们便异口同声地回答说"不知道"，然后照例是"刑警"两个字引发的集体兴奋和无数个好奇的问题，弄得昌夫他们好不容易才脱身。

试了几次，他们没打听到一条有价值的线索。眼见已到中午，昌夫和岩村走进附近的一家小饭馆。虽然是在盂兰盆节放假期间，但店中仍坐满了吃饭的工人，昌夫不禁实实在在地感慨，眼下果然正处于经济高速增长的时期。

"你看这里到处都是身穿工作服的人，怪不得大家都不以为意。"岩村一口气喝光了杯中的冰水，"所以工作服是最完美的保护色。那个小偷看来还挺聪明。"

昌夫预感这次的调查恐怕不会太顺利。那个穿工作服、戴袖标的人也许跟案子根本没关系。

"而且，对孩子们来说，他们根本搞不清路过的人是不是可疑。"岩村又说。

"对啊！所以我们问'有没有见过可疑的人'，他们都说'不知道'。看来，他们'不知道'的其实是'可疑'这个词本身。"

"什么意思？"

"咱们应该换个词——孩子更容易懂的词，比如说'有意思的'或'奇奇怪怪'的大哥哥。"

"哦,我明白了。那么从下午开始,咱们就换个说法再问问。"

他们各自点了份猪排饭,狼吞虎咽地吃完午饭。吃饭快,是他们当上刑警后学到的本领之一。

下午,在防波堤空地上玩儿的孩子更多了。一问之下才知道,在盂兰盆节放假期间,学校的操场和游泳池全部关闭,孩子们无处可去,只能来这里玩儿。

"最近有没有在附近看见过奇怪的大哥哥?"岩村立即询问。

他的问话一下子吸引了孩子们的兴趣,呼朋唤友地聚过来,七嘴八舌地讨论起来:

"住在货船上那个骗人的家伙算不算?"一个少年问。

"对,就是他,就是那个流浪汉!"孩子们一起喊起来。

"他是谁啊?快告诉叔叔!"昌夫急忙追问。

"铁路桥的桥墩下面停着好几艘货船,大概是十天前,有一个奇怪的大哥哥在一艘船里住下了。六年级的阿竹还去问他:'你是谁?'他说是船员。我们都知道那是骗人的,所以都叫他'骗子流浪汉'。"

"他有多大岁数?"

"反正是个大人呗,可又不是大叔。我们家的亲戚是日本大学棒球部的,好像和他差不多大。"

"那就是说,大概十八到二十二岁左右?"

"嗯嗯,大概是吧。"

"不过,那个人好像是个傻瓜!"

"就是就是,他就是个傻瓜,汉字也不识,连河边的指示牌都看不懂,还问我们这些小学生:'那上面写的是啥呗?'"

听了少年的话,昌夫愣了一下。

"你等等,他说的是'是啥呗'?"

"嗯,他说话带口音,好像是东北地区的。"

"才不是呢!我家旁边米店的伙计是秋田人,他说话可比那流浪汉好懂多了。"

"北海道那边的?"昌夫问。

"不知道。我没去过北海道,朋友中也没有从北海道来的。"

"不过,那人肯定是从北边来的。他还一个劲儿地嚷嚷'东京为啥这么热呢'之类的。"

"对,他还因为不能在河里游泳就生气了呢!"

孩子们口中的"流浪汉"逐渐浮出了水面。此人在八月初出现在荒川排洪道的堤坝附近,在闲置的旧货船里栖身。从孩子们七嘴八舌透露的情况看,他恰恰在数日前去向不明。

"这附近有很多流浪汉,还有伤残军人,他们也常常住在船里。有空的时候,他们还和流浪汉一起玩儿呢,所以我们一点儿不害怕他们。"一个少年口齿清晰地介绍说。

"那个人什么打扮?"昌夫又问。

"就是平平常常的样子呗,穿着长裤和衬衫。"

"有时候他还穿着工作服。他有好多衣服呢。"

"见没见过他戴袖标?"这一点是最关键的。

"袖标……袖标是什么?"

"你连袖标都不知道啊!就是学校里搞活动的时候班长胳膊上缠着的那个布条啊!"一个孩子不屑地说。

"我知道,要搞清楚嘛!"被嘲笑的少年不服气地顶回去。

"别吵别吵,只要告诉叔叔,到底见他戴过没有?"

"我倒是见过……"一个站在人群后方、戴眼镜的男孩向前跨了一步说,"不过就一回。"

"过来告诉叔叔,是什么样的袖标?上面写着什么字?"昌夫和岩村问"小眼镜"。

"写着'林野厅'"。

"你看清楚了?"

"嗯,因为那个流浪汉还问过我那几个字怎么念。"

目击证词终于从单点连成了线。昌夫兴奋不已,虽然还不确定是否与杀人案相关,但确实证明了可疑分子的存在。他想起了大场,按约定,必须先把这个消息告诉他。

8

八月十九日星期六,盂兰盆节假期一结束,警察们就在清晨六点钟拥进了山谷开始搜查,还出示了法院签署的对町井旅馆的搜查令。看来,美纪子的母亲多年前犯下的"胁迫罪"又一次被他们翻出来当借口了。

这是警察惯用的伎俩。对其他的小旅馆,他们也经常翻出陈年旧账,给人家扣上"怀疑聚众赌博""怀疑贩卖毒品"之类的大帽子强行取得搜查令,方便入室搜查。

被激怒的福子在玄关处的三合土①地面上躺成一个"大"字,声嘶力竭地喊叫着:"都给我滚出去!我们家不欢迎警察!"

---

① 由石灰、黏土和细砂制作的建筑材料,其中,黏土可替换为碎石或碎砖。

如果站在她面前的是常来的浅草警署的警察，一般还不会怎么样，但这次是警视厅与其他三地警署联合办案，根本容不得任何人撒野。几名警员将福子抬起来，像扔垃圾一样扔到了门外。

"啊呀！我要叫警视总监亲自来看看呀！这些都是害死我老公的臭条子！"她的叫喊声在湿气尚未弥漫开来的山谷的街道上尖利地回响着。

警察进来的时候，美纪子正在厨房里捏饭团。根据客人的要求，町井旅馆为住店的客人提供简单的早餐。说是早餐，其实只是两个饭团和一点儿萝卜干咸菜，收费二十五日元，根本赚不到利润，反而给自己添了麻烦。但其他旅馆都提供这类服务，町井便不得不如此。

听见外面的吵闹声越来越响，美纪子停下了手里的活计。为防止饭团干掉，她用一块湿布蒙住了大盘子里做好的饭团，又洗了洗手，走出厨房。

"别动！警方正在进行搜查！"一名警察大声说。

"你是这里的伙计？"警察的声音忽然低了下来，大概是觉得对站在厨房门口这位年轻漂亮的姑娘大喊大叫不太礼貌。

"你们刚才抬出去的老板娘是我妈妈。"美纪子淡然回答。

"啊，是吗？你先在这里稍微等一等，里面正在进行搜查。"

"搜查什么？住店的客人都是些干活儿的工人。"

"不是找人，是找东西。"

"您是哪里的警察？浅草警署的刑警先生没来吗？"

见美纪子的神情有些失望，站在后面的一位上了年纪、浅草警署的刑警走了过来。

"小姑娘，真对不住，大清早的，刚才不是说了吗？这次是为了调查南千住町发生的杀人案。赃物已经查明，他们正在搜查一块欧米茄手表和一枚印度的金币，你见过没有？"

"我们这里又不是当铺，你找错地方了。"

"我们当然也会去查当铺。手表还好说，那枚印度金币据说是英国殖民时代的物件，当铺轻易不敢收，凶手说不定还带在身上，所以要对所有的住客进行搜查。你们店今天住了多少客人？"

"租出去了二十七间房。"

"嚯，生意不错嘛！"

"请你们动作快点儿，不然联合会又该来闹了。"

听美纪子这么说，刑警不由得苦笑了一下："不愧是山谷的姑娘啊！"说着便走出了厨房。

果然不出所料，不到十分钟，山谷劳动者联合会——简称联合会的社会活动家便大举杀到。附近的小剧场里住着全学联的分支团体，每每会在警察到来时举行静坐示威，阻止警察办案。

领头的举起了手中的话筒：

"各位工友，不要允许警察检查你们的私人物品！就算他们有搜查旅馆的搜查令，也无权搜查住客的个人物品！没有个人物品的搜查证，他们就不能进行强制搜查，各位有权拒绝！"

美纪子一边听着外面的动静，一边返回厨房继续做早餐。她想，赶紧忙完店里的活，才能有时间复习税务师资格考试。

"警——察——滚回去！""滚回去！"

联合会的青年们开始喊起了口号，惊得树上的鸟儿"啪嗒啪嗒"地展翅飞上了天空。

美纪子曾经和这些人有过接触。团体里的青年都是知名大学的学生，学识渊博，对劳动者满怀献身精神。在他们开展冬季赈灾的时候，美纪子一度对他们心生敬意。但是一谈到"主义"，这些人就顽固得让人难以接受，实在很难再对他们抱有好感。他们还曾经鼓动美纪子加入他们，被美纪子拒绝了。她只想作为独立的个人过自己的生活。

"呀，是小美呀，好久不见了！"听到有人叫自己，美纪子回过头，见一位面熟的刑警站在后门口。

"越长越漂亮了，真是女大十八变！"

"大场先生，您就别哄我了。"

"怎么是哄你呢！我要是有儿子，一定让他娶你做媳妇。可惜啊，我家里只有三个闺女。"

"您看来身体不错。"

"哪里不错嘛，倒是因为缺觉，胖了不少。岁数不饶人！"

大场笑着回答，露出了一口被烟熏黄的牙齿。他以前曾在浅草警署工作，对山谷的事了如指掌。美纪子的父亲被逮捕的时候，他曾经被她母亲福子泼得满身是水，可还是会时常上门看望当时还是小学生的美纪子，陪她玩耍。

"大搜查是上头的命令，不过是走个形式，你就忍耐一下。"

"不管是哪里的命令都……"

"如果那案子的凶手是山谷的人，他怎么会留在这里等死？肯定会逃走的，上面那些人居然连这一点都想不明白。要搜查也应该去找那些逃跑了的人嘛。啊，对了，小美，你知不知道有谁是在八月九号以后忽然离开山谷的？"

"我不知道……不过，要是说到因为放假而回老家的人，或许会有一些。"美纪子嘴上这样说，心里却想起了那个从北海道来的年轻人。他是弟弟的熟人，也许早晚会被警察盯上。现在，他大概已经逃走了？"

"就是说嘛，正好赶上盂兰盆节放假，真够烦的。"大场皱皱眉头说。

"南千住町的案子是因为偷窃而变成了抢劫吗？"美纪子又开始捏饭团，边捏边问。

"还不清楚。不过，如果只是个盗窃惯犯，不大可能为了灭口去杀人。"

"那是因为跟死者有仇？"

"怎么，你对这个案子也感兴趣？"

"嗯，案发的地点离我们很近嘛，让人怪担心的。"

"你认识死者？"

"不认识。他住在铁路那一边，怎么会跟我们扯上关系？"

"他原来是个卖钟表的，据说在黑市时期经常干强买强卖的事，要是你老爹还活着，肯定会认识他。"

"是吗？"

美纪子刚刚注意到，大场身后还站着一名年轻的刑警。他似乎对廉价旅馆颇感新奇，正从上到下地打量着。

"警察先生，要吃个饭团吗？我想你们一定没吃早饭，所以请尝尝吧！"

"能吃到小美亲手做的饭团太好了！那我不客气了！"听美纪子这么说，大场便单手作了个揖，表示感谢，从盘子里捏起了一个饭团。年轻刑警只是瞥了一眼，却没有伸手。

"小姑娘，你们这里有北海道来的客人吗？"年轻刑警问。

"我们一般不问客人的来处。"美纪子心里一惊，他问的肯定是那个年轻人。

"总该有住宿登记簿吧？"

"住在这种地方的人哪会有固定住所？"

"哦，那就算了。另外，二十岁上下的年轻人，在你们这里不多见吧？"

"倒也不是。现在到处都在兴建奥运会工程，来的人也是五花八门的。"

街上传来一阵怒吼，原来是警察在推搡静坐抗议的社会活动家。三个人朝骚动的方向看了看，大场问："小美站在哪一边？"

"我哪一边也不站。"美纪子淡淡地回答。

山谷有两派势力。一派是由警察推动的、以旅馆为核心的"净化委员会"，另一派是由日本共产党做后盾的联合会。不知不觉间，这里已经成了政治冲突不断的地区。

"那就好，"大场吃完饭团，走出后门。年轻刑警又在屋里转了一圈，对小美说："我是警视厅总部的刑警，名叫落合。以后我还会来的。关于从北海道来的年轻人的事，还请多多留意。"说罢也走了出去。

"逮捕！逮捕！"听上去，好像真的有人被抓了。

此时美纪子已经做好了饭团，开始切萝卜干。

类似的吵闹声早已成了山谷的日常伴奏声。

当天晚上，明男回到旅馆。他只在玄关露了脸，偷偷摸摸地探头朝屋里窥视，小声问正在柜台上学习的美纪子："老妈在家吗？"

"今天是星期一，她去听课了。你就是明知老妈不在才跑回来的吧？"美纪子一眼看穿了弟弟的鬼心思。

"姐，食堂的活儿还好吧？"

"晚上雇了个小时工大婶,因为我要学习。"

"了不起啊,姐,要是能考上就太棒了!"

"你回来是为了和我说这些?"

"不是,那什么……"明男忸忸怩怩地开了口,"姐,你能不能借给我一万日元?"

"啊?你要这么多钱干什么?"

"那什么,我的小弟做错了点儿事,要一万日元给对方赔礼道歉呢。不然,我就得切小指谢罪了……"

说着,他从地板滑进柜台,跪在美纪子面前。

"那就切吧。你不是打算混黑道嘛,切了手指更有面子①。"

美纪子丝毫不为所动地推开弟弟。这小子嘴里向来没一句实话。

"姐,你可别这么说。才二十岁就断指,人家会当我是傻子!"

"到底为什么要钱?赶紧说实话!"

被美纪子一声怒喝,明男反而低下头不说话了。

"我说你啊,连一万日元都弄不来,还混哪门子黑社会!"

"我还没正式入门嘛。就好比人家在酒桌上给你一只酒杯,你以为能喝酒了,其实人家只是为了让你先学学喝酒的礼数……"

"哼,说到底就是个半吊子。说!干吗要一万日元?"

美纪子紧追不舍。明男似乎终于下定了决心,咬了咬嘴唇,将事情原原本本地吐了出来:

"宽治,就是那个我之前带回家的偷东西的小子,是因为他,才要用钱。"

"什么?你还跟那小子勾勾搭搭?"美纪子的眉头又皱起来。

---

① 按照日本黑社会习俗,切掉部分小手指,即断指,表示承担责任不逃避。

"嗨，不就是南千住町那个案子吗？我已经问过他是不是他干的，他说了，不是他。"

"那你就信了？"

"嗯，那小子虽然傻得要死，但绝不会干出杀人那种事。"

美纪子暂时放心了。虽然不知道应不应该相信弟弟，但今天大场警官也说，真正的凶手应该早就逃之夭夭了。脑子再笨，也不可能明明杀了人还原地不动地留在浅草。

"他又惹了什么祸？"

"他一直赖在事务所里不走，老这么下去也不是个办法。所以我找了间脱衣舞俱乐部，介绍他过去当小弟。每天只要打扫打扫店面、帮姑娘们跑跑腿什么的就行。那小子对我感激得要死，说从来没有人对他这么好过。谁知刚在那儿上了三天班，他忽然说要请我吃饭表示谢意。我问他哪儿来的钱请我们吃饭，他说反正就是有，让我别管了。所以我跟他去了，还带了两个小弟，四个人一块儿去吃了顿寿司。吃完饭，他又请我们去了夜总会，还叫了好几个姑娘陪着。我这才发现大事不妙：这小子怎么会有这么多钱？追问了他半天钱是哪儿来的。他倒是挺实在，直接和我说是从脱衣舞俱乐部的钱柜里偷。我一听就急眼了，臭骂了他一顿，说你小子给我干的好事！这是昨天晚上发生的事，反正结果就是我们一个晚上就把一万日元花光了。"

明男一口气说完，低着眉叹了口气，一副倒霉的模样。

"真是一群笨蛋！有一个算一个。"美纪子冷笑着说。

"那小子偷东西的时候一点儿都不知道掂量轻重，真不知他爹妈是怎么把他教成这个德行的，真叫人想不明白。"

"他现在在干吗？"

"在俱乐部上班呢。他还和我说，才拿了一万日元，老板肯定不会发现。真是傻到家了，人家没有账本吗？只要把账本和现金一对帐，马上就会发现丢钱了，到时候肯定会闹翻天。我又痛骂了他一顿，结果他说立刻就出去找钱赔上，让我帮他顶一会儿班。你知道我当时多吃惊吗？那个笨蛋肯定是打算出去再偷一票！所以我赶紧把他稳住，让他先等等。"

"然后你急三火四地跑回家来弄钱？"美纪子长叹一声。

"姐，拜托帮帮忙！这钱我非还不可啊！"

"知道了，我会借给你的。"

"那太谢谢了！我一定会报答你的，姐！"明男郑重其事地表示感谢。跟老妈一模一样，弟弟也是个只会意气用事的滥好人。

"不过刑警正在找那个宽治呢，你可别跟着受牵连。"

"没事儿，我早就让他把工作服和袖标都扔了。他现在梳着小分头，穿着白衬衣，还戴着领结，是规规矩矩的店员模样了。那小子打扮起来还挺像样，跳舞的姑娘都喜欢他。"

"也就是说，没为这事儿担心？"

"对，他就是那样儿。"

"我是说你呢，笨蛋！"美纪子站起身，从账房的钱箱里拿出十张一千日元的钞票递给明男。

"这件事不准跟老妈提半句！反正现在是我在管账，应该不会露馅，你也不用一下子还回来，每个月月底还两千就行。我也知道，要是逼着你一下子全还，你肯定又要去乱来。"

"哎，是。这下子我可丢尽了人！"明男连连点头，把钱塞进口袋，跑出了旅馆。

美纪子又开始埋头学习。朝向街道的门廊下，工人们正在吵吵嚷嚷地喝酒。远处，巡逻车上的警报器尖利地响着。

9

从附近的孩子口中打探情况取得了一定的成果。眼下，有好几个孩子的话都证实了那个身穿工作服、戴袖标、操着一口北海道口音的年轻男子的存在。综合各方证言，基本可以确定，此人出现在北千住町及南千住町附近的时间约为八月上旬，还曾经临时在跨荒川排洪道的常磐线铁路桥下的旧货船中栖身。货船的船主是本地人，以前曾往返于荒川排洪道沿岸的各大工厂之间，以运送原材料为生。后来由于工厂的货物运输逐渐被陆运卡车取代，这些货船运输在五年前均已歇业。至于那些废弃了的旧货船，东京市政府早就通知船主撤出河道，但船主们根本不予理会，直到现在还把船搁置在河岸上。

那个可疑的年轻小子虽说是所谓的流浪汉，但装束打扮很正常，并不邋遢。他住进货船后不久，就和在河岸边玩耍的小学生搭上了话。接触过他的孩子都证实，此人带有北方口音，身高约为一米六五至一米七之间，体形较瘦，头发蓬乱，肤色略黑，但没有风吹日晒的痕迹。除此以外，再无明显特征。

据孩子们说，此人的性情颇为天真，"没个大人样儿"。不仅如此，他还跟孩子们一起玩耍，并不让人觉得害怕。而且很多孩子说"那人傻里傻气的"，即使被孩子们嘲弄也毫不生气，似乎是把孩子看作平等的玩伴。

他从货船中离开是在案发后，但离开的具体时间不详。货船中没有遗留物品。鉴证科试图采集指纹、足迹等，但那是一艘满是裂缝的旧木船，没能获得任何可称为证据的线索。自从他离开之后，附近的孩子便再也没见过他。其他地方的调查结果也大致如此，没有再出现关于此人的目击证言。

在当晚的侦查会议上，落合昌夫补充汇报了有关林野厅北海道佐吕别原野值班小屋遭闯入、丢失工作服的情况。虽然大场觉得在会议上提及此事为时过早，但昌夫仍提前向田中进行了汇报，惹得大场老大不高兴。

"关于昨天提到的北海道发生的事件，今天我通过电话向各所进行了询问，最新情况整理如下……"昌夫站起身，开始高声朗读自己的笔记。大教室里烟雾弥漫，简直像个温泉浴场。

"首先是关于林野厅佐吕别原野值班小屋被盗事件，发现时间为八月七日星期三，发现者为林野厅北海道宗谷分部的一名组长。平时，如果没有特殊情况，他一般每周会去小屋巡视一次。这次因为发现窗玻璃被打破，注意到有人闯入，进屋盘点后发现丢失了工作服、橡胶长靴和安全帽各一件。至于袖标，因为不是按人数配比的装备，所以无法确定是否丢失。发现失窃后，该组长立即返回分部，向北海道稚内南警署报案。警署方面接到报案后，立刻派遣犯罪防范科的一名巡警跟随他返回现场，核实被盗情况，并按遗失物品进行了申报。"

"遗失物品？"田中皱了皱眉，重重地"哼"了一声。下面坐着的警察们也不禁发出一阵哄笑。

这种事在警署司空见惯。如果按被盗申报，警署就必须按盗窃案进行处理，尽快捉拿罪犯，否则会拉低破案率。但如果按遗失物品处理，就不会牵扯到破案率的问题。所以，轻微的偷窃事件无论如何不会被当成盗窃案，只是按遗失物品敷衍了事。这也算得上是警署内部的潜规则。

"据林野厅方面反映，因为被盗物品价值较低，即使报警也会按遗失物品处理，这似乎是通常的惯例。不过，同一时期在岐阜县郡上市的值班小屋也发生了闯入事件，因为被盗的是发电机，所以当地警方以盗窃案立案。"

"该不会是当地政府机关之间的私下交易吧？"田中似乎有些忌惮地叹了口气。

"所以我又给稚内南警署打电话了解情况。对方说，相比按遗失物品处理，定义为盗窃显然更合适，但他们没有勘查过现场。我详细追问现场情况时，对方的副署长接了电话，很不客气地质问：'警视厅为什么要插手地方上的案子？'估计一来是觉得尴尬，二来是对警视厅的介入有抵触情绪。"

"果然是地方警察的作风！不过他们也有他们的道理。那个鬼地方，大概狗熊伤人的案子都比人杀人的案子多。"

"情况就是这样，林野厅袖标的事，目前没有确切的结果。"

"好，辛苦了。其他人还有什么意见吗？"田中环视众人，但所有人都默默无语。

"住在货船里的年轻男子带有北方口音这件事很重要。虽然暂时还说不准是否与佐吕别原野的盗窃案有关，但这是目前唯一有价值的线索，不能放过。落合，你要继续沿着这个思路调查。回头我给稚内南警署的署长写封信，让他们好好配合调查。"田中总结完毕，宣布散会。最近，由于案件侦破不顺利，干部们有点儿闹情绪。

散会后，昌夫邀岩村一起去食堂吃晚饭。

"喂，去吃碗咖喱饭怎么样？"

"好啊。"

虽然只是普普通通的咖喱饭，但食堂大婶做得特别好吃，他俩都成了大婶的回头客。说真的，她做的咖喱饭无论加不加辣酱油都十分美味。

"大婶，多给我肉，肥的就行。"岩村央求柜台里的大婶。

"行，反正快关门了。"大婶笑着，朝碗里多盛了些肉给他。

此刻已过了晚上八点，他俩在空旷的食堂里相对而坐。

"仁井那边怎么样？还是独来独往吗？"昌夫问道。仁井和岩村现在被调到了死者调查组。

"嗯，还是那样，根本没拿我当拍档。白天虽然一起查案，晚上下班后他就单独行动去了，简直像是我拖累了他！"岩村用勺子盛了一口饭放进嘴里，不甘心地说。

"他应该是找到什么线索了吧？"

"我也这么觉得。而且我感觉他追踪的线索可能和被害人的家庭内幕有关。"

"哦？你这么想？"昌夫不知不觉放下了手中的饭勺。

"大约开始向孩子们调查的两天前，仁井从东京体育馆的黄牛头目那里拿到了很有意思的情报，说是那个钟表商的一家子从很久以前就跟暴力团伙有瓜葛。他还说，该不会是对方逼迫他们做什么事情了吧？"

"暴力团伙？哪个团伙？"

"据说是上野的信和会，更具体的我没细问。仁井后来肯定自己去查了，打算当成是自己的功劳。"

感觉岩村的口气中全是不满，昌夫劝道："岩村，你不要误会。我以前也跟仁井搭档过，当时他也不是一有线索就马上告诉我的。不过那是因为担心泄密,并不是他要独占功劳。"

"不好意思,出于保密的考虑,我也明白。不过,我想他对我还不是完全地信任吧。"岩村一本正经地缩了缩脖子。

昌夫听到"暴力团伙"几个字,忽然想到被害人的女儿女婿。那夫妻俩外表花哨,做派浮夸,怎么看都不像是稳重的生意人。

"他们与信和会有瓜葛的事,还有谁在追踪?"

"这我就不知道了。不过,侦查会议上,大家的反应你也看到了,很多人对那个所谓北海道口音的年轻人兴趣不大。"

"果然如此啊。"其实,昌夫自己也有这种感觉。在会议上,他对田中提出的方案不是很感兴趣。恐怕有些刑警已经转变了思路,即不是追查单纯的盗窃案,而是把重点放在追查"伪装成盗窃案的有预谋杀人"这条线索上了。

"不过我还是搞不懂,大家不但各查各的,还互相提防,真的好吗?"

"你跟我说这些有什么用?"

"团队合作不是更好吗?大家都把自己查到的线索亮出来,说不定就找到其中的关联了。"

"习惯吧,警队可不是你们大学的划船部。"昌夫语气平静地安慰着后辈。他自己也觉得警队中有很多不合理的地方,但刑事部的体制不是一朝一夕就能改变的。

二人默默无语地吃着饭,忽然听见厨房里的大婶大声朝他俩喊:"各位刑警先生,咖喱还剩了不少,有没有人要添点儿?"

昌夫忙回答:"不用,我够了。"

"那我再来点儿!"岩村端着盘子回答。大婶笑着朝他点头。

与岩村分手后，昌夫独自朝上野方向走去。说是要继续追查流浪汉，但他从岩村口中听到上野信和会的名字，就感到其中或许会有些关联，心想，自己至少可以先查查看。

在国铁的上野站下车后，他朝一家开设在繁华街道旁的杂居建筑二楼的麻将馆走去。一推门，发现屋里烟雾腾腾，简直像个熏鱼作坊，所有的麻将桌都被烟雾笼罩。几个相貌粗鄙的男人闻声回过头来朝他瞅了几眼。

昌夫径直走到柜台前，朝柜台里一个浓妆艳抹、正在吞云吐雾的女人问："立木社长在吗？"

"哎哟，是落合先生呀！真是稀客！"那女人瞪着眼睛站起身，"社长在办公室呢，要叫他过来吗？"

"嗯，麻烦你了。"听昌夫这么说，女人赶紧吩咐店员去请立木社长过来。

立木是信和会的二把手，在东京的黑道是崭露头角的人物。他以金融业起家，因为上交给社团的利润颇为可观，所以虽然只有三十三岁，却获得破格提拔，进入了信和会的高层。去年，昌夫在侦查上野发生的夜总会抢劫案时认识了此人，当时他曾对夜探繁华街道打听情况的昌夫连声说："太辛苦了！"

他还曾告诉昌夫："只要是我这片儿的事，您想打听什么，尽管开口！"所以应该能从他这里听到各式各样的情报。刑警通常会跟黑帮保持一定的联系，否则无法获知地下社会的任何情报，又怎么办案呢？

这家麻将馆是立木让那个女人经营的，他晚上一般在店里消遣。

昌夫边喝着女人端来的苏打水边等待着。大约过了二十分钟，立木走了进来。他身穿亚麻质地的白西服，脚上是一双白色漆皮鞋，头发梳成大背头，一如往常地支棱得老高。

"落合刑警，晚上好！哎呀，您大驾光临，真是太赏脸了！今天是过来消遣的吗？我安排人手，先打几圈怎么样？"

"啊，不了，我不会打麻将。"昌夫微笑着摇摇头。

"上野警署的刑警先生经常会到我这里来玩几圈呢！"

"哦，是吗？"

"那就去找姑娘们乐呵乐呵？包在我身上！"

"啊，不用了。我今天是想找你打听点儿事。"

"什么事？"

"八月九日发生在南千住町的前钟表商山田金次郎被杀案，立木社长听说了吧？"

"啊，那件事，在新闻里看到了。"立木露出一副讶异的表情。

"据说他很久以前就与信和会有来往，立木社长知道吗？"

"这个嘛，我倒没有听说。"立木歪了歪头，看着不像是在撒谎，"信和会如今规模扩大了。少东家下面有五个本部长、十个辅佐，都有各自的地盘。虽然名义上属于同一个社团，但互相之间绝不干涉。反过来说，如果有人要越界，那就要打架喽。瞧，跟你们警方的体制差不多吧？"

"哦，不……不……"昌夫赶忙站在警方的立场上想要反驳，立木却只是一笑。

"不过，落合警官确实是个好人，对我这个混黑道的也客客气气的。警察里能叫我立木社长的，只有你一个。上野警署的那些警察对我从来都是直呼其名，明明比我年纪还小，却张口闭口的'喂，立木！'。从这一点来看，落合警官虽然是公家的人，却很懂得人情世故，日后肯定会高升！"

立木滔滔不绝地说着，又吩咐女人拿来威士忌和杯子。昌夫在他的一番劝酒之下，终于答应喝一杯。

"落合先生该不会是上过大学吧？"

"嗯，是。"

"果然不出我所料，难怪你身上没有刑警那股子大老粗的劲头。往后，大学毕业的刑警会越来越多吧？其实我也上过大学，念的是拓殖大学政治经济系，虽然上学的时候没怎么好好读书。我们混黑道的人里头，大学生也挺少见，所以我刚入行的时候没少被大哥们排挤……"

昌夫一口气喝干了杯中酒。

"那么，我告辞了。"

"这么快就要走？"

"趁着能回家的时候得赶紧回去啊。家里还有个刚一岁的儿子，哪怕能看看他睡着的模样也好。"

"原来如此，那就请慢走喽。"

立木亲自把昌夫送到店外。他那些年轻的手下也跟了出来，一齐朝昌夫鞠躬说了声："您辛苦了！"

昌夫低声对立木说："关于山田金次郎的案子，如果听到什么消息，麻烦给搜查一科的值班室打个电话。如果有不方便的地方，或多或少透露一点儿也行。不管怎么说，这个案子牵扯到人命，警方无论如何会给你记点儿情面。"

"明白。那我先不声张，私下打听打听。"立木脸上浮起一丝微笑，很郑重地回答。虽然看不透他的真实想法，但昌夫觉得他心里一定有杆秤，来平衡自己的利害得失。

身在江湖，却不失理性，这就是立木能出人头地的原因吧。看来，黑道的世界也处于变化之中。

走到车站时，昌夫发现一家夜场商店里摆着些玩具，便顺手买了个敲铜钹的小猴子。他似乎已经看到了明天早晨儿子看到玩具时开心的笑脸。

10

来到东京已经将近一个月了，宇野宽治像是彻头彻尾地换了个人。他不仅换上了整洁的衬衫和长裤，头发也按三七分梳得整整齐齐。前几天在雷门附近，有一对一望便知是从外地来东京游玩的中年夫妇还跟他打听"浅草站怎么走"，分明是把他当成本地人了。从那以后，宽治就喜欢上了商店大橱窗里映出的那个新的自己，经常换着角度在橱窗前顾影自盼。想想也是，自己正值大好青春，是人生最快活的年华，不管工作、玩乐得多么筋疲力尽，只要睡上一觉，就会疲劳顿消，第二天早上起床又是焕然一新的。宽治觉得，来东京真是对了，不说别的，光是这么多年轻漂亮的女孩就足以让人每天都飘飘然。

"宽治，我想喝咖啡，你给我泡一杯吧？"

宽治正靠在公寓的窗台上抽烟，躺在旁边铺开的床铺上的舞娘喜纳里子对他说。

"我可不想喝，喝了又要出一身汗。"

宽治冷淡地回答。眼下虽然已是九月，但东京的老街上，一大早就潮乎乎的，隅田川散发的恶臭也比平时更加刺鼻。

"可人家就是想喝嘛……"里子懒洋洋地说。

无奈，宽治只得去厨房烧开水，泡了杯速溶咖啡，端过去放在矮脚饭桌上。

"谢了！"里子敷衍地道了声谢，穿着睡衣爬起来。这间公寓只有六叠大小，附带一个小厨房，两个人挤在里面不免有些气闷。宽治打开风扇，让屋子里多少有了点儿风。

"你怕热吧？听说你是北海道人？我从冲绳来，东京的夏天比我们那儿凉快多了。"

"我去冲绳的话，三天就会晒干了吧？"宽治说。

听着这不怎么好笑的笑话，里子咯咯地笑了起来。

里子是一家叫做"浅草宫殿"的脱衣舞俱乐部的舞娘，也就是宽治当侍应生的那家店。有一次，宽治借工作机会邀请里子一起出去吃饭，饭后，二人直接回到里子的公寓上了床。里子肤色浅黑，长着一副东南亚女郎的面孔，无论如何算不上美人儿，但臀部和胸部都很丰满，又善于应酬客人，在俱乐部里颇受客人的欢迎。

她自称年方二十三，但宽治知道那是假的。他曾经偷看过里子提交给俱乐部的冲绳的离岸证明，上面写的出生年份是昭和十年。也就是说，她今年应该是二十八岁。在二十岁的宽治看来，二十八岁是人生了不起的盛年。

他不知道里子为什么从冲绳来到东京。帮他找工作的黑道兄弟町井明男曾经告诉他，"那女人生过孩子"，因为生育过，她的腹部似乎还留着一道疤痕。难怪她上台的时候总是用一件汗衫缠住腰腹，看来，每个人都有自己的故事。

里子从不过问宽治的事，宽治也从不问她。之前，宽治一直住在俱乐部的库房里，现在搬到了里子的公寓。对这种有点儿像吃软饭的情形，宽治一直心存芥蒂。但里子就是里子，除了在亲热的时候显露出一些性感，平时对宽治总是呼来喝去，一会儿让他给自己按摩，一会儿又让他去买烟，简直像是得了个小男仆。

"我说，宽治，一会儿去吃午饭吧？去浅草吃荞麦面，然后去打弹珠，你别弄饭了。"

喝完咖啡，里子对着镜子边化妆边说。

"打弹珠？我没钱了。"

"所以才要去打弹珠赚钱啊。上次吃寿司的钱你还欠着我呢！"

"寿司？那不是你请客吗？"

"谁要请你啊？想得倒美！"里子语气蛮横地说。真是个反复无常的女人，忽冷忽热，说变就变，当初是她一口咬定由她请客。

"你不是东山会的小弟吗？哪台机器好赚，也告诉我啊①。"

"我只不过常去那边，还不是小弟呢！"

"你可真是笨得急死人！哦，你就去跟店员说'我是东山会的'，让他把滚轴转得慢的机器告诉你，不就得了？老是这么傻乎乎的，怎么在东京混？"

宽治是个傻瓜这件事，在脱衣舞俱乐部已是人尽皆知。明男当初帮他找工作的时候，也曾经因为说了句"这家伙是个傻瓜"而被老板一口回绝。

"那……那我试试看呗……"

"就这么办了！快走吧！"

里子催促着宽治换好衣服。最近，他学会了打扮自己，穿上了马德拉斯格子②衬衫和卡其布裤子，脚上是一双帆布鞋。等下次弄到钱，他还打算买双靴子。到了冬天，他还想置办一身西服。平时

---

① 很多弹珠店的机器由黑道人为地控制输赢比例。
② 源于英国殖民时代的印度，色彩组合丰富，流行于上世纪中期的美国、日本等地。

一起玩儿的明男打扮得就很时髦，宽治想像他那样。

"宽治，戴上太阳镜，那样看起来更像东山会的人。"里子说。

"都说了我没有那个！"

"那我借给你。记着，是借，不是送给你！"

里子从抽屉里拿出太阳镜扔给了宽治，她自己则穿了件大红色的外套，配了条白裤子，像个男人似的把手提包挎在肩上走出了公寓，高跟鞋"当当当"地敲打着铸铁楼梯。宽治跟着她下了楼。

一走到外面，堆积、萦绕在地面的湿气便包围了他们全身，还湿乎乎地黏在皮肤上。这种天气在礼文岛简直难以想象。眼下这个季节，岛上的人应该从一大早就生起了炉子吧？从这一点看，东京真是太好了。天气不冷，就意味着人可以从很多事情中解放出来。

他们在向岛过了言问桥①，又步行了十五分钟左右来到浅草六区。因为是工作日，街上挤满了观光客和出来玩儿的本地人，十分热闹。他们在一家常去的店里吃完荞麦面，又走进了一家挂着"空调已开放"的弹珠房，找了台机器开始玩弹珠。

宽治是来东京以后才学会玩弹珠的，但还没有找到窍门。他明明是瞄准顶端的钉子去打的，但因为不明白怎么用大拇指来控制拉杆的力道，所以总是把球弹到了另一端。今天，玩了不到十分钟，他就把身上带的钱输掉了一半。

"玩得真烂啊，宽治。"邻座的里子冷笑道。话虽如此，其实她自己也输了。

"喂，"里子举起右手招呼店员，"这位小哥是东山会的，想

---

① 位于隅田川上。

问问你们哪台机器好用？"

一听到"东山会"三个字，店员不由得脸色大变，回了句"请您稍候"，便抬脚朝柜台跑去。

"你怎么能这样？要是露馅，我会被人家打死的！"宽治小声咕哝着。

"你这个胆小鬼别东张西望，拿出点儿混黑道的样子来！"里子气势汹汹地瞪了他一眼。

没过多久，店员就跑回来低声对他们说："刚刚问过技师，他说这一排的三十八号和五十一号机器转得比较慢。"

帮会的名头竟然这么管用？宽治不由得吃了一惊。怪不得明男平时总是趾高气扬的。

"是嘛，那就多谢了！"里子摆出一副大姐头的派头，起身换了机位，宽治也跟着换到了店员所说的机器上。玩了没两局，只见机器正中央的一朵大郁金香的花瓣徐徐打开，弹珠从中倾泻而下。见此情景，店员赶忙拿了个大箱子放到他俩脚下。

结果只花了两个小时，他俩就把两台机器里的弹珠全赢走了。宽治拿到了两千日元，他在脱衣舞俱乐部的工资是一天五百日元，今天一下子就赚了四天的工资。里子也赚了一大笔，情绪忽然高涨起来。

"上次吃的那家寿司，还是我请你吧！单凭我自己，赢不了这么多钱嘛。你这小子，还不赶紧去加入东山会！"

"我太笨了，人家不收我。"宽治老老实实地说。他并不是自卑，而是早已习惯了放弃。

"别老这么说自己。虽说你的记性不太好，连五分钟前告诉你的事儿都记不住，可是你会打算盘呀，怎么可能是傻子？以后还要多试试其他的事。"

里子忽然开始鼓励起他了。宽治默默地点点头。

"啊……站着玩了半天，我要累死了。口渴得很，咱们去咖啡馆吧！"

"我三点要去上班，开店之前还得打扫。"

"没事，老板不到晚上不会去店里。"

"可是，还要检查照明……"

"你可真古怪。明明老是一本正经的，可又想混黑道……别啰嗦，你就陪我去咖啡馆吧！"说着，里子拽住宽治的手腕，强拉着他朝闹市走去。街头的大喇叭里高声播放着梓美千代的《你好，小宝贝》，这是近来最热门的曲子，宽治也非常喜欢。

"吵死了！"里子改变了方向，走进浅草公园。她好像非常讨厌这支歌。

走出公园，面前是东京电车行经的街道，马路对面有一家叫做"回声"的咖啡馆。

"赶紧过马路！"里子左右看了看，放开宽治的胳膊，准备穿过车流滚滚的道路。

刺耳的汽车喇叭声响了。

一瞬间，宽治停下了脚步，全身僵硬得像是被捆绑住了，动弹不得；血流也像是停止了，脸色煞白，脑海中一片空白。

"宽治，你干吗？"里子焦急地喊，"别愣在那儿发呆呀！"

宽治没有回答。他感到自己的意识正在远离身体，整个人正在垮塌下去，耳边听到了一阵急促的刹车声。

"宽治，宽治！"里子大声地叫他的名字。逐渐消失的意识中，如闪电般，脑海里有一些记忆的碎片忽隐忽现。

眼前的光景似曾相识，不，不如说是曾经亲历。是在什么时候、什么地方发生的事呢？当他还是小孩子的时候，在札幌……刚想到这里，宽治便陷入了一片黑暗。

再次睁开眼睛时，他发现自己躺在咖啡馆包厢的沙发上。明男正俯视着他，里子也在旁边。

"喂，你醒了？感觉怎么样？"明男似乎有些担心地问。

"啊，没事了。"宽治忙回答。他已经完全清醒了，没觉得哪里不对劲，便慢慢地坐了起来。

"你小子这可是第二回了。还是去医院看看吧！"

"没事，就是忽然有点儿头晕。"虽然嘴上这么说，但他在内心深处感到一种难以捉摸的恐怖，不由得浑身发冷。

"哎呀，你可吓死我了！赶紧打公用电话把町井君叫来了。我知道这个时间他一定是在事务所看电话的。你彻底晕死过去了，我怎么搬得动你！"里子叹着气说。

"对不起，给你们添麻烦了。"宽治向二人低头致歉。

"这点儿小事，不用客气。要紧的是去看医生。你小子之前在国际大街那边不也是这样吗？过街的时候一听到汽车喇叭声就脸色铁青，直接晕过去了。你到底有什么毛病啊？"

"应该不是病，我觉得就是贫血什么的。"

"贫血就按贫血去医院检查检查嘛！吃点儿药也好。"

"我没有保险证……"

"没关系，我认识山谷那边的医生，没有保险证也能看病，价钱也不贵。下次我带你去。"

明男挨着他坐下，"嘭嘭"地拍着他的肩膀。宽治心中流过一阵暖意。在礼文岛也好，在札幌也好，从未有人这样亲切地对待过他。人们都觉得他是个小傻子、捣蛋鬼。

他一度觉得东京是个可怕的地方，如今看来刚好相反，这里有他的同类。

"我应该好好谢谢你们。"

"又说这个，行啊。你小子的谢礼该不会又夹带烦人的赠品吧？"明男皱着眉摇摇头。

"赠品？"里子好奇地问。

"啊，没什么。我说说罢了。"明男苦笑着点起了一支烟。

"不是，这次不是请你吃饭，我要送给你一个东西。"说着，宽治从裤兜里掏出钱包，从中取出一枚金币。

"这个送给你。"

"这是什么东西？外国的金币吗？"明男把金币拿在手里，翻来覆去地端详，"上面好像还刻着字，是横着写的，看不懂。"

"哪里？"里子在一旁窥视，"好像写着East India Company。"

"哎，里子小姐还懂英语？"

"虽然念书只念到初中，不过我可是冲绳人。在夜总会的时候接待过美国兵，所以多少会一点儿。"

"嗯，那这些英文是什么意思？"

"应该是东印度公司。"

"印度的金币？那可真是不得了的东西！喂，宽治！这东西哪儿来的？"

"捡的。"

"放屁！不过，算了算了，你小子自己拿着又会乱送给别人，我先替你收着吧。还不知道到底值不值钱呢。"说着，明男毫不客气地把金币塞进了牛仔裤的裤兜里。宽治本来就是想感谢明男的，见他收下了，心里很高兴。

"那我先回事务所了。宽治，过几天我带你去看病。你给我老老实实地待在浅草！"说完，明男在烟灰缸里掐灭了烟头，站起身来，掏出梳子梳了梳头，便晃着膀子走了出去。看着明男的潇洒劲儿，宽治发自内心地又想加入黑道了，但是不知道要做什么才能"入门"啊。

"你打算怎么谢谢我？"里子在一旁问。

"我手里没别的东西了。"宽治回答。

"你不是还有块欧米茄手表吗？就把那个送给我吧。"

"不行。"宽治断然拒绝。他把手表藏在皮包的底部，里子既然知道了，说明她会乱翻别人的东西。

被拒绝的里子有点儿尴尬，狠狠地用胳膊肘撞了撞宽治："你这个小气鬼！"

宽治站起身来，准备去俱乐部上班。这时，他脑袋里那种眩晕感已经完全消失了。

11

九月五日的侦查会议上终于出现了有价值的线索。一家位于上野的旧货商店收到了有人出手的印度金币，而这枚金币正是此前警方认定为前钟表商家中失窃的那枚。报告这条线索的是上野警署的一名刑警。原本，上野警署并未参与侦查，这名刑警只是在对辖区内的当铺和旧货商店进行例行检查时收获了意外的发现；又因为警视厅和各警署之间会实时通报各地发生的盗窃案件所涉及的物品，所以这名刑警在比对通报物品清单之后有了重大发现。当晚，上野警署的刑事科科长也被叫来出席侦查会议，但他对案情的进展一无所知，带着一脸"究竟发生了什么"的表情坐在主席台上。

听说发现线索的地方是上野警署辖区内的旧货商店，落合昌夫不由得惋惜地咂了咂嘴。警署会定期向所有当铺发放"品触"，即涉案赃物清单，所以清单上的物品一旦出现，当铺就会立即报警。因为通过当铺这个途径很容易抓住销赃者，他正打算放弃对当铺的调查，转而去走访旧货商店，不料却被别人抢了先。看来，辖区内的警署毕竟占了地利之便。

"敝人是上野警署的渡边。现在，应田中科长代理的要求，向各位介绍有关情况。"一位脸色黝黑、满脸皱纹的小个子刑警起身发言，"昨天，在对位于台东区神吉町29–1号、主要从事旧钱币和贵金属类商品交易的丰乐商会进行巡查时，我在店中陈列贵重商品的橱窗里发现了一枚挂有'稀有印度莫卧尔金币询价'标签的金币。经询问店主后得知，该商品是几天前刚刚进的货。关于进货来源，店主起初含糊其辞，后经我告知可能为赃物后才老实交代。据他说，九月三日正午过后，有个外表浮夸的男子来到店中，声称自己有一枚外国金币，想让店主鉴别一下真伪。如果是真货，还想让店主判断一下能卖多少钱。店主鉴定后判明，那是一枚英国殖民时期的印度莫卧尔金币，发行时间应为一八四一年。金币上还带有维多利亚女王侧面浮雕像，属于珍稀文物。店主向卖家询问金币的来源时，对方称是熟人转让所得。店主又告诉他，只要能出示身份证明文件，店里可以按二十四万日元的价格收购。男子听到金额后，显得有些吃惊，称要'再考虑考虑'后便离开了店铺。"

说到这里，渡边抬头微微一笑，开始陈述自己的观点：

"我想，店主已经开始怀疑金币的来源了。那名男子年纪很轻，而且一身花里胡哨的打扮，不太像是能拥有这类物品的人，后来他听到店主的报价时表现出来的大吃一惊也证明了这一点。我还去询问了别的古董商，都说根据美国最权威的古艺术品名录，这枚金币现在的交易价格大约是两千美元，相当于七十二万日元。"

听到这个数字，在座的不由得都发出一阵惊叹。七十二万日元，那相当于警视厅科长级警官的全年工资啊。不仅如此，店主的狡诈程度也着实令人惊讶，他居然想只花费市价的三分之一就收购一件世界级的古董。

"那么，我继续介绍情况。之前离开的那名男子过了三个小时又来到店里，想让店主按二十四万的价格收购金币。他还提交了身份证明文件，即位于神田的一家簿记学校的学生证，上面带有照片，店主也核实了确为其本人。之后，他签署了店方准备的委托书，双方完成交易。我们后来也去了神田那所簿记学校核实情况，据校方说，学生证上的照片确实是本校学生的，但证件在年初就被小偷偷了，已经重新补办。这名学生本人是个认真刻苦的好同学，而且体型略胖，与之前在丰乐商会出手金币的人外貌完全不符。所以说，卖货人应该是在了解到金币的价格后匆忙离开，然后伪造了身份证件，用假证件在店里完成了交易。以上就是我所获得的情报，大家如果还有疑问，请尽管提出。"

说着，渡边环视了一下众人。

昌夫第一个举手："我是搜查一科的落合。请问，去卖货的年轻男子在言辞上有什么特征？比如，是否带有北方口音……"

"这一点，当时没有问过店主。不过，如果他说话带口音，店主应该会主动提到。既然店主没注意到，我想他应该是东京人。"

"在穿着方面有没有什么明显特征？"

听昌夫又问，渡边刑警翻开了笔记本："外貌方面大致为体形偏瘦，年龄在二十至二十五岁之间。不过，年龄判断，因人而异，不排除是未成年人。穿着方面，正如我刚才说过的，属于比较花哨、夸张的风格，例如很鲜艳的花衬衫、烫得笔挺的裤子之类。发型是背头，散发着强烈的发蜡气味。大概就是这些。用店主的话说，此人'打扮得像电影明星似的'。除此之外，也可能是上野、浅草一带的黑帮分子。"

"收集指纹了吗？"另一名刑警问。

"这个问题就由我来回答吧。"田中接过了话头，"从金币上没有采集到任何指纹。店主收货后对金币进行过清洗，所以无可奈何。在相关文件上也只找到了店主的指纹。据后来了解的情况，那名男子填写文件时使用了自带的圆珠笔，并刻意避免在文件上留下指纹。店主也证实，当时他握笔的姿势很不自然，似乎竭力避免指尖接触到纸张。"

"这么说，他是明知金币来路不明，所以在卖货的时候特别小心，以免留下痕迹？"

"恐怕是这样的。所以，这个人应该不是新手。"

"那么，能确定这枚金币就是被害人家中被盗的那枚吗？"这次是仁井在发问。

"目前还不能百分之百确定。我们已经拿给被害人的女儿夫妇俩确认过，但对方似乎也不能完全肯定，因为金币不像钞票，上面没有编号。不过，既然是罕见的珍稀品，从时间上考虑，是同一枚的可能性很大。"

"那么，只能从追踪卖货人入手了？"

"对。本来我们准备做一下模拟画像，但那个旧货商不大愿意配合。"田中皱了皱眉头,"店主的店铺没有加入旧货商行业协会和当铺行业协会,所以,金币一旦被警方作为赃物没收,他没办法向保险公司索赔,而只能要求犯罪嫌疑人赔偿。假如犯罪嫌疑人已经把卖货的钱挥霍一空,那他就只能自认倒霉了。目前,我们还不能判定那枚金币为涉案赃物,现在拿来也是写了借据的,暂时向店里借用两天而已。"

所有的刑警不禁一阵苦笑。站在店主的立场上,如果这笔交易涉及犯罪,他或许根本不希望警察能捉到罪犯。

"问询调查和被害人调查仍按目前的计划继续。从明天开始,要另外安排追查赃物的任务。这部分工作,还要请上野警署给予支援呀。"

听田中这么说,坐在他身旁的上野警署刑事科科长脸上露出了得意的表情。大概他早就料到事情会如此吧?在地盘意识上,警察和黑帮没什么两样。

至此,侦查总部已经扩充成一支超过六十人的庞大队伍了。

会议结束,已过晚上九点。仁井问昌夫:"要不要去吃饭?这个时间,食堂早就关门了。不过朝鲜烤肉店应该还开着。"

一听到有肉吃,岩村立刻凑了过来,像条小狗一样眼巴巴地望着他俩。仁井戳了戳他的脑门:"吃内脏没问题的话,我就请你。"岩村高兴坏了,笑逐颜开地跟着他往外走。

三个人出了南千住警署,朝西边走去。眼前是星光闪闪的夜空,东京体育馆的灯明晃晃地亮着。

"今晚有职业棒球赛吧?"

昌夫望着美丽的灯光自言自语。这附近没有高楼大厦,球场的灯光在夜空中勾画出一个完美的半圆形。正因为有如此景象，这座球场才被称为"光之球场"。

"是大阪每日新闻队和南海鹰队的比赛，我刚刚在收音机上听了一会儿。野村克也①又打出了本垒打，他今年已经有五十个本垒打了吧？"

"仁井，你支持哪支队？"

"这两支球队对我来说都无所谓。只要巨人队别输球，我就满足了。"

"哈哈，这还真像是仁井兄的风格啊！"

他们路过体育馆时，正赶上比赛散场，街上挤满了人，简直像过节一样热闹。

走到三河岛商业街，他们走进一家烤肉店。三河岛一带在战前形成了朝鲜人聚居区，街道上充满了独特的异国情调，空气里永远飘浮着辣椒的香气和嘈杂的朝鲜话。

仁井是这里的常客，跟老板娘熟稔地打了个招呼，连菜单都没看就直接点了菜：

"三瓶啤酒。肉嘛，就是里脊和下水，您看着安排就行。"

"警察先生，还没抓住凶手吗？"

"这不是想先来老板娘的店里吃东西嘛，还没顾上去抓贼！"

"哎哟，警察先生，您可真会说话！"女店主哈哈大笑，喜滋滋地把邻座的风扇给他们搬了过来。

桌子上方悬挂着粘蝇纸，三个人在桌旁坐下，先喝了几口啤酒解渴。仁井迫不及待地问："落合，金币的线索，你怎么看？"

---

① 野村克也（1935—2020），日本棒球球员，曾效力于南海鹰队。

"认定为赃物的可能性很大。不过，应该不是来卖货的那家伙偷的。"昌夫回答。

"我也这么觉得。如果他是个老手，肯定不会在离案发现场那么近的地方销赃，至少应该离开警视厅的管辖范围，卖给千叶、琦玉一带的当铺。所以，那枚金币很可能真的是别人给他的。"

"他连金币值多少钱都不知道，肯定是别人送给他的吧？或者，是他敲诈别人得来的？"

"这个想法有意思啊。反正，不管怎么说，只要找到那个卖货的家伙，自然就能搞清楚金币的来源。这倒不是什么难事儿。"

"啊？是吗？"岩村惊讶地问。

"那些小偷都有固定的下家，他们想要的只是现金。至于钱包里的其他东西，比如驾驶证、学生证什么的，对他们来说毫无用处，反而需要找地方处理掉，所以会有专门的人以低价收购这些东西。即使是伪造的身份证，也有人需要，只要找到这些贩卖证件的家伙，就能让他们开口。"

岩村一脸钦佩地听着仁井介绍，一边不住地点头。

店家端来了他们点的菜。烤肉在小炭炉的铁丝网上"嗞嗞"作响，桌旁立刻弥漫着诱人的香味。店里的电视上正在播报棒球比赛的结果，吸引了三个人的目光。这一次，巨人队再次获胜，王贞治和长岛都打出了本垒打。

"啊呀！'ON炮'[①]真是无敌啊！"仁井仍旧皱着眉头说。

"ON炮"眼下已经成了日本的国民偶像，尤其是王贞治，自

[①] 当时的棒球迷和媒体取巨人队两大台柱王贞治与长岛茂雄二人名字中的罗马字母组合而成，称他们为巨人队的"ON炮"。

从他去年开始采用金鸡独立式发球之后，简直像一头野兽，无人能够阻挡。

他们一边烤肉，一边默默地吃饭。岩村要了一大碗米饭，像个吃不饱的孩子似的大口地朝嘴里扒。

"对了，仁井兄，关于被害人与信和会的关系，查到些线索没有？"昌夫观察着仁井的脸色问道。在平时，他不会这么直接地问仁井。不过喝了点儿酒以后，他觉得不妨试试。

"嗯？能有什么线索？"仁井含糊其辞。

"你就别卖关子了。南千住警署的人一直对被害人调查这么热心，他们肯定也觉得这案子不会是单纯的入室盗窃案吧？"

"不是伪装成入室盗窃的杀人案吗？"岩村插嘴。

"你先给我老老实实地吃饭！"昌夫训了他一句。岩村只好乖乖地低头继续吃饭。

"其实总部的搜查四科也挺关注这个案子，"仁井把胳膊支在桌上低声说，"被害人山田金次郎那老头虽然没有犯罪前科，可也真不是什么好人。最早他在黑市卖钟表，因为会说一点儿英语，就开始大量转卖从美国驻军的军人商店里流出来的手表，结果大发横财。后来虽然转做进出口贸易，但一直跟黑道有来往，据说还涉足走私买卖。"

"走私？走私什么？毒品吗？"昌夫问。

"手枪。货源也是来自美国驻军，从菲律宾经香港发货。"

听闻此言，昌夫和岩村不由得面面相觑。

"消息确切吗？"

"要是有真凭实据，搜查四科早就采取行动了。这消息已经传了很久，但因为他们一直没露马脚，警察只能袖手旁观。山田十年前退休，把生意交给他的三女婿打理，而这位三女婿继续跟信和会保持着联系。所以四科的人猜测，这个凶杀案会不会是因为他和信和会之间起了纠纷而引发的。但也还只是猜测，没有证据。更何况，现在赃物既然已经流入旧货商手中，就更不可能是伪装成盗窃的有预谋杀人案了。所以，今天的侦查会议上披露的线索反而让案情变得更复杂了。"

"我还在追查那个有北方口音的年轻人的线索。不知怎么的，总是觉得不能轻易放过这个人。"昌夫说。他始终认为，荒川一带发生的连环入室盗窃案怎么看都像是这个年轻男子所为。

"那你就继续跟踪呗。大家各有分工，都去查同一条线索的话，调查范围就太窄了。"

他们说话之间，盘子里已经空空如也。一大半的肉都让岩村一个人给报销了。

"你小子够能吃的！"仁井惊讶地又点了一份烤肉。老板娘很开心地应了一声。

过了一会儿，有人推开了店门，只见宫下组长和森拓朗肩并肩地走了进来。

"哟呵，你们也在啊？"他俩嫌弃地朝他们仨瞪了一眼，在邻桌坐下，先是松了松领带，接着用毛巾擦了擦汗。

"怎么着，店里的风扇变成你们专用的了？"森拓朗说着，便把风扇朝自己那边挪了挪。他先点了啤酒，又接连唉声叹气。

"我告诉你们啊，今天玉利科长大发雷霆，说距离案发马上快一个月了，为什么连一点儿眉目都没查到？"宫下点了一支烟说。

"查了这么长时间，居然没搞到一点儿线索。这种情况也真是挺少见的。"森靠在椅背上,摩挲着自己的光头说。

"那是因为各辖区警署知情不报吧?杜父鱼、坦克罗,你俩去把南千住警署刑事科的那帮家伙臭骂一顿,肯定能挖出点儿线索。"仁井微微冷笑着说。他说话总是这么冷嘲热讽的,总也改不了。

"尼尔,我看还是你小子先跟我说实话吧!听说你一直在查信和会?我这边也听到点儿风声,人家跟我诉苦呢,说是搜查一科的仁井对小弟们也太不客气了,请务必收敛收敛。"森抬眼盯着仁井。

"是吗?要这么说的话,我也听说坦克罗正盯着信和会的一个头目嘛……"

"放屁!那是……"

"行了,别在外面吵。落合、岩村,你们记着,找到线索必须按时上报!"宫本训诫着自己的这帮手下。

"嗯,明白!"落合和岩村点头应承。

"既然在这儿碰头了,那我也顺便问问,对那个北方口音男人的调查怎么样了?"宫下又问。

"暂时还没有头绪。不过我想,如果能锁定那个人,查明他的身份,也许就能摸清整个案子的脉络。根据目击者证言,如果他确实是连环入室盗窃案的重要关联人,那么至少可以弄明白他到底是杀害钟表商的共犯还是完全与杀人无关。"

"知道了。另外,稚内南警署那边,他们的署长已经向我保证重新展开调查,如果确实跟案子有关联就好了。"

"组长,如果能证明确有关联,能派我去趟北海道吗?"昌夫说。自从当上刑警,他只去大阪出差过一次。

"那就要去请示田中科长代理了。就算他批准了,也不可能让你坐飞机去北海道。"

"嗯,我当然明白。"

昌夫不知道从东京到北海道的飞机票要花多少钱。不过,从东京到大阪的飞机票是六千五百日元,大约是火车票价格的六倍。整个警视厅,唯一有权坐飞机出行的只有总监本人。

"落合,我可以跟你一块儿去。"仁井在一旁说。

"尼尔,那可是稚内,一个鸟不拉屎的地方!"森提醒他。

"是吗?那就算了,还是你一个人去吧!"

大伙儿都笑起来。他们已经很久没这样放声大笑了。

店家端来了新点的烤肉,众人便埋头吃饭。这次,昌夫也要了一碗白饭。

"能放开肚皮吃饱饭,简直就跟做梦一样啊。"每逢吃饭的时候,森拓朗必定会有此番感慨。经历过战后十八年的艰难岁月,在今天,所有超过二十五岁的日本人心中仍留有粮食匮乏的阴影。

昌夫想起了自己饥肠辘辘的少年时代,他往嘴里扒拉着饭粒,比任何时候都用力地咀嚼着。

12

听到弟弟被警察逮捕的消息时,町井美纪子正在南千住町的咖啡馆里埋头准备税务师考试。在自家旅馆里学习,总会有没完没了的杂事,让她无法集中精力,所以她决定每天下午抽出两个小时,去有冷气的咖啡馆全力攻克考试习题集。

一溜小跑着来给她送信儿的是山谷酒馆家的姑娘,她和美纪子是从小到大的好朋友。

"喂，小美，不好了！听说明男让警察给抓走了！刚刚派出所的巡警来通知的。你妈妈一听，就慌慌张张地跑出去了！"酒馆家的姑娘手忙脚乱地边比画边气喘吁吁地说。

"怎么回事？又是因为打架吗？"美纪子皱着眉头问。弟弟脾气暴躁，总爱跟人打架，已经惹得警察来过好几次了。

"这次好像跟以前不大一样呢。光是因为打架的话，你妈妈不会那么心急火燎。听说是因为侵吞罪，该不会是和钱有关的事吧？"

"侵吞罪？"美纪子惊讶地瞪大了眼睛。明男确实是不良少年，但绝不会偷人家的东西，大手大脚地乱送东西给人家还差不多。

"不会是搞错了吧？"

"我也是这么想的。不过，明男毕竟被逮捕了。你妈妈一个人去警署的话，肯定又会大吵大闹。小美你赶紧去看看吧！"

"嗯，谢谢你了。"美纪子道了声谢，赶忙收拾书本走出咖啡馆。母亲一直跟警察不对付，此刻肯定会在警署里号啕大哭，吵着要见儿子，让整个警署没法办公。

她先回了趟旅馆，嘱咐员工看好店，然后便急忙坐上了从山谷开出的东京电车。明年就要召开奥运会了，东京到处在施工。台东区明明与奥运会毫无关系，却也有电钻在"突突突"地凿着路面上的沥青，扬起漫天尘土。电车的车窗没有关，乘客们纷纷掏出手绢掩住口鼻。

在浅草站换乘后，美纪子一路坐到上野站下了车。上野警署就在车站旁，是一栋虽然旧但庄严的西式建筑。看门的警察问她要去哪里，她回答说，听说弟弟被逮捕了，所以赶紧过来看看。

"哦，"警察理解地点点头，带着笑意问，"那位大发脾气的女士就是你母亲吧？"

"我妈妈在哪儿？"美纪子刚开口，便听见正面楼梯上传来母亲号啕大哭的声音，那名警察默默地朝二楼扬了扬下巴。

她跑上楼梯，见母亲果然就地坐在刑事部办公室门外的走廊上，吵嚷着："我要见我儿子！"围站在她身边的刑警则是一副束手无策的样子。

"妈，别闹了！"美纪子冷冰冰地说。

"啊，美纪子，你来了！你跟他们说说啊，这些人真是的！明男不就是捡了点儿东西嘛，警察至于把他抓起来吗？"福子拿出一副要拼命的架式哭诉着。

"你就是她女儿？你母亲一直赖在这里不走，怕是连杠杆都搬不动。这样我们也很为难！请你赶紧想想办法。另外，眼下还不能安排家属会面。"一名刑警面有难色地说。

"我弟弟是因为什么罪名被逮捕的？"美纪子问。

"侵占遗失物品加伪造个人文件。具体地说，是因为他在上野的旧货商店里用伪造的学生证变卖捡来的金币。"

"真的？"

"当然。而且他变卖的那枚金币可能是赃物，所以事情不简单。"另一名警察瞪着眼睛说。

"美纪子，这都是胡说八道！日本警察对朝鲜人什么事都做得出来！你们这是歧视！赶紧放了我儿子！"

福子以手拍地，表示抗议，看起来简直像个正在耍赖的小孩。

"妈，别这样。你闹得再凶，也不能让警察立刻放了明男啊。"美纪子抓住母亲的手腕，想让她站起来。

"就是，你女儿说得对。别闹了，赶紧回去吧！"刑警说。

"应该允许他与律师面谈吧？"美纪子问。

"嗯，这个嘛……"刑警支吾着。

"不会连这都禁止吧？即使真的有罪，也有权聘请律师嘛！"

"什么叫'真的有罪'？他可是你的亲弟弟！"福子在一旁唾沫横飞地叫喊起来。

"妈，你先安静一会儿，别把事情弄得更复杂了。"

"你……你怎么敢对妈妈说这种话！"福子情绪激动得快要晕过去了。

美纪子不理母亲，走下楼梯，在一楼大厅的公共电话上摘下了听筒，往山谷劳动者联合会的办公室拨电话。虽然她并不怎么喜欢那些人，但每当山谷的居民与警察起了纠纷，他们总是很乐意帮忙。对他们来说，时不时地跟官方对抗一下，似乎就是生活意义。

接电话的是全学联的一位活动家。听美纪子讲完事情经过，对方立即同意伸出援手："我们会立刻安排律师去交涉，请您在警察局稍等。"

果真如此的话，至少弟弟不会受到无视人权的拘留。美纪子放下电话，回头一看，见大场正叼着支香烟站在自己身后。

"哟，小美，又见面了啊。"大场露着一口黄牙说。

"您是南千住警署的刑警，这里不归您管吧？"美纪子问。

"怎么会！我们都属于警视厅第六分部，又在追查同一个案件。小美，明男拿去卖钱的那枚金币可能跟钟表商被杀案有牵连。如果真是赃物，事情就大了。这次你弟弟惹上了大麻烦。"

大场的话让美纪子心中一惊。曾经来旅馆搜查的其他警察也说过，他们要搜查的被盗物品中就有印度金币。弟弟真的和杀人案牵扯上了吗？

不，不可能。先前自己追问他的时候，他明明说什么都不知道，看他的样子也不像是在撒谎。

"今后，警察还会去搜查东山会。那样一来，社团里的大哥恐怕饶不了明男。所以，还是让他尽早把知道的事情都赶紧交代了。"

"他现在怎么样？"美纪子脸色发青地问。

"他还是死不开口嘛！也不知道是谁给他出的主意，我可不觉得这招管用。"

凭直觉，美纪子觉得弟弟一定是在包庇什么人。明男虽然爱打架，脾气不好，但对于所谓"男人之间的义气"怀着一种奇怪的美学欣赏。

"也不能安排家属会面吗？"

"不行，现在禁止他见任何人。再说，你母亲的情绪这么激动，我们就更不可能让她见了。"

"我一个人去见见他，行吗？"

"那也不行。按法律的规定，至少三天以内，他谁也不能见。"说着，大场在烟灰缸里掐灭烟头，转身走开。

美纪子长叹一声，无言地走出了警署。外面的街道上仍然喧嚣热闹，汽车冒着尾气一辆接一辆地驶过，刚放学的小学生们叫嚷着、笑闹着走在便道上，对身边的空气污染毫不在意。美纪子步行到上野站，在站内的商店里买了豆皮寿司——明男最喜欢吃这个。然后她又回到警署，找了一位看上去通情达理的女警官，说了句"请把这个转交给正在接受审讯的町井明男"，便把手里的寿司递了过去。

福子仍在二楼大喊大叫。美纪子不知还能如何去劝慰她，便独个儿下了楼，坐在大厅的长凳上等待律师。

大约傍晚时分，律师来了。此人头发蓬乱，戴着一副厚厚的眼镜，不修边幅，俨然是一位左翼活动家。美纪子从前见过此人。区政府驱赶山谷地区公园内的流浪汉时，正是这位中年律师带头抵制了警方的行动。

"你就是町井美纪子小姐吧？我是近田律师。请赶紧告诉我事情的经过。"

美纪子当即把自己已经知道的情况全告诉了律师，包括怀疑弟弟在包庇什么人。

"他拿去卖钱的金币虽然有可能是赃物，但目前还没有证据能证明确实是赃物吧？"

"我说不好……"

"明白了。那我就先按他并不知情去试试吧。不承认侵占遗失物品，只承认伪造个人文件。这样的话，连罚款都不需要，四十八小时内就能保释。"

近田豪爽地笑笑，胸有成竹地走上二楼。美纪子紧跟其后。

此时，母亲福子在美纪子的说服下已经回家了。

近田大步流星地走进刑事科的办公室，像一名话剧演员似的朗声问道："刑事科科长在吗？"

房间里的刑警们惊讶地看着他，表情顿时都阴沉下来。看来他们都领教过这位律师的厉害。

"我是近田律师。今天受嫌疑人町井明男亲属的委托，担任他的辩护人。请立即安排我与他会面。"

刑警们面面相觑，谁也没有接话。终于有个人从座位上站起来，走到走廊上。

不久，刑事科科长现身了。他表情生硬地说："律师先生，我们同意你与町井会面，但你是否也能同意审讯官在旁边列席？"

"别开玩笑了！这难道不是常识吗？会面时只能由我和委托人单独面谈！"

见近田律师一口回绝，刑事科科长的表情越发严峻："好。那么，会面不能超过三十分钟。"说着，他带近田往审讯室走去。

美纪子坐在走廊的长椅上等待着。她最担心的事情是，明男怎么会弄到那枚金币？如果金币真的是凶杀案的赃物，那就说明弟弟肯定和杀人凶手有瓜葛。他所谓"捡到的"那种烂借口，一听就知道是胡说八道。

美纪子正在思量，忽然听到走廊深处传来近田律师的叫喊，似乎在对警察怒喝。真不愧是左翼律师呀，在警察面前威风八面。

审讯室的门"咔哒"一声打开了。美纪子抬头一看，见近田律师拖着明男走了出来。怎么回事？被释放了吗？美纪子怔怔地看着，见刑事科科长随即追了出来，口中还劝解道："近田律师，请您冷静一下！"

"我怎么能冷静？你们怎么能对还没被定罪的人施暴？警方难道是战时的特高科吗？我要立即去告你们！"近田的大嗓门震得走廊里的空气都在颤抖。

"近田律师，我们同意安排嫌疑人去医院治疗，对警方的诉讼就免了吧！"

"少开玩笑！叫你们署长出来！"

美纪子立即明白了事态：明男一定是在审讯室被打了。定睛一看，果然，明男的嘴唇肿得像两根香肠。

因为有个黑帮老爸，美纪子对这种事反倒不惊慌——警察对黑帮从来是不吝于动手的。

近田走近美纪子，在她耳边低声说："我去医院开个诊断证明，再锁定对明男施暴的警官。这样，估计明天他们就会放人。"

"啊……好的。"美纪子一愣，连向律师道谢都忘了。

明男看了姐姐一眼。四目相对，明男尴尬地低下了头。

刑事科科长吩咐下属用警署的巡逻车带明男去附近的医院。但他们没同意美纪子跟去，而是另外指派了一名警官与近田一同前往。

待在警署无事可做，美纪子正准备起身回家，忽然听见刑事科科长正在办公室里厉声怒喝：

"谁干的？！哪个王八蛋动的手？"

美纪子不禁缩了缩脖子。

"对不起！我没想到这个小混混会请律师……"一名年轻的刑警拼命地辩解道。

"你这笨蛋！就算动手，非要打脸？蠢货！不会朝肚子上打吗？"似乎是椅子之类的东西被扔了出去，发出"咣当"的巨响。

"上野警署的脸都让你丢尽了！你叫我怎么跟本部交代？！混账东西，你以为这就完事儿了？"

简直跟黑帮毫无两样。在这个即将迎接奥运会、号称要实现官民一体地进入发达国家行列的时代，日本警察似乎仍停留在黑市时代。

回家的路上，美纪子想，既然好不容易来到上野，就顺道去百货商店逛逛吧。其实她是想看看彩色电视机换换心情。虽然现在大部分电视节目还是黑白版的，但已经开始有了一些彩色版节目。

正逢公司职员的下班时间，百货商店的橱窗前挤满了人。电视屏幕上正在播放歌舞节目，居然是彩色版的！只见花生姐妹的两位歌手身穿鲜红的连衣裙正在演唱。

美纪子与公司职员们站在橱窗前看了一会儿。彩色电视机的价格是二十万日元，普通百姓根本买不起。

第二天上午，明男获得了保释，回到自家的旅馆。法院驳回了侵占遗失物品的罪名，只给他定了个伪造私人文书罪。又因为是轻罪，故以延期提起公诉而结案。

事情的来龙去脉大致如下：首先，近田律师叮嘱明男一口咬定金币是不认识的人送的，明男依计行事。警方因为不能确定金币是凶杀案的遗失物品，缺乏罪名，所以无法继续拘禁明男。当然了，明男忽然翻供，把"捡的"改口说成是"别人送的"，若在平时，警方根本不会接受。但这次由于医院开出的诊断书证明了明男"在审讯期间遭受过暴力"，警方明显理亏，所以明男完全可以声称自己之前的供述都是在暴力胁迫下而作出的。即使警方对他提起诉讼，也不可能过审。

"那些家伙真是混账！就因为明男是社团小弟，他们以为靠逼供吓唬吓唬，就能拿到想要的供词？瞧我怎么收拾他们，毕竟法律面前人人平等嘛！"

连身份担保人都安排好了的近田挺起胸膛，像月光假面①或好汉哈里马奥那样放声大笑。对于左翼律师来说，打败司法机关是更重要的战果。

"我拿着医院开出的诊断书去找警察署长，结果让他躲掉了。副署长出来见我，说第二天一定保释，让我先回来。真是一帮没出

---

① 日剧《月光假面》中的英雄，该剧首播于1958年，收视率高达70%。

息的家伙！所谓国家权力的实体就是这种货色吗？明男已经没事了，不用再垂头丧气。那枚金币也归你了！"

"这次太谢谢您了。"明男跪坐着叩头致谢，额头都贴到了地板上。一旁的福子同样深深地俯首施礼。

付给近田的律师费是五千日元。虽然近田一再地说"钱无所谓"，但福子还是决定了这个金额，并支付了律师费。帮会里的大哥对于明男这次"给社团惹麻烦"的行为十分不满，就把他卖金币弄到手的那点儿钱以罚金的名义没收了。这是明男嘟嘟囔囔、很难为情地告诉家里人的。

联合会的活动家也来了旅馆，口口声声地夸奖明男这次"干得漂亮"。美纪子完全搞不明白这些人心中的正义究竟是什么。

近田律师走后，明男也急急忙忙地想离开，却被美纪子拦住。

"你先别走！老老实实跟家里人把事情交代清楚！"她揪着弟弟的脖子，把他按在地板上坐好。

"干吗呀，姐？这事跟你又没关系！"明男不耐烦地说。

"你说什么？给你找律师的是我！"

"找律师当然是要谢谢你。不过，我什么坏事儿也没干！"

"就是嘛，我早就知道，我们明男怎么会去做坏事呢？警察看他是朝鲜人才抓他的！"母亲福子立刻在一旁插嘴。

"妈，你先别说话。就因为你太宠着他，他才会变成黑社会！"

"美纪子，你怎么对妈妈……"

"妈，店里的活儿都忙完了吗？食堂该准备开门了吧？"

见美纪子口气强硬，福子只好嘟嘟囔囔地往里面的房间走去。

"明男，你跟我说实话，那枚金币到底是怎么回事？"

"就是……人家送的呗。"

"你少胡说！旧货商店肯出二十四万日元收购的金币，谁会白白送给你？"

"不是，那什么……"明男支支吾吾地躲避着姐姐的问话。

"快说！"

"就是……就是那个闯空门的宽治送给我的嘛！"

"又是他？那枚金币不就是他偷来的东西吗？"听到宽治的名字，美纪子愣住了。

"反正他说是他捡的。"

"他说什么你就信什么？那枚金币说不定真是南千住町杀人案的赃物呢！"

"嗯，我从警察那儿也听说了，挺吃惊的……所以我更不能说实话了。见我不开口，那个年轻的刑警就说，你小子还挺狂啊，然后狠狠地揍了我一顿……"

"你告诉他们不就完了？为什么要包庇那个宽治？"

"偷来的东西也是转来转去的，不一定谁拿着谁就是凶手。再说，我也得考虑我的名声，把兄弟出卖给警察的话，以后在道儿上还怎么混？"明男理直气壮地说。

"你是不是傻？"美纪子真动了气，拿起手边的算盘朝弟弟扔了过去。

"怎么了嘛，连老姐你也朝我动手？"

"警察可不会随随便便放过你。只要你跟案子牵扯上，他们用不了多久，就会找别的理由再把你抓去。"

"我都说了没关系嘛！而且我会小心的。"明男站起身，用手拉了拉裤线，"那我走了！"

"你听好了,下次你再让妈这么伤心,我可轻饶不了你!"

"哎呀,知道了!"明男夸张地耸耸肩,大步走出旅馆。美纪子叹了口气,凝望着弟弟的背影——但愿他以后不要再牵扯进莫名其妙的事情里了。

打从昨天就浪费了许多时间,美纪子调整好心情,开始在柜台上复习功课。她推开窗子,让新鲜的空气吹进屋内。此时,山谷的街道上已经没有了湿气,凉风习习,夏天快要结束了。

13

上野警署的失误传到了警视厅刑事部长饭岛的耳中,搜查一科科长玉利和科长代理田中被叫到部长室狠狠地挨了一顿训斥。据说地方检察院也收到了相关报告,同样大为恼火。因此,侦查总部内部的气氛自然颇受打击,在侦查会议上,所有人都一言不发。刚刚加入侦查总部的上野警署的警察更是垂头丧气,开会时,都躲在角落里。

落合昌夫不禁想到,在如今的时代背景下,刑警内部的体制却依然如此落后,警察们依然普遍地习惯采用刑讯逼供的手段办案。

"跟那个町井明男还要过一次招。只要能弄清楚金币的来历,就一定会找到突破性的线索。那枚稀有的金币偏偏在这个节骨眼上冒出来,绝不会是巧合。更何况还是素不相识的人'赠送'的,谁会相信这种说辞?所以,我们一定要在不招惹律师的前提下寻找合适的罪名,争取让町井在四十八小时内老实交代!"田中克制着愤怒说,"另外,还要尽快锁定那枚金币,如果能确定那就是南千住町凶杀案的赃物,就能毫无顾虑地再次对町井明男实施逮捕,还可以借机对东山会进行彻底搜查。这样的话,不怕町井不开口。哦,对了,被害人家属那边查得怎么样了?他们能不能提供被盗金币的特征之类的情况?"

田中最后这句话未免有些外行。金币既不像纸币那样带有流通编号,也不可能具有独一无二的特征。

"喂,泽野,你原来不是在保险公司吗?能不能给点儿意见!"

突然被点名的泽野吓了一跳,他愣了一下,继而平静地说:"我们曾经调查过被盗的金币是否投过保险,结果发现从头到尾都没投过。金币这种东西,因为常常被用来骗保,所以在不能提供购买证明的情况下,保险公司通常不会受理。"

"那这枚金币是受害人从哪里购买的?"

"这个嘛……家属似乎也不太清楚。受害人是钟表商,时常从国外采购各式各样的商品,或许这枚金币是从海外购得的。"

"账本里有记录吗?"

"这一点我们也问过死者的女儿。她说,因为父亲很早以前就退休了,对从前的事情都不太记得了。后来我们又问她能不能提供账本查阅,虽说全凭自愿,但总觉得对方像是有所顾忌……"

"家属是在隐瞒什么事吧!"仁井忽然插嘴道。众人的目光齐齐投向了他。

"哦?此话怎讲?"田中问。

"我也去调查过作为第一发现人的三女儿夫妇,总感觉他们不是很配合……"

"是吗?"

"给我的印象是,他们不愿过多谈及有关她父亲的事。另外,关于被盗物品,那个三女儿一开始说保险柜里没什么值钱的东西,后来大女儿提到金币不见了,她才改了口。所以,三女儿似乎是在有意隐瞒。反正我感觉他们并不是真心希望抓住凶手。"

仁井点了支烟,停了一下,又接着说:"科代,我有个不情之请。能不能麻烦您去拜托搜查四科帮帮忙?请他们分享一下有关山田金次郎和上野信和会的关系情况,以及从前他们合伙走私枪支的那些事儿。交情这个东西是需要时间积累的,过了快十年,有变化也是双方一起变的。四科和我们一科的情报来源不一样,这方面的事,光靠我们没法查透彻。"

田中目光一闪,盯着仁井。其他人则默默无语地围观。

"我说,尼尔,你身为一科的人,不考虑一科的骨气吗?"

"这个嘛,我当然……"虽然田中语气严厉,仁井却丝毫不为所动地吐着淡蓝色的烟圈。显然,他明知会激怒上司,却仍然说出了自己的意见。

"你是让我去向四科低头求助吗?"田中问。

"我去也行,不过肯定没什么用。"仁井面无表情地回答。

虽然同属于刑事部,各科之间的关系却像兴趣各异的独立组织。科与科之间互相较劲,彼此不把对方放在眼里。警方系统属于垂直架构,在这一点上,与其他政府部门不同。

沉默片刻,田中像是沉吟般地嘟囔了一句:"该死……"随即抬起头来说,"行了,我知道了。那我明天先试试吧!"

见田中一副吃了苍蝇似的表情,大教室里的气氛一下子缓和了。宫下和森都忍不住低头憋笑。

会议一结束,昌夫便朝仁井跑了过去。

"仁井兄,我对您真是失敬了!"他小声说了这一句,还微微点头,以示敬意。岩村也怀着同样的心情在一旁点点头。

森也跑了过来,刚站定,他便向仁井的胸口搗了一拳:"你小子,真有种!以后肯定大有出息!"

"怎么可能?要是在海军,我肯定会被发配到最前线去了。"

宫下、泽野、仓桥等人也都来了,第五组全体成员聚在一起。

"喂,尼尔,我先把话摆在这儿,搜查信和会的时候,一定派你去打前阵!"宫下说。

"不过,这案子至今也看不出个眉目来啊。"泽野说。

"我也有同感。发现金币算是一条重要线索,可是究竟与杀人案有没有关系就不好说了。如果是蓄意杀人,赃物应该早就转移了……"仓桥说出了自己的看法,众人听了都点头不已。

"凶杀案和盗窃案其实是两个案子吧!"仁井语调轻快地说。

"你也这么想?"宫下立刻接口道,"我也觉得。如果硬要说是同一个案件,凶手应该不是一个人,至少有新手,也有老手。"

昌夫听着前辈们的分析,不由得肃然起敬。原来还有这么多推理的过程!同时,他为自己的不动脑子感到一阵羞愧。

"好,去吃饭!边吃边聊!"宫下朝门外抬了抬下巴,第五组的七名成员便走出了警署。南千住町的街道上,铃虫"铃——铃——"的鸣声处处可闻。岩村打了个喷嚏。晚间的空气里已经满是秋天的味道了。

三天后,田中科长代理才从负责反黑的搜查四科收到相关回复。之所以花了这么长时间,正如四科的科长代理所说:"难道我说一句'给一科提供线索',就会立刻有人跳出来把自己的情报双手奉上吗?"的确,就算是内部协调,也需要时间。结果还是搜查一科科长玉利向刑事部长饭岛提出了正式的协查申请,四科才终于派了两名资深刑警参加侦查会议。这可是特例中的特例，但为此大为欢欣鼓舞的只有饭岛部长一个人，他觉得自己在任期内开创了前无古人的"先河"。这位毕业于东京大学的高级警务管理人员一直想推进警察组织的改革，却始终苦于无处下手。

四科的刑警们刚来参会时有些不知所措，见田中低头朝他们行礼，也只好赶忙还礼。不过，之后他们便很快适应了"客人"的角色。会议一开始，便立即进入状态，介绍起情况来：

"我是来自四科的今村。今天，奉刑事部长的命令，参加钟表商被杀案的侦查会议，请各位多多指教。"或许这次的场合与以往太不一样，他显得有些紧张。

"我先介绍一下本案被害人山田金次郎和被认为与他合伙走私枪支的上野信和会的旧史。首先，关于山田本人，他战前就在荒川区南千住町经营钟表买卖。战后，因物资匮乏，他便转到浅草的黑市从事交易，主要是从美军商店进货——就是从驻日美军军营里流出的私货。生意一度十分兴隆，不久又在上野的黑市开了分号，因此与信和会的首任会长信田和三郎有了交情，开始染指枪支走私。枪支的来源有韩国和菲律宾，都是从美军军营里私自贩卖出来的。昭和二十五年①，朝鲜战争时期，因为流入东京的黑帮手中的枪支数量太多，警视厅的反黑部门——当时还没有成立搜查四科，只是指定了几个组负责——便以此为中心，开始全面的侦查工作。

"当时，警方搜查了信和会，没收了多支手枪，并判定货源是山田商会，便申请逮捕令。但不知出于什么原因，逮捕申请书递到现在的警察厅——当时称国家地方警察本部——之后，据说是出于

---

① 昭和二十五年，即1950年。

上面的判断而不了了之。不仅如此，上面对办案人员也没作任何解释，让负责现场办案的人十分愤慨。据我当时的上司说，手枪的最初来源是MP（美军宪兵队）的军官，所以GHQ（驻日盟军总司令部）把案子压了下去。因此，不仅信田被释放，连山田也免于刑事起诉。这些事情，想必大家都已经知道了吧……"

"不，不，我们一无所知呢。"田中回答说。其他刑警也都纷纷点头。这案子背后居然牵扯到十多年前的瓜葛，难怪他们调查不到线索，昌夫连十年前并不存在搜查四科这件事都不知道。

"这样啊，那么我接着介绍。逃脱法网之后，信田和山田变得非常慎重，走私枪支的买卖也一度中断了。再后来，先是山田在昭和二十八年①宣布退休，把公司交给三女婿实雄继承。然后是信和会的信田会长在次年去世，交班给第二代头目。从这个时候开始，事情变得有些可疑了。信和会第二代会长信田义春是老会长的第三个儿子，不知是不是因为娇生惯养，他不大懂人情世故，虽然身在高位，却器量狭小，所以信和会分裂出了几个派系。派系之间虽然没有发生直接争斗，事实上却已经四分五裂。现在信和会有五个本部长，各自另立山头，相互划分好了地盘。其中有个叫花村正一的，与山田的女婿实雄走得很近，似乎打算重操枪支走私生意。我们推测他们大概是从昭和三十二年重操旧业的，这也已经是六年前的事了。当然，我们四科也没放松警惕，一直在对他们进行调查。不过他们好像每年只做一次交易，所以直到今天也没能逮到他们的现行。另外，山田金次郎对女婿实雄染指走私生意十分担心，多次告诫他，现在已经不是黑市时代，不要擅自乱来，但实雄一直当耳

---

① 昭和二十八年，即1953年。下文的昭和三十二年即1957年。

旁风。至于花村那边，信和会里的另外几个本部长也多次提醒过会长，说千万不能随意模仿当年的做法，但花村本人十分强势，对此充耳不闻，一直没舍得收手。这几年，信和会的情形江河日下，随时都有可能分崩离析。就在这个当口，发生了山田金次郎被杀的案子。以上就是事情的大概。"

说完，今村鞠了一躬，走回自己的座位。听他介绍了许多闻所未闻的内幕，昌夫对四科的同行不由得大为感激。但另一方面，他又觉得这些未必是事情的全部，一时竟不知该作何判断。

"山田金次郎被杀后，信和会那边有没有动静？"田中问。

"当然是很震惊的。山田与他们的交情不是一天两天的，还是首任会长的兄弟这种大人物。"

"花村的反应呢？山田的死对他应该比较有利吧……"

"这就不知道了，他现在还是不露声色。"

"信和会的人有没有参加山田的葬礼？我们之前调查时疏忽了这一点。"

"只有首任会长的夫人去了，大概是怕人多了太显眼。"

"确实啊。顺便问一下，现在四科有谁在调查他们吗？"

"这我就不知道了。大家一般不会问谁有线索之类的，当然自己也不会随便透露。恐怕一科也是一样的吧？"

"看来我问了不该问的事，失礼了。事情也的确如此。"听到如此荒谬的歪理，田中的脸都气紫了。

"今村，你刚才说，走私枪支的买卖一年只交易一次，那交易时间大概是在什么时候？"昌夫举手提问道。

今村似乎忖度了一下该不该回答他的问题，停了一会儿，说："据我们得到的情报，交易总是在夏天进行，恐怕是因为驻菲律宾的美军趁军官回国休暑假的空档才能进行不法交易。"

"那就是说，正好在今年要'进货'的当口，山田被杀？"

"对，正是这样。"

见没有其他人再提问，今村便说："那么，今天我就介绍到这里。"

田中再次向他鞠躬致谢。昌夫等一科的刑警也纷纷鞠躬。

看来，果然如仁井所说，这也许真是两个单独的案子，出于某种动机杀死山田的确实另有其人。如果是这样，特地伪装成盗窃案也就说得通了。

昌夫心中纷乱，反复思考着案子的复杂性，但那个操着北方口音的年轻男子无论如何与案情联系不上，理不出个头绪。

散会后，大多数刑警又走进了夜晚的街道。一听说牵扯到黑帮，他们大概都有各自的情报网可以打听消息。

昌夫想了一会儿，决定今晚还是回家。一岁的儿子肯定已经睡着了，但他想看看孩子熟睡的小脸。说起来，妻子说过想和他商量报名申请公寓的事。哪怕只是一个晚上也好，昌夫想担起丈夫和父亲的责任。

侦查工作进入长期作战以后，刑警们很容易忘了家庭的存在。昌夫告诫自己千万不能这样，但即使是这种告诫本身，他也是每每三天才会想起来一次。

14

宽治在向岛里子的公寓里一直睡到快中午，明男来了。

"喂，宽治，该起床了！"

忽然被踢了一脚，又见一团黑影罩了过来。宇野宽治揉揉眼，定睛一看，只见明男怒气冲冲地站在自己面前。

"都是被你小子害的，老子让警察抓进去蹲号子了！你这个榆木脑袋的笨蛋！你现在倒是跟我说说，该怎么办才好！"明男弯下腰，拍打着宽治的脸颊。

不明就里的宽治在被子上缩成一团。

"喂，你们别在这里打架啊！"里子在宽治身后一脸困惑地抽着烟说。

明男抢过里子手里的烟吸了一口，随即走到窗前拉上窗帘，从窗帘缝隙中窥视着房子前面的街道。

"町井，你这是干吗？"里子问。

"我昨天让条子给抓去了！今天在事务所门前也被他们盯上了。我可是飞身跑到隔壁的大楼，然后从后门溜出来才到这儿的。"明男虽然是一副眉头紧锁的表情，语气中却流露出些许的得意。

"我说，可别把麻烦事带到我家里来啊。我最讨厌警察了。"

"没事儿，我没走楼梯。"

明男在榻榻米上坐下，像个斥责弟弟的哥哥似的开了口：

"还是先说说你的事吧，宽治。上次你在咖啡馆里给我的那枚金币到底是打哪儿弄来的？赶紧说实话！"

"那……那个嘛……"宽治支吾着。前前后后的事情该怎么跟明男说才好呢？

"那枚金币老值钱了，把我吓了一跳。你小子知道吗？"

"我……我不知道。"宽治回答。

"我猜也是。我拿到收购古币的店里一问，店老板居然开了二十四万日元的价钱！你要是知道它这么值钱，肯定不会送我。"

"二十四万！？"里子在一旁发疯似的尖叫一声，"足足顶我一年的工资了！"

"对，是我两年的工资，"明男瞪了她一眼，"我打听完价格，就知道这东西不得了，所以去搞了个假学生证，又拿到店里去换钱。结果你猜怎么着？立刻就让警察知道了。他们去上野那家做假证件的店里一追问，就问出了我的名字，紧接着就把我逮到号子里去了。你听着啊，一个不知道是柔道几段的条子对我又踢又打，我可遭了大罪！"明男悻悻地说。细看之下，他的上嘴唇还肿着，眼眶上留着一块淤青。

"那二十四万后来怎么样了？"里子问。

"现在不是操心钱的时候！"

"可那是好大一笔钱啊，也分点儿给我嘛。宽治晕倒的时候是我救了他，怎么也应该分我一半嘛。"

"早让大哥们拿走了。因为我被逮捕，招惹警察来事务所搜查了一通，他们都气得不行，还说'幸亏老大去走亲戚了，不在东京，不然你小子就完蛋了'什么的，反正就是狠狠地威胁了我一通。"

"真讨厌！至少也给我留一万嘛⋯⋯"里子扭动着身子，大声哀叹道。

"里子，你先给我静一静！钱的事先放一边，先说金币的事。宽治，你到底从哪儿弄到那枚金币？"明男再次转身问宽治。

"在别人家里偷的。"宽治很爽快地招认了。明男是自己人，没必要用蹩脚的谎话骗他。

"谁家？"

"地址记不清了，就是新闻里说发现死人的那家。"

"你这家伙⋯⋯"明男顿时脸色铁青，说不出话来，"南千住町抢劫杀人案果然是你小子干的？上回我问你的时候，你还一口一个不是……难不成是骗我？"

"我说的是实话。我没杀人，不过是碰巧在场嘛。"

"到底怎么回事？赶紧说！"明男恶狠狠地质问道。

宽治在被子上坐直身体，深深地吸了口气，似乎是在回忆一个月前的经历。

"那天，我记得好像是星期五，我在临时落脚的旧船附近看好了两家民宅，然后溜了进去。后来又进去的第三家是个大宅子，我估摸着应该有不少钱，结果用钳子把保险柜撬开一看，发现里面根本没有多少现金，只有一块进口手表和那枚金币。我想，算了，就先拿上这些吧，于是把表和金币装进了背包，又爬上了二楼。刚要打开抽屉的时候，那家有人回来了。"

宽治开始讲述事情的由来，明男和里子都探出身子，仔细地倾听着。

"嗯……我刚起床，有点儿渴，有没有冷饮喝？"

"就你事儿多，小王八蛋！里子，有没有喝的？"明男皱皱鼻子，又对里子扬了扬下巴问问。

里子从冰箱里拿出一瓶汽水，拔掉瓶塞递了过去。宽治"咕咚咕咚"地喝了几口，又接着讲了起来：

"然后我想，这下子麻烦了，吓得连大气也不敢喘。又听见楼下的人忽然大声吵起来，我想大概是被发现了，对方正准备拨打110报警，就打算从二楼逃到屋顶去。刚打开窗户，就让一个走到楼上来的人发现了。"

"然后呢？"明男往前挪了挪身子。

"偷东西的人和本家的主人撞了个正着，这种情形我以前也遇见过。这种时候,一般人都会吓得动也不敢动,慌成一团……所以我举起钳子喊了声:'怎么着吧!'结果对方一点儿都不慌,反而沉着嗓子问我:'小子,你是来偷东西的吗?'我回答了一句:'是又怎么样?'他先是不说话,过了一会儿又命令似的对我说:'你跟我到楼下来!'"

"啊?这家伙怎么回事?"

"一开始我也不知道。等我定下神儿一看,他留着平头,戴着深色眼镜,一看就像是黑道上的人。我想,完了完了,偷东西偷到了黑帮老大的家里,吓得我蔫了。"

"等等,等等,新闻上说,那家只有一个原先是钟表商的老头独居,怎么会出来黑帮?你不会是跟其他偷过的地方弄混了吧?"

"不,不,肯定没弄混。那家也有一个老头。"

"那就是说,回来的还有别人?"

"嗯,是啊。我一看,既然跑不掉了,只能把东西还给人家,然后赔个罪,让对方饶了我,就乖乖地跟着他下楼。看见一楼还有另外一个人,除了他俩之外,还有你说的那个老头。看样子,当时屋里的气氛不怎么对头。"

"那还用说!家里进了贼,怎么还会四平八稳的?"

"不是那个意思。看起来像是他们几个人之前就在闹不痛快,我是在那之后进去的。"

"这又是怎么回事?"

"我也不明白啊。那老爷子绷着脸,气呼呼的,可又不像是针对我,倒像是在生那另外两个人的气。"

"先不管这个。后来呢?"

"后来我听见其中一个男人问:'保险柜被撬开了?'于是我

赶紧说：'对不起，我把钱还给您。'说着就把现金递了过去，其实也只有两万左右。然后他又说：'钱就算了，把你手里的起子拿来！'原来你们东京人管钳子叫起子啊。我当时没听懂，不知道他说的是什么。"

"什么啊，起子？我也听不懂！"里子插嘴道。

"就是拔钉子用的东西！"明男不耐烦地说，"那后来呢？赶紧接着说！"

"我当时没别的办法，听他这么说，只好把钳子递了过去。我想他大概要拿那东西揍我，赶忙往后缩了缩。结果他并没动手，反而问了我好些问题，比如叫什么名字，什么时候、从哪里来的东京，住在哪里，从什么时候开始偷东西……我怕得要命，就老老实实都告诉他了。然后那个男人说：'这次饶了你，赶紧滚！'我以为自己听错了，他连我偷的钱都没让我还。接着他又说：'这次我就当什么都没发生，你立刻滚回乡下去！再在这附近乱逛，让我看见了，就宰了你的狗命！'啊，我总算是捡了条命，当时吓得魂儿都飞了。所以我急忙跑了出来，收拾了荒川那艘船上的东西跑来浅草躲躲。"

"不是让你小子滚回乡下去吗？而且浅草就在南千住町的眼皮子底下啊！"

"我不想回礼文岛，札幌也挺没意思。我喜欢东京。"

"谁管你喜欢不喜欢！虽然不知道那些人是什么来历，不过，下次再遇见他们，你就真没命了！"

"为啥？"

"为啥？你还真是没心没肺啊！杀了钟表商老头的不就是那两个男人吗？"

"啊？是吗？"

"当然！居然连这都不明白？你这个白痴！"明男终于忍不住怒吼起来。

里子在一旁也惊呆了。

宽治抱着胳膊，陷入了沉思。他平时不太看新闻，并不了解事件的详情。上次被明男追问有没有在入室盗窃时杀人，他也只是自然而然地回答"没有"，根本没考虑过明男为什么会有此一问。

"喂，宽治，我可真是小看了你，你居然这么沉得住气。警察现在正在调查抢劫杀人案，说是原本打算偷东西的人转念想抢劫才闹出了人命。要是被他们抓到了，你绝对会被当作杀人凶手！"

"他们不会抓我的。我只跟那人打了个照面，他肯定记不住我长什么样。"

"你没留下指纹吧？"

"没有，全都擦掉了。我是靠这个吃饭的，在这方面绝对不会留下把柄。"

"你这个混蛋，我瞧你好像还挺得意！"明男气急败坏，一巴掌拍在宽治的脑袋上。

"哎，疼疼疼……"宽治忙抬手捂住脑袋。

"说正经的，宽治，那些家伙是打算让你背黑锅的，这你总该明白吧？"

"真的？"

"当然是真的！他不是拿走了你的起子吗？等你一走，他们就拿你的那把起子把老头打死了。"

"你等等，一下子说这么多，我听得头痛。"

宽治并不是在开玩笑，他是真真切切地头痛了。很久以前，每逢他要认真考虑些事情的时候，脑袋就像是要抗拒思考似的，开始疼起来了。

"你还记得那些人的模样吗？"明男问。

"不太记得了。啊，不行了，这下连心情也变糟糕了。"

宽治又躺倒在被子上，感觉脑袋里好像有什么在"咕噜咕噜"地转，平衡感也消失了。

"你没事吧？看起来脸色不太好。"

"待会儿就没事了。"

"不过今后该怎么办呢？我知道你不愿意回北海道，但再待在东京会惹麻烦啊。"

"我没其他地方可去。"

"喂，如果宽治被逮捕，我会不会变成包庇犯？"一直在一旁听着的里子有点儿担心地问。

"到时候，你就说你什么都不知道，不就行了？"明男回答。

"我……我一直没跟你们说……来东京之前，我在福冈也惹了点儿麻烦，是说不定会被逮捕的那种麻烦……如果我的身份暴露了，从前那些事也会被揪出来。"

"里子，你到底惹了什么事？"

听明男问，里子只好磕磕巴巴地说了实话：

"就是……拉皮条什么的，好多事……不过都是人家冤枉我的。因为一个熟人姐姐来拜托，我就给土耳其浴室介绍了几个从冲绳来的未成年女孩。"

"那还真不是小事儿！你收钱了吗？"

"总归是要收点儿介绍费的嘛。"里子一脸失望地说。看来，她好像还干了不少别的事。

"总之，你俩都少出门，警察肯定在到处追查宽治。一旦他们认定了你就是凶手，你再说什么，他们也听不进去。所以，被抓住的话，你就死定了。"说完，明男站起身，又扒着窗户朝下面看看附近有没有警察。

"我先走了。这阵子，你们暂时只能在公寓和俱乐部之间走动，千万别去其他地方。"说罢，他把上衣搭在肩膀上，掏出梳子梳了梳头，随即快步走出门。望着他的背影，宽治又一次满心羡慕。明男太潇洒了，自己什么时候也能像他那样呢？

停止了思考，头痛就消失了，身体轻快起来。闷在屋子里实在太浪费行头了，宽治爬起身，把胳膊伸进西装的袖子。这件西装是他最近新买的，也是他最好的衣服。

"你要出门？"里子问。

"嗯，去弹珠店玩玩。好不容易买了西装，总要上街走走。"

"你开玩笑吗？还不明白吗？会被警察抓住的！"

"不会……不会，放心吧，事情都过去了一个月，我又没留下证据，也没被人看见。就算是警察，也不会知道是我干的。"

里子想说点儿什么，却只叹了口气。停了一会儿，她又开口说："宽治，你既然有钱买西装，能把下个月的房租交了吗？我每个月都要给冲绳寄钱回去，其实手头挺紧的。"

"啊，行。"

"真的？太好了！要一万日元哦！"

虽然被一万日元的金额吓了一跳，但看到里子一下子变得兴高采烈，宽治觉得很开心。明男曾经告诉过他："那女人生过孩子。"看来，她果然是在给家里寄抚养费吧？

宽治出了公寓，朝浅草走去。街道上依旧熙熙攘攘，每天都像过节一样。隅田川的对岸，可以望见浅草寺的塔。不知从什么时候,他已经把东京当作了自己的家乡。

还是东京好啊。

在弹珠机上输掉了将近两千日元,钱包里空空如也。宽治故技重施,冒充东山会的人向店员逼问"好赚"的机器,对方却回敬说:"我们店是××组的地盘,想捣乱的话,我叫人来收拾你。"他便只能悻悻而归。别说交房租了,他连今晚的饭钱都付不起。好在他早就习惯了这种境况,所以心里并不慌张。

他打定主意去浅草公园后面的小寺庙里偷些香火钱。

在札幌的时候,他就这么干过,所以深知其中的窍门:在杂货铺里买张粘蝇纸做成胶条,从格子间伸下去,不管是纸币还是硬币,都能轻而易举地"钓"上来。

确定周围没人看到自己之后,他垂下胶条,"钓"了好几张百元钞票。果然东京的香客都很大方啊,宽治不由得心花怒放。

"叔叔,你在做什么?"

听到身后有人说话,他转过身,见几个刚放学的小学生背着书包站在身旁,看样子都是低年级的小孩。

"烦死人了,上一边玩儿去呗!"宽治瞪了他们一眼,想赶走这些孩子。谁知东京的小孩并不怕大人,反而嘲笑起宽治的口音:"啊哈哈,他说'玩儿去呗'……"

"看不明白吗?在收集香火钱呗。我是寺里的人。"

"那么,用钥匙打开箱子不就行了?"

"钥匙找不着了呗。"

"你是偷香火钱的小偷!"

"不是!"

"那你是什么？小偷，小偷！"孩子们七嘴八舌地叫。

宽治懒得再找借口，决定贿赂这些小孩。

"请你们喝果汁，就当什么都没看见呗。"

"行啊，行啊！不过我还要吃蛋糕！"一个孩子说。其他孩子听见了，也围着宽治，不停地叫着"蛋糕，蛋糕"。

"知道了，果汁和蛋糕，对吧？"

无奈，宽治只得带着他们往附近的点心店走去。

"叔叔，你真大方啊！"路上，孩子们对他说。

"就是！六年级的学生让我们'到一边玩儿去'的时候还朝我们扔石头呢！"

"你们上几年级？"

"一年级和二年级。低年级的同学都在街道儿童会约好了一起放学回家。"

"六年级的学生也偷香火钱吗？"

"嗯，一开始是初中生，后来小学生也学他们了。不过我们还没干过。"

"东京的小孩这么坏？"宽治吃惊地说。

"叔叔是哪里人？"

"别叫叔叔，叫哥哥。"

"那么，哥哥是哪里人？"

"北海道的。"

"哇！"孩子们像见了外国人似的看着他，立刻问东问西：北海道的雪能堆到多深，哥哥你滑过雪吗……

到了点心店，宽治已经和他们打成了一片，还一起吃了五日元一块的蛋糕。

"哥哥，去玩抽签吗？"

"行啊。"

"哇，太好了……"

后来，他还跟小孩一起兴冲冲地玩起了玩具。在礼文岛时，他就跟小孩们相处融洽，也许是因为孩子们凭直觉就知道他是个"傻子"。

宽治完全忘了自己眼下的处境。

15

侦查总部从四科获得的情报全是负责查案的刑警们闻所未闻的，这大大拓宽了他们的侦查范围，却也产生了一个令人不愉快的副作用：四科的人认为，既然己方提供了线索，那么理所应当有权参与本案的侦查。几名原来负责侦办黑社会相关案件的刑警已经开始采取行动，传闻还有人不客气地声称要"后发制人"，抢在一科的前头破案。

田中科长代理和南千住警署的署长似乎早已预料到会发生这种情况，虽然备感焦虑，但只能静观其变。其他部门也不好对此多作干预。落合昌夫再次对警察组织中条块分离这一弊端深有感触。

这天，他仍和大场一起去做问询调查。大约下午三点左右，二人分手，各自行动，这已经成了他俩最近的默契。虽然规定要求，侦查工作一般两两同行，他们的这种做法如果被田中知道了，一定会受到批评，但巡查部长以上级别的警察都有独自侦查的权限，所以并不算失职。

"我去会会我的线人，你可不能随便和他们接触。会上见！"

说着，大场立刻像路人一样消失在街巷中，简直就像融化在周围的环境中。经验丰富的老刑警个个都有着变色龙般的本领。

因为自己恰巧也有想调查的事，昌夫对于分头行动毫无怨言。他乘东京电车到了上野，下车后便朝信和会头目立木经营的麻将馆走去。立木刚好在店里，正跟几位熟客打麻将打得正酣。

"落合警官，南千住町的案子进展得怎么样？你那些反黑组的同行也太不留情面了，害得我生意都要做不下去了！"一见到昌夫，立木便蹙着眉头说。不过他的语气轻松，似乎事情并不像他说得那么严重。

"他们来干吗？说一科太不知天高地厚了吗？"

见昌夫开口问话，立木对身边的小弟招招手，命令道："你来替我一会儿！"便带着昌夫朝店内深处的座位走去，又吩咐女店主准备冰咖啡和电扇。

"大概就在前天，你们四科的人去我们总部的办公室了，气势汹汹地盘问：'南千住町的杀人案是你们干的吗？是的话，赶紧把凶手交出来！'"立木压低声音说，边说，边观察昌夫的脸色。

"真不愧是四科啊。"昌夫苦笑了一下，叹了口气。这怎么看都像是反黑刑警的做派。

反黑刑警因为工作需要，时常出入黑帮组织，一边收集情报，一边对轻微罪行采取睁一只眼闭一只眼的态度，有时还会帮对方抹掉交通违法记录之类的案底。他们与黑帮这种互相利用的关系已经常态化，甚至会使人产生类似"同道中人"的感觉。正是基于这样的关系，他们才会说出"如果真是你们干的，就随便找个小弟出来（顶罪）"这种语义暧昧的话。

"如果是黑道中人火并，也还罢了，这次的被害者是普通老百姓，靠替身顶罪肯定行不通。搜查一科也不会善罢甘休吧？"

"那是当然。舆论已经沸沸扬扬，检方也不可能默不作声。"

"不过，我不是说他们像黑市时代的警察，但四科这种做法确实不可思议。"立木"哼"了一声。

"我们其实差不多是那样。之前上野警署一组的人抓了个东山会的小混混，刚准备突击审讯，对方的律师就来了。虽然那小混混是很重要的证人，但最后不得不放人。"

"真不愧是大学毕业的落合警官啊。我听说你是明治大学法律系毕业的？哎呀呀，世道真是变了，连六大名门①出身的才子都去当刑警了！"

"名门不名门的其实没什么？上大学的时候光顾着玩剑道了。"

"长话短说，找人顶罪这事儿是行不通的。警察真想破案，就得自己去搜集证据，确定凶手。"立木意味深长地说。

昌夫沉默了。看来，立木的意思是此事与信和会无关。难道他觉得被怀疑是理所应当？

"不过，我今天来其实是想问另一件事。你们信和会里有个叫花村的头目，据说与被害人的女婿实雄交情匪浅。这个花村是个什么样的人？"昌夫喝了一口冰咖啡，接着问道。

"哦？落合警官没听说过他？"

"我不负责帮会的案子，所以不太熟悉。"

"他是莺谷一带花村派的老大、信和会五位本部长之一，比我大十岁。嗯，也算是条汉子。我只能告诉你这么多。"立木耸耸

---

① 此处指日本最有名的六所大学：庆应义塾大学、东京大学、早稻田大学、法政大学、明治大学和立教大学。

肩，淡然地说。昌夫立刻意识到，立木和花村不属于同一派系。侦查会议上刚刚说过，信和会内部如今已是四分五裂，各派系都有自己的山头。

"关于花村和实雄合伙走私枪支的事，听到过什么风声？"

"这我可不知道。再说，这件事你怎么还来问我？"立木不假思索地苦笑着回答。

"被杀的山田金次郎曾经劝说女婿收手，二人因此闹得不欢而散。我们只了解这么多……"

"那就沿着这条线索继续侦查，如何？落合警官，我也有事想问问你。"立木直视着昌夫。

"哎？什么事？"

"我听四科的警察说，东山会那个小混混手里有一枚金币，是南千住町死者家里被盗的那枚。难道东山会与这个案子有牵连？"

"这我说不好。被盗物品的流动性很大，东山会的人也许是偶尔从别的地方获得的。现在还不能下结论。"

"那个小混混叫什么名字？能告诉我吗？"立木的问题未免有些奇怪，这下轮到昌夫盯着他。

"问这个做什么？"

"没什么，只是觉得说不定什么时候能派上用场。"

"四科的人没告诉你？"

"我不想去问他们。去问的话，我还得再告诉他们点儿什么才行呢。"

"原来如此。"昌夫表示理解。停了五秒钟，他掏出笔记本，一页一页地翻看。

"是一个名叫町井明男的小混混，二十岁左右，好像还没有正式'入门',白天待在浅草的事务所里,跟看家小弟没区别。"

"是这样啊,叫町井明男是吧?"立木随手拿过一张广告单,在背面写下了名字。

"社长,你该不会是想……如果哪天发现了町井的尸体,你们事务所可是逃不了干系哦。"昌夫表情凝重地说。

立木晃着肩膀笑了:"别开玩笑了,谁会去杀那种小混混?为什么要干掉他?我们跟东山会无冤无仇。我不过是顺便打听打听,当作参考。"

"如果有什么发现,能通知我吗?"

"没问题。比起你们四科那些家伙,我更愿意和落合警官打交道,因为落合警官你从没跟我提过要钱的事。"立木深深地靠坐在椅子里咧着嘴说。

昌夫想问:"四科有警察向你们索贿吗?"但又忍住了。哪里都有行为不轨的人员,前些日子还有税务局的职员向饭馆索贿的事,被报纸捅了出来。

虽然经历了战后十八年,但体制性的歪风邪气仍在各地残留着。这就是日本的现实。

"落合警官,打几圈?赚点儿零花钱再走嘛!"立木说。

"啊,不了。"昌夫一口气喝完冰咖啡,离开麻将馆。

一出门才发现天早早地黑了,秋天真的来了。

在当晚的侦查会议上,田中公开了北海道稚内南警署的来信。信中提到的某些内容已经与相关部门确认,因此这封来信可以作为有价值的情报向全体侦查人员公开披露。

"前天我收到了稚内南警署国井良三署长的来信,现在向大家通报一下信中的内容。不久前，我们曾去函向稚内南警署询问有关林野厅在佐吕别原野的值班室遭到破坏以及工作服等物品被盗的事情，因当时稚内南警署按遗失物品类案件进行处理，未进行指纹采样等现场勘查工作。不过，他们接到报警后，立即安排了警员前往现场出警。后来他们在该警员的调查中发现了若干值得注意的地方，所以特地来信告知我们。据该警员证实，在案发现场找到了成年男性的赤足脚印，罪犯应该是双脚沾满了泥泞赤足步行到值班小屋附近的，又穿着从小屋内偷走的长靴离去。所以国井署长认为，这个事件当初的确应该按盗窃案来处理。这一点还是很难得的。"

听着田中的介绍，刑警们纷纷点头。如果只考虑保全本单位的面子，对方大可以推脱说什么都不知道。想必大部分警署都会采取这种态度。

"如果只是单纯的盗窃案，也还罢了。国井署长在信里还提到了在同一时期发生了另一些值得注意的事情。据他说，在距离稚内市约六十公里的礼文岛曾发生多起入室盗窃案。八月四日，曾有人拿着涉案赃物到稚内市的当铺变卖。当时，接到当铺老板的报案后，警察赶到了现场，但犯罪嫌疑人已经逃脱。此人名叫宇野宽治，二十岁，是土生土长的礼文岛人。少年时期就有过盗窃前科，还曾进过少管所。"田中在黑板上写下"宇野宽治"四个字，刑警们也纷纷在笔记本上记录着。

"因为宇野宽治逃脱，稚内南警署在港口布置了人手，但没有拦截到他。正在继续侦查时，又发生了另一桩案件。同样是在八月四日，夜间，在礼文岛的船泊地区，船主酒井寅吉名下的番屋——大概是渔夫们的宿舍——遭人纵火。在灭火过程中，酒井寅吉自家的住宅又遭入室盗窃。被烧的番屋是酒井寅吉的雇工宇野宽治平时独自居住的地方。据目击者、名叫赤井辰雄的当地渔夫证实,火势起来后,他曾看见宇野宽治跑了出去。也就是说,被当铺举报后,宇野宽治不知用了什么法子,又潜回了礼文岛。"

说到这里,田中示意南千住警署的一名年轻警察在黑板上挂起了大幅的北海道地图。昌夫还从未去过日光①以北的地区,只能凭空想象着北国领土的风光。

"北海道岛的最北端就是稚内市,从那里再坐三个小时的船就到礼文岛了。"田中用笔指着地图说。

"有人去过那儿吗?"

"您该不是在问谁能去一趟吧?"宫下反问道。刑警们哄堂大笑。对东京人来说,北海道简直像外国一样遥远。

"据说那里夏天的花开得很漂亮,是一座景色优美的小岛。反正信里是这么写的。看来,国井署长真是个好人哪。"

众人又是一阵大笑。昌夫想起了北海道人稳当、踏实的性格。

"好,我继续介绍情况。自从发生纵火案和入室盗窃案之后,事情又有了急剧的发展。次日清晨,宇野宽治偷走了酒井寅吉的渔船,企图从岛上逃跑。但不巧那天天气恶劣,不久就演变成狂风暴雨,渔船在海上遇难。同一天傍晚,海上保安厅的巡逻船在距岸边二十公里的宗谷海峡海面上发现了那艘渔船,船内空无一人,船身受损严重,燃料耗尽。保安厅推测,当时驾驶渔船的宇野宽治可能被抛入海中,溺水身亡。他们在后来的报告中认定这是一起海难事件,并宣布驾驶人宇野宽治已经死亡,家属也向当地派出所提交了人口死亡通告。所以,在户籍管理记录上,宇野宽治实际上是

---

① 日光,位于枥木县西北部的旅游城市。

'已故者'。另一方面，虽然还不能确定日期，但在林野厅佐吕别原野的值班小屋附近出现了一名光脚的男子并偷走了工作服和长靴，那一带距海岸线只有七公里，从海边步行，完全可以到达。然后……"

田中停顿了一下，环视众人，接着说道："八月五日下午，距离值班小屋数公里外的民宅又发生入室盗窃案，食物被偷吃，抽屉中的现金被盗。"

昌夫悚然一惊，这个名叫宇野宽治的年轻人还活着！

"从以上事实可以初步推测，宇野宽治乘渔船逃离礼文岛，中途遭遇海难，漂流到佐吕别原野附近的海岸。在步行寻找人家的过程中发现了林野厅的值班小屋，幸运地在屋内发现了工作服，便在那里换了衣服；然后又发现途中经过的民宅中没人，便闯进去偷吃食物、盗窃现金后逃走。虽然尚未掌握他之后的行踪，但八月上旬，在东京南千住町附近有人目击一名戴着林野厅袖标的年轻男子出现。而且，根据孩子们的证词，该男子说话带有北方口音——这样，所有的线索就连起来了。"

田中语气坚定地说。刑警中响起了一片嗡嗡的议论声。

"当然，现在还不能确定以上种种是否与钟表商被杀案有关，但发生在南千住町附近的连环入室盗窃案很可能是宇野宽治所为，此人是入室盗窃惯犯。落合，你一直在调查有北方口音的年轻男子这条线索，有什么意见？说说看！"

听到田中点自己的名，昌夫回答道："我暂时还没什么看法。不过，我想问一下，这个名叫宇野宽治的二十岁男子是否有过暴力伤害、行为狂暴等类型的前科？"

"北海道方面的记录中只有盗窃一项。"

"是否有关于此人性格方面的描述？"

"哦，还没有。"

"刚才您的介绍曾提到，此人曾在船主的番屋内纵火，然后趁机入室盗窃。他在以前的案子里也曾用过如此粗暴的手法吗？"

"不知道。看来你很在意这件事？"

"嗯。一般来说，盗窃惯犯是不会轻易乱来的。还有一点值得留意，在南千住町的询问调查中，孩子们都说那个有北方口音的年轻人是个'傻子'。所以我认为，对宇野宽治的情况有必要作进一步的摸查。"

"那么，由谁去摸查？"

"如果您批准我出差，我可以去稚内和礼文岛查查。"

昌夫说出了自己的想法，所有人的视线一下子集中到他身上。在尚未正式确认对方为嫌疑人的阶段就千里迢迢地跑到外地去调查，从预算的角度考虑，恐怕很难被允许吧？

"嗯，知道了，我先向玉利科长汇报一下再说。其他人还有什么看法？"

"我有一个问题。"仁井在后排举起了手。

"好，你说说看。"

"警方有没有宇野宽治的照片和指纹记录？"

"还没有，正在询问警察厅的鉴证科。不过，少年犯归保安局管辖，情况有点儿乱哪。另外，国井署长是以私人名义寄来信的，现阶段也不太好直接向北海道警察本部查询。"田中皱着眉头说了实话。虽然众人都不免觉得事情有些荒唐，但一想到警视厅的体制中实际上也存在着类似的问题，所以并没有人说话。除非接到顶头上司的命令，否则地方上的警察不会配合警视厅的工作。

"看来只能由我们派人过去查了。"仁井说。

"那就赶紧提出申请呀！尼尔，你不想去北海道逛逛吗？"田中瞪了仁井一眼。众人又都哄笑起来。

昌夫回头看了看，见仁井微微地低下了头。

16

从上野到稚内市的火车票价是二千三百四十日元，加上之后转乘特别快车二等座的票价一千二百日元以及青函渡轮二等座的船票二百九十日元，每人的单程交通费就需要三千八百三十日元。这笔钱是从侦查经费里好不容易挤出来的，因此需要科长特批。

"北海道果然很远！我还没见过这么贵的差旅费呢。"看着出差申请，搜查一科科长玉利皱起了眉头。

"很抱歉，我会在住宿费上想办法节省点儿。"昌夫战战兢兢地回答。

搜查一科科长手下管着两百多名刑警。像昌夫这种小青年，基本上不可能直接向科长面对面地请示工作，本来应该由各组组长代为申请，但玉利科长特地指示："叫申请人本人过来。"昌夫只得小心翼翼地来到位于警视厅本部大楼一层的科长办公室。

"算了，没关系，去住间像样的旅馆吧！从前出差的时候，我们还借住过当地警署的值班室哪。现在时代变了，刑警也应该像普通国民一样去正常地出差嘛！"玉利自言自语地边说边点了点头，在申请书上盖了章。昌夫长舒了一口气。在尚未确认嫌疑人的情况下擅自要求出差，他一度担心自己会被科长教训一顿。

"对了，落合，你对侦查总部的指挥工作有什么感觉？"

"感觉？"

"迟迟找不到线索啊。你来一科是第一年，坦率地说说你的感想，怎么样？"

被科长如此提问，昌夫一时难以作答。科长特地叫他来似乎是想听听年轻人的意见。见他仍在琢磨着如何开口，玉利科长又说："是我把你和岩村调到一科的。如果暴力犯罪的侦查工作只能依靠老刑警，警察组织将会一成不变。饭岛部长常说，只有推行组织优化才能应对和侦破复杂案件。改变还是要依靠年轻人的力量啊！"

玉利科长毕业于中央大学法学部，也是"大学生派"。那些身经百战的老刑警常常在背地里叫他"大学出来的理论家"。

"找不到线索，是因为大家都想着如何一鸣惊人。前辈们似乎都采取独狼行动，这挺让我惊讶的。"昌夫老老实实地回答。玉利科长沉默了片刻，抬头看着昌夫，微微点头。

"我倒也能理解，这种心理都是因为竞争。不过，遇到复杂的案子，它的弊端就显现出来了……反正，我今后争取先把自己发现的线索分享给大家。"

"是啊，经验虽然很重要，但在交通工具和通讯手段都很发达的现代社会，侦查工作中的横向交流才是关键。你明白这一点就好。努力吧，我对你们这些年轻人充满期待啊。"

"是！"

"另外，别忘了坚持学习。你可是干部提拔的人选，一定要好好参加升职考试，争取在三年内当上警部补。"

"是！"昌夫挺直身体回答，随即走出了科长办公室。被上级寄予期待，他不免有几分飘飘然。时代正在变化，而未来的主角将是自己这样的年轻人。

他顺路去了财务科，财务看到差旅费的金额也吓了一跳。虽说因为即将召开奥运会，警视厅的经费预算大幅度增加，但分摊到每名刑警，能动用的经费依然少得可怜，连出差期间的饭钱都要自己掏腰包。

他们登上晚上七点十分从上野站发车的快车十和田号，只见车厢内一半的座位都空着，难怪他们很顺利地订到了面对面的座位。财务科的职员老家在东北地区，很熟悉这个方向的班次，据他说，四十分钟后发车的卧铺列车北斗号总是满座，订十和田号更保险。

"日本人也学会享受了，宁可花那么多钱也要坐卧铺！"同行的大场讥讽地说。

"这不是正好吗？托那些享受派的福，咱们才能订到好座位。"昌夫脱下外衣，挂在衣钩上。虽然有些不雅，但他还是脱了鞋子，把脚搁在对面的座位上，然后打开在车站买的"幕之内"盒饭①吃了起来。

大场还没打开饭盒，先买了两瓶清酒"咕嘟咕嘟"喝上了。

"抱歉，我先开喝了。"

"没事儿，您请便。反正明天早上九点才能到青森，在那之前也没啥事儿可干。"

其实，昌夫随身带着《刑法》的参考书。被科长一番鼓励之后，他准备明年就参加警部补的升职考试。他原本希望能独自去北海道出差，但田中认为实地问询调查必须二人结对进行，他只好从命。实际上，田中是担心派他这个小青年单独去地方上调查，当地

---

① 原指观剧中场休息时吃的简餐，后来泛指菜肴比较多的盒饭。

的警察可能会不当回事儿。在警视厅也是如此，对于从地方上来东京出差的警察，根据年龄和职位的不同，接待规格也不尽相同。

大场只花三十分钟就干掉两瓶酒，才开始吃饭。吃完饭，他脱掉鞋，伸长腿，靠着车窗闭上眼，不一会儿便低声打起了鼾。

车厢里的乘客很杂，并不都是出差的人，还有看样子是去参加葬礼的中年夫妇、回老家的工人或学生。因为是二等座，所以几乎没有观光客，每个人看起来都有事在身，一副心事重重的样子。

昌夫翻开《刑法》的参考书读起来。晚上十点过后，车厢内的灯光变暗，他只好收起书本，虽然并不是很困，但一合上眼，睡意便自然地袭来，在列车"哐当哐当"的摇晃声中逐渐进入梦乡。

次日早晨，他打了个喷嚏，睁开双眼。旁边的大场不见了踪影，探头一看，原来他正坐在过道另一侧的位子上看报纸。

"有一半乘客在盛冈站下了车。原先坐在这个座位上的是个中学教师，据说是要去东京考察学生即将集体就业的企业。那家伙的口音太重了，说的话我只听懂了一半。"

"啊，是吗？大场前辈昨晚睡得好吗？"

"嗯，睡得不错。干刑警久了，在哪儿都能睡。"大场虽然如此说，却藏不住通红的双眼。他快六十岁了，在窄小的硬座上睡觉其实挺辛苦。

"现在到哪儿了？"昌夫看了看手表，已经是上午七点多。

"刚刚在一个叫尻内①的大站停车来着。我下去买了份报纸，本想再买份盒饭，不过冷饭实在让人没胃口啊。据说餐车七点开

---

① 位于青森县，是该县东部的主要车站。

饭，还是去那儿吃吧。"

"好啊，走吧。"昌夫从座位上站起来伸了个懒腰。车厢内的空气很清凉，让人切实地感到已经身在北国。窗外是一片金黄色的稻田。这里的时令比关东地区早一步，马上就要开始收割水稻了。

他们在餐车各自点了标价一百五十日元的套餐，热乎乎的米饭和味增汤让人从喉咙到胃都感到无比熨帖。

"你小子昨晚是在准备升职考试吧？"大场问。

"啊，是的，不过没怎么看进去。"昌夫回答。

"阿落是大学毕业生，以后怕是要飞黄腾达了。"大场头一次用"阿落"这个昵称称呼昌夫。

"哪里哪里……"

"能出人头地挺好。"大场吸溜着味增汤说。虽然不太明白他的真实想法，但听起来并没有讽刺的意思。

这些天，大场对昌夫的态度有所变化，他似乎觉得昌夫刨根问底、终于确认宇野宽治为本案的重要嫌疑人这件事干得不赖，因此对他另眼相看。昨天出发前，他居然笑眯眯地说："能在退休前到北海道转悠转悠，真是沾了落合警官的光啊！"昌夫原以为他话里有话，却也并没有生气。

快到九点，列车抵达青森①站。他们沿着与车站相连的港口栈桥转乘青函渡轮。二人都是第一次去北海道。船到函馆大约需要四个半小时，在船上无事可做，昌夫便躺在二等舱的榻榻米上翻看参考书；大场则跑去甲板上百看不厌地眺望大海，他告诉昌夫，自己

---

① 此处指青森县首府青森市。

是头一回坐船。昌夫想了想，自己似乎也是，心里不由得感慨，什么时候能带着妻儿一起来坐趟船呢？接着又想，恐怕连究竟有没有这种可能都还难说呢。

下午两点，渡轮驶达函馆港。函馆本线开往札幌的快车要到傍晚才发车，他们只能在车站的候车室里再等上将近三个小时。一想到总部的同事还在忙着查案，自己却在这里无所事事，他们就觉得有些内疚。然而火车的车次的确很少，着急也没有用。昌夫去了一趟车站派出所，亮明身份后请对方帮忙保存行李，便独自去函馆市内随便逛逛。如果不是因为公干，他可能一辈子都不会来到这座城市吧！那个名叫宇野宽治的年轻人去东京的时候也是这么无所事事地打发着时间等待换乘吗？据说入室盗窃的人多是惯犯，说不定那家伙趁机又在这里干了一票。

再次走进列车车厢已经是下午五点多了。从函馆到札幌大约要花五个小时，之后，还需从札幌换乘前往稚内的夜行列车，要九个小时才能最终到达。抵达时间预计为次日早上的七点左右。

昌夫已经无法集中精神看书，只好眺望车窗外的景色。说是眺望，但列车一旦驶离了市区，外面就是绵绵无尽的黑暗原野。大场翻看着在车站买的一本关于诘将棋①的书消磨时间。昌夫实实在在地感受到了日本国土的跨度，同时理解了为什么飞机票会那么昂贵——把原本需要三十个小时的旅行时间压缩至三小时，自然需要多花好几倍的价钱。

他们到达宗谷本线终点站的前一站——南稚内站的时候，是早

---

① 竞技类棋类游戏，又称日本象棋。

上七点半，在这里下车的只有他俩和几名高中生。站在月台上，他俩被超乎想象的低温冻得浑身发抖，慌忙跑进车站。车站大厅里生着炉子，窗玻璃上因为温差的关系蒙着一层雾气。昌夫从旅行包中掏出妻子给他准备的毛衣穿在身上。

"年轻人穿得真时髦啊！"大场说着，在更衣室里脱掉上衣，在衬衫下加了一件长袖内衣。

车站站长走了出来，问他们"从哪里来"。昌夫回答"东京"时，对方吃惊地瞪大眼，忙招呼他们到办公室去坐，还端上热茶。

"你们来这里干吗？"站长问。

"为了卖东西呗，船用小型发动机。"大场抢着回答。这种程度的瞎话，他张口就来。

"找到住处了吗？"

"还没有，有什么既便宜又实惠的地方？"

"前面不远处有家朝日旅馆，做生意的人住那儿挺合适呗。"

"多谢！我们这就过去看看。"

他们按站长指点的方向走了没多远，就看见了那家店的招牌。旅馆是古旧的两层木结构小楼，二楼的防雨窗关着，好像没什么客人。进店问了问价钱，说是含两餐的话，每人六百五十日元一天。他们央求店家"多少给便宜点儿"，总算把价钱谈到了每人六百日元。

"我们还没吃早饭，能给准备点儿啥吗？"听大场如此要求，店家回答说，现蒸米饭费时太长，可以做些杂煮①。大场当然没意见。不一会儿，店家就端来了十分美味的海带汤杂煮。

---

① 味增加年糕、肉、蔬菜等煮出的汤饭。

"这里的杂煮里居然放海带啊。"昌夫说。

"嗯,北海道人原是不吃杂煮的,是岛外的人带进来的。"

老板娘故作惊诧地摇着头,告诉他们,稚内的海带很有名,还竭力劝说他们买点儿带回去当伴手礼。

填饱肚子,他们便起身前往稚内南警署。事前,他们已经写信通知对方要来调查,还带了腌海味作为礼品。选礼品的时候,他俩煞费苦心,因为一说到东京的土特产,大家能想到的只有这个。

"哎呀呀,千里迢迢的,辛苦了!"正如他在信中的言辞给人的感觉,国井署长是个没什么架子的人。虽然身为警视,官阶不低,却没有居高临下的派头。

昌夫递上了礼品,说了声:"带来一点儿东京的特产,区区之物,不成敬意。"双方便立刻熟络起来。

"不好意思,能否尽快拿到宇野宽治的指纹和照片?"

"哦,早就准备好了,我之前向北海道警察本部的鉴证部申请了。还有宇野少年时期的犯罪记录,也一并申请下来了。"说着,国井递过一个信封。

昌夫打开一看,见里面是指纹印鉴、嫌疑人照片和以往的犯罪记录等。这是全国通用的鉴证资料。资料上,宇野宽治的面孔是随处可见的平凡青年的模样。

"另外,宇野宽治母亲的住宅与酒吧的地址、船主酒井寅吉家的地址及纵火案发现人赤井辰雄家的地址也都写在这里了,供你们调查的时候用。礼文岛派出所那边也通知到了,说警视厅的刑警要去他们那里查案,有什么需要帮忙的地方,他们会随时配合。"

"您安排得这么周到,真是太谢谢了。"昌夫朝国井深深鞠了一躬，表示感谢。

"宇野宽治还活着吗？"国井问。

"现阶段还不能确定。不过，既然有了照片，给目击者看一下，应该就能确定了。"

"是这样啊！我们这边也在反思，林野厅值班室那桩盗窃案，刑事科科长的判断不准确，定为遗失物品类就草草了事。要是确定宇野宽治还活着，我就让林野厅整理一份被盗物品清单，按盗窃案重新督办！"

"实在抱歉，又把这些芝麻小事翻出来了。"昌夫表示歉意。

"啊，不，不，我们这里和东京不太一样，一年到头没什么大案，所以这件事终归是我们粗心大意了。玉利科长还狠狠地批评了我一顿哪！"

国井谦逊的态度让昌夫非常感动。总的来说，警察内部有很强的地盘意识，有些人甚至对其他地区的同行怀着敌视的态度。

"对了，有没有宇野宽治的笔迹记录？"大场问道。

"我问过鉴证部的人，说是在当铺票据上留下过笔迹，应该有相关的资料。"

"另外，如果能提供宇野宽治被释放后的保护观察员或保护负责人的情况，就更好了。"

"好，我们查一下。"

"给您添麻烦了。"昌夫和大场一起低头表示感谢。昌夫想，等回到东京，要给这位十分帮忙的署长寄些酒之类的表示感谢。

他们在警署前乘公共汽车去了稚内港，然后在码头登上了前往礼文岛的渡轮。渡轮的乘客大多是岛上的居民，外出采买的货物堆满了大半个船舱。大概是因为在二等舱里很少见到外地人，岛民们都毫不掩饰地打量着昌夫他们。

昌夫试着与一个面色黝黑的中年男子搭讪,一问之下才发现对方是渔协的职员,干脆亮明警察身份,问他认不认识宇野宽治。

"啊,就是那个放火烧了酒井家番屋的小偷?"男子点点头,"不过,咱跟他妈妈倒是更熟悉些呢!就是酒吧的妈妈桑,那个叫良子的。她对外说宽治是她的弟弟,其实谁都知道那是她儿子呗。啊哈哈哈!"

"她是个什么样的人?"

"哎呀,这叫人怎么说呢……"男子看看四周,压低了声音,"你们还查个什么劲儿?宽治都死了,责怪死人有啥意义?"

"不,不,就算嫌疑人已经死亡,案子还是案子。我们正在调查他的背景,也就是成长经历、性格之类的。"

"唔……成长经历嘛……对了,你们是哪里人?"男子问。他好像刚刚意识到昌夫他们说话不带当地口音。

"我们是从东京来的。"昌夫只得回答。

"哎呀呀,为啥要跑这么老远呢?"

"外派到北海道警察本部一年,最近这种人事变更挺多的。"大场又轻车熟路地撒了个谎。

"嗯……宽治是良子和外来打工的渔民生的孩子呗,是私生子!后来良子带着他去了札幌,她在那儿结了婚,后来又离了。宽治上小学一年级的时候,娘儿俩又回到岛上。宽治初中毕业后,去札幌的零部件工厂集体就业,去年春天又跑回来了,后来就在叫酒井的船主家干活儿,帮人家捞海带。他一直在那儿干,再后来就放火偷东西了——真是个恩将仇报的家伙!"男子十分健谈,虽是一副皱着眉头、十分为难的样子,却滔滔不绝。

"宇野宽治是个什么样的人？"

"那孩子傻乎乎的呗，好像有什么毛病，缺心眼儿。"

一听到"傻"字，昌夫连鸡皮疙瘩都起来了。就冲这一条证词，北海道没有白来。

"是天生的吗？"

"那就不知道了，你们去问问良子呗。不过她挺讨厌警察，听说警察当初去调查她儿子干的那些事儿的时候，她爱答不理的。听人家说，她自己其实也有前科，哈哈哈……"

男子滔滔不绝地说了三个小时，诸如那个叫酒井的船主贪得无厌，人人都不同情他；良子连自己亲生儿子的葬礼都不参加……昌夫还没来得及问的事情，他都自顾自地抖搂了出来。或许，对于长年居住在小岛上的人来说，外地人是最好的倾诉对象。

派出所的警官在礼文岛的香深港等着他们，还配了一台斯巴鲁360[①]轻型自动车供他们全天使用。

"这里的公交车每两个小时才来一班，没有汽车或摩托车，你们在岛上会寸步难行。"

这是一位怎么看人都很好的老警官，甚至还给他们带了说是让妻子特地准备的饭团。昌夫和大场十分过意不去。

"宇野宽治还活着吗？"警官提出和国井署长同样的问题。

"哦，还不太清楚。"昌夫回答。

"他要是还活着，就太好了。我说过好几次，那孩子不像个坏

---

① 诞生于20世纪50年代的日本小型车，又称"瓢虫"，是日本特有的轻型自动车（K-CAR），售价低廉。

人，就是脑筋不好。我总觉得他像是被人利用了。"

"您知道他有前科吗？"

"不知道，我是去年刚到岛上来常驻的，对以前的事不大了解。昨天国井署长在电话里告诉我的时候，我真是大吃一惊啊。"老警官有些遗憾地说。看来他还不知道东京发生的杀人案。

昌夫和大场坐进斯巴鲁，从长条形礼文岛南端的香深朝北端的船泊驶去。宇野宽治就出生在船泊。

车子在沿海的道路上行驶着，对面几乎没有车开来。昌夫被碧蓝色的海面迷住了，几只海鸟在空中追逐着他们的车。真想让妻子也看看眼前的景色呀，他由衷地想。

到了酒井寅吉的家，他们朝屋里打招呼，说想了解有关宇野宽治的事。

酒井寅吉本人穿着棉夹袍古古怪怪地走了出来，一脸"事到如今，警察还有何贵干？"的表情。

"我们想再了解一下宇野宽治的事——他究竟是个什么样的人？"站在玄关外的泥地上，昌夫表情严肃地说。

"什么样的人？放火烧我的房子、偷我钱柜里的钱、私开我的渔船逃跑还把船给弄报废了的家伙呗，还有什么好说的！"大概是想起了当时的情景，酒井寅吉气得面红耳赤。

"宇野宽治虽然在未成年时有过盗窃前科，但记录上从来没有诸如放火之类的暴力行为。他为什么会一下子想到放火呢……"

"这些事问我有什么用？去问他本人吧！"酒井的脸色越发难看，倨傲地望着他们，似乎根本不打算让他们进屋。

"说到他本人，可能还真的活着。"大场干脆把话挑明。

"真的？"酒井脸色大变，连说话声音都不一样了。

"在东京发生了类似的年轻男子盗窃抢劫案,我们就是为了确认嫌疑人是不是宇野宽治才来找你了解情况的。"

酒井眉头紧锁,思忖了片刻。

"难不成你们是大老远从东京特地跑来的?"他的态度缓和了许多,忙不迭地把二人让进屋,带着他们来到一个设有漂亮壁龛的房间里,还端上了茶。

"酒井老板当初是怎么雇了宇野的?"接下来轮到昌夫提问。

"那是去年春天的事。稚内那边负责少年保护的人来到岛上,说宽治就要放回来了,拜托各家店主,看看谁能给他安排个活儿。起先是米店老板雇了他当伙计,专门去熟客那儿打听人家要不要订货,可他才问了数字,一转眼就忘了。大伙儿这才知道他脑子不大好。就算这样,米店老板好歹勉强着雇了他一年,大概是把他当用人使唤吧。不过,最后还是忍不下去了,说是不能再接着雇他了,看看谁家能接收他。既然如此,除了打鱼,他也没别的好干了。打鱼的活儿不用动脑子,他上中学的时候好像干过一阵子。所以没办法,负责少年保护的人跑来说拜托酒井老板之类的,我就从今年五月开始雇了他来干活儿。"

"他干起活儿来怎么样?"

"打鱼是不行的,倒是听话,叫他干什么就干什么。"

"他有没有什么奇怪的癖好或习惯?"

"这个嘛……我刚雇了他三个月,不大好说……啊,对了,有一件事,虽然不能说是癖好,但他有时候会突然昏过去。"

"昏过去?"

"嗯,听到来送油的卡车鸣笛,就立刻晕倒在地;听见船上的引擎爆燃的声音也会昏过去。所以我觉得,除了脑子不好以外,他可能还有别的毛病。"

"你这么想？"

酒井寅吉说着说着，情绪好像平复了一些。他带着似乎有些同情的口吻说："唉，宽治也是个可怜的孩子。刑警先生，你们听说过宽治家里人的事吗？还有他的出身？"

"听说过一些。"

"说起来，他的爹妈也真是……宽治手脚不干净的毛病没准儿是从他妈那儿学的。那个叫良子的女人啊，还是小姑娘的时候就趁放假跑去稚内偷东西，还一直在香深撒谎说自己没嫁过人，真是不像话！对她儿子的所作所为也假装不知道，从来没过来给我赔不是。我老婆气得要命，去找她索赔，她反倒说宽治已经成年，做了什么事都跟她这个当妈的没关系……天底下怎么会有这种人！"酒井轻蔑地说，"不过，宽治那小子到了东京也还在偷东西，真是个不知死活的家伙呗。我们家被他偷走的现金和贵金属价值二十万日元呢，不是开玩笑的呗！他要是还活着，我可得找他讨回来。刑警先生，抓住他的时候务必给我传个话，我要去法院告他。就算让他花上一辈子，也要赔偿我的损失，哼！"

身为船主，酒井应该还是很有钱吧，虽然嘴里说着被盗的事，但他除了苦笑，似乎并未因此而一蹶不振。

谈完，酒井寅吉深深地叹了口气，转身走进里屋。过了五分钟，手里拿着两个大纸袋走了出来。

"既然来了礼文岛，就带点儿海带回去吧。"

"哦，不必了……"

"您别客气，请务必笑纳。"见实在难以推辞，昌夫和大场只得连声道谢，收下了礼物。

从酒井家出来，他们又去拜访住在附近的姓赤井的渔民。

赤井家是一栋旧平房，院子里晒着很多婴儿尿布，看来他是个有家室的人。

派出所的老警察告诉他们，捕捞海带的工作一般到中午就结束了，赤井肯定要回家睡午觉。

事实果然如此。

听闻警察们要询问有关宇野宽治的情况，赤井起初只是颇不耐烦地敷衍着。后来听说宇野可能还活着，还去了东京，他也像酒井一样立刻变了脸色，说了句"到外面说"便走到了院子里，仿佛不太情愿让妻子听到他们的谈话。

"听说你和宇野宽治关系最好？"

"不，谈不上关系好呗。不过是那小子实在没什么经验，干活儿的时候我时常教教他罢了。"

"他在番屋放火的那天晚上，据说你在现场看到他了？"

"嗯……"

"放火时间是晚上八点左右，那时候海边应该挺黑吧？"

"有点儿黑，不过能看清是谁。"

"他事先跟你商量过什么吗？"

"没那回事儿！"赤井连眼睛都不眨地一口否认，多少显露出一丝惊慌。

"我说，刑警先生，宽治真的还活着吗？"

"现在还不清楚，只是有个人在东京犯了好几起入室抢劫的案子，怀疑是他。"

"不是说他在海上遇难了吗？警察也说他死了。"

"只是推定死亡，至今还没发现尸体。"

"宽治那家伙是傻子,他说的话,你们千万不能信。"赤井忽然没头没脑地说。

"你指的是什么事?"

"他根本就没实话,还有记忆障碍,他说的话都不能信。"赤井喋喋不休。

昌夫心中掠过一丝疑云,但只是静静地听着。

离开赤井家,大场低声说:"那家伙会不会有问题?"

"一听到宇野宽治可能还活着的消息,他就紧张了。难不成宇野活着对他不利?"

"我也这么觉得,先跟国井署长打个招呼吧。"

虽然与东京的杀人案没什么牵连,但利用宽治这个"傻子",趁虚而入地抢走他偷来的财物,这种事大概是干得出来的——那个赤井一看就是个狡狯之徒。

一见到公寓门外站着的昌夫和大场,宇野良子——两名刑警在礼文岛的最后一个问询对象——的表情立刻变得僵硬,摆出一副充满戒备的姿态。在他们自报家门之前,她好像已经明白了对方的身份。她堵在玄关,并没有招呼二人进屋。从她的肩头朝屋中看去,只见被褥全摊开,衣物扔得到处都是。

"关于令郎的事,我们想……"

大场刚开口,良子便一脸厌烦地吐出一句:"又来了!不是都结束了?如果要我赔偿,也应该是民事诉讼,跟警察有什么关系?"

"不,我们是从东京来的。"

"东京?来干吗?"良子瞪大了眼睛。

大场于是把宇野宽治可能还活着、可能卷入连环入室盗窃案的话又说了一遍。

"不可能！是你们搞错了吧？"良子一脸困惑地说。对于儿子可能还活着的消息，她没流露出半点儿喜悦的神情。

"怎么，你是不是觉得他死了倒更好？"大场脱口而出。

"那倒不是……"

"我听说，你连他的葬礼都没参加？"

"还不是因为缺钱嘛！要是有钱，葬礼总还是会去一下的。怎么，这跟你们有关系吗？求你们别烦我了，我忙得很。快走吧！"良子疲惫不堪地说。

"太太，不要着急嘛，我们还有一件事要了解。据说你儿子有智力障碍，是天生的吗？"

一听到这个问题，良子顿时神情紧张。

"跟你们没关系！为什么连东京的警察都要过问这件事？"

"这算是重要的参考信息。如果犯罪嫌疑人有残障，警察在收集证据的时候会慎重对待。"

"我不知道！你们赶紧走吧！"良子伸出双手，仿佛要把他们推出门外。

昌夫和大场只得后退几步，房门在他们眼前重重地关上。

"真是个可恶的女人啊，这样也配当母亲？"大场吃惊地摇了摇头。昌夫想象着宽治的成长经历，至少有一点，他可以确定：宽治在成长过程中从未得到过父母的爱。

完成了所有的调查，无事可做的他们便回到了派出所，听老警察谈礼文岛。曾经因为捕捞鲱鱼而繁盛，昭和三十年前后，因为鲱鱼的灭绝而逐渐衰落，人口持续流失……诸如此类的事。眼下虽然还有海带可以捕捞，但岛民的生计依然很艰难。

"本地的议员说,日本马上就要进入国民能乘飞机旅游的时代了,北海道会再次繁荣。听着倒是挺不错,可谁知要等到什么时候才能实现呢?"老警察轻笑了一声说。

昌夫虽然沉醉于礼文岛的美丽景色,但他同样不知道日本何时才能迎来议员描述的那种日子。

傍晚,他们去码头乘渡轮离岛,又看见几只海鸟追逐着渡轮飞翔。望着甲板后方螺旋桨激起的白色浪花,昌夫想,今后大概再也没机会到此一游了吧?心头不禁涌起一丝伤感。

旅馆的晚餐是咖喱饭。他们原本暗自期待旅馆会供应些新鲜的海产品,但老板冷冷地回答,一晚六百日元的住宿费太便宜了,不仅不能加菜,连添一碗米饭还要加收五十日元。二人只得忍气吞声地吃完了晚餐。

次日,他们去拜访了稚内市的少年保护人,对方叫松村喜八,是住在城郊的电气作坊老板,五十多岁,看起来颇为稳重。宇野宽治从少管所释放后到二十岁这段时间里,松村一直担任他的保护人,是地方上有名的慈善人士。

昌夫他们向松村介绍了宽治的情况。如果他还活着,就不仅仅是入室盗窃那么简单,有可能成为杀人案件的重要嫌疑人,触及案件的核心部分。

"怎么会这样……"松村一时无语,视线竟不知看向何方。

"在您看来,以宇野宽治的性格,有可能实施重大犯罪吗?"

"唉,他在我面前一直是个挺朴实的青年……不过,虽然他并没有恶意,但他缺乏明确的是非观,很难说清究竟是个怎样的人。这让当初负责他的警官感到很困惑。"

"没有是非观的意思是……"

"是指他的偷盗癖。只要缺钱,他就会毫无顾虑地去偷东西。某种意义上说,又好像是一种正当防卫,就像肚子饿了便会自然而然地去拿饭团,至于那是谁的东西,他完全不在乎。"

"这是因为他的智力障碍吗?"

"你们知不知道他的智力障碍是怎么来的?"

"这倒没有听说,难道不是天生的?"

听昌夫如此问,松村点上了一支烟,目光投向了远方。

"我曾经翻阅过他的审判记录。说起来,宽治真是个可怜的孩子,一生下来就是个私生子,被轮流扔给亲戚家抚养……五岁的时候,他妈妈带他去了札幌,可那个继父人品不怎么样,甚至简直可以说是个混蛋。听说他为了'好好管教孩子',天天对宽治施加暴力,不仅如此,每次手头没钱了,就拿宽治当作碰瓷的工具。"

"碰瓷?"昌夫不禁蹙眉问道。

"是啊。札幌的街面上汽车很多。他们躲在路边的电线杆后面,见有车开过来,继父就把宽治推到马路中间造成交通事故。然后继父就去敲诈车主,打着治疗费和赔偿金的幌子,让人家赔上一大笔钱。如今不是开始买车了吗?买得起汽车的大多是有钱人,所以那家伙靠这一手赚了不少钱。"

"那么宇野宽治呢?"

"头一两回只是被撞到骨折,第三次好像被狠狠地撞了头部,留下了后遗症。给他看病的医生说,好像是脑功能障碍,连记忆都丧失了。宽治大概已经记不得五六岁时的交通事故了。"

"怎么竟然会有这种事……"昌夫怒从心头起,大场也不由得脸色铁青。

"结果第三次碰瓷的时候被警察识破了。那个男人死活不承认，警察于是去质问宽治的母亲。她后来终于招供了，所以警察把他们都抓了起来。"

"那个男人现在在什么地方？"

"这就不好说了，毕竟是十三年前的事情，他大概从监狱里放出来了。后来，宽治被送到礼文岛他祖母那里抚养。在岛上读完初中，去札幌的零部件工厂上班。一开始都挺好的，一年后，宽治就开始小偷小摸，被人家抓住好几次，被送进了少管所。"

宽治悲惨的成长经历让昌夫产生了深深的同情。大部分犯罪者从未得到过家人的爱，宽治是其中之一。

"东京的杀人案……怕不是你们搞错了吧？"松村欲言又止。

"还不清楚。不过，案发地点附近的目击记录显示，嫌疑人与宇野宽治的特征匹配。"

"是这样啊……"松村垂下肩膀，连连叹息。

下午，他们再次回到稚内南警署，向国井署长致谢并道别。

"这就要走了吗？再住一晚吧？"国井吃惊地问。

"啊，没办法，还在查案，东京那边的事情很多。"

"找到有用的线索了吗？"

"啊，是的，多亏了您的协助，太谢谢了！"

"不过，抛开入室盗窃不说，如果杀人案不是宇野干的就好了。岛上的人都挺伤心的，我们也很难受。"国井感慨地说。昌夫点了点头。个人情感是破案的大忌，但如果宽治真的是杀人凶手，昌夫也觉得自己很难接受。

来到车站，站长记得他们，热心地问："发动机卖得咋样？"

"卖了三台！马马虎虎。"大场回答。

"这是要回东京了？"

"是啊，不停地坐车、坐车，要坐三十个小时呢！"

"下次还是夏天来吧，那时候的花开得可漂亮了。"

"好啊，一定！"

简短地道别后，他俩搭上了只有两节车厢的列车，车里的乘客只有他俩和当地的高中生。

17

从上个星期起，弟弟明男开始回家住了。不过他总是夜里很晚回来，一大早又匆匆离去。

"手下的小弟住在事务所了，这下子我总算解放了，不用一天到晚守着电话，哈哈！"虽然嘴上这么说，但明男的神情略显尴尬，一望即知是在说谎。而且，即使住在自己家里，他也总不踏实，稍微有点儿风吹草动就惴惴不安；日常进出也不走正门，总是绕到后门。

町井美纪子的心头升起一种不祥的预感。

弟弟被警察逮捕那件事始终是她的心病。后来静下心来一想，那枚金币十有八九是南千住町盗窃杀人案的赃物。如果真是宇野宽治送给明男的，事情肯定不简单，明男该不会卷入其中了吧？

揣着这么一件心事，美纪子天天寝食难安。

一天下午，旅馆前的马路上来了个年轻男子。起初，美纪子只觉得他老在附近晃悠，回过神来仔细一看，发现他躲在电线杆后头朝旅馆里窥视。从他那一身浮夸的黑帮打扮来看，肯定与明男有关。

美纪子走到旅馆外，打了一桶水，用水瓢舀起水往院子四周洒着，慢慢地朝那人靠近，直到看清了对方的长相。原来是个打扮得像模像样的小混混，只见他猛地回过头来。

"你在我家门口做什么？"美纪子朝他喊了一声。

"没什么！"那人貌似凶狠地回答。

美纪子一点儿不怕。

"你是哪个社团的？"

"不关你的事，少管闲事！"

"你要是想找我弟弟，告诉你，他不在家。"

听她这么说，那人猛地抬头看了看町井旅馆的招牌，口中咕哝了一句："啊，果然这里就是町井明男的家。"

美纪子暗自后悔自己的多嘴。看来对方真是在找明男呢。

"我弟弟已经跟家里断绝关系了！"

"小姑娘，麻烦你告诉我，你弟弟究竟去哪儿了？"

"不知道，去问东山会吧。"

说着，美纪子朝他脚下泼了几瓢水。那家伙忙跳着躲闪，嘴里还大叫："哎哎，你这个小丫头，想干吗呀？"

"你再不走，我可要喊人了。叫警察怎么样？还是叫全学联的人？或者干脆叫你们的同道来？我老爹当初可是赤手空拳在山谷成家立业的，本地的大哥也算认识几个。"

听了她这番话，那人只得悻悻而去，临走丢下一句："这么凶，也算是女人吗？"

美纪子心中泛起一阵阴云：明男又惹什么事了？

忽然，她感到有人正在看着自己。回头一看，见路边站着两个男人，是大场和之前来过的、自称姓落合的年轻刑警。

"小美，刚才跟那人聊什么呢？"大场走过来问。

"没什么，是个问路的。"

"你可别和我说瞎话，那小子是上野信和会的小弟。"

"那就更跟我没关系了。什么上野信和会，听都没听说过。"

虽然嘴上这么说，但美纪子心里更忧虑了。别的黑帮在寻找明男？这可不是好兆头。

"明男怎么样了？"

"不知道，大概在东山会的事务所。"美纪子敷衍地说。

"他不在。我们浅草警署的人找过他，说他最近没过去……"

"你们找他有什么事？"

"还是那枚金币的来历呗。之前你们让律师掺和进来，把事情搞得乱七八糟。可既然是重要的线索，警方怎么能随随便便善罢甘休呢？小美，你听到过什么消息没有？"

"没有，我什么都没听到过。"

"明男现在是警方的怀疑对象。如果他真的跟案子没关系，早说清楚不是更好嘛。"

这话说得倒是没错。可是明男似乎还有更麻烦的事，哪能随随便便就答应警察呢？

"对了，我们在找一个人。小美，见过这个人吗？"大场从外衣口袋里掏出一张照片举到美纪子面前。

美纪子凑过去看了看，凝视着照片上的那张脸。

是宇野宽治。美纪子紧咬牙关克制着，面无表情地看了看，没有回答。

"这个人从八月上旬在千住和浅草附近活动，是入室盗窃惯犯。之前我们就觉得他没准儿和南千住町的案子有牵连，结果还真猜对了。怎么样，见过他吗？"

"嗯……没见过。"

"他说话好像带着北方口音。"

"北方口音的人在山谷不稀奇。"

"话虽如此，你帮忙多留意留意吧。年纪大概二十岁左右，是个身材修长的美男子哟。"

"知道了。"美纪子微微冒出了冷汗。警察已经知道宇野宽治这个人了，接下来他们会去哪里搜查他呢？

"另外，你弟弟白天都做些什么？"落合问道。

"我不知道。"

其实，明男平时要么在浅草的弹珠店看场子，要么是在替地下赌场跑腿。

"如果能联系到他，就请转告他去一趟南千住警署。这次绝对不会发生像上野警署那次不愉快的事。"

"好。"美纪子应付地回答。

这时，母亲福子走了出来。一看见大场，她便立刻涨红了脸，大声嚷嚷起来："警察来这儿干什么？"

"老板娘，小声点儿，你这样会打扰到邻居的。"

"打我儿子的是哪个混蛋？我要找他赔偿医疗费！"

"老板娘，你先冷静冷静。我们只是在追查杀人案，绝对不是要把明男怎么样。"

大场试着息事宁人，但福子一遇到警察，简直就像一头饥肠辘辘的熊，无人能够阻挡。她抡起拳头便朝大场的胸口打去。

"妈，住手啊！"美纪子赶忙挡在母亲面前，拦住了她。大场与落合气呼呼地离开了旅馆。

"告诉你，事情还没完！"福子的怒吼在山谷的小巷里回荡。

当晚，明男直到午夜才回家，刚准备去二楼自己的房间，就被一直没睡等着他的美纪子叫住了。姐弟俩在厨房的桌子前坐下。

"你白天干什么去了？"美纪子问。

"干活去了呗！"明男没好气地回答。

"弹珠房还是地下赌场？"

"无所谓，跟你有什么关系？"

"今天白天，黑道的人来找过你。"美纪子直视着弟弟说。

明男的脸色变了，忙问："哪里的黑道？"

"说是上野信和会的。"

"他自报家门了？"

"不是，正好大场先生也在，他告诉我的。"

"那老头来干什么？"

"警察正在找你。我再告诉你一件事吧，大场先生今天拿了你小弟宇野宽治的照片给我看，还问我认不认识这个人。"

"真的假的？"明男的脸色越发苍白，"为什么警察会找宇野宽治？我明明跟谁都没说过……"

"应该是留下证据了。警察是专家，你最好别小瞧他们。"

明男脸色凝重，缄默不语。忽然，他开口道："姐，能借点儿钱给我吗？"

"啊？这回又要借多少？"

"二十四万。"

"二十四万？这么大的一笔钱，你要拿去做什么？"美纪子被巨大的金额震惊了。

"我保证会还回来！"

"你一个小混混拿什么还？再说这笔钱你到底要干什么用？"

"唉，我想把那枚金币赎回来。当初不是把它卖给旧货商店了嘛，如今发生了这些事，我非赎回来不可！借钱就是为了这个。"

"到底发生了什么事？"

"你就别管了！"

"那我不借。再说，就算你凑够了钱，旧货商也不可能按收购价再卖给你吧？"

"我当然有办法了。那枚金币本来就是宽治从别人家里偷来的，要是我向警察举报，金币就会被警察当作赃物没收。那个老板不是日本人，大概也没加入行业协会，没法给金币上保险。所以，要是真被警察没收了，他连一分钱都收不回来，还不如趁早按收购价卖给我划算。"

"我记得你卖金币得来的钱都让社团的大哥拿走了吧？"

"谁说不是呢？倒霉透了。他们说，为了这件事，招得警察上门对社团进行搜查，所以那笔钱就算是罚款了。"

"那你把钱要回来不就行了？"

"以我在社团里的地位，怎么敢跟大哥说这种话？大哥上次还说过，要是再把警察招来，我就完蛋了！"

美纪子叹了口气。所谓江湖儿女，其实对自己人都丝毫不讲"义气"啊。

"反正钱我不能借。况且这么大的一笔钱，我也凑不出来。"

"姐，别这么说嘛。旅馆里应该还有钱吧？老妈上次不是说要扩建饭堂吗？"

"你别开玩笑了！那笔钱有大用处，怎么能借给你这个黑道小混混填窟窿？"

被姐姐一顿抢白，明男只得抿着嘴一言不发。

"他们该不会威胁你了吧？"

"什么呀，没那回事……"明男立即反驳，语气却含含糊糊。

"要是你弄不到钱，会怎么样？"

"也没什么……算了，钱我不借了，这件事就当我没说过。"明男瞪着眼睛对姐姐说了一句，从椅子上站起身准备回自己的房间。

"你等等！"美纪子想叫住他，但明男像逃跑似的，奔上了通往二楼的楼梯。

窗外有个醉汉在胡言乱语地叫嚷。远处传来野狗的吠声。

次日，山谷劳动者联合会的委员长来到了町井家的店里。他姓西田，年龄与美纪子相仿，是全学联的活动家。大约在中午时分，他走进店里，先点了一碗中华荞麦面，又对美纪子招招手，低声地说："小美，你过来一下！你们家的旅馆没有加入警察组织的山谷净化委员会吧？"西田没头没脑地问美纪子。

"嗯，没呢。你也知道我老妈有多讨厌警察。"美纪子小心翼翼地回答。

"其他旅馆呢？有还没加入的吗？"

"当然有了。说到底，加入那个委员会只不过是白白地被警察利用，又没什么好处。"

"小美，你有没有兴趣把所有讨厌警察的旅馆联合起来，发表'禁止警察入内'的公开宣言？"

"啊？那又是什么？"美纪子皱眉问道。

"就是在玄关立个牌子，公开表示不欢迎警察。"

"这个……就算再怎么讨厌警察，也没必要把事情闹得太大吧……"美纪子委婉地表示拒绝。虽然店里平时总要找联合会帮忙，但还是不想与联合会走得太近。

"别这么说，支持一下我们嘛！我跟近田律师先生谈过，他说，眼下正是个好机会。"

"为什么？"

"最近山谷到处都是来调查的警察吧？不光有浅草警署的，还有上野警署的、南千住警署的，简直像比赛似的频频光顾，连警视厅搜查四科的刑警都来了，简直是大搜捕嘛，太反常了！他们不光是做问询调查那么简单，行为也野蛮得很。昨天在如月旅馆，有个住店的工人不情愿让他们搜查，那些警察居然说：'就冲你小子敢不配合警方办案，就该抓起来！'明明是他们在没有搜查令的情况下擅自跑到别人家里搜查，还敢违法拘禁平民。对这种事，我们难道只能默默忍受吗？"西田挥着拳头充满干劲地说。

"警察也来过我们家，原来事情已经闹得这么大了？"

"大概警察内部或搜查一科和四科之间也在互相竞争，这简直太过分了！我们在法律上是占理的。谁能想到就在东京奥运会即将召开之际，警察仍满脑子战前特高科那种强权思想？我们正准备联系报社，让他们把这里发生的事当作新闻来报道。所以我们希望山谷的居民能主动站出来表达意见。"

"哦。"美纪子不知不觉"哼"了一声。这些左翼活动家的想法真古怪，他们究竟是率真还是狡猾呢？

"只是立个牌子的话，没问题。"美纪子答应了。她觉得，多少配合一下联合会的行动，应该没关系。

"那就太谢谢了！感激不尽！我们尽快做好牌子送过来，然后邀请报社记者来采访。你能接受采访吗？"

"行，不过要匿名哦。"

店员端来西田点的中华荞麦面，西田接过来大口吸溜着吃起来。

"对了，委员长，您听说了吗，警察正在找一个有北方口音年轻人的事？"美纪子想起昨天与刑警的谈话，询问西田。

"啊，知道，就是那个从北海道礼文岛来的年轻人，名叫宇野宽治的那个？"

"哎？为什么你连他的名字都知道了？"

"因为是我们把他藏起来了啊！"西田毫无顾忌地说。

美纪子惊呆了，一时竟说不出话来。

"大概是三天前，我们发现警察全体出动，就是为了寻找一个年轻人，于是动员联合会的力量去打听情况。浅草方面有消息说，某个在脱衣舞俱乐部打工的年轻人有点儿像他，特地去确认了。结果还真的是他本人，就帮他躲起来了。"

"你们为什么要这样做？"

"简单点儿说，是出于侠义之心。宇野患有认知障碍，一旦被逮捕，警察肯定会不分青红皂白对他提出起诉，判定他有罪，而且警察在审讯时绝对会故意引导他按照他们希望的方向提供证词。我们联合会绝不能让权力机构为所欲为！"西田挺起胸膛说。

美纪子半是钦佩，半是惊讶。

"那个叫宇野宽治的，从前也来过我们家。"

"我听说了，是明男的朋友？那我们更不能置之不理。"西田吃完面，又一口气喝光了杯子里的水，站起身来，"明天我们就准备好牌子送来。报纸采访的事，就拜托你了！"说罢，意气风发地走了出去。

山谷这地方,人人都不是寻常之辈。大概整个地区都找不到一个所谓的"普通市民"吧?

美纪子只能一声长叹。

18

自从被脱衣舞俱乐部解雇,宇野宽治就彻底陷入了无所事事的境地。白天,他去公园或神社打发时间,晚上便在浅草和上野一带灯红酒绿的街道上游荡、徘徊。

因为手头没钱,他既不能去弹珠店,也没法去看电影。那块欧米伽手表也被里子抢去,他手边什么值钱的家当都没有。

就在几天前,有个年轻人来到脱衣舞俱乐部对他说:"你是宇野宽治吧?警察正在到处搜捕你,赶紧逃走吧!"见宽治大吃一惊,对方又自我介绍说,他是山谷劳动者联合会的活动家。

"我是联合会在浅草地区的眼线,平时在区政府的办事处当临时工。"

"眼线……是什么?"

"就是地下情报员,平时大家都管我们这种人叫间谍。我负责搜集警察方面的情报,这几天,上野和浅草附近有很多警察拿着你的照片在调查,趁他们还没发现你,我赶紧过来通知一声,快跑吧!"

"你怎么会知道我的事?"

"我们有自己的情报网。"

虽然不明白那个人说的究竟是怎么回事,但既然情况已经如此，宽治便和里子一起搬到了位于游廊吉原[①]的一家旧印刷厂里避风头。后来他听说自己离被逮捕只差一步。警察向俱乐部的老板出示了宽治的照片，还询问老板是否认识此人。老板当即回答此人就在俱乐部上班。旁边有位舞女听到了老板和警察的对话，便飞快地跑到里子的公寓给他们通风报信，二人于是慌忙逃了。据说警察十分钟后就赶到了公寓。

"看来他们连逮捕证都没申请，所以如果万一被发现，你们可以拒绝跟他们去警察局。警察是不能强制你们的。"地下情报员笑着告诉宽治。

虽然其中的很多事都搞不明白，但自打出生以来，宽治头一次有了这么多的伙伴。他又是高兴，又是无奈。公寓回不去了，所以当里子对他说"把欧米伽手表送给我，当作补偿费"的时候，他只能乖乖地答应。

从警察追捕中漏网的宽治身无分文，甚至连当天的伙食费都掏不出来。里子以"害怕被警察发现"为借口，索性不去工作了。而且她似乎真的忐忑不安，生怕自己因为在福冈从事过不良中介而被警察逮捕。

"宽治，去弄点儿钱来吧！"一天之中，里子催促宽治好几次。继续住在浅草会很危险，她打算搬到新宿去。不过，搬家需要钱。她对宽治说，至少要弄到三万日元。

无奈之下，宽治只好重操旧业。除此以外，他还有什么办法搞到钱呢？普通人家里不会放着三万日元这么大数额的现金，所以他

[①] 江户时代的烟花柳巷，始建于17世纪的日本桥地区，后被大火焚毁，迁移至浅草。

只能将目光投向商店和铺面。

宽治先去五金店偷了把钳子。没有工具就无法撬开保险柜和房门,也无法打破窗户。

星期天一早,宽治离开旧印刷厂,去车站等候首班电车的到来。对商店下手,早上比晚上更合适,而且星期天比平时人更少。他把钳子和军用手套装进背囊,又穿上在俱乐部打工时的衣服,这样看起来很斯文,但又不太像学生,刚刚好。出门前,里子给了他二百日元坐电车,不知怎地,他忽然感受到了某种鼓励。

宽治坐电车去了上野。他的目标是糖果店街,简称糖街①。他去过那里一次,对那条杂乱又繁华的商业街十分着迷,而且那附近有很多卖珠宝首饰的店铺,当时他就想:如果对店铺下手,糖街简直再理想不过了。

到达的时候,天刚蒙蒙亮,街道上一片寂静。店铺的防雨窗都关着,看不见店里的情况。巷子入口处安着一道栅栏,上面挂着铁锁。有几家店还装上了结实的卷帘门,看来应该是卖手表或贵金属的铺子。如此说来,这些安装了卷帘门的店铺正是他下手的目标。

宽治看准了一家挂着"××宝石店"的铺子,决定先去碰碰运气。那间店铺正对着马路,要找到后门才行。确认了四周无人,他翻过栅栏走进了巷子,沿着一条湿漉漉、散发着霉菌气味的狭窄小路走到店铺的后面,见后门是铁门,还上了两道锁。

真不愧是珠宝店,戒备森严。后门边上有一扇窗,窗上也装着

---

① 位于东京市台东区铁路上野站与御徒町站之间的商业街,"二战"后集中了大量的糖果店铺,被称为糖街。

监狱栏杆样式的铁栅栏，无论如何不可能撬开，只能撬门了。

宽治取出大铁钳插进门缝，然后像划船一样左右摇晃。铁门纹丝不动。他又试了一次，铁门发出"吱吱嘎嘎"的声响，但仍没有变形。看来靠人力很难打开。宽治停手沉思了片刻，或许把正门的卷帘门撬开会更快？现在路上没有行人，或许不会被发现？

正在此时，玻璃窗里亮起了灯光。"谁在外面？"门里传出一个男子的声音，原来店里有值夜班的！

宽治慌忙起身逃走。他尽量放轻脚步，无声无息地跑进了巷子。

他惊讶地想：自己怎么这么傻？珠宝店一定会雇值夜班的！不像普通老百姓的住家，店铺可不会粗心大意。

跑到大路上，他喘了几大口气。还不到七点钟，街上空无一人，只有乌鸦在呱呱地叫着。当然不能就这么算了。他沿路走着，继续物色下一间可以下手的店铺。

这次，他的目光停留在了文具店上。文具店应该不会请人值夜班，虽然本子、铅笔不值钱，但钢笔是可以卖钱的，而且体积小、不占地方。假如能弄到一百支钢笔，大概可以卖十万日元左右吧？

于是，他又一次轻车熟路地转到了后门，发现这里安装的是一扇木门，似乎没有上锁。插入铁钳用力一拉，门立刻吱呀作响，朝另一侧歪去，被撬烂的地方木屑乱飞。然后往里一推，门上的合页便"啪"的一声飞了出来，门开了！

背后忽然传来一个声音："喂，你在干什么？"

宽治回头望去，见是一名穿制服的男子，手里还拿着根像是木棍的东西。警察？不，虽然看起来很像，但不是警察，而是保安，这一职业是近几年才出现的。宽治还是头一回见到保安。不愧是东京啊，他佩服地想。

他转过身,朝那人挥舞铁钳,大叫:"过来呗!过来呗!"

保安有点儿退缩。仔细看,这名保安的年龄已经不小了,说是保安,其实不过是店家雇来守夜的老头罢了。

宽治又一次挥舞起了铁钳。

"喂,喂,你想干什么?"保安大声地嚷嚷着,却似乎不是真的要朝他追过来。

宽治翻过栅栏,走上大路,朝车站跑去。看来还是偷普通人家简单,一牵扯到值钱的商品,谁都会加倍小心。他心中一阵焦躁——不赶紧弄点儿钱的话,他连今天的晚饭都吃不上。

垂头丧气地回到游廓吉原的老印刷厂,宽治发现明男一大早就来了。一见宽治,明男便朝他的脑袋拍了一巴掌:"你这家伙跑哪儿闲逛去了?警察在到处找你啊!连通缉的照片都发出来了,你还敢像没事儿一样走回来?"

"不是跟你说了没事儿嘛!我现在连发型都和在北海道的时候不一样了,整个人也时髦多了吧?"

听宽治如此回答,明男露出难以置信的表情。

"你这个笨蛋,就为了不把你暴露给道上的人,我可是天天都在想办法凑钱啊!你能不能有点儿人样?"

"你在说什么?"

"你给我听好了:这些天,上野信和会一个叫立木的大哥天天都来吓唬我,就是为了你送给我的、后来我又拿去卖了的那枚金币。那东西是南千住町那个死了的老头的宝贝,据说眼下价值七八十万日元哪!那老头是上野信和会首任会长的拜把子兄弟,也算是社团的大人物。信合会要是不把金币找回来,在道上就没脸见人了,所以他们一直逼着我赶紧把东西还回去!"

"话虽如此,可那枚金币是当时他家里的人给我的,又不是我抢来的。"

"那人是其他社团的。立木那家伙大概想知道当时在场的人是谁,所以跟我说,要是找不回金币,就要带送金币给我的人过去,才能饶了我。宽治,你听明白了吗?他是在找你呢!"

"要是这样,我就去见见他呗,和他把话说清楚不就行了?"

听宽治这么说,明男顿时哑口无言,过了半天,嘴里才蹦出一句:"去死吧,你这个笨蛋!"

明男又说:"我告诉你,那个立木八成已经知道了杀人的是信和会的某个头目,所以要找当时在场的人去作证,借警察的手干掉对方。信和会的规模太大,派系斗争一天到晚就没停过。"

"我还是不太明白……"

"你不明白就算了!那个立木以为只要吓唬吓唬我,我就会老老实实地告诉他金币的真正来源——就是你——他想得倒美,我町井明男可不是那种随便出卖朋友的混蛋。所以,我打算把那枚金币赎回来,直接还给他。这样他总不能再追着我不放了吧!"

"那……那就是说,你在罩着我?"

"总算明白了,小子!明白了就赶紧帮我凑钱,要整整二十四万日元哪!"

"嗯,明白了,我会想办法的。"宽治心头一暖。明男可能是第一个"罩着他"的人,还不计得失地把自己当作兄弟看待。

在一旁听着他们谈话的里子忽然插嘴:"我说町井,你为什么不去找东山会的人帮忙?"

"像我这种辈分的小弟,会里的兄弟怎么会出手呢?还要跟信和会对着干？像我们东山会这种小社团，真跟人家斗的话，连一个回合都打不过。大哥们肯定会把我一脚踹开，然后说：'你小子自己惹的祸，跟社团没关系！'"明男叹息道。

宽治感到了自己的责任，他第一次对别人产生出这种感受。

"钱的事，我来想办法，明男哥你不用太担心。"

"宽治，你今天的收获怎么样？"里子问。

"今天不太顺利，不过我会想办法的。"

"我要十万，之前说的三万不够。我在浅草没法出去工作了，十万日元就当作损害赔偿金吧！"

"里子，十万也太过分了吧！"明男拧着眉头说。

"町井，你给我闭嘴！我也是这件事的受害者，懂吗？"

"好了，我会想办法的！"宽治想，无论如何要想办法搞到钱。从今往后，他要与伙伴们平等地相处下去，没有钱是不行的。

下午，他又去了浅草公园后面的那间小寺庙，准备像上次那样搞点儿香火钱。今天他带上了钳子，可以拧开捐款箱的锁，把箱子里的钱全拿走。

寺里有一群小学生在玩耍，一见到宽治，便"哇"地欢呼起来。这些正是宽治上次打过交道的孩子。

"是偷东西的大哥哥呀！"

"今天还要干那个吗？"

小孩们七嘴八舌地问。

"吵死人了，去别处玩儿吧！"宽治不理睬他们，径直朝捐款箱走去。朝左右看看，四周除了小孩，别无他人。

"喂，你们来帮我放哨吧！"

"好！不过，你要记得给我们买果汁和蛋糕！"

"嗯，知道了！"

宽治用钳子拧捐款箱上的挂锁。锁并没有被拧断，反而是箱子上的五金件被撬开了。

他毫不迟疑地打开箱盖，朝里头望了望，见箱子里大多是硬币，不过看来也有两千日元。这下，一星期的饭费总算有着落了。

他把箱子里的钱倒进背囊，急忙走出院子。

那群小孩跟在他屁股后面边走边喊：

"大哥哥，再去偷一家吧！"

"就是就是，我给你带路！"

在小孩的煽风点火下，宽治索性顺道去了另一家寺庙，照样打开捐款箱偷了些小钱。

"我要买纸飞机！"

"我要陀螺！"

小孩们自顾自地嚷嚷着。

有个身材矮小的男孩着急地跟在孩子们后头，他的腿脚似乎不大好，走路的时候略微地拖着脚。这个看来不善言辞的孩子就像金鱼排出的粪便拖曳在金鱼群后面，勉强跟上孩子群。

"你呢？你也想要点儿什么吧？"宽治问他。

"我也想要陀螺。"男孩兴奋地说。

"吉夫，你会玩儿那个吗？"其他的孩子嘲弄地问。

"吉夫是傻子呀！"

"就是，他连功课都跟不上，明年就要转学到特殊班级了！"

小孩们异口同声地喊着。

"喂，你们不许欺负人！"宽治呵斥着。一听说转学到特殊班级，他便产生了似曾相识之感。

"吉夫家是开豆腐店的，他只会吹喇叭！"

"你该去学学打算盘！"

"我叫你们闭嘴，听见没有？不听话就不给你们买果汁！"

听到他这么威胁，孩子们才不情不愿地闭上嘴。

那个叫吉夫的男孩依旧笑眯眯地跟在队伍的最后。

19

上野警署的辖区内发生了入室盗窃未遂案。十月六日星期天，早上七点钟左右，根据110电话的接警通报，一名年轻男子在糖果街企图用铁钳撬开珠宝店和文具店的店门。附近的派出所接到报警后立刻派人前往现场，确认两家店的店门都有被破坏的痕迹。上野警署于是派出刑事科第三组的两名刑警前去向保安了解当时的情况，并根据店主提供的受损清单立案。因为犯罪未遂，所以并没有安排专人侦查。但刑事科科长翻阅报告时，从中发现了线索，便通过副署长向南千住警署通报了相关情况。据保安说，那名企图入室盗窃的年轻男子跟他对峙时，手中挥舞着铁钳，嘴里还大喊："过来呗，过来呗！"听来应该是北方口音。此人很可能是警方正在寻找的宇野宽治。不过，当时警方并没有从现场采集到指纹。

根据上述情况，田中指示昌夫和大场立即去拜访那名保安，再次进行问询调查。如今，昌夫俨然成了负责宇野宽治的指定警察。

保安是个老头，据说是由糖街的工商协会雇用的，按轮班顺序，每周有四天负责值夜班。

"就是今天早上七点不到的时候嘛，珠宝店给值班室打来电话，说有人在撬店里的后门。我们值夜班是二人一组，另一个同事当时正在打盹儿，我就一个人拿着警棍跑过去看看，果然发现门上有金属之类的东西撬过的痕迹。我心想，这一带怕不是被贼盯上了？就在附近各处转转，查看情况。后来发现有个小青年正在撬文具店的后门，我就大喊了一声：'你在干什么？'那个男人转身就拿着把大钳子朝我挥了过来，嘴里还气势汹汹地操着不知是哪里的方言喊着：'过来呗，过来呗！'我马上明白，这小子是惯犯，决不能让他跑了……"

保安员回忆起当时的情形，鼻孔微张，颇有些兴奋。

"我在军队里干了十年，还打过土匪，所以当时我想，怎么着也不能让这个贼跑了，就毫不畏惧地对那家伙大喊一声：'有种你就过来！'结果那小子吓得脸都白了，像只兔子似的撒腿就跑，翻过栏杆就往大路那边逃了。虽然我一心想追上他，可他到底年轻啊，跑得飞快。我几乎要撵上他了，可惜最后关头还是叫他跑了！"

"是有点儿可惜，万幸您没受伤。"昌夫说。

"这不算什么！和手里拿着枪的土匪比起来，铁棍什么的简直就是玩具嘛，哈哈！"保安大笑着回答。或许这位老兵很久没有机会提及自己年轻时了。

"我们今天来就是为了了解那个人的情况。据上野警署的刑警说，此人身材瘦长，相貌清秀。请看看这些照片里有没有他？"说着，昌夫从信封中抽出五张照片摆在桌面上。按田中的指示，五张照片里故意混进了不相干的人的照片，因为事先已经知道保安是上了年纪的人，为了避免老年人先入为主，特地采取了预防措施。

老保安从上衣口袋里掏出眼镜戴上，又把脸挨近照片，几乎快贴到了照片上，认真地审视着。

"就是这个人!"他毫不迟疑地指了指宇野宽治的照片。

"想起来了,虽然照片上的发型跟我看见他时不太一样,但肯定是同一个人。"老保安不停地点着头说。

昌夫和大场对视了一下。看来,事到如今,宇野宽治仍然藏在附近。昌夫惊讶得连寒毛都竖起来了——他到底在想什么?按正常人的思维,一听说同伙町井明男被逮捕,就应该逃跑了,他居然直到现在还留在原地,甚至还敢出来作案……

从北海道回来后,他立即拿上宇野的照片四处询问。在河滩上玩耍的孩子已经认出照片上的人就是之前栖身在旧货船里的年轻男子,因此警方可以确定,宇野宽治的确还活着。

无论如何,只要他还在附近活动,就只能拼命搜索。昌夫重新燃起了斗志,破解杀人案的关键肯定就在这个宇野宽治身上!

在当晚的侦查会议上,昌夫提出,发生在上野的盗窃未遂案很可能是宇野宽治干的。对此,大部分人的意见是:"这正好说明宇野只是盗窃犯而已!"

"明明发生了杀人案,却不急着逃走,反而在案发现场附近不断反复作案,听起来很不可思议啊。我看,杀人的事,恐怕还是与黑社会有关。"

作此发言的是宫下组长。其实,大部分刑警已经把目标锁定在上野信和会的花村身上。

"不,主观臆断是破案大忌。从阿落和大场去北海道获取的各种证言来看,说宇野做事情完全不加考虑也很正常,他脑子有病。大家千万别忘了这一点。"田中提醒道。当所有人都只认同一个观点时,就必然会疏忽其他的可能。

"还是希望能尽快签发对宇野的逮捕令。他在礼文岛不是还犯过纵火案吗？能不能从北海道警方那儿搞一张逮捕令？否则即使找到他，也不能实施逮捕，那可就难办了！"森拓朗说。的确，有了逮捕令，警方就能轻而易举地拘留宇野。

"这个嘛……宇野宽治的死亡确认书至今还没有撤销……"田中抱着胳膊愁眉苦脸地说。

"这又是怎么回事？"

"说是文件资料不齐全，当初签发死亡确认书的海上保安厅已经驳回了北海道警方的申请。实际上，按规定，海难事故要经过三个月才能认定当事人死亡，但海上保安厅架不住北海道警方一个劲儿地催，只等了一个月就确认宇野已经死亡。如今又要拜托人家改回去，令海上保安厅也很恼火啊。"

"政府部门之间互相较劲，事情就麻烦了！"森拓朗苦笑着，与田中面面相觑。

"总之，逮捕令的事，我会尽快想办法。如果能抓住宇野，至少可以搞清楚他是否与杀人案有关，也算是向前迈了一大步。"

"町井明男那边呢？逼一下东山会，能让他主动露面吗？"昌夫又问。

南千住警署的刑事科科长忙回答道："关于这件事，我们署的第四组和总部的搜查四科一起在努力调查。不过，东山会好像真的不知道町井的下落。他们之前把他骂了一顿，说不准他再到社团的事务所去，结果他就消失得无影无踪了。说到底，町井只是个小混混，对上头的大哥怕得要死。"

"田中科代，能不能管管搜查四科的人？"仁井在后面的座位上大声说道，"他们做事也太鲁莽了，简直肆无忌惮。上星期，他们把信和会花村派的人直接抓来狠狠地逼问了一通，开口就让人家承认是他们老大和被害人的女婿合伙杀了山田！"

"有这回事？"田中皱眉问道。

"您还不知道？他们还开过小会，扬言南千住町的案子一定会被四科侦破。"

田中叹了口气。坐在他身旁的刑事科科长的太阳穴抽动了几下。在警察的世界里，除了自己的部门，其他任何部门的指令都被当成耳旁风，唯一能听进去的只有自己直属上级的命令。

"您应该跟四科的科长说说，他们即使要收集证据，也不能这么蛮干，会把事情搞砸的！"

"知道了，我先跟玉利科长打个招呼。另外，尼尔，你不是一直在追踪信和会那边的线索吗？偶尔是不是该透露点儿情报？"

见田中点了名，仁井微微耸了耸肩："没找到值得说的。"话虽如此，他还是掏出了笔记本，"案发当天下午三点左右，在南千住町八丁目的日光街道，据说有一辆大得吓人的美国车在道边停了一个小时左右。驾驶员是个梳着背头的年轻男子，一看就是黑道的，大概那辆车也是黑道头目的。附近的居民虽然没有靠近仔细观看，但当地的小孩纷纷大感稀罕地跑过去围观，有的还直接伸出手去摸，后来都被那个驾驶员轰走了。提供这段证词的是临街一家榻榻米作坊的老板。我对这个情况比较在意，后来又去查了一下，原来那辆车是花村派老大的专车，去年刚上的车牌，是一九六二年款的黑色雪佛兰敞篷跑车。之后，我又拿着这款车的销售海报去给榻榻米作坊的老板看，他确认'就是这样的车子'。不过，因为是外国货，他不敢百分之百地确定。我又去问了附近的小孩，其中有个上小学六年级的孩子，因为平时爱好收集汽车模型，所以很笃定地说：'那辆车是黑色雪佛兰敞篷跑车，而且是新车。因为是头一回看见实物，所以一下子就记住了……'这就是我目前所了解到的情况。"

"你还说没值得说的，这不就是很重要的线索嘛！"田中瞥了仁井一眼，口气很肯定地说。

"但是还没有充分的证据断定那辆车就是花村的。黑色敞蓬跑车，且不说在老城区如何，全东京大概超过一百辆。"

"花村有不在场证明吗？"田中追问。

"我还没查。"仁井老老实实地回答。

"赶紧去查！"

"直接问他本人的话，估计他不会老实交代。所以我考虑先从外围入手调查看看。"

"好。另外，实雄的不在场证明调查得怎么样了？"

见田中环视众人，被害者调查组的刑警赶忙回答："案发当天，他一整天都在公司里。一开始没有怀疑他，所以没有深入地查。后来因为牵扯到枪支走私，保险起见，又调查了一次。据山田商会的一名专务董事证实，他当时确实是在办公室里。"

"这是利益关联方的证词吧？最好能找到其他第三方的证词。继续追查！"

"是！"

"四科那边既然已经开始调查花村派，实雄就可能会有所动摇。"宫下说。

"不好说。"

"能否以走私枪支的名义先把实雄抓起来？说不定他会痛痛快快地连杀人的事也招了。"

"喂，预设立场是破案的大忌，没有任何证据能证明杀人案是花村的人干的。别忘了，我们目前追踪的嫌疑人是宇野宽治！"

田中再三叮嘱，但大部分刑警最关心的仍然是上野信和会与花村派，连昌夫也不例外。一个推测正在浮出水面，而且轮廓逐渐清晰，那就是：宇野宽治或许只是杀人事件的目击者。

散会后，昌夫正要拉着岩村去食堂，却被副署长叫住了。

"落合，刚才稚内南警署的国井署长打电话找你，说他八点之前一直在办公室，让你给他回个电话。"

"好。"昌夫答应着。国井署长会有什么事情呢？他让岩村先去食堂，自己赶忙回到办公室，拿起了警用电话的听筒。往外地警署打电话要先拨"9"，之后分别是三位数的专用号码和三位数的警署代码。这是覆盖全国的警察专用电话线路，带有防窃听功能，是为了确保警察在特殊情况下也能保持通讯而专门设计的。由于距离太远，昌夫拨号后等了三分钟才接通。

"啊，是落合吗？百忙中打扰你了，我是稚内南警署的国井。上次你千里迢迢地跑过来，辛苦辛苦！"与当面交谈时一样，国井的声音还是这么爽朗、亲切。

"哪里哪里，承蒙您照顾了。"昌夫赶忙致谢。

"其实是发生了值得注意的事情，我才给你打电话的。前天，在旭川市的当铺里查获了赃物，是礼文岛的船主酒井寅吉家被盗的珍珠项链。"

"啊？"

"去典当东西的是礼文岛的渔民，名叫赤井辰雄。你上次去找他问过话的那个人……"

"哦，就是纵火案的目击者吧？"昌夫想起来了，就是这个人，当听说宇野宽治可能还活着的时候，反应忽然变得很奇怪。

"对，就是他。他拿着赃物去当铺里典当了，日期是九月十日。昨天，我们要求他到警署来一趟，把事情交代清楚。据他供述，那些东西是在番屋起火的第二天，他在船舱里捡到的。嘴上虽说不知道那是宇野宽治从船主家偷出来的赃物，但看样子像是在撒谎。他还辩称，曾经犹豫过要不要把东西归还失主，结果却鬼使神差地据为己有了。之所以隔了这么多天，还特地大老远地跑到旭川的当铺去，是觉得这样不容易被发现。也许是外行的小聪明吧？如果真是这样，顶多算是冒领遗失财物，在初犯的情况下，只能按不予起诉处理。不过，因为涉及纵火盗窃案的赃物，慎重起见，我们还是调查了一下这个赤井的情况，发现这家伙上个月刚买了一艘捞海带用的小船。虽然是只有一台发动机的小渔船，但也花了十万日元。于是我们又去盘问他哪儿来那么多钱买船，他说是自己一点一点攒下来的。我们让他把存折拿出来看看，他又改口说是从亲戚那儿借的。好嘛，那我们接着追问是问哪个亲戚借的，说出来就可以。这家伙却支支吾吾再也不开口了。我们署的刑事科科长推测，他说不定是宇野宽治在番屋纵火盗窃的同伙，正准备深入调查。"

听了国井的介绍，昌夫对稚内南警署的做法颇感赞同。上次见到赤井时，他就感到此人似乎在隐瞒些什么。

"审讯的时候，我也在场，这家伙的确很可疑。我们推测，宇野宽治脑筋不好，该不会是这家伙先挑唆宇野去偷东西，然后自己把偷来的钱和宝石都抢走吧……还好他仍在我们手里，从明天开始，要彻底地盘问这家伙。"

"好的，谢谢您特地告诉我。我们这里也在努力寻找宇野宽治，争取早日控制住。"

"啊，对了，还有你们田中科代提到的逮捕令。麻烦你们那边尽快查清宇野宽治的行踪，采集到他的指纹寄过来。有了指纹，海上保安厅就能撤销死亡确认书了，之后我们这里就可以拿到逮捕令。记住，指纹是能证明宇野宽治还活着的铁证。"

"明白。我们已经找到了宇野宽治曾经居住的公寓，会尽快安排采集指纹。"

"落合，请务必逮住宇野宽治！我们也想弄清礼文岛纵火盗窃案的真相。今后一定会大力配合你们。"国井警视对比自己低三级的昌夫就像对朋友一样地说着，他的作风令昌夫大为感动，仿佛受到了鼓励。虽然说警察都有地盘意识，但警察也是人，也有基本的人情味。

他去了食堂，刚好田中也在，正朝嘴里扒着烤鱼套餐。昌夫向他汇报了北海道来电的情况，田中一边扒着米粒一边说："知道了。我让鉴证科的人明天去采集指纹，你也跟房东打个招呼。"

"不需要申请住宅搜查令吗？"

"房东在场的话，就用不着了！"

昌夫忽然食欲大增，朝厨房的卖饭大婶高声喊了一句："您好！请给我来一大份猪排饭！"大婶亲切地答应着："好，好。"刚点完猪排饭的岩村像犯了错似的嘟囔："我也该要大份的……"

回过神来，昌夫才注意到，大婶已经换上了长袖工作服，饭桌上的罐装麦茶不知何时也已经换成了热气腾腾的番茶[①]。

冬天快来了。

[①] 以除了茶芽之外的叶片制作的茶叶，也指除春茶之外的夏秋季节的茶叶。

20

　　第二天，鉴证科采集了宇野宽治的指纹，当天就发快件寄往稚内南警署。根据昌夫与国井署长电话中所商讨的，稚内南警署方面一收到指纹便可申请撤销死亡证明，并以纵火盗窃罪嫌疑向地方检察院申请逮捕令，即日便可正式签发。如此一来，只要发现宇野宽治的踪影，东京的警察便可立即将其逮捕。

　　落合昌夫仿佛逐渐看清了整个案子迄今为止的全貌。宇野应该只是杀人案的目击者，真正的凶手是花村派的花村正一，共犯则是被害人的女婿山田实雄。

　　仿佛是为了印证他这个想法似的，花村几日前便以人情往来为借口去了关西，至今未归。或许是搜查四科的警察惊动了他的手下，让他有所警觉了。

　　"逮住花村就能破案了？"前去调查的路上，昌夫问大场。

　　"哪有这么容易！那个人可不是一般的小混混，除非有确凿的物证，否则他肯定会死不认账。这家伙被判过好几次刑，不是因为仗义顶罪之类的小事，而是因为他年轻的时候真的杀过人！上法庭之类的，他早就习惯了，还懂得不少法律知识。所以，想让他亲口招供，怕是不太可能！"

　　大场又告诉昌夫，四科的警察曾经讯问过他手下组长级别的头目，试图从中寻找线索，但没有成功，调查至今仍停滞。

　　"不在场证明什么的，万一说不好，总会有破绽，所以还不如一口咬定不记得了。这是让检方最头痛的情况。过去，我们对黑帮的嫌疑分子采取过不少乱来的手段，但今时不同往日，在公共舆论的监督下，那种事情是不能再干了。"

"实雄那边怎么样?被害人调查组一直说还在调查,会议上没透露半点儿口风。"

"大概是在另寻线索。我感觉那个人是经不起查的,深挖下去肯定会有线索。"

关于实雄这个人,警方已经判明他与花村私交甚笃,已经结成把兄弟。表面上,实雄是经营公司的企业家,私下里却与黑帮无异,在商场屡屡爆出令人诟病的传闻。既然如此,就从其他案件上寻找突破口,找机会逮捕嫌疑人,是警察常用的手段。

"不管怎么说,反正我们的任务是先找到宇野宽治。"

"是啊,那家伙应该就在附近,就算磨穿鞋底也要把他挖出来!"大场像是在自言自语,昌夫也不禁点点头。自调查以来,昌夫的皮鞋鞋底还真是磨薄了不少。幸亏在警察职工共济会能买到便宜的皮鞋,这帮了刑警们的大忙。

当天下午,从浅草方面传来了有价值的消息。一家糕点铺的老婆婆说,见过长相与昌夫出示的照片上颇为相似的年轻人。

"大概是星期天,下午两点左右,那人和五六个小学生一起来的,在店里买了果汁和点心。钱都是他一个人付的。"老婆婆带着眼镜,看看墙上挂着的日历说。

昌夫与大场对视了一下,急不可耐地追问道:"能说说详细的情形吗?"

老婆婆似乎有些耳背,没有听清他的问话,用手拢在耳边反问道:"啊?你说什么?"

"老婆婆,那个人的穿着打扮什么样?"昌夫只得提高嗓门,放慢语速,又问了一遍。

"啊呀，穿的是什么？我还以为他是哪个孩子的哥哥或亲戚，没有特别留意！"

"他跟孩子们都说了些什么？"

"真是抱歉，我耳朵有点儿背，听不大清楚呢。不过看样子他们都挺开心的。"

"小孩们大概多大年纪？上几年级？"

"看着都挺小，约莫一二年级的样子。"

"其中有您认识的孩子吗？"

"啊，对了，有一个好像是二丁目荞麦面馆家的小武！"

"荞麦面馆家的，对吧？"

"就是那家叫长寿庵的店，老板姓横山。那可是家老店哪。"

"谢谢您！"昌夫和大场谢过老婆婆，便立即朝荞麦面馆奔去。昨天是星期天，正是糖果街那起入室盗窃未遂案发生的日子。早上刚作过案，下午便同孩子们跑出去玩耍，这就是所谓"傻子"的所作所为吧？

他们到了荞麦面馆，刚巧遇上孩子们放学回家。向店老板说明了情况，这位父亲便把刚上二年级的儿子小武叫了出来。小孩儿听闻父亲的召唤，一脸紧张地从里屋走了出来。

"喂，小武，警察先生来了，不会打个招呼吗？"

在父亲的催促下，孩子小声地说了句"您好"，便低下了头。见他一副害怕的样子，昌夫便放缓了语气，尽量亲切地问道："小武，叔叔想找你问问昨天的事。下午两点钟，你有没有去过附近的糕点铺？"

孩子仍然没有抬头，却左右晃了晃脑袋。

"是吗？你没去过？不过糕点铺的奶奶说，荞麦面馆家的小武去过店里哟！"

"喂，小武，你要跟警察先生说实话！"他父亲语气严厉地训斥道，但小孩儿仍低着头一言不发。

"真是对不起呀，警察先生。我平时不准他去外面买东西吃，这小子，大概是怕说实话会挨骂。"店老板皱着八字眉说道，"喂，小武，爸爸不责怪你，快跟警察先生说实话。昨天，就是星期天，你到底去过糕点铺没有？"

孩子终于点了点头。昌夫继续问道："谢谢你。我还听说，当时有个大哥哥跟你们一起去。你认识他吗？"

孩子摇摇头。

"那他怎么会跟你们在一起玩儿呢？"昌夫又问道。孩子再次沉默不语。

"你是在哪里遇见他的？"

没有回答。

昌夫从口袋里掏出照片让孩子看。

"那个大哥哥是这个人吗？"

孩子朝照片瞥了一眼，点点头。结合糕点铺老婆婆的证词，终于获得了确凿的证据，昌夫不由得兴奋起来。

"小武，这人是谁？"店老板接着追问。

"不知道……"孩子用几不可闻的声音回答。

"他跟你们一起玩儿吗？"

"嗯。"

"在哪儿玩儿？"

"在寺庙里。"

"寺庙？就是你常去玩儿的那家寺庙？"

"嗯。"

听儿子如此回答，店老板说："如果是昨天，不正好是浅草一带的神社和寺庙里发现偷香火钱的小偷的日子吗？"

"哦？那是怎么回事？"大场赶忙问。

"警察先生，您还不知道？听说在附近的神社和寺庙里接连不断地发生了好几起撬开钱箱偷香火钱的案子，派出所的巡警还来找我们调查过。据他们说，之前是一些捣蛋的中学生干的，但最近这几起盗窃的手法很粗暴，像是成年人作案。他们还向我们询问有没有什么线索……"

"哦？有这种事？"大场与昌夫应和了一句，转眼便见小武的表情像是要哭出来一般。

"喂，小武，你怎么了？要是知道什么，就赶紧老老实实地告诉大人，爸爸是不会责怪你的。要是撒谎，爸爸可不答应！"店老板蹲下身子对儿子说。

昌夫和大场也半蹲下去，平视那孩子。小孩一边抽泣，一边告诉他们，那个大哥哥就是偷香火钱的小偷。他请他们喝果汁，让他们保守秘密，不告诉别人。星期天的事已经是第二次了。

昌夫越发确信，宇野宽治就藏在附近。

晚上七点，他们回到南千住警署的大教室，却发现房间里冷冷清清，没几个人，与往常人声鼎沸的情形大不相同。昌夫以为自己搞错了时间，抬手看了看腕表。屋里只来了一半的人，也没有平时那种简直要填满整个房间的烟雾。他一眼瞥见岩村，便朝他问道："怎么回事？"岩村小声地告诉他："好像出了什么事，浅草、上野警署的人全体出动了。大概辖区内又发生了案子。"

"案子？什么案子？"

"还没听说。"

正说着，宫下一脸严肃地走了进来。他见昌夫等人都在，便默不作声地歪了歪下巴，朝大教室的角落走去。森和仁井跟了过去。

"第五组成员都在这儿，"宫下扫视众人，语气果断地说，"下面我要说的话，必须全部保密！浅草警署的辖区内发生了绑架案。昨天，一个一年级小学生失踪了，家属在昨晚八点钟左右向派出所报了案。浅草及相邻各警署立即对失踪儿童进行排查，但没有找到孩子，所以在今天上午九点向搜查一科请求支援。出警的是第二组，他们和辖区警署的刑事科、预防科成员一道，正在附近进行搜查。考虑到最大的可能性或许是事故致死，所以首先重点找了河边、沟渠等地，但没有任何发现。另外，交通事故方面也没有任何相关线索。就在搜查的过程中，下午三点左右，家属接到一名男子打来的电话，声称'孩子在我手上，赶紧准备五十万日元'。情况就是这样，暂时没有后续报告。因为这个案子，上面不得不暂时抽调钟表商被杀案的侦查人员。从今天开始，浅草、上野警署的刑警将会首先撤出，这也是没办法的事。搜查一科的玉利科长指示，要尽快寻找线索破案，好腾出人手加入绑架案的侦查。接下来，大伙儿一定要再加把劲儿啊！"

宫下组长的介绍让第五组的所有成员震惊不已，每个人的脸上都露出一副痛心的神情，尤其是家里孩子还小的昌夫和泽野，更能体会到为人父母的那种撕心裂肺的痛苦。

"被绑架的孩子叫什么名字？还有家属方面的情况，都查明了吗？"森问道。

"还不知道。不过，田中科长代理稍后大概会详细说明。"

此刻，大教室的各处已经围成了好几个小圈子，大致是由各组的组长或班长在对部下说明情况。刑事案件的侦查基本上是独立进行的，不与其他案件发生关联，但对发生在同一区域内的案子，无论如何不可能装作一无所知。

七点十五分左右，以田中为首的指挥部成员在教室前方的长桌旁落座。田中扫视了一下人数明显减少的专案组成员，便直奔主题地开了口："相信大家都已经听说了……"根据田中的介绍，在浅草警署的辖区内发生了儿童绑架案。已查明的情况是，被绑架的孩子叫铃木吉夫，六岁，刚上小学一年级，家住台东区浅草猿若町二丁目×番地的豆腐店铃木商店。听到"豆腐店"三个字，昌夫忽然意识到两件事：首先，家里能安装电话的通常应该是有钱人家，却不料这家只是一间普通的小店。其次，罪犯为什么要绑架豆腐店的孩子？虽说最近发生了不少绑架案件，但罪犯盯上的往往是家境富裕的孩子。

大约是与他想的一样，仁井立刻举手提问道："那家豆腐店是做豆腐的工厂吗？"

"不是，只是家小作坊。"田中回答。

昌夫又想到，罪犯该不会是老板的仇人吧？但他忍住了，没有发言。毕竟这案子不归他们调查。

"在座的各位虽然一直在追查钟表商被杀案，但这个绑架案毕竟发生在相同的区域内，调查的时候要顺便多多留心。如果碰巧发现什么线索，要立即报告！另外，与媒体方面已经约定在今天下午六点之后对绑架案进行报道，也请各位多多留意。"

听见"约定""报道"几个字，昌夫不由得紧张起来。自他当上刑警以来，还没参与过绑架案件。这可是关系到一个孩子的生命啊，可想而知，办案者背负着多大的压力。

"好了，下面说说我们的案子。尼尔，你今天有重大发现吧？"田中斜睨了仁井一眼说道。

"哎，我还想再捂捂，等时机成熟了再汇报吧！"仁井道。

"别捂了，赶紧说。饭岛部长直接下命令，要求在一周内破案。要有大局意识！"

"知道了，知道了，那我开始汇报，是关于被害人的女婿实雄的情况。八月九日案发当天，他自称'人在公司'是瞎说。我询问过上个月从山田商会辞职的一名女职员，她说案发当天，老社长给实雄打来过电话，实雄下午就离开了公司。虽然他没说去哪儿，但他一般外出时都会告知部下自己的去处，所以这次没说反而让她印象深刻。很有可能是去了老社长家里。提供证词的女职员叫伊藤悦子，二十二岁，老社长打到办公室的电话就是她接的。"仁井边看笔记本边介绍说。

"很好！尼尔，你小子真有些手段嘛。"田中认真地夸奖道。刑警们立刻都兴奋起来。

"你是怎么找到那名女职员的？"

"哦，是在银座的夜总会找到的，她目前在夜总会上班。原先在山田商会时，虽然名义上是行政职员，但其实只是负责接电话，大约是一年前入职的。后来，因为受不了老板娘总拿私事使唤她，一气之下便辞职不干了。"

"嗯，不愧是尼尔。大家都记住，调查公司内部的事情时，千万不要漏掉那些已辞职的员工。"平时轻易不肯褒奖部下的田中这次一反常态地对仁井大加赞赏。仁井多少有些不好意思，把脸扭到了一边。

"喂，尼尔，你小子应该还有料吧？"

"啊，对，还有一个情况。山田实雄在汤岛养了个情妇。不过，他给那女人租住的公寓签租约的时候没使用他本人的名字，而是找了他公司的一名专务董事代签。所以，我们应该可以用伪造私人文件的罪名逮捕他。至于那名专务董事，也就是为他提供不在场证明的家伙，实际上，和他的干儿子差不多。"

"很好！那就把山田实雄和专务董事一块儿请过来问问，审讯就由宫下组长和尼尔共同负责。另外，仍要全力寻找宇野宽治，他肯定知道一些内情。"

"代理，关于宇野宽治，我们发现了新的目击者……"昌夫举手回答，接着便把白天在糕点铺和荞麦面馆查到的消息作了说明。他心中升起了一股不想输给仁井的强烈斗志。他由衷地感到，案子的侦查一下子朝前迈出了几大步。

21

十月八日星期二，清晨一大早，浅草警署的两名刑警走进了町井旅馆的大门。

老板娘福子朝他们怒喝："没看见外面立着的牌子吗？！"刑警们却一反常态，谦卑地单手行了礼："您别这么说嘛，今天我们来是有别的事情。"说着径直走进了玄关。

"妈！您去饭堂看看吧，我来招呼警察先生。"美纪子慌忙走出来劝退了母亲，她可不想一大早就听母亲的怒吼。

"小姑娘，外面那个牌子是怎么回事？"刑警问。

"啊，请您别在意，那是联合会弄的。"町井旅馆的大门口立着块牌子，上面用大字写着"禁止警察入内"。当初美纪子一时妥协，答应了他们，联合会的人便立刻抓住机会做好牌子摆了出来。

"唉，算了，算了。小姑娘，我们正在找一个人。最近两三天见过这个人没有？"说着，年长的刑警掏出一张照片给美纪子看，大概是在入学仪式上拍的，照片上的小孩穿着新衣服站在校门口。因为是完全陌生的面孔，乍一看毫无印象。

"是一年级的小学生，穿着深棕色短裤和白色衬衫，剃着和尚头，还流着鼻涕。"

"这是哪家小孩儿？附近的孩子我基本上都认识。"美纪子问。

直到一年前，她还在补习班教孩子们珠算，认识很多小孩，孩子们也都挺喜欢她。

两名刑警对视了一眼，似乎在犹豫该不该回答她的问题。

过了一会儿，年长的刑警慎重地开口："是浅草猿若町二丁目豆腐店家的孩子。你知道他家吗？"

"啊，是铃木商店吧？我认识他们家，家里应该是姐弟仨，男孩是老幺。他们家的两个姐姐都是我补习班上的学生——哦，我去年在浅草的珠算补习班教过课。"说着，美纪子又看了看照片。想起来了，照片上的男孩就是豆腐店家的小儿子。

"啊，是这样哦。那么，最近两三天见过这孩子吗？"听美纪子说认识，两名刑警打开了笔记本继续问道。

"没有，浅草那边的小孩一般不到我们山谷来。当然，有自行车的孩子另当别论。"

"关于铃木商店，你都知道些什么？"

"没什么。平时我们都在这附近买豆腐，不大光顾他们家。只是在补习班的时候，他家的老板娘来打过招呼，聊过几句。"

"那家豆腐店的名声怎么样？"

"都说了不知道嘛!"

"那么他家的伙计呢?有没有来这附近推销过?"

"怎么会呢?我们这边也有豆腐店。"

"女佣呢?听说最近他家的女佣辞工了?"

"这我可不知道。"

"你们旅馆的女佣里会不会有认识她的?"

"没听说过……"

刑警执拗地追问着,好像已经断定豆腐店里的什么人干了什么事情似的。

"我说警察先生,到底发生了什么事?"美纪子问道。

"啊,没什么。"刑警立即表情僵硬地回答。

既然他们问"见没见过这个孩子",大概是儿童失踪案,反正不会是单纯地在找走丢的小孩。

美纪子忽然想起来,这孩子应该叫吉夫。上幼儿园的时候,他跟着两个姐姐到补习班来过几次。这孩子不吵不闹,只是安安静静地在教室的角落里独个儿画画,等着姐姐们下课。补习班的师母还夸他"好乖",端来点心给他吃,美纪子记得他当时一脸天真无邪的开心表情。师母后来在背地里同情地说:"那孩子真是可惜呀,腿脚有毛病。"如今细想想,他的脚似乎是有点儿拖行。

"警察先生,是铃木家的老幺失踪了吗?"

"还不能这么说。"

"那您为什么拿着他的照片到处找?是失踪了吧?"

"不,我无可奉告。"

见刑警断然拒绝说明事态,美纪子越发担心了。虽然她没有跟那孩子搭过话,但他毕竟来过自己的班上,还是自己学生的弟弟。

"吉夫是什么时候不见的？"

听她居然叫得出孩子的名字，刑警的眉头皱得更紧了，追问道："怎么？原来你真的认识他？"

"我只是刚刚想起他的名字，只想到这么多。"

"什么都行，你还了解些什么？他从星期天下午就不见了。"

"星期天下午？这么说是失踪了？"美纪子瞪大眼睛问道。但两名刑警还是含糊其词，支支吾吾。

美纪子的胸口一阵翻涌。孩子走丢已经两天了，难怪刑警出动。

"对不起，我很想帮忙，但眼下真的想不起来什么。"

"好吧。如果有线索，请给浅草警署刑事科打电话。小姑娘，你是山谷的大美人，大伙儿都喜欢你，有消息肯定都愿意跟你说。"

"才没那回事，没什么喜欢不喜欢的。不过，既然是小吉夫的事，我不管听到什么都会告诉您。"

"好，那就拜托了！"

说罢，两名刑警匆匆离去。从他们步履匆匆的样子来看，事态显然很紧急。警察来山谷问话是家常便饭，但如此让人觉得争分夺秒还是头一遭。

忽然，她的脑海中浮现出"绑架"两个字，不由得打了个寒战。今天春天，黑泽明导演的电影《天堂与地狱》①上映后大受欢迎，但全国各地发生了好几起模仿电影情节的绑架案，甚至引发了国会的讨论，电影最终被迫停止公映。

天哪，该不会在他们这种老街区也发生了绑架案吧？可是铃木

---

① 1963年3月上映的悬疑电影，由三船敏郎、仲代达矢等主演，讲述某公司专务与贫穷绑匪之间的较量，获当年威尼斯电影节金狮奖最佳影片。

商店只是一家连伙计都雇不起的普通小店啊。

"美纪子,警察来干吗?"母亲福子走了出来。

"说是有个小孩失踪了。妈,您认识他们家吗?据说是浅草寺附近豆腐店家的儿子。"

"我怎么会认识那家人?先别管那个,三河岛的井川一家子说,要归化日本籍,想找我讨教。昨晚上课的时候,他家的太太和我说的。我告诉她,去问问我家闺女就行。"

"妈,你干吗又随便给我事情?"美纪子瞪大眼睛抗议道。母亲好像已经习惯了把所有麻烦事推给女儿。

"她要是来找我商量,又会招得那些反对入日本籍的民团来吵个没完。你总有办法糊弄过去的……"福子抿着嘴分辩道。

"我去和她谈,民团还不是一样会来找我的麻烦?"

"拜托了,我给你一千日元作为报酬。"

"我要五千!"

听美纪子无可奈何地这么说,福子勉强笑了笑,退回屋里去了。凡事都不作正面回答,这才是她最狡猾的地方。

入日本籍是美纪子长到这么大最不愿提起的事。父亲过世后,母子俩向当局提交了入籍申请,最先杀到家里来的就是民族团体的头目们。他们围着母亲,不停地怒吼着"叛徒""撤回申请"之类的,足足批斗了她好几个小时。

倔强的福子试图辩解,但到底吵不过几个大男人,一直处于被对方言语攻击的状态。

当时美纪子只有十三岁。按母亲的吩咐,她和弟弟明男躲了出去。某天,他们偶然从外面朝家里张望时,听见屋里传来了碗碟破碎的声音,便急忙跑进屋,帮妈妈跟那些人吵架。母亲当时号啕大哭的样子，美纪子至今记得。那样的情形持续了大概一年多，民团的人终于偃旗息鼓，但福子一家又要面对政府机关审查这一关。

大概是因为父亲与黑帮有染，他们提出申请后，足足等了三年才得以正式加入日本籍。政府不仅把他们家的亲戚、朋友、邻居乃至孩子所上的学校，里里外外查了个遍，还在细枝末节上处处刁难，故意拖延各种文件的办理，仿佛就等着他们忍受不了折腾，主动撤回申请。母亲不知跟政府的人吵了多少次。最后，美纪子也忍无可忍，即使还只是高中生，也跑到政府机构为母亲助战去了。

终于凑齐了所有的文件，母子仨前往法务局接受面试，那情形却让美纪子至今想起来仍犹如一场噩梦。那些面无表情的官员只瞥了他们一眼，便带着他们走进一间小黑屋录指纹。母子仨甩着沾满黑色油墨的手经过走廊时，法务局的职员和前来办事的人一起将视线转向他们，等看清了他们的面孔与漆黑的手掌，便纷纷露出一副恍然大悟的神情。美纪子羞愤不已，好像全身的血都冲到了脸上，面颊滚烫。他们去洗手间拼命地洗手，但那黑色的油墨怎么也洗不掉。乘车回家的路上，母子仨都紧紧地握住拳头，宁可在车厢里被摇来晃去，也不肯伸出手扶住把手。美纪子想，所谓屈辱，说的就是这种时候的感受吧？

她并不怨恨自己的出身，地球上应该还有很多人天生就是同样悲惨的。只是每每想起当时的情形，她始终觉得愤愤不平。

"小美，有空吗？"听见有人问话，美纪子忙转过身，见联合会的西田委员长正站在自己身旁。

"嗯，什么事？"

"就是我上次跟你说的关于警察进行非法搜查的事，今天下午《东洋新闻》的记者要来采访，你能配合一下吗？"

"没问题，只要匿名、不拍照就行。"美纪子苦笑着答应。是啊，自己也要坚强地活下去。世界上有千千万万的人，都在为生存而斗争着……

"你怎么了？"西田讶异地望着她。

"啊，没什么。对了，那个宇野宽治，他现在怎么样了？"

"应该还躲在吉原的老印刷厂里。他可真是个怪人，警察在四处找他，他却没有一点儿危机感地到处乱跑。我提醒过他，如果这样，他就是被警察抓走了，我们也不知道。结果他说自己绝对不会被警察抓住，真不知打哪儿来的如此毫无根据的自信。真是个奇怪的家伙！"西田说着耸耸肩。

美纪子的眼前浮现出宇野宽治的脸。确实，那是一张毫无特别之处的脸，似乎很容易被淹没在人群之中。

赶紧逃出东京多好。虽然这么想着，但他毕竟与自己毫无关系。

22

十月八日星期二，落合昌夫在上午八点前后就早早地来到了南千住警署。门口站岗的警卫告诉他先去署长室一趟，他诧异地推开了位于一楼最深处的署长室的门，见屋里的人并不是署长，而是裹着毛毯坐在长椅上的科长代理田中。见他进来，田中带着沉闷的鼻音朝他打了个招呼："哦，你来了。"

"早安！您昨晚在这儿过夜了？"

"嗯。原本想去训练场睡，又怕让那些小青年看见。"

田中起身抽了一张面巾纸，响亮地擤了擤鼻涕，然后又点着一支烟，吐了个烟圈对昌夫说："阿落，你发现的那条线索，就是宇野宽治星期天下午跟小孩一起去糕点铺的事……"

"啊，那是糕点铺的老婆婆告诉我的。她说下午两点左右，一名疑似宇野宽治的男子带着五六个小学生在店里买果汁和点心。"

"这次被绑架的铃木吉夫好像也在那群孩子里头。"

"啊？！"昌夫惊讶得说不出话来，"绑架？该不会是浅草警署辖区内那家豆腐店的孩子吧？"

"就是他。昨天半夜，浅草警署负责侦办绑架案的人来找过我，打听调查钟表商被杀案时去浅草神社附近的糕点铺询问情况的刑警是谁。我刚说出你的名字，他们就迫不及待地要你过去一趟。据他们刑事科的科长说，浅草警署的刑警在调查小吉夫的行踪时了解到，他在星期天下午曾经和一群小孩出去玩儿，后来还一起去过糕点铺。也就是说，小吉夫在被疑似绑架的当天，曾经跟宇野宽治有过交集。之后，孩子们一直玩到五点钟左右，听到警笛响起，就各自回家了。"

"宇野宽治一直跟孩子们待到最后吗？"

"据小孩说是那样的。不管怎么说，你还是尽快去浅草警署侦查组报到。你现在掌握的情况对他们来说很重要。这边的侦查会议，你今天就不必参加了，也暂时不用回这边。"

"是！"昌夫回答，心头掠过一阵深深的寒意。怎么回事？似乎连田中科代也对此深感困惑，带着一副不解的表情说："难道宇野宽治参加了什么犯罪团伙？能在警察踏进那女子的公寓之前忽然消失，还能在警方的严密搜查之下一再逃脱，怎么看都不像是单独作案吧？"

"我也觉得，好像有什么人在为他保驾护航？"

"他还和被绑架的孩子有交集。如果他真的和绑架案有关，那可真有点儿不可思议啊。"

"的确让人费解。不过,眼下我们确实拿不出对策来。"

"我们这边今天准备逮捕实雄和那名专务董事,罪名是伪造私人文件。实雄毕竟不是惯犯,稍微吓唬吓唬估计就能拿下。所以,你只管专心去追查宇野宽治。"田中掐灭了烟头,又啜饮着女职员端来的茶水。他盯着茶杯,自言自语:"这么一来,反而是绑架案显得更重要了。"

"我会随时报告的。"

"好,拜托你了!"

从署长室出来,昌夫离开南千住警署后一溜小跑。

在南千住站搭乘几乎满载的东京电车,昌夫前去浅草警署报到。车厢里挤满了上班上学的人。马路上也在堵车,每条车道上都塞满了汽车。去年的新闻里曾经报道过,东京的人口已经超过一千万,全日本的国民都在为这个世界上首个人口超过千万的大都市的诞生而骄傲,但对于昌夫这样的东京本地人来说,只觉得这座城市越来越拥挤、逼仄。

在圣天町站下了车,昌夫步行朝警署的方向走去,迎面遇到了一大群背着书包、身穿校服的小学生。他这才想起,浅草警署正好位于一所小学校和一条大路之间。这么说,被绑架的小吉夫应该也是这所学校的学生。经过校门口的时候,他看见门前竖着"台东区立富士小学"的牌子。在小学阶段就提供制服,可见这所学校颇有来头。不但如此,学校位于东京最繁华的浅草地区,那幢木结构的校舍怎么看都具有厚重的历史感。

校门前站着两位年轻的教师,对孩子们不停地道着早安。学校当局知道自己的学生被绑架了吗？只要以警察的身份前去调查，他们应该不会有所隐瞒。

走到警署门口，只见门前围着一大堆记者，有二十多人的样子。见昌夫走过来，记者们的目光便一起朝他投来。其中有个似曾相识的记者，好像是《中央新闻》姓松井的，年纪与昌夫相仿，尖锐地问昌夫："落合刑警，您今天是来参与侦查的吗？"

"不，我只参与南千住那边的案子，今天来办点儿事情。"

"听说搜查一科的玉利科长今天亲临办案现场，是真的吗？我们特地在这里等了好久啊！"

"哦，这我不太清楚。我不负责这个案子。"

说着，他甩开蜂拥而至的记者，走进警署大楼。正在等他的第二组的刑警叫住他："落合君，请赶快去一下署长室。"

推开署长室的门，早已等在那里的浅草警署署长、副署长、刑事科科长以及警视厅本部搜查一科第二组组长示意他赶紧就座。

"各位，这是搜查一科第五组的落合。"长崎组长向与会者介绍。资历尚浅的昌夫除了第二组组长以外谁也不认识。在座所有人的警衔都在警部以上，年纪也比他大了一轮有余。昌夫只能在脑子里拼命地记住他们的姓名。

"虽然玉利科长还没到，但时间宝贵，就请落合先介绍一下星期一发现的线索，即有关嫌疑人宇野宽治的目击者证言以及此人的有关情况。"浅草警署刑事科科长石井催促道。身居首座的浅草警署署长堀江则一脸为难地抱着胳膊。

昌夫坐正身子，开始介绍："是！那我现在开始汇报情况。宇野宽治最初露面是八月初在千住一带，当时，那里接连发生了多起入室盗窃案。之后，在调查南千住町前钟表商被杀案时，又多次收到了'一名佩戴林野厅袖标的年轻男子在附近活动'的目击者证言。此外,在荒川一带河滩上玩耍的孩子们也证明有个戴着林野厅袖标、操北方口音的年轻男子住在铁桥下的旧货船内。于是我们向林野厅问询,得知八月初在北海道佐吕别原野的值班室被盗,丢失工作服、长筒靴、头盔等物品。至此,案件嫌疑人可以与'操北方口音'这一特征联系起来。不过当地的稚内南警署并未将丢失物品作为被盗物品处理,所以并未对案发的值班室进行现场勘查。"

听到这里,石井科长不由得惋惜地咂嘴。堀江署长也皱起眉头。

"后来,田中科长代理写信给稚内南警署的署长,得知同一时期,稚内南警署所辖的礼文岛发生了一起大案。一个名叫宇野宽治的渔民放火烧了船主的房子,还入室行窃。之后,宇野偷开船主的渔船逃走,途中遭遇风暴,在海上遇难。海上保安厅判定宇野宽治死亡,所以当地警方没有继续追查。但后来我和南千住警署的大场主任亲自前往稚内市及礼文岛调查,收集了宇野的照片和指纹记录。经比对指纹后判明在千住附近被目击到的操北方口音的年轻男子正是宇野宽治本人,已经通知海上保安厅撤销了他的死亡证明。"

"指纹确认无误吗?"堀江署长问。

"是。鉴证科分别采集了宇野宽治直至本月初还在那里打工的浅草脱衣舞俱乐部及一名舞娘在向岛租住的公寓里的指纹,进行比对后,确认是他本人的。"

"明白了。那么,这个宇野有前科吗?"

"有。初中毕业后,他曾在札幌市的一家零部件工厂工作,有过多次盗窃行为,因此在十七岁时被判处在少管所服刑一年左右。主要犯罪行为是盗窃及相关的损坏财物,不涉及人身伤害或暴力行为。还有一个重要情况是,宇野患有轻度的记忆障碍,据少年保护说了声"抱歉",低头不语。

"喂,小青年!"浅草警署的中年刑警细野朝昌夫歪了歪下巴,示意他到外面去。昌夫跟着他走到外间的豆腐作坊,他便向昌夫介绍了案件的进展:

"侦查总部正在重点调查对老板心怀怨恨者和心理扭曲者这两条线。怨恨者方面,已经对店里过去两年间辞职的员工逐一进行了调查,共有一名女佣和两名伙计。其中一名伙计眼下在浅草的餐厅里当服务员,星期天跟女朋友约会去了,基本可以排除嫌疑;另一名伙计回了新潟县老家探亲,已经确认案发当天一直待在家里。问题出在那个女佣身上,这位姑娘年方二十一,名叫川田惠子,上个月突然提出辞职。她娘家在千叶县的浦安市,但她辞职后并没有回去。浅草警署的人正在追查她的行踪。据店主说,她是突然提出辞职的,店主当时也大吃一惊。但她似乎没有什么异常举动,是个很老实的姑娘。其他诸如平时往来的客人之类的,正在调查,但以往这里并没有发生过值得特别留意的纠纷,所以暂时没找到头绪。当然,不能否认店主有故意隐瞒的可能。这是目前了解到的全部情况。"

"通知学校方面了吗?"

"向他们出示搜查令的时候就通知了。不过,绑匪勒索赎金一事,只有校长、教务主任、年级主任和孩子所在班级的班主任知道,还特地叮嘱他们不要外传。"

"孩子们呢?星期天跟吉夫一起玩儿的其他五六个孩子?"

"当然,他们大致了解事情的经过,但对绑架的事毫不知情。我们也都逐一拜托过这些孩子的家长,在找到小吉夫之前,不要对外泄露孩子失踪的事。"

"心理扭曲者那条线呢?有什么进展?"

平时作为生活区、约六叠大小的起居室，脸色苍白的店主夫妇正在把一台黑色电话机和录音机搬到矮桌上，见他们进来，便带着充满期待的表情迎了上来。

"凶手还没有打电话来。"一名刑警报告说。此时，现场一共有五名刑警。包括第二组的一名成员、浅草警署的两名警官及昌夫和长崎。根据职务高低排序，第二组组长长崎便自然而然地担任了现场总指挥。

"哦，太太，您不用客气了。"见老板娘欲起身倒茶，长崎赶忙劝阻道。

昌夫在仔细观察那台录音机，这是他头一回看到录音机的实物。

"警视厅调配的？"

"不，是从索尼公司借来的。这种录音机目前只有公安部[①]买了一台。玉利科长觉得，与其费时费力地去向上面申请，还不如自己想想办法，所以我昨天去借了一台。"长崎解释道。昌夫见录音机上已经接好了插头，插头的另一端还带着一个吸盘，一旦电话铃声响起，便将吸盘连到电话机上开始录音。至于这套装置究竟依据怎样的科学原理，他也不明白。

"老板，绑匪只在昨天打过一次电话来吗？"昌夫问。

"唉，是啊，说了一句'你儿子在我这里，准备好五十万日元'之后就挂断了。"

"还记得他的声音吗？"

"没什么印象。"

"落合，这些情况都已经询问过了。"长崎提醒道。昌夫赶忙

---

① 公安部，日本国家安全机构，类似我国的国家安全部。

长那边说过了。"

"是!"

昌夫与长崎一同离开了署长室,到值班室换上一身白衣,然后戴上帽子,穿好长靴,乔装成日常进出豆腐店的伙计。他们推测,绑匪的同伙可能会在铃木商店附近望风,所以他们千万不能暴露了警察身份。

走出警署的后门,昌夫见门口停放着一辆写有杂货店名称的轻型卡车。

"这是从哪儿弄来的?"

"从浅草一家叫松屋的店借的,老板是我们的老熟人!"

从长崎的回答中,昌夫切实地感到了侦破绑架案的紧迫性。从现在开始,侦查要在绝对隐蔽的情况下进行。

他握住方向盘,车子朝铃木商店驶去。由于太过紧张,他不由得一阵阵地打嗝儿。

事关一个孩子的生命,他深感责任重大。

到了铃木商店门前,他停好车子,确认四下无人后下了车。店铺的防雨窗关着,还挂出了暂停营业的牌子。这当然合情合理,不然,家里发生了这种变故还坚持营业,从凶手的角度来看,也会觉得可疑。铃木家的房子是一栋很普通的建筑,兼作店铺和住家。抬头一看,楼顶还有晾衣服的天台,映衬着与眼下的情形颇不相称的广阔蓝天。

"早上好!"他故意抬高了嗓门喊,拉开了旁边的一扇木门。进门处就是店里做豆腐的工坊,在略显暗淡的光线下,第二组的刑警招手让他们"快进来"。穿过工坊,他们来到一间大概是全家人机构的说法，是由于他母亲的再婚对象利用他进行碰瓷敲诈所导致的脑部损害。"

昌夫谈起了宇野的身世。领导们的表情越来越阴郁，充满了对那混账父母的愤慨之情。

"宇野的情况大致清楚了。那么，他与吉夫的行踪产生交集又是怎么回事？"第二组组长长崎问道。

"这方面完全没有头绪。我了解到的情况是，星期天下午两点左右，孩子们去了浅草寺附近的糕点铺，有个疑似宇野的青年帮他们付了钱。"

"你认为那与绑架案有关吗？"

"暂时还难以判断。不过，在河滩上询问在那儿玩的孩子时，他们异口同声地说'大哥哥是个傻瓜'，看起来一点儿也不怕他，更像是孩子们在戏弄他。所以，我的印象是，他不大像是那种穷凶恶极的罪犯。在前钟表商被杀案中，虽说他是重要嫌疑人，但侦查总部认为，真正行凶的应该另有其人。"

"原来如此，那么他与吉夫是偶然遇见还是另有原因……"

"我们目前比较在意的是，或许宇野宽治有同伙。他不仅能逃过警方的层层搜捕，还曾经向一个名叫町井明男的东山会成员传递赃物。所以，我们认为他很有可能在东京找到了同伙。"

"好，先把他的照片发给所有办案刑警。在这起绑架案里，宇野宽治也是重要嫌疑人。石井科长，相关的事务就拜托你去安排。对了，落合，你听见过宇野宽治的声音吗？"

"还没有。"

"那也没关系，现在最熟悉他的人就是你了。从现在起，你就跟长崎组长一起去铃木商店进行调查。我已经向田中科代及宫下组

"还在全力调查,暂时没发现值得注意的人员。不过,五十万日元这个金额倒是有点儿奇怪。如果绑匪的目标真的是为了钱,好像不应该选种不起眼的……"细野刚要说出"豆腐店"三个字,又停住了,"……自家经营的小型店铺家的孩子下手。五十万日元的赎金未免太少了,似乎不值得为了这么点儿钱就冒着巨大的风险搞绑架。"

"会不会是绑错人了?"

"有这种可能。和小吉夫一块玩儿的孩子中,有个医生家庭的孩子。也许凶手发现绑错了人,但出于不甘心,打算不管多少先捞五十万再说。总之,眼下我们只能等他再打电话来。"

"不过,现场为什么没有通讯技术人员呢?"昌夫有些困惑地问道。

"什么技术人员?"

"就是能反向追踪电话来源的那种技术人员。"

"哦,"细野"哼"了一声,"年轻人,你是电影看多了吧?我们署长早就联系过电电公社①,请他们派技术员过来。对方却借口说'要保守通信秘密',断然拒绝了。听说警视厅本部的饭岛刑事部长正在和电电公社的大领导交涉呢。不过,警方以前从未进行过反向追踪,所以电电公社方面很难配合,毕竟没有先例。"细野不以为然地说道。

"怎么会这样?"昌夫以为自己听错了。

"我们眼下能做的,是当对方打来电话时尽量拖延通话时间,从中寻找线索。"

---

① 即日本电信电话公社,当时负责提供电话和电报业务的电信运营商。

"顺便问一下，这个案子的专案组组长是谁？"

"是我们署长。"

"堀江署长亲自指挥？"昌夫不由得又问了一遍。按通常的惯例，专案组组长应该从搜查一科的三名科长代理中挑选，辖区警署的署长则负责各方协调。

"堀江署长当过搜查一科的科长，长年负责刑事案件，是办案老手了。怎么，你小子有意见？"说着，细野斜着眼，瞟了昌夫一眼。

"啊，不是，不是。"昌夫赶忙摇头。

"总之，目前掌握的情况就这么多。店主已经准备好五十万日元的现金，但还在研究到底要不要送到绑匪指定的地方。"

"我应该做些什么呢？"

"我怎么知道？你自己看着办！"细野凶巴巴地丢下这句，转身朝客厅走去。

昌夫略作思考，便谢绝了长崎的一起行动的建议，独自在豆腐店四周漫步。其实，如果有同伴，就更不容易被可能在暗中窥探的人怀疑，但他最关心的是找到宇野宽治这个人。如果宇野真的与绑架案有牵连，就更有必要尽快找到他了。

追踪宇野宽治已经耗费了昌夫将近两个月的时间，或许正因为如此，他越来越强烈地感觉到，抓住宇野的人非自己莫属。如果被别人抢了先，他绝对咽不下这口气。

走到店门口，他瞥见电线杆后面站着一个男人。他先是吓了一跳，随后装作若无其事地走了过去。那人突然从电线杆的阴影里探出头来说："哎呀，原来是师兄！"

是岩村。

"您穿着一身白衣服，我还以为是豆腐店的伙计呢。"

"你来这儿干什么？谁批准你擅自行动了？"

"侦查总部今天一大早就把实雄和那名专务抓起来了，由仁井负责审讯。我请求给他当助手，他却嫌我碍事，把我撵了出来。后来，我去找田中科长代理，却被训了一顿，说：'别什么事情都问，有本事去把宇野宽治给我抓来！'所以我就想到，宇野说不定与绑架案有关，可能会对豆腐店进行暗中观察，所以来这附近转转。"

"哦？不妨说说你的看法，你觉得宇野跟绑架案有关？"

"我可说不准。本来嘛，他根本没有作案动机。星期天跟小孩们一起玩，说不定只是偶然遇上的。当初在荒川那边，他不是也跟河滩上的孩子们混在一起吗？"

"是吗？主观臆断可是破案的大忌。总之，如果能找到他本人，一切就会搞清楚。"

昌夫眼前又浮现出那张他只在照片上看见过的宇野宽治的脸。身处同一片天空下，他究竟藏身何处？此刻又在想些什么？

马路对面走来一个端了口锅的餐馆伙计。他在铃木商店的门前驻足片刻，困惑地看着紧闭的店门，看到店主挂出的"临时停业"的牌子，便摇摇头，扭头往回走。

23

十月八日上午十一点十三分，绑匪第二次打来电话，接电话的是被绑架的小吉夫的父亲、铃木商店的店主铃木春夫。在场的警察包括搜查一科第二组的组长长崎和一名部下、浅草警署的细野和另一名刑警，连同落合昌夫，共计五人。昌夫负责操作录音机开关，长崎则头戴与录音机相连的耳机,负责监听电话。

长崎朝铃木春夫打了个手势,示意他尽量拖延通话时间,但铃木春夫正处于极度紧张的状态,根本没有看向长崎的方向,自顾自地用颤抖的声音唠唠叨叨地和对方交谈着。孩子的母亲铃木敏子也歪着头探听话筒里的动静,还时常情绪激动地叫着孩子的名字。如此一来,双方的谈话只持续了两分钟,对方便挂断了。

"老板、老板娘,没关系,镇定一点儿。"长崎提醒道,但他的语气颇为怪异,不经意地暴露出他本人的紧张情绪。昌夫更是如此,不仅喉咙里咯咯作响,还一直不停地咽唾液。

"对……对不起,我们光顾着担心吉夫!"铃木春夫用几乎听不见的声音道歉。敏子的眼中也盈满了泪水。

"唉,没办法。不过,当父母的都是这样啊。"细野安慰大家,建议所有人都暂时平复一下心情,调整呼吸。之后,先听录音,同时由昌夫在草稿纸上记下电话中交谈的内容,一字一句都不许出错。

众人围在录音机周围,竖起耳朵仔细倾听。

"是铃木家吗?"
"是,是。请问您是哪位?"
"我昨天打过电话,说过你家少爷在我这里的那个……"
"哦哦,我家吉夫他没事吧?"
"你没有去报警吧?"
"没有没有……"
"五十万日元呢?备齐了吗?"
"是,都准备好了。今天一大早就从银行取回来了,现在就在旁边放着。我家吉夫他还好吗？现在就在您身边吗？"

"在，就在这儿。"

"那就请让我听听他的声音吧！"

"他在睡觉。"

"那就麻烦把他叫起来吧……"

"不行！"

"怎么……"

"一听见爹妈的声音，他就会哭个没完。另外，关于送钱的地点，暂时还没有找到合适的，我会再打电话的。"

"钱我一定会付的！"

"啊，是嘛……那就让你们破费了。收到钱之后，我会把孩子平平安安地还给你们。"

"谢谢……"

"那就先这样吧。"

"喂喂，请您等等。让我听听孩子的声音吧！"

"他不在。"

"刚才您不是说他就在您边上吗？"

"那个嘛，就是……"

"请您稍等一会儿再挂，让我听听吉夫的声音吧！"

"记得要用报纸包好。"

"啊？"

"钱，五十万现金，要用报纸包好，外面用胶带缠上。"

"知道了……那么，小吉夫呢？您让我……"

"稍后我还会打来的。"

"喂喂，请等等，请让我听听孩子的声音吧！"

"不是说过了嘛，他在别的地方。"

"喂，我儿子真的在你手上吗？"

"嗯，那是当然。"

"该不会是找错人了吧？"

"嗯，怕不了。"

"吉夫，吉夫！你在那儿吗？"

"你……你怎么……"

"我是孩子的妈妈！求求您了，请让我听听儿子的声音吧！不然我们就……我们就……"

交谈到此为止，电话挂断了。这通对话给人的第一印象是：凶手故意装出呆板、毫无抑扬顿挫的声调来掩饰自己的真实嗓音。讲话时，句子也像是一个字一个字地蹦出来，听上去非常不自然。

"简直就是捧着事先写好的台词在念经嘛！"长崎说。

"大概是为了掩盖正常的说话习惯。这么说来，或许对方猜到了通话可能会被录音。"细野抱着胳膊说。

"或者他认识铃木一家，害怕他们从说话的语气和声调中听出来他是谁？"

听长崎这么说，铃木春夫忙摇了摇头："不，虽然语调很奇怪，但我完全没有听过他的声音，应该不是认识的人。"

"落合，你觉得这个人大概什么年纪？"

"嗯，只能说不像是老年人，但究竟是青年还是中年……"

"背景声音里有什么明显的特征吗？比如电车经过的声音、街道上的喧闹声之类的。"

"似乎没有。如果是用公共电话打来的，那么一定是在很僻静的地方。"

"有没有发现值得注意的地方？落合，不管是什么，你都可以说说看。"

见长崎催促，昌夫拼命地回忆着通话内容。

"对方说，还没有找到合适的送钱地点。从这一点来推测，我认为，至少可以大胆假设，对方在犯罪之前，并没有进行过周密的计划。"

"嗯，还有其他的吗？"

"还有就是，如果孩子真的如他所说，在别的地方，那他应该还有同伙。"

"确实。如果是独自作案，打电话时旁边放个孩子也很麻烦，所以有可能是团伙作案……"

"喂，落合！"正在查看昌夫写下的通话记录的细野忽然插嘴说道。"这句'怕不了'是怎么回事？"

"不知道，这里听不太清楚。其他地方都是慢吞吞的口吻，听起来不怎么费劲，只有这个地方有点儿听不清……"昌夫又看了看文字记录，这句话的上下文大致是：

"喂，我儿子真的在你手上吗？""嗯，那是当然。""该不会是找错人了吧？""嗯，怕不了。"

"上一句是孩子爸爸问他有没有找错人，通常不是应该回答'没找错'吗？不过听来听去都不像是这一句。"

"把这个地方的录音重放一遍。"长崎示意。众人又聚精会神地听了几遍。

"还是不太确定，我听着也像'怕不了'。"长崎摇头说。

"对方应该也很紧张，所以一时舌头打滑也说不定。比如

'啊'，他偶尔会说成'昂'。"细野说出了自己的看法。

"该不会是什么地方的方言吧？"昌夫忽然闪出一个念头。同时，他记起了另外一条线索——说到口音，宇野宽治不就带有北方口音吗？

"确实，有这种可能。"

"所以他故意用那种死气沉沉的声调说话，与其说是为了掩饰自己的真实嗓音，还不如说是怕暴露了口音。"

"有可能。那就赶紧把通话录音送到指挥部去，玉利科长好像要亲自来浅草警署参与破案。落合，这件事不方便麻烦其他组的人，你去浅草警署走一趟吧！"长崎指示。

"是！您别客气。"昌夫赶忙给录音机换了一盘新的录音带。

"顺便问一下，铃木老板，您知道这是哪里的方言吗？"

"不知道……"铃木春夫面无血色地摇摇头。

"那请您把过去五年间从店里辞职的员工的老家写下来给我。还有平时接触过的同行或合作者，也尽可能地多想想。"

"哦……"

长崎正在询问店主的当口，昌夫已经从后门一溜小跑地来到大街上。他坐进轻型卡车，刚行驶了一小段路，就见岩村从香烟铺门口追了过来，嘴里还叫着："师兄，师兄！"昌夫便停下车，摇下了车窗。

"您要去哪儿？"

"去浅草警署，绑匪打电话来了。"

"都说了什么？"

"问了钱有没有准备好之类的。"

"我一直在巡逻浅草辖区内的公共电话，没发现可疑的人。"

"是吗？辛苦了！对了，你听说过'怕不了'这句方言吗？"

"没有。这句话怎么了？"

"算了，你继续在附近溜达溜达，我很快就回来。"

"知道了。"

昌夫开着轻型卡车朝浅草警署方向驶去。一想到此时此刻有个年仅六岁的孩子正在饱受折磨，他心里就难过得不行。车窗外的天空却是与他的心情截然相反、恼人的秋高气爽。

浅草警署大教室的门口挂着一块奇怪的牌子，大概是因为警方尚未公开将案件定性为绑架案的缘故，牌子上只简单地写着"十月六日案件侦查总部"。屋里，搜查一科科长玉利正被一大群记者围着，按警方与新闻界的报道协定回答有关问题。一名刑警看见了昌夫，便立刻跑了过来。

"喂，你是搜查一科第五组的落合吧？"

"是我。"

"快去署长室，都等着你送录音带过来呢。"

闻听此言，昌夫连忙朝署长室走去。署长堀江、刑事科科长石井和浅草警署的其他刑警早已等在那里，迫不及待地打开录音机。

"对方相当镇定啊。看得出来他还在观察孩子父亲的反应。这么说来，比较像是心怀怨恨的人干的？"堀江摩挲着很久没刮的胡子发表了自己的看法。

"如果是为了钱，没必要如此费力地去绑架豆腐店的孩子。我同意署长的意见。"石井附和道。

"好，那就彻底调查铃木商店周围的人，先找到那个突然辞职的川田惠子！虽说打电话的是个男人的声音，但也有可能是团伙作案。把署里预防犯罪科的人手也用上，进一步扩大侦查范围！预防科科长呢？赶紧把他叫来！"

署长下了命令，一名警员立即跑了出去。

"那个……堀江署长，还有一个值得注意的地方，就是通话记录里画红线的部分。"见堀江差点儿漏掉了这条线索，昌夫连忙简要地说明了那句方言的问题，还用录音机重新播放了一遍。

"嗯，听起来的确很像'怕不了'啊。"石井说。

"应该只是口误吧？如果绑匪说话带了方言，其他的地方就会显露出来啊。"堀江对此持怀疑态度。

恰在此时，玉利科长走了进来。石井向他汇报了侦查的进展，又放了一遍录音。

"既然店主说了不熟悉绑匪的声音，就不能轻易地锁定搜索范围，还是先通过警视厅向电电公社申请反向追踪吧。"

"玉利，那这事儿就交给你去办，拜托了。"

见堀江对搜查一科科长直呼其名，昌夫不禁愣住了。玉利却只是默默地点了点头。

"还有，搜查一科现在不太忙的人都轮流调过来吧！南千住町杀人案已经有眉目了吧？这边可是要争分夺秒哪！"

"知道了。"

"到了交赎金的日子，有多少人手都嫌不够，肯定要向附近的兄弟单位请求支援。你跟南千住警署和上野警署的署长打个招呼，请他们的人随时待命！"

"知道了，我立刻协调。"

堀江署长也给昌夫派了任务：去找曾经跟宇野宽治一起玩儿的孩子过来听听那段录音。

昌夫以为自己听错了。

"堀江署长,让孩子听这个吗?这里面是有关小吉夫被绑架的内容啊。"

"这不是没办法嘛!听过他声音的只有那些孩子。"说着,堀江斜睨着昌夫,似乎在说:"怎么,你小子有意见?"

"对于七八岁的孩子来说,这未免太残忍了吧?我看还是去找宇野打工的那家俱乐部的人比较好,比如老板、舞娘之类的。"

"不行!如果宇野真是绑匪,去问那些人不就走漏了风声吗?上次和宇野一块儿逃走的不就是个舞娘吗?"

昌夫朝玉利投去求援的目光。

"堀江署长,毕竟是孩子,听录音的事还是再等等吧。眼下最重要的不是锁定罪犯,而是把小吉夫平平安安地救出来。"

听玉利这么说,堀江摸了摸脸颊,似乎带着些嘲讽之意说道:"啊,既然搜查一科的科长这么说,那就先放放吧。"

昌夫隐约觉察到两位领导之间的角力。搜查一科科长与各警署署长之间的关系一向很微妙。浅草警署是非常有名且重要的警署,堀江署长以前还曾担任过搜查一科科长的职务,玉利无论如何都要让他三分,所以他当场就拍板,把昌夫临时调入了"十月六日案件侦查总部"。

"根据田中的报告,被害人的女婿实雄很快就要交代了,第五组随时有可能接受新调动。你和岩村先打个前站吧,调过来之后暂时由第二组领导,明白吗?"

"是!另外,关于录音里的那句方言,能否请您问一下搜查一科有没有老家在北海道的同事?如果真是北海道口音,那就跟宇野宽治挂上钩了,我想尽快确认一下。"

"原来如此。我们科里应该有老家在北海道的，回头我问问人事科。"

"喂，要找北海道老乡的话，我们这儿就有。警务科下面有个组长就是札幌人！"

堀江立即叫来了那名组长。然而当昌夫向他问起是否听说过"怕不了"这个词儿时，对方一脸狐疑地摇了摇头。

"反正在札幌没有人这么说。"

慎重起见，昌夫又给他放了一遍录音，结果对方反而确定："不，绝对没听过这句话。"

昌夫无奈地长叹一声。果然，哪能轻而易举就找到线索？

但他仍不死心，请求玉利批准他继续调查。

"问题是你发现的，就让你查到底吧。"

既然获得了玉利科长的首肯，昌夫便打算花整个下午的时间按自己的计划展开调查，调查的目的地是他的母校：明治大学。

换乘东京电车和国有电车[①]两趟车后，他在御茶水站下了车，又从车站沿着骏河台的坡道快步走去。白天的大学街像庙会日一样挤满了年轻学子，根本没法一路笔直地走。经过那座几乎成了骏河台地区地标的明治大学主教学楼，又是一段上坡路，从道路左侧可以望见山上的宾馆。之后又是一段下坡路，昌夫来到了他上学时尚未建成的崭新的混凝土建筑——明大副楼。

他拦住一名学生，询问体育会在哪个房间。对方似乎看出他是校友，便很热情地给他带路。

走进体育部的房间，他对屋里当值的学生开口道："我是警视

---

① 日本于1957年开通的电车。

厅的,姓落合,从前是剑道部的,今天来这里有点儿事想拜托同学们帮忙。请问,你是哪个项目部的?"

一名穿着对襟运动服的学生立刻站起身来,连表情都变得有些郑重:"前辈,我是柔道部的,现在是大一!"

"好,那就请你马上去找一名剑道部的四年级同学来,我有很重要的事情。"

"明白!"脸上尚有几分稚气的大一新生立刻跑了出去。

昌夫在椅子上坐下,点起了一支烟,朝窗外望去,只见不远处的草地上,一群女生正围坐在一起吃着盒饭。近十年来,大学里的女生数量激增。在昌夫读书的年代,整个法学系的女生不超过十个人。世界确实在不断地变化着,大概不久就会出现女刑警了吧?

不到五分钟,那名大一学生便带着大四学生走进来。

"让您久等了。我是剑道部负责会计工作的木下!欢迎前辈回到母校!"那名大四学生站得笔直,大声说道。

"突然跑过来,麻烦大家了。我叫落合,目前在警视厅当刑警。毕业于昭和三十一年,曾经是剑道部的主力队员。"

"是!久闻您的大名。剑道部明年正月将开始训练,届时还请前辈光临指导!"

"哟嗬,还有人记得我啊,那可真是多谢了。是这样的,眼下我有件事要请你帮忙。"说着,昌夫站起身,走到黑板前,捡起一支粉笔写起来。

"'怕不了'这句话是哪个地方的方言?希望体育会的同学们帮忙核实一下。我现在还不方便透露具体情况,但这句话和一件重要的案子有关。提供答案的人,警视厅会发奖金表示感谢。"

"'怕不了'是吧?"

"你听说过这句话吗？"

"没有。不过，体育部的成员来自全国各地，四十六个都道府县，无论老家在哪儿的人都有……"

"我想也是这样，才来请你们帮忙。有点儿太突然了，抱歉抱歉。哪，如果有人知道这句话，请让他给浅草警署刑事科打电话找我。"说着，昌夫在黑板上写下了电话号码。

"是，明白。"

昌夫又想了想，从钱包里掏出两张千元钞票，递给那名学生。

"你是管钱的？那正好，就算是我给社团的捐款吧！或者比赛结束后开个庆功宴也好。"

"多谢师兄。"

两千日元是不是太多了？一瞬间，昌夫有些懊悔自己似乎过于显摆了。不过，想到自己在学生时代也常常从前辈那里收到捐款，便索性不再纠结。眼前闪过妻子的面孔时，他便在心里对妻子说了声"抱歉"。

"怕不了"的意思很快就搞明白了。当天下午三点多钟，剑道部的同学便给浅草警署打来了电话，接电话的恰好是正在警署待命的昌夫。

"后来我们特地去食堂问过，各个运动队的同学都在那里吃饭。问了一圈，立刻就有结果了。'怕不了'是北陆方言，据说是'没问题、不用担心'的意思。"

"北陆？是日本海沿岸一带吗？"

"是啊，从富山县和石川县来的同学都说，那一听就是他们家乡的方言。"

"好，谢谢你了。"

"您不用客气。说起来，我们还要感谢前辈的捐款呢，同学们都很开心。"

"哦，那就好。"挂掉电话，昌夫陷入了沉思。为什么会是北陆方言？虽然得到了一条重要线索，但这结果大大出乎他的意料。看来宇野宽治和绑架案没什么关系。又或者，他们是团伙作案，其中一名同伙来自北陆地区？

他又拿起自己做的那份通话记录读了起来。孩子的父亲问对方："该不会是找错人了吧？"意思是想确认孩子是否确实在对方手里。那么，假如绑匪的回答意思是"不必担心"，上下文的逻辑就完全说得通了。

不管怎样，他先去署长室向领导们汇报这个情况。堀江"哦"了一声，用一种不知是夸奖还是讽刺的语气对昌夫说："没想到上过大学的警官还有这方面的优势！"

他又说："今晚的侦查会议上，会把这条线索向所有人公开。在那之前，要一直紧盯铃木商店方面的动静！虽然对方至今还没打来第三通电话，但他带着个孩子东躲西藏，够麻烦的。所以，他应该比我们着急，今明两天是关键，绝不能让这家伙跑了！死也要给我把他抓回来！"

"是！"听了堀江的指示，昌夫更紧张了。再想想孩子如今的处境，他不由得全身寒毛直竖。

绑匪的第三通电话是当天下午六点零五分打来的。接电话的仍是孩子的父亲铃木春夫，在现场应对的刑警除了原有的五人，又多了岩村。小吉夫的两个姐姐放学后被送到住在附近的亲戚家代为照顾，这主要是出于保护儿童的需要，总不能让两个还是小学生的姐妹亲耳听到绑架她们弟弟的人打来的电话吧！另外，刑警们还向店主夫妇询问了有没有老家在北陆的熟人，夫妇俩的回答是："完全想不起来亲戚里有谁是北陆人。"

"喂，是铃木先生吗？"

"啊啊，是我。您是带走吉夫的那个人吧……"

"听好了，现在告诉你送钱的地方。"

"是，请稍等，我记一下。"

"明天晚上八点，去东京体育馆的自行车停车处。喂，你们家有卡布吗？"

"卡布？"

"就是本田出的超级卡布轻骑摩托车①。"

"啊，我们店里都是骑自行车送货，没有摩托车……"

"可惜啊，要是有辆卡布就好了。"

"明白了，那我就想办法准备一辆。别人家的商店里应该有富余的，我会去借一辆来。"

"嗯，那就给你添麻烦了。这样的话，你把现金用报纸包好，放在卡布的前车筐里，再把车停好，钥匙就留在车上。只要我顺利地拿到钱，肯定会说话算话，把你儿子还给你。"

"真……真的吗？"

"嗯，会还给你的。不过，要是你敢叫警察来，一切可就全玩儿完了！"

---

① 本田公司于1958年推出的双轮摩托车，英文名Super Cub，也译为超级幼兽。

"对不起，请让我听听孩子的声音。"

"那可不行！他现在不在这儿！"

"可……可是，如果不能确定孩子平安无事，就算带着钱去，我们还是会很不放心……请先证明孩子确实在你手里……"

"知道了！我回头再给你打电话！"

"请等等！让我们听一下孩子的声音吧！他就在你旁边吧？"

"我会再打电话的！"

这次的通话时间比上一次更短，只持续了短短的一分三十秒。当警察们重新播放录音带的时候，孩子的母亲敏子不堪压力，忽然在一旁晕了过去。为了避免引起周围人的注意，昌夫他们没有叫救护车，而是找了浅草警署的合作医生上门出诊，在二楼安排了输液。虽然已到了晚饭时分，但在场的人谁都没有去吃饭。

晚上七点十八分，绑匪又打来了第四通电话。

"是铃木先生吗？"

"啊，是我。是您吧？"

"嗯，是我。听着，你不是想要证据吗？我把你儿子穿的鞋子放在一个地方了，就是铁臂阿童木图案的鞋子。你自己去看看吧！"

"一个地方……是在哪里？"

"听着，在山谷公园对面有运输公司的停车场，里面停着大概三辆三轮摩托车。你儿子的鞋就放在最里面那辆三轮车的后车架上，你现在就可以过去看。"

"山谷公园对面的运输公司……是吧？"

"没错，想看就麻烦你自己走一趟吧。"

"嗯，嗯……孩子现在怎么样了？"

"挺好的，活蹦乱跳。"

"您给他好好吃饭了吗？"

"嗯，吃了。"

"今天的晚饭，您给他吃了什么？"

"哦，是饭团，给他吃了饭团。"

"那就拜托您好好照顾他……"

"行了，回头我再跟你联系。明天傍晚，我会打最后一个电话和你确认一下。"

"知道了。"

凶手的态度很镇定，与第二次通话的时候简直判若两人。这次，他说话时不仅口齿清晰，而且充满自信，大概觉得肯定能顺利地拿到赎金。

"山谷公园？应该是指玉姬公园吧。前辈，让我去一趟，看看是不是真能找到小吉夫的鞋子。"岩村干劲十足地站起身来说。

"笨蛋，要是绑匪看到你过去会怎么样？这次只能让孩子的爸爸独自走一遭了。"听昌夫这么一说，岩村才意识到自己的轻率，不由得涨红了脸。

"落合，你开车送铃木先生过去吧。"长崎吩咐道。

"是！铃木先生，我送你到公园附近，然后你自己走过去。绑匪可能会躲在暗处盯着你，所以请务必谨慎行事，尽量不要引人注目。另外，如果真找到小吉夫的鞋子，千万记得要用布包好，不要在上面留下你自己的指纹。那是很重要的证据，所以请千万注意。"

"嗯，知道了。"面容憔悴的店主点头答应。

不一会儿，昌夫便开车来到浅草清川町附近，把车停在路肩，让铃木春夫下了车。店主沿着空无一人的小旅馆街一溜小跑地朝停车场奔去。不到五分钟，他便从里面走回来，在昌夫面前展开手中的一个小布包，布包里是一只小小的球鞋。昌夫感到一股难以克制的愤怒。自从当上刑警，他从未如此切齿地痛恨过一个罪犯。

当天的的侦查会议直到晚上九点才开始。浅草警署的大教室里聚集了不下百名刑警，屋里烟雾腾腾，几乎看不见天花板了。姑且作为主席台的长桌后面，浅草警署的署长堀江居中而坐，两边分别是副署长和搜查一科科长玉利。按通常的惯例，侦查总指挥应该由总部的搜查科科长代理担任，但此次一反常态，案件所在辖区警署的署长堀江亲自坐镇指挥，除了安排、协调事务，还参与了实际的破案工作。

留着平头的堀江署长抬手扶了扶麦克风。

"来自警视厅本部及兄弟警署的各位同事，大家辛苦了。本案的侦查力量，正如各位所见，已经成了一支大部队。而且，随着侦查工作的进展，还有可能进一步扩大。有的同事可能已经听说了，就在今天傍晚，绑匪通知受害人家属，要在明天即十月九日收取赎金。所以，从现在开始的二十四小时是破案的关键时段。请大家务必鼓起干劲，一举破案。下面，就请本署的刑事科科长石井介绍具体情况。石井，请。"

表情严肃的石井接过了话筒。这两个人并排坐在一起，看起来简直就像黑社会的当家老爷子和第二代接班人。

"各位，我是石井。在座各位有不少是初次见面，请多多指教。下面我开始介绍情况。今天下午六点零五分左右，绑匪给孩子家属打了电话,通话内容主要是关于交付赎金的事项。我先播放一下通话录音,请安静。"

一名年轻警员利索地操作着设备,录音带上的声音从外接音箱中播了出来。

在座的所有警员都掏出笔记本和笔,屏息凝神地倾听着录音。昌夫也竖起耳朵仔细听着,试图发现背景声音中是否还有其他特征或者绑匪的言辞中是否隐藏着其他线索。

"大家都听到了吧?交付赎金的地点定在了南千住町的东京体育场,那里是职业棒球大阪每日新闻猎户座队的主场。经查,明天这支球队要连打两场公开赛,对阵的是近铁野牛队。首场比赛的开赛时间是下午四点三十分,第二场比赛则在首场比赛结束三十分钟后开始。所以,晚上八点恰好是在第二场比赛的中间。虽然我们还不清楚对方为什么要指定在棒球场交易,但那里人流量大、便于隐身是没错的。比赛结束后,回家的观众大多会前往球场附近的南千住站乘车。不过,绑匪指定的自行车停车点,据我们实地勘查,在一垒和三垒附近共有两处。绑匪没有明确指定是哪一处,说明他对东京体育场不是特别了解。从这一点来看,我们可以推测绑匪是在匆忙之间作出决定,而不是事先进行了周密的计划——到目前为止,有什么问题吗?"

石井扫视众人,见岩村犹犹豫豫地举起了手。

"你是?"

"我是搜查一科第五组的岩村,今天刚加入侦查总部。"

"哦,你有什么意见?"

"关于绑匪为什么选择在东京体育场交付赎金,乍一看可能很容易觉得是出于便于混在观众人流里逃走的考量,但实际上,大每猎户座队和近铁野牛队的比赛所吸引的观众很有限。平时一说起职业棒球赛，大家首先会想到巨人队在后乐园球场①比赛时高达数万观众的盛况，但太平洋联盟②在东京体育场的比赛往往观众寥寥，观众席上冷清得都能听见杜鹃鸟的叫声。"

"没错。"南千住警署的刑警们纷纷表示赞同。

"尤其是今年，这两支球队的排名都很靠后，看台上更是空空荡荡。"

"很好，岩村，你现在就去给东京体育场打电话，问问最近的观众数量是多少。"

"是！"岩村答应一声，走了出去。

"其他人还有问题吗？没有的话，我就继续介绍了。到目前为止，绑匪一共给家属打过四次电话，其中的三次我们都录了音。在所有的通话中，绑匪的语调似乎都很不自然，估计是用了假嗓子在说话，语速很慢，回答问题时的反应时间也很长，好像是在极力掩饰自己的真实嗓音。下面，就请大家分别听一下录音。先从第二通电话开始。"

音箱里再次传出了录音。听到孩子母亲情绪失控的部分，大部分刑警不禁为之动容。

"有谁注意到什么没有？"石井问。

一名刑警回答："有个地方，对方像是说了句方言吧？"

"果然有人听出来了。这是第五组的落合做文字记录的时候发现的，他还立即进行了调查。喂，落合，你来向大家说明一下。"

---

① 东京巨蛋球场前身，曾是日本职业棒球场。
② 日本职业棒球两大联盟之一，成立于1950年。

昌夫站起身，向众人介绍了了自己如何发现疑点以及今天获得的调查结果，然后重新播放了一遍可疑部分的录音。大多数人都点头表示赞同。

"在座的有没有来自北陆地区的同事？"石井问。

"我老家在金泽。"来协同办案的上野警署的一名刑警举手回答，"我们那儿的确有'怕不了'这句话。另外，录音中的语气词听起来更像是'哪'而不是'嗯'。北陆那边的人都是这么说的。所以，这句话完整的发音应该是'哪，怕不了'，意思是'喂，没什么好担心的'。"

"原来如此。这么说，打电话的人很可能来自北陆地区。不过孩子的父母说身边没有来自北陆那边的熟人，所以完全没有头绪。看来，如果搞清楚这条线索，一定能很快找到突破点，请大家要牢记在心，多多留意。最后播放的是第四通电话，是在距离第三通电话一小时十三分钟后打来的。通话中，孩子的父亲要求对方证明孩子在他的掌握之中，所以绑匪把孩子的一只鞋放在山谷附近的某处，让父亲亲自前去查看。"

说着，他又开始播放录音。所有人都侧耳倾听着，直到听见绑匪说已经把孩子的鞋子放在某处。有人低声地念叨着："绝不能饶了这个家伙！"

"另外，这是我们取回来的小吉夫的鞋子。"石井又向众人展示了那只装在塑料袋里的鞋。

"鉴证科在第一时间进行了检查，上面除了小吉夫和他家人的指纹，什么也没发现，可见绑匪很小心。这里，我有几个问题想听听大家的意见：第一，绑匪是单独作案还是多人合伙作案？有谁能谈谈吗？"

没有人答话。这桩案件发生在三天前,大家接手不过才两天,可参考的信息实在太少了。正当众人面面相觑的时候,岩村又跑了进来。

"怎么样?"石井朝他抬抬下巴。

"关于昨晚比赛的观众人数,体育场方面的官方统计数字是大约五百人。不过,我又追问了真实数据,对方才坦白说大概只有二百人左右。明天的比赛情况恐怕也差不多,预计到场人数只有二百来人。"

听到这个数字,在场的人不禁都哑然失笑。观众这么少,还能称之为职业棒球赛吗?就算是电影院,比如日比谷一带的首映场,观众人数也会超过五百人吧!

"不知道有两个自行车停车处,也不知道观众的人数实际上很少……这似乎越来越能说明绑匪在指定交付赎金地点的时候并没有深思熟虑。"石井抱着双臂思考着。

"不管是单独还是团伙作案,总之看起来不太像是老手。"浅草警署的一名上了年纪的刑警说。

"不,如果是新手作案,肯定会不小心在鞋子上留下指纹。我在发现鞋子上没有指纹的一瞬间,就觉得应该是惯犯所为。"第二组组长长崎不失时机地反驳道。昌夫对此深以为然。

"还有,关于同伙的问题,我觉得至少在一开始是没有的。赎金不过区区五十万日元,如果二人平分,每个人只能拿到二十五万日元,有谁会为了这点儿小钱就铤而走险地去绑架儿童呢?从金钱利益上考虑,两个男人合伙作案似乎不太可能。一定要说是团伙作案的话,也很可能是一男一女。"

有几个人点头对长崎的看法表示赞同。男人是主犯,女人给他帮忙，或者反过来也有可能。昌夫觉得，这种可能性真是太令人庆幸了。毕竟，如果有女性参与，孩子应该不会受到太大的伤害。

"那么，我们整理一下今天的情况。"石井走到贴有台东区和荒川区大幅地图的黑板前。

"先再次确认目前已经掌握的情况。首先可以断定绑匪就藏在附近，第三通和第四通电话之间的间隔是一小时十三分钟。在这段时间里，绑匪必须按约定把孩子的鞋子放到山谷那边的运输公司去，所以，排除所需的思考时间，他的位置应该是在距离山谷单程三十分钟以内的地方。另外，他应该还有一个能把孩子藏起来的地方。至于有没有同伙，我们暂且按一半一半的可能性来考虑。根据以往的经验，绑匪大多是独自行动。还有，他在电话中始终用假嗓子说话，言谈也颇不自然，如果这些都是为了掩饰口音，那么他不知不觉中脱口而出的北陆方言将成为非常重要的线索……"

石井继续逐一作着说明。昌夫一边记笔记，一边为自己仍无法锁定罪犯的特征而深感焦虑。到目前为止，绑匪的行为既有临时起意、毫无章法的一面，又有严密周到、毫无破绽的一面，着实令人费解。继而，他又一次想到了宇野宽治，更觉得思路一片混乱。绑架案发生的当天，他曾与小吉夫一同游玩，究竟是偶遇还是与绑架案有关？

会议最后，堀江署长再次拿过了话筒。

"侦查总部的人分三组各自行动。第一组负责救出小吉夫，绑匪肯定把他藏在这附近，要连夜进行搜查；第二组去追查对店主怀恨在心的人，那个名叫川田惠子的女佣至今还没找到，终究叫人放心不下；第三组则要负责追踪心理变态者，预防犯罪科的同事已经全体出动，正在筛查曾经侵犯儿童的性犯罪者，对台东区及相邻各区有此类前科的所有家伙进行突击检查。请大家鼓起干劲，务必认真仔细搜查！明天晚上八点是最后的期限，我们无论如何都要救出小吉夫！"

他的讲话让所有侦查员都鼓起了干劲儿。人命关天，对刑警而言，这可是最沉甸甸的担子啊！

昌夫感到一阵轻微的胃疼。说起来，今天他只吃了早饭，午饭和晚饭都因为时间赶不及，直接省略了。眼下虽然没什么食欲，但还是得找些东西填饱肚子。按上级的指示，今晚他要在铃木商店过夜。说是过夜，估计只能打个盹儿。

这时，街上传来了沿街叫卖荞麦面的小贩特有的喇叭声，众人的目光一起条件反射地朝那边望了过去。

24

十月九日早上，他们在铃木商店的佛间①醒来。奉命在此过夜的只有落合和岩村二人，其他人则在浅草警署待命。昌夫睁开眼睛，发现周围是一片陌生的环境，一时间吓了一跳，随后便意识到自己身在何处，不禁叹了一口气，又开始为眼前到了关键期的绑架案感到一阵紧张。

时钟显示，此时刚到早上六点。他们整理好被褥放到房间一角。早饭和晚饭自然不方便麻烦铃木家，他们一般会跑到附近的旅馆买几个饭团解决。女主人敏子仍在二楼静养，老板铃木春夫则一直躺在摆着电话机的客厅里。虽然明知他多半醒着，但昌夫他们并

---

① 佛间，日本建筑中摆放佛龛的房间。

不打算和他打招呼。

二人轻手轻脚地走到厨房，各自泡了一杯茶，便盘腿坐在地板上，靠在一张矮脚饭桌旁大口大口地吃着饭团。

"昨晚的行动如果有所收获就好了。"昌夫开口道。

侦查总部昨晚动员了上百名警员，对以玉姬公园为中心、半径一公里的区域内进行了拉网式排查。绑匪很可能就藏匿在台东区、荒川区一带。

"既然没通知咱们，说明没什么进展吧？不过，在这种又挤又乱的街区能把一个小孩藏起来三天，也真够不可思议的。难不成绑匪还有车，把孩子带到琦玉县或者其他什么地方藏起来了？"

岩村认为绑匪是团伙作案。昌夫也逐渐开始倾向于这种看法。

此时，厨房后门的毛玻璃上映出一个人影，接着便是两声小心翼翼的敲门声。他们有些纳罕地拉开门，见一脸乱糟糟胡碴的仁井正站在门口。

"孩子的家人呢？"仁井低声问。

"都还在休息。不过，你怎么到这儿来了？"

"昨天深夜，实雄那家伙终于招了，杀害前钟表商山田金次郎的就是信和会的花村正一。"

"真的？"

"嗯，我和杜父鱼联手，稍微吓唬了他一下，结果这家伙马上就招架不住了。跟田中科代作完汇报，他说了句'干得漂亮'，立刻又告诉我们'你们都可以去绑架案那边报到了'……连口气儿都不让人喘，简直跟那些压榨员工的黑心公司一模一样！"说着，仁井脱掉靴子走进厨房，瞥见矮桌上放着的饭团，说了句"让老子先吃口饭"，便不等昌夫二人回答，伸手拿起了饭团。

"花村用起子打了金次郎的脑袋，老头当场死亡。实雄没想到花村真的会动手杀人，一时慌了神，因为这样一来，他成了共犯，进退两难。这些都是他自己说的，当然，这么说也是出于想撇清自己的心眼儿。"

"花村呢？"

"远走高飞，逃到京城府①去了。大概是得知警察已经开始撒网抓他，才落荒而逃。昨晚我们把他手下的小头目审了一遍，追问他们的老大去哪儿了。这些混蛋倒是很痛快地说了实话，说根本不知道这回事。"

"京城府？那不是在韩国②吗？"

"是啊，花村其实是在日韩国人。听说在韩国那边也有家人。现在日韩还没建交③，所以不可能跨国追捕。而且他这是第二次杀人，如果被逮住了，铁定会判无期徒刑，所以他应该会在韩国躲上好一阵子。"

"那这个案子不就变成悬案了？"

"怎么会？就算嫌疑人不在场，我们这边照样可以提起公诉。再说，日韩两国的关系肯定也会变化。听总部大领导说，美国眼下正在敦促日韩两国在三年内建立邦交关系。真到了那一天，咱们就可以追到京城府去抓他了！"

仁井不顾嘴里塞得满满当当的饭团，纵声大笑。这一刻，昌夫看到了这位身经百战的刑警内心的骄傲。

---

① 即首尔在日本殖民时期的名称。1394年，朝鲜王朝的开国君主李成桂迁都汉阳并改称汉城。1910年，日本吞并朝鲜半岛，把汉城改名为京城府。
② 此处以及以下数处译为韩国、韩国人。因上下文涉及朝韩建国时间，也涉及具体的城市名如京城府，与前文中昭和时代初期移居日本的朝鲜人在称呼上所指不同。
③ 这两个国家于1965年建交。

"南千住町这桩案子到底是怎么回事？您讲一讲呗？"岩村替仁井泡了一杯茶，问道。

"我跟你说，果然跟连环入室盗窃案没关系。听好了啊。"仁井根据实雄招供的情况讲了起来。

原来，金次郎得知女婿实雄与信和会合伙走私枪支后，便再三劝说实雄收手。实雄本人也很想停掉这桩买卖，但花村年年要求他帮忙进口枪械，让实雄难以拒绝。他把实情告诉老丈人后，金次郎便约了花村直接谈判。八月九日中午，双方在浅草的一家餐馆会面，但花村怎么也不肯让步，气氛一度十分紧张，花村甚至出言威胁。所以，金次郎换了个谈判地点，让他们跟自己回家继续商量。正好在这个时候，他们发现有人在金次郎家偷东西。小偷是个年轻男子，操着一口北方口音。花村没收了小偷作案用的起子，让他赶紧离开，然后出其不意地用起子猛击金次郎的头部。金次郎当场死亡，实雄在花村的威胁下，只好保持沉默……

"不过，这只是实雄的一面之词，他口口声声说自己是受花村胁迫之类的鬼话毫无凭据。看他平时那副不可一世的做派，和黑社会没什么两样，所以他的话不可全信。反正接下来我们还会进一步扩大调查范围，慢慢地摸清事情真相。"

"花村既然跑了，实雄肯定会怎么对自己有利就怎么说呗。"岩村说。

"就是说嘛。另外，听说实雄的老婆也一直在觊觎老头的遗产，真是一帮贪心的家伙！"

"对了，仁井兄，那个小偷呢？确定是宇野宽治吗？"昌夫又问道。

"拿了宇野的照片给实雄看过，他说看起来有点儿像。说话带口音的事倒是确定无疑。"

"那就是说，是花村故意把事件伪装成因入室抢劫而造成的杀人案？"

"是啊，正好遇到这么好的机会，所以花村毫不犹豫地把金次郎干掉了。这家伙，真是条疯狗！"

走廊上响起了脚步声，三个人停止了谈话，朝门口望去，见推拉门被慢慢地拉开，门后露出了铃木春夫消瘦的面孔。

"早……"

昌夫被店主憔悴不堪的样子吓了一跳。他脸色发灰，看上去简直像重病患者。

"您早，这位是我们警视厅本部的刑警仁井。"昌夫介绍说。

店主有气无力地朝仁井点了点头，没有正面看他一眼，走进厨房直接从水龙头里接了杯水喝。

"昨晚您睡着了吗？"昌夫问。

"别问这些傻问题！"仁井厉声地呵斥他。昌夫吓得缩了缩脖子，为自己的考虑不周深感抱歉。

"饭团还有不少呢，您也吃两口吧！"岩村劝道。

"啊，不了……我不想吃。"店主摇摇头。

"我明白您的心情。不过，饭多少还是要吃点儿。今晚不是要去送赎金吗？这可是您的重任啊。"

不知是不是昌夫的劝告起了作用，春夫拿起一个包着海苔的饭团慢慢咀嚼起来。然后，又转身走回摆着电话的客厅。

"天天这么面对面地看着受害人家属，可真是够受的！"仁井苦着脸说。

"仁井兄，你以前办过绑架案吗？"昌夫问。

"没有,这还是头一遭。绑架案太折磨人了,连绑匪本人都不能心安理得,所以绑架案在日本都是一次性作案,没有惯犯。这正是它的可怕之处。"

"仁井前辈,您觉得这个案子是团伙作案吗?"

听岩村如此问,仁井稍微犹豫了一下,反问:"你觉得呢?"

"我认为肯定是团伙呗。"岩村回答。

"有什么根据?"

"对方打电话来要赎金的时候,孩子好像不在他身边,而且他去山谷公园放鞋子的时候不太可能带着孩子去吧?所以,应该是另外有人在看护着小孩。"

"是吗?如果真是这样就好了。"仁井嗓音干哑地说。见昌夫二人一副不解的神情,他又补充道:"我已经从田中科代那儿大致了解了案子的进展。所以呢,虽然说起来让人不大好受……"他顿了顿,似乎是想把丑话说在前头,却又接着问昌夫和岩村,"绑匪把孩子的一只鞋放在三轮车上,以此证明孩子在自己的掌握中——你们听到这个消息的时候怎么想?"

"是想故意刺激孩子父母的神经吧?"岩村回答。

"那么,孩子被脱掉鞋之后会怎样?"

"怎样……是什么意思?"

"就会光脚吧?如此一来带着孩子到处转移就更麻烦了吧?"

"嗯,还真是……"

"换作你是绑匪,会怎么做?"

"给他买一双新鞋呗!"

"哈哈!"听岩村如此回答,仁井不由得一阵冷笑,"那你要不要调查调查这附近有没有人刚买过小孩穿的鞋?"

仁井瞪着发红的眼睛继续问:"我倒希望事情像你说的这样。不过,如果不麻烦,为什么绑匪不从一开始就脱掉小孩的鞋来证明孩子在自己手里呢?"

昌夫的后背一阵发凉。他从未考虑到这一点。之所以脱了孩子的鞋,也有可能是因为绑匪不再需要带着小孩跑来跑去了?

"后面的话,我就不说了。"仁井微弱地咕哝了一句,便陷入了沉默。岩村似乎也意识到仁井的话中真正的含义,脸色惨白地低下了头。

下午,第二组组长长崎和浅草警署的细野也来到铃木商店,向昌夫他们传达了上午举行的侦查会议的内容。昨晚的连夜搜捕并没有获得线索,只是徒增了侦查员的数量而已。

寻找铃木商店前女佣川田惠子那条线倒是有了些进展。原先,警方联系过她在千叶县浦安市的娘家,对方回复说不知道她现在人在何处。后来浅草警署的人直接登门拜访,坦言她可能卷入了某个犯罪事件,川田惠子的父亲才长叹一声:"说起来丢人哪……"向警方坦白了内情。原来,惠子跟浅草的一名调酒师私奔了,如今下落不明。那名调酒师也已经从店里辞了职,虽然此人没有犯罪前科,但据说是个烂赌鬼。这一情况暂时还无法与绑架案联系起来,不过在目前毫无头绪的情况下,也算是个重要的消息。上面已经指定了专门的小组继续跟踪。

另外,关于赎金,堀江署长提议用报纸包起的假钞代替真钞。闻听此言,店主立刻面露踌躇之色。

"万一绑匪发现了,一怒之下,什么事情都干得出来吧?"

"话虽如此,但交付赎金的过程中万一有闪失,总不能便宜他人财两得吧？"细野解释说。

但店主执意不肯，最后还是决定用真钞交付赎金。

轻型摩托车则由警视厅负责准备。因为要承担将于次年举办的奥运会的安保任务，警视厅正在大量采购车辆。经过与本田公司的一番交涉，对方很痛快地同意借一辆给他们。当然，这是保密的。按绑匪的要求，铃木春夫本人要骑着这辆摩托车前往东京体育场交付赎金。警方一度考虑过由警员假扮春夫前往，但又想到绑匪很可能见过春夫本人，便又打消了这个念头。

警方在交付赎金的地点附近安排了三十名刑警，其中二十人乔装成看比赛的观众，其他十个人则打扮成小摊贩。每逢比赛日，东京体育场的周围就会聚集着很多小商贩，为了不引人注意，这应该是最佳选择。

警方还安排了一辆汽车，一来可以在铃木春夫送钱的时候作为开道车；二来如果绑匪骑上轻型摩托车逃跑，也便于追捕。负责这辆汽车的是昌夫和岩村。其他刑警在此期间则继续展开调查，尽最大努力发现并解救小吉夫。

最后，还有一些细节需要与绑匪作最后的核实，等对方最后一次打来电话时要询问：体育场里有两个自行车停车处，究竟应该去哪一处？还有，如果直接把车钥匙留在锁孔里，车子恐怕会被路过的小偷顺走，所以建议不妨把车钥匙放在车座下。诸如此类……

这次行动的首要目标是当场逮捕绑匪，这是堀江署长亲自作出的决定。

听闻此言，昌夫不禁愣住了："如果他有同伙，怎么办？"

堀江的直属部下细野绷着脸回答了昌夫的提问："就算有同伙，这帮人说到底都是新手。绑架豆腐店的孩子，赎金也只要区区的五十万，根本算不上有计划的犯罪。指定赎金交付地点的过程中也漏洞百出，肯定是一帮初出茅庐的小混混。只要抓住他们，他们就肯定会老老实实地招供。相反，如果交了钱还没抓住人，那才是真的要命！"

听他这么说，昌夫只得默默地闭上嘴。相比之下，自己确实提不出更好的方案。事实上，绑架案是最近随着家用电话的普及而出现的新型犯罪，警视厅目前还没有确定针对绑架案的相关对策。

这一"当场逮捕罪犯"的原则没有告知铃木夫妇。对于一心只想救出孩子的父母来说，无论如何也不能接受这一点吧？警方对此心知肚明。

下午三点左右，超级卡布送到了铃木商店。店主虽然有机动车驾驶执照，以前也曾经骑过摩托车，但"自打有了孩子以后就再也没摸过"，所以需要熟悉一下。昌夫骑着自行车陪他绕着附近的街区骑了一圈。考虑到需要在人车密集的路段行驶，还带他去了有电车驶过的大马路上练习。铃木春夫生怕行动出岔子，十分紧张，一直控制不好油门，好几次出现突然减速的现象。

"铃木先生，肩膀那儿不要太用力，再稍微放松一点儿。"昌夫一边与他并肩骑行，一边提醒道。

铃木春夫是个老实人，对于年轻的昌夫的指点认认真真地回答"是"，又努力地练习起来。看他这副一丝不苟的样子，昌夫一阵心酸，心中对绑匪的憎恨又加深了一层。

骑到隅田川的防波堤上，俩人在河堤上坐下，稍事休息。此时正赶上小学生的放学时间，在路上边走边玩的男孩朝河里扔着石头。

"落合警官，我家吉夫能回来吧？"铃木春夫头一次带着姓称呼昌夫。

"当然了，肯定能回来，大部分绑架案最终都失败了。您一定要振作啊！"昌夫立刻回答。在这种时候，他只能这么回答。某种意义上，这似乎是说给他自己听的。

"落合警官有孩子吗？"

"啊，有个一岁的儿子。"

"是吗？一定很可爱吧？"

"嗯。不过，因为办案子，总不能回家。这一个多月以来，每天只能看看他睡着的模样。"

"就算是睡着的模样，小孩子也还是很可爱呀。"

"确实挺可爱的。"

"我家有两个女儿，后来好不容易得了个儿子，一直很宝贝。他身体有毛病，一只脚不太好，念书也总跟不上。可能是我们当父母的总觉得对不起他，就格外疼爱一些。唉，真希望能亲手再抱抱他啊，对他说，你是爸爸的好孩子，什么都不用担心，平平安安地长大就好。"春夫口中讷讷地念叨着。自从儿子被绑架，已经过去了三天。在这三天里，他的内心该是多么地纠结啊，肯定是一会儿祈求儿子平安无事，一会儿又想到最坏的情况。

"给了钱，吉夫就会回来吧？"春夫又说。

"那是肯定的。"昌夫附和着。

"我跟警察说了好几回，我们没有什么仇家。所以，只要给了钱，事情就能解决吧？警察好像在追查那个突然辞职的惠子，可她只是普通人家的乡下姑娘，人也挺好的。虽说我们没留意到她被浅草那个调酒师勾引了，听说还和他私奔了，但我觉得她跟绑架吉夫的事没关系。"

"是吗？不过，和她私奔的那个调酒师不一定是好人哪。"

"那也没关系。惠子是个好姑娘，如果有她在，吉夫肯定能平平安安地回来。"

"也对。"昌夫希望如此。他又想起仁井所说的关于鞋子的那番话，假如绑匪真的是单独作案，那么后果不堪设想。

好久没出门的春夫躺在草地上，远远地望着路上边走边玩的小学生。此刻，昌夫感同身受地明白他心里在如何翻腾，连自己这个旁观者都觉得痛苦不堪。

下午六点，侦查员全部各就各位。东京体育场内，猎户座队和野牛队的首场比赛已经开始，现场大约有八百多名观众。因为猎户座队宣布将向带小孩儿的观众赠送队徽，所以观众的人数大大超出了预期。

体育场附近的交通警察将这些新情况逐一传达给正在待命的浅草警署预防犯罪科的刑警。因为不知绑匪何时会打电话过来，所以铃木商店内的电话必须保持畅通，不能被占用。

六点十六分，绑匪打来了第五通电话：

"是铃木先生吗？"

"啊，是。是您吧？"

"是。今晚八点钟，在东京体育场，照约定的条件去办，没问题吧？"

"把钱放在超级卡布的前车筐里，不拔钥匙，把车子留在自行车停车处，对吧？"

"嗯。之后你要立即离开。"

"不过，东京体育场有两个自行车停车处，一垒和三垒边上各有一个。我应该去哪个？"

"是吗？那就去一垒附近的那个。"

"还有，您让我把钥匙留在原处，这样的话，万一车子被小偷顺走了，怎么办？"

"这个嘛，那你就把钥匙拔下来拿走好了。"

"可以吗？"

"嗯，可以。这也是没办法的事。"

"我把车钥匙放到车座下面，行吗？您看，把车座掀起来，下面不是有个能存放工具的地方嘛，我就把钥匙放在那儿。"

"那好，就这么办吧。"

"还有，钱要用报纸包着放进车筐里，对吧？"

"嗯。"

"这样保险吗？要是被别人拿走了，怎么办？"

"你有什么法子？"

"那么……要不，我还是在那里等您吧？"

"等我？"

"是啊。"

"那可不行……这样吧，你把钱也放到车座下面。把里面的工具拿出来，就能把钱放进去了吧？"

"好，好，我明白了。"

"那么你现在就出门吧。按我们刚才说的去做，不一定要在八点准时到。"

"现在就出门？"

"怎么，不方便？"

"啊,不,不……"

"现在立刻出门,把东西放在车上,再把车子留在东京体育场的自行车停车处,然后走开。大概只需要二十分钟。我核对完全额就把孩子还给你。最后,我再重复一遍,你要是敢报警,事情会变得很糟糕哦。我们在盯着你!"

"好,好。"

"那就有劳你喽!"

电话挂断了。

细野惊慌失措地说:"'我们在盯着你'?看来绑匪真的是团伙作案?"

"不一定,也许是对方在使诈,现在还不能下结论。"昌夫歪着头说,总觉得对方最后的语气忽然变得强硬有点儿怪异。

"总之,先把录音带送到侦查总部去,让交警跑一趟就行了。落合、岩村,你俩开车给他带路!"

"等一等,听本部的指示。现在就出发会提前一个小时到达体育场,有可能来不及调整部署。"长崎反驳道。的确,他们不能擅作主张。

在众人的催促下,细野打电话询问侦查总部的意见,还顺便汇报了对方可能有望风的同伙。

堀江署长下令按对方的要求立即行动。根据他的判断,侦查人员已经部署到位,可以应对这一突发状况。

"等一下!人手虽然已经部署到位,但大家都以为是八点钟左右才开始行动吧?我们又没有无线电台,怎么通知大家最新的情况?"长崎继续追问细野,昌夫也颇为赞同。即使现在立即下令开始行动,也不能马上传达给现场的三十名警察。而且,传达命令这件事本身就容易引人注意。

"按署长的指示办,没问题!只要孩子的父亲骑着轻型摩托车一出现,大家就会注意到他。"细野分辩道。

但长崎露出了一副不以为然的神情。或许那些事先已经部署在停车场附近的刑警会注意到铃木,但还有一些刑警分散在周围地区,等到了八点才会抵达现场。

"还有一个问题……"岩村迟疑地开口道,"如果把车钥匙和钱都放进车座下面,那就没有标记了。停车处如果还有其他的超级卡布,对方又怎么知道他要找的是哪一辆呢?"

"对啊!该死的,刚才漏掉了这一点!你小子怎么不早说?!"细野面目狰狞地呵斥岩村。

"不是,我看您正在讲电话……"

"家属也真是的,是谁让他擅自作主的?"细野又把矛头指向了铃木春夫。

"不,您不能这么说……"昌夫插话道,"车钥匙是否留在车上、现金是否应该放在车筐里,等等,在绑匪提出要求以后未能发现细节上的问题,这是警察的疏忽。"

"不管怎么说,行动已经开始了。你们得赶紧出发!"

"车钥匙和现金怎么办?请您明确指示。"

"不是已经跟对方说了放在车座下面吗?就照这么办!他自己会找的!"细野粗暴地回答。

长崎抱着胳膊,一言不发。眼前的局面都是堀江署长一定要亲自指挥侦查行动所造成的。

神色不安的铃木春夫在警察的催促下从后门走到了街上,他在轻型摩托车的车座下面已经放进了一捆五十万日元的钞票。昌夫做了个深呼吸，振作精神，最后嘱咐了一遍豆腐店店主："请您听好：到了大街上，请跟在我们的车子后面。我们的车子是一辆灰色的蓝鸟，天线从后备厢里伸出来——这是标记。行驶路线是沿着都电大街一直朝北，穿过山谷和泪桥，到达南千住町。沿途的路比较窄，请您务必小心驾驶。到了东京体育场之后，我们不停车，直接经过。您在那儿就要拐向一垒附近的停车处，然后停好车子。那时，万一遇见对方，请务必冷静，告诉他，钱已经准备好了，请他放了孩子。千万不要鲁莽行事，也不要向周围呼救，以免让对方觉察到警察的存在。如果对方要骑车逃走，也不要试图制止。您直接回家就好，剩下的事就交给我们来办。我们一定会抓住罪犯，救回小吉夫的。"

"是，是。"店主恭顺地点头，嘴唇微微发颤。昌夫由衷地体会到，身为警察，责任重大。被害人的全部希望都寄托在警察身上。

上了车，昌夫手握方向盘，岩村坐在副驾驶座上往四周看了看。此刻，也许绑匪正潜伏在附近？

"不过，这么安排没问题吗？来取钱的如果只是个雇来的流浪汉，怎么办？"岩村略显不安地问。

"没时间了，开始行动吧。"

"由辖区警署的署长负责指挥不是不可以，可这算什么指挥呢？玉利科长也不说说话。"

"别发牢骚了，我们只能服从上级的命令。"

堀江署长对玉利科长不大服气，这一点，谁都能看出来。问题是，这种摩擦如果蔓延到侦查一线，只能让所有身处一线的行动人员不知如何是好。

他们行驶在夜幕降临的东京小街上。最近几年，随着私家车的增加，天黑后，路上依然拥堵不堪。更有许多引人侧目的翻斗车一刻也不停歇地朝东京运送着奥运会工程所需的沙土，这些庞然大物鸣着惊天动地的喇叭，粗暴地连续超车。

"这些混蛋是怎么开车的？交警的罚单都要不够用了！"岩村大声斥责着，但他们既然不能拉警笛，就只能由着大型车强行抢道。哎，在交通方面，日本仍是一副落后国家的样子啊。

过了泪桥，穿过常磐线的高架桥和V字形转弯，车子驶入日光街道，右手边就是南千住警署。罪犯为什么要选在距离警署如此近便的东京体育场交易？到底是出于无知还是狂妄？

车子右转进入了辅路，路变得很窄。昌夫降低了车速，从后视镜里看了一下，见铃木春夫果然紧随在后面。虽然看不清他的表情，但仍能感觉到他极度紧张。其实，昌夫握着方向盘的手也满是汗水了。

仰起脸，他看到了东京体育场的照明灯。灯光是那么辉煌、耀眼，像把暗夜撕开了一道口子。人行道上还有不少带着孩子去看比赛的父母。从时间上看，第一场比赛马上就要结束了。

"这里就是体育场的正门。"副驾驶座上的岩村指着他们右侧一道像是白色鸟居的大门说。没时间观察四周了，他们只能朝前直行。从后视镜里可以看见铃木春夫骑着轻型摩托车已经穿过大门进入了体育场内部，此刻是下午六点四十六分。

"好，就停在这里吧。"昌夫在左侧的路肩上停好车，从车内监视着后面的动静。

"有好几个我们的人，那个卖海鲜烧烤的就是浅草警署的。"岩村眼尖，立刻认出来了。

"好，你现在下车去他那儿假装买烧烤，趁机问一下他们知不知道交易时间已经变了。"

"明白！"岩村下了车，一溜小跑地走了过去，装成买烧烤的客人跟对方聊了几句，马上又返身跑了回来，一脸铁青。

"麻烦大了！他们好像都不知道！假扮成小商贩的是因为不可以走来走去，所以都已经到位，可其他人被通知的是七点半左右到场，在那之前的行动由各人自行安排。有的已经进了球场，有的还在附近的车站检查有无可疑人员，根本没办法通知到每一个人！"岩村一坐进车子就连珠炮似的告诉昌夫。

昌夫心头大乱。这么说来，现场指挥连他俩眼下已经身处交易地点这一情况都不知道。要是能找个人去报信就好了。

正在胡思乱想，只见铃木春夫从体育场走了出来。虽然隔着一段距离，但仍能看出他十分紧张不安。他走到大街上，叫了辆出租车，沿着来时的路离开了。

"喂，现在谁在停车处？"

"不知道啊！"

"你赶紧过去，快！"昌夫命令道。

岩村赶忙又下了车，朝体育场里跑去。就在他走到距离正门十米开外处时，从体育场里驶出一辆超级卡布，骑在上面的是个戴着头盔、背着背包的年轻人。岩村慌忙停下脚步，回头看着昌夫，仿佛在问："该怎么办？"此时，那辆超级卡布已经驶入大街，驾驶员朝左右看了看，便朝南千住车站方向驶去。

昌夫慌手慌脚地发动了汽车，强行调头，拉上岩村朝那辆超级卡布追了过去。

"是放了钱的那辆车吗？看见车牌号了？"

"没有，不确定。"

昌夫猛踩油门追过去，却被前面一辆慢腾腾行驶的三轮车挡住了，那辆超级卡布却轻松地在车流中穿梭着前进。

"岩村，跑过去！"昌夫不假思索地大喊。

岩村从副驾驶座上跳了出去，在人行道上拼命奔跑。他上大学的时候是划船部的运动员，跑起来轻巧得像头羚羊。昌夫从车窗探出头朝前方张望，只见前方大约五十米处就是路口，现在正好是红灯。岩村要是能在那里把人抓住就好了。

没过多久，车子开到十字路口。只见岩村在人行道上手扶双膝，大口地喘着粗气。

"搞……搞错了！那人是报社的通信员，负责送摄影胶片的。"

"该死！我们太心急了！赶紧回去！"他俩再次返回东京体育场。这次，如果把车停在场馆前面的马路上，那么等罪犯出来时就不得不调头才能跟上，所以他们决定索性把车停在停车场内。球场的工作人员跑过来对他们说停车场仅供内部人员使用。昌夫掏出警徽晃了晃，把对方打发走，随后把车子停在一个能看见自行车停车处的地方。

他让岩村赶紧看看，铃木春夫骑过来的那辆超级卡布是否还停在里面。

"这算怎么回事！搜查一科就这水平？！"昌夫愤愤地说。

"负责指挥的没有一个是搜查一科的吧？要是让田中科代来指挥就好了，南千住町的那个案子不是已经查清楚了嘛！"岩村毫不掩饰心中的不满。

"行动已经开始了，再发牢骚也没用，专心点儿，咱俩来抓住这小子！"

球场内传来了一阵阵击球声和欢呼声，拉拉队女郎呼喊球员名字的声音也在秋风中飘向了街道。此时已经过了七点，第一场比赛马上就要结束了。

体育场内即将人潮涌动。绑匪是专门挑了这个时间还是误打误撞的呢？

有人在敲他们的后车窗。回头一看，仁井正站在车外。昌夫赶忙开了车门让他上车。

"车子停在这儿太显眼了！会把对方吓跑的！"

"可是已经来不及挑地方了……"昌夫说道。

"我在站前都听说了。堀江署长真是乱搞一气！行动时间怎么能随便更改呢！军队作战，时间统一是最基本的吧？"仁井不顾车内空间狭小，点上一支烟抽了起来。

"放钱的是哪辆？"

"就是靠墙边的那辆新车。"

"看来对方动了脑子。超级卡布是大众车型，不显眼，大街小巷都能走，警察很难追踪。"

"不，我觉得他根本没考虑这么多。"

"哦？"

"我听过电话录音，那人听起来根本不像是心思缜密的人。交赎金的地方改来改去，交易时间也说提前就提前。总之，给人的印象是根本不按章法出牌。"

"不管怎么样，反正今天就能见分晓。不是说了要在现场抓捕吗？唉，我们又不是战前的特高科……"

"如果仁井兄遇见这种事，会怎么做？"

"我会先给他五十万，把孩子救出来之后再穷追不舍。"仁井干脆地回答道。

"就是啊……"

"凭钞票上的编号,早晚能抓住他的狐狸尾巴……喂,我说,你们把钞票编号都记下来了吧?"仁井一脸郑重地问道。

昌夫和岩村面面相觑。

"没听说过这种事。"

"什么?你们难道都没考虑过万一出现钱被他拿走的情况吗?"仁井低头长叹。

昌夫觉得双膝发抖。警方究竟是否对钞票编号做了记录?事到如今才追问此事已经没有意义了。

七点半,第二场比赛开始了,但绑匪仍未现身。所有的警探都已到位,总算像是能应付"交易时间改变"这一状况了。昌夫他们坐在车里,凝神观察着是否有人接近那辆超级卡布。

"怎么还不来?把交易时间提前的是对方啊。"岩村说。

"是啊。会不会是有事耽误了?或者不放心、不敢来?"昌夫越来越焦虑。

八点了。这是最初约定的交易时间,但绑匪仍未现身。

"怎么回事?终止交易了?阿落,铃木商店那边没跟你联系吧?"仁井问。

"没有,没听店老板说过。如果那边有情况,会在无线电台里通知的。"

"绑匪是打算骑着这辆轻型摩托车逃跑吗?"

"啊,不是。今天通电话的时候,对方还说店老板把钥匙拿走也无所谓,看来他不是特别在意这辆车。"岩村回答。的确,在电话中,对方对摩托车显得毫不在意。

八点十五分。其他的警察也开始焦躁不安,有几个人已经在自行车停车处前面徘徊。

八点三十分,仍然没动静。指挥部方面也没有传来任何指令,刑警们就像被抛弃在前线的士兵,束手无策。

"我说你俩,店老板停好车之后,你俩一直在这儿盯着吗?"仁井问。

"哦,不是。他停下车没多久,就有一辆超级卡布从体育场开了出来,我俩就追了出去,大概耽误了十分钟左右。"昌夫回答。

"笨蛋!为什么不早说?岩村,你过去看看车座底下的钱还在不在!"

"啊?现在过去……合适吗?"

"快去!这是命令!"仁井大喝一声。

昌夫脸色惨白。铃木春夫到达体育场的时候,现场的警探其实都没有到位。也就是说,这个过程中出现了所谓"空白时间"。

岩村环顾四周,飞快地跑到那辆轻型摩托车前,掀起车座朝里面看了看,立刻目瞪口呆地转过头看向昌夫他们。随即,他面色惨白地跑回到车子旁,带着哭腔说:"咱们被耍了!钱已经被拿走了!"

昌夫的脑海中一片空白。这次的行动出现了重大失误!

"阿落,赶紧用无线电台通知警视厅通信室!虽然不一定管用,但还是让他们紧急部署一下。岩村,你去通知在现场埋伏的人!"仁井一边指示一边下车,"这下真麻烦了!要是对方把孩子平安送回来还好……我先去给侦查总部打个电话。"说着,他转身去找红色的公用电话亭。

昌夫拿起安装在汽车仪表盘下的无线话筒。

"紧急情况！紧急情况！东京体育场现场呼叫警视厅总部！"

"这里是总部，现场请讲。"

"我们正位于赎金交易现场，当场逮捕罪犯的行动失败！罪犯已取走现金并逃走！请求紧急部署！"昌夫声音颤抖地向总部报告了事情的经过。出现了如此重大的疏漏，该怎么向孩子的父亲交代？强烈的刺激几乎让他语无伦次。

25

十月十日清早，山谷一带发生了骚乱。起因是警察在前一天晚上以职业调查为名强行带走了几名工人，从而点燃了工人群体的怒火。他们在管辖吉野大街沿线的山谷派出所——平时被称为猛犸派出所——门前举行集会，要求释放他们的伙伴。虽然领头的还是劳动者联合会的活动家，但这次的情况不同以往，工人们的愤怒空前强烈，骚乱随时有可能演变成暴动。

町井美纪子也卷入了这场骚乱，成了当事人之一，因为她母亲福子也被警察带走了。

昨夜十点十分，一大批警察开进了山谷。虽然并没有搜查令，警察们却不由分说地对廉价旅馆、餐馆、酒馆甚至民宅展开了搜查，据称是为了寻找可疑分子。这种肆无忌惮的态度颇不寻常，警察们一个个都好像红了眼。

福子仍一如既往地拒绝警察进入店中，站在旅馆门口大声嚷嚷着让对方"出示搜查令"。但警察这次没有采取任何怀柔政策，而是直接断喝一声"妨碍执行公务，就地逮捕！"便将她推进了一辆小面包车。美纪子立刻愣住了，尽量克制着情绪抗议道："只是想看看搜查令就被抓？至于吗？"警察们含糊其辞地咕哝了一句"明天就放出来"，便不再理睬她。

自然，联合会的活动家们不可能保持沉默。有几个人组成了人形盾牌，试图阻挡搜查，但都被警方压制了。

美纪子预感抗议可能会演变成暴乱。她吩咐店里的工人关上平时一直开着的挡雨窗，不再接待新的客人，叫工人们各自回家等通知。之后，她回到自己的房间，躺在地板上听着外面的动静。小时候，她曾经历过一次大暴动，当时有很多家旅馆和餐馆被纵火烧掉了。眼下，无论如何，她也要保住町井旅馆。

天亮时分，从吉野大街那边传来阵阵怒吼声，不久，又混杂着打砸东西的破碎声，还能听见警察通过扩音器喊话的声音。美纪子起身爬上晒台朝西看去，只见吉野大街那边升起一股黑烟，好像又有人开始纵火了。唉，就是因为老干这种事，一般市民才一直戴着有色眼镜看待山谷的居民啊。

她走到一楼，把厨房里所有的水桶都接满了水。消防局从来不把山谷当回事儿，这些水至少算得上是一种自我防卫。然后，她从后门走了出去，从信箱里取出了邮差刚送来的报纸。

凉爽的空气让人心情舒畅，美纪子坐在门口的台阶上，摊开了报纸。

头版是醒目的大字标题《东京国际运动会即将开幕》。作为东京奥运会的"彩排"，国际运动会明天就要正式开幕了。因为要接待来自世界各国的运动员，所以在接下来的一周，东京的各部门都将严阵以待。说起来，昨晚那场大搜查没准儿是因为这个？

社会版刊登了一篇报道，是关于发生在南千住町的前钟表商被杀案，据说警方正在全国通缉某个暴力团伙头目。美纪子吃惊地一口气读完了报道。看来，警方已经锁定了凶手，案子基本上水落石出。涉案的暴力团伙是上野的信和会，凶手已经逃往外国。真是太好了！弟弟与这个案子没牵连，还有那个名叫宇野宽治的小偷……想到这个人，美纪子刚放下的心忽地又悬起来。

某个邻居从她家门前走过。美纪子抬头一看，原来是另一家旅馆的老板娘。

"小美，还是关上门比较好哟。在玉姬公园那边，警察正跟工人们对峙呢！看那架势，早晚会打起来！"

"是吗？多谢您的提醒！"美纪子心中不禁一阵忐忑。若真动起手来，工人们肯定又会开始扔石头，联合会早就把石块准备好了。真烦人，她想，要打架就去河滩上打啊！她越想越不放心，决定亲自去看个究竟。町井旅馆的位置太突出了，一旦闹起乱子，就会首当其冲遭到破坏。

到了玉姬公园，果然见工人和警察正在怒目相视，喝斥声此起彼伏。周围还站了一些便衣警察，其中一个似乎就是南千住警署的大场刑警。

大场也看到了美纪子，便轻轻地向她招了招手。美纪子低着头走过去问："究竟出了什么事？昨晚的大搜查可不一般哪，把工人们都惹火了。"

大场没有回答，只是抬抬下巴示意美纪子跟他走到僻静处。

"这件事目前还没有正式对外公布，不过，既然事态紧急，我就先告诉你吧。我们在寻找一个读小学一年级的男孩，他应该是被一名年轻男子带走的。你在山谷有没有见过？昨晚的大搜查就是为了这件事。"

"一年级的男孩？该不会是豆腐店家的小吉夫吧？"

"见鬼了！你怎么会知道？"

"别的警察来问过好几次了，就在两三天以前。"

"那好，我长话短说，你知道他在哪儿吗？"

"不知道！哎，难道他被绑架了？"

"无可奉告。"

"不会吧……他家只不过是开豆腐店的，又不是有钱人家。"美纪子窥探着大场的反应，但老刑警满是皱纹的脸上毫无表情，反而不客气地对她提出了一个要求："我说，小美，你能不能跟联合会的人说说，让他们别再煽动工人闹事？山谷这边好像没发现什么线索，再搜查下去没什么意思。被带走的那几个人，下午都会放出来。你去告诉他们，见好就收。"

"您可真是站着说话不腰疼……"

"我承认，警方做得确实有点儿过分，不过眼下是非常时期啊，国际运动会明天就要开幕了，万一发生暴乱，日本岂不丢脸丢到全世界去了？小美，你跟联合会那边的关系不错吧？拜托了！"

"我跟他们可没关系，您别瞎说。"美纪子虽然气鼓鼓地反驳着，却不由自主地朝工人那边望去。其实，她跟警察一样，也希望眼前的骚乱能尽快平息。

她的目光在人群中前后左右地搜寻着，果然不出所料，联合会的委员长西田正站在人群后面举着话筒指挥工人们行动。美纪子走到公园外，绕了一大圈，然后从后面朝西田走去。

一个年轻姑娘独自来到这种场合还是很紧张的，幸好联合会的成员立即看见了她并招手要她过去，美纪子这才跟西田搭上了话："委员长，警察说下午就会把带走的那几个人放回来，我们这边也消消火吧？"

"开什么玩笑！他们当然要放人，这算什么让步！起码要承认这次的搜查和逮捕都是违法的，是不当行为，还要召开记者招待会，向全体国民谢罪！而且要交出书面保证书，今后一律不准要求旅馆提供住宿记录！"西田挥舞着拳头，语气坚定地说。每到这种时候，这些活动家总显得干劲儿十足。

"这恐怕有点儿困难吧？"

"那我们就拒绝谈判！说什么国际运动会、奥运会'彩排'之类的，我不懂，但每当国家要举办什么活动就借口山谷潜伏着激进派分子，大举进行搜查，这种事我们绝不能忍受！"

"这次的情况不一样，据说警察在寻找一个失踪的孩子。虽然没具体说，但看起来好像是绑架案。"

听美纪子这么说，西田不由得大吃一惊，连声音也低了下来："真的？"

"嗯，还说既然孩子不在这里，就不会继续搜查了，大家都不要闹了之类的。"

"他们要找的是个小孩？"

"小学一年级的男孩。委员长，您有印象吗？"美纪子问。

"没有。"西田摇摇头。

不知是不是受了些打击，西田一下子没了精神，嘴里反复咕哝着"见鬼，怎么会这样"之类的话。

但他又不可能马上抽身离去，没多久，便与众人一起高喊起口号来了。

看样子大概不会闹出大乱子。美纪子揣测着离开了现场，若果真如此，她还得赶紧为饭堂的营业作准备呢。

发生骚乱的次日傍晚，明男回到了家里。他身上披着件西装，晃晃悠悠地从玄关走进屋中，大声问美纪子："老妈呢？听说让警察抓去了？"

"昨天就放回来了，现在在厨房里。"正在记账的美纪子用下巴示意屋里。

"哎，真是的，老妈一点儿都没变，见了警察就火大。"明男带着好像刚从澡堂子里出来般神清气爽的表情淡然说道。

"你今天回来干吗？"

"啊，没什么。刚才在回声咖啡馆听女招待说，昨天老妈因为妨碍公务让警察抓了，所以回来看看。"

"哦。浅草那边怎么样？"

"跟这边一样，警察折腾了一晚上，把各个社团的事务所和廉价小旅馆搜了个底儿朝天。虽然不知道出了什么事，不过看起来警方似乎很紧张啊。"说着，明男坐下来，把一只脚跷在另一条腿的膝盖上，用衣袖擦着崭新的漆皮鞋。

"你小子这双鞋挺不错嘛。"美纪子说道。

"嘿嘿，这可是在上野的松坂屋刚买的。我长这么大，头一回在百货商店里买鞋。"明男乐滋滋地回答，一副心情大好的模样。

"我要是没记错，前几天你还说需要二十四万日元来着。穷光蛋怎么突然有钱买新皮鞋？"

"啊，那件事啊，对不起对不起，让你担心了。现在都搞定了，放心吧！"

"怎么搞定的？"

"没什么。"明男含糊其辞，只是笑。

"什么叫没什么，你给我老实交代！"

"就是赶巧了呗。之前跟上野的信和会在金钱方面有点儿纠纷,今天终于搞定了。"明男的话听起来不得要领。不过,美纪子听到"信和会"三个字便忽然想起了什么。

"对了,明男,你看过昨天的报纸吗?南千住町的杀人案不是正在通缉信和会的头目吗?"

"啊,那个人啊。你说说,他算什么好汉?跟人家的女婿合伙杀了老岳父!不过这么一来,反而省了我的麻烦,会里的大哥们还给我赔罪呢,说是当初不该冤枉我,真把我吓了一跳。南千住町那个案子,大哥们当初居然还真怀疑和我有关系,还揍了我一顿。如今我说,你们看吧,跟我没有一丁点儿关系。他们就一个劲儿地说不好意思,居然还赔了我一笔小钱。"

"然后你就拿着钱去买了双新皮鞋?难怪心情这么好……"美纪子只能苦笑。这个弟弟一点儿没变,还是这么单纯。

"姐,我给你也买双鞋吧?偶尔穿穿高跟鞋怎么样?"

"好啊,买呗。赶上下雨天,工人们都不愿意出去干活,那我们家就……"

"哎,行了行了,别说了,我早晚会发财的!"

明男甩掉鞋子走进账房,"咚咚咚"地沿着走廊大步朝里屋走去,嘴里不停地喊着:"妈,妈,您在吗?快来尝尝我从仲见世[①]给您买回来的草团子!"俨然大孝子的腔调。

美纪子叹了口气,又开始忙碌。家人团聚总令人心安,特别是在她们家,母子三人相依为命,这种感觉就越发强烈了。

---

① 东京浅草寺附近的商业街,出售地方特产和纪念品。

26

从东京到热海①,准特快只需要一个小时三十分钟。这让原以为怎么也要在火车上摇晃大半天的宇野宽治十分沮丧,原本的计划全都落了空。本来,他打算在车上买点儿酒,边喝小酒边悠闲地眺望窗外的风景。

"富士山在哪儿?"

坐在他旁边的里子听他这么问,"哼"了一声笑着说:"傻瓜,富士山在西边,要翻过箱根的山才能看到。"这位昔日的脱衣舞娘如今身穿白色连衣裙,俨然已是良家妇女。明明自己也是从乡下来的,却总爱嘲弄宽治。

来热海是里子的主意。有一天,因为手头宽裕,宽治把她一直索要的那十万日元给了她。打那以后,里子的态度大变,不仅对宽治的称呼从原来的"喂"改成"哎",连看他的眼神和说话的语调也变得妩媚了。他们决定先离开吉原那家老印刷厂,然后找个地方旅游一番,换换心情。

之所以选择热海,是因为里子一直梦想着能来这里。她曾双眼放光地说:"很早以前就想去热海逛逛了。"宽治当然没有异议。活了这么大,他今年夏天才头一回走出北海道,对全日本的地名知之甚少,只知道东京、大阪、京都等几个城市。

列车抵达热海,他们走出了车站,空气里飘荡着令人备感亲切的海水的气息。车站前停满了接送客人的小面包车,身穿短外褂的男子手里举着小旗,大声嚷嚷着"××旅馆的客人请到这边集

---

① 静冈县东部城市,与神奈川县相邻,以温泉闻名,是东京圈重要的观光城市。

合"。周围的游客尽是些来度蜜月的年轻男女,脸上都是一副甜蜜的模样,相互依偎着从他们身边走过。

"今天是星期几?"宽治问。

"星期五。我还以为工作日人不多呢,看来热海到底是热海呀。好多人都是在星期五举办婚礼,然后周末来这里度蜜月。"里子回答。

因为是临时决定出门旅游,宽治他们来之前没有提前预定住处。正在踌躇之际,一名穿着写有"热海市观光协会"字样的短外褂的中年男子笑眯眯地走上前。

"二位住哪家旅馆?我可以帮您找找他们家的接送车。"

"我们没预定旅馆。"里子答道。

"哎呀呀,怎么会这样呢?我还以为二位是来度蜜月的新婚夫妇哪!"

"哎,反正也差不多吧……"里子害羞地支吾着。她的侧脸流露出一种迄今为止不曾有过的清纯,让宽治忽感情欲膨胀。

"如果事先没有预定,就交给我吧,我们这里有专门的介绍所。请跟我来。"

他们跟着中年男子走进了车站正对面的介绍所,在柜台前坐下。一位女职员端上了茶。

"二位打算住几天?"中年男子问。

"三个晚上。"虽然他们并没有商量过,但里子很干脆地回答。

"预算呢?大概想找多少钱一天的旅馆?"

"这个嘛……哎,你说,该怎么办啊?"

听里子用"你"来称呼自己,宽治不由得大吃一惊。不过,他不动声色地用标准的东京腔说:"多少钱的都行。"他来东京已经两个多月，东京腔说得越来越地道了。

"哎呀呀，这位先生，年纪轻轻的，却很有实力呀，啊哈哈！那您看看这家紧挨着海边的大黑旅馆怎么样？含早午两顿饭，一晚的房费是四千日元。"

"四千？两个人就是八千了？"里子惊叫起来。

"二位是连住，我们会让店家给点儿优惠，比如让利半天的房钱，或者提供相当于这个档次的其他服务，等等。"中年男子搓着双手说。

宽治从没体验过这种被奉为上宾的待遇，因而心情大好。

"饭食里有刺身吗？"他问。

"到了热海，没有刺身像话吗？当然有，而且不是普通的刺身，鲷鱼啊、比目鱼啊，什么高级的鱼都有，哈哈哈！"中年男子露出一口金牙豪爽地笑着说。

"那好，就选他家。"

"谢谢您的光顾！"

"哎，住便宜点儿的地方也没关系呀。"里子在一旁有些担心地说。

"没事，就这样吧。我也想看着大海，吃着新鲜的刺身，喝喝小酒。"

"没问题。大黑旅馆所有的房间都能看见海景，保证让您满意！"中年男子滔滔不绝。再次确认宽治的意愿后，他立刻转过椅子，拿起桌上的电话。

"那我现在就帮您预订，请问您贵姓？"

宽治刚要开口，一旁的里子抢先报上假名字："我们姓佐藤。"

办理完申请手续，他们拿了地图便离开介绍所，在车站前拦了一辆出租车。听到旅馆的名字，司机一脸羡慕地说："二位真是挑了家好旅馆！"

车子开了几分钟就到了大黑旅馆，果然是一家崭新的钢筋混凝土结构的大酒店。几名侍者迎了出来，一起朝他们低头鞠躬致意，门口也响起了充满活力的招呼声："欢迎光临！"这就是高级酒店的待遇啊！宽治不由得感到一阵难为情，浑身也有点儿不自在。

回想起来，这大概是他人生中的第一次旅游。小时候，他跟着奶奶，从来没出过礼文岛。后来母亲再婚，把他带到札幌生活，那段日子里，好像也没人带他出门游玩过。中学毕业参加工作后，他虽然也去逛过繁华的商业街，但从来无缘去度假或旅游。这样的自己，自出生以来首次离开了北海道，不远万里地来到东京，现在又把足迹延伸到了热海。看来，有钱就能走遍天下。这么想着，宽治的心头松快了不少。有了钱，不管身在何方都会找到伙伴，都能生存下去。

里子在前台办好了住宿登记。宽治扫了一眼登记卡，见她是以夫妻的名义登记的，用的是假名字和假地址。

二人走进房间，只见窗外是一片海景，太阳即将落山，海面上闪耀着橘红色的光。房间里还配备了冰箱和电视机。和酒店走廊一般宽敞的房间里铺着地板，摆放着西式桌椅，还飘荡着榻榻米的清香。这才是真正的旅馆啊！他们不由得大为感动。迄今为止，他们住过的那些廉价旅馆相形之下只能叫出租屋。

他们决定先去泡温泉。在房间里换浴衣时，宽治瞥见里子只穿着内衣的模样，不禁情欲涌动。他一言不发地从背后抱住了她。

"等会儿嘛，我刚刚穿好衣服！"里子想甩开他的手。

"没关系呗，先来一次，反正有的是时间。"宽治吮吸着里了的脖颈,紧紧地贴着她的身体。他把两张坐垫并排铺好,推倒里子,扑了上去。

"哎,宽治……"里子象征性地抗议着,但那抗议的声音听起来又很甜美。

二人的身体重叠着、交缠着。仅仅过了三十秒,宽治就到达了高潮。

泡过温泉,他们在房间里津津有味地享用晚餐。晚餐不仅有新鲜的刺身,还准备了火锅。见里子兴致勃勃地不停给自己斟酒,宽治的心情越发愉悦。

不愧是高级酒店,桌上的料理很豪华。刺身新鲜得熠熠生光,配上一锅蔬菜炖菜,更是美味无比。

"里子,你会做饭吗?"宽治问。

"太小看我了,当然会做!我要是哪天做个'乐福天',准保让你们这些内陆人馋掉下巴!"

"'乐福天'是什么?"

"就是炖猪肉,可好吃了!"

"那,下回你做给我吃吧!"

"行啊!哎,我说,回去以后,咱们在新宿找间公寓,就在那边生活吧?"

里子说出了自己也没想到会说出的话。迄今为止,她尚未把宽治当作恋人看待。

"跟我一起生活没问题吗?"

"嗯,没问题。我不想一个人过了。"

宽治虽然有些困惑,但没觉得有什么不好。果然是金钱的力量大,前几天,里子还踢了他几脚呢。

"不知在新宿那边能不能找到夜总会的工作。"里子又说。

"还是跳脱衣舞更赚钱。刚才来旅馆的路上,我看见饮食街上有家脱衣服俱乐部哪。我觉得,里子在这里一定也能活得不错。"

"讨厌!不是应该男人赚钱养女人嘛!"

"啊,我也会去赚钱的。我正想着差不多该去找个正经的工作了。为了渡过难关,这次应该是最后一次了……"宽治回答。

他早就告诉过里子,交给她的那十万日元是从一家高利贷公司的保险箱里偷来的。因为高利贷公司本身是黑社会,所以不敢报警。里子自然也明白这一点。

挂钟显示已经是晚上七点钟。电视里开始播放歌舞节目,主持人高桥圭三正在一一介绍演员,当他介绍到一个名叫舟木一夫[①]的演员时,里子兴奋地叫起来:"哎呀,我最喜欢这个人了!"

"看会儿NHK[②]的新闻。"宽治从榻榻米上站起身,不由分说地走到电视机前换了台。

"干吗呀?你什么时候关心起新闻了?"里子抗议道。

宽治并不理会,只是盯着电视屏幕。头一条新闻说,东京国际运动会在霞丘的国立体育场开幕,规模与奥运会完全一致。新建的巨型看台上挤满了观众,来自世界各地的运动队正在举行热闹的入场仪式。

"原来在搞这些事情啊。说起来,东京奥运会还有一年就要开幕了。"里子索然无味地说。

---

① 舟木一夫(1944—),1963年以歌曲《高三学生》一举成名,时年十八岁。
② 日本广播协会电视台,1926年由东京、大阪、名古屋三地广播局整合而成,是日本最大的公共媒体机构。

宽治其实也不感兴趣。

第二条新闻是有关国会的。据说临时国会召开的日程已经确定，池田首相①的演说颇受关注。

第三条新闻说，在神奈川的某个铁道口，住在附近的一家四口奋力把一辆抛锚的小卡车推离铁轨，从而避免了一场重大事故。立了大功的那家人的父亲正兴高采烈地接受记者采访。

看来没什么大事。宽治又将电视调回了歌舞频道。

屏幕上，梓美千代②正在唱着《你好，小宝贝》。

"怎么又是这个女人？真讨厌，换台换台！"里子一见便破口大骂。

"一会儿就结束了。"宽治不理她，又开始吃东西。火锅里加了军鸡③肉，刚吃了几口就浑身暖和起来。这是他有生以来第一次尝到军鸡的滋味。里子也出了一身汗，索性一边敞开浴衣一边在锅里捞着吃，白皙的皮肤分外妖艳动人。

"我又想那个了……"宽治说。从他的眼神里早已看透一切的里子断然拒绝："少来！人家正在吃饭呢！"说着，又拉了拉浴衣的前襟。

"来嘛来嘛，我今天来几次都行！"宽治放下筷子，站起身。

"混蛋，住手！天哪，简直不敢相信！"里子反抗着。

但宽治不顾一切地推倒了她，不让她再吃东西。随着宽治的动作，起初颇不情愿的里子似乎放弃了反抗，不久便大声"哦哦"地呻吟起来。

---

① 池田勇人（1899—1968），1960—1964年出任日本首相。
② 梓美千代（1943—2020），昭和时代人气歌手。
③ 军鸡，日本特有的鸡品种，比普通鸡的体型大，常被作为斗鸡。

电视屏幕上，三波春夫①正在演唱东京奥运会的会歌。

这一晚他们究竟做了多少次？躺在窗帘拉紧的昏暗房间里，看着枕边堆满的草纸，宽治为自己性欲之强烈大吃一惊。二十岁的肉体就像加足了燃料的渔船，似乎总不满足。直到最后里子喊疼求饶，他才作罢。谁知刚睡了一觉醒来，宽治发现自己的下体又硬硬地挺了起来。

身旁，里子背对着他正在熟睡。宽治刚摸了一下她的肩膀，她便低低地"哼"了一声，头发凌乱地转过脸来，一脸不高兴地问："干吗？"

"再来一次嘛！"

"你这家伙是发了情的猴子吗？少来烦我！"里子惊异地瞪了他一眼，用被子蒙住了头。

无奈，宽治只得侧身躺着，随手点了一支烟。又拿过烟灰缸，开始吞云吐雾。不一会儿，缩在被子里的里子也探出头，朝他伸出一只手说："给我也来一支。"宽治便把自己嘴上刚吸了一口的烟递了过去。

"你昨天晚上到底怎么了？我还以为你打算要了我的命呢。"

"没什么。钱的问题解决了，心里不知怎么，特别痛快。"

"今天晚上可不准了。"

"说什么呢？至少还要来三次！"

见宽治恳求，里子吐了一大口烟，嘲讽地说："到时候你可别改主意……"又说："哎，宽治，去新宿找公寓的话，需要提供身份

---

① 三波春夫（1923—2001），日本演歌歌手。

证明。我不太想提供自己的资料，你能不能去拜托町井想想办法？"

"好。这点儿小事，明男肯定会有办法。"

"你也要去找工作。"

"嗯。我的脑袋不大好使，能干的工作不多。不过，当个店员什么的总没有问题！"

"你别老这么说自己！"

"其实我挺想参加社团的，但东山会的大哥都说我脑子太笨，不适合在道上混。"

"我都说了，你别老说自己笨！"里子在烟灰缸里掐灭了烟，又躺进被窝。

门口传来一阵窸窸窣窣的声音。

"什么事？"宽治嘟囔了一句。

"该不会是送报纸的吧？"里子说。

"高级酒店还提供这种服务？"宽治爬出被窝，走到门口一看，果然见门缝下塞进来一份当天的早报，便随手翻看了起来。第一版仍是有关东京国际运动会召开的报道，其他版面也多是相关内容，似乎没发生其他的大事。

像是解脱了，那一切或许只是自己的梦境吧？宽治一下子轻松起来，全身暖洋洋的，心中涌起一阵幸福感。

他回到卧室，再次钻进被窝，扑在里子身上。

"混球，你给我住手！"里子挺身想要反抗。

宽治撩起里子浴衣的下摆，强迫她张开了双腿。

27

十月十三日一早,落合昌夫刚到警视厅上班,《中央新闻》的一位记者便一把扯住他,接二连三地抛给他一连串颇不客气的质问。这位记者姓松井,年纪与昌夫相仿,是个动辄爱跟警察找麻烦的家伙。

"落合警官,有关于绑匪的最新线索吗?警方能否对外公开与绑匪的通话录音?"

"你问我有什么用?应该去问上头!"昌夫同样不客气地回答,一边走上楼梯的台阶。

"怎么,落合刑警,您要去哪儿?不去办公室吗?"

刑事部搜查一科的办公室在警视厅大楼一层。见昌夫不理会自己的追问,松井便像个蜈蚣似的左摇右晃地跟着昌夫上楼。

"是去部长办公室吗?还是去会议室?"

"跟你有关系吗?"

"当然有关系啊!我们已经等了三天。绑匪逃脱,一名儿童的生命受到威胁,情况已经如此,警方还在用当初与新闻界的协议做挡箭牌。究竟要拖到什么时候才允许我们报道?"说着,他用手中的报纸毫不客气地拍打着昌夫的后背。

昌夫一下子火冒三丈,在楼梯拐弯处停下脚步,直视对方。

"玉利科长是怎么说的?"

"他说今天晚上八点召开记者发布会,宣布解除与新闻界的报道协议。"

"那你等到晚上不就什么都知道了?"

"在那之前,你们能逮住绑匪吗?能不能把孩子平平安安地救出来？"

"我不是说了嘛，这种事别问我！我只是普普通通的小警察！"

见他如此回答，松井的眼神中露出几分挑衅，说："落合警官，听说绑匪是从你手里逃脱的？"

"谁告诉你的？"昌夫的血一下子冲到了脑门。

"人人都知道了。当时在交易现场的警官就是你和岩村吧？"

"是啊，那又怎么了？"

见昌夫怒目相视，松井似乎有些胆怯，他扬了扬嘴角，缓和了一下语气说："那么，能不能请你介绍一下当时的情况？"

昌夫不理睬，转身继续沿着台阶朝楼上走去。松井仍一步两级地跟了上来。

大步走过三楼的走廊，昌夫敲了敲刑事部长办公室的门。门从里面打开了一半，门后露出部长秘书的脸。

"我是搜查一科第五组的落合。"昌夫报上自己的名字，走进屋内。就在房门即将关上时，松井像挤电车似的溜进了房间。

"喂，你……"昌夫来不及阻止，却见松井舒展了一下身体，大声地质问起饭岛部长："饭岛部长，我是《中央新闻》的记者松井。先不说报道协议的事，我们主编让我来请教您：为什么警方连我们接近铃木商店都不允许？"

"你要干什么？"坐在接待室椅子上的玉利皱了皱眉头。昌夫扣住松井的肩膀正要把他推出屋外，坐在办公桌前的饭岛却抬手制止了他。

"只要没救回孩子，就不准对铃木商店进行报道。如果允许记者去采访，事情恐怕就瞒不住了，对吧？所以，在今晚的新闻发布会之前，还请新闻界多多配合。"饭岛按捺着性子说。

松井还要开口。这次,昌夫先发制人,一把将他推出了屋子,关上了门。

新闻记者都是些极其无礼的家伙,一群不到三十岁的小青年竟敢挑衅和他们的父亲一样年纪的高级警务人员。按玉利科长的说法,越是以精英自居的记者,越是把政府官员看成眼中钉,越爱宣扬反抗权力机关的思想。这个松井记者,光是早稻田大学政治经济系新闻专业毕业的高学历就足以让警方提高警惕。

"喂,再确认一下。"玉利扬了扬下巴。

昌夫打开屋门,朝走廊看去。果不其然,松井正在门外竖着耳朵偷听,俩人的脸差点儿撞在一起。

"我说,你适可而止吧!不然以后禁止你出入警视厅!"昌夫毫不客气地说。

松井虚张声势地"哼"了一声,总算转身离开了。

"好,现在我们开会。落合是初次见面吧?我先来介绍一下。饭岛部长,这是我们搜查一科的落合刑警。"

昌夫赶忙挺起胸膛。警视厅刑事部长是国家高级公务员,警衔是警视监,通常每隔一年半或两年就会轮换。自己这样的小兵能有跟刑事部长直接交谈的机会,简直想也不敢想。除了饭岛部长和玉利科长,屋里还坐着田中科长代理和第五组组长宫下。

"你就是落合啊,请坐!虽然放跑了绑匪是重大过失,不过在综合了解事情经过以后,似乎主要原因是侦查总部的指挥不当,所以你就不必再自责了。更重要的是,不要为了挽回之前的过失而去进行无谓的侦查,否则会出岔子的。破案可急不得。"饭岛部长语气和缓,很镇定地说。

见大领导如此冷静,昌夫略微放了心。宫下也显出一副深以为然、铭记在心的样子。

"从今天起,要重新调整侦查总部的工作安排,要从心怀不满者、心理变态者等多个层面分别安排人手追查线索。第五组主要负责追查宇野宽治那名盗窃惯犯。绑架案发生的当天,他曾与被绑架的孩子在一起,这条线索绝不容忽视。对他的逮捕令已经签发,所以无论如何都要找到这个人!落合,你连他的老家礼文岛都去调查过了,应该是最了解他的。这件事就拜托你了!"

"是,明白!"昌夫昂首挺胸地回答。

"今晚的侦查会议在五楼的大会议室进行,届时将向大家传达新的侦查方向。就这样吧。"

饭岛宣布会议结束。昌夫和宫下组长一起走出了部长室,见第二组的长崎组长和另一名刑警正在走廊上等着。看来,部长是以组为单位,分别下达指示。

他们回到位于一楼的第五组办公室,见所有人都在。虽然今天是星期天,但以眼下的状况,自然没有谁还有心情在家里休息。

岩村迎了上来,给昌夫和宫下各倒了一杯茶。

"怎么样?"仁井问昌夫。

"哎,我还以为会被狠狠地骂一顿,会被质问为什么放跑了罪犯之类的,哪知道部长反而鼓励了我一番。"

"嗯,这才是大领导的风范嘛!"

"是玉利科长据理力争的结果。"宫下点上一支烟说道,"浅草的堀江署长想掩盖自己判断失误,一口咬定是因为落合和岩村擅离现场才放跑了绑匪。这下子可把玉利科长惹火了,直接告到了部长那里,堀江这才承认自己指挥不力。说到底,他们连案子的门道都还没摸着,有什么可狡辩的!"

"原来如此。"昌夫想起了堀江和玉利一同坐在署长室里的样子。从一开始,堀江就处处压制玉利。

"不过,这件事对饭岛部长也有点儿不利呢。他本来今年八月就要上调到警察厅去的,因为没找到合适的继任者,警视总监就挽留他再干上半年。谁知出了这么大的乱子,肯定会影响他的仕途吧!尽管如此,你看看人家,还是一副稳如泰山的样子,很了不起呢,我们下面这些干活儿的不给他争争脸面,行吗?……"森拓朗叹息着说道。

众人都不住地点头。警察的组织架构是复杂的,但人际关系方面十分简单,勇于承担责任的上司就会得到部下的信任。

"好了,在晚上的侦查会议之前,大家可以分头行动。现在还没有找到最关键的线索,不到最后时刻,大家可不能松劲儿啊!如果在今晚八点之前抓住凶手,平安救回孩子,那些关于警察失职之类的传闻就会不攻自灭。请大家加油!"

宫下像是也在给自己鼓劲儿似的,拍着手站起身来。第五组的成员纷纷走出房间,按各自的计划走向大街小巷。昌夫乘上了电车前往东京体育场。不过,他心里明白,那里只是罪案现场,并不一定真能找到什么线索。

十月九日,即赎金被绑匪取走的当天晚上,警视厅虽然要求琦玉、千叶和神奈川三地协助,进行了覆盖一市三县的紧急部署,却没有对可疑人物进行盘查。

惊慌失措的侦查总部首先做的是对绑匪逃脱的事实封锁消息,以致对媒体隐瞒了二十四小时。他们的理由是:以前曾有过先例,被报道逼得走投无路、心理崩溃的绑匪最终杀害了被绑架的儿童。

不过这次的案子中,绑匪已经拿到了赎金,所以上述借口并不成立,封锁消息显然只是为了掩盖堀江署长的指挥不当。他虽扬言"二十四小时内抓到绑匪",却没有制定具体计划,让一线的行动人员不知所措。

这段时间里,昌夫和岩村一直蹲守在铃木商店,苦苦等待小吉夫的归来。绑匪既然已经拿到了赎金,就没有理由继续扣留孩子,不出意外的话,应该很快就会放他回家。

然而直到当天晚上,没有任何动静。警方在辖区内通报查找迷路的儿童,也没有收到任何回复。

昌夫向孩子父亲讲述了在东京体育场内所发生事情的部分经过,这么做的原因是:一来他不想找任何借口,二来上头没下达任何封口指令。他直言不讳地告诉春夫,因为绑匪突然变更了交易时间,警方未能及时部署到位,导致绑匪逃脱。对此,店主倒是没有埋怨警方,只是满怀哀伤地问他:"钱已经给了,吉夫应该会回来吧?"昌夫不敢直视他的目光,只能低头不语。

考虑到如果一直与店主待在客厅里,只怕他还要费心招待自己,昌夫和岩村便挪到厨房里待命,等着电话铃声响起。细野和长崎早就返回了侦查总部,虽然嘴上说着"这么多人待在这里又有什么用",但其实是因为受不了那种尴尬气氛的压抑感,落荒而逃。

深夜,昌夫在地板上并排铺了两个坐垫,躺下身子。正在迷迷糊糊之际,听到店里传来了某种声音。他走出去,立刻闻到了卤水的气味,见店主春夫正在忙活着做豆腐。看看挂钟,刚指向凌晨三点半。

"您这是……"昌夫问。

"没什么……我想,店里总不能一直不开业。"店主无力地回答,默默地继续着手头的工作。

昌夫感受到了店主的心情,也理解眼下他需要做些事情来打发难熬的时间,便由他去了。

第二天早上、中午……绑匪依然没有打来电话,警方也没有收到任何有关迷路儿童的报告。

如此一来,就不得不设想最坏的情况。每分每秒,昌夫和岩村都在无声的煎熬中度过。

在此期间,店主春夫开门营业了。附近的老顾客见他家一直闭门不出,都十分担心,见豆腐店终于开门了,纷纷前来问候。店主却笑着对人说:"这些天,家里遇到了不幸的事。"让人大感震惊。或许,人一旦陷入极端绝望的状态,便会关闭情感的大门吧!

傍晚,宫下叫他们回去。与前来接替的浅草警署的刑警交接后,二人便回到了警视厅,玉利科长早已等在那里,向他们详细询问了前一天晚上的诸多细节。昌夫听闻侦查总部在报告上把放走绑匪的责任归咎于自己和岩村"擅离职守",不禁气得两眼发黑。幸亏仁井当时也在场,当即否定了这种说法。了解到实情后,玉利科长立即向堀江署长提出了抗议。如此一来,浅草警署和搜查一科之间的气氛变得十分微妙。

晚上八点,记者俱乐部的一些头头被召集到刑事部长办公室,饭岛部长亲自向记者们说明了案情,包括一名男童被绑架、绑匪拿走了赎金、警方没能当场抓捕等情况,并承认了警方的疏忽。他向记者们要求,将公开报道的时间推迟七十二小时,记者们当场反对,但他以"人命关天,孩子的生命第一"为理由,总算说服在场的记者们同意了。

同时,警视厅仍全力追捕绑匪,却始终找不到他的踪影。不过,终于还是发现了一条比较有价值的线索。案发当天,即十月九日傍晚的六点四十五分左右,在东京体育场北侧的路边,有人看到一名带手套的年轻男子从出租车上下来。目击者是体育场的保安,五十八岁,名叫井出三郎。据他说,刚入秋,那人就戴上了手套,所以给他留下了印象。他还说,那人体形偏瘦,身高大约一米六五到一米七,发型是三七开的偏分,身穿灰色夹克和黑色休闲裤,穿过停车场朝正面方向的入口走去,之后再没出现过。

十月十日,警方找到了该男子乘坐过的出租车。据五十岁的出租车司机浜村龟一说,该男子于十月九日下午六点半左右在浅草千束町一丁目国际大道附近上了车,乘车时只说了一句"到东京体育场"。司机跟他搭话说"今晚那里有近铁队的比赛吧",他也只是生硬地"嗯"了一声,似乎不愿意与人交谈,之后司机便没再搭话;途中遇到道路施工,司机建议绕路,他也只是简单地"啊"了一声。所以,司机对此人的声音没什么印象。

印象比较深刻的是,到达东京体育场付车费的时候,该男子戴着手套向司机支付了二百二十日元的车费。司机称:"他招手拦车的时候没注意到,应该是在坐车途中戴上的。"

从运送赎金的超级卡布上没有采集到指纹,很可能就是因为罪犯戴了手套。如此一来,这位乘坐出租车的年轻人就成了重要的调查对象。

警方立即动员超过百名警员的队伍,开始对千束町一带进行搜查。然而千束町一带过去曾是有名的烟花柳巷,如今密密麻麻地分布着众多土耳其浴室。担心警察前来突击检查的浴室老板和当地的混混们为了给那些在土耳其浴室里工作的未成年女孩争取逃跑时间,在街道上设置了路障,甚至连山谷的左翼分子也闻讯赶来支援，又把事情闹大了。

结果警方逮捕了一大堆与绑架案无关的"妨碍执行公务"嫌疑人，却始终没能找到那个戴手套的年轻人。令昌夫大吃一惊的是，战争已经结束了十八年之久，东京竟然还有这么多藏污纳垢、宛如魔窟的地方。这也说明，战败以来一直被驻日盟军司令部压制的日本警察体系远远没有恢复职能。

侦查总部里弥漫着焦虑的气氛，堀江发出的檄文应者寥寥，有的刑警已经不参加会议了。大场扬言："一看见堀江的脸，就想揍他。"还公然在会议时间跑到食堂吃晚饭。侦查总部的组织调整势在必行。昌夫甚至想提议：考虑到被害人家属的心情，警方应该派人前去道歉。但这又有什么用呢？

到了东京体育场，见入口处铁门紧闭，四周空荡荡的。虽然今晚将在这里举办猎户座队的最后一场比赛，但上午还没有什么人来。照明灯的铁塔高高耸立，头顶的蓝天有老鹰在翱翔。

从门缝向里面望去，见售票处旁边有一间警卫室，屋里似乎有人影在晃动。昌夫大声喊道："有人在吗？"一名头发花白的保安从门里朝外看了看，见到昌夫，便戴上帽子迅速走出来。

"您好，我是警视厅的。"

"您辛苦了。这几天够受的吧？"保安很客气地说。

"我来调查点儿事情，请问井出先生在吗？"

"啊，我就是。昨天浅草警署的刑警来过，问了不少事。"

"反反复复的，打扰您了。您后来又想起来什么了吗？比如那个人的长相、表情或穿着之类的，什么都行。"

"这个嘛……警察先生，我当时只不过多看了他几眼。说起来，孩子回家了吗？"

听他这么一问，昌夫反而缄默了。

"啊，我知道这件事还没对外公开。其实昨天那位刑警来的时候，我也问过他：'这些天来了好几位警察找我，到底发生了什么事？'他跟我说：'不要跟别人讲啊。有小孩儿被绑架了，交赎金的地方就是这里的停车场。'我听了大吃一惊。"

"啊，原来如此。"昌夫虽然一直很注意保密，但他早就预料到，有些刑警出于调查的需要，会透露部分事实。

"那我就不瞒您了，确实发生了绑架案，估计今晚就会对外公布。在那之前，还请您务必保密。"

"嗯嗯，明白，我对我老婆都没说。一听说是绑架，我心里就不好受，想着能不能帮点儿什么忙，这些天一直在拼命回忆。可是终究只见过那人一面……"保安一脸同情地说着。

昌夫从口袋里取出宇野宽治的照片给他看了看。

"跟这个人有相似之处吗？"

"哎，怎么说呢？昨天我也跟那位刑警说了，我只是远远地看了看那人。"

"是嘛。那么，这里的停车场在比赛过程中有人进出吗？"

"比赛中间很少有人来，那天晚上也是，正好是第一场比赛的时间，基本上没什么人进出。"

"还有谁在那里？"

"这话怎么说？"

"我们正在寻找其他的目击者。"

见昌夫紧追不放，老保安沉思了片刻，又说："如果这么说起来，那天晚上，伤残军人流浪汉应该在吧？"

"伤残军人？"

"嗯。每逢有比赛的日子，他就会不知打哪儿冒出来，追着来看比赛的人讨钱。我们一般会把这类厚脸皮的家伙撵出去。不过，有时候他天天来，我们偶尔嫌麻烦，不去理他。那天晚上，他应该在这里。"

东京街头徘徊着许多伤残军人，大多是在战争中失去肢体的士兵，常常蹲在路边向行人乞讨。

"知道了，谢谢您！"昌夫道了声谢，便告别了保安，拔腿朝南千住警署走去。

他向刑事科专门负责反黑的警员了解东京体育场周边的黑道情况，随即又去登门拜访了位于三轮桥小巷里的一家暴力团伙的事务所。他问到体育场周边经常出没的伤残军人时，从里屋走出来一个自称二当家的家伙，朝他反问道："警察大人，您该不是在调查那桩绑架案吧？"

"连你们都听说了？"昌夫惊叹。

虽然警方暂时禁止报道，但看来荒川区和台东区的很多人早已听到了风声。

"那还用说！那天晚上，有好多警察装成小贩在里面埋伏吧？那可全都靠我们帮忙！您来之前，至少也打听打听嘛！"

"啊，原来如此。那就多谢你们的合作了。"

"听说把绑匪给放跑了？"二当家微微一笑。

"喂，你会不会说话！"昌夫气不打一处来，瞪着对方。

"警察先生，不要动怒嘛。对了，您找伤残军人干什么？"

昌夫平复了一下心情，把寻找当晚在东京体育场内的伤残军人的来由说了一遍。

"这样，您去上野站那边看看，那儿有个装了假肢的，是他们的头儿。自称神风特攻队①的幸存者,到处抖威风,身上穿的却是陆军而不是海军的军装,一看就是在吹牛皮。其实啊,不过是个连饭都吃不饱的臭老头儿!"

"好,那就多谢你了。"昌夫说着便朝上野站奔去。尚不知这条线索有没有用,但刑警的工作就是要靠"跑断腿、磨破嘴"。

在上野车站,他终于从那位自称是伤残军人流浪汉的"首领"、装有假肢者的口中锁定了十月九日晚上在东京体育场乞讨的人。

"基本上,地盘都由我来分配。职棒的夜场比赛挺赚钱的,观众心情愉快,出手也比平时大方,所以,不分配地盘就不公平了。我会叫他们按顺序来。那天晚上的事儿,我还记着呢,因为是猎户座队的双场比赛嘛。我让人去通知一个外号叫'元帅'的大叔,问他愿不愿意去给老人送花。他平日里都在上野公园一带活动,唉,也是个可怜人,年过三十被第二次征召入伍,好不容易熬到东北战事结束,又因为跑得慢,让苏联人俘虏了②。在西伯利亚干了五年苦役,手指头被冻掉了好几根,千辛万苦地回到日本,发现家人都在原子弹空袭中被炸死了,如今在世上孤身一人地活着。唉,其实大伙儿都差不多,就说我自己吧,原本是神风特攻队的,天天待命,不知什么时候就得奉令出击……"

他"邦邦"地敲着假肢,像个说书艺人似的讲述着。

"多谢了,那我就先去上野公园看看。"昌夫掏出一张百元钞票递给他,便匆匆离开了。

---

① "二战"期间,日本海军航空队进行自杀式袭击的特别攻击队,用来对付美国海军。
② 应指1939年诺门坎事件,当时日本挑衅苏联,遭遇惨败,被迫签订《苏日停战协定》。据有关记载,日军此战投入7.6万人,死伤超过1.8万人。

他快步走到上野车站西口，登上小山般陡峭的台阶，来到西乡隆盛的塑像前。广场上挤满了外地来的观光客，角落里有几个铺开了毯子席地而坐的流浪汉。他一眼就看到了那个身穿军服的人，正靠在栅栏上，伸出去的腿上缠着脏兮兮的绑腿。

"你就是'元帅'吧？我从上野车站你们头儿那里听说你在这儿。"昌夫走上前与他搭话，说起了前因后果。

听到十月九日的晚上，"元帅"轻描淡写地说："啊，是不是野牛队在东京体育场打比赛的那天晚上？当时确实有个戴手套的年轻人。"

"能跟我说说详细情况吗？"昌夫急切地问，朝他手里放了一张百元钞票。

"啊呀，警察大人，那我就不好意思了！""元帅"立刻放下架子，用双手展开钞票，对着太阳查看起来。

"没关系，你快说吧！"

"哎，职棒的夜场比赛对我们来说可是难得的好日子。客人大方，吃剩的盒饭又多，所以，那天第一场比赛开始的时候，大概四点半，我就过去了。先是在门口坐着，后来保安来赶我走，我就绕到后面，进了停车处。哎，就像玩猫捉老鼠的游戏一样。他们不可能总盯着我吧？等他们一不留神……"

"这些我都知道了。戴手套的那个人呢？"

"那家伙干啥事儿了？"

"我们正在找他，跟案件有关。"昌夫焦躁起来，掏出宇野的照片放在他眼前。

"是这个人吗？"

"元帅"从胸前的口袋里掏出镜片上有好几道裂痕的圆眼镜架

在鼻子上，盯着照片点点头。

"噢，不错，感觉有点儿像。"

"别只说感觉，究竟是不是？"

"我眼神不大好，只能凭感觉了！""元帅"喷着酒气说。

"知道了。那你说说当时的情况吧。"

"那时候我正躲在停车处的角落里，然后有个年轻人从我面前走过，我就把讨钱的罐子伸了出去说：'小兄弟，帮帮忙吧！'结果他回过头来只看了我一眼，毫无反应地继续朝里面走，开始翻找停在里面的自行车和摩托车之类的。"

"真的吗？"昌夫激动不已，又找到了一名目击者！

"啊，是真的。我当时想，才入秋就开始戴手套，该不会是小偷吧？所以特别注意他。后来见他掀开一辆轻型摩托车的座位，从里面拿出一个纸包装进兜里，我就喊：喂，这不是偷东西的嘛！"

"纸包有多大？"

"有这么大。""元帅"伸出双手比画着。

"像钞票那么大？"

"对，对，就是那个大小。"

"然后呢？他又怎么样了？"

"他往回走的时候，又从我面前经过。这回，他从兜里掏出一张皱巴巴的百元钞票，一抬手就扔给了我。嘿嘿，原来这小子心眼儿不坏呀……所以我记得特别牢。"

"他给你的那张钞票还在吗？"

"怎么可能还留着？当天就花掉了。"

昌夫原本还想着是否能搞到指纹，现在看来是没指望了。

不管怎样，他找到了重要的目击证词。他详细询问了"元帅"

的姓名和年龄，嘱咐他暂时不要离开上野，说完又朝他手里放了一张百元钞票。

当夜，侦查会议在警视厅五楼的大会议室召开。刑事部长罕见地出席了会议。

正前方的长条桌后面并排坐着的干部大致代表了从今往后侦查指挥部的配置：中间是刑事部长饭岛，他的两侧分别是刑事部的参事官和玉利科长，再往外则是田中科代和鉴证科科长。

谁都没提堀江署长的缺席。参会的侦查人员大约有一百五十人，分别来自搜查一科的三个组及南千住、浅草和上野警署的刑事科。此外，负责反黑的搜查四科和负责盗抢的搜查三科也派了人员列席会议。

主席台一侧立着一块牌子，上面用毛笔字写着"小吉夫绑架案侦查总部"，原来那块"十月六日案侦查总部"的临时牌子已经被替换。牌子中特地加上了"小吉夫"的名字，让昌夫又一次切实感受到了人命关天，胸口一阵翻涌。会议室里鸦雀无声，没人抽烟。

饭岛拿过话筒首先发言：

"各位，辛苦了。现在，我们开始'小吉夫绑架案侦查总部'的第一次全体会议。很遗憾，到目前为止，我们还不能确定孩子的安危，也没有抓到罪犯，甚至连五十万日元的赎金也被罪犯拿走了。对于警视厅来说，这是极其惨痛的失败，请大家首先要牢记这一点。我们在这个案件的侦查过程中犯有重大过失，这个责任是不可推卸的。所以，在这里我要首先声明，这个责任将由作为刑事部最高负责人的我本人来承担。"

听罢刑事部长的一席话，刑警们都抬起了头。大多数人原本以为，在今天的会议上难免会因办案不利而被大领导批评得体无完肤。

"今后的侦查工作，我将亲自担任总指挥，由玉利科长担任副总指挥，每天的侦查会议由田中科代主持。侦查目标的优先顺序是：第一，救出孩子。目前我们仍然相信孩子还活着。在座的各位之中，应该有人已经身为人父吧？无论如何，我们一定要把小吉夫送回他父母身边。在不得不二选一的情况下，是逮捕罪犯还是救出孩子？请大家一定要毫不犹豫地选择救出孩子。其次，要锁定罪犯。按之前曾经向大家传达过的，侦查工作要同时在四个方向上展开，即对铃木商店心怀怨恨者、心理变态者、以犯罪为乐的反社会分子以及那个名叫宇野宽治的二十岁年轻人。具体分工由田中科代负责，各小组都要服从指挥。另外，我们还会增设'特别任务组'，这个组的工作重点不在于调查罪犯，而是要想方设法救出孩子。我要说的就到这里。"说着，饭岛把话筒递给了玉利。

玉利扫视众人，表情严峻地开口说："虽然刚才饭岛部长亲自承担了责任，不过在这方面，我本人应该承担的责任其实更多。行动初期，由于指挥调度不周，导致了赎金被取走这一重大疏漏。在这个案子上，我已经作好了一切后果都由我承担的思想准备，请大家也务必全力以赴，扳回局面！"

同饭岛部长一样，玉利的语气中也透露出坚定的决心。昌夫深切地感受到了警视厅眼下所面临的危局，其他刑警的神色也越发沉重、严肃起来。

接着，考虑到有新加入的成员，玉利把案件的进展从头到尾介绍了一遍。同时，书记员在移动式大黑板上不断地写下案情发展的时间线。介绍到在东京体育场的赎金被拿走、绑匪逃走那一段时，昌夫心里十分不是滋味。虽然他认为当时自己并没有判断错误，但事后想想，当时明明还可以作出另外一种选择，即让岩村下车去追嫌疑人，自己则留下继续监视那辆装着赎金的轻型摩托车啊！

"下面，请各小组报告一下到目前为止的进展和下一步的打算。先从铃木商店的女工川田惠子的行踪说起。"

"是！"起立回答的是搜查一科第二组的人，"暂时仍然没有找到川田惠子。从铃木商店辞职以后，她曾经去过那个和她私奔的男子的公寓，但不久他们就搬了家，去向不明。与她一起私奔的男子名叫安藤公夫，二十五岁，职业是调酒师，老家在山梨县甲府市。此人虽没有犯罪前科，但少年时代有过不良行为记录，因盗窃和斗殴两次被报警。他三年前与老家断了联系，我和另一名同事亲自去他父母家调查过，还没开口，他父亲就脸色苍白地问：'我们家那个逆子又惹什么祸了？'之后对儿子也一直恶语相加，听说好像早已和他断绝了父子关系。我们还走访了安藤中学时期的几个同学，根据他们的证词，安藤虽然能说会道、行为不端，但其实有为人善良的一面，绝不会是能犯下绑架罪的那种人。此外，他还很有魅力，很招女人喜欢。另一方面，川田惠子为人朴实，从来没有过风流韵事，认识她的人都形容她'是个老实孩子'。我们向她的同学询问时，他们听到她和调酒师私奔的消息都表现得十分震惊，纷纷表示难以置信。所以，关于这两个人的关系，我们推测应该是安藤公夫诱骗了川田惠子，而初次陷入热恋的川田死心塌地地任由安藤摆布。至于二人为什么私奔，大概是由于父母反对。我们打算继续追查这两个人的下落。另外，从铃木商店辞职前，川田惠子从富士银行浅草支行取走了五万日元现金。随着时间流逝，为了维持生活，她肯定需要去别的银行取钱。如此一来，我们就能大致掌握她的居住地点。目前已经和银行方面打过招呼，他们同意在不对外公开的前提下配合调查，所以现在我们也在等待银行方面的消息。当然，如果这两个人是绑匪，那么他们已经拿到了五十万日元的现金，没有必要再去银行取生活费；而如果他们再去取钱，则恰恰能证明他们不是罪犯。所以不管怎样，这都是一条值得注意的线索。以上就是我们的情况汇报。"

有人提了些问题，第二组的人逐一回答后，接着便由第四组介绍对心理变态者的调查情况。

"现在由搜查一科第四组开始汇报。目前，我们已经对住在台东区、荒川区、墨田区和足立区有性犯罪前科的人员展开了调查。在所有八十九名嫌疑人中，六十二名有确切的不在场证明。其余二十七名当中，有十五名正在作进一步核实，另外十二名行踪不明。不过，行踪不明的十二名中有三名女性，我们认为可以暂时排除；一名已六十八岁；一名残疾，行动不便，也可以一并排除。综上所述，我们目前正在全力追查剩余的七名行踪不明者。不过这些人在案发地附近既没有邻居，又没有固定职业，追查起来有一定难度。而且，虽说有性犯罪前科，但这些人大多犯的是强奸罪，与儿童相关的只有四名，这四名又都有不在场证明。从明天起，我们将把调查范围依次扩大到文京区、中央区和江户川区。考虑到时间紧迫，我们建议暂时跳过那些以女性为对象的有性犯罪前科者。请侦查总部指示。"

"嗯，明白。你们的建议很好，就按建议的执行！"玉利当即回复。第四组的汇报便告一段落。

秘书走进来，对饭岛耳语了几句。饭岛抬腕看了看手表，站起身。所有人都注视着他。

"各位，因为还要召开记者发布会，我先走一步。请大家继续。"说罢，他紧了紧领带，快步走出会议室。

马上，他就要面对记者们的轮番质疑和指责了吧？然后，明天的晨报肯定会连篇累牍地登载有关绑架案、赎金被拿走、孩子仍未归来之类的报道。自然，记者们也会大肆渲染警方的失误。

昌夫的眼前忽然浮现出妻子晴美的脸。他已经连着四天没回家了，也没来得及和妻子好好说上一会儿话。今晚他打算回家，否则明天一早，晴美从报纸上看到关于案子的报道，会立即意识到那是自己的丈夫正在参与的案件，免不了为他担心。

"喂，落合！"有人在叫他的名字。

"啊！"他猛地回过神，见田中科代正伸着短脖子看向自己。

"该第五组汇报了。有关宇野宽治的情况，就由你来说说吧！"

"是！"昌夫从口袋里掏出笔记本，从白天所获线索开始介绍。

28

十月十四日，刚过清晨五点，落合昌夫就醒了。外面天还没亮。因为估摸着丈夫要早起，所以晴美已经在他之前起床，隐约可以听见她在厨房里做早饭的声音。

爬出被窝，昌夫先去看了看尚在婴儿床中熟睡的儿子，然后轻手轻脚地走到厨房。还没开口，晴美就先说了一句"早报还没送来呢"。又问："我把你吵醒了吧？要不要再回去睡半个小时？"

"不用了，已经彻底醒了。"昌夫穿着睡衣在客厅里坐下，顺手打开了电视机。电视台还没开始转播，从电视上发出来的只有"沙沙"的噪声。

"哎，电视台从几点开始转播？"

"你怎么连这都不知道？NHK是从六点开始，其他民营电视台要再晚点儿才开始。"晴美惊讶地看着丈夫。

昌夫平时本来就忙得没时间看电视，虽说去年就买了电视机，但他确实还不知道电视台的播放时间表。

"晴美，你听说了绑架案的事吗？"昌夫问妻子。昨晚他是赶最后一班电车回家的，到家时，晴美早已睡下，夫妻俩还没来得及说说话。

"没听说，怎么了？"

"看来昨晚的电视新闻到底没来得及报道。"

"究竟出了什么事？"

"一个小男孩被绑架了，我昨天正式加入了破案组。"

"啊？绑架……"晴美回过头来，一脸震惊。听到被绑架的是孩子，身为母亲的人总是会感到格外揪心。

"这阵子要时常在单位过夜了，请你谅解。都是为了这个案子。"

"嗯，没关系。反正我娘家不远，好歹有个照应。不过，绑架孩子也太可恶了！"

"报纸上早晚会报道出来的，先跟你说一下——我们的行动出现了重大纰漏，不仅让绑匪拿走了赎金，还被他逃跑了……而且我当时就在现场。"

"什么？"晴美的表情越发紧张。

走廊上传来隐约的脚步声，接着便有一份晨报从门缝下塞了进来。昌夫连忙拿过报纸，在茶几上摊开，见头版赫然印着醒目的大字标题：《浅草：一年级小学生遭绑架》，还刊出了铃木商店店主夫妇满面憔悴的照片。难道在记者招待会之后，记者们还去采访了受害人家属？昌夫被这张照片惊呆了。辖区的警察难道没安排人在铃木家外面守卫？恐怕侦查总部没想到这一点。无论如何，这太过分了，警方居然没想到要为受害人提供保护！

除了头版头条，报上还刊载了诸如《绑匪取走五十万赎金》《警方在交易现场未能逮捕凶手》之类的报道。昌夫迅速浏览了一遍，立刻明白舆论对此案的定调非常糟糕，大多在指责警方办案不力。

"哎，早饭好了。"晴美有些担心地对丈夫说。

"嗯，来了。"昌夫合上报纸，大口吃着刚刚做好的早饭。

时间到了六点，他再一次打开电视机。果然，绑架案成了电视里的大新闻。铃木老板夫妇又一次被置于镜头前，暴露在聚光灯下。面对记者们诸如"您现在心情如何？"之类的荒唐提问，店主春夫咬紧嘴唇，拼命克制着自己的情绪回答："心情很难过。"

"太可怜了，真让人不忍心看！"晴美站起身来走进厨房。

昌夫也不敢再看下去了。屏幕上，孩子的母亲面容憔悴，仿佛一下子衰老了十岁。

八点钟，他来到位于浅草警署的侦查总部。田中正在大教室里等他，一见面便说："阿落，侦查会议你不用参加了，赶紧去趟铃木商店。他们家从一大早就电话不断，全是些捣乱的电话。看来情况不大妙。"

"捣乱的电话？"

"净是些'你儿子在我手上，再拿五十万出来就放人''活该'之类的。"

"太可恶了！"昌夫哑口无言，气得浑身发抖。

"这都是岩村刚刚汇报的。他一大早就直接过去了，发现情况不妙，才特地给我打电话请求支援。铃木夫妇亲口叫你也过去，大概是觉得和你们比较熟,所以你和岩村继续待在那边就好。追查宇野宽治的事先放一放,眼下首先要保护好铃木夫妇。"

"明白!"

昌夫走出警署,朝铃木商店跑去。此时正逢小学生上学时间,警署隔壁的富士小学门前人山人海,一望便知是前来报道的新闻媒体。看来,新闻大战又延烧到小吉夫所在的学校了。

校方出来应付媒体的是一位年长的教师。记者们将他团团围住,连珠炮似的扔出一连串的问题,诸如"校方至今还不知道发生了案子吗?""我们要采访校长!"。昌夫真想冲过去斥退这些记者,但还是打消了这个念头,只是加快了脚步。

他预感这件绑架案将震动全日本,警方、媒体乃至所有国民都将面对许多从未经历过的事。

来到铃木商店,他发现这里也围了一大群媒体,挤得水泄不通,一直挤到店门前的马路上。记者们一看到他,便立刻蜂拥而至,追问破案的进展。

"暂时无可奉告,有关情况请联系侦查总部的田中科代或警视厅的宣传科。"

"侦查总部说暂时不举办定期的记者见面会,这也太不合情理了吧!这么重大的案件,不应该即时通报情况吗?"一名记者咄咄逼人地问。

昌夫闻声望去,原来又是《中央新闻》的松井。

"又是你?"昌夫皱了皱眉。

"既然不召开记者会,我们只能向现场的警官了解情况!"

"孩子还没回来,你们不要在受害人家门口搞新闻大战!"

"那怎么可能?我们当记者的不就是靠抢新闻吃饭的吗?"

听松井说得如此露骨，昌夫不由得气往脑门冲。他停下脚步，朝对方大喝一声："别胡闹了！你们听着！禁止你们随便采访受害人家属！谁敢擅自乱来，我就去记者俱乐部投诉！"

"啊？区区一个巡查部长，凭什么敢这么说？你在破案组里不过就是个小角色，不是吗？"

"王八蛋，你再说一遍！"昌夫伸手要去揪松井的衣领，却被突然伸过来的一只手拦住了。他回头一看，原来是岩村。"师兄，情况不妙啊！"岩村在昌夫耳边耳语了一句，便强拉着他从只开了一条缝的卷帘门走进店内。

"他们这是在故意挑衅，千万别上当。"岩村关上卷帘门，转身对他说。

"话虽如此，但这些混蛋的嘴脸太气人了！"

"今天早上，NHK的报道播出后，其他电视台和报社都急眼了，说什么'别人家都报道了，难道我们还不采取行动吗'之类的。我在宿舍看了早上六点的电视新闻后，觉得事态不妙，就直接赶到这边来了。"

"是你把这些记者拦在外面的？"

"是啊，要是让他们进了门，铃木家就麻烦了。"

"原来是这样，判断得很准，这次真该好好表扬表扬你！"

昌夫做了个深呼吸，稳定一下自己的情绪。这是他从警以来头一次情绪失控，但他也惊讶地发现，抛开自己的警察身份去怒斥无良记者，这种失控的感觉居然让他很兴奋。

走到客厅，见店主夫妇满面病容地呆坐着。矮桌上摆着电话机和录音机。

"落合警官，吉夫到底怎么样了？"店主春夫无力地问。

"不会有事的，我们一定会把他带回来！"昌夫立即回答。虽然他心里毫无把握，但此时此刻，为了安慰对方，只能这么说。

"吉夫爸爸，今天有多少个骚扰电话？"

"啊，接通了不说话就挂断的有好几个，记不大清了……说过话的有三个……"

"这几个电话的情况都已经了解，还是由我来说吧。"岩村接口道，随后便打开了记事本。

"第一个电话是早上七点前后打来的，听声音是年轻男子，声称孩子在他手上，叫家人再准备五十万就把孩子送回来，还说不久会打电话来联系之类的。第二个电话是在七点十五分，也是年轻男人的声音，说是已经把孩子沉到东京湾了，让家属死心，等等。八点过后，又来了第三个电话，打电话的像是上了点儿年纪的老头，碎碎叨叨地说肯定是孩子爸做生意不老实，老天才会报应在孩子身上之类的。吉夫爸爸把这些电话都录了音，我也逐一听过了，和之前打电话来联系的绑匪应该不是同一个人。师兄，要听一下吗？"

"嗯，放给我听听。"光是听岩村的介绍，昌夫就已经够反胃了，但为了了解案情，又不得不听。他戴上耳机，耳边立刻传来那些来自人心最深处的、黑暗的声音。

"太过分了！绝不能放过这些人！"岩村愤慨地说。

昌夫越听越怒火中烧，暗自下定决心，一定要把这些恶人统统绳之以法。虽然按法律很难给他们定罪，他甚至想到至少可以在审讯室里给他们点儿颜色看看。

忽然，电话铃又响了。客厅里的所有人都抬起了头。

"我来接，肯定还是来捣乱的。"昌夫拿起了听筒，"你好，这里是铃木商店。"

电话里先是"咔嚓"一声,随后传来一名男子的声音。

"是春夫吗?我是川崎达郎。"

"啊?"

"我是你表哥达郎啊,不记得我了吗?"

"啊,对不起,请稍等。"昌夫说了句"好像是您的亲戚",便把电话交给了店主。

对方似乎在电视上看到了新闻,大惊之下打来了电话。

"电话公私混用可不行。最好跟上级申请一下,单独接一条用来联系工作的电话专线,费用由公家负担。"

"我也这么想,那就向田中科代汇报一下吧。"岩村点点头。

昌夫猛地想起一件事。

"喂,我刚刚想起来:当初绑匪打电话来的时候,接通后会'咔嚓'响一声吗?"

"你是说……"

"如果对方用的是红色电话[①],投入十日元硬币后就会听到'咔嚓'一声的提示音。现在这些电话都是这样吧?"

"是吗?这我倒不清楚。反正无论如何应该都是从公用电话打过来的。"

"之前怎么没想到?我可真够笨的!"

昌夫愕然发现,在超过百人的破案队伍中,竟然没有一个人想到去调查一下绑匪究竟用的是红色电话还是黑色电话[②]。不过,这或许是因为大部分刑警还不太习惯与罪犯在电话中交涉。虽说现在

---

① 日本的红色电话通常只用于本地通话,只接受10日元的硬币。
② 黑色电话是指向运营商申请后安装于企业或家庭的固定电话。

家用电话越来越普及,但全国范围内安装了电话的家庭只有两百万户。即使是警察这样的公务员,家里装了电话的也属凤毛麟角。

"那就从这个角度再调查一下,反正有完整的通话录音。如果能弄清楚这一点,也算是一条新线索了。"

见店主已经跟亲戚讲完了电话,昌夫便拿过电话机联系总部,先是向田中提出申请增设电话专线,又把调查红色和黑色电话的想法顺便说了。田中也没想到要调查电话来源,懊悔不已,当即同意立刻展开调查。

昌夫刚挂掉电话,电话铃又刺耳地响了起来。

"你好,这里是铃木商店。"昌夫又拿起了听筒。

电话倏地挂断了,果然又是骚扰电话。过了几秒又响了,再接起来,对方又是一言不发地挂断了。

"老板,店里的电话号码能通过电话簿查到吗?"昌夫问。

"当然能。装了电话之后,电话公司就自动把号码登记在电话簿上了。"

今后可真不得了,昌夫发愁地想。这么多年来,写信和发电报一直是人与人之间的主要通讯手段,谁知道短短数年间就要被电话取代了。有了电话,就再也不知道与自己交流的究竟是何人,而任何人都可以隐姓埋名地对别人说三道四。

电话铃又响了。

"你好,铃木商店。"

"喂,五十万准备好了吗?"一个低沉的男性嗓音说道。

"还没有,银行要九点才开门,过一会儿就去取钱。"

昌夫与对方周旋着。这个人应该是岩村刚才汇报的那个打来第一个电话的家伙吧?他的声音与自己在录音带上反复听过的真正的绑匪的嗓音毫无共同之处。

"那就先去取钱,然后在上午十点送到东京车站丸之内线的中央检票口!"

"知道了。不过那里人很多,怎么才能找到您?"

"这个嘛……我穿灰色工作服过去,你到了就来找我!"

"好,那我十点钟准时到。"

对方挂断后,昌夫又联系了田中,汇报了刚才的威胁电话。田中气势汹汹地回答说:"这事儿交给侦查总部,看我怎么抓住他好好地收拾一顿!"

电话铃再次响起。

"你好,这里是铃木商店。"

"我看过新闻了,怎么,你还挺悠闲的嘛!我说,你们家的孩子应该已经死了吧?"

又是恶意骚扰。

"我是警察,你再说一遍?"

听昌夫这么说,对方慌忙挂断了电话。

昌夫心中充满了徒劳无力之感。他从警以来遇到过无数罪犯,却从未见识过来自市井平民的恶意。真是人心叵测啊!

电话铃又响了。

"我来接吧。"岩村拿起了话筒,"喂,我是警察。你也想来试试吗?我说,你还懂不懂什么叫礼义廉耻?"岩村呵斥着另一个不知名的骚扰者。

整个上午,他们接到了超过三十个电话。除了一小部分是亲戚、熟人打来的,其他要么沉默不语,要么口出恶言,甚至是企图借机行骗的家伙。

那个约定十点在东京车站收取赎金的家伙被早早蹲守在那里的刑警当场逮捕,原来是一名十九岁的打工者,作案动机简单:"万一成功了,能赚一大笔呢。"

但真正的绑匪一直没有再联系。

下午,他们与前来换班的浅草警署的人交接完,便去拜访富士小学。他们准备让那些曾经跟宇野宽治一起玩儿过的孩子听听绑匪的声音。案件既然已经公开,侦查总部方面就立即联系了校长和那些小孩的家长,请求他们协助破案。校方和家长都同意配合,虽然他们原本都不希望让孩子们卷入其中,但看看眼下的情形,谁也不好意思拒绝警方的要求。

昌夫和岩村在校长室里准备好带来的录音机和录音带,打算开始询问,不料大场也特地从南千住警署赶来了。

"我也一起吧。老是放心不下宇野宽治的事,昨晚连做梦梦见的都是他!"大场说了句很不科学、与刑警身份颇不相衬的话。昌夫居然深有同感。近来,宇野宽治档案照片上的那张脸也时常浮现在他的脑海里。

孩子们被叫来了,身后跟着忧心忡忡的家长,一下子把校长室挤得水泄不通。

需要询问的孩子共有五人,都是一二年级的小学生。昌夫先对之前谈过话的荞麦面馆家的小孩开了口:"你叫横山武,对吧?还记得叔叔吗?"

孩子表情紧张地点了点头。

"一会儿,叔叔要给你放一段录音,就是给吉夫家打过电话的人的声音。你仔细听听,然后告诉叔叔,他像不像是你们星期天在神社遇见、后来还给你们买点心和果汁的那个哥哥的声音,好吗?

其他的同学都听明白了吗？"

听见昌夫问，其他的孩子都默默地点头。

"那就开始放录音了，请大家靠近一点儿。"

孩子们朝前走了走，家长们也紧跟着靠过来。录音带里传出绑匪的声音：

"是铃木先生吗？"

"我是昨天打过电话的那个人，你儿子在我手里……"

刚听到开头的几句话，孩子们便神情大变，倒不是因为有所发现，而是纯属恐惧。一个一年级的孩子立刻求救似的，紧紧地抱住了母亲的腿。

"别害怕，仔细听，这件事很重要哦。"被母亲一催促，那孩子索性哭了起来。受恐惧情绪传染，其余的孩子也纷纷躁动不安。

"请立即停止。孩子们吓坏了！"校长表情生硬地伸手按下了停止键，"孩子们已经知道了铃木吉夫同学被绑架的事。既然上了新闻，就没法继续隐瞒，所以今天早上由班主任向同学们说明了实情，结果弄得个个战战兢兢，连课都没法好好上。所以，请你们充分体谅孩子们的感受。"

"校长，我们当然知道孩子们都很害怕，可警方也在争分夺秒地破案呢。我们不会为难孩子们，只要简单地回答'像'或'不像'就可以了。"昌夫恳求道。

或许是从他的话里感受到了某种压力，一旁的教务主任带着些许抗议的口吻说："警察先生，把绑匪向受害人讨要赎金的录音放给孩子们听，这也太欠考虑了吧？为什么不编辑一下内容再来呢？"

"确实有些不太合适，但我们没有时间了。请大家谅解！"昌夫申辩道，还向孩子们道歉，"同学们，吓到你们了吧？对不起了。不过，这都是为了救出小吉夫呀。请大家再坚持一下，听听这个人的声音像不像那个给你们买果汁的大哥哥，好吗？"

"好，我来听！"那个叫横山武的小孩说道。

见少年的眼中充满了勇气，孩子的父亲毫不掩饰地夸奖道："了不起嘛，小武！"

昌夫再次按下了播放键，刚刚还在哭哭啼啼的孩子们全都侧耳倾听起来。

"虽然说的话不一样，可我觉得声音挺像的。"小武说。

"是吗？可是那个哥哥跟你们说话时带着北方口音吧？"

"嗯，不过声音挺像的。"

"明白了，谢谢你。其他同学呢？不用都说一样的，怎么想就怎么说，说不知道也没问题。"

昌夫这样一说，其余几个小孩立即异口同声地说"不知道"。不过，这好歹算是一点儿收获，至少没有人提出"完全不像"。

他们谢过校方和家长，离开了小学校，接着前往浅草的脱衣舞俱乐部。因为事先已经打过招呼，俱乐部老板早已在门口等着。

"您辛苦了。"身穿衬衫、打着领带的俱乐部老板朝他们低头行了个礼，"店里的几个姑娘也在，你们可以随便问。"

老板的态度如此谦恭，大概是因为在警方追查宇野宽治的时候受到过警告：如果有所隐瞒，将会被立案调查。

他们走进老板的办公室，见几个素面朝天的舞娘正在懒洋洋地抽着烟。

"嚯，卸完妆就像换了个人似的，不知道的还以为这里是鬼屋呢！"大场毫不客气地说。女郎们吐着烟圈，不甘示弱地回敬他："还不是都一样？摘了领带，我看您也像黑社会呢！"

不过，听完录音，原先态度轻佻的女郎们顿时神情大变。

"这个，是绑匪索要赎金的电话吗？"

"真讨厌，吓死我了！"

她们一个个横眉怒目，对受害人充满同情。

"怎么样？像宇野宽治的声音吗？"大场问。

"怎么说呢？说话简直就跟宇野一模一样嘛！"

"请注意，绑匪的口音可能是假装的。"昌夫提醒说。

"可是录音和实际说话的声音多少还是有点儿差别吧？更不用说是从电话里录的音。"

"我觉得挺像。"有个舞娘好像很有把握地说。女郎们一下子兴奋起来。

"不会吧？难不成那个傻子宽治会去干绑架的事？"

"里子经常叫我出去喝一杯，喝着喝着又总会把宽治叫过来，两个人眉来眼去的。后来他俩还同居了呢！所以啊，在场的这些人里，我和宽治打交道的次数最多！"

"你觉得声音和他挺像？"大场追问道。

"觉得有些相似，我可不负任何责任哦！"

"不用你负责，我们也不会给你找麻烦。"昌夫说。

"那就是挺像的！电话里那个人虽然说话没口音，但一听就是那种什么事都搞不明白、呆头呆脑的感觉。宽治的脑子不好使，所以他根本不懂得害怕。"

"这么一说，还真是那样！"其他女郎纷纷附和。

"那么，请再听一遍。"昌夫倒带，重新开始播放。女郎们屏息静听。

"嗯，确实有点儿像。"另一个舞娘再次肯定，但其他的人没有作出回答。

"真吓人!绑匪就这么跟家属索要赎金啊?"

"讨厌,弄得我满脑子都是这个!孩子的父母太可怜了。"

"打扰了,谢谢各位的合作。"昌夫向女郎们道谢。

"说起来,喜纳里子眼下怎么样?有人知道吗?"大场问。

"嗯,不知道。她失踪了。"

"总有人知道点儿什么吧?"

"我们都不知道,是吧?"

女郎们纷纷点头。

"好歹是一起讨生活的,怎么可能谁都不知道呢?拜托了,说吧!我会谢谢你们的。今后谁要是有什么麻烦,可以找我帮忙。我保证说话算话!"大场紧追不舍。女郎们互相对视了一下,但仍然没人回答。

"说吧!要是里子仍然跟宇野宽治在一起,这事儿或许就关系到孩子的性命了!"大场低头向女郎们恳求道。

终于有个舞娘开了口:"其实……大概是在星期六,白天我在后台的时候,有人打电话过来,我接了电话,发现是里子打来的。她对我说,店里还欠她一个星期的薪水,问我能不能跟老板商量商量,让我先替她领了。我说,你不打招呼就跑了,老板恐怕不会同意发工资。于是她说,那就算了。"

"电话是从哪里打来的?"

"她说正在热海,还说要去泡泡温泉洗掉污垢,然后回到东京重新开始。"

听到"温泉"两个字,昌夫和大场不由得对视了一眼。

"宇野宽治跟她在一起吗?"

"她没说,我也没问。"

"回到东京重新开始,具体是回哪儿?"

"听说要去新宿那边。虽然她嘴上说工作还没着落,但女人嘛,总会有办法的。"

"新宿哦……对了,能不能再说点儿喜纳里子的事?"大场掏出烟点了一支。

那女郎有些犹豫,但俱乐部老板在一旁低声提醒她:"还是多配合警察比较好。"她便叹了口气,开始讲起里子的经历。

当晚的侦查会议上,玉利科长开门见山地指出了几件必须尽快解决的事。

"今天,饭岛部长直接联系了日本电电公社的副总裁,询问反向追查电话来源的可能性。明天,电电公社将派遣技术人员前往铃木商店,对恶意骚扰电话、趁机诈骗电话进行反向追查。鉴于警队尚无相关经验,我们将在电电公社的指导下编写今后人人都能操作的培训手册。并且,我们将尽快逮捕几个恶意骚扰的家伙,然后通过媒体对外公布。到时候,估计媒体会大肆报道,挖出他们的老底。如此杀一儆百,骚扰电话的问题应该可以很快解决。据报告,今天早上NHK的新闻播出后,铃木商店已经接到一百多个骚扰电话。即使现在,恐怕家里也还是电话铃声不断。侦查总部甚至警视厅也同样接到了骚扰电话。这可真是世风日下!电话的匿名性固然有其好的一面,但也给那些日常寻求胡乱发泄情绪的家伙提供了便利。万万没有想到,我们竟然来到了一个普通市民可以随便干扰警察办案的时代!大家要意识到,随着通讯和交通工具的迅猛发展,犯罪行为的特点也在不断变化……"

刑警们表情严肃地听着玉利的发言。随着电话、私家车的普及，今后必然会产生各种各样的新型犯罪。警方同所有人一样，站在时代更迭的十字路口。

玉利的发言结束后，田中接着介绍破案进展。

"今天第五组的落合提了个建议，即是否应该调查一下绑匪来电时使用的是黑色还是红色电话。经过再次核实录音后发现，在绑匪打来的所有电话中都没有出现公用电话特有的投币后的'咔嚓'声。询问电电公社后得知，按红色电话的设计构造，只要投币，就必然会有硬币落下的'咔嚓'声。所以，从通话录音中没有这个声音可以判断，绑匪使用的是普通的固定电话。为什么之前没有人注意到这一点？真应该好好检讨！虽说我们从没有过给通话作录音的经验，以致考虑不周，但连我本人打从一开始也想当然地以为绑匪使用的是公共电话。这一点值得反省啊！"

说着，田中略微低头致歉。下面坐着的刑警也纷纷垂头回应。

"绑匪前去取赎金时，据说是在浅草的千束町一丁目附近乘上了出租车。所以，我们就以那里为中心，对方圆二百米内的普通固定电话安装情况进行了核实。从电话簿上查得大约有一百八十处，其中大部分是店铺和公立机构安装的，私人住宅的装机数不满三十家。从明天开始，要对这些安装了电话的地方进行逐一排查，详细的分工稍后公布。在这里，我要先提醒大家一句：今后很有可能需要采集电话听筒上的指纹，所以在调查时要务必注意，不要轻易触摸电话听筒。"

田中喝了口茶，略作停顿后又说："下面再来说说那个打电话的嫌疑人。今天，大场主任和落合带着录音分别询问了之前曾接触过宇野宽治的小学生和浅草脱衣舞俱乐部的舞娘，一名小学生和一名舞娘都认为，录音带里的声音和宇野很相似。喂，还是由你们来介绍一下具体情况吧！"说着，他扫了一眼昌夫和大场。大场朝昌夫点点头，昌夫便起身开始汇报。

"无论是小学生还是俱乐部的舞娘，大部分人都没有给出明确的回答，主要原因是宇野宽治平时说话带有北方口音，但通话录音里的绑匪没有任何口音。在这种情况下，有两个人觉得绑匪的声音'很像'宇野，我觉得应该算作比较有力的证据。此外，在回答'不知道、听不出来'的人当中，也并没有人断然否定，说那不是宇野宽治。所以我认为，宇野仍然是本案的重要关联人。另外，大场主任还从一名舞娘口中问到了最新线索……"说着，他看了看大场。

大场再次点了点头，仍摆出一副"你直接说，不用老是问我"的表情。昌夫于是接着说："喜纳里子，也就是跟宇野宽治一起连夜逃走的那名冲绳女子，在星期六下午曾经给脱衣舞俱乐部'浅草宫殿'打过电话，主要是讨要欠发工资。当店里的人问她身在何处时，她回答说正在热海泡温泉。因为接电话的是喜纳里子平时相熟的同事，应该没有必要撒谎，所以我认为她的话是事实。如果真是这样，她不太可能独自一人跑到温泉度假胜地去，一男一女共同前往才符合常理。所以，她很可能仍然跟宇野宽治在一起。而且她在电话中说，不久后就要返回东京，在新宿'重新开始'，大概还会在脱衣舞俱乐部、土耳其浴室、夜总会之类的地方出现，因此我们应该尽快在这些地方寻找她的踪迹。另外，喜纳里子来东京之前，曾向福冈的土耳其浴室介绍未成年少女而接受过警方调查，因为担心被逮捕才逃来东京。经与福冈警方核实，一年半之前，警方确实曾以违反《防止卖淫法》的罪名签发过对她的逮捕令。也就是说，一旦发现此人，可立即实施逮捕。"

听到昌夫的最后一句话，刑警们立刻兴奋地说："这可真是个好消息！"

"喜纳里子有犯罪前科吗？"田中问。

"没有，所以福冈警方那边没有她的照片和指纹记录。"

"知道了。不过照片总归是需要的，脱衣舞俱乐部那边平时总要打广告吧？应该会有她的照片。让他们尽快拿来。"

"他们那儿的照片我已经看过了，个个儿满脸涂着白粉，浓妆艳抹，估计卸了妆以后会判若两人……"

众人闻言，不禁哄堂大笑。

"这就有点儿麻烦了。估计以后她大概不会再用喜纳里子这个真名，该怎么找她呢？"

"她好像是冲绳人，听说眼睛大，肤色微黑。"

"好吧，这条线由落合去跟进，目的是找到宇野宽治。不过，目前还不能确定宇野就是绑匪，这一点务必牢记。预设立场是办案大忌。"田中既像是对众人说，又像是说给自己听，"再来说说东山会那条线。上野警署的渡边主任，你们有什么收获吗？"

"啊，有一些。"渡边打开记事本开始汇报。

昌夫记得此人，他就是在调查前钟表商被杀案时去旧货商店调查了印度金币的那位。

"东山会的町井明男和宇野宽治交情很好，所以我们一直在跟踪他。最近，东山会内部已经解除了对他的禁足处分，允许他日常进出事务所。我们推测，大概是因为当初惹祸的印度金币事件已经解决，所以我们又去询问了购入金币的上野那家丰乐商会。据店家说，那枚金币已经售出。问到买方是什么人，店主起初还含糊其辞，再三追问之后，他才交待，是由町井明男本人以二十四万日元原价赎回的。"

"怎么会这样？"

"大概店家也知道金币很有可能是赃物，随时会被警方以重要物证的名义没收，所以，虽然按原价卖出没有赚头，但还是想尽快出手。至于町井将其买回的理由，根据我们获得的情报，据说是上野信和会中一个姓立木的头目威胁东山会，要他们归还前钟表商被杀案中被盗走的金币，所以町井不得不完璧归赵。"

"原来如此。不过，这件事与绑架案有什么关联吗？"

"关联是町井用来赎回金币的钱。当初他卖掉金币所得的款项应该被东山会的大哥们拿走了，按黑帮里的上下级关系，这笔钱不太可能还给他，更何况那时他还受到了禁足处分，只能靠自己去想办法筹集。所以我们判断，他很有可能是从什么地方搞到了一大笔钱。绑架案交付赎金的日期是十月九日，而町井去丰乐商会赎回金币是在十月十一日……"

"那就把町井叫过来问问，怎么样？"田中插言道。

"上野警署之前曾经抓过他一回，在律师身上吃了亏，这次能不能由其他警署……"

"那就由我们署出面，我去跟署长打招呼。"大场高声应道。

众人的视线纷纷转向他。虽然没人说话，空气中却流动着一种心照不宣的氛围："大场出马，肯定没问题。"

昌夫被这意料之外的状况弄得有点儿糊涂，没想到又听到了町井和立木的名字。如果立木与案子有牵连，好歹算是熟人，应该可以探听些情况。他当即决定，晚上要去一趟立木的店里。

现在，他越来越觉得正在接近破案的关键。不过一想到小吉夫仍下落不明，他的心情无论如何也高兴不起来，眼前又浮现出豆腐店老板夫妇那憔悴不堪的面容。

29

上午,送走了住宿的工人,打扫完房间,町井美纪子刚在柜台上摊开书本准备复习功课,便看见山谷旅馆业协会的会长走了进来,手里还拿着一摞宣传海报。美纪子以为他不过是照例来送些美化街道的宣传单之类的,便头也不抬地说:"您辛苦了!放在那儿就行。"对方却压低了声音说:"这次不是为那事儿来的!"

见美纪子抬头露出一副惊讶的表情,会长又说:"浅草豆腐店家的小孩不是被绑架了吗?这些是公开征集线索的宣传单。今天一大早,警察就来了,让我挨家挨户地发到所有旅馆。小美,你认识那个被绑架的小吉夫吧?"

一听到这个名字,美纪子急忙站起身来跑到门口,接过一张宣传单看了起来。宣传单并不是印刷的,而是用毛笔手写的。

绑架小吉夫的凶手特征如下:
○年龄在十八至四十岁之间,男性
○十月九日下午六点半左右,在台东区浅草千束町一丁目附近乘坐了出租车
○十月九日下午七点曾在南千住町东京体育场的停车场出现
其他可能的特点包括:
○经济困难,最近急需用钱
○近期身边曾带有男童,行为可疑
○所带男童左腿残疾,行走时略微拖地

○最近曾购买过男孩衣服和鞋子

如发现具有上述特征者，请尽快与警方联系

昭和三十八年十月十五日
警视厅浅草警署特别搜查本部
电话：（八七二）×××一～三号

传单正中是小吉夫开心地坐在秋千上玩耍的照片。

美纪子看着传单，胸口发紧，感到一阵阵寒意袭来。

"经济困难，最近急需用钱"，这不正是明男的处境吗？他最近刚刚回来过，说是跟会里的大哥一直纠缠不休的金钱问题总算解决了，一脸如释重负的样子。脚上还穿着刚从松坂屋百货店新买的高档皮鞋，甚至说要给她也买一双高跟鞋，看起来手头很宽裕。老天，该不会是……

"吓人吧，小美？啧啧，真没想到在我们这种地方会发生绑架案！当父母的都吓坏了，眼下都不敢让自家的孩子在外面玩儿了。"

美纪子心不在焉地听着会长说话，否定了自己的想象。无论如何，明男都不会干出绑架这种事情。他虽然是个小混混，但平常无非只是打打架、吓唬吓唬人，连偷东西都不肯。毕竟，明男很在意自己的"江湖名声"。

"那我放十张在你们家吧？回头记得贴在房间、饭堂及正门前的电线杆上。"

"是，知道了。辛苦您跑一趟。"

送走会长，美纪子又看了一遍传单，心中又难过起来。小吉夫是个多乖的孩子啊！跟着姐姐们来上珠算课的时候不哭不闹，只是安安静静地在一边自己画画。他腿脚不好，走起路来一只脚总是拖着，可学生们不知怎的都挺疼爱他，从没人嘲笑他的残疾。

新闻里说小吉夫被绑架已经有一个多星期了，绑匪取走赎金也过去了好几天，为什么还不把孩子放回来？

无论如何，她要先解决一直困扰自己的疑虑。美纪子放下书本，对母亲说了声"去趟图书馆"便走出了旅馆，骑上自行车，朝浅草公园后面的回声咖啡馆驶去。

店中，最靠里的卡座上果然聚着一帮东山会的小弟，但明男不在其中。

"明男去哪儿了？"

小弟们对视一眼，其中一个说："明男哥在南千住警署。"

"在警察那儿？为什么？"

"那个……我们也不知道啊。昨晚有个叫大场的刑警到事务所来了，说'有话要问，让町井明男来署里一趟'。二当家的就派人到弹珠房去叫明男哥，跟他说'不去的话，警察又会来找麻烦，还是去一趟吧'。后来一直没回来，大概现在还在警察局。"

"是让警察逮捕了吗？"

"不是逮捕，是协助调查。"

"正好，我有件事想问问你们。听明男说最近赚了一大笔钱，你们知道吗？"

听美纪子问到这件事，小弟们都一言不发。

"怎么，都装哑巴？我可是明男的家人，快点儿告诉我！"

"上野信和会的老大不是追着要金币吗？明男哥不知想了什么法子，又给赎回来了，所以说事情解决了……"

"这事儿我知道。他的钱是从哪儿弄的？"

"他倒是没明说……"

"你们是怎么想的？他这么一个小喽啰，怎么能一下子搞到二十多万？"

见美纪子步步紧逼，一个小弟磨磨蹭蹭地开了口："我们也不太知道内情，不过应该和那个傻子宽治有关……从那之后，这小子就不见了，而且确实是明男哥把他藏起来了。"

"还有呢？快点儿！把你知道的事儿都告诉我！"

"就知道这么多。虽说是兄弟，但也不是什么事儿都能说的，尤其是钱的事儿，绝不能刨根问底，这是我们江湖上的规矩……"小弟"哼"了声，一副"说了你也不懂"的表情。

"是嘛！那就谢谢你了！"美纪子说完，转身出了咖啡馆，朝南千住警署方向走去。她决定先不把这件事告诉母亲，否则她肯定又会闹得天翻地覆。

她骑着自行车走过国际大街，来到了千束町一丁目的十字路口，忽然想起传单上写着绑匪曾经从这里乘上了出租车，不禁打了个寒颤。四下一看，所有的电线杆上都贴着传单，明白无误地传达出这一带的所有居民都对此事深切关注、深感不安。美纪子的心头忽然涌起一股说不出的焦躁。

到了南千住警署，美纪子开门见山地告诉警察自己是正在署里协助调查的町井明男的姐姐，希望能与他会面。一名年轻的刑警走过来，盛气凌人地摆着手说："不行，不行！"

"为什么不行？他不是来协助调查的吗？"

"那也不行！"

"请您转告大场先生，不让见的话，我就请律师来了！"

美纪子瞪着那名警察说。警察听了，便赶忙朝里间跑去。只过了三分钟，大场走了出来。

"小美，你叫律师也没用啊。真那样做的话，我们倒要仔细查查明男了，就算他只是犯了轻罪，也可以立即逮捕哦。"

或许是睡眠不足的缘故，大场挂着一对大大的黑眼圈，说话的语气也很不客气。

"不让叫律师的话，就让我跟他谈十分钟。我有事情要问他。"

"有事情要问他？该不会是他最近赚了大钱的事吧？"

美纪子一时答不上话。果然，警察找他应该也是因为这件事？

"如果是这件事，那咱们的目的一样。你弟弟在十一日那天把之前卖掉的金币又按原价赎了回来。他从哪儿来的钱？这小子还跟我们装傻，说是用之前卖掉金币的钱赎回来的，殊不知我们早就调查过内情，他卖掉金币的钱早就让帮会里的大哥们拿去了，现在都花得差不多了。一看被我们揭了老底儿，明男这个混蛋就死不开口了！"

"让我去问问他，这样总可以吧？"

"你能问出来吗？"

"我并不是打算给警察帮忙，只是作为家人，比较担心罢了。今天看到了绑架案的传单，上面写着嫌疑犯可能是最近急需用钱的人，偏偏明男那家伙，明明之前很缺钱，最近却忽然像发了财似的……"

"缺钱？这又是怎么回事？"

"所以我才要问问他呀。您赶紧让我见见他吧！"

"要见面的话，我必须在场。跟我来！"

"您在场的话，他就不肯说了，而且我想和他在外面的咖啡馆见面。"

"那不行！"

"为什么呀？我只是想确认一下他跟那件绑架案有没有关系。我把什么都告诉您了，因为我相信他肯定没干过这事儿。那家伙虽然又笨、又鲁莽，但绝对不会干出绑架这种卑鄙的勾当。我就是想确认一下，求个安心嘛。"

见美纪子一脸真诚，大场略微思忖了一下，又说："知道了。不过，还是不能去外面。我把天台的门打开，你们去那儿说。"

他领着美纪子来到屋顶的天台。天台上铺着颇为煞风景的粗糙水泥地面，一角的晾衣架上晾着几件柔道训练服，还有几条长凳，大概警察时常来这里放松。朝西看去，眼前耸立着东京体育场的巨大看台，与四周皆是平房及两层小楼的密集住宅相比，简直就像是漂浮在海面上的一艘巨型油轮。

新闻里说，赎金是在东京体育场的停车处被绑匪取走的。媒体还大肆报道说赎金被取走是警方由于通讯不畅所导致的重大过失，所以现在警察们是拼了命也要把这个案子查到底吧？从这些天警方在山谷的搜查力度来看，他们应该是不达目的誓不罢休。

美纪子盯着天空看了一会儿，见大场带着明男走了过来。

"喂，只能说十分钟！"大场丢下这一句便走回了门内。

"姐，你跑这儿来干吗？"明男不耐烦地问。

"趁老妈还不知道，明男你给我说实话，那二十几万你是怎么弄来的？"

"赌马赢的！"

"别瞎编了！"

"那就是中了彩票呗。"

美纪子怒不可遏，冲上前给了明男一巴掌。

"你干吗？这事儿和你又没关系！"

"怎么没关系？大有关系！警方现在怀疑你跟绑架案有关！你没干的话，趁早给我说清楚！"

"那件事儿啊，警察去查查不在场证明不就明白了？十月九日以后，我天天从中午到半夜都在六区的弹珠房看场子，哪有时间去拿赎金？昨天他们还让我录了音，跟绑匪的声音一对比，根本就是两个人嘛！这可是警方的科学检测结果！现在他们还不放我走，简直就是侵犯人权！姐，你赶紧把之前那位律师叫来嘛！"明男面不改色地分辩。

听到弟弟有不在场证明，美纪子略微放心了。

"你没掺和这事儿，对吧？"

"当然！姐，难不成你在怀疑我？"

"那倒不是……你赶紧说，钱是从哪儿来的？"

"这个嘛……"明男又开始支吾起来。

"有这么说不出口吗？莫非是偷的？"

"别开玩笑了！我是想当好汉才参加社团的。小偷小摸那些事儿，就算大哥下命令，我也不会干。"

"那就赶紧说吧，少侠！"

"不过有件事我倒是可以告诉你。那枚金币，要是被警察查到在哪儿，麻烦就大了。"

"在哪儿？"

明男朝四周望了望，小声地说："在上野信和会一个叫立木的家伙那儿。他说被杀的前钟表商老头是他的亲戚，一直逼着我们把金币还给他……"

"为什么被警察知道这事儿就会有麻烦?"

"那他还不得恨死我们啊?搞不好会演变成社团之间的纠纷呢!所以我才装傻。"

"你这个笨蛋!唉,所以我才真心讨厌黑社会啊!"美纪子深深地叹息道。

"反正我现在算不上被逮捕。既然是协助调查,警察就不能把我关进看守所。再忍一阵子,到了晚上,他们就得放我出去。"

"大场说了,警察随便找个罪名就能正式逮捕你。"

"你少听他吓唬人。警方这边的规矩,我早就弄明白了!"

"在这种事情上,你少得意!"

"哎呀,不过警察还真是够可怕的。那老头被杀的案子,宽治不过是在偷东西的时候碰巧遇上了,居然能被警察发现!"

"那又是怎么回事?"

"啊,忘了告诉你。简单点儿说,就是宽治进去偷东西的住户里发生了杀人案,然后宽治从那户人家偷了枚金币,不知道值多少钱就直接送给我了。我在什么都不知道的情况下找地方卖了,结果惹了一堆的麻烦……"

"喂,十分钟到了!"大场推门走过来,跟在他身后的另一名刑警把明男带走了。

"小美,怎么样,明男说实话了吗?"大场点了支烟问道。

"他跟绑架案没关系,我就放心了。"

"不是问这个。搞清楚钱的来源了吗?"

"他没告诉我。不过,对大场先生您,我可以说出另一件事。明男说,他赎回来的金币给了上野信和会的立木。"

"给了立木?当真?"

"明男是这么说的。"

"那真谢谢你了,小美!"大场难得地向她道了声"谢谢"。

美纪子觉得自己这是背叛了弟弟的信任,却并不在意。反正明男所谓的"麻烦"不过是黑道之间的纠纷,虽然她并不十分明白内情,但警察去把那些黑帮分子都抓起来,她倒是高兴。

"明男还要在这里再待几天。"

"您请便。需要的话,我给您提供案由。明男这家伙,一天到晚就知道从家里偷钱。"

"哈哈,到底要不要请小美帮这个忙呢?"大场从鼻子里喷着烟苦笑道。

站在街上抬头仰望,只见头顶已是秋高气爽。荒川对面的河岸边,工厂区一个个大烟囱里冒出的烟像是用尺子比着画出来的,整齐地飘向同一个方向。

晚上七点,旅馆饭堂里的电视屏幕上播出了NHK的新闻,警视总监的录像也出现在画面里,他坦率地承认,自从绑架案发生以来,警方尚未获得有力的线索,对此深感痛心和焦虑。他还对绑匪隔空喊话:

"自古以来就有'恨罪不恨人'的说法。我们也怀着这样的心情,希望你能尽快让小吉夫回家。因为已经拖得太久,所以或许你也在考虑该怎么送回小吉夫。如果你没有勇气亲自送回孩子,那么至少可以把他放在较大的车站、电影院或者动物园,这样就会有人把他当成迷路的孩子送来警察局。也还有很多其他办法。假如你良知未泯,请尽快送孩子回家。同时,也请广大市民在提供消息等方面给予警方更多支持。"

警视总监亲自在电视上发出呼吁，简直闻所未闻，是日本警察史上的头一遭。美纪子像是在看电视剧似的，目不转睛地盯着屏幕。

播完警视总监的讲话，电视里又播放了一段绑匪的录音，这也是开天辟地头一回。

"是铃木先生吗？"

"我是之前打电话的那个人，你儿子在我手里。"

"没有报警吧？"

"五十万日元，准备好了吗？"

……

这段被编辑成二十秒的录音散发着无尽的黑暗气息，令人毛骨悚然，就像身临其境地站在罪犯面前。美纪子不禁浑身僵住了。

不知何时，母亲福子和饭堂的大婶也围拢过来，一边目不转睛地看着电视一边伤心不已地叹息。平时与普通市民无关的恶性犯罪事件第一次通过电视传入了千家万户，让全体国民为之心痛不已，纷纷祈祷小吉夫平安无事。

30

新宿果然是印象中那个华丽、繁荣的红灯区。宇野宽治一下子就喜欢上了这里，尤其是歌舞伎町一带，街道上充斥着他从未体验过的纵情享乐的气氛，单单从这里路过，便让人飘飘欲仙。

宽治先去应聘了弹珠店店员的工作，但因为拿不出身份证明，只得作罢。不过他身上还有些积蓄，可以先找一家廉价旅馆安身，之后再考虑如何在新宿维持生计。

与他的境遇形成鲜明对比的是里子不费吹灰之力就找到了新工

作。她用假名字去一家夜总会应聘时,直截了当地告诉对方,自己无法提供身份证明。结果对方什么都没有问,就立刻录用了她,还给她分配了一间带电视和冰箱的员工宿舍。这让宽治不由得大为感慨:红灯区果然是女人的天下啊!员工宿舍是位于歌舞伎町尽头的公寓房子,每套房子里分配了住两个人,所以宽治不得不和里子暂时分开一段时间。

"一起住的那个姑娘不在的时候,你就过来吧。听说她有个做不动产中介的老公住在外面的旅馆里,她每个星期都会去他那儿住一天,到时候你就可以来我这儿了。"不知是不是对宽治动了情,里子如今对他的态度越来越温柔,刚找到工作就给他买了条腹带,说是为了防止感冒。当然,也可能是因为她刚离开浅草,害怕又落得孑然一身。等以后她有了新的男人,肯定会甩掉自己。宽治很清楚自己的位置,从小时候起,就没有人真正地爱过他。

无所事事之余,宽治沉迷于弹珠游戏。在浅草的时候,明男曾教过他选机器的窍门,他对此很有把握。在店里找到合适的机器后,刚玩了十分钟,机器下面盛弹珠的盘子就堆满了,不得不都倒进箱子里。后来,他的烟抽完了,便对在店里来回巡视的店员说:"喂,能给我换包烟吗?"说着,抓了一大把弹珠给对方。或许是看不惯他的傲慢,店员一瞬间流露出厌烦的神情,但还是满足了这位"贵客"的要求。

玩了一个小时,宽治觉得累了,脚下装弹珠的箱子已经堆了三层。他打算把弹珠都换成店里的礼品,便拉住一名店员,很不客气地发号施令:"喂,你!把这些弹珠给我搬到柜台去!"店员脸色大变,直勾勾地瞪着他。

他抽着烟,靠着柜台等店员清点弹珠,忽然有人拍了拍他的肩膀。回头一看，面前是个黑帮模样的年轻人。

"这位客人，以前没见过你，头一回来玩儿吗？"那人看似客气，语气却犀利。

"是啊。"宽治用标准腔回答，近来他已经完全没有口音了。

"说话能客气点儿吗？我们的店员可不是你的用人。"

见宽治一言不发，对方又问："你是哪个社团的？"

"浅草东山会的。"宽治回答。虽然是假话，但他确实已经把自己当作东山会的一员了。

对方的脸色一变："东山会的？你来新宿干什么？"

"不干什么，就是来玩玩。怎么，不行？"宽治本不想惹事，但不知怎的，居然气势汹汹地回敬了一句。也许是受了明男的影响，他已经被走到哪里都威风八面的明男同化了。

那人瞪了宽治一眼，甩出一句"你给我等着"便不见了踪影。过了五分钟，他带了几个人来，把宽治拖出店外，拉到弹珠房旁边的小巷里。

"我再问你一遍，浅草的社团跑到新宿来干什么？"

宽治仍然没有理会。那些人便认定他是来找茬儿捣乱的，开始骂骂咧咧——

"胆敢小看我们？"

"你小子才多大？看着不过是个小喽啰嘛！"

宽治仿佛置身事外，看着这些威吓他的人。说起来，这种场面他从小就经历得多了。

想到这里，记忆的大门仿佛敞开了。是啊，小时候在札幌生活的那段日子里，母亲后来的那个丈夫几乎天天都在对他大吼大叫，筷子拿得不顺眼会挨骂，饭撒了会挨打……从那时候起，他就彻底关上了情感的开关。再后来，他既感觉不到恐惧也不懂得什么是紧张——就算杀了人或者被别人杀都是如此。

"你小子打什么鬼主意？东山会这种小社团的喽啰也敢在新宿出风头？这里可是住田组的地盘！"

"你给我说话啊！是不是你们老大让你来找茬儿？"

一个家伙掏出了折刀，刀尖指着宽治："喂，问你话呢！"

宽治仍一动不动地沉默着。对方的几个家伙有些迷惑不解，低声议论起来：

"这家伙有点儿不对劲啊！"

"我也这么想，该不会是抽了非洛本①吧？"

宽治心不在焉地听着他们的说话声，脑海中的记忆在不断地复苏。继父常常会带着他上街，让他站在电线杆后面。有车子经过的时候，便猛地把他推到路上。猛地，他感到一阵眩晕。像是要忍耐这阵眩晕似的，他紧咬牙关，脸颊一跳一跳地痉挛着，眼睛里也充满了血丝。

"果然有点儿不对劲！"

"算了，别管他了！"

"怎么能算了？难道任凭他在咱们的地盘上打咱们的脸？"

拿刀子的家伙朝宽治逼过来。此时正好有个穿制服的警察骑着自行车路过，见此情景，大吃一惊，停车朝他们大喊一声："你们这些家伙，在干什么呢？！"

"糟了，赶紧跑！"住田组的家伙一哄而散。那名警察喊着"站住，站住！"，又骑上车追了过去。

---

① 非洛本（Philopon），一种毒品。

宽治回过神来，也急忙离开了现场。不管发生什么事，他都不害怕，除了面对警察。他没来得及辨清方向，直接朝着与警察相反的方向溜了。

比眼前更重要的是，在札幌究竟发生过什么事？就在他快要想起来的时候，记忆之线一下子被切断了。继父对自己做过些什么？一切都隐藏在浓雾之中，当他想过去看个究竟的时候，双脚却酸麻得迈不出一步。

眩晕感越来越强烈了。他在附近公园里的长椅上躺下，心中充满了难以描述的压抑感。继父的脸刚刚在脑海中浮现，又消失了。他的大脑似乎在抗拒着什么。

傍晚，他来到里子工作的夜总会后门附近，等待着即将来上班的里子。

他忽然觉得怀里很需要有个女人，所以特地跟里子打了招呼，约她下班后见个面。在礼文岛的时候，他一度习惯了孤身一人的生活，从未想到自己需要朋友。来到东京后认识了明男，便开始希望身边能有可以相伴的朋友，尤其是异性朋友。或许是年轻的缘故，每天晚上，他都希望自己的怀里能有个女人。

太阳落山时，浓妆艳抹的里子踩着高跟鞋、脚步声清脆地来到了店门口。看到宽治的一瞬间，她变了脸色，像是受到了什么惊吓似的。

"你在这儿干吗？"里子问。

"今天几点下班？"

"店里十二点关门，但也要看有没有客人。之前不是告诉过你嘛。"里子很不自然地回答。

"那我十二点在这儿等你。今晚去旅馆过夜吧？"

里子没有回答。

"怎么了？不愿意？"

"嗯，知道了。"里子像逃跑似的走进了店门。她为什么如此冷淡？虽然她一直以来都不大瞧得起宽治，但对他的态度倒还是挺亲切的。

反正想不明白，宽治索性走进了附近的一家烤肉店，在吧台上找了个座位，点了烤肉和白米饭。店里十分拥挤，弥漫着烟味和烤肉味。客人大多是刚下班的白领，闹哄哄地喝着酒。宽治把肉片放在吧台的烤炉上，烤到焦脆后便就着米饭一起送入口中，甜辣烤肉酱的味道立刻在口腔中融化开来。

店里的电视上正在播放NHK的七点钟新闻。他不经意地看了两眼，见播音员正用抑扬顿挫的声调播报着绑架案。

"又是这个案子啊！"一位客人说。

"天天都在说这个……"

"不过，警视总监能亲自出来呼吁还是挺了不起的，反正我是这么觉得。"

"就是！换了我们公司的社长，肯定会把事情都推给专务，自己躲到一边儿去！"

"哈哈哈！"

众人的笑声引得厨房里的大厨也跑出来看电视。

屏幕上的画面切换成一台静止的黑色电话，扬声器里传出绑匪要求赎金的声音。

"这个嗓音像不像总务部的青木？"

"像！那家伙就是绑匪吧？哈哈哈！"客人们说笑着。

宽治起了一身鸡皮疙瘩。原来如此，警察把通话都录了音。

"不过,这种录音真不应该在新闻里播出,这阵子,耳朵都快听出茧子了!"

"警察也是孤注一掷了,毕竟丢尽了脸面。"

"据说赎金是五十万?一家豆腐店能掏这么多钱吗?"

"当然能,警察又不可能替他们出。"

"看来做豆腐还挺赚钱的嘛!"

"别瞎说了,那只是一家小豆腐店,肯定是掏光家底才凑出来的。说起来也真可怜,你看看那个店主一脸死灰的样子……"

宽治一边听着客人们的议论一边朝嘴里扒着饭。他终于明白里子为什么对自己态度大变了,看来她也从电视上听了那段录音。

电视上已经开始播放另一条新闻,但店里的客人仍在议论着绑架案。回到厨房的大厨也不时地跟客人们交谈着:"世上还真有这么可恶的人哪!"

宽治添了碗饭,又点了一份烤肉。想了想,又要了一瓶啤酒。

"小哥到底是年轻,饭量真好。"服务员大婶给他端来啤酒时亲切地说。宽治没答话,把啤酒倒进酒杯一饮而尽,昂头的时候瞥见了店里墙上贴着的传单,"绑架小吉夫的罪犯具有以下特征"几个字飞入眼帘。他想背过脸去,却无处躲避,只能顺着看下去。遇到不认识的汉字,便全靠想象揣摩它们的意思。原来警察已经了解这么多情况了啊。

宽治又倒了一杯酒,慢慢地缀饮起来。

午夜十二点,他等在夜总会的后门,见里子和店里的几位女郎一同走了出来。她们好像都喝了酒,叽叽喳喳地边走边聊天。见到宽治,里子脸色一沉,对其他女郎说了声"那我先走了",便朝宽治走了过来。

"去哪儿？"

"这附近就有一家旅馆。"

"好。不过，我有些事要先问清楚。上次你给我和町井的钱是从哪儿来的？"里子把宽治拉进电线杆的阴影里问道。

"不是告诉过你吗？偷的。是上野的那家公司，事先我都不知道他们家的保险柜里全是钞票和单据，肯定是放高利贷的，所以我毫不客气地都拿走了。明男不是还夸我'干得漂亮'嘛！"

"丢了那么多钱，为什么新闻里没有报道？"

"因为那些钱都是见不得人的黑钱嘛。"宽治分辩道，但里子根本不信。

"走，赶紧去旅馆吧！"

"还有一件事。咱俩住在吉原的老印刷厂的时候，你没事儿就去楼下的办公室打电话，都是打给谁的？"面对里子的质问，宽治一时语塞。

"啊，那是打给明男的。因为闲着无聊，想找他玩儿。"他艰难地说出了明男的名字。

"少胡说！明男那时候根本进不了东山会的事务所，怎么可能接电话？"

"他待在自家的旅馆里呢，那家伙说要给家里帮忙。"

"我怎么没听他说过？"

"我听说过不就行了？"

虽然宽治一口咬定，里子仍是一副将信将疑的表情。宽治拉起她的手，迈开脚步朝前走去，里子只能无可奈何地跟上。

他们住进了一家带浴室的旅馆，宽治立刻去泡了个澡。他招呼里子也一起进浴缸里泡泡，但里子回绝了，只简单地冲了淋浴。

他们在被窝里躺下，刚要盖上被子，里子转过身皱着眉头说："你嘴巴太臭了！不刷牙就别碰我！"

"知道了！"宽治不情愿地爬起来，在洗脸台上刷了牙。

之后他们又开始亲热。里子一向喜欢大声呻吟，甚至惊动过邻居，今晚却一声不吭，只有呼吸略显急促。

"里子，你不出声，我怪没心情的。"宽治抱怨道。

里子不耐烦地皱皱眉，随后"嗯……啊……"夸张地喘起来。

宽治始终无法集中精神，怎么也进行不下去。

31

自从电视台播出了绑匪的录音，侦查总部就陷入了巨大的混乱之中。市民的举报接连不断，警方的电话响个不停。

其实，关于是否公开录音，警方内部也存在争议。一线刑警普遍持反对态度。搜查一科科长玉利代表整个侦查总部要求上层不公开绑匪的录音，因为那样"只会引来毫无意义的围观"。但上层认为"越早公开越有可能获得线索"，最后还是在警视总监的裁夺下决定公开。时至今日，玉利担心的情况终于发生了。

"某某町的某某的声音很像录音里的声音！"

"最近有个无业游民忽然买了台彩电！"

"有个年轻人拉着个哭闹的小男孩的胳膊正走着呢！"

既然市民提供了消息，警方就不得不一一确认。因此，刑警们东奔西走，疲于奔命。而且，热心提供情报的不止普通市民，还有其他地方的警署，似乎全日本的警察都被动员起来了。即使有人声称在九州或北海道发现了嫌疑犯——考虑到如今交通发达，绑匪从那里到东京只需一两天——警方也绝不能置之不理。

这一切当然都是因为警视总监亲自在NHK的新闻中向全体国民鞠躬呼吁"请协助警方"。一亿日本国民基于义愤，怀着使命感，像侦探那样帮着警察破案。这简直就是警方给全体国民颁发了办案许可证。

那段录音被复制了三百多份，下发给警视厅管辖的各警署和地方警署。为了便于市民随时收听，警署的接待窗口还放置了便携式唱机——这些唱机大多是警察的私人物品，实在没有唱机的警署便从附近的电器商店借用。

结果各警署挤满了前来要求试听录音的附近居民，警署不得不专门安排人手应对，导致警方彻底陷入了办案人手不足的境地。

落合昌夫又一次切身感受到了时代的变化。警察被来自普通市民的"情报"牵着鼻子走，这种事在过去简直不可想象。

"老家伙，没想到电视有这么大的威力吧？"在浅草警署的食堂里吃晚饭的时候，仁井讥讽地说，"时代真是变了啊。现在流行什么，全是从电视上看来的。追星族、荞麦面馆取外卖的小学生……个个都在盯着电视啊！不看看眼前的现实，随随便便在电视上播出录音，还到处复制、散发，让一线的人员怎么招架得住！饭岛部长的确是个好领导，但是太不了解舆情了。这就是所谓精英的局限性！"

"喂，尼尔，你少说两句。反正都已经公开了，再发牢骚也没用。"宫下责备仁井道。

"杜父鱼，看来你挺赞同他们的做法嘛！我却正想跟上面打报告，请部长大人退居幕后，重新由玉利科长负责侦查总部的指挥！"

"你这臭小子,别胡来!在这种节骨眼儿上临时换帅,只会让事情越弄越乱。这个案子现在已经成了全国瞩目的大案,好多事情光靠一线人员搞不定。"

"我觉得,上面这么急着公开录音,大约有一半原因是出于政治方面的考量。"泽野一边啃着烤鱼一边抛出一个更奇怪的观点。

"这话怎么说?"

"我们一线人员心里都明白,这案子可能会拖很久。但上面的人可不敢直说,否则老百姓就会觉得警方已经放弃小吉夫生还的希望,所以只能按事态紧急的情况办:不仅公开录音,连警视总监都亲自出马拜托大家帮忙……"

"泽野果然是知识分子啊,你这么一说,我就全明白了!"森停下筷子,佩服地说。

昌夫也深以为然。的确,警视总监亲自上电视前所未有,但也表明警方仍然坚信小吉夫还活着。

"不过这样一来,就把铃木家直接置于聚光灯下了,是不是有欠考虑?现在他们家不仅天天有骚扰电话,慰问电话也源源不断,闹得豆腐店只能关门停业,实在太可怜了。"岩村脸色阴郁地说。铃木家点名希望他和昌夫在店里守候,他俩只能轮流过去值班。自从电视报道以来,店里的电话铃就没停过。

"这就是所谓'善意的打扰'吧!"宫下叹息道。

"这也是电视的可怕之处。"仁井扬起嘴角说,"如果按一万个人里有一个傻瓜的比例来计算,当分母变成一亿人的时候,就意味着有一万个傻瓜。警察总不能听风就是雨,按这些人随意提供的线索跑遍全国吧?说到底就是这么回事儿。"

听了仁井的话,众人纷纷点头。姑且不论"傻瓜"这个比喻是否恰当，电视的普及确实改变了整个社会。

"对了，阿落，宇野宽治的情况查得怎么样？今天的会议上，你只说了句'还在调查'，对吧？"宫下问昌夫。

"我可没隐瞒什么。会议上我也说了，今天一早，我就给北海道的稚内南警署邮寄了录音带的复制件，估计明天下午他们就能收到。多亏了国井署长大力支持，他们准备召集那边和宇野有关系的人都来听听。另外，我还跟岛上唯一安装了家用电话的船主酒井寅吉联系过，问了一下电视里播出的声音跟宇野像不像，他听了以后说'不太确定'。从他说话的语气听来，好像不是不耐烦，而是觉得事情重大，不敢随便下结论。他听说警方怀疑宇野可能跟绑架案有牵连时，吓了一大跳。"昌夫回想着上午打电话时的情景，酒井寅吉听到警察有关宇野的询问后，惊讶得说不出话来，咕咕哝哝地感慨道："礼文岛的人居然干出了这么吓人的事呗……"恐怕两三天之内，整座礼文岛都会知道这件事。

"宇野的母亲呢？问过她吗？

"她的酒馆和所住的公寓好像都没有安装电话。"

"那就让岛上的派出所帮帮忙，尽快与她取得联系。亲属的证词最可靠。"

"知道了。"

"东山会那边怎么样了？宇野曾经在他们事务所进进出出，能不能拿到更明确的证词？"

东山会是昌夫最先拿着录音复制件前去拜访的地方，但那里的所有人都摇头说"听不准""不好说"，没获得有价值的证词。

"跟宇野有过接触的都是住在事务所里的小弟，其中有个叫町井明男的挺照顾他，这个町井现在正因为印度金币的事在南千住警署接受调查，但一直死不开口。因为只是协助调查而不是逮捕，拘留了两个晚上实在说不过去，就把他放了。"

"一个小混混，居然连'魔鬼大场'都问不出他的话？"森拓朗似乎挺佩服町井。

"南千住警署的署长特地交代过，上野警署上次抓他的时候招来了律师，这次千万不能对他动粗，所以大场他们不能按以往的办法审讯。"

"呵，当上警视都学会明哲保身了！"仁井冷笑道。

"然后就把他放了？"

"听说派了人一直跟着他，再往后的事就不清楚了。大场警官没参加今天的侦查会议，该不会亲自去盯了吧……"

"老资格就是自由！"仁井感叹。

"喂，尼尔，你别老打岔！"森抱怨道。

"阿落，上野信和会的立木那边呢？"宫下问道。

昌夫认为金币已经落在立木手里。不过，他当面问起的时候，立木却跟他装傻，满口"您说什么呢？哪有的事儿！"。据说那枚金币的市价高达七十到八十万日元，也难怪他对警察装傻充愣了。

"今晚我再去一趟问问看。"

"和他谈谈条件，就说不追究金币的事了，跟他打听打听东山会那个町井是怎么搞到那一大笔钱赎回金币的。"

"立木那家伙，给他点儿颜色就老实了。要不，让我去一趟！"

"尼尔，你别添乱！"森生气地瞪了仁井一眼。

仁井耸耸肩："行，那我就去新宿逛逛！"说着站起身来。

侦查总部虽因疲于应对市民举报而陷入混乱，分配给昌夫的任务却很明确：找到宇野宽治，向他询问有关绑架案的事。小吉夫在被绑架当天曾和宇野有交集，也有人证明宇野的嗓音与通话录音颇为相似。这些都是不可否认的事实。

晚上九点过后，昌夫来到了上野的麻将馆，见立木正在麻将桌前跟几个小弟玩得不亦乐乎。

见昌夫走进来，立木不耐烦地皱起眉头。

"落合警官，您来纠缠我也没用！我可不认识什么东山会的小混混。"立木似乎不怕被别人听见，毫无顾忌地大声说道。

"别这么说嘛！我们警察现在是心急如焚哪！其他的事我不问，只想打听打听町井明男的钱是从哪儿弄来的。"说着，昌夫找了把椅子坐下。

"我说过了嘛，不知道。我对大场警官也是这么说的。你想，说不定那个叫什么町井的小混混是用借来的钱把金币赎回来还给我的。东西都到手了，谁还多问'啊，辛苦你了，是从哪儿搞到的钱'？要是钱的来路不正，就更不能问了。万一他的钱是偷来的，我岂不成了包庇犯？您说是不是？"

立木所言，确实有道理。既然一句"不知道"能推卸责任，那么不闻不问才是上策。

"金币现在在哪里？在立木社长手上吗？"

"怎么会？我可什么都不知道啊。"

"那好，反正我们不打算追究金币的事。既然社长跟我打哈哈，我就不问了。"

"哎呀，怎么是打哈哈呢？真是人言可畏！"立木似乎很不高兴地反驳着，但并未动气。

"警察想知道的只是町井赎回金币的那笔钱的来历,我们现在怀疑是不是跟绑架案的赎金有关……"

"小吉夫绑架案?"立木的眼睛立刻瞪圆了,麻将桌旁的小弟们也吓了一跳似的望着昌夫。

"真有这回事儿?"

"大场警官没告诉社长?"

"他没说过……"立木连脸色都变了。

"是吗?那我就把话挑明了。我们只想知道町井到底跟绑架案有没有牵连。社长要是有什么线索,请务必告诉我们。如果您配合,我们自然不会找您的麻烦。"昌夫诚恳地说。

立木停下手中的麻将,沉吟片刻,终于开了口:"虽说绑架案闹得动静挺大,但我确实什么都不知道。只有一点,我可以确定:新闻里播出的绑匪的声音和町井似像非像。"

"明白了。这就是说,社长您认识町井喽?"

听昌夫这么一说,立木不禁仰天叹息,拍着脸说:"哎,我可真是不打自招!"

"没关系,没关系。就算您威逼町井归还那枚金币,我们也不会追究。所以,还要请您帮个忙。"

"帮忙?帮什么忙?"

"从绑架小吉夫到领取赎金的这段时间里,绑匪可能一直藏在浅草、山谷、吉原一带。虽然还不清楚他是单独作案还是另有同伙,但我们认为,他能躲过警察的搜捕,很有可能是什么人帮他提供了藏身之所。台东区是信和会的地盘,只要社长一声令下,肯定能发现点儿线索吧?"

"哈哈哈!"立木发出一阵干涩的大笑,"果然是年轻警官头脑灵活！你打算让黑帮替警察干活？"

"不是替我们干活,是拜托您协助调查。"昌夫探了探身子说。

立木朝几个小弟歪歪下巴,让他们走开。

"今天的报纸把警察骂了个痛快啊,《中央新闻》的标题就是:《警方焦头烂额,胡乱搜查惹民怨》。"

"那篇报道我也看过了,《中央新闻》的报道一贯如此。"昌夫又想起了记者松井的模样。他每天早上都会出现在浅草警署,追着办案刑警,语气强硬地打听侦查的进展。

"警察现在的日子不好过啊。"

"是啊,我们每次开会都会被上面痛批一顿哪。"

"落合警官,假设我帮这个忙,你们能放过金币的事吗？"

"那要看您提供什么样的线索了。"

"行,我会留心的。"立木似笑非笑地点燃一支进口烟,朝天花板吐着烟圈。

"再告诉您一些具体的线索。我们认为,绑匪就藏在以浅草千束町一丁目的十字路口为中心、半径二百米的范围内；索要赎金时使用的不是公用电话,而是固定电话。"昌夫补充道。

立木皱皱眉头,压低了声音说:"落合警官,您跟黑帮透露这么多,没问题吧？"

"没问题,反正明天的报纸上也会登出来。"

"哦,难怪呢。"

上层制定的方针是寄望于市民提供消息,搞得一线侦查人员早已分身乏术。

"不过,绑架孩子说到底是不可原谅的！"立木正色道,"我们虽然是混黑道的,但再怎么想赚钱也不会打孩子的主意。"

"是啊,这个绑匪真是个冷血动物。"

"但愿小吉夫平安无事!"

"谁说不是呢!"

连黑帮老大立木都为之黯然神伤,昌夫越发体会到民众对这个案子的关切程度。大部分民众为小吉夫感到难过,对绑匪充满痛恨。不难想象,这件事已经成了所有日本人议论的话题。但同时,这种高关注度也成了破案的绊脚石。

又过了两天,十月十八日中午,北海道稚内南警署的国井署长给侦查总部打来了电话,告知与宇野有关的人听了录音后的反应。因为事先打过招呼,昌夫一直在浅草警署待命,所以亲直接到了国井署长打来的电话。听说署长曾亲自前往礼文岛进行调查,昌夫不禁大为吃惊。

"百忙之中,承蒙您亲自出马,太过意不去了。"

"没什么,没什么,我也坐立不安。电视里天天都在播小吉夫被绑架的新闻,孩子的父母一脸憔悴。作为一名警察,即使身在日本列岛最北端,也希望能尽快破案!"国井署长语气坚定地说。昌夫觉得在遥远的北国也有了援手。

"那我就开始介绍情况吧。首先,我们找了宇野宽治中学时代的五名同班同学,让他们都来听录音。这五个人都说录音里的声音很像宇野。虽然没带北海道口音,但嗓音好像是同一个人。另外,据说宇野平时说话很呆板,语气毫无变化,听他讲话让人觉得很累,跟录音里那种拖延腔一模一样。"

"很相似?"昌夫的寒毛都要竖起来了。从小就认识的同班同学的证言比其他任何人更有说服力。

"之后还问了曾和他一起捞海带的渔民，也都说很像宇野。实际上，自从新闻播出以来，礼文岛上就不断有人议论：'那个声音不就是宇野家的宽治吗？'还引起了一些骚动呢。最后，也顺便让仍被拘留在我们警署的赤井和负责少年保护的松村先生听了录音，他俩也都说很像宇野。以我个人而言，礼文岛的人做出这种事情，实在叫人心痛……"听筒中传来国井的叹息声。

"您的心情，可以理解。"昌夫当然明白。

"尤其是负责少年保护工作的松村先生，一直在叹息说是不是搞错了，实在让人难以置信。"

"我想也是。不过现阶段还不能断定宇野宽治就是绑匪，请大家千万别提前下结论。"

"嗯，明白。我也叮嘱了岛上的人不要把传言当事实。不过你们东京的警察也很头痛吧？我们这里没发生过大案子，一想到要侦办震惊全国的特大案件，真是紧张得连膝盖都发软呢。"

"问过宇野宽治的母亲吗？"昌夫问起最关键的一环。

"宇野良子啊，从她那儿没找到什么线索。我和派出所的人一起去找她，她一口咬定这事跟她没关系，不肯配合。可能从别人那儿听说了录音的事，心里害怕。唉，这个女人本来就讨厌警察。"

"有可能的话，还是希望能问问她本人。如果能再次麻烦派出所的警官，就太感谢了。"

"我们当然不会放弃。我正劝说那位警官呢，很快就会有结果。说到底，那里是个小地方。"

"太感谢了！"

放下电话，昌夫再次激动不已。礼文岛的居民异口同声地说录音里的声音很像宇野宽治。相比今年夏天才认识宇野的那些东京的证人，这些从小看着宇野长大的人员的证词显然很重要。

他立即兴冲冲地向田中汇报了通话结果，然后建议加强人手寻找宇野宽治。田中虽然频频点头，却冷静地说："现阶段不可能增派人手。"并未同意，又说："所谓很像，只能是心理感受，无法成为物证。人们一旦有了从众心理，会很容易倾向于附和他人。"

"可是没有一个人说那声音根本不像啊。"

"你现在的兴奋心情可以理解，但越是这样，越容易把侦查引向歧途。现在还没到缩小侦查圈的时候，所以不能随便增派人手。追踪宇野宽治的事，目前只能靠第五组和特别小组。"

见田中没有答应，昌夫不免有些泄气。不过，他倒不是不理解上级的想法。放跑绑匪这一重大失误给指挥破案的领导造成了很大的心理压力，如果再出什么纰漏，不仅刑事部长要换人，说不定警视总监都要被迫辞职。媒体眼都不眨地盯着他们的举动，时刻准备在这个案子上使劲敲打警方呢。

昨天，围绕警方对固定电话用户的筛查行动，玉利科长在记者俱乐部遭到了轮番围攻。警方强行进入民宅，在电话听筒上搜集指纹，受到了居民的强烈抗议。

所以侦查总部现在不得不谨慎行事。

"把宇野的照片分发到警视厅下属的所有分署。如果不提前布好网，不知又会被他飞到哪儿去。不过，增派人手是绝对不可能的。"田中吩咐道，昌夫不得不服从。

傍晚，昌夫正在侦查总部写报告，田中发来指令说礼文岛的派出所将在晚上八点打电话过来，让他随时准备接听。

"据说宇野宽治的母亲同意接受问询。当地的警察劝过她，说如果再不配合，就会引发其他怀疑，反正只是跟东京的警察通通话，她这才勉强同意。这也算是你坚持不懈才有的成果。"田中称赞了昌夫几句，随即又叮嘱道："我强调过很多次，无论声音听起来如何相像，都不能作为物证，明白吗？"昌夫已将此牢记在心。

晚上的侦查会议散会后，昌夫又等了十分钟。八点，电话铃准时响起。他拿起话筒，里面传来警视厅通信部接线员的声音："这里是从北海道稚内南警署礼文派出所打来的电话，请问是否要接听？"昌夫答应了一声"是"。

"喂，是落合警官吗？"果然是长途电话，不时夹杂着"嘀嗒——嘀嗒——"的杂音。

"是，我是搜查一科的落合。有劳您了。"他对着想象中对方的脸点了点头。

"那么，我现在把电话交给宇野良子，你就随便问吧。"

一阵交换听筒的声音过后，传来了宇野良子低沉而又阴郁的声音："喂。"

"是宇野宽治的母亲吧？我是之前拜访过您的警视厅的落合，还记得我吗？"

"记得……"

"虽然不想麻烦您，但毕竟涉及重大案件，还请多多配合。"

"嗯……"

"后来宽治跟您联系过吗？"

"没有。"

"警方以盗窃罪签发了对宽治的逮捕令，这件事您知道吗？"

"派出所的警官告诉我了。"

昌夫尽量语气和缓，但宇野良子仍是爱搭不理的。

"那段录音,您听过了吧?"

"听过了,不过听不出来究竟是不是他。"

"怎么会呢?您可是他的妈妈啊!"

"作为妈妈也听不出来。录音里的人说的是标准腔。"

"不过岛上的人都说跟宽治的声音很像……"

"那些家伙是在找乐子吧?这个岛上什么都没有,好不容易发生这么一件大事,人人都像在过节似的,说什么傻子宽治在东京出息了,敢绑架人了……这三天来,周围净是在谈论这件事的,我真是受够了!我原本在香深那边和宽治以姐弟相称,这下可好,不光有孩子的事暴露了,连年龄也暴露了!真是丢尽了脸!"良子把积压数日的闷气一口气吐了出来。

"宇野太太,作为母亲,您当然相信您的孩子无辜。不过,就算是初步印象也好,能不能说说您的想法?比如像又不像,或者稍微有一点儿像……之类的。"

"警察先生,你问这个做什么?"

"亲属的证词很重要,至少比同学、同事的证词更受重视。"

"如果是这样,我反而更不想说了。"良子一口回绝。

听筒里传来派出所警官的劝说声:"我说你啊,作为市民,不配合警方怎么行呢?"

"宇野太太,宽治以前是个什么样的孩子?"昌夫换了话题。

"什么样的孩子?就是普普通通的小孩儿呗。"

"是吗?听说他在学校里上的是特殊班级?"

"那又怎样?没道理连警察都看不起他吧!"良子气势汹汹地反问道。

"我并不是看不起他。不过听负责少年保护工作的松村先生说，宽治在札幌曾经遭遇过交通事故，导致记忆障碍。有关这方面的情况，想向您了解一下。"

"既然是听他说的，就去问他好了！"

"请别这么说。听说您的前夫对宽治做了很过分的事，是吗？"

"既然你都知道了，干吗还要问我！"良子终于流露出些许感情色彩。

"您的前夫，您知道他现在在哪里吗？"

"不知道！问这个干吗？"

"为了了解情况。视破案需要，有时会问到这些私人的事情。"

"别问了！我好不容易才甩掉那个人！"良子的声音越来越激动。昌夫大概明白了两个人的关系：她肯定被前夫家暴过。

"宇野太太，还是之前的那个问题：对录音里的声音，您有什么想法？别再说不知道了，多少谈谈您的想法吧。"

"我说，警察先生，就算宽治是那个绑匪，肯定也是被别人骗的。就说在船主家偷东西那件事，不是赤井在后面挑唆的吗？说什么放火烧了番屋，其实是赤井泼的油！好像还是他本人对警察招供的。警察先生，你们应该好好惩罚赤井，他还打算伪造海难事故杀掉宽治呢！"

"宇野太太，现在不是在说这件事。"

"那好，很像！很像是宽治的声音！这样总行了吧！"良子歇斯底里地大喊起来。

"那就是说很像？是这样吗？"

"怎样都行，反正警察就是想把宽治办成绑匪！"

"啊，不……"昌夫几乎想放弃了。他本来很希望从宽治的亲生母亲口中听到"很像"这个答案，但决不打算强迫她承认。总之，单凭证词不能确定。他抬手看了看表，已经是八点半了。不知不觉，通话已经持续了三十分钟。此刻，双方都不再说话了，各自舒了口气。

"对了，宇野太太，没耽误您开店吧？"昌夫又问。

"怕不了，反正没什么客人。"良子疲惫地回答。

昌夫脸色突变。

"您刚刚说什么？"他抬高了嗓门，"怕不了？"

"就是'不用担心'的意思，是北陆方言。我父母是富山人，我从小听惯了，偶尔会冒出几句。礼文岛上，船泊那个地方有很多富山人，这里那里的，也会带点儿北陆口音。"

"原来是北陆方言。"

"是啊，那又怎样？"

"没什么。感谢您的配合。"

"那我先挂电话了。"平静下来的良子嗓音干涩地说。

昌夫没有回答，只是伸长了脖子，对仍滞留在大教室里的几个人喊道："田中科代还在署里吗？"

他的声音在空荡荡的大教室里回荡着。

32

十九日上午八点半。

早上的侦查会议通常只由科长代理分配实地调查人员和背景调查人员的工作，但今天，玉利科长竟然亲自参会，出现在指挥席的正中央。刑警们面面相觑，猜测着出了什么大事。

田中照例第一个开口：

"各位同事,早上好。昨天,第五组的落合发现了一条十分重要的线索,特地在此向大家通报一下。这件事之前已有过报告,即十月八日的交涉中,录音带中曾出现一句类似方言的'怕不了'。后来根据落合警官的调查,发现这句话是北陆地区的方言,意思是'不必担心',但后来一直没有发现本案与北陆地区有关联,所以猜想大概只是绑匪的口误。不过,昨天,落合与远在北海道礼文岛的宇野宽治的母亲通话时,从她口中听到了相同的说法。喂,落合,还是由你来说明吧!"

被点名的落合站起身,房间里所有人的视线都集中到他身上。

"那么,我简单介绍一下情况。昨晚,我与在礼文岛香深地区开酒馆的宇野良子通了电话。后来因为通话时间比较长,我就顺便问了一句'没耽误您开店吧?',她当时的回答是'怕不了',让我大吃一惊。经询问,'怕不了'在北陆方言中的意思是'没关系、不碍事'。宇野良子解释说,她父母是从富山县迁居到北海道的,在礼文岛北端的船泊村还有很多来自富山县的居民,所以其中有些人说话仍带有北陆口音。由此可以推测,从小在这个环境下长大的宇野宽治说话时可能会夹杂一些北陆方言,而他就是那个打电话索要赎金的绑匪的可能性也大幅增加。"

整间屋子里的人顿时议论纷纷。宫下颇为兴奋地嘟囔着:"这算得上是一条完美的证据啊。"

田中继续说道:"大家都听到了,侦查总部非常重视这条线索,将把宇野宽治作为侦查重点。除了追查原豆腐店女佣川田惠子的小组之外,从今天开始,所有待命人员全部开始寻找宇野。至于搜寻的途径,之前曾试图追踪过极有可能与宇野在一起的喜纳里子,但很难说这个方法眼下是否仍然可行。另外,还要考虑他是否有同伙。据他原先打工的脱衣舞俱乐部的人说，十月十二日星期六曾接到喜纳里子的来电，称当时在热海……回东京后，要去新宿重新开始。通常情况下，一个女人很少会独自去热海那种地方；上次的会议中，我们也提到，她很可能是跟宇野宽治一道去的，所以将热海和新宿纳入紧急搜查范围。喂，尼尔，有发现要赶紧通报，不准藏着掖着！"

"是在问我吗？"仁井蹦了起来。

"新宿那片灯红酒绿的地盘不是归你管吗？你整天打扮得油头粉面的，该不会一直在那边闲逛吧？"

"科代，您是不是对我有什么误解啊？"

"别废话，赶紧说！"

被田中逼得没办法，仁井苦着脸勉强开了口：

"在新宿一共查了三家脱衣舞俱乐部，都说从星期六以后就没招过新人。所有的土耳其浴室也查过了，虽然有几个新来的，但都是知根知底的人，跟这案子没关系。我跟店里的老板都打过招呼了，一旦招聘新人，必须向我通报。请各位自行判断需不需要费力气再去查一遍。至于喜纳里子，恐怕她找工作时不会用真名。新宿地盘不小，夜总会、小酒吧不计其数，我在考虑是不是应该向新宿警署请求增援……"

"那是当然，我会跟新宿警署打招呼。"田中说道。

"还有，我想今后大家一定会通过实地调查去寻找线索。红灯区那一带是新宿的拐角处，与歌舞伎町、西大久保町的地盘犬牙交错，请大家务必注意。更麻烦的是，台湾的黑帮最近也过来了，时常在各处惹是生非。不过这样一来，也许可以趁机摸清这些黑帮的势力范围……"仁井继续滔滔不绝，从人妖酒吧到街上的小跑腿儿，过于详细的新宿情报让刑警们听得哭笑不得。

"好了，大伙儿都听明白了吧？新宿是全日本最大的红灯区，侦查工作肯定会很辛苦，但目前只能从那里寻找线索，所以大家要像捉虱子一样仔细筛查。考虑到娱乐场所都是傍晚以后开门营业，白天就先从旅馆开始找起。"田中指示道。

"科代，"仁井又举手发言，"夜总会一般会租下公寓给小姐们当宿舍，所以公寓也不能漏掉。"

"知道了，尼尔，就由你来给大家划分片区！"田中不耐烦地朝他招招手，仁井便走上了前方的主席台。

"搜查新宿的同时，我们还准备派人去热海调查，就拜托大场主任和落合吧。热海那边的旅馆数量太多，两个人实在不够。不过如果能找到喜纳里子，自然会从她口中问出来。现阶段多派人过去，如果毫无收获，简直是浪费人手。另外，喜纳里子是七天前打的电话，此刻很可能已经离开热海回到东京。真让人费脑筋啊！不过，就算只有一点点线索，如果能弄清他们的行踪，也很有价值。幸亏大场主任在热海那边人脉广……"

"谈不上人脉广，只是碰巧在热海警署有几个熟人罢了。带几瓶酒过去表示表示，他们不好意思不帮忙。"大场淡然地说，"罪犯都爱往热海跑，真见鬼。在东京弄到钱的家伙都会雷打不动地跑去热海泡温泉，因为这个缘故，我去过几次热海，跟那边警署的同行才算是有点儿交情。"

"果然是大场主任。"在场的一些老警察都不禁感慨，昌夫也十分佩服。仁井和大场都是天生吃刑警这碗饭的。

"那么我也来说几句。"玉利开口道，"追查嫌疑人行踪时，除了查找年轻情侣，也要多留意身边带着六岁儿童的年轻男子这条线。虽然我们是在追查绑匪，但同时必须尽全力救出小吉夫。这一点，请大家一定要记住。"

听了玉利的话，在座的人顿时沉默不语。今天，各家晨报都刊登了警视总监的讲话，大意是，警方相信小吉夫仍然活着。虽然在记者的轮番追问下，多少有些难以自圆其说，但就算是故作姿态，对警方而言，"优先救孩子"的宗旨是铁打不动的。

小吉夫被绑架已经十三天。市民提供了无数的信息，但基本类似"公园里有个小孩儿在哭"。不仅毫无参考价值，而且给警察增添了不少麻烦。

早会只开了三十分钟左右，散会后，侦查员们分头前往新宿展开调查。昌夫找到了大场，微微躬身说："那就拜托您了！"大场哈哈大笑说："有阿落跟着，说不定真能在热海搞到线索！"听他这么一说，昌夫心里也升起了希望。

在八重洲的酒铺里买了两瓶清酒，昌夫他们便在东京车站乘上了东海道线的特快列车。因为是临时出差，两个人都没带行李，虽然预计肯定要在当地过夜，却没带换洗衣物，但此时已经是十月下旬，天气逐渐转凉，倒也问题不大。警署的训练场连日来挤满了在单位过夜的人，空气中满是汗臭味儿，现在终于清爽了许多。

昌夫是第二次来热海。两年前，他和太太度蜜月的时候来过一次。被调到搜查一科之前，他没跟任何人提起过。区区一名小警察，居然赶时髦学人家去热海度蜜月，被人知道了免不了一番冷嘲热讽。

过了品川，铁路两侧忽然变得开阔，好几辆推土机轰隆作响，许多戴着安全帽的工人正在挥舞着镐头。昌夫愕然地看着如此大规模的施工作业，恍然大悟这应该是在修建新干线。新干线的东海道线预计明年秋天开通，刚好赶上当年的东京奥运会开幕。

"奥运会前，来得及完工吧？"把胳膊肘支在车窗窗框上的大场问道。

"应该来得及，毕竟关系到国家的信誉啊。"昌夫答道。

"是吗？不过，这条新干线能到热海吗？"

"能。回声号新干线沿途停靠的站点好像有东京、新横滨、小田原和热海。"

"这下可真方便多了！不过那边的案子也应该会更多了，今后办案更麻烦！"

"就是啊。要是警察之间再互相争地盘，案子就更难办了。"昌夫像是在提醒自己似的说。全国警力联手侦破案件的时代已经到来。

很快，新干线的铁轨就从老线路分叉，通向专用的高架铁路桥。流线型子弹头列车还是和钢筋混凝土的高架桥看起来更般配啊。

午后，列车到达热海站，站台上飘来潮湿的香气。也许是因为这里空气清新，和满是雾霾的东京不同，所以连吹过来的风也令人惬意。大场出发前打过招呼，此时，静冈县热海警署的两名刑警正在检票口迎接他们。

"都说了不用来接，实在太过意不去了！"大场朝对方躬身行礼，一旁的昌夫赶忙跟着鞠躬致谢。

"哪里哪里。在电话里听您说是为了追查小吉夫的案子，我们这边重视得不得了。跟科长汇报后，他又立即报告署长，署长指示我们一定要全力配合。"一位相貌和气的中年警官同情地说。

"说老实话,上面有命令,说是要在热海抓住凶手,可我们连凶手在不在热海都不确定。"另一名警察苦笑着说。

他们乘车到了热海警署,又被带到署长室。因为只给刑事科买了酒,大场和昌夫都有点儿尴尬。署长略显激动地说:"惊动全日本的大案的凶手居然长期隐藏在热海,简直是静冈县警察的耻辱!"

昌夫重新提交了重要嫌疑人宇野宽治的照片、指纹记录和录音带的副本,又大致介绍了案子的进展:"赎金被取走是在十月九日星期三的晚上,宇野宽治的情妇喜纳里子告诉她的同事'现在人在热海'则是在十月十二日星期六。所以,我们认为在这两个日期之间,他们很有可能就住在热海。"

他还提到了"身边带着六岁男童的年轻男子"这条线索,但最后又补充说这只是一种主观性预测。署长手下的刑警们开始意识到事态的严重性,脸色都变得阴沉起来。

"向旅馆和出租车公司散发通缉令是小菜一碟,交给我们办吧。跟东京不一样,外地人在我们这里藏不住,只要在这里待过,肯定会留下痕迹。"

大场和昌夫再次鞠躬,向自告奋勇的热海警署表示感谢。东京周边各县的警署一直跟警视厅不配合,而并非邻居的静冈县警署却如此亲切,日本的警察体系真是不可思议。

昌夫他们决定趁傍晚时分再走访一处,便去了温泉街。他们先回到了热海火车站,走进了位于站前十字路口处的观光协会介绍所,以东京刑警的名义给介绍所的人看了宇野宽治的照片,又问道:"上个星期六前后见过这个人吗?"窗口柜台的女职员歪头看了看,小声说:"那个……上面说了,不要直勾勾地盯着客人……"

"是这样啊!"昌夫说。

"是啊,因为有很多丈夫和情妇假装成夫妇来度假……"

"原来如此。那你能不能帮我问问其他人?"昌夫环视介绍所里的情况,拜托道。

女职员转过椅子叫了声"所长!"。

坐在最里面办公桌前的一名中年男子戴上眼镜走了出来,听女职员说明情况后,他转脸对昌夫他们说:"您就是之前来过一次的东京的刑警先生吧?"

"是啊,您还记得我?"大场问。

"记得。您之前是来调查当铺杀人案吧?今天来又有何贵干?"

"是为了小吉夫绑架案。您看过电视了吗?"见大场毫无顾虑地和盘托出,昌夫吃了一惊。也许直言相告更容易取得配合?介绍所里的职员们听了大场的话,都连声惊叹,有人立刻奔到窗口看着昌夫手里的照片。

"这个人就是绑匪?"所长问。

"不,还不确定,眼下只是重要的调查对象。上个星期六,他有可能就在热海,所以我们赶来调查。"昌夫回答。

"哎呀!""太可怕了!"职员们纷纷感叹,凝视着那张照片。

"各位有印象吗?"

"怎么说呢,不让我们盯着客人看呢。"

"身边有没有带年轻女人?甚至,有可能带着个小孩儿?"

"假装成两口子还带着孩子的客人很少见,有人见过吗?"所长问全体职员,众人都摇摇头。

"那么,来找情侣房的客人呢?"

"那就太多了。最近,到了热海才来介绍所看小册子挑旅馆的客人很多,而且越来越精明了。还有人特地在傍晚赶过来,说既然不吃晚饭了，房价再给便宜点儿。"

"你们介绍过旅馆的客人都有记录吗？"

"当然有，我们这家介绍所就是观光协会为了应对强制拉客而设立的，所有介绍过的客人都详细地记录着呢。"

所长从书架上取下记录本放在柜台上。所谓记录本，实际上是用带子捆扎在一起的介绍函，上面写着给每位客人介绍过的旅馆。大致来说，每天平均有五十份介绍记录，周末则翻倍。

大场和昌夫向所长借用了柜台的一角，仔细翻看着从赎金被取走的次日即十月十号开始的记录。但无论是宇野宽治还是喜纳里子都不大可能用真名登记，他们只能凭感觉慢慢辨认。

"阿落，重点关注登记的住址。即使是编瞎，也不太可能写下完全陌生的地址，仓促之间谁都没有那种临时现编的能力，一不留神就会自动写出自己曾经住过的、比较熟悉的地名。宇野和喜纳多半会留下浅草一带的地址。而且，如果用假名，人们都习惯性地使用那些最常见的姓氏，多注意那些叫铃木、佐藤、田中、山田、山本之类的。"

"是！"

大场一针见血的提醒让昌夫深感佩服。果然，当刑警的，经验很重要啊！

介绍所的职员们看来已无心工作，轮流跑来打探情况。有个人还跟他们搭话道："说起来，有个客人一直戴着太阳镜，到了屋里都不肯摘下来。"

所长则忙着给各家旅馆打电话，询问住客里有没有可疑的年轻男女。这是震惊全日本的大案，人人都想或多或少地帮上忙。

看到十月十一日的记录，昌夫发现了一张十分符合大场提到的所有特征的记录卡。客人名叫佐藤美智子，同行者一栏写着"佐藤浩史"，登记的居住地址是"东京墨田区向岛一丁目"——喜纳里子原先租住的公寓不就在向岛吗？

"找到了！大场警官，来看一下这张记录卡！"昌夫失控地喊了起来。职员们也一起把视线转向他，纷纷聚拢过来。

"阿落，别拿手碰，回头可能需要采集指纹。"大场提醒。

"是！您看看这笔迹，应该是女性写的。"那张记录卡上的字体是每个女人都会写的那种圆圆的字体。

"哪个？我看看。这里盖着吉田的章，是他介绍的客人。"所长在一旁探头看了看说。

"吉田去哪儿了？"

"午休呢，在一茶庵吃荞麦面。"

"快把他叫来！"

女职员跑了出去，不一会儿，领着一名略显肥胖的中年男子走进来。昌夫说明原委，问他记不记得客人的模样。

"这两位客人是我在车站出口招呼来的。问他们住宿费的时候，男的说多少钱无所谓，像是有钱人，所以我记得他。好像是星期五傍晚来的。"

"是这个人吗？"昌夫给他看宇野宽治的照片。

"哎呀，怎么说呢，每天见过的客人实在是太多了，记不清了。"吉田摇着头说。

"女人呢？是不是肤色浅黑，眼睛大大的？"

"您这么一说……"吉田眯起眼睛，若有所思地点点头，"脸部轮廓分明，像是南方人。战争期间，我曾在帕劳驻扎过，所以知道那种热带岛屿人的模样。"

"我们寻找的女人是冲绳人。"

"是吗?那就有可能是她了。"

"记录卡上写的大黑旅馆在哪儿?"

"就在阿宫的松树①斜对面,最近刚盖了钢筋混凝土的新楼,很受新婚夫妇欢迎。"

"价格不菲吧?"

"一晚平均每人四千日元,算是比较高级的旅馆。"

大场和昌夫对视了一眼。临时到达的散客却入住高级旅馆,越发可疑了。

"您在车站跟他们打招呼大概是几点?"大场问。

"应该是傍晚时分,具体时间嘛……"吉田沉吟着。

"为了确认他们的行踪,我们需要掌握他们乘坐的火车车次。麻烦您再仔细想想。"

"这个嘛……我当时在等从东京来的特快列车,大概有十六点零八分到达的高千穗号、十六点二十四分到达的悠闲号、十六点五十二分到达的温泉二号,还有十六点四十三分到达的长良号,不过这列车从十一月停运……"吉田扳着手指头数着。因为职业的关系,他似乎把火车时刻表背下来了。

"应该是准特快温泉二号。对,因为那列车上的新婚夫妇特别多,温泉二号是开往修善寺方向的。"

"明白了,谢谢您。另外我想借用一下这位佐藤的记录卡。"

"没问题!"

---

① 阿宫的松树(お宮の松),热海旅游景点,以尾崎红叶《金色夜叉》的主人公阿宫的名字命名。

征得所长的同意之后，昌夫写了张证物收据，带着记录卡离开了。突如其来的收获令他浑身发热，大场的目光也越发锐利起来。

他们在车站叫了辆出租车前往大黑旅馆。在车上，昌夫顺便给司机看了宇野宽治的照片，询问"有没有见过这个人"。司机摇摇头说："刚才已经有警察问过我了。"热海警方的行动之迅速，让昌夫大为惊讶。

只花了五分钟，车子便到了大黑旅馆。旅馆位于海边，迎面海风吹拂，耳边传来连绵不绝的海浪声，昌夫不禁回忆起两年前来度蜜月时的情景。那时，夫妻俩在海边的沙滩上漫步，憧憬着未来的生活。他们想要两个孩子，还想住进郊区的新小区——虽然都是些日常琐事，但昌夫仍感受到了身为男子汉的责任，不免有点儿紧张。他忽然思念起了妻子和儿子。昨晚他没能回家，仅仅通过附近的派出所转告家里要出差的事。每当有案子发生，刑警的家就成了只有母亲和孩子的"单亲家庭"。

"怎么，没见过大海？"见昌夫盯着大海沉思，大场在一旁问道。

"啊，不好意思。"昌夫赶忙收回心思，迈进了旅馆的大门。

他们在前台找到了旅馆的老板，说明事情原委，请对方予以协助。老板十分沉稳地将他们带到后面的办公室。一问才知热海警署的人时常会来旅馆查看住宿登记，对于温泉旅游地的警察来说，这好像成了他们的日常工作。

他俩立即请求查看住宿登记。查到十月十一日的记录时，果然发现住客中有佐藤美智子和佐藤浩史这两个名字，笔迹也相同，都是女性的手写体。两个人入住的房间号是512，入住时间不确定，登记表上"备注"一栏潦草地写着"需准备晚餐，急"。

"这是什么意思？"昌夫问。

"因为是傍晚时分到达且没有事先预定的客人，所以特地备注提醒尽快准备晚餐。"

"知道当时是哪位服务员负责送餐吗？"

"查一下当天的配餐记录就知道。512房间的话……"老板从书架上取下另一本记录册翻了翻，"应该是名叫金森时枝的服务员。我这就把她叫来。"

不到五分钟，进来一位四十岁上下的女服务员。老板向她介绍说昌夫他们是从东京来的刑警，服务员顿时脸色苍白。

"我们正在追查一件案子的嫌疑人，请协助调查。"大场刚要说明事情的原委，服务员便抢着说："是小吉夫绑架案吗？"

"怎么，你知道？"

"大家都在厨房里议论呢！热海警署的两位警官来过了，问我们'见过这个男人吗？'。起初我以为是追查小偷，还开玩笑说'这个人长得挺帅嘛'。结果警察说'别开玩笑了，这是小吉夫绑架案的嫌疑人'，我们都大吃一惊，太可怕了，简直吓死人！"服务员战战兢兢地说。大场和昌夫面面相觑，叹了口气。本来他们打算据实相告，但公开到近乎宣传的程度就不太好调查了。如果被新闻记者知道了，更少不了要闹出一场风波。

"那么，您对照片上的这个人有印象吗？"

"真对不起，我记不得了。虽说是我负责那个房间，但送餐的时候，我一个人要管好几个房间……"

"填写住宿登记的时候跟他们说过话吗？"

"没有，我们这里都是在前台登记入住的。"老板在一旁插嘴道。虽然店名是旅馆，但这家店实际上是按酒店的方式运作的。

"还记得那个女人的长相吗？有点儿黑，像南方人。"

"啊，这么说起来……"听到"南方人"三个字，服务员似乎想起了什么，"确实有个南方人模样的女客。对，就是我负责的房间的客人，有一对情侣，女的好像就是南方人。"

收获了相同的证词，昌夫一下子激动起来。看来，相比宇野宽治，喜纳里子更容易辨识。

"他们有没有遗留物品？"昌夫接着问。

"遗留物品？"

"512房间的客人有没有留下什么东西？比如忘记带走的手帕、看完的杂志……或者垃圾也行。"

说到垃圾，女服务员忽然有点儿脸红。

"怎么了？"

"那个嘛……"

"没关系，什么都行。"

"真的没关系？这种事情……早上我去收拾床铺的时候，看见垃圾桶里堆满了湿乎乎的草纸。这些年轻人真是精力旺盛……"

"原来如此。"昌夫苦笑着点点头。

"抱歉跟您说这些。我们早就习惯了，原本不足为奇，不过，那个量也实在太多了……"

"知道了，谢谢。"昌夫还是在笔记本上记下来。

"老板，能看一下512房间吗？"大场请求道。

"实在对不起，刚才我看了一下，今天有关西来的旅行团，五楼的房间住满了。"

"能不能想想办法？比如临时换一下房间？我们想采集指纹。"

"怎么说呢？客人离店后，我们打扫房间的时候会从门把手到水龙头都擦一遍。恐怕指纹都被擦掉了。"

"但也不是绝对没有可能,偶尔会在柱子上发现嫌疑人的指纹。拜托了!"大场仍不死心。

老板没办法,只得提了个折中的办法:"那么,明天上午十点钟,客人结账后您再来吧?"

从东京叫来鉴证科的人也需要时间,所以昌夫他们欣然同意。

看看表,已经过了下午三点。忙活了半天,此行可以说大有斩获。昌夫借用旅馆老板办公室的电话给侦查总部打了过去,打算向田中申请派遣鉴证科的人来热海,还自以为大概会受到这位上司的夸奖。不料,电话一接通,听筒里便传来田中的怒吼:"为什么现在才联系?干什么去了?!"

"我们在热海调查呢,科代,所以……"

"立即回来!下午一点四十八分已经紧急逮捕了宇野宽治!"

昌夫的大脑中一片空白。

"在歌舞伎町的弹珠房发现了与他相似的男子,质问后要求他协助调查,随后在歌舞伎町的派出所确认了身份,是他本人无误,所以立即实施了紧急逮捕,正移送至浅草警署。因为马路都在施工,所以耽误了时间,不过马上就该到了。把电话交给大场!"

在一旁看着昌夫的大场觉察到了异常,问道:"怎么了?"

"在新宿逮捕了宇野宽治。"昌夫把电话听筒交给大场。

"什么?"大场一把拿过听筒放在耳边,"啊,啊,那小孩儿呢?还不清楚啊。有关绑架的事,他还什么都没说?"

不知是不是因为太过兴奋,大场对上级都忘了使用敬语。

"把町井明男也抓了?他跟町井在一块儿吗?明白了,我们马上回去!"

说了一会儿，大场便挂了电话，对昌夫说："赶紧回东京，这趟出差真狼狈。不过反正要确认宇野的行踪，到了审讯阶段会有用处的。热海警署那边，我去打电话道歉。你去查火车时刻表。"

"知道了。不过，到底是谁抓住了宇野？"

"不知道。上百名警察都在找他，逮到他是早晚的事。接下来……"大场叹息道，"就看他招不招了……"

"是啊。"昌夫考虑着今后的日程，喉咙里咕噜响了一声。逮捕宇野的罪名是发生在北海道的盗窃案，也就是说，以另案逮捕。所以在移交东京地方检察院之前，警方只能扣留他四十八小时。在此期间必须让宇野招供有关绑架的事情。而眼下警察手上没有物证，只有实际情况说明和"与电话录音中的声音很像"等不确定证词。

大场立刻给热海警署打电话，告知宇野宽治已经在东京被逮捕。因为是以另案逮捕，他又补充说，一定要注意保密。昌夫开口向旅馆老板借火车时刻表，老板看了看墙上的挂钟，直接回答道："现在动身的话，还赶得上十五点四十二分发车的浪花号，到达东京的时间为十七点二十四分。"

回到浅草警署的侦查总部已经过了下午六点。昌夫还以为恐怕连玉利科长也在忙进忙出，结果根本没看到他的身影，其他的领导也都不在。他又去找田中报到，田中却压低声音对他说了句："安静！"

田中对他说："媒体正在四处打听消息。在这个节骨眼上，如果被他们报道出去，就算是不相关的事，也会影响这个案子。地方检察院方面已经明确表态，在没有物证的情况下，只能指望他主动招供。玉利科长不露面也是出于这一层考虑。搜查一科的科长亲临现场的话，媒体又该闹腾了！"

"明白。哦，对了，究竟是谁抓住宇野的？"昌夫问道。这是他眼下最关心的。

"浅草警署的一名年轻警官，说是在弹珠房发现有个人很像宇野，便叫他来协助调查。其实还有个小插曲，"田中皱皱眉头，"最先发现的那个人是仁井，正准备放长线钓大鱼，结果被别人在眼皮子底下截胡，仁井光火得厉害，好像正在派出所修理那个小青年。"

"原来如此……"昌夫不禁叹了口气。两边的心情他都能理解，如果换成自己处在仁井的位置，是绝对不敢"放长线钓大鱼"的，也会忍不住先把嫌疑人拿下再说。

"审讯呢？由谁负责？"大场问。

"浅草警署的刑事科长石井。"

"为什么搜查一科不出面？我看宫下组长更合适。"

"是浅草警署的堀江署长坚持的，说是谁抓住由谁审。"

"混蛋！现在是争功的时候吗？就凭他们能让宇野在四十八小时内招供吗？"

"我也这么想，不过玉利科长已经同意了……"田中耸耸肩。

看来，浅草警署因为在交赎金时犯了大错，打算借抓到真凶、问出口供来挽回名声。

"宇野宽治好像一直不开口，所以正准备对他上测谎仪。技术人员已经安排了，估计明天上午就可以测试。希望能派上用场。"田中像是在自言自语。

"仁井呢？"昌夫问。

"在二楼审讯室对付町井。"

"町井明男也在弹珠房？"

"嗯，据说俩人当时正一块玩儿着呢，不过看上去一副心不在焉的样子。町井本人完全没有反抗，很痛快地答应来协助调查。"

"我去跟他打个照面，行吗？"

"行，不过别耽误了晚上七点的侦查会议。"

昌夫转身出了大教室，三步并作两步地朝二楼的审讯室跑去。问过一位站在走廊上的刑警，才得知宇野宽治在第一审讯室，町井明男则在隔了一个房间的第三审讯室，正在分别接受审讯。

他先敲了敲由仁井负责的第三审讯室的门。岩村从门内探出头，低声地说："啊，是师兄。"

进了审讯室，只见仁井正满脸不痛快地叼着烟，瞪着坐在桌子后面的町井。町井明男怎么看都有点儿不良习气，给人的第一印象不像好人。不过他身上并没有狂暴之气。

"喂，阿落，这小子挺威风啊，还说要找律师。见鬼了，一个小混混从哪儿学的这套说辞？"仁井扭头冲昌夫说。

没多久，大场也来了。町井吃惊地抬头看了看他。大场一言不发地走过去，抬手就朝町井的脸上打了一拳。町井大叫一声，从椅子上翻倒。

"疼疼疼！你这是干吗？"

"你这个王八蛋！上次不是答应我了吗？一见到宇野宽治就告诉我！说话不算话，还算爷们儿吗！"在大场雷霆般的气势面前，町井在地板上缩成一团。大场跑过去骑在他身上抡拳便打。仁井冲着惊呆了的昌夫"喂"了一声，又抬抬下巴，示意他赶紧拦住大场。

"大场主任，别打了！"昌夫从后面抓住大场的胳膊，把他拉开。大场原本只是半真半假地做样子，立即顺势放开了町井。

"越混越没出息！你老子在天之灵都嫌你丢人。他虽然也混黑道，可算得上是个守信用、讲义气的好汉。再看看你，就是个满嘴跑火车的小混混！"

町井站起身，坐回椅子上。他的嘴唇破了，擦过嘴唇的手上也沾了血。他似乎想说些什么，但最终只是"哼"了一声。

"町井，你在新宿和宇野说过话吧？是商量怎么逃走吗？"

"才不是！"

"那都说了些什么？赶紧老实交代！"

"就是随便聊聊呗。"

"聊什么？"

"新闻里播出的绑匪录音实在和宇野的声音有点儿像，所以我问他是怎么回事，该不会是他绑架了那个小孩吧？"

"宇野怎么说？"

"他说不是。"

"你信吗？"

"我不知道。有时候我也不明白他脑子里到底在想什么。"

"你小子，知道宇野住哪儿吗？"仁井问。

"谁知道！官有官道，贼有贼道。江湖儿女嘛，可能在新宿，也可能在银座……"

"混账东西！什么江湖儿女？少在这儿跟老子耍贫嘴！"大场又是一巴掌，打得町井前仰后合、血沫飞溅。

"太过分了，警察滥用暴力！"町井吼道。

"你一个暴力团伙分子好意思说别人滥用暴力？再给我装神弄鬼，明天我就去修理东山会！"

"等等！你别给我找麻烦，不然大哥们又会拿我开刀！"

"那就赶紧交代,你怎么知道宇野藏在哪儿?"

町井移开了视线。

"快说!"大场又举起了拳头。

"好,我说就是了!"町井终于妥协,"先给我一支烟。"

大场和昌夫同时掏出了香烟。町井比较了一下,没有接大场手里的新生,而是伸手抽了一支昌夫手中的喜力,又擦着火柴点上烟。或许是碰疼了挨过打的嘴唇,他咧咧嘴,深吸了一口。

"大概是四五天前,那个跳舞的里子通过回声咖啡馆联系我,说是要在夜总会上班,让我帮忙办身份证明。小事儿一桩嘛,我就答应了,在上野给她弄了张假学生证。今天下午,我按她说的地址去了她在新宿的公寓,结果屋里只有一个跟她一起在夜总会上班的女人,还告诉我说里子不见了,今天没去店里上班。"

"不见了?是失踪的意思?"

"她本来就是一个漂来漂去的人,谁知道呢?听她同屋的那个女人说,里子有个男朋友,好像住在歌舞伎町那一带。我猜多半是宽治,里子大概是去找他了,我也想问问他电话录音的事,就到那附近去找他。反正那小子除了弹珠房没其他地方可去,我就一家店一家店地找,转了几家店之后,果然发现他正在一家店里玩弹珠呢。我说,喂,宽治,我有事要问你——刚说到这儿,突然被你们的人从背后按住,说了声'你被逮捕了!'就给我上了手铐带到这里来了。"说完,町井伸手在烟灰缸里掐灭了烟头。看来浅草警署的人一直在跟踪町井,顺藤摸瓜地找到了宇野宽治。

"不管怎么说,都不应该给我上手铐。我是自愿来协助调查的。"町井伸出一根手指,示意还要烟。大场抓住他的手指朝反方向扳过去。

"哎呀哎呀！"町井痛苦地龇牙咧嘴。

"告诉你，町井，从现在起，你敢再说一句瞎话，有你好看的。给我记住了！"

在身经百战的老江湖刑警面前，町井吓得脸色铁青。

昌夫走出第三审讯室，敲了敲第一审讯室的门。门开了一条三十厘米的缝儿，浅草警署的细野从门后探出半张脸，问了句："什么事？"

"那什么……"昌夫给了完全不像是回答的回答，便从门缝中挤了进去。

负责审讯的石井回头瞥了他一眼，没说话，又把头扭回去。

"喂，宇野，你说不知道小吉夫的下落，这可说不通！十月六日星期天，你在浅草请小吉夫和其他小孩喝果汁了吧！"

看来，石井在直截了当地逼问绑架案的事，眼下已经没时间拐弯抹角了。

坐在石井对面的宇野宽治比照片上显得年轻，只有十几岁的样子，脸上毫无表情，像一名因成绩不佳被老师叫到办公室的学生，略带拘谨。

"我都记不得了。"宇野操着一口北方口音回答。

昌夫听见他说方言，不禁寒毛直竖。

33

晚上，美纪子来到回声咖啡馆，打算边喝咖啡边看书。一位相熟的女招待走过来，满脸不安地对她说："明男好像又被警察抓了！这次据说被带到浅草警署去了！"

"浅草警署？"美纪子皱起了眉头。先是上野警署，后来是南千住警署，这次又换成浅草警署，警察和弟弟还真是"缘分不浅"哪，叫人大开眼界。

"浅草警署的刑警刚刚还来过，问我那个舞娘喜纳里子想伪造身份证明的事是不是我给明男传的话。我不知该怎么办，就敷衍说不知道。结果那警察大发雷霆，在店里大叫大嚷，吓唬我说如果不说实话就连我一块儿抓起来，真吓死我了！没办法，后来我只好承认确实给明男传过话，可其他的事一概不知。"

"然后呢？"

"然后他又问我认不认识宇野宽治。我问了句'这人是谁'，警察就说他常跟东山会的小弟们混在一起，应该也在店里进出过，还给我看了照片。其实我是认识他的，不过我怕惹麻烦，就含含糊糊地说可能是店里的客人……听那警察说，宇野是绑架案的重要嫌疑犯，今天已经在新宿被逮捕，警察正在搜集关于他的各种信息……"

"真的？宇野宽治？就是那个在别人家偷东西的宽治？"美纪子惊呆了。宇野宽治被警察逮捕了？！

"就是他，人称'闯空门的宽治'嘛，他常常跟明男来店里。所以我听了他被抓的事，吓了一跳。其实大家私下议论时都说，警方公布的那段录音听起来挺像他，虽然没带口音，可是嗓音简直一模一样。"

"是吗？明男其实带他来过家里一次……"美纪子想起来了，不过她对宽治的声音毫无印象。

"真烦人！说实话，搞不好我也会被牵连，"女招待朝四周看了看，在美纪子对面的椅子上坐下又说："有一次，明男在店里点了三明治，让我送外卖到吉原的老印刷厂那边。我到了那儿一看，原来宽治和里子就藏在印刷厂里，说是为了躲避警察的搜查。那时候我就听说宽治偷东西的事被警察查到了，不过当时觉得没什么大不了的，而且看他的样子还挺轻松。只是里子因为他干傻事受到了连累，实在太倒霉了，所以还挺同情她。结果后来看新闻才发现，绑架案正好发生在他们藏在吉原的那段时间里。所以，如果宽治真的是绑匪，事情就有点儿说不清了。搞不好连里子都会被抓起来……"

"那个里子是我认识的人吗？"

"你应该在店里见过，就是那个冲绳来的……"

"啊，皮肤有点儿黑、眼睛大大的那个？"美纪子想起来了。里子的长相让人印象深刻，见过一次就记住了。

"对，就是她。给他们送外卖的事，我谁也没告诉，怕惹麻烦。先不管宽治怎么样，我倒是挺想帮帮里子。你说我该怎么办？万一露馅了，算不算包庇凶手？警察该不会把我也逮捕吧？"

"怎么会？顶多狠狠训斥你一顿，不至于逮捕。"

"是吗？不过我十来岁的时候从高中退过学，在锦系町[①]当过不良少女，跟警察不好打交道。"女招待发愁地说。

"没事，挺起胸膛，你又没干坏事。"

"话虽这么说……"

"哎，对了，那家老印刷厂在什么地方？"

"在千束町三丁目的土耳其浴室街。"

"啊，我想起来了，就是那栋整天关着防雨窗的两层木楼吧？"

---

① 位于东京墨田区的繁华购物中心。

"那里是山谷劳动者联合会的秘密据点,好像是西田委员长一直在照管……"

"哎?还真是牵连甚广呢。"

美纪子喝着咖啡,翻开参考书,却一个字也看不进去,脑子里一直在盘算着其他事。如果宇野宽治真是绑匪……光是想到这一点,她就不禁浑身发抖。虽然只见过一次面,但她并不觉得宽治是坏人,只是个看起来很腼腆的青年罢了。他见了美纪子连招呼都不会打,美纪当时还觉得他挺可怜,像他这样不通世故,怎么能在社会上生存呢?那些潜在的犯罪者都有一个共同点,就是不能适应社会。山谷到处都是这种人。

她又想起了小吉夫,胸中一阵刺痛。绑架案已发生十天了,真希望他能平安无事。不知道他是被关在什么地方还是被卖给了外国人,虽然现实不容乐观,但她还是选择相信小吉夫仍然活着。

不经意间,她看见店里的电视上正好在播放NHK的晚间新闻,头条仍然是小吉夫绑架案。这一个星期的新闻都是关于这个案子的。她以为新闻会播出宇野宽治被逮捕的消息,却没有,倒是国会议员们在镁光灯下召开记者发布会,宣布要超越党派之争,共同成立"小吉夫救助委员会"。其中一位议员手执话筒,热情洋溢地朗读着声明:"告绑匪:如你尚存良知,应尽快让小吉夫回到父母身边。如能保其平安归来,我们或许可以聘请资深律师,呼吁为你酌情量刑……"

美纪子边听边郁闷地想,这些人为什么不能让人清静一会儿?凭他们的几句漂亮话就能让小吉夫的家人"勇气顿生"吗?说到底,只会给媒体提供煽风点火的借口罢了。

她完全学习不进去了,便索性把书装进背包走出咖啡馆,骑上自行车迎着夜风飞驰。东京已进入深秋,空气渐凉。小吉夫该不会感冒吧?要是绑匪能给他买些毛衣之类御寒的衣物就好了。

忽然,她想起了什么,调转了车头。她打算亲眼去看看宽治和里子曾经藏身的那家老印刷厂,如果那里真是左翼分子的秘密据点,警察应该还没去搜查过。虽然没什么把握,但她希望自己能在那儿找到有关小吉夫的线索。

沿着曾是花街柳巷、如今土耳其浴室林立的千束町骑行了一阵,她在九段的一座建筑前停下来。房子的防雨窗都关着,没有一丝光亮。在路旁停好自行车,美纪子朝屋里窥探着。忽然冒出一个黑影,粗声粗气地对她喊:"喂!"回头一看,是个披着长发的年轻男子。

"你有什么事?"

"嗯,没什么。"美纪子后退一步摇摇头。

"没什么事干吗在这儿探头探脑?"

"嗯……"美纪子不知该如何回答,看了看那人。他好像既不是警察,也不是黑帮。这么说,大概是联合会的活动家?

"我是山谷町井旅馆的,你是联合会的人吗?"

听美纪子这么问,年轻人顿时变了脸色,低声问:"你是町井美纪子小姐吗?"

"你知道我?"

"当然知道,你是山谷的名人啊。是来找我们委员长吗?"

"没什么特别的事,只是听说警察又开始在这边胡乱搜查,来看看委员长有没有事。"这些话是她脱口而出的敷衍之词,但那人似乎从中感受到了善意,态度越发和蔼地对她说:"那就请进吧。"说着,领她朝房子的后门走去。美纪子决定顺水推舟,跟着他进去看看。

推开铁皮焊装的后门,他们走进屋内。经过散发着霉味的走廊,来到一间大约二十叠大小、泥地面的房间。在青白色的荧光灯下,几名男女正在用复制板印着什么。

"哎?小美,你怎么来了?"西田委员长抬头望着她。

"有事情想问问您。"既然来了,美纪子索性单刀直入地问,"这里就是宇野宽治和里子的藏身之地吗?"

西田一脸讶异地看着她:"为什么这么问?"

"宇野宽治今天被警察逮捕了,你们这里或许也有危险。"

听她这么说,房间里的所有人都变了脸色。

"真的?"

"嗯,是回声咖啡馆的女招待告诉我的,她之前来这里送过外卖,曾经看到宽治和里子住在这里。虽然眼下她好像还没告诉警察,可万一露馅就麻烦了,所以特地来告诉你们一声。"

"怎么回事?明男居然让送外卖的来过?"西田皱眉道。

"真对不起,我弟弟就是笨蛋。顺便说一句,他也被浅草警署抓了。警察或许打着协助调查的幌子,但他们既然已经知道他伪造证件的事,随时可以把协助调查改成正式逮捕。"美纪子向西田躬了躬身,表示歉意。人家冒着风险为你小子提供藏身之地,你居然还给人家添麻烦?明男这家伙真是够混球的。

"逮捕宽治的罪名是什么?"

"不知道。如果跟绑架案有关,肯定会成为头条新闻,可是NHK的晚间新闻没报道这件事。"

"那就是以其他罪名逮捕的。以入室盗窃的罪名申请逮捕令,抓到了人再逼着他招供绑架的事,这是警察的惯用伎俩。"西田表情严峻地说。

"总之,请您小心为上。要是给联合会惹了麻烦,我会过意不去的。"

"没什么好怕的,警察擅自搜查私人住宅是常有的事。有近田律师在,他们什么都不能没收。"

"能行吗?"

"以法律作为盾牌,警察就会让步。所谓体制内的人,只会按上级的命令办事。"

对于西田的这番理论,美纪子颇不以为然。以她认识的大场警官来说,刑警也是有血有肉、看重感情的人。在罪犯面前,他们即使赤手空拳也会勇往直前,这些刑警和西田他们经常打交道的公安①不是同一类人。

"对了,委员长,您听过绑匪的通话录音吗?咖啡馆的女招待说很像宽治的声音,您觉得呢?"

听美纪子问到录音,西田愣了一下,有些躲闪地说:"那是录在磁带上的声音,跟实际讲话时的嗓音不一样。"

"听警察的口气,他们好像认定宽治就是绑匪。"

"那又怎样?我们可没觉得宽治和里子可疑,而且这里谁也没见过小孩。"

"平时都有谁在这里啊?"

"啊,这个嘛,来来去去的人很多……不过,如果真把那个孩子关在了这里,无论如何也瞒不住。"

"宽治和里子在这里待到什么时候?"

---

① 指负责涉及国家安全和反间谍案件的政府职能部门的工作人员。

"待到什么时候来着……"西田看看墙上的日历,"对了,就是在玉姬公园跟警察起冲突那天,当时小美你不是也在场嘛。他们应该是在那之后离开的,是星期五的早上吧?因为警察又开始地毯式搜查了,他们觉得挪个地方比较好……"

"之后他们去哪儿了?"

"这我就不知道了。"

"知道了,谢谢您。"

美纪子道了声谢,正准备回家,西田又说:"小美,明男如果需要律师,我可以替你联系近田先生。"

"不用了。"美纪子摇摇头。还是让明男在警署待几天,关在里面,他就不会再到处惹祸了。她决定,这件事暂时不告诉母亲。

联合会的人送她走出屋外。铁门关上之后,从外面听不到屋内的任何声音,也看不到一丝亮光。整个建筑就像一座完全隐入黑暗的堡垒。

美纪子推着自行车在小巷里走着,忽然有一辆进口车停在她身边,车子很大,像要把整条路塞满。宽大的车门打开,从后座走下一个身穿西装的男人,对她说:"小姑娘,你过来一下!"

这又是什么人?美纪子心想。抬头一看,是个梳着背头的家伙,一望便知是黑帮,便不由得绷紧了神经。

"你是山谷劳动者联合会的人吗?"对方的语气虽然平和,但映衬在路灯下的眼睛如蛇眼般危险。

"不是。"美纪子摇摇头。

"别装蒜了!我知道那里是联合会的秘密据点,说实话吧!"

"我真的不是。"

"那你来老印刷厂干吗?"

"跟你没关系。你是什么人？快让开。"美纪子直视对方。

"女学生脾气还挺犟。要是当了赤色分子，小心嫁不出去！"

"我不是女学生，也不是赤色分子，只是个跑腿的，帮熟人的忙，来送复写纸。"美纪子立刻撒了个谎。

那人又盯着她打量一阵，说："你说，房子里有没有装电话？"

被对方突然一问，美纪子有些困惑。或许工作台上有一部电话机？但她根本没注意，说不准。

"不知道。"

正说着，年轻的司机也下了车，他看了看美纪子，对那个男人耳语了几句。随后听那男人说了句："真的？"

"小姑娘，你是町井旅馆家的女儿？"那男人问。

美纪子吃了一惊，正疑惑对方如何发现了自己的身份，抬头看见那个司机正是之前在旅馆门前探头探脑的黑帮小弟。

"原来是山谷的町井旅馆啊，那么跟联合会这么熟就不稀奇了。你弟弟现在怎么样？"

"明男？谁知道他在干什么！你至少该报上名字吧！"

"这犟脾气是从你老子那儿遗传的吧？好，那我就告诉你，我是上野信和会的立木，这里是我的地盘，赤色分子就算伪装成黑社会也骗不了我。"

听到"立木"两个字，美纪子吃了一惊。这人就是曾经威胁过明男的那个黑道老大啊。

"刚才不是跟你说了嘛，我不是赤色分子。"

"这我可不能随便相信。你们姐弟俩要是合起伙来跟我装神弄鬼，我可不会善罢甘休！"

"随便你。"美纪子不再理他，在原地调转车头。

"你给我站住！我还没说完呢！"那男人在背后喊着。

美纪子头也不回地骑上自行车。这一带净是让人讨厌的人和事。

蹬车时听着车子发出的"吱吱"声，美纪子忽然一阵难过。小吉夫还平安吗？想到这里，她立刻又觉得坐立不安。

34

东京的警署果然规模大，处处让宇野宽治目瞪口呆，尤其是拘留所，居然有这么多房间，还有关在里面的那些形形色色的人，似乎都带着巨大的胁迫感，让人感觉到自己的渺小而不安起来。那些人身上多半有着刺青——东京竟然有这么多黑帮分子！

昨天在新宿歌舞伎町的弹珠房，两名刑警突如其来地将他倒剪双臂戴上手铐，带到了附近的派出所。确认身份后便将他当场逮捕，罪名是擅闯民宅与盗窃，据说是因为在礼文岛偷了船主家东西那件事。明明人在东京，却因为在北海道犯下的盗窃罪而被捕，宽治对此大感困惑。警察对他宣读逮捕令的时候，他只能诧异地"啊？"了一声作为回答。

刑警们当时兴奋极了，给他戴手铐时直接把他压倒在地板上。自己明明没有反抗，警察却一直用胳膊锁住自己的脖子。之后，一个高个男人突然出现，一边摇晃那些刑警一边大声呵斥："你们这些混蛋！老子正盯着这小子下一步要干什么！"

宽治一头雾水，只好一言不发。到了派出所，高个男人又把抓他的两名刑警拉到里面各给了一拳。

再后来，他被警车带到浅草警署，忽然被扔进一间审讯室。一名叫石井的警察走了进来，满面通红地对他大喊大叫：

"喂，你把孩子弄去哪儿了？小吉夫在哪儿？赶紧老实交代！我们已经搞明白了，你就是绑匪！"石井揪住他的领口使劲摇晃，喷了他一脸唾沫星子。

东京的警察真是粗暴啊，宽治漠然地想，北海道的警察多少比他们稳重些呢。

"你在讲些什么，我不明白。"他答道。

石井"咚"的一声把便携播放器放在桌上，开始播放录音。

播放器里传出绑匪索要赎金的说话声，石井和另一名刑警盯视着宽治的脸。

宽治毫无表情地听着录音。

"宇野，这是你的声音吧！"石井凑近他问。

"我觉得您好像搞错了。"

"什么搞错了？"石井"咣咣"地敲着桌子。

宽治忽然觉得意识飘忽起来，灵魂像是要离开身体。又来了！他脑海中闪过这样的念头。自从小时候遭受继父的虐待，他便具有了这种本事：就算眼前有警察在对着自己大喊大叫，他也能迅速地抽离情绪，让自己保持平常心。

石井拿来的不止编辑过的那段录音，还有原始录音——绑匪打给铃木商店的所有电话的录音。

"怎么样？听见自己的声音感觉如何？"

"这不是我。"

"就是你！这不就是你的声音吗？"

石井面红耳赤地吼了一个多小时。一名叫细野的警察一直坐在墙边的椅子上，一语不发地看着他们。审讯期间，石井曾出去一次，细野便用很平和的语气对他说："宇野，你能不能让小吉夫回到他父母的身边？我的孩子也在上小学，为人父母的碰上这种事，难过得晚上都睡不着觉。"

宽治仍毫无表情地回头看了看他。细野像见到外星人似的，讶异地问："你小子难不成真的是傻瓜吗？"宽治仍然没有开口。

傍晚，警方再次宣布逮捕他，这回的罪名是在南千住町前钟表商被杀案中涉嫌犯下擅闯私宅罪。

"现在，你小子正式成了警视厅的人，我们不用把你交还北海道警方了。"石井得意扬扬地说。

可宽治仍然搞不懂究竟是怎么回事。警察口口声声说逮捕他是因为擅闯私宅，审讯时却只问绑架案，只是一个劲儿地追问他"孩子在哪儿"。

过了一会儿，警察又问起里子。

"那个女人呢？她在哪儿？就是和你私奔的脱衣舞俱乐部的那个舞女？她也是你的同伙吗？"

原来如此，警察连里子的事都知道了，真不愧是东京的警察。宽治不由得大为佩服。

审讯一直持续到深夜，午夜零点左右，他才被放回拘留所。实际上，宽治对时间的流逝毫无感觉，只是看到墙上的挂钟才忽然意识到，自己已经在审讯室里待了十个小时。

昏暗中，看守把他带到了一间八叠大小的多人牢房。屋子里的犯人盖着被子睡得正香，有几个人听见动静，睁眼看了看，又扭头睡去。宽治钻进被窝，旁边的犯人小声问他："兄弟，你犯了什么事？"他刚回答了一句"闯空门"，便听那人"嗤"的一笑。

仰望着只亮一盏荧光灯的天花板，过了一会儿，宽治便觉得睡意袭来，随即闭上眼睛。

等他再次醒来,天色已经大亮。看来这一夜他睡了个好觉。他也曾在北海道的拘留所里待过,根本不怕。这里很暖和,至少这一点比什么都强。还是东京的日子好过啊。

次日,他们在早上六点半起床。点名后,叠好被褥放在房间一角,便开始大扫除。不时有人问他"犯了什么事",他照旧回答"闯空门"。后来又有人问他"兄弟是哪里人",又引得众人聊了一会儿各自的老家。同牢房的大多是黑道模样的家伙,宽治多少有些戒备。但他太年轻了,众人都对他十分照顾。

早饭是在牢房里吃的,是由麦饭、味增汤、鱼干和煎鸡蛋组成的所谓官方盒饭。宽治问看守:"能给我白开水吗?"旁边的一个犯人听了,苦笑着问他:"你小子进来几天了?"原来拘留所里不提供茶和白开水。

吃罢早饭,看守便立刻叫他的编号,把他带出了牢房。同牢房的人都抬起头看着他,仿佛在问:你真是因为偷东西的罪名被抓进来的吗?这些人已经觉察到,他很可能是被另案逮捕的。

与昨天不同,这次他被带进了一间稍微宽敞些的审讯室。除了刑警,屋里还有两个穿白衣的男人,桌上放着一台陌生的仪器。警察告诉他,这两个人是技术员。

"宇野,你知道这是什么吗?"石井问,他的态度与昨天大不相同,语气也很爽朗。

"不知道。"

"这叫测谎仪,是警视厅从美国中情局买来的。虽然不知道花了多少钱,不过大概顶得上我们几个月的工资。"石井时不时露出笑容,快活地说。

"这是测试同意书，签字吧！"说着，递给宽治一支圆珠笔。

宽治老老实实地签了字。

之后，警察让他坐在一张木制扶手椅上。两名技术员往他胸前缠了一根皮带，又在他的手臂和手指上分别用胶布缠上类似金属芯片之物，再用电线把它们连接到一起。

"我不能碰有电的东西！"宽治慌忙喊着。

石井歪嘴笑了笑，拍拍他的肩膀说："放心，这不是电椅！听好了，宇野，从现在开始，无论我问你什么，你都要回答'不'。其他的话不用说，明白吗？"

"明白了。不过，我可没说瞎话。"

"既然这样，问你什么都无所谓喽！"

"当然！"

"闭上眼等一分钟。"石井命令。宽治便乖乖地闭上了双眼。

"现在开始想象被你绑架的那个孩子的模样。"

宽治深吸一口气，又放飞了自己的意识，和昨天石井对他怒喝时的反应一样。

"铃木吉夫，就是那个刚上小学一年级的可爱小男孩，你认识他吧？"

宽治在脑海中勾画着自己小时候的模样。继父拉着他的手走过札幌的街道，他藏在电线杆的阴影里，等待着什么。究竟在等待什么？完全想不起来。记忆的隧道像被堵住了，无法前行。

"宇野宽治，睁开眼！"

他睁开眼，见两名穿白衣的技术员坐在机器旁，其中一位开始向他提问："我们会给你看从A到E的五张照片，都是小孩的照片。像刚才石井科长说的，你都要回答'不'，明白吗？"

他们给他看照片A。

"认识这个孩子吗？""不。"宽治按石井的叮嘱回答。

然后是照片B。

"认识这个孩子吗？""不。"

之后是照片C。

"认识这个孩子吗？""不。"

再来是照片D。

"认识这个孩子吗？""不。"

最后是照片E。

"认识这个孩子吗？""不。"

宽治平静地回答。此刻，占据他脑海的是自己小时候的情形。母亲也一直遭受继父的百般嫌弃，根本没有能力保护宽治。每次继父虐待他的时候，母亲便会借口买东西，匆匆离家。

桌上的机器里冒出了方格纸。侧目看去，纸上画着像是地震震级的图表。这就是所谓测谎仪？不过，纸上的线是笔直的。

石井、细野和两名技术员面面相觑，一时说不出话来。

"这机器没毛病吧？"石井问。

"当然，测谎前肯定是检查过的。"技术员似乎也很意外。

"接着来！"几个人振作了一下，开始第二次问话。

"宇野宽治，下面的问题也一律回答'不'。为了证明孩子在你手上，你曾经把孩子的一件随身物品放在轻型摩托车的座位下，这件物品是棒球帽吗？"

"不。"

"是书包吗？"

"不。"

"是玩具刀吗？"

"不。"

"是绣着名字的手绢吗？"

"不。"

"是印有铁臂阿童木图案的运动鞋吗？"

"不。"

第二次提问结束，众人又一次陷入沉默。刑警和技术员们歪着头窃窃私语："怎么回事？"

提问仍在持续。对于刑警的问话，诸如：十月六日星期天，你在哪里？十月九日，你在哪里拿到赎金？……宽治照旧一律回答"不"。刑警们的脸色越来越难看。

五轮提问过后，测谎终于结束了。石井他们拿着检测结果走出审讯室，一名轮班的年轻刑警走进来。过了三十分钟，又有一名刑警走了进来，催促年轻刑警离开。

"宇野，我是搜查一科的落合警官。你必须记着我啊！为了调查你的事，我特地去了趟礼文岛，还见过你母亲和负责少年保护的松村先生，他们都很担心你。"

听说他去过礼文岛，宽治吃了一惊。离开礼文岛仅仅是八月的事，却感觉很久远了。

"累吗？"

"不累。"

宽治好像还没从刚才的测谎实验中回过神。

落合的语气很和善："昨晚睡得好吗？"

"嗯，挺好的。"

"是吗？原本呢，进拘留所之前都要搜身检查的，但因为急着审讯,只保存了你的随身物品,没来得及记录。所以,虽然顺序颠倒了,但现在要补上。你没带皮包之类的?"

"没,空着手来的。"

"哦,是在弹珠房被抓的,所以什么都没带。行李都在住处?"

"不,我没有行李。"

自从昨天接受审讯以来,宽治一直谎称自己居无定所。虽然他知道警察早晚会发现,但他不打算老老实实地告诉警察。

回到拘留所,他没有被带回牢房,而是去了牢房旁边的小房间。房间的正中央摆着一张长桌,桌旁坐着两名看守。宽治被命令在正中间的椅子上坐下后,见桌上摆着昨晚被警察搜走的随身物品,还有新的衣服和鞋袜。一名看守口述着:"手表一只;钱包一只,其中有七万五千六百八十元现金;喜力香烟一盒;打火机一只……"另一名看守则在登记表上填写、记录着。落合背靠着墙,默默地看着这一切。

接着,还是在这个房间里,警察又给他拍了照。宽治拿起一张写有日期的纸,分别拍了正面、侧面及左右斜侧面照片。

"上次拍照是什么时候?"落合问。

"好像是十七八岁的时候。"

"你已经成年了,明白吗?今后你就是有前科的人了。"

"嗯,明白。"

拍完照,又开始测量他的身高、体重。他脱了上衣和裤子,全身只剩一条内裤,按三百六十度转了个圈,好让警察查看他身上有没有文身。

他的身高是一米六九,好像比上次测量的时候高了些。无论如何，最好能长到一米七啊。

体重五十五公斤，瘦了些，大概是因为离开故乡来到新环境吧。

"好了，你可以穿好衣服了。"

听到看守的指令，宽治伸手拿起上衣。一直靠墙看着他接受检查的落合忽然脸色一变，大喊："等一下！"

他问道："宇野，你手臂上的伤是怎么回事？"

他靠近宇野，抓起宇野的手臂。哦，终于被发现了……宽治冷漠地想。

"这是被抓伤的吧？让我看看！"

宽治依言伸出了手臂。

"两条胳膊上都有伤，是抓伤，还抓得很深，看起来像是新伤，都还没有结痂。"落合脸色苍白地看着宽治，喉头"咕噜咕噜"地响了几声。

"你小子是和那个舞娘喜纳里子一块儿逃跑的吧？这一点我们早就知道了，你不用否认。"

"我不知道。"

"你怎么会不知道？上周末，你不是跟她去过热海吗？快说，喜纳里子在哪儿？"

落合不知不觉地怒吼起来。

"你这家伙掐了谁的脖子吧？你手臂上的伤就是对方反抗时留下的！伤口这么深，说明对方一定拼命反抗过……你该不会把喜纳里子杀了吧？"落合一把抓住宽治的肩头，拼命地摇晃，"喂，宇野！喜纳里子究竟在哪儿？你杀了她吗？！"

宽治深深地吸了口气，又一次放飞了意识。在迷雾的另一头，他至少可以逃离眼前的现实。

那里才是他的安身之所。

35

当晚的侦查会议上,气氛十分凝重。在大教室前方,负责人一个个抱着胳膊呆坐在主席台上。一直并肩坐的堀江署长和田中科代少见地隔了几个座位,看也不看对方一眼。虽说逮捕了嫌疑犯,搜查本部的气氛却像是在葬礼上守夜般压抑。落合昌夫也心情低落地参加了会议。

从总部赶来的玉利科长一开口就激烈地质问:"对测谎仪毫无反应?这是怎么回事?宇野真的是嫌疑人吗?会不会是我们误判?"

田中回答道:"他有重大嫌疑,眼下还有没发现比他更可疑的人物。"

"那为什么他会对测谎仪毫无反应?心跳、血压都很稳定,也没有出汗。这又怎么解释?"

"有人提出宇野的脑子有些问题。具体说来,就是记忆力受损,所以很可能造成他的心理活动比较少……"

"这样的借口能应付过去吗?就算测谎仪的结果不能当作审判时的证据,但这种情况万一被辩护方知道了,肯定会拿来大做文章。以眼下这种情况,连对他提起公诉都不用想了!"

玉利"啪"地拍了下桌子。所有人都被他的震怒吓得不敢出声。玉利一向沉着冷静,很少有如此感情外露的时候。

"刚才我跟地方检察院刑事科的人谈过,据他说,在没找到孩子的情况下很难提起公诉。这还用说?换了我也一样。孩子的下落只有宇野知道,除了让他主动招供,没别的办法。石井科长,你看宇野会招供吗？请从审讯官的角度谈谈你的想法。"

被点名的石井赶忙站起来，偷偷地喘了口气才开口道："对宇野的审讯，我们从昨天就轮番使用软硬兼施的手段，千方百计地想让他开口。不过被捕后刚刚过了一天半，他好像还没冷静下来……"

"还没冷静下来的人对测谎仪毫无反应？"玉利尖锐地发问。

石井板着脸，像立军令状似的说："在送交检察院之前，无论如何都会把他拿下！"

"说到送检……"玉利看了看手表，"大概还有二十个小时。不对，只有十个小时了。在此期间，我们还得让他吃饭睡觉嘛！如果没有具体的对策，来来回回地兜圈子，只会让对方小看你！虽然都说宇野是个傻瓜，甚至比傻瓜更傻，可他的胆子挺大。而且这是绑架案，如果再涉及杀人，招供就等于给自己判死刑，他绝不可能随随便便地招。"

听他说出"杀人"两个字，大教室里蔓延着一股紧张的气氛。实际上，宇野被捕后否认罪行的时候，所有人都想到了这种可能。

"玉利科长，宇野的擅闯民宅罪已经板上钉钉，再申请把他继续拘留十天完全没问题。这样的话，加起来至少还有十三天。就冲这一点，我们也可以放心。"田中说。在座的人当中，他是唯一敢于反驳玉利科长的人。

刑警中间普遍存在着换掉石井的看法。堀江署长觉得浅草警署丢尽了颜面，心里老大不痛快。

昌夫心里也藏着一点儿小小的期待。虽然自己不过是二十来岁的巡查部长，绝无可能担任主审讯官，但还是很有可能作为审讯官助手的——只要大场能当上主审讯官。

"接着讨论下一个问题，关于落合在宇野手臂上发现的伤口。

阿落,你自己来介绍情况吧!"

听见科长点到自己的名字,昌夫赶忙站起身,先做了个深呼吸。

"那我就来说说。今天上午九点,我在拘留所二楼的医务室监督昨晚未来得及进行的对宇野的搜身检查。他脱下上衣后,我在他双臂上发现多处伤,很明显是被其他人的指甲抓伤的。从伤口的形状和深度来看,很像是他用手臂勒住了对方的脖子而对方拼命挣扎时所造成的。也就是说,宇野很有可能在最近几天内勒死过什么人。"

乍听到这个消息,在座的所有人不禁发出一阵骚动。因为房间里聚集着一百多号人,更让人备觉压力。

"至于被害者,最容易想到的是那个当初觉察到警察动向并和宇野一同从向岛的公寓私奔的喜纳里子。现已确认自十月十一日起,喜纳里子和宇野去热海旅游了数日,之后,二人返回东京,喜纳里子开始在新宿歌舞伎町一家名叫'巴黎女人'的夜总会上班。这是由新宿警署刑事科的同事调查到的情况。据店里的人说,十四日,即星期一的傍晚,有个女人直接走进店里要求面试,自称看了店外贴出的'招聘公关小姐,提供住宿'的广告,想来店里工作。店里要求她提供相关的身份证明,该女子称没有带在身上,近期就会提供。店家又问她什么时候能上班,她很爽快地说马上就可以。所以老板当天就让她换好服装接待客人,其中多少包含了试用和培训的意思。说到店里的服装,是那种法式睡袍。虽然这家店自称夜总会,但店里的包厢座靠背有一米五高,十分便于遮挡视线,正是所谓的'素人沙龙'①。去这种店里打工的女人多半都有些难以启

---

① 指雇用日本家庭主妇、学生等业余从事风俗业的夜总会,流行于昭和二十年代。

齿的问题。店家在招聘的时候，只要对方能提供不是未成年人的身份证明，就会允许应征者当场填写履历表，当场录用。今天下午五点左右，我去了这家店，见到了老板，三十三岁的相泽典夫。我没有提到绑架案，只以调查是否包庇偷窃惯犯的名义对他进行了询问，结果……"

"阿落，你坐下说。"玉利看出昌夫一时半会儿说不完，便对他嘱咐道。

昌夫找个地方坐下，接着介绍："据老板说，那个女人面试时自称佐藤美智子，二十三岁。这个名字与喜纳里子在热海住宿时登记的假名一致。至于相貌，老板形容她'肤色略黑，眼睛很大'。我告诉他，我们正在寻找一个冲绳来的女人，那个老板连连点头，说'对，感觉就是那种地方来的人'，所以我认为这个佐藤美智子应该就是喜纳里子。因为她希望店里能提供住处，老板就在位于歌舞伎町一番15号的租赁公寓里给她分配了一间宿舍。这间宿舍里还住着另外一名女子，名叫小森孝子，二十二岁。当我问起这名女子的情况时，老板便把她从宿舍叫来店里直接接受询问。据小森孝子说，她曾和喜纳里子聊过几次天，互相介绍过各自的情况。喜纳里子谈起她生于冲绳，以前当过脱衣舞娘，还有个混黑道的男朋友。"

"所谓混黑道的男朋友是吹牛吧？宇野并不是黑帮分子啊。"田中插嘴道。

"恐怕是为了给自己撑面子，毕竟入室盗窃听起来不够威风。"

"原来如此。嗯，你继续说。"

"佐藤美智子很快就在'巴黎女人'夜总会上班了，不过只上了两天班。十五号下班后，她再也没露过面。也就是说，喜纳里子失踪了。"昌夫在"失踪"两个字上面加重了语气，"夜总会方面以为她适应不了客人动手动脚，擅自离职了，所以没怎么在意。老板说店里时常有女孩不辞而别，只要店里没受损失，就不会特地去寻找。与她住同一间宿舍的小森孝子对喜纳里子的失踪同样不以为意，见她把行李都拿走了，也猜测她是因为适应不了店里的工作而擅自辞职了。"

"不过，阿落，把喜纳里子失踪的原因直接归咎于被宇野杀了，这想法是不是太跳跃了？"田中问。

"哦，确实。不过，我追问宇野时，他很牵强地找了个借口，说伤口是两天前跟黑社会的人打架造成的。我又问：'男人打架，谁会用指甲抓人？而且，真是打架的话，为什么你的脸上一点儿没挂彩？'他就再也不说话了。后来我又问他喜纳里子去哪儿了，他回答说自从离开向岛的公寓，就再也没见过她。这就分明是故意撒谎了，他连两个人一起去过热海的事也矢口否认。"

"不过，仅凭这些，如何推测他杀了人？"田中用笔敲打着桌面问道。

"因为他有充分的杀人动机。喜纳里子一直跟宇野在一起，也就是说，她要么直接目击了绑架行为，要么隐约猜到了实情。加上十五日的电视里公开播放了录音，喜纳里子听出那正是宇野的声音，所以从店里下班后，便前去质问宇野，宇野将她杀死；又或者喜纳里子原本就是绑架案的同谋，宇野觉得她碍事，便将她除掉了。"

"你这番推理未免跨度太大。喜纳里子的行李不见了，也有可能是她感到害怕，自己逃走了。倒不如说这种可能性似乎更大。"

"看起来确实是这样。不过，从宇野手臂上的伤口来看，肯定是在勒住谁的脖子时造成的。为了反驳他的谎言，请您安排鉴证科的人去热海大黑旅馆512室取证。刚才我已经和他们电话确认过，今天上午，那间房的客人会离店，好像也没有新的住客预约。旅馆方面还说，房间不可能一直空着，让我们尽快答复究竟需不需要采集指纹。"

"好，那就派搜查一科的鉴证人员过去吧，乘明天上午的火车。阿落，你再跟旅馆方面联系一下。"玉利同意了。

见上司采纳了自己的建议，昌夫的心情十分痛快。只要逐一拆穿宇野的谎言，应该能逼得他不得不老实招供。就算他不招供，这些被拆穿的谎言也会在公诉时作为审判的重要参考。

"不过，没出现尸体的杀人案怎么查呢？如果真像阿落所说的，宇野在十五日晚上杀了喜纳里子，那他是怎么处理尸体的？歌舞伎町那一带是二十四小时不眠不休的场所，要想避人耳目地处理尸体恐怕很难。"

"玉利科长，那一带有很多废弃房屋。"仁井举手说，"尤其是三光町的旧蓝线地带①，现在虽然号称'金街'，到处是廉价酒馆的长屋②，但仍有很多空房子，毒贩常常在里面交易。而且，在邻近的西大久保旅馆街一带，也有很多空袭时被炸毁的破屋子，因为房主失踪，一直荒废着，里面住了不少流浪汉。我觉得有必要对那些地方进行搜查。"

"那就由尼尔和阿落去办吧。"田中用笔点了点他俩，"如果能找到尸体，我就为你俩申请警视总监奖！"

"不过，相比这项任务，我倒更想和宇野宽治谈谈。"昌夫迟疑地提出要求。

---

① 非法从事色情行业的店铺聚集的地区，警察通常在地图上以蓝色线标注。
② 面向窄巷而建的木结构日式住宅，各户并排，共用间隔墙。

"这个嘛……我会考虑的！"田中停顿了一下说。

之后，由新加入侦查总部的新宿警署刑警介绍搜查宇野宽治住所后的情况。

宇野的临时住所是位于歌舞伎町三番16号的廉价旅馆大和馆。警方在排查时向这家旅馆的前台职员出示了宇野的照片，对方回答说，店里确实有个客人很像此人。随后警方又叫来了鉴证科，采集了住宿登记簿上的指纹，当天就确认了其中有宇野的指纹。取得旅馆方的同意后，警察进入宇野住过的房间，检查了他的随身物品。他的全部行李只有一只背包和一些衣物，而且都是新的。他很可能把从前的旧行李扔掉了。

一条最为关键的线索是，宇野宽治住进旅馆的日期是十月十四日，正好是喜纳里子去夜总会面试的日子。也就是说，两人是在十四号那天返回东京的。就这样，警方逐步掌握了宇野的行踪。

散会后，昌夫和仁井准备一同去新宿。岩村也吵着要去，他们便申请了一辆公务车，让岩村当司机。

"地方检察院的刑事部好像一直在对侦查工作指手画脚。"在车里，仁井毫无顾忌地说。

"是吗？"昌夫随口问道。

"这是整个日本都在关注的大案。每天，电视新闻和综艺节目里都是有关小吉夫被绑架的内容，一亿多日本国民个个化身侦探，检察院自然也不能坐视不理。"

的确，这个案子一经公开，便在全社会引发了史无前例的关注。作家、评论家、妇女活动家，甚至演艺圈的艺人都在电视屏幕上喋喋不休地议论着。

"检方说了，如果没有决定性的物证，那么除非宇野自己招供，否则根本不可能提起公诉。这岂不就等于说当务之急是要找到孩子的尸体嘛！"仁井忿忿地说。

昌夫不禁皱起了眉头。

"地检的刑事部认为，如果宇野是单独作案，那么孩子应该早就不在人世了；就算宇野有同伙，也没有道理在拿到赎金后不放孩子回家。这倒也言之成理。这些精英检察官说的话都很现实啊。"

"我们这边的刑事部怎么看？"正在开车的岩村问。

"我怎么知道？不过，你们总该知道警视总监和刑事部长最担心什么吧？"

"担心什么？"

"天真的年轻人，好好发挥你们的想象力！"仁井嘲讽地说。

昌夫思考了一阵，仍摸不着头脑。

"假设孩子已经被害，那么被害时间是在绑匪拿到赎金之前还是之后？这才是大领导们最担心的事！如果孩子在绑匪拿到赎金之前就已经遇害，那么公众可能不会追究警方的疏忽；如果孩子遇害是在交付赎金之后，那么警方的麻烦就大了！"

仁井一语道破，昌夫和岩村一时都说不出话来。

"浅草警署的堀江署长恐怕觉得孩子已经遇害了。在整个破案组里，最倒霉的要算这位大叔了，无论如何，降级是免不了的。"

"不能换个人负责审讯宇野吗？"昌夫问。

"在送交检方之前大概不会换，不然浅草警署岂不更没面子？"

"都到了这种时候，还在乎什么面子不面子？"

"有本事你跟上头去说啊！"仁井毫不客气地回敬。

昌夫觉得，虽然自己接触宇野的时间并不长，但这个年轻人留给自己的印象是：无论警察如何逼问，他都不可能招供。个中缘由倒不是所谓抗拒心理，而是病理。当上刑警之后，昌夫读了不少心理学方面的书，学到了不少相关知识。犯罪者中，的确有一些人会把自己的所作所为都看作他人的行为，对测谎仪毫无反应就是症状之一。

宇野宽治会不会患有所谓的多重人格或离人症？

"无论如何，他们都不会让新人去负责审讯。"仁井又说。

"我当然知道。"昌夫回答。

车子朝着沿途都在进行夜间施工的东京西区飞驰。

到了歌舞伎町，他们去当地的派出所借了张地图，第一站先去了大和馆，这是一栋战后新建的钢筋混凝土结构的三层小楼。与旅馆老板再次确认了宇野宽治曾住在这里之后，昌夫又问起宇野住店后的情况。

"有人来找过他吗？"

"好像没有，不记得有什么人来这里找过他。"

"女人呢？有没有女人来过？"

"没有，我们这里不准住客招呼女人进店，而且我们的客人大多是经商或出差的上班族，没有那种女人进进出出。就算有，也会很惹眼，店里的员工一定会有印象。"

"住客里，有人跟宇野说过话吗？"

"这个嘛……我们这里都是单人间，就像过去的日式旅馆，即使开门营业，也不会吸引多么了不起的客人。住客们之间平时不会互相打招呼。"

"有什么值得注意的事情吗?"

"这个嘛……好像没什么特别的。这位客人总是早出晚归。"旅馆老板歪头想了想,"对了!他好像很爱看报纸。我们旅馆的前台备有晨报和晚报,他每天必看。"

"看报纸?了解了,谢谢您。"

宇野大概一直在关注绑架案的进展。又或者,他是在担心喜纳里子的尸体有没有被发现。昌夫觉得这多少算得上是一条线索,他的脑海里充满了各种想象。

接着,他们又去了喜纳里子只工作了两天的"巴黎女人"夜总会。走进被霓虹灯装点得五光十色的店门,他按仁井的吩咐,没出示警察证,而是作为客人,在店员的招呼下走进卡座。

店里很宽敞,大约有三十张台子。房间里光线昏暗,播放着流行的拉丁乐,随处可闻小姐们的莺声燕语。

他们听凭服务生的安排,叫了三名小姐,然后向她们亮明刑警的身份。小姐们互相看了看,满脸困惑。

"你们放心,我们不是来查这家店的。我们想问问那个周一才来上班、周三就不见了的冲绳女人的事。"仁井微笑着露出一口白牙,语气柔和地说。

原来他在女人面前是这副样子,昌夫大感意外。

"嗯,我知道她,是那个艺名叫贝蒂的。老板说,她看着不太像日本人,倒像是外国人,所以就这么决定了。"

"抱歉,我和她不认识。我们这里有一百多个姑娘呢。"

"我记得她,我们俩还一起招待过客人呢。有一次,她被一个色鬼客人摸了胸,得了两千日元的小费,她可高兴了!"

小姐们你一言我一语地说。

"也就是说,她对动手动脚的客人并不在意?"仁井问。

"好像不大在乎!"

"就是,她性格挺开朗,反正我对她的印象不错。"

"喂,刑警先生,你们查什么案子?那个冲绳姑娘惹了什么祸?"

"倒不是她本人的事,不过,她有可能包庇了盗窃犯。"昌夫回答说。

"什么嘛,只是小偷?我还以为是杀人犯呢!"

"就是嘛,偷东西的案子?真无聊!"

小姐们似乎放心了,纷纷活泼地请他们点单,气氛一下子活跃了起来。

"那就把之前和她同屋住的那个女孩也叫来吧,真名据说叫小森孝子。"仁川敷衍着。

"点名是要另外花点名费的!"小姐们一边说着,一边还是叫来了小森孝子。小森一眼看见昌夫,不禁愣住了。

"再次打扰,真是抱歉。不过,傍晚那会儿不太有时间,所以只是简单地问了问。我还有些事要问您。当着老板的面,有些话不大好开口。"昌夫学着仁井的做派,微笑着说道。

他俩招呼孝子坐下,打发了其他三名小姐。

"关于那个冲绳女人失踪的时间,傍晚问您的时候,您说她从十五日下班后就没有回宿舍,之后就消失了,对吧?"

"是。"孝子眼睛一眨不眨地说。

"她的行李是什么时候拿走的?"

"大概是趁我不在的时候。"

昌夫想进一步确认日期,孝子却语无伦次地说:"对不起,我记不清了。"

"十五日那天，你们是一起从公寓去店里上班的吗？"

孝子似乎努力想了想，说道："是分开走的。"

"她有没有提到不太适应店里的工作？"

"嗯，好像说过，受不了客人们动手动脚之类的。"

昌夫与仁井对视了一眼。这似乎与刚才店里其他小姐的说法不太一样。

"她跟你说过有个混黑道的男朋友吗？"

"啊，没有。"

"你跟她相处的两天里，有没有谁联系过她？"

"不清楚。"孝子始终眼睛一眨不眨地说。

"对了，你们住的公寓里有电视吗？"

"有，搬进去的时候，房间里就备有洗衣机、冰箱、电视机之类的电器。"

"风俗行业最近果然很赚钱哪！那个冲绳来的女人平时都看些什么节目？"

"这我就不记得了……"

"假设，只是假设啊，她有没有看过新闻或某个娱乐节目后神色异常呢？"

"实在抱歉，平时我一般都是睡到过了中午才起床……"

"哦，那么，最近两天里，她有没有出现过类似忽然心神不宁或特别害怕之类的情绪变化？"

"这个嘛……"孝子歪头沉思着。

见似乎再也问不出什么情况了，昌夫他们便结束了问话。孝子掩了掩法式睡袍的前襟，像是要挡住胸口，便赶忙跑开了。

"这个女人好像在隐瞒什么。"岩村说。

"我也有同感。"昌夫附和道,"仁井兄呢?"

听见问到自己,仁井敷衍地答了句:"啊,我也这么觉得。"抬手将面前杯子里的啤酒一饮而尽,然后对又转回来的三位招待小姐豪爽地说:"点单吧!想喝什么就点什么!"小姐们兴高采烈地欢呼起来。仁井又冲侍应生招招手,对他耳语几句,便站起身。

"不会吧……这么快就要走了?"

"人家还想跟刑警先生多聊一会儿呢……"

小姐们似乎不高兴地嘟起了嘴。

"下次,下次一定!"仁井仍是一副怜香惜玉的做派,在小姐们的目送下,径直走过了收银台。

"仁井兄!不用结账吗?"昌夫在他后面追着问。

"啊,这里是西山组的地盘,他们会替我结账的。"仁井走出店门,回过头来整了整西装的领子,对昌夫和岩村挤了挤眼,"不过,你们可别来这一套!"

下一站,他们来到彗星剧场前的广场上,在一条长凳上铺开了地图。已经过了晚上十一点,喝得醉醺醺的人们正纷纷朝车站走去。

"从现在开始,我们来追查喜纳里子的行踪。如果阿落的推理成立,喜纳里子应该是在十五日晚下班后去见了宇野,当晚就被宇野杀了。从宇野手臂上的伤痕推断,他当时应该没穿衣服——不可能为了勒死别人特地挽起衣袖吧!"

听了仁井的分析,昌夫不禁点了点头。他没想到这一层。

"这么说,俩人应该去了情人旅馆过夜。不过,如果是在旅馆里杀人,怎么处理尸体呢?岩村,换了是你会怎么做?

岩村愣了几秒，随即回答："我会把对方带到这一带的空房子，亲热之后再把她杀掉，就地抛尸或扔在废弃房屋的地板下。"

"好。你负责去搜查空房子，去派出所借个手电筒吧。"

"仁井兄，我的推理应该没错吧？"

"嗯，没错。拿出点儿自信来！"

"是！"

"咱们兵分两路。我和阿落去情人旅馆问问看，这一带的情人旅馆主要分布在西大久保一丁目和二丁目西侧，恐怕有五十多家。阿落，你负责一丁目以东，其余的交给我。需要问的只有一点，就是十六日零点过后有没有可疑的青年男女来投宿。这种旅馆都没有住宿登记簿，连给客人引路的服务员都省了，根本不过问住店客人的行踪，所以我们的调查很可能是徒劳的。眼下我们的依据只有阿落的推理：宇野如果在当晚杀死了喜纳里子，肯定没办法把尸体搬运到其他地方。刑警的工作中，百分之九十九的辛苦都是无用功，你们一定要作好心理准备，不放过剩余百分之一的可能性，明白吗？"仁井仿佛在做演讲似的命令着。昌夫又一次对仁井肃然起敬，岩村更是一脸崇拜。

他们约好午夜三点碰头，昌夫便朝明治大街走去。过了餐饮街，就是旅馆一条街，只见一对对男女依偎着走进各家情人旅馆的大门。路面上的站街女多得惊人，不停地朝行人招呼着："小哥，不来找点儿乐子吗？"看来，在这里，找个女人带去旅馆的客人应该很多，难怪旅馆对客人的身份不闻不问。

走到明治大街与西大久保一丁目的十字路口，昌夫开始一家一家地寻找旅馆。但他很快就明白，这无异于在黑暗中扔石头，根本不可能击中目标。这些战后旅馆密密麻麻，前台布置得好像电影院的售票窗口，店家和客人通过一扇小玻璃窗交接钥匙、收取房费。那些小窗上还挂着蕾丝窗帘，确保店家与客人互相看不清对方的脸。就算是那些传统旅馆，也接受了普遍的共识，即客人入住时无需由专人接待。店家甚至连客人长什么样子都无从得知。昌夫再一次感受到了大都市之中的隐蔽性。

"十五日半夜有没有见过可疑的客人？什么样的都行，比如背着女人回去或者把女人留在店里、自己离开的客人？"

"把女人留在店里、自己离开的客人？有啊！"

"是吗？"

"嘿，不就是那么回事嘛！反正交了房钱，女人独自在店里睡到天亮才走。"

"这样啊……那有没有听见女人的惊叫或者搏斗的声音？床单上有没有发现残留的血迹？"

"有的客人的确叫声挺大。至于厮打的声音、血迹之类的也都有。警察先生，你该不会不知道我们这里是什么地方吧？"旅馆里的一位中年女工拍着昌夫的肩膀，哈哈地大笑着问。

问了好几家旅馆，全是类似的情况，昌夫感到一阵深深的无力感。还没能确认喜纳里子的安危，他自己却感到难以继续了。

结果，不知不觉到了午夜三点，他走回已经没什么人的彗星剧场前的广场上，见仁井和岩村正坐在长凳上伸长双腿抽着烟。

"三个人还是不够呀。我说阿落，赶紧找到喜纳里子有可能在十五日晚上遇害的证据吧。有了证据，上头就会下令采取行动。"仁井一脸疲惫地说。

"今天就到这里吧？"昌夫建议。

"师兄，我饿得要死。"岩村的目光落在路边的荞麦面小摊上。

昌夫也饿了，三个人便去小摊上吃了碗面条。热乎乎的面汤填饱了他们空荡荡的肠胃。

"国际运动会总算顺利结束了！"小摊老板熟络地跟他们聊天。

"对了，接下来还有彩排大会吧！"昌夫舒出一口气说。为了一年后开幕的东京奥运会，从上周起，东京又开始准备这场彩排大会。天天忙于侦查案件，他们几乎忘了还有这回事。

"新建的体育场可真够气派，据说能容纳七万人！有了它，就算招待外国人也不觉得寒酸哪！"老板开心地说。

深夜的寂静中，夜间施工的声音回荡在彗星剧场前的广场上。

36

星期一早上，落合昌夫在浅草警署的训练场醒来。看看时间，快到中午了。

他去了附近一家上午就开始营业的澡堂。三天来，他这是头一次洗头、刮胡子。之后，他又思量着去哪里吃午饭，忽地想到了回声，也就是宇野宽治的好兄弟町井明男常去的那家咖啡馆。

他一走进店里，女招待的脸上就摆出了一副戒备的神态。这倒不奇怪，因为近来警察们轮番登门，态度强硬地盘问了她无数次。单说昌夫本人，前几天刚刚向她追问过宇野宽治和喜纳里子的事。

昌夫点了三明治和咖啡，刚翻开报纸，便有人坐到了他对面的位子上。

"落合警官，您好啊！"原来是《中央新闻》的记者松井。

"搞什么？是太巧还是打埋伏？"昌夫毫不掩饰自己的反感。

"听说抓到了小吉夫绑架案的重要嫌疑人，为什么警方不对外公开呢?"听到松井的质问,昌夫的脸一下子发烫了。

"你在说什么?我不知道!"昌夫表面装作若无其事,后背却冷汗直流。

"您就别演戏了。宇野宽治,二十岁,北海道人。公开罪名是擅闯民宅,真实的逮捕目的是追查绑架案,对吧?他是单独作案?"

"不……不知道,请别缠着我!"昌夫把报纸叠起来,像轰苍蝇似的扇着。

"小吉夫的生死还不能确定吗?假如他已经遇害,警方的高官们恐怕要集体辞职了吧?"松井窥视着昌夫的表情说道。昌夫把脸扭向一旁,掏出一支烟点着了火。

"我说,落合警官,只要每天在浅草警署里转转,就不难猜到发生了什么事。从前天开始,玉利科长就天天待在侦查总部,田中科长代理则忽然变得冷冰冰的,不理人。堀江署长又在各处跑来跑去,忙个不停……这简直就像是把消息写在广告栏里一样嘛!要是连这些都注意不到,我这个记者也白干了。"

"反正我什么都不知道,你去找别人打听吧。"

"您别这么说。那些领导,我根本搭不上话,怎么打听?"

"那我更无可奉告。我区区一个小警察,有什么好说的?"

"不过,落合警官不是一直在负责追查宇野宽治吗?"

昌夫觉得血一下子冲到了脑门,不由得断然大喝一声:"你少胡说八道!"

"您就别想瞒着我了。外面不是有那么多警察拿着宇野宽治的照片在四处打听吗?就连您自己不是也在调查时开门见山地说过是关于绑架案的事吗?"

昌夫无言以对,只得沉默无语。忽然间,他抬起了头,与女招待四目相对——原来如此，只要问问她，就能得知宇野宽治被逮捕的消息吧。他不由得暗自慨叹：所谓秘密侦查，在实际工作中其实很难做到完全保密啊。

"落合警官，听说您为了调查宇野的事，还特地去了一趟北海道？看来宇野就是真凶！"

"不知道，我什么都不会告诉你！"

"他一送检，我们就报道。所以我只问您一件事：宇野有没有招供？"

听见"报道"两个字，昌夫一下子紧张起来。

"不知道！不知道！"说着，他起身对女招待说："麻烦把咖啡和三明治送到浅草警署刑事科！"说罢，扔下现金逃出咖啡馆。

他一溜小跑地回到浅草警署，直接走进侦查总部。田中正趴在桌上整理侦查记录。

"科代，刚才《中央新闻》的记者松井跟我说……"

"啊，他是不是说要报道？"田中看来了然于胸，神情苦涩地皱眉说，"部长正大发雷霆，说要把那个泄露机密的家伙抓起来。"

"可是……"

"我知道，我知道。说起来，最先要求市民提供情报的就是警视总监嘛。既然都公开了，又怎么可能展开秘密侦查呢？"田中挠挠头，又接着说："我们对此已经无能为力，只能让部长去跟对方的头头交涉。不过，《中央新闻》向来是以反对警方著称的，搞不好会不顾警方的意见，擅自报道。"

"要是现在把消息捅出去，外面会炸锅的！"

"所以啊，我们既然拦不住人家报道，就只能捂上耳朵，专心破案。对了，我收到了尼尔的报告，关于调查喜纳里子行踪的事，我已经请新宿警署方面提供支援。他们虽然也派不出几个人，但总比只有你们三个人去调查强。"

"好，谢谢您！"

"另外，上野信和会的立木昨晚给你打过电话，他好像发现了什么线索。我吓唬了他一下，假装生气，说：'你就不能直接告诉我吗？'结果被这家伙笑着敷衍过去了。你赶紧给他回电话。"

"知道了。不过……宇野宽治的审讯怎么样？有进展吗？"

"没什么进展。"田中语气苦涩地说，"大概不该从一开始就来硬的。今天傍晚就要把他移交给检方了。既然浅草警署的人搞不定，我会跟玉利科长商量一下，再决定换谁接手。"

"这样啊……"昌夫满心期待着玉利科长能任命大场为新的审讯官，但这么重要的案子，很可能会交给警部以上级别的人负责。大场对升官没兴趣，警衔一直是警部补。

离开侦查总部，昌夫又去了刑事科办公室。咖啡馆恰好送来了三明治和咖啡，他便坐在会议桌旁，一只手抓三明治，一只手给立木打电话。立木正好在信和会的事务所里，听口气很冷静，但所说之事十分惊人。

"落合警官，千束町三丁目有赤色分子的秘密据点，我准备让手下的小弟冲进去瞧瞧。后面的事，您能帮忙收拾吗？"

"哦，为什么要这么干？"

"关于小吉夫的绑架案，落合警官上次来麻将馆的时候不是跟我说了嘛，绑匪就藏在以千束町一丁目为中心、半径二百米范围内的某处，而且很可能就是从藏身之处打电话索要赎金的。"

"对，我确实说过。"

"我倒真的发现了一个十分可疑的地方，就在千束町三丁目附近。原先是一家街道印刷厂，房间的防雨窗一直关着，乍看好像里面没人，但仔细一打听，才发现山谷劳动者联合会的秘密据点就藏在里面。电线杆上还引了电话线，说明屋子里很可能有固定电话。这可是罪犯藏身的绝佳之地啊！只要落合警官点头，我今天就可以让小弟们冲进去瞧瞧。理由嘛，就说妨碍我们做生意。然后你们警察趁机赶过来，进入屋子里控制现场，您觉得这主意怎么样？"

"请稍等，这事我做不了主，得请上面批准。"

"我说，落合警官，这种事只能由下面的人见机行事。在我们江湖上也一样。不然，万一搞砸了，难不成还要让老大收拾？"

"哦，您说得对。"昌夫十分佩服黑帮老大处世之精明。对于这种介于合法与不合法之间的灰色行为，上级肯定不会批准，去请示就是在自找麻烦。

"自然，我也有交换条件。我们在上野、浅草一带开了几间赌场。你得向我保证，三年之内，警察不去找麻烦。我这可不是趁机敲竹杠。我的要求很简单，只求维持现状，不让客人担惊受怕就行。还有，如果在这次行动中，警察抓了我的人，最多罚点儿钱就放出来，不能追究其他责任。"

"我明白了。就这么办，我会协调的。"昌夫作了决定。虽然不知道刚进搜查一科才一年的自己是否有权作出这个决定，但眼下的情势需要争分夺秒，而且黑帮和赤色学生之间的争斗一般不会殃及普通市民。

"另外，立木社长，行动的时候不能使用射击性武器，刀具也不行，那些都会加重罪责。用木刀之类的就可以了……"

"落合警官，真有你的！将来一定飞黄腾达，我看好你！"立木笑着说，"那就今天下午一点钟行动。我这边大概有十个人，联合会的人大概一样多,所以你们至少要派二十个人过来。就这么说定了!"

挂断电话,昌夫把剩下的三明治塞进嘴里,走出刑事科办公室,爬上二楼,走进侦查总部,直截了当地跟田中说,上野信和会跟山谷劳动者联合会不久将在千束町三丁目发生冲突,请他立即下令,让二十名刑警待命,并准备好车辆。

"你说什么?"田中一脸不可思议地看着昌夫。

"冲突现场是一家老印刷厂,现在是劳动者联合会的秘密据点。宇野宽治和喜纳里子当初很可能就藏在那里,这是不需要申请搜查令就能进入调查现场的绝佳机会。"昌夫一口气说完。

田中沉默了片刻,问:"这都是你策划的?"

"是信和会立木的主意,我只是顺水推舟。所以,对立木那边参与此事的手下,在量刑时要掌握分寸。另外,还要请上野警署和浅草警署的四组方面在未来三年对立木的新赌场稍稍宽松一点儿……科代,现在您只要说句话……"

田中默然地听着,忽然缩了缩脖子,说:"我真没看出来,阿落,你居然还有这一手。好,我知道了,立刻安排紧急调配人手。看样子,应该还需要鉴证科的人吧?"

"如果能从电话机上找到宇野的指纹,那就太好了。"

"嗯,找到的话,就是很有力的物证了!"田中在桌上摊开地图,开始确认地点,"不过,你小子啊……"他似乎还想说些什么,但只是盯着昌夫。

昌夫不知此时自己应该做何表情,忙躲开了他的视线。

下午一点零五分,从警视厅通讯指挥室转来了一通报警电话,称台东区千束町三丁目的某座空房子里有十几个男人在聚众斗殴，连防雨窗都被打烂了，现在已经闹到了附近的马路上。报警的是附近香烟店的一位老太太。这也很正常，街上发生了斗殴事件，必然会引得民众报警。

浅草警署的十几名警察、鉴证员和侦查总部临时召集的几名刑警立即奔赴现场。第五组的成员中，除了昌夫，还有岩村和森拓朗。

现场所处的地区原是花街柳巷，白天一般行人稀少。但这场不合时宜的混战引来了大批围观者，周围一片沸沸扬扬。

昌夫第一个冲了进去。自从当上刑警，他还是头一次这么大声地喊话："警察！不许动！所有人都放下武器！"因为是第一次，他觉得嗓子都要喊哑了。

见警察赶到，立木的小弟们立刻把木刀扔在脚下。

联合会的社会活动家们却越发激动起来，一边挥舞着手中的木棍、铁棒，一边齐声怒吼："警察滚出去！"

按森拓朗的指示，岩村也冲了进去。活动家们手上的木棍一碰到他，森拓朗便大喝一声："胆敢妨碍执行公务，都给我抓起来！"刑警们便一个个上前，将联合会的成员们控制住。其中有几名女学生，长发散乱地尖叫着："我们是被害者一方！别碰我，你这个变态！"

"那就都给我老实点儿！回到警署自然会问明白的，现在一律按妨碍执行公务罪进行现场逮捕！"森拓朗果断地宣布。活动家们都被戴上了手铐，押进了警车。立木手下的一干人等也早已被押进了另一辆警车。

"好，现在开始勘查现场！阿落和岩村，你们去把标志带拉上。巡逻的警车分别堵住街道两头，除了本地居民，其余人等一律禁止通行。我们的目标是寻找宇野宽治和喜纳里子的遗留物品，以及可能与绑架案有关的东西，比如小孩穿的衣服、玩具。对垃圾也要仔细检查。印刷机、扩音器等，都不要碰。文件也不要碰。我们没收的话，公安那边又会过来要，别自找麻烦。而且，恐怕过不了多久，那位近田大律师又会脸红脖子粗地来警署大闹。所以，凡是跟'思想'沾边儿的东西都不要管！鉴证科要尽可能地多采集指纹，尤其是电话机上面的指纹，不准漏掉一处！"

森拓朗指示完毕，现场其他的警察便立即开始对屋子进行搜查。虽说是秘密据点，但屋里并没有武器或其他危险品，感觉更像是临时的落脚点兼手工作坊。昌夫与岩村一道走上二楼，只见一间简陋的破房间里层层叠叠地堆满被褥。拉开壁橱的门，里面立刻传出一股汗馊味。

"这可不像是有小孩待过的样子啊。"岩村说。昌夫也有同感。这些社会活动家再烦人，还不至于绑架儿童吧？

"我也没有确凿的证据。不过，如果用排除法分析，宇野能躲藏的地方就只有这里了，其他地方我们都已经排查了个遍。假如能采集到他的指纹，就能证明这个推断。我们现在的任务就是确定宇野宽治从十月六日发生绑架案那天到十九日被逮捕期间的行动轨迹，等积累了足够的证据之后再去审问他。"昌夫口中虽然这么说着，内心的焦虑感却在不断增加。在仍无法确定小吉夫是否安全的情况下，检察院恐怕难以提起公诉。虽然目前对宇野的审讯仍在继续，但似乎还没有获得任何口供。

正在他们搜查房间的时候，屋外又闹起了乱子。闻讯赶来的联合会的活动家们与警察在门里门外吵个不休。

自从一九六〇年《日美新安保条约》签订以后，左翼活动越发活跃。对此,警察只能忍气吞声。

当晚的侦查会议从鉴证科主任的汇报开始。

"今天,鉴证科从两处现场提取到了指纹,一处是位于静冈县热海市大黑旅馆512房间,另一处是位于台东区千束町三丁目的老印刷厂。提取到的指纹合计超过三百枚,比对需要两天,鉴定主管确认需要一天,所以,请至少再给我们三天时间,这已经是最快的速度了。另外,关于在老印刷厂的遗留物品,共采集到牙刷、毛巾、枕头、垃圾箱、烟头等。因为要优先核实指纹,所以这些东西暂时只能保存,无法分析鉴定。没收物品中没有涉及印刷机、文件、书籍等物品,所以那位大律师虽然照例又来找茬,但最终只能空手而归。"说着,他微微一笑。实际上,傍晚时分,近田律师的确怒气冲冲地来警署兴师问罪,但看过没收物品清单后,就垂头丧气地回去了。

"本案所获物证极少,而且罪犯似乎很善长在行动中不留下指纹,就连他放在轻型摩托车里的运动鞋,都没能从中提取到指纹。由此我们推断,该罪犯应该是个熟练作案的惯犯。从这一点来看,连我们鉴证科也认为,作为偷盗惯犯的宇野宽治的嫌疑更大了。我的介绍就到这里。"

接着,田中介绍了情况:

"我来说说对在白天的骚动中逮捕的九名联合会成员的审讯情况。这些家伙都是死硬派,拒不交代,不过这也是预料之中的事。我们向联合会的委员长、二十五岁的西田公彦提出,可以和他们做个交易。绑架案调查组只想知道宇野宽治和喜纳里子是否曾在千束町三丁目的秘密据点藏身,只要他们老老实实地交代这件事,我们就对藏匿罪犯、用木棍殴打警察等妨碍执行公务的行为一概不追究。结果这家伙反而更顽固了，闭着嘴，什么也不说。现在，那个律师正在和堀江署长谈判，除了几名确有暴力行为的家伙，其他人可能会在今晚释放。所以，提取指纹是绝对有必要的。"

"科代，联合会会不会参与了绑架案？"宫下组长追问。

"我也考虑过这一点。不过他们完全没有作案动机，绑架小吉夫对他们来说弊大于利。目前的看法是，联合会很可能不知道宇野宽治是绑架案的嫌疑犯。"

"那么，索性告诉他们实情，让他们配合调查，怎么样？"

"这也不太可能。联合会一向喜欢跟警察对着干，那些家伙看待警察简直就像是杀父仇人。"田中皱着眉头点了支香烟。这仿佛是一个暗号，引得大家一起抽起烟来，大教室里顿时烟雾弥漫。

"我接着往下说。宇野宽治今天下午五点已被押送到东京地方检察院。检方的刑事部长亲自办理了交接，看来对这件案子相当重视。负责本案的的检察官成本是刚从大阪地方检察院调来的，才三十多岁，据说是年轻有为的'明日之星'。他们把玉利科长和我叫过去刚刚谈完。成本翻阅过所有的调查资料，直接向我们提出了一个关键问题：宇野宽治真的是凶手吗？他的理由有两个：一是宇野对测谎仪完全没反应，即使患有轻微的记忆障碍，完全没反应也让人很难相信；二是在小吉夫被绑架的十月六日，下午两点以后，在绑架现场的浅草附近完全没有关于'带着小孩的年轻男子'的目击证言。在星期天的大白天，而且是在市中心，进行绑架却完全不被别人看到，似乎有点儿说不过去。也就是说，绑匪很可能有私家车。如果是这样，连驾照都没有的宇野宽治独自作案的说法就有些勉强了。我承认，成本的上述看法有一定的道理，所以我们没有反驳。他甚至提出了另一种假设，即这个案子是一个外行临时起意的冲动型犯罪，所以赎金只要了区区五十万。他建议我们重新调查本地的不良群体。"

"这也太胡扯了！如果真是不良群体干的，我们早就发现了！"宫下代表所有人提出异议。

"我明白。不过预设结论是破案大忌，因此我们要增设一组，对不良群体展开调查。尽管如此，我们侦查总部的主导看法仍然是：宇野宽治是单独作案；就算有同伙，也只是辅助。这一点没有变。地检方面明天会向法院申请拘留，拘留时间暂定十天，给审讯再争取些时间。如果宇野肯招供，问题就解决了；如果他能交代孩子在什么地方且警方最终找到小吉夫，那就百分百能给他定罪。所以，从明天开始，我们要调整一下审讯的负责人——大场主任，请你上来！"

听到田中点了大场的名，昌夫比大场本人更急切地抬起头。

"来了来了！"坐在后排座位的大场就像是接受一份宴会管家的任务似的，语气轻松地答应着。

"审讯助手嘛……"田中伸长脖子看了看昌夫，"阿落，就是你吧！"

"是！"昌夫浑身发热。终于能跟宇野宽治面对面地较量了！

"还有，刚才第五组的仁井打来电话，说又发生了一件紧急案子，今天不能到会。据他的报告，今天下午，在歌舞伎町的当铺发现了南千住町前钟表商被杀案中的赃物，一块欧米茄手表。因为手表附有鉴定书，可以确定就是赃物。去当铺抵押手表的是夜总会的一位小姐，名叫小森孝子。因为典当时必须提供身份证明，所以暴露了身份。该女子与失踪的喜纳里子曾住在同一间公寓，虽然只有短短的两天。也就是说，这块欧米茄手表原本是喜纳里子从与她有情人关系的宇野宽治那里获得的，然后被小森孝子偷走，拿去典当。仁井已经带着小森孝子去新宿警署接受了问询。起初她还一口咬定手表是喜纳里子送给她的，被仁井当场反驳：'白白送你一块价值十万日元的进口手表？有这等好事？怎么没人送我呢！'小森只得说了实话。原来，她在十五日见喜纳里子没有回宿舍，便偷走了她的行李，在其中发现了这块欧米茄手表。因为担心被对方发现，觉得还是典当了换成钱比较好，就毫无顾忌地拿去当铺变现。由此可见，喜纳里子失踪时没有携带行李，连如此贵重的手表都来不及带上，恐怕不能说她是逃跑吧……"

昌夫听了这个消息，不由得心中一凛，同时觉得这真不愧是仁井的做派。这位独狼刑警昨天在夜总会调查时一眼看出小森孝子有所隐瞒，当时还若无其事，今天却立刻独自跑去一查究竟。

"阿落，关于这件案子，就先采纳你的观点，喜纳里子很可能是被宇野宽治谋杀的。你现在就去新宿警署和仁井碰头，请求新宿方面的支援，尽快寻找喜纳里子。如果连杀二人，宇野宽治肯定逃不过死刑。这个案子越来越重大了。各位，我们得重新打起精神！"

不可思议的是，案情的进一步扩大反而激发了刑警的干劲儿，整个房间里的气氛为之一振。

宇野宽治究竟是个什么样的人？难道真是人人都不曾见过的怪物？……每个人心中都涌出了各式各样的念头，像肉眼看不到的电波，在拥挤的空间里翻滚、碰撞着。

37

早上，町井美纪子从信箱里取出晨报，不经意地扫了一眼头版，便吓得心脏几乎都要停止跳动。

小吉夫绑架案的嫌疑犯已被逮捕
盗窃惯犯二十岁，男童生死不明

她慌忙跑进屋，在柜台上摊开报纸，细看报道的内容。果然是关于宇野宽治的：

"十九日下午，在新宿歌舞伎町某游戏场所，小吉夫绑架案侦查总部以入室盗窃罪嫌疑要求居无定所且犯有一次前科的宇野宽治前往警署自愿协助调查，并在当天将其逮捕。据该侦查总部称，宇野在发生绑架案的十月六日曾与小吉夫有过接触，且嗓音与索取赎金的电话中的声音极为相似，身上还带有来历不明的大笔现金，故将其列为本案嫌疑人。侦查总部还将继续追查绑架案的线索。"

从头版头条报道来看，警方似乎没有断定宇野就是绑匪，而只是以入室盗窃的罪名将他逮捕，打算通过审讯，让他主动供出绑架案的事实。

报道中还详细描述了小吉夫绑架案的前因后果，并再次对警方的种种疏忽提出批评，诸如没有记录所交付赎金的钞票编号、埋伏在交付赎金现场的刑警之间居然没有统一的联络方式等。报道的结尾写道，警视厅正在竭尽全力挽回名誉，但更令人关注的是，警方到底能不能让嫌疑人交代并确认孩子的生死安危？

报纸上没有刊登宇野宽治的照片，倒是有一张门窗紧闭的铃木商店的照片，店外仍贴着"临时停业"的牌子。眼下这种情况，店家肯定没办法开门营业。不难想象，门外每天会聚集多少看热闹的人。

小吉夫的两个姐姐每天还在按时上学吗？想到这里，美纪子不由得一阵担心，坐立不安。只因在珠算课上教过她们，到现在还总觉得她们就像是自己家亲戚的小孩。

思忖了一会儿自己究竟应该做些什么，美纪子决定做几个饭团给铃木家送去。她不想给对方造成哪怕一丁点儿的负担，所以决定写张字条放在一起，然后把东西直接放在铃木家的后门就离开。

她立即走进厨房，和做饭的大婶一起捏好了饭团。厨房里的人也在纷纷议论着绑架案嫌疑犯的事，有的人还没听到消息。看来那篇报道是《中央新闻》的独家头条，其他报纸和电视台随后也将相继报道。

她做了十个带鲑鱼肉和梅子干的饭团，用竹叶包好，外面又包了两层报纸，放进百货商店的购物纸袋里。推出自行车，她把购物纸袋放进车筐，便沿着清晨刚刚苏醒的东京老街向前骑去。路上，几次与正前往学校的小学生擦肩而过，美纪子的心头忍不住泛起一阵哀伤。大标题中"男童生死不明"几个大字深深地印在她的脑海中，挥之不去。

用了不到十分钟，她就来到了铃木商店，见店门前围着一大堆记者。或许是因为被《中央新闻》的独家报道抢了风头，在场的记者都是一副如饥似渴、双眼冒火的急切模样。见美纪子停下自行车，一名记者忙跑过来问她"是不是被害人的亲戚"，其他人也呼啦一下全围了过来。

"您是他们家的亲戚吗?"

"小吉夫的父母现在怎么样?"

"能透露点儿情况吗?"

记者们连珠炮似的发问。

"我是附近菜店送货的!"美纪子撒了个谎,转到后门。

"您好!我是町井。"她敲了敲门,迟疑地喊了一声。

门立刻开了,一名陌生的年轻男子从门里探出头。

"您是?"

"我是山谷那边町井旅馆家的女儿,铃木家的女儿以前是我珠算课上的学生。麻烦您把这些饭团交给他们……"说着,她把纸袋递了过去。

年轻男子皱了皱眉头,似乎有所察觉地问:"町井旅馆?该不会是町井明男的姐姐吧?"

"是。您认识我弟弟?"

"我是警察,警视厅搜查一科的,姓岩村。你先进屋来吧!"自称岩村的警察催促着。

美纪子跨过门槛,立即闻到一股热乎乎的新鲜卤水的气味。她没打算进屋,而是站在门内三合土的地上看着岩村。

她还没开口,岩村便滔滔不绝地道出了实情:"今天早上,《中央新闻》刊登了报道,所以我一大早就赶过来看看现场。那些记者和看热闹的肯定又闹翻天了……"

他又问:"怎么,町井明男也和铃木家认识吗?"

"啊,不,只是我认识。我弟弟和他们家没关系。"

"不过,还是有点儿奇怪……你弟弟现在还在警察局呢!"

"我知道。这也算是个好机会,请转告大场警官,最好能提出公诉,然后判他坐牢。"美纪子淡然地回答。

岩村一时无言以对,只嘟囔了一句:"是嘛,原来你认识大场警官。"又像是明白了什么似的点点头,"铃木爸爸正在制作客人们预订的豆腐,反正不能一直闲待着。老板娘在二楼躺着呢,知道你送饭团来,她一定会很高兴的。"

"那就好。小吉夫的姐姐呢?"

"听说她们都临时搬去亲戚家住了,也从那儿去上学。"

听说女孩们还在继续上学,美纪子略微放了心。虽然她明白,女孩们肯定在担心着小弟,即使去上学也不会开心。

"报纸上写的那个宇野宽治就是绑匪?"她问岩村。

"不好说……总之,逮捕他的罪名是私闯民宅。"

"是这样啊。唉,小吉夫能快点儿回来就好了。"

"我们正在竭尽全力地破案。"岩村郑重地说。

警视厅居然会有如此一本正经的刑警,美纪子不由得刮目相看。那些来山谷的刑警,一个个跟黑帮分子没什么两样。

"那就有劳您转交铃木先生。"美纪子点点头,走出了后门。回到停放自行车的地方,记者们又围了过来。

"孩子的父母现在是什么情况?"

"你跟他们都谈了些什么?"

"他们恨绑匪吗?"

美纪子没有理会,径自骑上了自行车。

下午,她正在自己的房间里学习,听到母亲在楼下叫她:"美纪子,你来一下!"

以为又出了什么事,美纪子赶忙走下楼,却见账房那儿站着两个人，其中一个是联合会的志愿者近田律师。她心头立刻涌起不祥的预感。

"美纪子，听说明男被逮捕了，关在浅草警署的看押房里？你为什么瞒着我？"母亲福子含着怒气对她说。

"如果被妈妈知道了，又会去警察局大闹一场吧？所以我没告诉您。反正明男这次的罪名是伪造文书，不是什么大罪，关一阵子就会放出来的。"

"才不是呢！听说是被当作绑架小吉夫的共犯被逮进去的！"

"瞎说，明男和绑架案没关系，大场警官知道的。"

"那又怎样？就算大场先生明白，别的警察不明白，还不是没用？我们朝鲜人，从前就总是被安上莫须有的罪名，被日本人欺负，美纪子你都知道吧！"福子越发地歇斯底里。

"我不知道，妈，你为什么总是要扯到这些呢？"

"唉，太太、美纪子，有我在，不会让警察乱来的。你们在委托书上签个字就好。"近田忙插嘴道，抽出一页文件放在柜台上。

"哎呀，真是的，我们家的事全靠您了。"福子弓着背用圆珠笔签了名，又从账房的抽屉里拿出保险匣，从里面抽出两万日元递给了律师。美纪子见状，差点儿喊出声来。

"先生，那就拜托您了。"

"都交给我吧。另外，美纪子，这位是《中央新闻》的记者松井，他一直在支持我们联合会。"

听近田介绍自己，名叫松井的年轻男子递过来一张名片。

"我会对小吉夫的案子跟踪到底的！警察的应对实在太差劲了，不仅放跑了绑匪，还被他拿走了赎金，真是无能得令人绝望啊！我们的报纸一定要坚决、彻底地揭露警察的渎职行为！"

"哦，是嘛……"他的话让美纪子不禁有些警惕。松井的头发乱蓬蓬的，领带也系得歪歪斜斜，怎么看都像是个怪人。

"警察丢了面子，反而趁机肆无忌惮地强行搜查。在没有搜查令的情况下，公然对山谷的旅馆进行入室搜查就是很好的证明。他们还给一些不良群体随意扣罪名，以轻罪的名义抓人，趁机逼供，简直和战前的特高科没什么两样！这次他们又随意抓捕了一个名叫宇野宽治的青年——他的精神不太正常——威逼他承认绑架的罪行。可他们至今没找到被绑架的孩子，也拿不出物证，所谓破案不过是凭空想象、临时展开的调查。所以我最近开始想到，这案子里该不会另有隐情吧？今天过来是想向美纪子小姐了解一些情况——听说你以前见过宇野宽治，对他的印象如何？"

"印象嘛……"美纪子一时语塞。虽说她的确跟宇野见过面，但仅限于男朋友带他来家里那次，其实并没有留下什么印象。她老老实实地告诉了松井，对方马上追问道："宇野看起来像是智力有问题吗？"美纪子带着点儿疑惑地点点头。

"果然！警察真够狡诈！他们抓了个脑子不大好使的人，逼着他按照有利于警方的说辞胡乱招供，根本不考虑整个案件的合理性，只要招供就万事大吉。这么看来，就算在审讯中对宇野严刑逼供，他们也在所不惜吧！"

松井愤怒地揭露着警方的"阴暗内幕"。这位记者简直和律师近田、劳动者联合会的委员长西田是同一战线的战友，对国家权力机构怀有深深的敌意。

近田又说，多亏松井记者的帮忙，才找到了宇野宽治的母亲，对方已经在律师委托函上签了字。也就是说，近田拿到了为宇野宽治辩护的代理权。

两个人走后，母亲福子像是终于找到了自己人似的，大大地松了一口气，脸上的表情也舒缓了许多："这下子总算能放心了！"

"妈，那两万日元算怎么回事？"美纪子不满地看着母亲说。

"那是给近田先生的律师费嘛！"

"太多了吧？比我的工资还高呢。"

"在这种事情上不能小气，近田先生是要去帮明男的！"福子说着，起身朝里屋走去。

"您等等！明男那个混账家伙，干吗还要给他请律师？让他蹲蹲监狱反而是好事！"

"你这叫什么话？他是你的亲弟弟！"

"妈，就是因为您老惯着他，他才会变成小混混！不辨是非，无条件地溺爱长子，这就是朝鲜人的恶习！"

"美纪子，你怎么敢这么跟长辈说话？"福子气得满脸通红，大声嚷道。

而美纪子对此早就习以为常，丝毫不怕母亲发火。

"长辈怎么了？长辈的话也有可能是错的，不对就是不对！"

"你给我滚出去！我们家没有你这个孩子！现在就滚出去！"

"啊，是嘛，那就告辞了！我会在汤岛或本乡①那边租间公寓自己过，早就盼着这一天呢！只是不知道我走了之后，谁来当这家旅馆的会计呢！"

美纪子正要回自己的房间，却被福子伸手拽住了："你给我等一等！美纪子，你打算抛弃自己的母亲吗？"

"让我滚出去的不正是您吗？"

---

① 汤岛和本乡位于东京文京区，文化气息比较浓厚，有"文化教育区"之誉。

"虽然我是这么说了，可我终究是你妈呀！"

"我不明白！"美纪子甩了甩头发，气呼呼地走过走廊。

"美纪子，美纪子，你给我站住！"

美纪子没有理会妈妈，当然也没有"滚出去"。

町井家的吵架就是这种水平，可笑得边她们自己都难为情。

当晚，NHK的七点档新闻头条播报了新的案件。在新宿的歌舞伎町附近，据说在某家旅馆院中的一口旧水井内发现了年轻女子的尸体，身份不详。尸体的脖颈上有勒痕，好像已经死了好几天。警方迅速成立了专案侦查小组。

"都说世上不太平，还真是啊！"福子从饭堂的厨房里探出头。在店里就餐的客人也都放下了筷子，仰脸看着电视屏幕。正在擦桌子的美纪子只抬头看了一眼，便继续干活。此时如果跟母亲聊天，白天那场母女大战就会一笔勾销，好像从未发生过。她可不希望如此。

38

十月二十三日星期三，被捕的第五天。

来到东京以后，宇野宽治早已忘了时间和日期。不管是几月几号星期几，反正日子一天天地过去了。但进了拘留所以后，因为每天早上看守点名的时候总会大声地宣布当天的日期，他便恢复了时间观念。现在是十月下旬，礼文岛上应该进入了霜冻季节，即使在大白天，也要生起炉子取暖了；但在东京，晚上只需盖条毛毯，就能暖暖和和地入睡。可见世界真是不公平啊。

昨天，他在那个叫做东京地方检察院的地方被检察官整整盘问了一天。宽治本以为对方会追问绑架案的事，结果出乎他的意料，检察官的问话始终只围绕入室盗窃案展开，也就是他在南千住町偷取现金、金币和手表的那幢大宅子里发生的事，所以他很爽快地都承认了。听说明男已经坦白金币是自己送的，所以宽治想，如果否认东西是自己偷的，就会给明男惹麻烦。反正偷东西不是什么大罪，承认就好了。

成本检察官戴着一副像牛奶瓶的瓶底那么厚的眼镜，说话的语气淡淡的，好像不过是在处理一场违反交通规则的小事。宽治原以为他会像警察那样对自己大吼大叫，不由得十分警惕；但最后被搞得昏昏欲睡，根本打不起精神。所谓接受检察官的审讯，其实有一大半时间是在等候室的硬椅子上坐等。反而是被带离浅草警署的时候，媒体的车子蜂拥而至，照相机的闪光灯此起彼伏，令他惊骇不已。难道自己真的搞了个大新闻？他难以相信。

过了下午五点，他又被押送回警署的拘留室。当晚，他只被提审了一次。警察告诉他，上头已经批准了对他延长拘留期的申请，接下来的十天里，将继续对他进行审讯。另外，审讯官也换了，现在负责审讯的是姓大场的老家伙和姓落合的年轻人。大场开门见山地告诉他"警方在新宿发现了喜纳里子的尸体"，语气十分随意，就像刚找到了丢失物品。他只回答了一句"哦"，便不再开口。落合警官似乎十分疲惫，眼睛周围挂着两只黑眼圈，死死地盯着他。检察官也好，警察也好，宽治从他们的神情中嗅到了暴风雨来临前的平静，感到大事不妙。这些都已经是前一天的事了……

第二天，刚吃过早饭，看守就叫他出来。警察给他戴上手铐，带着他从后门走了出去，坐进停在门外的警车。

落合警官也上了车,坐在副驾驶座上。他告诉宽治,今天要带他去南千住町被杀的前钟表商山田金次郎的大宅。

　　"宇野,这叫做补充调查,就是要重现案发时的情形。你在山田家入室盗窃的那个案子,一直没进行详尽的调查,也没来得及整理侦查报告。你应该记得吧?你以前在北海道被逮捕过好几回,不是吗?"落合语气平和地解释道。

　　宽治没有答话,看了看自己放在膝盖上的双手和手铐,陷入了幻想:这种手铐应该能挣脱吧?自己的手很小,而且两个大拇指都有爱脱臼的毛病……

　　警车正要驶出警署正门,端着照相机的那些记者中,有人大喊:"来了来了!"人群便像昨天那样朝警车汹涌而至。宽治叉开两脚,把后背紧紧地贴在椅背上。车子很快被围得水泄不通,刺眼的照明灯和闪光灯射进了车内。人群与挡住他们的警察互相推搡着,挤作一团。

　　"小吉夫在哪儿?!"

　　"是你绑架了他吗?"

　　"请问现在你心情如何?!"记者们的怒吼声不绝于耳。

　　"喂,你把头低下。"在车后座挨着他坐的大场伸手按了按他的头。车子鸣着警笛,终于穿过围观人群,驶出了大门。到了大街上,车子猛地加快了速度。宽治回头朝后面看了看。

　　"电视台和报纸只是想拍今天的头条,不会追上来的。"大场一脸无聊地说。

　　"检察官没跟你说过吗?昨天的《中央新闻》刊登了你被逮捕的报道,还说你是小吉夫绑架案的重要嫌疑人。所以今天媒体都来抢大新闻。"副驾驶座上的落合对宽治道明原委。

"报道？是东京的报纸吗？"宽治问。

"东京的报纸就是全国性的报纸，在北海道那边也会成为大新闻的。"

"是吗？"宽治并没有特别的感想。岛上的人想必会大吃一惊，可他反正不会再见到他们了。

"喂，宇野，我们联系过北海道的警方，据说你第一次被逮捕是十六岁？中学毕业后去札幌的工厂上班，后来在职工宿舍里偷了同事的几块手表，所以被解雇了。那是你第一次偷东西吗？"车子驶出一段距离之后，落合开始和宽治聊天。

宽治没有回答，扭头看向车窗外。

"上中学的时候干过吗？"

宽治仍然沉默。

"你说句话嘛！以后我们是要天天见面的。"

宽治有些惴惴不安，但他决定继续保持沉默。

"唉，算了。慢慢来吧。"

他们并没有动怒地呵斥他。看来，这两个人跟浅草警署那些警察不大一样。

落合扭回身，深深地陷进座位，一只脚搭在仪表盘上。大场不知是睡着了还是在想事情，一直在闭目养神。

到了南千住町杀人案的现场，已经有先头小组等在那里。加上大场和落合，共有十名刑警围在宽治周围。

那些先到的警察用混合了敌意和好奇心的目光打量着宽治，仿佛在问：这小子就是凶手？

宽治不知该如何是好，只能朝他们微微点头。

落合走在前面,提示宽治演示当时入室盗窃时的情形。

"是从屋子后门进来的?然后呢?是往左还是往右走的?……据说后门没上锁?喂,你确定是从后门进来的?"

落合不厌其烦地追问着具体细节,但宽治根本记不得这么多,一连说了好几次"不记得了"。再后来,当落合反反复复地追问:"那么就是向右转,从后门进来的,这样没问题吧?"宽治已经有些不耐烦,便敷衍地回答:"嗯,就是这样。"

进了屋,落合又问他是按什么顺序物色目标的,宽治也照旧回答"不记得了"。事实上,他偷过的人家太多,根本不可能记得每家的情况。不过,当他看到一楼的保险柜时,突然回想起了当时的情形。啊,原来自己在这里偷过现金、金币和手表啊。随后他又记起当时屏住呼吸藏在二楼的时候从楼梯下方传来的动静和几个男人交谈的声音,连当时那份极度恐慌的心情也一并回忆起来了。

"你用撬棍打开了保险柜,对吧?来,请示范一下你当时是怎么做的。"说着,落合递给他一根撬棍。

宽治摆了个姿势,另一名刑警对着他按下照相机快门。

"然后,你来到二楼,在那里碰上了一个人,看起来像是黑帮分子。你当时吓了一跳?"

"嗯,吓了一跳。"

"害怕吗?"

"嗯,害怕。"

"那个人让你去一楼。你跟着他下楼,发现楼下还有两个人。当时你的第一反应是,他们在干什么?"

"像是在吵架。"

"然后你又做了什么?"

"我想把偷的钱和东西还给他们,让他们放我走。那个人说,钱和东西都送给我了,让我把撬棍给他。"

"之后呢?"

"我就给他了。"

一旦开口,当时的情景便接连不断地浮现在脑海里,宽治于是有问必答。

见他如此,其他警察的脸色缓和了许多,甚至有人夸了一句:"这小子还挺配合的嘛。"

调查持续到中午。宽治不再沉默,供述了一切经过。回去的路上,他的情绪渐渐活跃起来,连从前那些闯空门的事也说了出来:"北海道那边,家家户户不锁门,偷东西可容易了。不过,来到东京以后才发现好多人家都锁门,可吃惊了。唉呀,果然大城市就是不一样,让人佩服。"

听了他的话,警察们淡然一笑,马上恢复了原来的表情,带着些许轻蔑的神情看着他。宽治又一次觉察到,警察们最关心的仍然是绑架案。

中午回到拘留所,午饭仍然是固定的菜单:两个面包,没有黄油或其他配料,宽治只能蘸着牛奶吃下去。刚吃完饭,看守立刻又把他叫了出来,带到审讯室。宽治再次见到了大场和落合。

上午在现场,一直是落合在同他交流。但在审讯室里,大场成了主角,落合则在桌子上摊开垫了复写纸的记录本,开始用圆珠笔作记录。

"宇野,听说你驾船离开礼文岛的时候遇上了大麻烦,在暴风雨里耗尽燃料,差点儿连命都丢了,对吧?不过你小子可真命大,在那种情况下居然还能捡条命！"

听大场忽然说起自己遭遇海难的经过，宽治不禁大为惊讶。

"你是怎么知道的？"他脱口而出。

"赤井辰雄已经被抓了，把前因后果都招了。哦，赤井被抓这件事，你还不知道吧？"

"嗯，不知道。"宽治心中一凛。赤井被逮捕了？他还以为赤井抢走了自己从船主家偷来的钱和珠宝，必定在暗自偷笑呢。

大场又告诉他，赤井拿着从他那儿抢来的珍珠首饰去当铺变现，露了马脚，被稚内南警署抓住后老老实实地交代了一切。

"这个人可真够歹毒的，说给你燃料，却给了你装了海水的燃料罐，还调换了你的背包，拿走了你的钱。真是个十足的恶人！"

"没错，赤井那家伙就是个混蛋。不找他报仇，我绝对咽不下这口气！"

"没关系，让北海道警察去收拾他，听说他们正在跟检察官商议，准备以杀人未遂的罪名起诉赤井。还有在番屋纵火那件事，虽然确实是你点了火，但赤井后来又泼了油。"

"难怪，我还奇怪为什么火能烧得那么大呢！"

"所以，偷船主家东西的事可能会有量刑的余地，没准儿能给你少判点儿。"

"太好了，请一定给我少判点儿。"

"对了，还有你在海上遇难的事。燃料耗尽，又遇上风暴，你是怎么靠岸的？"

"那个嘛，全凭感觉呗。如果随着海流朝东北方飘，就会被推到宗谷岬外面，所以我一横心，决定往南开，等燃料耗完，就听天由命。后来居然真的看见了海岸，我就跳船，拼命朝岸边游……"

"了不起！你的水性很好吧？"

"也没有多好，连我自己都没想到真能游到岸边。人要是拼了命，可能就会产生不可思议的力气。"

"是啊，是啊！不过你总算捡了条命，这比什么都强。那么，后来呢？"

"后来……"宽治卡住了。北海道发生的事跟东京的警察有什么关系呢？

"后来你步行穿过佐吕别原野，发现了林野厅的值班小屋？"

"你连这都知道？"

"我们和北海道的警察联系过。听说你还活着，他们好像挺高兴。你知道吗？那边以为你死了，连户籍都给你销掉了。"

"哼……"宽治的眼前浮现出礼文岛那些熟识的面孔。没有人会为他的死伤心，就算是母亲也……

"那我接着说。你进入林野厅的值班小屋，拿了工作服和袖标，没错吧？不过，那时你身无分文，是怎么来到东京的？"

听着大场的提问，宽治忽然不想说话了。他把胳膊肘撑在桌子上，脑袋也耷拉下来。

"怎么了，宇野，不愿意告诉我？那我猜你肯定不是坐飞机来的，应该是一路不停地转乘火车到东京的。从你离开礼文岛到来东京重操旧业，中间有三天的时间，一路上是怎么走的？就算当作旅游见闻说说嘛！"大场也把胳膊肘撑在桌子上，把脸靠近他。

宽治闭上双眼，任由意识飘离自己的身体。

"怎么，睡着了？拘留所给你安排的是单人牢房，不会是夜里没睡好吧……"大场的声音似乎越来越遥远。

39

十月二十三日晚九点，在玉利科长亲自出席的侦查会议上，鉴证科首先报告了指纹采集的结果。

经刑事部长饭岛屡次催促，鉴证科提前一天完成了采集任务。喜纳里子的死让这个案子增加了新的受害人，查清宇野宽治的行踪就变得尤为重要。

落合昌夫满心期待着自己提议的热海调查的结果。

"鉴证科先报告我们的调查情况。首先是热海的大黑旅馆512房间，在房间里未能采集到宇野宽治和喜纳里子的指纹。据旅馆老板说，客人退房后，旅馆会对房间进行仔细的清洁，而且清洁部门的主管会进行二次检查，所以就算他们留下了指纹也会被抹掉。不过，他们入住旅馆时，喜纳里子在住宿登记卡上留下了指纹。所以，我们至少可以确定，喜纳里子曾经在512房间住过三个晚上。其次是位于千束町三丁目联合会的秘密据点，我们在那里采集到了宇野宽治的指纹。"

"哦！"人群中响起了惊呼声，昌夫也不禁兴奋得双颊发热。

"采集到指纹的位置是门把手、厕所的电灯开关等处，电话听筒上也有。由此可以证明，宇野宽治曾经在千束町三丁目往外面打过电话。"

"阿落，干得漂亮！"田中看了昌夫一眼。

"是不是该送盒点心给立木那家伙表示感谢啊？"森拓朗打趣地说，引得众人哄堂大笑。

据鉴证科的报告，在联合会的秘密据点还找到了喜纳里子的指纹。由此可以确认，他们从向岛的公寓逃走后，曾经藏身于千束町三丁目。如此一来，绑匪打完索要赎金的电话在千束町一丁目的十字路口乘出租车前往东京体育场的假设也立住了。

接着，新宿警署的刑事科长被点名要求介绍有关喜纳里子被杀案的情况。发生在歌舞伎町的这桩杀人案的侦查总部设在新宿警署，这位刑事科长是以临时出差的名义来参会的。原本，新宿警署打算独立侦办此案，但刑事部长饭岛亲自下令并案侦查，他们只得奉命行事。恐怕这几天还要找地方设立联合办案组。

"我是新宿警署的辻井，请大家多多指教。这个案子想必大家都已经知道了，不过我还是从头介绍一下。昨天下午两点，在位于新宿歌舞伎町六番2号一家名叫'蓝色城堡'的旅馆院内旧水井中发现了一具以床单包裹、全身赤裸的年轻女子的尸体。经核实身份，死者名叫喜纳里子，二十八岁。我们让死者生前工作过的浅草脱衣舞俱乐部的老板和两名同事到现场指认尸体，三个人都确认死者为喜纳里子无误。

"据尸检结果，为窒息致死。尸体颈部有被人用手臂从前向后挤压的印痕，所以判断她是被人勒死的。而且，凶手当时应该是骑在死者身上。关于指纹，由于井里残留有大约七十厘米深的积水，尸体已经被泡得肿涨不堪，恐怕很难采集到指纹。体液也是一样。另外，井里还有女人穿的鞋子、衣服及手提包等物品，因为都被水泡过，估计也很难从中采集到指纹。接下来，请大家看一下发现尸体的旧水井和她曾与男子同住过的房间的位置关系。"

前方的大黑板上画着一张示意图，辻井边说边用竹教鞭指了指，所有人的视线都投向黑板。

"可以看到，喜纳里子住过的房间是位于一楼东侧的107室，窗外正对着一堵水泥墙。墙与房间之间的间隔大约是七十厘米，那口旧水井就在这道间隔中朝北五米左右的地方,井口平时盖着木头井盖。凶手应该是在107室杀了人,从窗户扔到屋外,拖到旧水井旁,打开木盖将尸体扔了进去。不过,目前还没有找到任何目击者,也没有人听到过任何响动。案发当天是工作日,店里的客人本来就不多,而且喜纳里子他们投宿的时候已经过了半夜十二点。由此推算,案发时间是在凌晨,此时旅馆的其他客人大概都已熟睡,所以没有人察觉到异样。住在107室的客人在早上六点离开了旅馆。因为旅馆没有做住宿登记,所以工作人员只记下了在小窗口收到客人退还钥匙的时间。据当时值班的店员、五十四岁的近藤弥荣子称,客人是一位男性,他把房间钥匙放在柜台的小玻璃窗后面,一言不发地走了——顺便说一句,因为这家店对晚上十一点之后入住的客人一律视为过夜,要求预付房费,所以离店时不需要结账。至于为什么其中一位客人单独离开,由于旅馆方面是交班制,近藤弥荣子上班的时间从凌晨三点开始,她并不知道客人入住时的情形,以为那个男人的同伴已经先走了,所以见他一个人出来,丝毫没觉得奇怪。而且,在歌舞伎町附近的旅馆里,时常有客人带着风尘女子住店,事毕,女方先走一步是常有的事。不过,就在客人离店之际,我们发现了一条很重要的线索……"

辻井喝了口水,润润喉咙,停顿了一下,接着说下去:

"他还钥匙的时候是用手绢包着的,而且像是扔进窗口里的。值班的近藤弥荣子觉得很奇怪,所以印象深刻。"

"没看见那人的长相和衣着吗?"玉利似乎有些焦虑地问。

"玻璃窗被蕾丝窗帘挡住了,而且走廊里的灯光比较昏暗,所以没看到长相。钥匙用手绢包好了交还,恐怕是害怕留下指纹。"

"房间里的指纹呢?鉴证结果出来了吗?"

"还要等到明天。"

"足迹呢?"

"走廊和房间里都铺了地毯,所以没能找到足迹。至于与旧水井之间的那段小路,因为二十日凌晨下了场大雨,所以不可能找到了。"辻井似乎带着些抱歉的口气说。

"是有预谋犯罪还是突发性的冲动杀人?谈谈你们那边侦查组的看法吧!"田中又问。

"应该是突发性的。凶手似乎是偶然发现那口旧水井的,不像是提前踩过点。假如没发现那口井,凶手很可能会直接把尸体留在房间里逃走……"

"为什么?"

"凶手并没有特地指定入住的房间,只是因为恰好一楼有空房间就住进去了。假如当时店里客人多,很可能他们就会被带到二楼的房间,那样一来,根本不可能把尸体扔进井里。"

"目击者方面呢?"

"暂时还没有发现有力的目击者证言。当时是凌晨六点,正是歌舞伎町人最少的时候。虽然送报纸的、送牛奶的工人已经上班,但仍没找到什么线索……我们也问过宇野宽治入住的大和馆,那边似乎也不确定十五日晚上他有没有回来住。就算他当天外出,把钥匙留在前台,店里的人也不可能记住每位客人的行程。此外,有些客人外出时会把钥匙带走,所以很难下结论。"

辻井的回答让大教室里再次安静下来。

如果在喜纳里子被害的旅馆里找不到宇野宽治的指纹,这个案子的侦破工作就要从头开始,原本具有重大嫌疑的宇野就成了普通的案件相关人。

"玉利科长,我们侦查组的意见是,哪怕只给三天时间也好,能否让我们对宇野宽治进行单独审讯?坂本署长让我请求您务必批准……"辻井的语气虽然客气,却很坚决。

"这有点儿难办呀,眼下还是优先考虑侦破绑架案。"玉利回答道。新宿警署的坂本署长是前任搜查一科科长——很多重要警署的署长,如浅草警署的堀江、新宿警署的坂本,都曾担任过搜查一科科长的职务,他们的意见还是很有分量的。

"那么我去跟坂本署长解释。"

"联合侦办是饭岛部长的指示。"玉利语气坚决地说。辻井的脸上闪过一丝不服气的表情,但还是默默地点了点头,走回自己的座位。

"下面请大场主任来介绍一下审讯宇野宽治的情况。"

被点名的大场直接在座位上发言:

"目前只能和他聊些琐事。他从礼文岛驾船,豁出命来才到达北海道本岛,靠一路偷东西坐上了青函渡轮,来到东京。到今天为止,刚聊到这里。那小子是头一回出远门——对一个刚刚二十岁的小青年来说不稀奇——看什么都新鲜,说起这些,他倒是挺乐意开口,还兴高采烈地夸奖秋田车站里卖的荞麦套餐特别好吃,以前从没吃过。"大场不紧不慢地说着。

有的刑警不大愿意把审讯经过一五一十地分享给别人,大场就是这样的人。

"他的成长经历怎么样?看你们去北海道的出差报告,宇野宽治的童年时代好像很悲惨啊。"

"这个问题不是随随便便就能触及的,我正在寻找合适的切入点。不管怎么说,他母亲的再婚对象确实曾经把五岁的宇野宽治当作碰瓷工具。对宇野来说，那是他最不愿意触碰的过去。"大场淡然地说。会场又陷入了略带尴尬的沉默。

"知道了。那么我们再听听审讯助理的看法。阿落，你来说说看。"田中似乎希望昌夫能补充些内容。

昌夫站起身，开始讲述自己的看法。

"好，那我就说几句。谈到以往的入室盗窃行为，宇野宽治似乎带着些许得意。我觉得，大概过去从没有人愿意听他谈自己的事，如今终于有了'听众'，所以他的情绪特别活跃。还有一点值得注意，就是他会偶尔丧失意识。"

"丧失意识？"

"嗯。倒不是睡过去或昏过去，只是双眼紧闭，对别人的话没有反应，就像失了魂似的。"

"这又是怎么回事？"

"不清楚。我猜测他可能患有离人症或多重人格之类的……"

"这可就麻烦了。"田中的表情顿时阴沉下来。如果犯罪嫌疑人患有精神类疾病，检方就会更加慎重。即使提起公诉，判决的结果也会大不一样。

"我想明天给住在稚内市的松村喜八先生去个电话再了解了解。他是当地负责少年保护工作的志愿者，比较了解宇野宽治少年时期的情况。"

"他家里有电话吗？"

"有，他还是一家电气作坊的老板。"

"还是拜托稚内南警署的国井署长吧，让他找时间把松村叫到警察局，用警务专线通话。电电公社的长途电话不好用，经常串线。"

"明白。那我去安排。"

昌夫汇报完，岩村主动要求发言，他一直负责守卫铃木商店。小吉夫还没回家，必须有人守在被害人家里。

"我来说一下。昨天，《中央新闻》的报道刊发后，铃木商店的电话就响个不停，其中大部分是陌生市民打来的安慰电话，但实际上除了多管闲事，没有任何作用。接电话主要靠浅草警署防范科的警员协助，因为孩子父母的神经再也经不起任何刺激了。当然，仍然有恶意的骚扰电话，说什么'那个宇野不是绑匪，我才是真正的凶手'或者'孩子的尸体已经沉入东京湾'之类的……"

"有没有重要的线索？"

"没有。"

"看到新闻后，孩子父母的反应如何？这才最让人揪心！"

"我大致向他们解释了一下最新情况，比如警察逮捕的这个宇野宽治，他的嗓音与电话里绑匪的声音很像；绑架案发生的当天，他曾跟小吉夫和其他孩子一起玩耍，请他们喝果汁；此外，他身上带有大笔来历不明的现金。但眼下他还没有招供，也没有找到小吉夫，所以不能完全确定他就是绑匪，需要耐心等待……"

"孩子的父母怎么说？"

"只说了句'那就拜托警察了'，还朝我们鞠躬。"

岩村的话让整个会场鸦雀无声。只要不是怪物，谁都能想象那对父母此时此刻的心情。

"无论如何我们都要拿下宇野宽治，所以一定要在物证上有所突破，让他无法抵赖。各位，接下来才是关键，请务必竭尽全力！"

"是！"刑警们不约而同地回答，像即将出征的士兵。

第二天一大早，昌夫便给稚内南警署的国井署长打电话。对方像是正在等待他的来电，一接通便急不可耐地问："宇野宽治招供了吗？"似乎连口水都要顺着电话线喷了过来。昌夫回答说审讯还在进行，随后问起宇野被捕在礼文岛引发的反应。国井悲声叹息道："礼文岛就不必说了，连稚内市的人都觉得无地自容啊。"自己的城市居然出了个震惊全日本的绑匪，市民们似乎都觉得丢人。

"昨天已经有媒体去岛上了，正在四处打听宇野宽治的事。从那之后，他母亲宇野良子就没了踪影。"

"这样啊。"昌夫痛感时代变迁之剧烈。由于交通和通讯手段日益发达，一名罪犯居然在一夜之间成为全国瞩目的新闻人物。

他又向国井说起希望能协助安排与松村喜八通话。国井以一如既往的好脾气爽快地答应了，让他中午时分再打电话过去。到了中午，昌夫再次拨通电话时，松村已经等候在国井的办公室里，立即接过了电话听筒。

"您好！我是松村。那个案子真的是宽治干的吗？"他来不及寒暄便直奔主题。

"还不清楚。不过他肯定是案子的重要关系人，我们正在对他进行审讯。"

"唉，宽治啊宽治……"松村翻来覆去地念叨着宽治的名字，不断地叹息。

"有件事想请教您，所以特地安排了这次通话。实际上，在审讯的时候，宇野曾经出现类似丧失意识、对外界毫无反应等症状。上个月我们去稚内市拜访时，我记得您曾经提到他患有脑部功能障碍……"昌夫开门见山地问。

"哦，是吗？我倒也遇见过这种情况，和他当面交谈的时候，一问到他小时候的事，他就像忽然丢了魂……我还以为是癫痫，曾经带他去医院。医生说，不是癫痫，大概是某种脑部功能障碍……但那位医生不是这方面的专家，说不清究竟是什么病。"

"没带他去看过精神科的医生吗？"

"很抱歉，稚内市没有大医院……对了，宽治曾经有一次像个小孩似的号啕大哭。当时我家刚买了新车，因为要跟他定期碰面，我就开着那辆车搭乘渡轮去了礼文岛。宽治一看到那辆崭新的皇冠就脸色发白，蹲了下去。我走过去问他怎么了，一看到他的脸，他就哭喊起来，嘴里念叨着'爸爸请原谅，爸爸对不起'之类的话。到了今天我还在想，那十有八九是他忽然想起了继父让他去撞车碰瓷的事。"

"原来如此！"昌夫确信宇野患有精神疾病。

"警官，宽治现在怎么样？"

"普通地聊天时，他会作出回应。"

"请您转告他，就说是负责少年保护的松村先生说的，有什么想说的话，都老老实实地说出来比较好。"

"我知道了，会转告他的。"

结束了与松村的通话，国井接过了听筒。

"落合，有什么需要帮忙的请随时开口。我们一定全力协助！"

署长的语气中似乎带着某种"我也负有一定责任"的压力。昌夫感到了一丝紧张。他能够体会到国井署长的心情，因为他感到警视厅在这件事中似乎也负有一定的责任。

40

"到达上野车站的时候，你小子在想什么？"

听大场这么问，宇野宽治的眼睛像孩子般闪烁着兴奋的光，"我那时候想，眼前就是东京了。"

"东京和礼文岛、稚内市不一样吧？"

"岂止不一样，简直就是另一个世界呀！"

"札幌呢？和札幌比怎么样？"

"不一样，完全不一样。人流量、车子数量、声音、气味……都不一样，尤其是女孩子，个个都烫着头发，挎着小挎包，潇洒地走在大街上。简直跟电影里演的一模一样。"

"那时你穿什么衣服？还是林业厅的工作服和长靴？"

"是啊。所以满大街的人，属我打扮得最奇怪。我穿着那身衣服去了糖街，在服装店外面看着，可又没胆量走进去。"

"我明白，太明白了！就是那样的心情。我当初是千叶县一户农民家的老三，中学毕业后，因为工作关系，头一次来东京，害怕得连饭馆都不敢进。"

"大场先生也会这样吗？"宇野兴奋地问。在今天的审讯中，他打从一开始就说个没完。昌夫坐在另一张桌子旁，用圆珠笔记录着他所有的供述。

"我最开始是在木场那边的一家木材批发店上班，二十多岁时才参加警察考试。"

"你为什么想当警察？"

"我年轻时脾气不大好，常跟小混混打架，被警察教训过几次。后来有个刑警对我说，如果当了警察，就算揍那些小混混也没事。所以我想试试看。那会儿是战前，到处都是蛮横无理的家伙。"

"哈哈哈！"宇野放声大笑，这是审讯中他头一次笑。

"刚到东京的那天，你住在哪里？"

"就睡在上野公园的长凳上,反正那会儿是夏天。"

"第二天呢?"

"去偷东西了呗!"

"马上就开始干活了?"

"反正没事可做,不管多少,总要弄点儿钱嘛!"

"唔。那你去哪儿偷了?"

"上野车站附近好像没什么住家,所以我在站前坐上东京电车,一边眺望着车窗外的风景一边朝北走。在车站买了张东京地图,就按地图……"

"后来在哪儿下车?"

"不知道那一站叫什么,是在一座很大的桥附近,河岸上系着很多船,当作住处挺不赖。"

"那就是千住新桥吧!"

"应该是。"

"之后呢?在千住新桥下车后就去别人家里偷东西了?"

"嗯。"

"根据我们的记录,八月八日,在荒川区北侧有三户人家遭遇入室盗窃,都是你干的?"

"具体记不清了,都是两个多月前的事情了呗。"

"我再问一件事,你小子曾经在荒川排洪道河边停泊的货船里住过吧?"

"嗯,是啊。"

"你在那种地方也睡得着?"

"睡得着,也不知为什么。"

"拉屎怎么办?"

"那有什么难的？脸朝里，蹲在船头拉就行了，就这样。"

"说得还挺轻松嘛！"

"我以前是打鱼的，虽然干的时间并不长……"

"不过，你小子说话倒是不怎么带口音了，像个彻头彻尾的东京人了。"

"还到不了那个程度，不过我来东京眼看有三个月了，耳边每天听到的都是东京话，自然习惯了呗！"

"是这样呗？哈哈！"

"大场先生是在逗我开心吗？"

"没有，我可不是在逗你呗。"

两个人四目相对，随即哈哈大笑。昌夫无动于衷地看着他俩，默然地奋笔疾书。

"你就在货船里住下了？每天都做什么？该不会是天天出去偷东西吧？"

"就是闲逛呗，反正有的是时间。"

"河岸的空地是小孩的游乐场，不嫌吵？"

"啊，我无所谓。"

"老城区的小鬼调皮得很，你不是被他们耍了一顿吗？"

"嗯，他们常常来船上偷看我。"

"然后就跟他们一起玩儿？"

"嗯，是啊。"宇野的声音忽然低下去。

"都玩儿些什么？"

"不……不记得了……"宇野把胳膊肘撑在桌子上垂下头。

"怎么了，想什么呢？"

"没想什么。"

"你喜欢小孩吗？"

"谈不上，一般般。"

"怎么了？心情不好？"

"不是。"

"那就来说说小孩的事。你如果在防波堤附近闲逛，旁边就是东京体育场吧？就是那座立着几根照明灯柱的棒球场。"

"嗯，我知道那儿。"

"去过吗？"宇野没有回答，只是低着头一动不动。

"喂，宇野，说话呀！"

还是没有回答。昌夫探头看去，只见他虽然仍微微睁着眼，眼中却毫无生气，整个人像一具被吸走了灵魂的空壳。

大场和昌夫接手审讯以来，四天里，这是宇野第二次显露出类似离人症的症状。

"宇野，听得见我说话吗？你在十月九日晚去过东京体育场，从轻型摩托车的车座下面拿走了一个纸包，对吗？你小子还真是胆大啊。那个地方的人那么多，一般的家伙可不敢在那种地方拿走赎金哪。"大场出其不意地转入绑架案的话题。看来，他像是完全掌握了宇野的毛病。

"还是说，越是在人多的地方越容易混进人群？如果是那样，你小子真够聪明的。不过，还是被流浪汉看见了，你离开的时候给了他一百日元，记得吗？"

面对大场的提问，宇野不时地回答"嗯"或"不是"，但那显然是心不在焉的反应，很难判断是不是他的真实回应。

"你小子不是有摩托车驾照吗？为什么没把轻型摩托车骑走？骑摩托可比步行舒服多了……"

宇野没有回答，大场的提问持续到中午。

中午，宇野被送回拘留所。为了整理上午的审讯记录，昌夫独自返回了侦查总部，见玉利等几位高官正围着指挥台商议。他一眼瞥见人群中居然还有饭岛部长的身影，不由得挺直了腰杆。

"哦，阿落来了，情况怎么样？"田中问他。

"还是老样子，一说到孩子的话题，他就意识模糊。"

"是嘛。不过更麻烦的是，宇野居然请了律师，就是那位近田，说是今天下午就要来会面。"

"近田？联合会的顾问律师近田？"

"就是他。不知他使了什么手段，居然从宇野的母亲那儿搞到了委托函。"

"他去过礼文岛？"

"怎么可能？估计是通过打电话或写信的方式，好像《中央新闻》的记者松井也帮了些忙。《中央新闻》是全国性的报纸，在各地都有分社，想在当地找个人简直易如反掌。"

昌夫想到松井得意扬扬的模样，心中不禁一阵厌恶。近田也好，松井也好，他们的目的都不是为了追求真相，而是以反抗权力者自我标榜。

"'拘禁精神不稳定的年轻人，强迫其招供……'《中央新闻》大概是沿着这种思路去报道的。"玉利不无忧虑地说。

"他们似乎掌握了什么线索，否则不会如此咄咄逼人。有没有这种可能：他们从被释放的联合会成员那里得知了有关宇野宽治的某种消息，从而相信他是清白的？"饭岛忧心忡忡地说。

除了宇野藏身的那个秘密据点的指纹，警方目前拿不出任何有力的物证,这不免让负责侦办案件的高官们有些将信将疑。

"不会,宇野肯定有问题,绑匪绝不可能另有其人!"

"那只是基于排除法而作出的推断,在如此重大的案件里使用排除法合适吗?"

"所以我们正在加紧巩固证据。"

"证据不是迟迟搞不出来吗?"

"不管怎么说,只要宇野坦白,找到孩子,就算有什么秘密爆料,我们也能百分百给宇野定罪。眼下的情形是,我们只能想办法让宇野招供。"田中和玉利异口同声。

传闻饭岛不放心侦查进度,所以亲自莅临侦查总部督导工作。看来这消息果然不假。

"对了,大场主任去哪儿了?"田中问。

"他去外面吃午饭了。"昌夫回答。

"他是故意显示从容不迫?"玉利又问。

"说不好……"

"算了,大场是身经百战的老刑警,也是侦查组里最有经验的。既然把案子交给他,我就得确保他不受干扰。"玉利摸着下巴上很久没剃的胡子说,但高官们的脸上都明显地流露出焦虑的神情。

昨天下午,歌舞伎町情人旅馆的鉴证结果出来了,现场没有发现宇野宽治的指纹。房间里的开关、玻璃窗等处有明显擦拭过的痕迹,可以推测,凶手十分小心,没有在现场留下任何痕迹。如此一来,有人开始怀疑宇野是否真是凶手,侦查工作被迫暂停。

"与律师的会面要控制在二十分钟之内,不得延长,近田律师肯定会有不少点子。趁这个机会好好研究怎么让宇野开口。我马上要去见地方检察院的部长,作为警方代表,我准备明确地告诉对方，我们一定会拿下宇野。玉利科长，我这么表态没问题吧？"饭岛部长站起身来说道。

"当然没问题！"玉利立刻回答。

目送饭岛离去后，田中开口道："我说，阿落，你给句实话，真能把宇野拿下？"

"拿不准。论经验，还轮不到我回答。"昌夫老老实实地说。

的确，大场在审讯中和宇野谈的全是有关个人经历的话题，至今仍未触及案件的核心，比如宇野在绑架案中有没有不在场证明以及他身上大笔现金的来源等。

"警视总监建议把他的母亲从北海道找来，让她帮忙说服宇野宽治。阿落，你觉得怎么样？"

"我反对。宇野良子和宽治之间根本没有母子之情，只会把事情弄得更糟。不说别的，宇野良子在酒馆的客人面前甚至否认宽治是自己的儿子，和他假装成姐弟。"

"那么，让从小带大他的祖母来劝劝，怎么样？"

"他祖母比母亲好不了多少。宇野中学一毕业，她就离开了礼文岛，在旭川一带从事风俗业。现在，宇野可以说是举目无亲。"

"科长，既然如此……"田中沉吟道。

"明白了。那就暂时不安排与家人会面，我去跟总监解释。"玉利无可奈何地点点头。作为侦查工作的总指挥，他似乎在为如何向警视总监开口而大伤脑筋。

警视总监对小吉夫绑架案的侦查工作一直放心不下，这件事大家都知道。总监亲自在电视上对绑匪讲话，造成了很大影响，侦查总部至今仍能接到不少自称要提供线索的电话，也因此占用了不少人手。作为这种情况的始作俑者，总监当然会顾及自己的面子。

"如果找不到孩子，地检方面大概不会提起公诉啊！"田中自言自语。

"那是当然。我如果是检察官也不会起诉。"玉利肯定地说。

自从在旧水井中发现喜纳里子的尸体，为防万一，侦查总部对以浅草为中心、半径一公里内的所有旧水井、防空洞遗迹等进行了搜查，但只发现了一些小动物的尸体和大件垃圾。为此，东京市的清洁局不得不跟进处理，以致对警方颇有怨言。

"阿落，大场警官是那种不太愿意汇报中间过程的人，所以你要及时向我们通报审讯进展。"田中说。

"是，我明白。"昌夫看了一眼日历。今天是十月二十五日，十天的拘留期限已经过去了四天。时间流逝得真快！

下午的审讯话题仍以宇野来东京后的日常活动为主。因为宇野宽治刚刚与近田律师会过面，昌夫一度担心他会不会再次陷入沉默，结果却并非如此，宇野的态度与以往并无不同。只要是涉及入室盗窃的，他都会老实承认，但一触及绑架案便缄默不语。看来律师给了他提示，让他老老实实承认入室盗窃罪，以便尽快被起诉，免得再给警方和检方延长拘留的借口。

"跟律师都说了什么？"

"不能说，保密！"

"别这么小气嘛，说给我听听。"

"哎，近田先生真是好人，他跟我说：'我是来帮助你的。'在北海道被捕的时候，那个公家派来的律师一点儿都不热情，叫人讨厌。果然还是东京好，连律师都这么优秀。他说要帮助我——这还是头一次有人对我这么说呢。"宇野似乎很开心地念叨着。

大场仍语气平和地附和着,昌夫则默默地作记录。

晚上十点过后,昌夫回到家中。自从担任审讯宇野的助手,他就不用在单位过夜了。虽然每天仍旧很忙,回家似乎也只是为了睡觉,但只要看看一岁儿子的小脸,就让他的心情大为放松,第二天又能充满活力了。

"天气预报说明天降温,我给你把羊毛上衣拿出来了。"妻子晴美边说边把茶泡饭和腌萝卜干放在茶几上。

"穿那个还有点儿早,再说一整天都在审讯室里不出门。"

"是嘛。"

"就是报纸、电视上一天到晚在谈论的那个案子。"

"哦。"

"头一次负责重大案件的审讯,其实紧张得很。"昌夫平时几乎不在家里谈工作,但这次忽然想对妻子吐露。

"其实搜查一科里也有人反对,说:'让一个小青年负责这么大的案子,能行吗?'所以我绝不能失败!"出于小小的虚荣心,他并没有告诉妻子,自己只是审讯助手。

"那可真够受的,你竟然负责全日本都在关注的大案啊!今天还有宗教团体在数寄屋桥[①]的十字路口跳舞为小吉夫祈福呢!"

"那是哪门子宗教仪式?"

"反正就是有那种宗教呗。不过我看他们只是想吸引眼球,还特地找离报社近的地方跳舞。"

"是新兴宗教吗?"昌夫想象着所谓祈福的情形。

---

① 位于东京中央区银座的繁华地段。

战后的十余年间,各种新兴宗教在日本遍地开花,车站前、街道上,时常能看到身着奇装异服的僧侣在吟诵经文。战争导致三百多万日本人丧生,人们希望借助神明的力量获得抚慰。

"社会党的议员们最可恶,天天在电视新闻和节目里对警察大肆批判,说什么警视总监应该立即辞职、换掉所有破案人员。他们又懂什么啊!"

"没办法,现在的世道就是这样。"昌夫叹了口气。

前几天,连日本教职员工会的人也跑到浅草警署门口喊口号,要求"署长辞职"。学校里的教师也有样学样。说起来,日本从战前的极权主义走向了反方向的极端。

昌夫吃完茶泡饭,朝隔壁房间里已经熟睡的儿子走去。

"你可别把他弄醒了。"

"知道。"

他用手指轻轻戳了戳儿子的小脸蛋,短暂地沉浸在幸福之中。但随即他又想到了小吉夫,心情不由得灰暗起来。最近这些日子,他总是在这两种情绪之间辗转反复。

41

警方决定不予起诉,明男终于回到家中。只被拘留了短短一周就被释放,律师果然帮了大忙。不过,明男所在的东山会反倒给了他禁足处分,因为招惹警察的家伙会给社团带来麻烦。

平时口齿伶俐、爱逞强的明男这次变得消沉了。听警察说找到了喜纳里子的尸体、宇野宽治与案子有关的时候,明男大受打击。

姐姐美纪子更关心小吉夫的安危。明男一回到家,她便追问:

"你还不赶紧说实话!"

"我不知道,真的,不骗你,我不知道绑架案到底是不是宽治干的。"明男一脸认真地回答姐姐,"当初他在新宿的弹珠房被警察逮捕时,我正在追问他呢。我说,绑匪的声音和你小子这么像,警察又在到处找你,到底是不是你干的?"

"他怎么回答?"

"他说不是。"

"你相信了?"

"也不是,我也弄不清到底是真是假了。不过,我确实是有点儿怀疑……"

"怀疑什么?赶紧说!"

"他们藏在吉原的老印刷厂的时候,宽治那小子曾经问我,是不是把对方的电话号码告诉接线员,接线员就能帮着接通电话?我告诉他,接线员都是什么时候的老黄历了?难不成在礼文岛上打电话还需要接线员?然后他说,自己没怎么打过电话,一直搞不明白,所以想问问。"

"哦?"

"还有那笔钱的来历,之前我的确瞒着你。当时,我受了信和会立木的威胁,不得不去把那枚金币赎回来。赎金币的那二十几万也是宽治给的,他说他偷了一家放高利贷的公司,撬开了人家的保险柜,弄到一大笔钱。他说那家公司实际上是黑道开的,被偷了也不敢报案。我当时真的相信他了,不过事后一想,他所说的搞到钱的时间正好是绑匪把赎金拿走的第二天……"

"这些话,你都跟警察说了?"

"嗯,全说了。审讯我的那个警察说,他们已经警告信和会的立木,不准他再追究金币的事。还说,就算我都招了,立木也不敢怎么样,叫我放心。所以我……"

"那么有关绑架案,警察都说了些什么?"

"他们好像越来越认定宽治就是绑匪了,反正在拼命地寻找证据,说不定什么时候他们还会来找我。近田先生说,如果警察再要求'协助调查',叫我不用理他们……"

"是嘛,那你就自己看着办吧。"

"可是……假如绑架案真是宽治那小子干的,我怎么也无法心安理得呀……"明男叹了口气,"说起来,当初被立木逼急了的人是我,因为急着凑钱而和社团里的兄弟闹起来的也是我,要不是我跟宽治说了这些事,他也不至于到处弄钱……"

"这根本就不是你的错吧!"

"是吗?"

"当然了!事情变成这样,不是因为你。"虽然嘴上这么说,但美纪子心里明白,哪怕弟弟和绑架案有一丝丝牵连,她也会痛苦不堪。

"明男,既然你在家,就帮着分担些旅馆里的工作吧!"

"嗯,知道了。"明男乖乖地答应。离东京奥运会开幕只有不到一年的时间了,山谷的工人越来越多。在这种忙碌的旺季,只有福子发自内心地为儿子的归来而兴高采烈。

42

十月二十八日星期一,早上九点,宇野宽治又被带出拘留所,押往东京地方检察院。这是他被捕以来第二次接受检方的审讯,那位成本检察官让他很头痛，此人总是面无表情，喜怒不形于色，那副厚厚的眼镜也令人厌恶。宽治觉得成本检察官和大场警官不一样，好像是两个世界里的人。

头一个小时，检察官给他念了警方关于南千住町前钟表商被盗案的侦查记录，又让他回答了几个问题。处理完这些，检察官立即放下笔，问道："对了，听说你患有记忆障碍，去医院看过吗？"

"没去过。"

"那你是怎么知道自己有这个病的？"

"在北海道少管所的时候，有个职员让我做了个问答测试，还让我回答了好些问题，然后他说：'你小时候的很多记忆好像丢失了，大概是得了记忆障碍症'。"

"那么，跟监狱里的法务官谈过吗？"

"详细的情况，我也不太懂。"

"小时候的事还记得吗？"

"我也不知道。"

"为什么？"

"有时候脑袋里像是有一团雾，分不清是在做梦还是真实的。"

"像在做梦的时候，都是些什么事？"

"讨厌的事。"

"看来这团雾还不错嘛，挡住的都是坏事。"

"虽然是这样，可这由不得我……"

"宇野，虽然你被逮捕的罪名是入室盗窃，但是在小吉夫绑架案和新宿舞娘被杀案中，你都是嫌疑人，知道吗？"

"嗯，知道。"

"不打算交代吗？"

"不是不打算交代,是什么都不知道。"

"这是律师教你的?只要装作什么都不知道就能蒙混过关?"

"嗯,是的。他跟我说:'你是因为别的案子被逮捕的,所以除了入室盗窃的事,其他什么也别说。'"

"一直不说对你自己不利呀,我们有的是证据!"

"嗯,我跟律师先生也说过,一直闷着不说话,我可受不了。五分钟、十分钟还好,要是一两个小时都不说话,根本办不到。近田先生显得很为难,说:'那你就直接告诉他们,你是傻子。'"

"这对你太失礼了吧?"成本检察官皱了皱眉头。

"可我就是傻子啊,没办法。"

"别贬低自己,其实你很聪明,每次作案都知道擦掉指纹。"检察官一边说一边直盯着宽治。

宽治默默地低下了头。

"宇野,听说警察待你还不错,可惜我们检察官不是这样的。我们每天要审讯很多嫌疑人,然后决定要不要起诉他们。我不是你一个人的专属审讯官,明白吗?"

"嗯,明白。"

地检的等候室里时常挤满了戴手铐的嫌疑人。不难想象,检察官不可能把时间都耗费在一个人身上。

"那我就开门见山地问了。宇野,是你绑架了小吉夫吗?"

"不是。"

"是你杀了喜纳里子吗?"

"不是。"

"好,现在总算摸清你的心思了,看来我们打交道的时间还长着呢。再延长十天的拘留期是肯定的,而且以后说不定会更长。"

成本检察官在纸上写明再次逮捕和延长拘留期的流程。

宽治默默地点点头，但其实什么都不明白。

成本检察官的审讯一直持续到午后，其中大部分时间花在喜纳里子被杀一案上。宽治交代了他们离开向岛公寓后的行动轨迹，成本只是静静地听着，他还问宽治，逃亡途中是否去过热海？宽治立即否认，说自己没有去过。成本听了，倒也没什么特别的反应，只是抬眼瞥了宽治一眼。

宽治完全习惯了审讯，心里充满了对自己"每天都有进步"的满足感，丝毫不觉得恐惧。

下午，他又被带回浅草警署，接受大场的审讯。大场担任他的审讯官已经有一个星期，完全消除了他的紧张感。作为审讯助手的落合警官对他也很友善。到底是从什么时候开始，每天都能和人聊天了呢？当渔夫的时候，宽治常常独自一人待在番屋里；在札幌的工厂上班时，无论是在车间还是宿舍，人人都把他当傻子，所以他总是一个人待着。原来，与人闲谈竟是如此愉快。自从来到东京，宽治明显话多起来。

"宇野，今天上头有命令，要问问和案子有关的事。所以，我们先不聊偷东西的事。你也配合一下。"大场抽着烟对他说。宽治照例伸手从落合手中接过一支喜力，自己点上抽了起来。

"你在十月上旬就离开喜纳里子在向岛的那间公寓了吧？之后去了哪里？"

"在浅草和上野一带找地方住，到处闲逛呗。"

"不对啊，那阵子，警察把台东区和荒川区的旅馆搜查了个底朝天，怎么没发现你？"

"是吗？不过我确实住在那边。"

"就算只记得名字也行，能不能告诉我是哪家旅馆？"

"我忘了，那些旅馆的名字都差不多。"

"大概的位置总记得吧？这是地图，你在上面画个圈就行。"说着，大场把一张地图摊在桌子上。

"我不是东京人，看地图也看不明白。"宽治找借口拒绝。

"别这么说嘛！你如果是清白的，提供不在场证明很重要。"

"可是我记不得了呀！"

"喜纳里子去了哪里？你不是说离开公寓后你俩就分开了吗？"

"嗯，分开了。"

"我告诉你，喜纳里子藏在吉原一家老印刷厂里，你不知道？"

"不知道。"宽治摇了摇头。

"后来她去了热海，从十月十一日星期五待到十四日星期一。这段日子你在哪里？"

"不记得了。"

"你小子说的都是实话？"

"嗯，是实话。"

"骗人！为什么要跟我说瞎话？！"大场忽然提高了嗓门，"砰"的一声拍在桌子上。

宽治不禁缩了缩脖子。

"至少关于老印刷厂那里是骗人的！那里是联合会的秘密据点，我们已经在那里找到了你的指纹！门把手、厕所的电灯开关、电话听筒……到处都是你的指纹！而且……"大场站起来，探出身子，"你的好兄弟町井明男也交代了，是他把你藏在吉原的老印刷厂的。你这个大骗子！"

大场口沫横飞,宽治不由得扭过脸躲开。

沉默了一分钟,不,三十秒?抑或更短?宽治朝一旁看去,见落合的表情毫无变化,手里拿着圆珠笔,眼睛看着面前的纸。

"这下你承认骗我了吧?"大场忽然又放低了嗓音说。

"嗯。"宽治觉得很惭愧,无可奈何地说。

"也就是说,你离开喜纳里子的公寓后,就和她一起藏在联合会的秘密据点。然后呢?然后你们又干什么去了?"

"反正……反正有一阵子挺不顺利的。"

"'有一阵子'是多久?到什么时候?赶紧想!"大场把十月的日历放在桌子上,逼问道。

"比如说十月八日?那天,东京奥运会公布了售票方案,算得上是个大新闻。你知道吧?"

"不知道,我对奥运会没兴趣。"

"十月九日呢?那天,猎户座队和野牛队在东京体育场有双连打比赛,你在哪儿?干了些什么?"大场探头看着宽治。

"那天嘛……"宽治歪着头回忆。

"如果没有不在场证明,警察就会越发怀疑你。所以赶紧给我想起来!"

"就算您这么说,我也没办法啊。天天都是一个人到处闲逛,根本想不起来干了些什么。"

"怎么会是一个人?你不是和喜纳里子在一起吗?"

"那个女人老是埋怨我连累了她,总是很生气,并不总是跟我在一起。"

"不过,她对你挺好吧?脱衣舞俱乐部的姑娘都告诉我了,她们说,宽治是小白脸,是里子主动和他搭讪的……"

"我才不是小白脸!"

"你就是小白脸。怎么样?说说,抱着里子的时候感觉不错吧?"身为刑警的大场此时露出了一副色眯眯的样子。

"那个嘛……感觉是不错。"

"每天晚上都干那个吗?"

"没有……联合会的人总是进进出出的。"

"到了晚上不就只剩你俩了吗?"

"那倒也是。"

"所以,一到晚上就亲来抱去、做个没完吧?"

"也不是像你说的那样……"

"十一日,喜纳里子去了热海。在热海站前观光介绍所的文件上,我们已经找到了她的指纹,这件事绝对错不了。那么她是跟谁去的呢?"

"不知道。"

"难道不是你?"

"我没去过热海。"宽治不为所动。

"你可真够差劲的,难不成让她一个人去了热海?"

"嗯,她说想一个人待着。"

"这就奇怪了。据观光介绍所的人说,她是和一个年轻男人去的,还一起住进了旅馆。那人又会是谁呢?"

"不知道,或许她还有其他男人。"

"没有,我们问过脱衣舞俱乐部的人,都说她只有宽治你一个男人。"

"反正我不知道!"

"肯定不是你?"

"嗯。"

"没骗我？"

"没有。"

"我能相信你吗？"

"嗯，能。"

"是吗？"大场再三追问。

落合停下笔，凝视着宽治。

他以为大场会再次怒吼着痛斥宽治，不由得绷直了身体。

但大场并没有发作，只是说："好，我明白了。那么，在此期间，你在哪儿、做了什么，统统证明给我看！从十月十一日到十三日这几天。"

宽治似乎想了想，说："大概是在新宿那边。"大场又拿出新宿车站周边地图，宽治随便指了指，说"就是这附近的廉价旅馆"。至于自己的行动轨迹，他说一直在弹珠房里玩游戏。大场的反应很平静，静静地听着。最后，宽治有理有据地宣称自己在歌舞伎町广场附近的电视大屏幕上看了国际运动会的开幕式。

"宽治，听说喜纳里子的遗体明天就要火化了。毕竟自从发现尸体以来已经过了一个多星期，总不能一直放着。"大场念叨着。

宽治没有回答。

"我们问过冲绳县的警察，总算搞清楚了她的身份。可是她的家人好像没空来东京，只回信说：'虽然很过意不去，但请在东京把她火化吧。'没法子，只好让新宿警署把她火化了，然后把骨灰用航空包裹寄回去。只有二十八岁哪，真可怜！要是能活下去，后面还会有多少好事等着她呢！听说她有个孩子，一直放在娘家照顾。"

宽治闭上眼，用鼻子慢慢地呼吸，找到了节奏，感觉意识在自然而然地又变得模糊。

"你小子有没有需要我帮忙办的事？好歹你也双手合十为她拜拜吧！虽然时间不长，可你俩相好过一场，不打算送送她吗？"

宽治的耳边，大场的声音逐渐消失了。

43

十月三十日晚，侦查会议结束后，田中叫住了昌夫。

"我现在要去地检刑事部开会，你也一起来吧。"

"嗯，我来开车。"昌夫随口答道。作为一名普通刑警，他以为科代叫自己去当然不是为了参加会议。

"不，我的意思是，你也去开会。大场警官不喜欢别人在审讯期间指手画脚，所以玉利科长指示叫上你比较好。"

昌夫微微一怔，立刻想到，检方怕不是要对审讯的进展大加斥责吧？到目前为止，他们从宇野宽治身上获得的供词只有入室盗窃的那部分，其余的对话都是和案情关系不大的闲聊。

车子朝霞关驶去。虽然已是晚上九点，但日比谷公园对面那座崭新的联合办公楼里仍灯光璀璨，像一座矗立在黑夜里的庄严城堡。光从外表也能大致体会到检察官们的忙碌，这些人都在为国奉献、拼命工作啊。

事务员带着他们来到会议室时，会议已经开始了，双方负责指挥侦查工作的高级官员无一缺席。警方的出席者包括刑事部长饭岛、搜查一科科长玉利和新宿警署署长坂本；检方的出席者则有刑事部长早川、负责本案的检察官成本等人。这阵仗怎么看都不像是自己应该列席的场合，昌夫大为紧张，情不自禁地咽了口唾沫。在座的诸位,他只和玉利、成本说过话。

"这是搜查一科的落合,就是他最先注意到宇野宽治的,目前担任对宇野的审讯助手。"田中向众人介绍。昌夫赶忙挺起胸膛,朝众人微微鞠躬。

"哦,你就是落合警官!赶紧跟我们说说审讯的情况!"不等昌夫落座,早川便迫不及待地发问。

"是!宇野宽治近来很健谈,态度上已经不怎么抗拒调查。但每当说到关键处,他就会立刻变得反应迟钝、意识模糊。"

"意识模糊?这是什么意思?"

"就是无论问他什么,都只会机械地作答,神不守舍,无法进行正常交流。"

"持续多久?"

"大约三十分钟。"

"是精神疾病吗?"

"还不太清楚。据稚内市负责少年保护的人员介绍,他以前曾患有脑部功能障碍。"

"实际上,近田律师来过检察院,要求在起诉前对宇野宽治进行精神鉴定。听说他也在向法院方面施加压力。我们想听听落合警官的看法。"

"的确,宇野似乎显露出某些双重人格或离人症症状,但我觉得还不到影响起诉的程度,因为就在三个月前,他还在从事捕捞作业,应该具备正常的判断能力。"

"原来如此。这样的话,还不如干脆同意让他接受精神鉴定。如果鉴定结果没有异常,律师方面能打的牌就少了一张……"早川似乎在自言自语。

"我反对,"饭岛提出异议,"对方这么做的目的是拖时间,鉴定过程估计要花上好几个星期,恐怕会横生枝节。"

"话虽如此,但总比等他们在公审时再提出要好。"

"不,请您否决这个提议。宇野没毛病,而且时间宝贵。"

"明白了,那我们就先拒绝对方。法院方面也不会随随便便地答应。至于起诉,我们希望先巩固舞娘被杀案的证据,以此为由,提出正式逮捕和公诉。"

"如果要追查舞娘被杀案,那么杀人动机无论如何绕不开绑架案。比如,喜纳里子很可能是从电视上听到了绑匪索要赎金的声音,从而对宇野起了疑心,在前去与他对质时被杀害。把她的被杀作为单独案件来侦办是不太可能的。"

"这一点,我们当然明白,所以先从舞娘被杀案入手,在调查杀人动机的时候引到小吉夫绑架案上,顺势让他坦白。"

"如果真能这样,那当然好……但是,如果宇野拒绝交代绑架案,那么他杀害舞娘的动机就站不住脚了。"

"如果那样,还可以说是男女纠纷引发的,因情生恨,害怕对方继续纠缠而杀人。这样大概也说得通!"

"这未免有些牵强……"饭岛皱起了眉头。

"那么你们的想法又如何?"

"我们打算把绑架案作为重点,优先考虑尽快救出小吉夫。"

"这一点,当然我们完全同意……"早川嘟哝了一句,但他的表情分明在说:事到如今,何必还要说漂亮话?

"绑架案已经引起了全体国民的关注,容不得再拖延下去。警视总监今天还叫我过去询问了案子的进展,说一想到这个案子就十分痛心。"

"不过，在宇野不肯招供的情况下，虽然与你们计划的顺序相反，但先以杀害舞娘的罪行提起公诉才是比较现实的做法。我们也知道，警方承受着来自媒体的压力，但如果过分囿于媒体压力，可能会导致判断失误。"

"媒体怎么说，都无所谓，但这案子涉及国民对警察的信任问题……"

双方的刑事部长争论得不可开交。他们都是各自领域的一线负责人，谁都不会轻易地妥协。其他人只能一言不发地听着。

"成本检察官，说说你的看法吧。"早川转向了负责本案的检察官成本。

"好的。我认为仅凭找到尸体这一条，就算宇野不承认，以杀人罪对他进行逮捕和起诉也不难。唯一的问题是眼下缺少物证……"

"笨蛋！这么简单的案子都搞不定，你还算什么检察官！必须在第一次延长拘留的十天内把他拿下！"早川突如其来地改变了语气。昌夫吓了一跳，不由得缩了缩脖子。

"不要再找借口说什么时间不够之类的！时间不够就去侦查总部直接审讯宇野宽治！与其把犯人送来送去，不如想办法节省办手续和接送的时间，明白吗？"

"是，明白！"成本表情僵硬，像刚入伍的新兵那样回答。

"哎呀，见笑了，各位，我和成本是同乡，有时说话就是这么直接。他可是一位很优秀的检察官哪，还请各位多多谅解。"早川朝周围的人微微躬身，神情倨傲地表示歉意。他这番话显然是在指桑骂槐地训斥迟迟没能拿到宇野口供的警方，警方的所有参会人员都绷着脸不说话——检察官真是演技一流啊。

"如果是这样，能不能让我们试试？反正我们正在调查舞娘被杀案。"新宿警署署长坂本插嘴说。

"坂本署长，目前的侦查工作还是要一体化进行。"玉利赶忙制止坂本。

"可是，就像成本检察官说的，杀人案相对好办一些。我们先用杀人案把他拿下，然后趁势让他交代绑架案，这样是不是会更快？"坂本的目光里带着些许挑衅的意味。在警界，案子通常按属地分配，所以舞娘被杀案应该由新宿警署负责侦办。

"坂本署长，你先等一等。就像刚才玉利科长说的，现阶段更换审讯官不是一个好主意，宇野的情绪会产生波动。"饭岛附和着玉利，试图安抚坂本。

"双管齐下，不是更好吗？说到底，宇野不过是个二十岁的小青年，他不是进进出出监狱好几次了吗？"

"没那么简单。"一直沉默不语的田中开口道，"其实，刚开始审讯的四十八小时里，浅草警署的人对他可没客气，以强力威逼，但宇野丝毫不怕，像个虫子似的蜷缩成一团，任凭发落。我觉得，从严审讯那一套对他这个傻子不起作用。"

"还是方法问题。换我们来，不信他不招！"

"或许……"

众人都沉默了。检方的早川和成本冷眼旁观，脸上的表情分明在说：都什么时候了，警察内部还在为管辖权争论不休？

"坂本署长，如果要以杀害舞娘的罪名实行逮捕和起诉，我们会立即成立包括新宿警署在内的联合侦查总部，你别急。"饭岛又开口道。

坂本连头都没点一下，抱着胳膊不说话。

"抱歉，关于之前的话题……"成本举起手说，"为了证实他杀害舞娘的嫌疑,还要尽量收集更多的物证。比如说,宇野否认他曾跟喜纳里子去过热海,但他们在那里连住三天,居然没有留下指纹,这实在太反常了。而且,他们并不是一直待在房间里闭门不出,一定会在什么地方留下了痕迹。目击者证词也好,其他的证明也好,还是希望能找到些线索。"

"那就是我们该干的活儿了,明天我们就安排人手去热海进行彻底搜查。宇野他们是去旅游的,只要能查到他们的行踪,就肯定能找到点儿什么。"坂本接口道。

"嗯,那就交给新宿警署去办。"玉利表示同意。

"科长,如果真能查到线索,就请把宇野交给我们审讯五天,不,哪怕三天也行。"

"坂本,你可真能死缠烂打!"

"不是我死缠烂打,不这样的话,会影响办案弟兄的士气!这种事,科长不会不明白吧?"坂本毫不示弱。当着自己下属的面,他不能无功而返。身为新宿这种重点地区警署的署长,简直就像一个小王国的国王,即使面对搜查一科科长也不能轻易让步。

"知道了,我同意,不过审讯必须在联合侦查总部进行。"最后,还是饭岛作出了妥协。

"那我们就总结一下。"早川似乎希望尽快结束会议,抬手看了看手表说。

"以入室盗窃的名义可以再延长十天的拘留期。在此期限内,必须让嫌疑人承认杀死舞娘的罪行,并对他实行正式逮捕和起诉。如果在调查作案动机时找不到能够把他和绑架案联系起来的证据,就要重新考虑他的嫌疑。在重大案件中,绝对不能预设结论。"

昌夫差点儿忍不住——事到如今,检方居然还在怀疑宇野是不是真的犯了绑架罪？但他当然没敢出声，只能把这个疑问咽了回去。检方仔细看看侦查记录就会明白，舞娘被杀案根本不可能是一个独立的案子。

"我再强调一遍，如果没有嫌疑人的供词，很难以绑架小吉夫的罪名对他进行逮捕和起诉。只有当他交代了孩子的下落后，才算揭开案子的真相，此案才算宣告破获。所以，本案的关键是宇野宽治本人的招供。"像是要统一观点，早川边扫视众人边说道。

与会者都点了点头。

"好，无论如何都要拿下宇野！根据侦查记录，下个月的十四日就是小吉夫的生日，一想到那一天孩子的父母会是什么心情，我的胸口就堵得慌，更不要说拖到过年将会怎样了。我们一定要把孩子送回父母身边，这是我们身为警察的义务！"饭岛两手撑在桌子上，像是在发表宣言似的。

众人再次一同点头。昌夫也感到责任重大，不由得全身紧绷。宇野的嫌疑已经被充分证明，如果连这样的嫌疑犯都攻不下，警察在国民面前何谈"信任"二字？

散会后，昌夫走出会议室，在走廊上被成本叫住了。

"落合警官，有件事我想问问你……"说着，他与落合并肩，边走边说。

"关于宇野在审讯中出现的脑功能障碍现象的原因，也就是他被继父当作碰瓷工具的那件事，你问过他本人吗？"

"没有，目前还没有问过。"

"为什么？因为与绑架案无关吗？"

"不，因为宇野一碰到不愿意回忆的事，就会陷入精神恍惚状态。碰瓷的事是他儿童时期最恐怖的回忆，一旦被触碰，我们担心会引发他的情绪不稳定。"

"这是大场警官的看法吗？"

"不是。不过，虽然他没有明说，但我作为助手，一直在旁边观察。这是我的印象。"

"哦，明白了。那么，明天下午，请你们把宇野送过来，我要亲自审问他。"

"是……"昌夫没有反对，答应了成本。他不太确定，如此一来究竟会刺激宇野恢复记忆还是会让他的离人症变得更严重。

下到一楼，在大厅里等候多时的记者一下子围住了饭岛和玉利，连声追问："终于抓到绑匪了吗？"昌夫和田中目不斜视地从他们旁边走过，坐进车子，离开了检察院。

"饭岛部长在警视厅内部承受的压力挺大啊！"坐在副驾驶座上的田中忽然开口道。

"是嘛。"

"嗯。警视总监已经决定要延长任期，还要负责明年东京奥运会的安全保障工作，要是在此期间发生让他丢脸的事，饭岛部长怕是要背黑锅了。"

"领导们的事，咱们也不懂……"

"保护上司——这是国家高级公务员的铁律。阿落，你也要学着点儿。"田中从鼻子里轻轻地"哼"了一声，半开玩笑地说，"看样子，地检方面也作好了心理准备，这案子恐怕会拖得很久，但这话从我们嘴里说出来就不行了。虽然在地检面前默不作声，但这件事关乎警视厅的面子，尽快解决是最优先的选项。"

"是啊，我们一定会努力的。"

"阿落，你今天回家吧，明天重新来过。"

"课代您呢?"

"我回署里整理资料。"

"那我也去帮忙。"

"不用了,笨蛋,至少回去看看孩子熟睡的小脸吧!"田中粗暴地说,把脚架在仪表盘上,抱着胳膊闭上双眼。

东京的街道上到处都在施工,电钻声响彻夜空。四下里忽明忽灭的红色灯光就像这座大都会跳动的脉搏。

把田中送回浅草警署后,昌夫飞奔着赶上了最后一班东京电车,踏上了归途。他刚在座位上坐下,列车员就走了过来,昌夫便悄悄地掏出警察证朝他晃了晃。

列车员低声说了句"您辛苦了"便走开。此时,车厢内已经没有多少乘客。昌夫前面的座位上,一个喝醉的上班族似乎在很开心地摇头晃脑。自己最近一次喝酒是什么时候的事?昌夫在脑海中数着日子,说起来好像还是去礼文岛出差的时候,在归途的夜间火车上小酌了一番。唉,刑警这工作真麻烦。等案子解决了,他一定要放松地痛饮一番。这次,以两个案件的侦查总部为桥梁,他结识了不少面孔,熟悉了不少名字,很想与前辈们推杯换盏,听听他们当年的英雄事迹。正是这次参与办案的经验,让他切身感受到刑警之间的地方保护主义和自我中心主义是多么根深蒂固。

他正在细细回味,那个要在下一站下车的上班族醒过来,慌慌张张地起身嚷嚷:"等等,我要下车,我要下车!"边说边朝车门走去。就在此时,空中轻飘飘地飞来一张纸片,原来是那人的车票掉了。昌夫条件反射似的起身帮他捡了起来。

"喂,你的车票掉了!"说着,他把车票递给了那人。

那人面红耳赤地对他说了声"谢谢",接过车票。那张在他口袋里放得有点儿潮湿的车票粘在了昌夫的大拇指上,被拿走后,昌夫的指腹上还残留着一点儿黏乎乎的感觉。见那人把车票放进了车票回收箱、下了车,昌夫仍望着自己的大拇指,忽然醍醐灌顶——车票!

"麻烦您,我想请教一件事。"他对列车员招招手,小声地说,"那些回收的车票怎么处理?"

"啊?您是说车票?"列车员一脸诧异地问。

"对。我猜,回收后的车票是不是集中送去什么地方?……啊,我是刑警,问这个是为了办案子。"

"哦,按规定,回收箱里的车票都会集中送到铁路局的审查科,在那儿比对、核算与售票金额是否相符……"

"然后呢?就会扔了吗?"

"嗯。不过因为是按月核算,所以至少会保存到月底。"

"国铁也是一样吗?"

"大概都是一样的。不管怎么说,东京电车一直在模仿国铁的做法。"

"原来如此,多谢你了!"

今天是几号?昌夫看了看手表上显示的日期:十月三十日。也就是说,明天是这个月的最后一天。他赶忙在下一站下了车,心急火燎地扬招了一辆出租车。今晚不能回家了。"去浅草警署。"他对司机说。

因为距离太近,出租车司机不满地"啧啧"了两声。后来大概看出昌夫是警察,终于没再说话,默默地发动了车子。

车票。只要乘坐过公共交通工具,都会在车票上留下指纹,宇野也不例外，他总不能戴着手套检票乘车吧？如果他去过热海，就一定会在车站里交回带有他指纹的车票，而且车票上有日期。如果他乘坐的是特快列车，甚至还可以推断出具体的班次。自己怎么才想到这一点！

他在座位上大口呼吸着。司机以为出了什么事，回过头来朝他张望。

"我没事，麻烦您开快点儿！"

"唔！"司机闷闷不乐地答应着，踩下了油门。

这下，至少能戳穿宇野供词中的一个谎言！想到这里，昌夫不禁激动得浑身燥热。

第二天早上的侦查会议首先从昌夫的报告开始。

所有人起立、敬礼后，田中立即发言：

"大家早，今天早上，落合发现了很重要的线索，要向大家通报——阿落，开始吧！"

"大家早。那我就赶紧开始汇报了。昨天晚上，我坐电车的时候注意到一个情况：如果嫌疑人乘坐过公共交通工具，就必然会留下证据，那就是车票上的指纹。即使在冬天，只要不戴手套，人人都会在车票上留下指纹。所以，我要说的是……"昌夫翻开记事本，看了看记录，"宇野宽治否认自己曾在十月十一日至十四日与喜纳里子一同去热海旅游。假设他真的去过，那么在检票口回收的车票里肯定会有一张留有他的指纹。所以，如果能找到那张车票，就能证明他的供词里关于热海之行的那部分是在说谎。"

听了他的话，有几名刑警不住地点头，但大部分人仍一脸疑惑，半信半疑。

"当然，车票的数量很大，一张一张地鉴别，工作量太大。幸亏我们已经掌握了喜纳里子所乘列车的班次：十月十一日的温泉二号。这列车一共有十三个车厢，其中一等座有四个车厢。他俩当时刚刚有了钱，得意扬扬，连住处都选高级旅馆，所以肯定会购买一等座的车票。这样一来，就算一等座车厢全部满座，也不过二百二十几张车票。再加上十一日是星期五，上座率最多六成左右，那么要检查的车票就是一百三十张左右。先从当天的车票中把这部分挑出来拿去鉴定，两天就能做完。"

"我说，阿落啊，你说的这些，我们都明白。问题是去哪儿找车票呢？那可是二十天以前的车票了。"

"车票都保存在国铁的静冈铁路管理局，昨晚我去过国铁总部，特地询问了夜班车辆管理人员。据他说，已售出的车票都保存在各车站的回收箱里，之后集中送到管理局所属的审查科进行人工核算。各区的车票集中送到局里的时间是当月底，也就是说，正好是今天。所以，今天一早，玉利科长已经联系了静冈铁路管理局，请他们务必把回收来的十月十一日的车票单独存放，以免和其他日期的车票搞混。因为不知道原因，起初，对方的负责人不愿意配合。饭岛部长亲自去跟静冈县警察本部的部长交涉，又派了管辖地警署的一名副署长登门拜托，对方才总算答应帮忙。所以，十月十一日的车票已经保存在静冈铁路管理局了。"

"大家都听好，我们已经派人去静冈取回那些车票了。他们一回来，搜查一科和新宿警署的鉴证科就开始采集指纹。顺利的话，今晚就能出结果。我相信，这次肯定能找到宇野的指纹！"田中坚定地说道。

众人的表情总算放松下来。

"原来是车票，你小子果然会动脑子！"宫下笑着对昌夫说。坐在后面的仁井伸长腿踹了昌夫一脚——这是他表达"干得漂亮"的独特方式。

大场却没有其他人那么兴奋，只是对昌夫点了点头。即使发现车票上有宇野的指纹，也不能保证宇野一定会因此而彻底坦白。对此，昌夫心里自然明白。

"要是能找到宇野的指纹，我就请阿落吃寿司！"田中之所以这么高兴，是因为提出这一重要建议的是搜查一科的昌夫，这让搜查本部在警察各方的拔河比赛中赢了一局。这下，新宿警署的坂本署长怕是要收敛一下强硬的态度了。

昌夫则急切地期盼着鉴定结果。

44

每天早上，町井美纪子都蹬着自行车去浅草的铃木商店买豆腐。她希望多少能帮帮铃木家，所以每天都会从店里预订五块豆腐。反正对于饭堂来说，豆腐本就是少不了的日常食材。

有关小吉夫绑架案的媒体报道越来越喧嚣，各家媒体之间的新闻大战简直到了白热化的程度。

电视台找不到素材时，就邀请娱乐明星、作家出镜，做些"如果这样、如果那样"的泛泛而谈。报纸则翻来覆去地批评警察，或者对警方的破案思路提出质疑。美纪子长这么大，还是第一次见到一件案子能引发全社会如此的关注。昨晚还有一位号称"名古屋夜总会之王"的老板召开了新闻发布会，宣称谁要是找到了小吉夫，就奖励一百万日元。美纪子对这种露骨的沽名钓誉之举厌恶透顶——日本人变得这么差劲了？

铃木商店门前，一大早就围满记者。路边散落了一地的烟头。

房子的防雨窗一直关着。美纪子绕到后门，敲了敲门。

"您早！我是町井。"

毛玻璃后面出现一个人影，门随即打开了。站在门里的照例是那名姓岩村的年轻警察。

"正在做着呢，你进来等吧。"岩村已经习惯了店里的环境，简直就像店主家的亲戚或员工。

美纪子走进厨房，见矮饭桌上摆着吃了一半的米饭和味增汤。

"您在吃饭吗？打扰了，请接着吃。"她不好意思地说。

"那我就不客气了！"岩村说着，端起饭大口地吃着。

"昨晚您住在店里了？"美纪子问道。

"嗯，给店老板添麻烦了。不过，不知道还会有什么人打电话来，所以要在这里守着。"岩村边吃饭边回答。

"老板娘还是老样子吗？"

"哦，她好点儿了，已经能起身了，今天还给我做了早饭……不过仍然不太想见人，一直在二楼待着。"

"是嘛……"美纪子从心底泛起同情。此刻，连应付别人的搭话，对她来说都很辛苦吧？

"还是有骚扰电话打进来吗？"

"啊，少多了。逮捕了其中一个家伙之后就减少了很多，现在大部分都是鼓励和安慰的电话。"

"那也够麻烦的，不是吗？"

"是啊。不过也有提供线索的，所以我们不能完全无视。"岩村吃完饭，又一口气喝光了杯子里的茶水，接着说道："前几天,一位住在群马县的妇女很亲切地打来电话,说是如果给警察打电话,万一说错了会被训斥,所以查到家属的电话号码就直接打来了。她说,昨天曾在草津温泉看见一个年轻人带着个六岁左右的小男孩。因为是工作日,所以觉得有点儿可疑,赶忙打电话想告诉家属。只是这么一条简单的信息,在家属看来都有可能是自己的孩子,甚至萌生新的希望,觉得孩子仍然活着。他们现在每天都靠这种消息强撑着过日子,所以不能一概而论地说都是在给他们添麻烦。而且侦查总部那边一收到这些信息,刑警们就会兴奋不已,商量着要派人过去调查……虽然到目前为止都扑了空,但总比什么都没有强……"

"小吉夫要是平平安安就好了……"

"谁说不是呢!我们也相信他一定没事,还在努力寻找呢!"岩村的话也像是在说给自己听。

美纪子觉得在她面前的是一位有血有肉的刑警,他也有紧张和不安的时候啊。

"对了,明男怎么样了?这几天,新宿警署天天叫他过去。"美纪子问。

"不管怎么说,宇野宽治被捕的时候,明男和他在一起,在警察看来,他肯定是重要的关联人员。不过还不至于起诉,如果只是伪造私人文书,顶多向检方提交资料,由检察官训诫了事。"

"近田律师说警察和检察官打算把他当作绑架案的共犯……"

"那我就不知道了。不过,在找到孩子以前,无论怎么说都没法正式逮捕和起诉,顶多吓唬吓唬……啊,我们还是只说说眼前的事吧!"岩村慌忙用手捂住了嘴。

"明男跟我说,新宿警署的警察都很吓人,简直想杀了他。"

"是吗？可能新宿警署那边的压力也很大。宇野关押在浅草警署，新宿警署就没法调查舞娘被杀案，现阶段只能先作些周边的调查，对町井明男的审问大概也是其中的一部分。你还是要让他配合警察办案啊。"

"没关系，就让警察狠狠地教训教训他吧。要是能给他点儿惩罚，让他从黑帮那个泥坑里爬出来就更好了。"

他们正在闲谈，走廊上传来一阵"啪啦啪啦"的脚步声，铃木店主走了出来。

"町井旅馆家的，让您久等了。您要五块豆腐，对吧？请把锅给我。"店主很开朗地说着，朝美纪子伸出手。

美纪子把锅递给他。店主接过去，走回店中，将豆腐放进已经盛了水的锅里。

"来，您的豆腐，一共一百五十（万）！"

美纪子一时不知该如何回应店主的玩笑，只能尴尬地笑笑。

面对强作欢颜的铃木店主，她觉得痛心，同时对自己的无能为力深感内疚。

45

十月三十一日下午，宇野宽治在地方检察院接受成本检察官的第三次审讯。

一直像个社区医生的成本检察官今天领带松脱，双颊也长出了没来得及刮掉的胡碴。仔细看去，他的眼睛里布满了血丝，浑身散发着一股危险的气息。宽治凭直觉感到，自己今天可能会挨揍。

"喂，宇野，我调阅了北海道那边的少年审判记录，你的童年看来很凄惨哪。关于这一点，我有几分同情你。其中有些值得注意的地方，昨晚我特地找协助审讯的落合警官询问过了，今天上午又给稚内市负责少年保护的松村先生去了电话，直接询问了你的情况——你还记得松村喜八先生吗？"

"嗯，记得。"宽治充满戒心地回答。松村先生为人很好，他也很喜欢。不过，他现在想把北海道时代的一切通通忘掉。

"松村先生特别同情你从小到大的经历，一直很牵挂你，说你绝不是坏人，只是有时候分不清善恶，还说一直担心你会干出不好的事情来。他要我转告你：'宽治，如果是你干的，就老老实实承认。希望小吉夫能回到父母身边……'你是怎么想的？"

"不是我干的。"

"你觉得松村先生对你有恩吗？"

"当然，后来他还给我介绍了工作。"

"那就不要对他说谎。你看，对面就是北海道。"说着，成本用下巴朝北示意。

"你就当作松村先生现在正坐在这里，对他说：'我一定说实话。'说！"

宽治答不出话。成本敲着桌子厉声喝道："说不出来吗？"

"我……说实话……"

"好。小吉夫在哪儿？"

"不知道。"

"你杀了喜纳里子吗？"

"没有。"

"是吗？你打算一直这么嘴硬下去吗？"成本靠在椅背上，眯起眼睛盯着他，"那就进入正题。还记得小宫正三这个名字吗？"

听到这个名字,宽治不由得倒吸一口凉气。

"你该不会忘了吧?他可是你的继父啊!"

宽治只觉得身体内有什么在"嘎吱嘎吱"地拧紧,上半身也失去了平衡。

"你们一家三口曾经在札幌一起生活过吧?你当时还跟他姓了小宫。怎么样,回想起很多事情了吧?"

喉咙深处一阵滚烫,像是有什么在灼烧。

"我们经过调查才知道,小宫今年二月已经从北海道的监狱里刑满释放。当初他没能办理假释,大概是因为找不到身份担保人。"

宽治蜷缩成一团,忍受着翻涌的胃酸。然后他的意识开始游离,视线也开始模糊。

"从我们调阅的判决记录来看,这家伙真是个恶人哪!恐吓、欺诈、与虐待儿童有关的暴力犯罪,还有几次抢劫伤害的前科,怪不得被判了十三年徒刑。你还记得他的模样吗?"

宽治的头一下子耷拉下去。

"喂,宇野,醒醒!不要睡过去!"

桌旁的事务官站起身,揪住宽治的衣领让他抬起头来。成本探出身子,大吼一声:"你别给我睡过去!"那声音在宽治的耳边回响着,听来宛如置身在澡堂之中。

"小宫正三,生于大正十年[①],现年四十二岁。赶紧回忆!"

"啊⋯⋯"宽治不由得呻吟起来。

"他是带广[②]附近一家小农户的第三个儿子,从旧制高等小学

[①] 大正十年,即1921年。
[②] 位于北海道中南部的主要城市,交通枢纽。

毕业后，进入札幌的纺织工厂做工。但他手脚不干净，好几次在员工宿舍里进行盗窃，最终暴露后被警察逮捕，又被工厂解雇——听着不觉得耳熟吗？简直跟你一模一样！"

成本起身离开座位，走到宽治身旁，揪着他的衣襟前后摇晃，又把一只手贴在他的脸颊上。

"小宫犯有好几起抢劫和伤害的案子。昭和十四年，他十八岁时进了少管所。昭和十六年出狱时正好二十岁，赶上征兵，便加入军队去了南洋前线，后来感染了疟疾，在当地的卫生所长期住院，直到战争结束。回到日本后参加了暴力团伙，在黑市私自倒卖物资。可惜呀，因为私吞团伙的海洛因而败露，才入伙半年就被团伙扫地出门。他左手的小指断了一截，就是当时的团伙给他的惩罚。宇野，这些你都记得吧？"

在模模糊糊的潜意识里，宽治想起了继父那断了一截的手指，还有他伸着手指威胁别人的样子。

"总之，不管是在军队还是在黑帮，小宫都没混出什么名堂。他就是这样的家伙。之后，他先后在札幌市从事过风俗业，开过出租车，在昭和二十三年认识了宇野良子，也就是你母亲。她当时在芒野的一家夜总会上班，与当调酒师的小宫发展成男女朋友，并开始同居。当时你只有五岁，一直在礼文岛和祖母一起生活。你母亲后来把你接到了自己身边，在札幌生活。第一次见到札幌的时候感觉如何？五岁应该开始记事了吧？"

宽治的脑海中浮现出一个画面：林木茂盛的大通公园。孩子眼中只有无限延伸的、没有尽头的远方，城市还没有重建。为了满足战后的粮食需求，空地都被利用起来了，很多人忙着种庄稼。广场上摆满了小摊，空气中飘来烤山芋的香气。孩子们跑来跑去，大人则坐在长椅上聊天。占领军的美国大兵胳膊上挽着浓妆艳抹的风尘女子招摇过市。自己牵着母亲和继父的手,沿着街道散步……

"你们家住在札幌市南四条。虽然我没去过北海道,不大了解当地的情况,但听说是离芒野很近的繁华地段。落脚后,你母亲仍是去夜总会上班,小宫正三则一直没有固定职业,整天游手好闲。你当时怎么称呼小宫?叫他爸爸吗?"

"爹。"宽治脱口而出。

"爹?啊,对,北海道那边是这么称呼父亲的。那么,小宫这个爹怎么样?还记得第一次见到他的情形吗?"

第一眼望去,继父像个黑道流氓:戴着一副刺眼的太阳眼镜,头油的味道很刺鼻,宽治被他抱起来的时候还把脸扭向了另一边。

"当时的情形如何?快说!"成本严厉地逼问道。

"一开始,他只是一个很有意思的叔叔呗。"

"是嘛,后来呢?"

"给我支烟抽。"宽治觉得快受不了了。

"你说什么?"

"给我支烟抽,我就说。"

"给,抽吧!"成本把一盒喜力扔在桌子上。宽治取出一支烟叼在嘴上,用火柴点燃,深深地吸了一口。尼古丁流遍全身,每一根毛细血管都感觉到了来自心脏的脉动。因为刚才没有昏过去,所以此刻他的神经极度兴奋。

"宇野,这次你没昏过去,表现得不错嘛!你这家伙,一碰到对自己不利的事就会假装昏过去吧?"

"不是假装,我是脑子有病。"

"自己说自己有病的都不是真的。你正常着呢!赶紧回忆,小宫都对你干了些什么？"

"老揍我呗！"宽治发现自己居然顺顺当当地说出了往事，不禁大吃一惊。从前，他一听到别人问起继父的事就会昏厥。

"什么？他竟然对五岁的小孩动拳头？"

"是啊。他还打我娘。"

"娘是指你母亲吧？"

"嗯。"

继父起初对他们还不错。可惜只过了一个月就原形毕露，时常因为一些琐碎小事就变得形同疯狗，对母亲和宽治拳脚相加。

"不过，小宫干的坏事不止如此。没多久，他就利用五岁的孩子去碰瓷了，而那个受害人就是你。"

听到"碰瓷"两个字，宽治的意识又开始迷乱了，上半身前后摇晃，手里的香烟也掉落在地上。

"别昏过去，宇野！喂，不要逃避你的记忆！"

成本扇了他一巴掌。宽治的意识游离在清醒与迷糊的边缘。

"第一次作案是在昭和二十三年十月八日，小宫藏在札幌市大通东一丁目路边电线杆的背后，把一个五岁的孩子猛地推搡到一位五十四岁的餐厅老板驾驶的帕卡德①前面。这个五岁的孩子就是你啊，宇野，你当场被撞飞了，右胳膊骨折。一定很疼吧？"

宽治表情扭曲地点了点头。

"疼吗？快回答我！说啊，什么都可以。"

"啊！"

"很疼呢，看来你没有完全丧失记忆嘛。"

---

① 帕卡德（Packard），美国出产的豪华轿车。

"记不清了。"

"记不清了?这么大的事能忘?"

"记不清就是记不清了。"

"赶紧回忆继父利用你去碰瓷的事。我很想知道你后来怎么成了杀人犯。"

"我没杀人!"

"不,你杀了!"成本根本不理会宽治的辩解,滔滔不绝地继续说下去,"第二次碰瓷是三个月之后,即昭和二十四年一月三日。当时新年假期还没过完,天上正下着雪,小宫带着你等在中央区南四条东一丁目的路边。当一名五十二岁的公司职员开着丰田车经过时,小宫又一次把你从电线杆后面推到马路上。在落满了雪的街道上,你被轧在了车底,造成肋骨骨折。"

是啊,那天正下着雪,在一片银白的世界里,自己先是飞向了空中,之后重重地摔在地上。宽治的身体完全失去了平衡,如果不是事务官扶着,他就要从椅子上滑下去了。

"想起什么来了?快回答我!"成本又给了他一巴掌。

"记不清了。"宽治忍受着眩晕回答。

"那我再说说第三次。第三次是隔了一段比较长的时间之后,发生在昭和二十五年的春天。那时候你六岁了,正准备上小学,开学前,又一次被继父当成碰瓷的工具。这次的案发现场不在札幌市内,而是在相邻的石狩町大字花畔村的纺织工厂门前。警方认为小宫事先作过调查,这次准备把四十七岁的纺织厂老板当作碰瓷的目标。之所以跑到石狩町去作案,是因为小宫动了脑筋,想到你在同一个地区已经是两场交通事故的受害者,恐怕警察早已有所察觉。总之,这次你被一辆雪佛兰撞飞,头部重重地摔在沥青地面上,当时就昏了过去，被送往医院抢救……"

"爹，求求你，饶了我吧！"宽治口中忽然蹦出这一句。

"喂，你在说什么？"

"饶了我吧！"宽治来来回回地转动着脑袋。

"看样子你都想起来了？"

"原谅我吧！"

"你这家伙，明明是受害者……被当成犯罪工具来利用，差点儿连小命都丢了。你那个继父简直是个禽兽不如的人渣！所以，你不是应该痛恨犯罪分子吗？为什么还会去绑架儿童？小吉夫也才只有六岁啊！你继父虐待你，你就去虐待别的孩子吗？难道你像他一样冷血吗？"成本语气温和地劝说着。

宽治紧紧地抱住椅子，似乎要抵抗检察官的劝导。

"我……我讨厌……"

"讨厌什么？"

"我讨厌回家！"

"怎么会呢？你已经二十岁了，是大人了，不要再把自己当作小孩子了！"成本又在他脸上拍了一巴掌。

脑海中，一直被重重迷雾遮挡的对岸景色终于清晰地显露出来。对，自己曾被继父当作碰瓷的工具……

"喂，你睁开眼睛！不要逃避了！回答我，你是个冷血动物吗？你杀了人也能心安理得吗？"

成本的怒喝声渐渐远去。宽治终于昏了过去。

睁开眼时，映入眼帘的是白色的天花板，左右两边还挂着白色的布帘。他意识到，自己正躺在医务室的床上。

"805号醒了！"头顶上方有个像是护士的女人喊道。随后，事务官的脸像一团黑影似的出现在他眼前。

"805号，你能起来吗？如果能起身，我就带你回成本检察官那里。"

"知道了……"听见这句话，宽治不由得泄了气。他原以为自己昏过去便能从这场审讯中解脱呢。不过，他也感觉到身体在不可思议地变得轻松，有一种像是蜕了壳的解脱感充溢全身。他还是第一次体会到这种感觉，而且恐惧也消失了。宇野宽治今后会变成什么样子？他仿佛置身事外地想。

看守给他系上腰绳，带着他经过走廊，再次来到检察官办公室。或许是因为错过了午饭时间，成本正在办公桌旁吸溜地吃着一碗荞麦面。

"醒了？"成本瞥了一眼墙上的挂钟。

实际上，宽治在医务室里只躺了三十分钟。

"检察官先生，能问你一件事吗？"宽治在椅子上坐下，开口问道。

"什么事？"成本嘴里含着面条问。

"我爹……啊，不是，小宫他现在在什么地方？"

"为什么问这个？"成本停下手中的筷子。

"不是说他出狱了吗？不知他现在怎么样……"

"你想见他？"

"那倒不是，只是随便问问呗。"

"如果是假释还好查，可他是刑满释放，不需要登记居住地址，法院也不掌握他的情况……当然，即使出了狱，原先侦办他案子的警察估计也还会盯着他，问一下就能知道。"

"他还会在札幌生活吗？"

"这个我也说不好。不过刑满出狱的人一般都会返回原居住地生活，大概没有归属感是很可怕的事情吧？这些人啊，犯罪之后都选择远走高飞，但案子结束之后又会回到原地。罪犯其实都是很胆小的。"

"是这样吗？"

"宇野，既然你问起小宫的事，那就说明你已经回忆起碰瓷案件了？我说得没错吧？"

"嗯，是这样。"宽治轻快地答道。原来自己并没有丢失记忆，当迷雾散去时，终于看到了过去。

"我再问你一遍，你不恨继父吗？"成本吃完了面，把餐具推到旁边，随口问道，"如果你恨他，就不应该做跟他一样的事。你绑架小吉夫，就跟小宫成了一丘之貉。"

"我不想说这件事。"

"为什么？"

"不想说就是不想说呗。啊，对了，检察官先生，我想见我的律师。"

"这可由不得你。你先老实交代，我才安排律师会面。"

"不行，你得先让我见律师。"宽治抱着胳膊说。

成本脸色一变："宇野，你小子不要得寸进尺啊！"

"要求见律师，是我的权利！"

"是嘛，既然能说出这种话，可见你小子不傻——你只是个普普通通的罪犯，而且是杀人犯！"

"你怎么说都行，赶紧把律师叫来！"宽治的胸中产生了抗争的决心。如果自己从未出生在这个世界上，那该有多好。一想到这里，他就觉得什么都不怕了。

46

十月三十一日晚，侦查总部收到了好消息。

因为警署的食堂已经关门，昌夫便叫了一份外卖的拉面，在办公室里吸溜吸溜地吃着。之所以没有出去吃饭，是因为他内心隐隐觉得鉴证结果将在今晚出来。眼下，他满脑子都是这个。

指挥台的电话铃响了。田中拿起听筒放到耳边，随即高声说："结果出来了！"

一瞬间，昌夫紧张得喉头发紧，几乎说不出话来。

"宇野宽治和喜纳里子两个人的指纹都找到了！"田中激动得满脸通红。

仍留在大教室里的第五组的组员纷纷站起身围住了指挥台。昌夫丢下吃了一半的拉面也跑了过去。

"阿落，真让你说中了，总部的鉴证科通报说，从十月十一日东海道线温泉二号的一百二十五张一等座车票里找到了宇野宽治和喜纳里子的指纹！干得漂亮啊，小子！"田中重重地拍打着昌夫的手臂。接着，宫下、森等人也高兴地对着昌夫又笑又叫。

"宇野说他没去过热海，这下终于能戳穿他的谎言了。我现在就去跟玉利科长商量，看能不能以杀害舞娘的罪名签发逮捕令——宇野现在怎么样？"

"他在看守所，地检下午五点把他送回来的。看样子有点儿累，所以我们这边的审讯推迟到明天了。"

"大场警官呢？"

"他正在附近的咖啡馆里跟近田律师面谈。宇野要求见律师,扬言在律师来之前什么都不说。"

"这种无理要求难道还要理会?难不成大场警官出了什么意外状况?"田中好奇地问。

"没有。听说成本检察官今天下午审讯的时候追问过他小时候在札幌被继父用于碰瓷的事,当时宇野快昏过去了,成本检察官抽了他几个耳光,让他醒过来,最后好像确实让宇野恢复了记忆。"

"这跟案子有什么关系?"

"成本检察官说,如果能让宇野回忆起小时候的悲惨遭遇,对比他给同为小孩的小吉夫带来的痛苦,有可能唤醒他的罪恶感,所以对宇野采取了严厉的态度。"

"哼,检察官大人的想法还真是叫人捉摸不透……"

"不过,自从回忆起从前的事,宇野的态度就忽然变得很强硬,问什么都闭口不谈。被送回来以后,还公然宣称在见到律师之前什么都不说……"

"这个混蛋,该不是习惯了审讯吧?怎么会突然改主意?"宫下组长有点儿担忧地说。

"那倒不是。我感觉,他之所以想见律师,与其说是想逃脱被逮捕和起诉,倒不如说好像有什么事要拜托律师去办。"

"办什么事?"

"不清楚,所以大场警官去见律师,要求对方把会面时与案子无关的谈话内容告诉我们。"

"不可能,那个律师怎么会同意呢?还不如直接让看守在门外偷听。"仁井粗声粗气地说。

"反正我们已经找到了他去过热海的物证,就拿这个去逼问他呗。先从杀死喜纳里子的动机开始,倒推至小吉夫绑架案,逼他开口。就算是为了保全咱们警视厅的面子,也必须在这次延长的拘留期内把他拿下!都听明白了吗?"田中"邦邦"地敲着桌子。

众人纷纷点头。这久违了的好消息引发群情激奋。

"阿落,晚饭只吃拉面怎么够?"仁井忽然不着边际地说。

"啊?"昌夫一时不明就里。

"我好像记得今天早上开会时田中科代说过,如果找到指纹,就请客吃寿司……"

"你这混蛋,没要紧的话你倒是记得牢!"田中沉着脸笑骂。

众人放声大笑,这笑声对他们来说久违了。

次日,小吉夫绑架案和新宿舞娘被杀案合二为一,并案侦查。两边的侦查总部都搬到了位于皇居护城河边的半藏门会馆中,这间会馆归属警察共济组合,内设好几间会议室。

联合侦查总部对宇野的审讯也改在警视厅总部进行。既然很快就能以杀害舞娘的罪名对他提起正式逮捕,那么与其再将他移交给新宿警署,不如关押在警视厅总部,对两边的侦查总部来说更为合适。本来嘛,两个侦查总部争着调查同一名罪犯,人人都觉得颇为古怪,所以昌夫觉得新的安排十分妥当。但新宿警署方面似乎相当不满,在联合侦查总部第一次开会的时候纷纷朝昌夫他们投来忿忿的目光,其中有一位像黑帮似的叫嚣:"你这种大学毕业的菜鸟也能当助理审讯官?!"

这突如其来的发难令昌夫摸不着头脑,含糊地回应了一声:"啊?"事后才感到愤然不已。

宇野和近田律师的会面一大早就安排在警视厅总部的接待室进行。近田理直气壮地拒绝看守在场，连站在门外都不允许。而且两个人面谈时说话的声音很小，在门外根本听不见。面谈大约持续了三十分钟。大场向近田询问谈话内容时，近田一脸敌意地回答："为什么要告诉你？"尽管如此，他脸上却多少流露出沮丧的神情，让人感到在这次面谈中他并没能获得重要的证词。

"近田先生，宇野确实是真凶，您不妨劝他主动招供。如果老老实实地承认罪行，说不定能争取酌情减刑，不是更现实吗？"

对大场的建议，近田置若罔闻，头也不回地走出警视厅。

再次审讯宇野时，大场一上来就问起了与律师会面的事。

"你和近田律师都谈了些什么？"

"没谈什么。"

"没谈什么为什么要求见面？你是不是有什么事拜托律师？快跟我说说。"

"不是什么大事儿。"

"还保密？你这就是说话不算话了。你不是跟检察官说不让你见律师就不开口嘛，所以我把近田律师给你叫来了。见了面还不开口，你就是不守信用了啊！"

"不是不开口，只是不想说呗。"

"那还不是一样嘛。"大场掏出烟，取出一支叼在嘴上，还递了一支给宇野。但宇野照例说了句："还是这位警官的烟好。"伸手朝昌夫要了支喜力。

"听说检察官问了很多你小时候在札幌的事？"大场说。

"嗯，是啊。"

"我问这些，你就昏倒，他问你就没事。这算什么意思？"

"那个检察官打人呗。这叫侵犯人权吧？我告诉近田先生检察官打我的时候，近田先生勃然大怒呢！"

"别胡说八道了，什么打人？不就是为了让你清醒清醒才拍了你几巴掌嘛。成本检察官和我说过了。"昌夫在一旁冷冷地说。

"反正他打我耳光来着，这就是暴力。"宇野噘着嘴反驳。

"唉，算了。我说，你想起当初碰瓷的事之后，心情如何？"

"不能说。"

"这也不能说？那好，以后你有什么要求，我也不理你。"

"因为我说不清啊。"

"那就好好想想，该怎么说呗，反正咱们有的是时间。"大场劝道。

宇野盯着袅袅上升的青烟看了一会儿，说："变轻松了。"

"变轻松了？为什么？"

"我会变成傻子，原来是有原因的。现在总算知道了，所以觉得很轻松。"

"原来如此。"

"嗯，至少我不是生下来就傻。所以，怎么说呢，感觉像是得救了……而且我小时候受了那么多的罪，就算干了些什么，多多少少也应该被原谅吧……"

"放屁！被别人偷了的人再去偷，难道就该原谅？"

"我不是这个意思，但至少情有可原吧？"

"这就是你的借口？"

"大场先生，你不明白，所谓的恶，都是有缘由的。我偷东西的毛病不光是我自己的错，让我变成这样的是爹和娘。"

"你是说，你爹娘做的坏事报应在了你身上吗？"

"报应什么的，太复杂，我不懂。"宇野抽完了一支烟，把烟头狠狠地掐灭在烟灰缸里，"我一直不明白，我为什么要生在这个世界上？没有人搭理我，我也没有想干的事。所以，我活在这个世界上是为了什么呢？"宇野滔滔不绝地说着，昌夫忙不迭地作记录。

"你现在弄明白了？"

"多少明白了点儿。"

"明白什么了？说给我听听。"

"说不好。"

"那就好好想想，有的是时间。你以前没有思考过这么复杂的事情吧？"

"因为我是傻子嘛。"

"别老说傻子傻子的，你可不傻。我要说多少遍你才明白？"

"我现在有了一件想干的事，总算松了一口气。"

"什么事？"

"不能说。"

"又是不能说？今天不是应该什么事都说明白吗？"

"我没这么答应过。我只是说过，如果让我见律师，我就开口说话。"

"你就说说吧！"

"不行，我不想说。这件事和大场先生的调查没关系。"

"有没有关系由我说了算！"

"不，跟大场先生没关系。"宇野往椅背一靠，移开视线。

"宇野，那我就进入今天的正题了。你不是不承认曾经和喜纳里子去过热海吗？可惜，你的谎话被我们识破了。十月十一日，东海道线下行的温泉二号列车，铁路局回收的车票里，有一张上面带着你和喜纳里子的指纹！"大场终于出牌了。

昌夫不由得挺起身子，观察着宇野的反应。只见宇野微微露出了一丝不悦的神情，却并没有很吃惊。

"你又跟我撒谎了，所以我觉得你所有的话都不能再相信了。宇野，你曾经和喜纳里子一起去热海旅游了吧？快说！"

"啊，去了。"宇野不情愿地承认。

"为什么之前要说谎？还有，你和里子一起藏在吉原老印刷厂的事，当初你可是一口否认呢。难不成如果你和里子在一起的事情败露了会对你不利吗？"

"没那回事。"

"那就从一开始老实回答！你越不说实话，审判的时候就越对你自己不利，这等于是你在勒自己的脖子，懂吗？"大场呵斥道。

仔细看去，宇野的脖子上起了一层鸡皮疙瘩。

"你们在热海都干什么了？"

"没干什么。泡泡温泉，吃吃刺身，在海边走走……就是这些呗。"

"你和里子都说了些什么？"

"回东京去新宿重新开始之类的。"

"我再问一遍，你俩是恋爱关系吗？"

"不算吧……哪个女人会真心喜欢上我这样的傻子？"

"别谦虚了，小子，你在脱衣服俱乐部的舞娘中间不是挺受欢迎吗？有的还说，宽治人纤瘦，长得又帅，应该去参加东映电影公司①的新人选拔。"

"真的?"

"是啊,所以说什么傻子不过是你自己死心眼儿地那么认为罢了。你在大事、小事上都不说实话,作案时还知道擦掉指纹,不是高智商罪犯是什么?"

"高智商罪犯?"

"是啊,托你的福,现在整个东京的刑警都忙得团团转。啊,对了,接着说刚才的事——里子说要去新宿重新开始,你呢?你有什么打算?"

"还是接着偷东西呗。我只能靠这个赚钱。"

"没出息的混蛋!唉,算了。你和里子在十月十日回到东京后直接去了新宿。里子当天就在歌舞伎町的'巴黎女人'找到了工作,你也住进了歌舞伎町的大和馆——这些没错吧?"

"嗯,没错。"

"后来呢?"

"后来就不知道了。"

"什么?你该不是说你们一到新宿就分手了吧?"

"嗯,就是这样。"

"少胡说!那你为什么要住在歌舞伎町附近?不就是因为离里子很近吗?"

宇野答不上话来。他朝昌夫伸出了两根手指,做了个讨要香烟的手势。

"你听到里子的尸体被发现的消息时,既不惊慌也不难过,为

---

① 东京映画电影公司,成立于1949年,是日本五大电影公司之一。

什么？"

"那位警官先生，烟，我要烟！"

"都在这儿了，你请便吧。"昌夫给了他一整盒喜力。宇野从烟盒里抽出一支烟，把滤嘴一端在桌面上敲了几下，使烟叶塞紧。

"喂，宇野，赶紧老实回答！"

"有些事情，我是不大能搞明白的。"

"什么事情？"

"我也说不清。"

"那就好好想想，抽口烟好好想！"

"别人说的喜怒哀乐，我是没有的。不知从什么时候开始，笑啊、哭啊，我都不会，也没法明明白白地表达自己的心情。所以就算听到里子死了，我也只是觉得：啊，是真的吗……就这样。"

"与我无关，对吧？可是别人都觉得是你杀了她啊！"

"啊，是这样吗？"

"你小子还挺淡定啊，不过我们有目击者证词。十月十五日午夜前后，就在'巴黎女人'打烊时，有人看到一名年轻男子在后门等着里子下班。那个人就是你吧！"

"有证据吗？"宇野面不改色地反问道。

"你不用嚣张。我问你，那个时间你在什么地方？"

"不记得了。"

"怎么会不记得？当天晚上，你不是带着里子去了歌舞伎町的情人旅馆'蓝色城堡'吗？说说那天发生了什么、里子当时是什么反应。"

"我怎么会知道？我又没见过她！"

"没见过？你不是也说没和她一块儿藏在吉原、没跟她去过热海泡温泉？结果怎么样？查到了你的指纹，谎话被戳穿了！这样下去，你会越来越紧张，审判时对你不利的因素也会越积越多。这次你如果再撒谎，被我们发现了，有你的好看！"

"唉，随便吧……"

"赶紧说！当时里子是什么反应？她是不是很害怕？十三日晚，小吉夫绑架案解除了报道限制，所有媒体都在争相报道，电视和收音机里都在播放绑匪的录音，里子一定也听到了吧？然后，她发现这个声音就是你。然后又想到你忽然弄到一大笔钱，不仅给了明男二十几万，还分给了她一些。那些钱该不会是赎金吧……"大场像话剧演员念台词似的滔滔不绝。

宇野一边吸着烟，一边低下了头。

"那天晚上，你和里子在旅馆亲热完，她就忐忑不安地问你：媒体争先恐后地报道的那桩绑架案该不会是你干的吧？你当然不承认，可里子不信，她说，那声音很像你，而且你那笔钱也……于是你开始意识到警察的手已经慢慢伸向了你俩，这可不好办了。所以，不管怎么说，如果不先解决掉眼前这个女人……"

宇野毫无反应。他的脸色好像有些苍白，又像是在跟谁怄气。

"于是你骑在她背上，勒住了她的脖子。里子大吃一惊，拼命反抗，你的两条手臂上留下的伤痕就是那时被她抓的。宇野，你挽起袖子自己看看！"大场命令。

宇野没有理会。

昌夫忖度着站起身，走到宇野身后，拉过他的手臂掀起衬衫，把已经结痂的伤痕推到宇野的眼前。

"想起来了吗？这就是里子当时反抗的证据。你呢？当时睁着眼吗？看着她的脸吗？快回答我！是你杀了喜纳里子！就因为你不肯承认,里子至今过不了三途川①,只能在河边像孤魂野鬼一般游荡!"大场的手指在空中划过,宇野的目光随着他的手指看了过去。

"到现在还不承认?那你就自己看着办吧。关于这桩杀人案,就算你不招供,检察官也可以对你实施逮捕和起诉。到底是继续装傻充愣、让自己越来越被动,还是老实交代、争取法官酌情定罪?这都由你自己决定。反正这辈子你是不可能从监狱里出来了。"

"真的?"宇野问道,满脸都是"怎么会变成这样?"的惊诧表情。

"怎么,你觉得自己还能从监狱里出来?"

"可是……"

"是不是又惊又气?警察已经收集到了不少证据,可你呢?既没有不在场证明也证明不了那笔钱的来历。难道觉得能逃过去?"

或许是大场的那句"不可能从监狱里出来了"大大出乎宇野的意料,他一时惊讶得张口结舌。

"怎么了?别不说话啊。只要我们开始调查喜纳里子被杀案,就会首先涉及杀人动机。我不知道你又会琢磨着编什么谎话,不过想要避开小吉夫绑架案恐怕是难上加难。"

"喂,大场警官。"宇野开口道。

"嗯?"

"我真的出不来了吗?"

"当然了!你还以为自己有救吗?未免太天真了!"

"嗯……"宇野不知在想什么。

"你能再给我一点儿时间吗?"宇野头一次跟上了审讯节奏。

---

① 三途川,类似我国所称的冥河、忘川,传说中阳间与阴间的分界线。

昌夫好像钓鱼的人终于看见了鱼漂开始在水面颤动，不由得停下手中的笔。

"'一点儿时间'是多久？"

"等到下次律师来的时候。"

"那要到什么时候？"

"我也说不好。"宇野的表情似乎既有悲伤，又有愤怒。

47

自从被转到警视厅总部的拘留所，宇野宽治再次体会到身为阶下囚的滋味。在浅草警署的拘留室，多少还能感觉到外面街上的繁华，而眼下这座正对着皇居护城河的庄严建筑则俨然是权力的象征，越发让人感到与世隔绝。

另外，他还切身感受到警察组织规模之庞大。身为囚徒的自己在这个组织面前简直就像一粒芥菜籽般渺小。其实，人的生命就是很渺小的。

宽治觉得心中长年僵死的齿轮终于开始转动，继而整个人开始复活。虽然这一切并没有什么实际的意义，但他觉得身体里涌动着难以名状的自我意志，恐惧和不安已一扫而空。

被剥夺了自由之后才体会到真正活着的滋味，这未免太讽刺。

"你杀了喜纳里子以后为什么不逃跑？为什么留在新宿？难不成你觉得没人能发现她的尸体？"

大场仍在不停地追问。宽治一再否认自己杀了人，但对大场不起作用。

"你再问也没用，我根本不记得有这回事。"

"你把尸体扔进旅馆的旧水井里也是临时决定的吧？因为刚好发现那里有一口井？要是没找到藏尸的地方，你又会怎么办？把她扔在房间里直接逃走吗？"

"我都说了不知道！大场警官，你真烦！"

"王八蛋，刨根问底是刑警的工作。难道犯人不承认，警察就跟着说一句'是吗'，然后乖乖地相信对方？你倒想得挺美！一概相信犯人说的，我们还怎么查案？宇野，你不想知道我们是怎么发现喜纳里子尸体的吗？"

"没兴趣。"

"嗬，还嘴硬呢。告诉你，都是我们这位落合警官的功劳！"大场朝坐在一旁奋笔疾书的落合抬了抬下巴。

落合抬起头，不带任何表情地与宽治对视了大约五秒钟，随即又低头作记录。

"就是他发现了你手臂上的抓痕，从而推断出那应该是勒死什么人的时候造成的，而被你勒死的那位，很有可能就是已经失踪的喜纳里子。根据这一推断，我们对歌舞伎町一带的情人旅馆进行了彻底的搜查——这就是所谓刑警的直觉。怎么样，明白吗？"

"啊，是嘛，真了不起。"宽治像是在听别人的事。实际上，对他来说，事到如今，什么都无所谓了。

"你小子，居然开始伶牙俐齿了，打算承认了？"

"没有的事，只是单纯地表示佩服。"

"你发现窗外有一口旧水井的时候是怎么想的？是觉得'太好了，正好可以把尸体藏在那儿'，还是在心慌意乱之际发现有个绝佳的地方时觉得'真是老天爷保佑'？"

"都不是。"

"说说看嘛。我猜你原本没打算杀了喜纳里子吧？是后来因为她怀疑你跟小吉夫绑架案有关，你觉得再这样下去不行，所以临时起意把她杀了？"

"大场警官，我刚才说过了，你可真烦人。"

"烦人？你这混蛋连人都杀了，还敢说老子烦人？！"大场变了脸色，瞪着宽治。

宽治有一种不可思议的、似曾相识的感觉。眼前这种成年人的愤怒表情，他以前似乎在哪里见过。他立刻回忆起来了：在礼文岛时的中学教师、在札幌警察局少年犯罪科的警察，面对自己时都曾露出过相同的表情。

这些人对待事情都挺认真的。

"你看见尸体的时候一点儿都不愧疚？说到喜纳里子，虽然福冈警察局曾经签发过对她的逮捕令，但她本性并不是个坏女人，至少她是凭自己的身体挣饭吃，不像你，靠偷别人的东西过活。你为了保全自己而杀了她，简直连畜生都不如！事到如今，还不打算拿出点儿人样儿好好悔罪吗？"

"喂，大场警官，我想问你件事儿——杀了人，会被判死刑吗？"宽治忽然提问。

大场一时语塞，落合也停下了笔。

"那要看具体情况。"大场回答。

"如果是眼前的情况呢？"

"为什么忽然问这个？"

"想知道呗。"

大场沉思了几秒钟，盯着宽治说："杀了一个人的话，应该是无期徒刑；杀了两个人，就该判死刑了。"

"哦，是这样啊。我明白了。"

即使听见大场说到死刑，宽治也没有表现出任何恐惧，似乎反而十分感谢大场实言相告。

"你害怕被判死刑吗？"

"怎么说呢？这我倒没想过。"

"就算一开始嘴上说不害怕，到了最后也会绷不住的。果真杀了两个人，恐怕就没有酌情量刑的余地了，判死刑的可能性会越来越大。"

"我说过了，没想过死刑不死刑的。对了，大场警官，能让我看看报纸吗？"

"干吗？"

"想看看报纸上是怎么写我的。近田先生说，我现在是闻名全国呢。"

"是嘛！不过，这里不准带报纸进来。这是规定！"

"报纸上是把我写成了大坏蛋吗？"

"没有。到目前为止，你只不过是嫌疑人，警方正在对你进行调查而已。报纸上整天被骂来骂去的反而是警察，什么警察到现在还没找到小吉夫；喜纳里子明明是绑匪的同伙，被杀是被灭口，可警察还是顽固地坚称绑匪是单独作案，不肯扩大搜查范围……都是这一类的话题。有的杂志更是神经病，说什么警察抓错了人，真正的绑匪另有其人之类的。"

"对，你们就是抓错了人啊，大场警官！"

"你少得意忘形！真凶不是你还能是谁？！我们一百多名刑警四处奔走，所有的可能性都一一排除了。你再扯这些没用的话，换作别的警察，早就掐死你了！"

"那可不行！"宽治微笑着说道，心中充满了不可思议的解脱感。虽然没有了未来，可他终于看到了终点。相比从前那种身陷迷雾、无路可走的境地，这简直是太好了！

"有什么好笑的？人都死了，你还笑得出来？真是个冷血怪物吗？果真如此，我决不会饶了你！宇野，你老实说，你还长着颗人心吗？"大场脸红脖子粗地怒斥着。宇野看得出，那是真正的愤怒，不是在演戏。

"大场警官，我没骗你，反正我没打算出去。"

"什么意思？"

"等到了时候，我会跟你讲实话的。"宽治说。一瞬间，他感到终于解脱了。

"到了时候？到什么时候？"大场怒气冲冲地问。

"我还说不好。"

"那你说个屁！"

"不会等很久的。"

"真的？那就说定了，你可别耍赖！"

"嗯。"宽治点点头。

大场与落合对视了一眼。落合刚要站起身，就被大场制止了："还是我去。"他又朝宽治说了句："先休息一会儿！"便走出了审讯室。

宽治猜测，大场大概是去跟其他人商量一下。

趁此机会，落合试着与宽治聊天。

"你在新宿能看见代代木那边正在修建的体育馆的屋顶吧？"

"啊，不知道。"

"就是那个好像恐龙脑袋的屋顶。天气好的时候，从浅草警署的楼顶也能看见。"

"我不知道。"

"东京奥运会还有一年就要开幕了,你不期待吗?"

"跟我没关系。"

"别这么说嘛。不管怎么说,你也是日本人啊!"落合像是要讨好宽治似的,不停地和他聊着日常生活里的事。宽治也很得体地附和着回应。自打出生以来,他还是头一次像这样每天都能和别人闲聊。他觉得自己似乎很享受闲聊,至少,这比一个人被关在单人牢房里好得多。

傍晚时分,近田律师来与宽治会面,看守把他带到拘留所的接待室。近田对着塑料隔板和宽治打过照面,便说了声"稍等",随即站起身来,拉开接待室的门朝走廊上望了望,对看守厉声吼道:"喂,你!不准偷听,明白吗?"这种毫不畏惧警察的律师真是太难得了!宽治对法律的力量赞叹不已。

"宇野,检察官和警察没打你吧?"近田凑近了问。

"没有,没挨打,多亏了您。"宽治诚恳地对近田低头致谢。

"审讯怎么样?他们对你进行长时间审问了吗?"

"嗯,每天都问到晚上十点钟左右。"

"太不像话了!晚上十点,也就是说,熄灯时间过后还在审讯?这是虐待嫌疑人的行为,我要去找刑事部长提出抗议!"

"这次我住的是单人间,反正没事可做,无所谓了。"

"不行,不能由着警察胡来。对了,我让你保持沉默,你做到了没有?"

"我坚持不了太久。"宽治皱皱鼻子说。

"是嘛。如果你能从头到尾一言不发，我绝对有信心在公审的时候把案子给翻过来。"近田带着略微遗憾的表情说。他从一开始就告诫宽治保持沉默。他认为，如果警方拿不出物证，在查不清具体案情的情况下，法院就无法判处宽治有罪。虽然宽治不懂，但对于近田律师而言，真相似乎并不那么重要。

"近田先生，上次拜托您的那件事怎么样了？"宽治问。他焦急地等待着与律师会面就是为了问这个。

"啊，都搞清楚了。我拜托了《中央新闻》的记者松井先生，他很热心地帮我找到了。这对他来说也是报道的素材嘛。他还说，如果警察以杀人的罪名对你实施逮捕和起诉，他想把你从小到大的经历写成报道，到时候还希望你能配合。"

"嗯，都好说……"

"我知道你想什么。通过《中央新闻》札幌分局，我向北海道警察局一位相熟的刑警了解到一些情况……"说着，近田从皮包里取出记事本，开始叙述调查的结果。宽治集中精神，把每个字都记进脑子里——他发现，从前那个转眼就忘事的大脑如今正在高速地运转着。

48

十一月十日晚，在半藏门会馆的会议室里召开了特别会议，参会的只有刑事部长饭岛、搜查一科科长玉利、新宿警署署长坂本、搜查一科科长代理田中及大场和落合六人。因为大场汇报了"宇野有即将坦白的迹象"，所以高官们为了进一步了解详细情况，特地召开了这次会议。昌夫被玉利科长点名负责作记录而得以参会。

"听说宇野快要'撂'了?"饭岛部长心情大好,还兴奋地抖着腿,与警方高官的身份颇不相衬。

"感觉是这样的。按钓鱼的说法,就是浮漂已经开始乱动,能不能钓到鱼,就看下一步了。"大场点上一支烟,很沉稳地说。即使是与刑事部长交谈,他也不用敬语。倒也没人在意。

"宇野一直不招供,目前看来似乎有所松动?"

"是啊,一天之内,想法就变了。"

"一天之内?有什么机缘巧合吗?"玉利问。

"虽然只是我的个人推测,但大概是成本检察官让他想起了小时候被迫去碰瓷的事。自从成本检察官审讯过他,他就再也没有失去过知觉。以前那些不舒服、意识模糊、不能讲话的症状全没了。怎么说呢?虽说还没达到正常人的程度,但智力水平似乎一下子提高了十倍。"

"所以他死心了、打算交代了?"

"还不清楚。不管怎么说,他现在毕竟还没有招供。"大场吐了一口烟。

"阿落,你怎么看?"

听玉利科长问自己,昌夫便坦率地说了自己的想法:

"听成本检察官说,在地检对宇野进行审问时,为了防止他丧失意识,中间好像打过他几巴掌。我想,也许那是一种休克疗法,反而让他清醒过来。"

"年轻人拽什么新名词?"见坂本瞪着自己,昌夫不由得绷紧了脸。新宿警署的人现在好像看谁都不顺眼。

"总之就是他马上要承认了?"饭岛问。

"我说了吧?不能着急,接下来是关键。"

"大场警官,注意一下措辞!"田中小声地提醒道。

但大场根本不理会,继续说着:"说老实话,我不清楚他会承认哪件事,是只承认杀了喜纳里子还是连小吉夫案一起招了?"

"最好是两件案子都招了。不然我们还是会很麻烦哪。要朝这个方向努力!"

"不,不,饭岛部长,一只鱼钩钓不上来两条鱼,搞不好反而会鸡飞蛋打。还是尽量让他先交代杀死舞娘的事,以这个罪名进行逮捕和起诉,再调查小吉夫的案子,这样稳当一些。"坂本用近乎教训的语气对没有现场办案经验的上级说道。

"不行。找不到小吉夫,这个案子就不能算最终解决,不但全日本的国民不会接受,警视厅总监也不会同意。"

"啊,说起来……"昌夫想起了一件事,"今天审讯的时候,宇野问起杀人会不会被判死刑。大场主任告诉他,如果杀了一个人会被判无期,杀了两个人会判死刑。他听了好像在盘算什么。"

"这条线索很重要。如果承认杀了两个人就会被判死刑,他很可能会因此改变主意。同时追问两件案子果然有点儿危险。"坂本如愿以偿地一个劲儿点头称是。

"不是这样的。宇野透露出想招供的意思是在听到大场主任上述的回答之后,或许也可以说是终于死心了。我个人的感觉是,他好像打算在什么时候作最终的了断……"

"没人问你的感觉!"坂本呵斥道。

"喂,落合是本案的助理审讯官!而且,他自前钟表商被杀案就注意到了宇野,还特地去礼文岛调查过情况。宇野的事,他最清楚!"玉利不悦地反驳坂本。

"那为什么到现在还拿不下宇野?就是因为老听那小子瞎扯,

被那小子牵着鼻子走。审讯就像下棋,每步棋都要有明确的目的。我看过审讯记录,净是闲聊天,能行吗?"

坂本简直是在故意挑衅,于是大场也开口了:

"当然不是闲聊天,这是在做铺垫。开头让他想说什么就说什么,再一个个地戳破其中自相矛盾之处,这是审讯的基本功啊。今天他终于露出了要招供的意思,正是之前不断积累的成果。你小子升了官之后就把一线的做法都忘了吗?"

"大场警官,请注意你的措辞!"田中赶忙提醒道。

坂本面有愠色,他满脸通红地瞪着大场。昌夫则呆呆地看着大场的侧脸。

"大家都静一静,现在不是吵嘴的时候。延长拘留的期限只剩下六天,无论如何要在期限内拿下宇野。请大家务必牢记,我们绝不能失败!"饭岛扫视着与会者,口气强硬地说。然而,他的高级警衔在情绪激动的刑警面前毫无意义。昌夫看在眼里,觉得这一刻的饭岛部长实在有点儿可怜。

"饭岛部长,既然成立了联合侦破总部,就请您让我们来审讯宇野!"坂本再次提出要求。

"这件事已经决定了。至少在余下的拘留期内仍由大场主任和落合负责审讯,就不要老调重弹了!"玉利敲着桌子说。

"什么叫老调重弹?!舞娘被杀案本来就是我们的案子!"坂本怒吼道。

所有人都情绪亢奋,好像马上要干架了,昌夫不由得一阵紧张。

"知道了。如果六天之内他还不招供,就交给新宿警署负责审讯。这样总行了吧?"饭岛说。

"部长,不能随便下命令啊!"大场急忙说道。

"大场主任,我不是提醒过你注意措辞吗?!"田中也瞪眼吼道,看来是真的动了气。

"对了,他和近田会面的时候都说了些什么?会面是宇野提出的,应该是有什么原因吧?"玉利问。

"不清楚,我追问了半天都没有结果……"昌夫答道。

"近田要是拉上媒体就讨厌了。"田中说。

"确实,如果媒体知道了审讯的情况,事情就麻烦了。谁能去挡一挡近田吗?"饭岛不无忧虑地说。

"不太可能,那位律师大人仿佛天生爱找警察的麻烦。直接去警告一下媒体反而会更有效。"玉利说。

"那就交给你去办。另外,我准备向警视总监汇报进展,说宇野已经有了招供的苗头,没问题吧?"

一时间,没人回答他的询问。

过了大概十秒钟,大场答道:"嗯,没问题。"这句话显然表示,他已经作好了为此负责的心理准备。

在第二天的审讯中,刚闲聊了几句,宇野便询问起了检方提出起诉之后的情况。

"大场警官,假设我承认杀了里子会怎么样?"

"那就逮捕、起诉呗!"大场若无其事地回答。

他要开始招供了吗?昌夫不由得坐直了身子。

"然后呢?"

"把你移交给东京地方检察院,由警方和检察院再次审讯。"

"要花多久?"

"你已经有擅闯民宅的罪名,应该会在四十八小时内送检,二十四小时内可以申请延长拘留，一共可以把你拘留二十三天。在此期间，要进行审讯和现场指认，然后正式提起公诉，之后你就成了被告，被移交拘留所关押。"

"你没骗我吧？"

"为什么要骗你？"

"啊，不是，昨天我问过近田律师，他也是这么说的。所以，我相信你！"

"你还学会试探我了？"大场皱了皱眉头。不过，他好像察觉到了什么，看宇野的眼神也变了。

"指认现场和上次带我去南千住町偷过东西的那家时一样？"

"嗯，只是去重现案发时的情形。你现在已经很了解警察的工作嘛！"

"好久没呼吸到外面的空气了，出去逛逛也挺好……"

"那倒是，你如果老实交代，就能出去两天。因为是谋杀案，所以必须认认真真地逐一核实，首先就是要核实抛尸地点。"

"大场警官也会去吗？"

"我不去。那是新宿警署的案子，当然由他们负责。"

"就是那些挺吓人的警察吗？"

"新宿警署的人脾气都不大好，你最好有心理准备！"大场像威胁似的说，但马上又补充，"别害怕，我是开玩笑的。你要是痛痛快快地招了，他们就不会亏待你。刑警都是这样的，你说实话，他们就拿你当自己人。"

"真的？"

"怎么？打算说实话了？"

"还要再等等。"

"还要等到什么时候?你可别跟我说明天。人睡一觉起来就会改主意,不如今天来作个了断吧!"

听大场这么一说,宇野又沉默了。他马上就要招供了吗?昌夫紧张得两腿发抖。

"大场警官,你说过,杀了两个人就会被判死刑,对吧?"宇野又问道。

"嗯,但也不能一概而论。有的案子会酌情量刑,改判无期。"

"我倒不是害怕死刑。昨晚我也想过了,一想到今后还要继续活在世上,心里反而堵得慌。"

"别这么说嘛!好歹来到这个世界上,好死不如赖活着。"

"也有人希望从一开始就没生出来。我就是这么想的。"

"少胡说八道。人活着,多多少少会有些好时光吧?你想想,你不是跟里子去过热海吗?"

宇野垂下头沉思。

"我说,宇野,我想拜托你一件事。"大场又说。

"什么事?"

"你要是打算承认,干脆把两件事一块儿说了吧?把小吉夫和喜纳里子的事一块儿说清楚。你把小吉夫也杀了吧?虽然不知道你把他藏在哪儿了,可马上就到冬天了,把刚上一年级的小男孩孤零零地扔在冰天雪地里,未免太残忍了。"大场平静地注视着宇野。

宇野没有否认,直勾勾地看着大场。昌夫终于确信,小吉夫真的死了,他心中的那一丝希望终于破灭了……

"小吉夫的事,能再等等吗?"宇野问。

"不行,要说就一块儿说!"大场断然拒绝,摇了摇头。

"先说一个人的事不行吗?"

"不行!"

宇野再次沉默了。昌夫看着他的嘴角动了动,停下了,又动了动,又停下了。这种似曾相识的感觉,让昌夫想起了剑道练习时反复试探的招数。

宇野仰起脸,露出一种难以名状、像笑又像哭的表情。

他要招供了!

昌夫的直觉这样告诉自己,全身的鸡皮疙瘩都立了起来。

"是我杀的。"宇野说。

"两个人都是你杀的?"

"嗯。"

"是你一个人干的?"

"嗯。"

"是吗?多谢你招供了,痛快!"大场点点头。

昌夫双手颤抖地作着记录,喉咙里干得像是在冒火。

"小吉夫的尸体藏在什么地方?"

"等稍后再说。"

"为什么?"

"我不想一下子都告诉你。"

"这两个案子是关联的,不一下子说清楚怎么行?"

"我现在脑子里很混乱,才让你再等等。"宇野的眼神似乎很诚恳。

"那就先说里子的事。你把她杀了,然后扔进歌舞伎町情人旅馆的旧水井里。给你笔和纸,你把现场的方位图画出来!"

听大场这么说,昌夫急忙从抽屉里取出纸笔放在宇野面前。

宇野舔了舔笔尖,不太熟练地画起来。大场和昌夫探头看去,见他画出的房间和旧水井的位置关系都没错。这样一来，证言与事实相符，完全可以作为呈堂证供。昌夫不由得怒火中烧。

"旧水井有多深？"

"大概到我的腰。"

"水井上有亭子吗？"

"没有，井口盖了个木头盖子。"

大场一边审问宇野一边递给了昌夫一张纸。昌夫看去，见纸上写着"速去申请逮捕令，罪名是杀害舞娘并抛尸"，便默默地起身走出了审讯室。

他跑过走廊，飞快地冲下台阶，冲进了搜查一科的办公室。田中正闭着眼睛坐在办公桌后面。

"田中科代，招了！宇野招了！他正在供述杀害舞娘的案子！大场警官让我先申请逮捕令！"昌夫气喘吁吁地大声说道。

"太棒了！"办公室里立刻响起一片欢呼声。

"是他自己说的？"田中问。

"是，他正在画现场方位图，还供述了旧水井的外观、状况，都与事实完全相符，已经构成有效证据！"

"小吉夫的案子呢？"田中语气严厉地追问。

昌夫这才回过神来："他也承认杀害了小吉夫。"

屋子里的气氛一下子凝重起来，所有人都沉默无语。宫下和森拓朗的脸色变得十分可怕。

"不过，关于具体的作案过程和抛尸地点，他说要等稍后再详细供认。"

"什么？"

"他说，不想一次性全招认……"

"想拖时间？难不成是律师给他出的主意？"

"不清楚，感觉是说一半留一半。怎么办？需要通知小吉夫的父母吗？"

"不行。在找到遗体之前必须保密，千万不能被媒体知道。我这就去向玉利科长汇报，你回去接着审讯！"田中拿起外套，一边往身上穿一边走出办公室。

"虽然早有心理准备，但一旦确认，还是很让人难受啊！"从警多年，他们仍然无法对死亡无动于衷，何况是那么小的孩子。

"阿落，小吉夫绑架案还是要抓紧时间让他招认。时间一长，他说不定会改主意。哦，大场主任应该心里有数吧！"宫下在一旁低声嘱咐，"事已至此，就算孩子不在了，我们也有义务把他尽快送回父母身边哪。"

"是，明白！"昌夫意识到自己肩负的责任——找不到小吉夫，就不能结案。如果宇野再次闭口不谈，一切都将化为泡影。

走出办公室，《中央新闻》的记者松井正蹲守在门外。

"落合警官，有什么动静吗？"他就像吃下鱼饵的鲤鱼一般紧咬着不肯放松。

"没有。"昌夫不客气地回答。

"您又不说实话了。我刚刚看见田中科代一脸严肃地走进一科科长的办公室了。"

"那你就去问他吧！"

"别这么说嘛——该不会是对宇野的审讯有重大突破吧？"

"没有。"昌夫摆摆手，走上了楼梯。

"不是说他把小时候的事都想起来了吗？那么，心境自然也会有所改变吧？"

昌夫不由得停下脚步："你怎么知道？"

"啊，没什么……那个……"松井移开了视线。

"你该不会是从成本检察官那儿听说的吧？"

"这个嘛，鼠有鼠路，蛇有蛇道……"

"是近田律师告诉你的吧！你和嫌疑人的律师沆瀣一气，究竟想干什么？"

"没想干什么。对了，宇野现在怎么样？警方不同意对他进行起诉前的精神鉴定，是不是想隐瞒他有记忆障碍的事实？"

"你怎么这么想？宇野是正常人。"昌夫说完又朝楼上走去。

"真的？儿童时代经历了那么悲惨的遭遇，宇野不太可能正常地成长吧？他患有多重人格障碍。我们作过调查。"

"别胡扯了！"昌夫大吼一声，头也不回地匆匆走开了。

49

看来，自己是再次被逮捕了。供认杀死喜纳里子的第三天，宽治在拘留所里提前吃了早饭，被带到审讯室。在那里等候多时的大场给他送上了一份"谢礼"，告诉他："新宿舞娘被杀案的逮捕令已经下来了。"但宽治并不明白其中的含义，只是含糊地回应了一声"嗯"。

"离拘留期满还剩三天，没时间东拉西扯地闲聊了。从今天开始，要转向对具体细节的调查。很快就要带你去进行现场指认，作好准备吧。"

听到"现场指认"几个字，宽治颤抖了一下。也就是说，他终于可以去外面了。

"大场警官,您也去吗?"

"我不去。不是跟你说过吗?里子的案子归新宿警署管辖。"

"哦。"确认了大场不去,宽治便放下心来。他真的非常喜欢这位老刑警。

"就按照你所供认的,去现场指认一下当时的情形。你要老老实实地配合!"

"嗯,知道了。"

"之后还会带你去地方检察院,去见见负责你案子的成本检察官。他听说你承认了两件谋杀案,好像挺兴奋。不过,是他让你恢复了记忆,所以多少也该给他点儿面子吧?你要是能顺便说出把小吉夫藏在什么地方,那家伙可真要飞黄腾达了。"大场随口说道。

"那件事,我只会告诉大场警官。"宽治答道。这句话,他的确是发自肺腑的。

"少来这一套!告诉我?你打算什么时候说?"

"等我回来就告诉你。"

"好,那就说定了,我在这儿等着你。"大场微笑着说。落合在一旁也涨红了脸。他俩都觉得,这案子终于要结案了。

原以为马上就会被带走,但事情没这么简单。宇野又一次被带回了拘留室,在一间小屋里进行搜身检查、录入指纹。

"上次被捕的时候,不是在浅草警署都做过一遍了吗?"听宽治抱怨,正在忙活的落合苦笑着回答:"这是程序。警察局是政府机关,就算是二次逮捕,手续也还是要从头再来一遍。其实有时候我也觉得没这个必要。"

"指认现场的时候,落合警官也来吗?"

"不,我也不去。警视厅是一个庞大的组织,估计今后还会有很多刑警参与你的案子。不过，想说的话只跟大场警官说就行了。"

"嗯，我会的。"

"宇野，我也不知道能跟你待到什么时候，所以不如趁早说了吧？我会感谢你的！"

落合注视着宽治，见他丝毫没有开口的意思，只是沉默着。警察断然没有对杀人犯说谢谢的道理，宽治当然明白，这不过是刑警的话术罢了。

"我也对你说过，因为想了解你的过去，我还特地去了一趟礼文岛，所以早就没拿你当外人。干了这么久的刑警，这是头一遭。"

"真的？"

做完搜身检查和指纹采集后，像上次一样，又进行了对私人物品的检查。从浅草警署调来的宽治随身携带的私人物品被再次检查，由看守填写完检查结果，又逐项地念了一遍。一切结束后，又让宽治脱下囚服，换回他原来的衣服。因为天气已经很冷，所以在衬衫外面又给他套了一件逮捕前买的藏青色毛衣。至于脚上穿的草鞋，宽治提出想换成自己平时穿的皮鞋，却被拒绝了。

被铐上手铐、挂上腰链之后，警察带着宽治走到一楼的后门口。几名一望便知当了很多年刑警的人正等在那里，一见到宽治，其中一名看上去最有派头的老警察说了句"这小子真年轻啊"。

"嗯，刚过二十岁。"落合答道。

"被这么个小兔崽子耍得团团转，搜查一科真是不行了！"

被对方如此奚落，落合能做的只是绷紧了脸。

"这是钥匙。"

落合说着，便把钥匙递了过去，将宽治移交给新宿警署的人。

"我是新宿警署署长坂本，舞娘被杀案是我们负责的案子。"

老警察瞪着宽治，努努下巴示意手下把他带出去。宽治被警察们按着后背，带到外面。屋外停着两辆车，他被押进了其中的一辆，坐在他身旁的警察自我介绍说：

"我是新宿警署的刑事科长辻井，负责今天的现场指认。麻烦你了。"

"啊。"

宽治点头答应，看了看手上的手铐。每次被移交的时候都会被铐上，他早已习惯了，也知道如果乱动，手铐就会越铐越紧，所以眼下还是老老实实为妙。

车子行驶在秋意渐浓的东京街道上，道路两旁，树叶已经全部变黄了，人行道上铺满了落叶。他们经过一座神社，见神社前摆满了小摊，院子里人头攒动。

"哦，花园神社的庙会开始了。已经到这个季节了？"辻井在一旁随口说道。

"在过节吗？"

"你连庙会都不知道？每到这时，大家都来赶庙会、买耙子，祈求来年生意兴隆。"

"噢。"

宽治说着，朝车窗外看去，只见小摊上插满了挂有小彩旗的竹棍，装饰得像花坛一样五颜六色。到底还是东京热闹呀，礼文岛从现在开始应该是一片白茫茫的世界了。

他们到达歌舞伎町的'巴黎女人'时大约是下午一点钟之后。有些刑警先到了，正在拉起隔离绳进行交通管制。不过，这条夜晚的欢乐街本来白天就人很少，连围观的都没有。

"十月十六日零点过后，你在这家店的后门等着喜纳里子下班。当时你站在哪里？"辻井问。

"在那边的电线杆附近。"宽治回答道。

"你站过去。"

宽治依言站在电线杆旁，负责拍照的警察朝他举起相机按下快门。

"店里的打烊时间是午夜零点，里子出来的时间是零点过后。没错吧？"

"嗯，没错。"

"你就在这里朝她打招呼，然后走过去，邀她一起去旅馆？"辻井念着记录，跟他确认当天的行动轨迹。然后再次拍照，朝下一个地方走去。

"步行了五分钟左右，你们来到'蓝色城堡'旅馆。你是事先计划好要来这家旅馆的吗？"

"不是，是随便找的，因为招牌上写着房间里有浴室，就选了这家。"宽治站在'蓝色城堡'门前，抬头仰望旅馆的建筑，想起了那天晚上的情形——里子似乎预感到了什么，稍稍有些不安。

"警察先生，只能到下午五点。再晚就妨碍我们做生意了！"从旅馆大门里走出一位镶着金牙的中年男子，指着手表对他们说。好像是旅馆的老板。

"不会拖那么久，你回办公室等着吧！"辻井回答。

"这小子就是杀人犯？我们店里已经有两个伙计辞职了！说从井里捞出了尸体，太恶心，又说好像有鬼……说得有鼻子有眼的。现在因为警察要保留现场，那个房间不能对外出租，你这家伙准备怎么赔偿我的损失？"中年男子朝宽治怒骂。

"喂，你安静点儿！"其他的警察用手挡住了他。

宽治觉得旅馆老板说得有道理，便朝他微微低头表示歉意。

警察带着宽治走进旅馆的大门，问道："还记得当时是哪个房间吗？"

"大概记得。"宽治回答，率先迈步朝店里走去。

凭着记忆，他在一楼东侧最里面的房间门口站住了。回头一看，见警察的脸色缓和下来，明白自己记得没错。

"房间指认正确，就是107号房间，可以作为有力的证据。"

"那就好。"宽治此刻很想安慰安慰这些警察。

走进房间，一名矮个子的年轻刑警扮演喜纳里子。

"进屋后首先做了什么？"辻井问。

"去洗澡呗。"

"谁先洗？还是你俩一块儿洗？"

"我先洗，她只冲了个淋浴。"

"之后呢？"

"洗完澡，从冰箱里拿了啤酒喝。里子说不想喝，所以她什么都没喝。"

"然后就上床了？"

"嗯。"

"也就是说，从凌晨一点钟发生关系，对吗？"

"嗯，是。"

"做了几次？"

"连这种事都要问？"

"大场警官也问过了吧？我们只是按照审讯记录核实一遍！"辻井气势汹汹地说。

"两次，在第三次的过程中把她勒死了。"宽治毫无违抗的意图，老老实实地回答。

"那就在这里演示一下当时的情形！"

负责扮演里子的年轻刑警脸朝上躺在被子上。宽治虽然不情愿，仍乖乖地骑到那名警察的身上。此时，警察给他松开了腰链。

"摆一下当时勒死她时的姿势。"

"嗯。"宽治把双手放在年轻刑警的头上，轻轻地把身体压了上去。背后响起了快门的"咔嚓"声。

"对不起！"宽治开口道。

"怎么了？"

"突然想拉屎……"

"什么？"

"我要上厕所。"

"混蛋！憋着！敢跟警察耍滑头？"辻井瞪起了眼。

"我快拉出来了，怎么办？"宽治状似万分难受地挣扎着。

"真拿你没办法……"辻井"啧"了一声。其他人哄笑。

"赶紧让他先去拉！"

"科长，不能使用这个房间的厕所，得保护现场。"年轻刑警提醒说。

"那就借用老板办公室的厕所，找人带他去！"辻井命令道。

两名刑警从腋下架起宽治的胳膊走出房间，经过走廊，来到旅馆老板的办公室。

"抱歉，借用一下您的厕所！"

老板有点儿困惑地朝房间深处指了指。

厕所在昏暗的杂物间的尽头，有小便器和独立的隔间。

"把我的手铐摘了吧！"宽治央求道。

"不行!"刑警断然拒绝,"戴着手铐又不耽误你擦屁股!"

早就料到警察会这么说,宽治并不着急。看到厕所里有一扇小窗户,他终于松了口气。自从来到东京,他就发现,东京的厕所大多是抽水式的,为了不让臭味扩散,有些隔间特地不安装窗子。

"快点拉!"刑警"砰"的一声关上了门。

宽治从里面把门锁上。这个举动一下子让他显得有点儿可疑,但警察似乎完全不担心他会逃跑。

做了个深呼吸,宽治把戴手铐的双手举到眼前,用右手的大拇指狠命地朝左手大拇指的根部关节按了下去。只听"咔吧"一声,关节脱臼了。接着他用左手的四根手指如法炮制地把右手大拇指的根部关节也按了下去,汗水滑过脸庞,顺着下巴滴到地板上。

剧痛袭来,宽治咬紧牙关,一声不吭,慢慢地把双手从手铐中抽出来。手铐的锯齿划破了皮肤,渗出鲜血。他轻手轻脚地放下手铐,又把脱臼的关节扳回原位。这是他在少管所时从狱友那里学到的法子。中学时代,他当兼职渔工的时候,两个大拇指也常常脱臼,所以这对他来说并不是难事。

"喂,还没拉完?"门外的警察催促道。

"稍等。"宽治含糊地回答了一句,打开了那扇小窗。窗户的尺寸并不小,身形较瘦的人能钻出去。尽管大拇指还疼得厉害,但宽治忍痛把手搭在窗框上,两脚一蹬地,上半身便钻出了窗框。

"喂,宇野,你干什么?"察觉声音不对劲的刑警冲进来摇晃着隔间的门。那只是一扇薄薄的木门,一脚就能踹开。

宽治钻出窗框,翻了个跟头,落在屋外的地上。外面是潮湿的泥地,他没有摔伤。与此同时,厕所隔间的门被踹开,屋内传来警察的怒喝:"宇野,站住!"宇野头也不回,伸脚蹬上扔在屋外的草鞋跑了出去。

"宇野逃跑了！请求紧急支援！"

听见身后警察的呼喊，宽治翻过院子尽头处的围墙，跑到了大街上。

他左右四顾，又抬头看了看太阳和柏油马路上自己的影子，辨认出东南西北——新宿车站在南边。

想到现在去车站很危险，他便朝东边跑去。先混进人群再说，他还需要现金。忽然，他想起附近的神社正在举办庙会，就选那家花园神社吧！

他沿着马路拼命朝花园神社跑去。虽然人生地不熟，但来时曾路过那里，知道大概的方位。奔跑了一阵子，他与一个扛着耙子、厨师模样的人擦肩而过，知道自己没有搞错方向。又往前跑了一段路，他听到从高台上传来嘈杂的人声。就是这里，他已经能看见花园神社的招牌了。

宽治沿着眼前出现的石阶向上爬。因为恰逢庙会集市，神社的院子里挤满了民众，小摊上散发出食物的诱人香味。神社的鸟居下面站着两名身穿制服的警察，这并不稀奇，眼下这般人山人海的场面当然需要警方维持治安。

他按捺着心脏狂跳的心情，若无其事地走到大殿附近，在手水舍[①]喝了几口水。抬眼一看，旁边的置物架上放着长靴，他便拿过来换掉了脚上的草鞋。虽然穿着长靴走路不太方便，但草鞋毕竟太惹眼。之后他转到小摊的帐篷后面，从缝隙中查看小摊上的动静。他正尽可能地物色较大的摊位时，忽然听到正前方传来一阵响亮的

---

① 日本的神社入口处设置的洗手台，意为从俗世进入神社要先洗净凡尘。

口号声和拍手声,便一溜小跑地奔了过去,朝前方窥探。原来是一位豪客买了只特别大的耙子,店家正在庆贺。穿着短褂的店员们围着那位客人三击掌,脸上都洋溢着笑容。

宽治注意到了那只触手可及的吊篮,篮子里毫无遮掩地堆满了钞票。

真是神佛保佑,还犹豫什么呢?他立即伸出手,在篮子里拼命地抓了一把。钞票大多是一千日元的面值,一瞥之下,他手中抓到的大约有一万日元。

"喂!"有人高喊,一位客人恰好回头看见了他,"钱!有人偷钱!"

所有人同时转过头,宽治扭头便跑。

"站住,别跑!"背后传来人们的怒喝声。

宽治飞奔着越过围墙,慌不择路地奔跑着。前方是一条小巷,他朝亮处跑去,那里通向大路。终于,他头晕眼花地跑到了大路边,抬手招了一辆出租车,猫腰坐进了车后座。

"去上野车站。"他对司机说。

"啊?"司机像是吓了一跳。

"上野车站,远吗?"

"啊,不远。"司机似乎心情很好地和他搭讪,"庙会已经开幕了?一年年的,日子过得真快啊!"

的确,日子过得真快。几个月前,自己还在礼文岛上捞海带。宽治透过车窗,仰望深秋的天空。像幕布一般、只有几丝淡淡云彩的天空会一直延伸到北海道吧?

他深吸了一口气,压抑住胸中的兴奋。对死刑,他早有心理准备。不过,在那之前,他还有一件事要做。

他要杀了继父小宫正三，否则死不瞑目。

附近响起了警笛声。但在宽治的耳中，那声音就像是开始捕捞前的铃声。

50

宇野宽治逃走的消息传来时，警视厅的刑警办公室正在忙着整理他的供述记录。因为是大场在审讯室里潦草地记下的，所以不得不由宫下和森拓朗逐字推敲、核对，再由落合昌夫誊清。第五组的所有成员都在，岩村也不再去铃木商店待命，而是被叫回来负责端茶倒水、接听电话。

电话铃一响，岩村便拿起了听筒，紧接着便疯狂地大叫一声："什么？宇野逃跑了？真的吗？"

所有人闻言大吃一惊，变了脸色。昌夫脑中一片空白。

"是谁打来的？把电话拿来！"宫下大声说着伸出手。

"田中科代从半藏门联合侦查总部打来的。"

宫下抬起肩膀，把电话听筒夹在耳旁，边复述边作记录：

"下午两点十五分左右，犯人在歌舞伎町'蓝色城堡'旅馆的内部厕所里脱下手铐，从小窗中逃走。虽然当场追赶，但他已不见踪影。是这样吧？"

"是哪个混蛋让他跑了？！"森拓朗高声大骂。

"这是警视厅的第二次重大失误，高官们的位子怕是保不住！"仁井把口中的香烟在烟灰缸里掐灭，开始穿外套。昌夫也放下手中的文书，准备出发。

没过多久，屋内的喇叭里传来紧急调动的命令：

"警视厅通知各分局:新宿警署辖区内的舞娘被杀案嫌疑人宇野宽治现已逃走,地点为歌舞伎町八番地……"

"阿落,大场警官呢?"森拓朗问。

"在值班室睡觉。"

"赶紧把他叫起来!"

"我去吧!"岩村飞奔着跑出去。

昌夫的胸中猛地燃起了怒火。宇野说他回来就彻底坦白,难道又是在撒谎?他们从头到尾都被他骗了?

"大伙儿都听见了吧?宇野在进行现场指认时逃跑了。现在还不太清楚他是怎么弄开了手铐的,只收到首次通报,不清楚具体情况。目前正在通知所有分局、派出所和巡逻车。第五组暂时原地待命。"宫下对众人说。

"不过,宇野为什么要逃跑?没理由啊!"仁井问。

"害怕被判死刑呗!"森拓朗说。

"那么一直别开口不就行了?可他已经开始招供了啊!还说等指认现场回来就一五一十地坦白小吉夫的案子。这样看来,他应该没有逃跑的动机啊!"

"或许他另有目的。"昌夫说道。

"什么目的?"森拓朗问。

"不知道。不过,宇野是跟大场主任确认'杀了两个人就会被判死刑'之后才承认杀了喜纳里子,所以就像仁井兄说的,应该不是因为害怕死刑。"

"那就是说,在被判死刑之前还有惦记的事?"

"可能是这样的。说起来,他去指认现场时,还因为'终于能去外面了'而高兴得不得了呢。"

"这么说，他早就打算要逃跑？"森拓朗大声嚷嚷着。

"很有可能，不像是临时起意。"

岩村和大场跑了进来。

"宇野逃跑了？到底怎么回事？让新宿警署的署长赶紧写辞职报告吧！我绝对饶不了这个笨蛋！"大场涨红了脸怒骂道。

"大场主任，你再想想，有没有什么头绪？阿落推测他逃跑是另有目的。"

见宫下请教自己，大场咬着牙沉吟片刻。

"这么说来，我一直觉得宇野是见过近田律师以后才开始招供的，难不成这里面有什么阴谋？"

"那么，你去找近田问问？"

"我也追问过《中央新闻》的记者松井，他和那个近田律师背地里勾勾搭搭，该不会是他们挑唆宇野逃跑的吧？"昌夫说。一想到松井那张皮笑肉不笑的脸，他的胃里就一阵翻腾。

"等一下！宇野逃跑的消息能随便透露给外界吗？还是先和田中科代确认一下比较好。"听到仁井的提醒，大家都不禁点头同意。

宫下赶忙联系了半藏门会馆那边。对方回复说，侦查总部还在商议。

"听说坂本署长要求暂时不对记者公开，正在讨论要保密到什么时候。"宫下对众人说。

"这个蠢货！都到了这种时候，还想着保全自己的面子？我才不在乎呢！"说着，大场便要出门。

"大场主任，你先等一等。宇野两手空空，身无分文，估计走不远，很可能还藏在新宿附近。而且，他不太可能危及一般市民的安全。"宫下叫住了大场。

喇叭里传出一阵"嗞嗞"的杂音，接着便是来自通讯指挥室的命令："警视厅及各分局请注意：新宿辖区内发生一起盗窃案，地点在花园神社。据110报警记录，有人从参加庙会的摊贩处抢走现金后逃窜。嫌疑人为男性，年龄为二十多岁或未成年，身高为一米六到一米七之间，穿深色或黑色裤子、白衬衫、深蓝色毛衣。现场虽然有人追赶，但此人已经逃脱。目前，大久保方面已经出动六辆警车追捕，请在附近彻底搜查可疑人员……"

所有人都确信，这个人必定是宇野。

"看吧，这小子正到处找钱呢！保密还有个屁用？赶紧跟上头申请设置警戒线，在山手线内侧的所有车站安排警力！"大场一个劲儿地催促宫下。

宫下的额头青筋毕现，他语气强硬地说："知道了。各位，所有责任由我来承担。就算记者知道了，晚报也来不及刊发，咱们就当作不知道有保密这件事！"

大场不等他说完，便飞也似的跑出了房间。昌夫也走出办公室，一溜小跑地爬上台阶，冲进了二楼的记者俱乐部寻找松井。

松井正在屏风后面和另一位记者下象棋。

"哎呀，落合警官，怎么了？看气色不太对头？"他分明注意到了昌夫的神情不同以往，却故意用满不在乎的语气发问。

"你跟我来，我有重要的事问你！"

"稍等一下嘛，我这盘棋正下到关键呢！"松井像是要故意激怒他似的说。

昌夫抬起膝盖朝桌子一顶，桌面上的棋盘顿时被弄得乱七八糟。

"干什么？你这混蛋！"松井站起来高声抗议。

"赶紧过来！"昌夫拽着松井的胳膊，拖着他来到走廊上。

"刑警都是这么粗暴吗？别小看我们记者！"

"宇野在新宿指认现场时逃跑了！"

"你说什么？"松井目瞪口呆，一句话也说不出来，只是呆呆地站着。

"反正你们很快就会知道，我不瞒你了。有件事我要问你：宇野为什么逃走，你心里没数吗？"

"为什么我会心里有数？"

"别装傻了！不是你和近田在背后给他吹风吗？"

"太过分了！怎么能这么说？我帮宇野逃跑？你这是诽谤！"松井虽然张牙舞爪地表示抗议，但怒气里分明隐藏着一丝兴奋。

"好了，你赶紧说实话！事态紧急。我们不在乎什么形象不形象了！"昌夫揪住松井的衣襟，使劲摇晃着。

松井悻悻地甩开昌夫的手，整理好西装的前襟，才开口说："我凭什么告诉你？"

"看来你有线索？"

"不知道。不过近田律师确实找我帮过忙。"

"帮什么忙？赶紧说！"

"你的意思是，让我白白地告诉你？"松井得意扬扬地问道。

"你要什么条件？"昌夫强忍着怒气问道。

"我要时时刻刻跟踪你的行动，你假装不知道就行了。"

"什么意思？"

"字面上的意思。"

昌夫踌躇了一会儿，答应了。即使被松井跟踪，自己也应该能很轻松地甩掉这家伙。

"我查到了宇野继父当前的住址,然后告诉了近田律师。我们在札幌有分社,调查这种小事还是很容易的。"松井望望四下无人,小声地对昌夫说。

昌夫一怔,一时搞不明白其中的含义。

"我原先以为他是为了审判而寻找证人,现在听你这么一说,才恍然大悟。宇野是想去找他的继父报仇,才逃跑吧?"

昌夫打了个哆嗦。宇野之所以开始招认,就是为了利用外出指认现场的机会逃跑?难道他对继父起了杀意?

松井从口袋里掏出记事本,翻到记下地址的那一页:

"这就是小宫正三当前的地址,他住在出租汽车公司的宿舍里。这份人情,你可别忘了还给我啊!"

昌夫拼命克制住内心的激动,抄下了地址。

"放心吧,我不会告诉别人!"松井不问自答,"宇野逃跑,是我们的独家新闻。这么好的素材,谁会告诉别人啊!"

"你看着办吧!"昌夫转身便走。松井又贴了上来。

"事情到底进展到什么阶段了?宇野供认了多少?就算杀死舞娘的事是铁板钉钉,绑架小吉夫的事是不是有点儿奇怪?就算他逃不了干系,但一个人绑架怎么都有难度吧?"

"少啰嗦!"昌夫甩开他,沿着走廊跑回刑警办公室,向宫下汇报了从松井口中听来的消息。

"什么?"宫下眉头紧皱地挤出这句,立即抄起电话打给联合侦查总部。

"喂,岩村,看看火车时刻表!"仁井冲岩村喊。

岩村从资料架上取下时刻表,找到东北本线下行方向的列车时刻念叨起来:"宇野逃跑的时间是下午两点十五分左右,随后立即从花园神社的耙子店偷了现金。如果从那儿直接坐出租车去上野车站，最快下午三点能到。要是路上堵车，就要拖至三点半左右。这个时间段前后的火车班次有……三点左右发车前往仙台方向的快车宫城野二号、三点十分发车前往青森方向的快车八甲田号、四点三十分发车前往仙台的特快云雀号……"

昌夫看了看手表。现在是三点零五分，假设宇野乘坐的是三点十分发车的快车八甲田号，就来不及追赶了。

"大伙儿都听着！"与总部通完电话的宫下神色严峻地说。

"如果阿落发现的线索准确……啊，不，应该说是准确的，宇野正在逃回札幌。田中科代已经直接联系了上野警署，让他们的人立即前去上野车站搜查，同时指示铁路警察，一旦发现宇野，立即将其拘捕。稍后应该还会以刑事部长的名义给所有警署发电报，一旦发出电报，就能动员所有的警力。"

"宫下组长，宇野如果乘坐三点十分发车的八甲田号，我们在上野站上车就来不及了。从时刻表上看，这趟列车三点二十一分还会在赤羽站停车，请您联系赤羽警署。车子过了赤羽站，就离开了警视厅的管辖范围，到时候，侦查总部就不能直接下达指示了。"昌夫提醒道。

宫下点头说了句"明白了"，再次拿起电话联系总部。

"在这儿干等着也帮不上忙，干脆全体出动吧。一眼就能认出宇野的只有我们第五组的人。尼尔和岩村去上野车站，我和泽野、仓桥分别去浅草和山谷一带找找看。他在东京的熟人只有东山会的町井明男，有可能去那边临时藏身。所有人都带上照片！组长负责在这里等上面的命令。各小组每隔一小时通过电话汇报进度。"森拓朗一一指示着。

"坦克罗，如果情况有需要，继续跟踪下一趟列车也没问题吧？"仁井问道。

"宇野如果乘坐八甲田号，到达青森是上午五点零三分。虽然还不知道青函渡轮的始发时间，不过如果顺利，也许能追上他。"

"你们随机应变，一一请示来不及的。真有需要的话，就先凭警官证上车再说。"

"是！"仁井努努下巴，三个人走出了办公室。上次在东京体育场被宇野拿走赎金那次也是他们仨一起行动的，昌夫不由得攥紧了拳头：这次，一定要抓住宇野！

他们在樱田门叫了辆出租车，朝有乐町车站驶去。山手线列车肯定比出租车走得快。天空不知从何时起变成了铅灰色，像马上就要下雨了。昌夫望向北方，心头忽然涌起一阵焦灼。宇野还没有供出小吉夫在哪里。侦查总部最害怕的是，宇野来不及招供就死了。

坐在车子里一动不动，着实很难受。晴海路正在堵车，车子根本跑不起来。

他们赶到上野车站已经是下午三点五十分了。从检票口进入车站后，见各处都有身穿制服的警察值守。在东北本线的检票口也站着好几名刑警，注视着每个路过的行人。

昌夫亮出警官证走进车站办公室，找到一名副站长，向他出示了宇野的照片，问他是否见到此人购买三点十分发车的快车八甲田号的车票。

"去问问窗口的售票员。不过除非是特别引人注目的乘客，否则很难记起来……"副站长十分为难地带着昌夫他们走进售票窗口，询问当班的售票员。售票员们纷纷摇头，只有一个人回忆说：

"有一位年轻的男性乘客苦苦恳求着买了一张马上就要发车的八甲田号的车票。"

"是长这样吗?"仁井把宇野的照片摆在他眼前。

"嗯,怎么说呢……我当时没使劲盯着他看啊……"

"穿什么衣服?带行李了吗?"

"嗯,这个,我也没注意……"

"他说话带北方口音吗?"

"乘坐东北本线的客人大多有东北口音……"售票员为难地说。

仅凭年轻男性这一个特征很难锁定目标。究竟是等配置人手还是跟踪去向,他们一时无法作出决定。

"还有没有什么引起你注意的事?比如慌慌张张、形迹可疑之类的?"昌夫一再追问,但售票员们绞尽脑汁也想不起线索。忽然,昌夫的脑子里灵光一闪:"对了,那名男子手上有没有擦伤?"

"啊,您这么一说……"售票员终于有了反应,"他大拇指根部很红肿,像是擦伤,还渗着血呢。经您一提醒,我才想起来。"

"就是这个人赶在发车前买了八甲田号的车票,对吧?"

"嗯!"

"那就是宇野,没错了!脱下手铐的时候,他把手划伤了!"仁井冲口而出。

他们在附近找到电话,给正在办公室待命的宫下打过去。

"组长,我是仁井,现在在上野车站。经车站职员证实,有一名疑似宇野宽治的年轻男子在发车前买了三点十分发车的八甲田号的车票。嗯,确认无误。另外,赤羽警署方面怎么样?啊,是吗?来不及了吗……"

仁井作汇报的当口,昌夫则向副站长询问八甲田号沿途停靠的主要车站和停靠时间。副站长显然早已将列车时刻表熟记于心，毫不迟疑地开始报站名：

"宇都宫站，四点五十分到站，五十三分出站；黑矶站，五点四十四分到站，四十九分出站；郡山站，六点五十六分到站，七点六分出站；福岛站，七点四十八分到站，五十六分出站；仙台站，九点十三分到站，二十九分出站……"

昌夫忙不迭地做着记录。如此看来，沿途停车时间最长的车站是郡山和仙台，分别停车十分钟和十六分钟。如果警察要进入车厢内搜查，只能在这两个车站进行。郡山归属福岛县警察局，仙台则由宫城县警察局管辖。如果要安排跨地区的紧急部署，就只能由拥有警视监警衔的饭岛部长或警察厅刑事局科长以上级别的警官下令才行。

昌夫从仁井手里接过电话听筒，把八甲田号沿途停靠的站名和时间向宫下汇报。宫下让他们先在车站等候指示，便挂断了电话。

"如果要追上八甲田号，应该坐哪趟列车？"昌夫问副站长。

"最快的应该是六点三十分发车的特快白鸟号。"

"六点半发车……"昌夫看了看手表，还要等两个多小时才发车，这列白鸟号真的能追上宇野吗？

乘飞机的话当然能赶在宇野前头，但总部无论如何不可能批准他们乘飞机追捕犯人。

"副站长，白鸟号几点到达青森站？"仁井问。

"六点十分。"副站长立刻回答。

"来不及了！八甲田号到达青森站是五点零三分，白鸟号要晚到一个多小时。"仁井找了把椅子坐下，长叹一声。

"虽然不太了解具体情况，不过你们要追的那个人如果打算搭乘青函渡轮，就来得及哟。"副站长戴上帽子说。

"真的？"仁井、昌夫、岩村三个人不约而同地提高了嗓门。

"青函渡轮的始发时间是六点三十分钟。特快白鸟号的时刻表设置就是为了方便打算去乘坐渡轮的旅客。就算八甲田号到达了青森，也要再等上一小时零二十七分才能开船。"

"好，那我们赶过去！"仁井猛地站起来，"阿落，你给组长打电话，就说我们仨现在立即赶往青森。不用再请求各地方警局支援了。宇野这家伙，必须由我们警视厅搜查一科亲自抓捕归案！"

"明白！"昌夫精神一振。这次绝不能失败，如果让宇野跑了或者死了，所有的辛苦都将付之东流。

他终于回过神来，听到了车站内的喧嚣声。月台上响起发车的电铃声，像是在催促人们加快脚步。

51

快车八甲田号的二等车厢里几乎满座。从花园神社偷来的钱远比自己想象得多，宽治起初打算买一等座车票，但想想自己这样一个毛头小子坐在一等车厢里未免太过招摇，便决定还是在二等车厢里忍一忍。

车厢里到处有人在说北国方言。宽治不由得陷入一种错觉，仿佛只要回到北海道，在东京发生的一切就会一笔勾销。他的心情放松了许多。总之，眼下的他正沉浸在重获自由的感慨之中。

搭乘这趟车的，还有好几群身穿校服的中学生，车厢里不时响起他们的笑声，引得带队教师赶忙提醒他们"安静"。从他们的谈话中得知，这些学生来年春天将从福岛去东京集体就业，如今是去东京参观工厂后返回家乡。对了,当初自己也曾离开礼文岛去札幌集体就业。当时的自己是怀着怎样的心情?已过去了四年,他早就忘了,只记得班主任告诉他,帮他找好了工作,而他只是淡然答应而已。

"小伙子,来尝尝吧!"坐在对面的一位戴鸭舌帽的大叔从随身行李中掏出一些糯米饼,向他招呼着。

"啊,那我就不客气了。"宽治正好饿了,便伸手接过。刚咬了一口,便觉满口米香。

"去哪儿啊?"大叔问。

"札幌。"

"那可够远的。咱去秋田,还要在福岛换车呢!小伙子,你是回老家吗?"

"嗯。"

"看你还穿着长靴,北海道已经开始下雪了吗?"

"不是,我没带别的鞋。"

和人闲聊太麻烦了。宽治吃完糯米饼,便抱着胳膊朝后一仰,闭上了眼睛。大叔显露出不悦的神情,但很快就转换心情,同邻座攀谈起来:"东京可真是大变样了。钢筋混凝土大楼一座接一座地盖起来,简直就跟外国似的。这就是人家说的奥运经济吧!东北地区也发展得飞快啊。"

闭上眼,宽治便觉得睡意一阵阵地袭来。上次在拘留所之外的地方睡着是多久以前的事了?虽然挤在狭窄的火车车座上,但不知为何,他感到十分松脱。

到了郡山车站,广播通知说列车将在本站停靠十分钟。宽治走出车厢，在检票口附近找了台红色电话，拨通了110。

"你好，这里是110报警电话。"耳边传来接线员的应答声。

"那个，我想找大场刑警。"宽治说。

"喂，你说的是哪位刑警？"对方反问道。

"大场警官，浅草警署的。啊，不对，应该是南千住警署的。"

"你到底要找哪里？"对方的语气突然变得很严肃。

"我要找浅草警署的警察。"

"浅草警署——是东京的浅草？"

"对。"

"那你应该给东京警视厅打电话。这里是福岛县警察局。"

原来如此，这里是福岛县。宽治不由得皱皱眉头。他还以为110电话是全国通用的呢。

"对不起，是我搞错了。"

"好了。"

宽治失望地挂断了电话。那么，怎样才能给警视厅打电话呢？他想了半天也没搞懂，只好去问附近的一位车站工作人员。对方虽然一脸诧异，但还是很亲切地告诉他："查外地电话号码可以拨105，他们会帮你查询警视厅的电话，不过，你用这种红色电话打不了外地号码。"

"我想往东京打电话，应该怎么办？"

"车站的小卖部门口有粉红色电话，用那个就能打。从前年开始，不用接线员就能直接拨通了。电话线也在不断进步呀。你拿着车票从检票口出去就行。"

"十日元能打去东京吗？"

"啊呀，那可打不了，马上就给你断线了。你得准备好多十日元硬币才行哪。"

"谢谢,麻烦您了。"宽治低头致谢。

"小哥,你找东京的警察干啥?"或许是因为见宽治很年轻的样子,工作人员毫无拘束地随口问道。

"我刚刚逃出来,想跟他们打个招呼呗!"

听他如此回答,对方似乎以为他是在说笑,不由得哈哈大笑。

宽治匆匆走出检票口,先在小卖部门口的粉红色电话上拨通了105,手忙脚乱地记下了警视厅的电话号码,随后又走进小卖部,掏出一张百元钞票买了包森永奶糖,换了几枚零钱。然后,他拨通了警视厅的电话号码。此刻他丝毫不觉得恐惧,甚至怀着一丝想让对方刮眼相看的意思——你们猜,我是谁?

"你好,这里是警视厅。"电话里传来的是女声。看来,和他说话的不是警官,大概是接线员。

"请接南千住警署的大场警官。"宽治说。

"我告诉您南千住警署的电话号码,请您直接拨打。"

"啊,不,大场警官现在应该不在警署……他要么在警视厅,要么在小吉夫绑架案的侦查总部。"

"请问您是哪位?"

"我叫宇野宽治,对,就是新闻里报道的那个人。"

听到这句话,电话线那头的接线员显然屏住了呼吸。

"请稍候。"

宽治听见电话线那头的接线员像是在招呼什么人,紧接着听到几个男人议论纷纷的声音。看来自己逃跑的事已经众所周知了。

等了大约三十秒,又听到接线员说道:"现在给您转接联合侦查总部的大场警官。"随着"咔嚓"一声,线路切换后,耳边传来了一个熟悉的声音：

"喂，是宇野吗？"大场的声音很平静。

"嗯，是我，我做了件对不起您的事。"宽治抱歉地说。他的确对大场深感歉意。

"你现在在哪儿？"

"还不能说。"

"是吗？你是打算逃跑？"

"不，我办完事就回去，所以请您再等几天。"

"没办法等你啊。不是约好了吗？今天你指认完现场就告诉我小吉夫的位置。不守信用的人，我怎么能相信呢？"

"这次我一定说话算话，所以请您再等等。"在车站的喧嚣声中，宽治大声地说。

"详细情况以后再说也行，先告诉我小吉夫在哪儿吧？"

这时，车站的广播响了："东北本线前往青森的快车马上就要发车了，请各位旅客抓紧时间上车。"

"喂，大场警官，我回头再打给您。"

"不行！现在就说！"

电话里传来"哔哔"的提示音。

"在寺院的墓地。不知道寺院的名字叫什么，反正就是在浅草和山谷之间，一座很大的寺院。"宽治急急忙忙地回答。

"是円台寺吗？"

"我不知道名字，小孩就藏在那片墓地的墓碑底下。"

"墓碑上写着什么？那里有一两百座墓碑啊。"

"不记得了，去找找就知道了……"

"咔嚓"一声，电话被挂断了。与此同时，列车发车的铃声响了。宽治慌忙跑出去，穿过检票口跳上火车。踏入车内，他才慢慢调匀了呼吸，发现自己浑身是汗，汗水甚至沿着脊背流淌下来。

他脱掉毛衣，团成一团夹在腋下。大概是因为在郡山站下车的人很多，车厢里空出了很多座位。

他忽然想到一件事，随即朝列车尾部走去。沿着走廊摇摇晃晃地走到卧铺车厢，见大部分床铺上都有人，姿势各异地享受着旅行。其中也有些乘客拉上布帘进入梦乡，脱下的鞋子摆在走廊上。

宽治若无其事地拿起一双鞋转身走开，在两节车厢的连接处换下长靴。鞋子的尺码刚好，他觉得自己实在走运。

回到二等车车厢，他找了一排空着的四连座躺下。棉布软垫加上暖气，周围的一切十分舒适，他觉得简直像置身于天堂。如果时间能永远停留在此刻，那该有多好。

闭上眼睛，宽治的眼前浮现自己在礼文岛度过的童年时光，心头泛起甜蜜的滋味。虽然家里很穷，母亲和祖母并没有给他多少疼爱，但礼文岛的大自然给了他无限抚慰，尤其是在春夏之交，遍地盛开的鲜花美得惊人，足以抵消他的一切烦恼。假如一直待在岛上，他现在应该能像普通人一样过着平常的生活。为什么会走到今天这一步……不用想也明白，都是因为继父小宫正三。就是因为母亲嫁给了那个人，自己才沦为用来敲诈别人的工具。不杀了那个家伙，他死都不甘心。对，杀了他，之后，就算要跳进津轻海峡也不怕……

宽治的大脑轰隆隆地运转着。自己的模样慢慢地消失在迷雾中，取而代之的是越来越清晰的小吉夫，那孩子简直就是从前的自己，对别人毫无戒备心，任由别人摆布、伤害……不，是自己杀了他，再也不能置身事外了。

那天，小孩们纷纷散去后，他想再去寺院偷一回香火钱，便在附近物色下手的地方。走了没多远，见到一座规模很大的寺院，便走了进去。不料回头一看，有个小男孩一直跟在自己身后。他问了句："你干吗？"那孩子便羞怯地低下了头。就在那一刻，他萌生了绑架的念头。那年，受黑泽明电影的影响，日本全国频繁发生了多起绑架案。既然别人能干，自己干吗不干？

孩子名叫吉夫，家里是开豆腐店的。他问小吉夫家里有没有装电话，听孩子说有电话的时候，他终于下定决心。

寺庙的院子深处有一座与正殿隔开的小香堂，面积约六叠大小。他问小吉夫能不能藏在里面，孩子立刻点头答应。然后他又问出了孩子家里的电话号码，准备去打电话。不料刚关上屋门，孩子见屋里一片漆黑，便害怕得放声大哭起来。宽治慌了，觉得应该做些什么，便立即朝孩子的脖子伸出手……之后的事，他完全不记得了。像往常一样，他感到自己仿佛又被带入了迷雾中。

等他回过神来，那孩子已经没救了。他像是高高站在一旁的旁观者，对自己说，啊，你杀了人。焦虑、后悔、兴奋、恐惧……他感受不到任何情绪，就像杀死喜纳里子时一样。有时，他觉得灵魂飞离了自己的躯壳。

大场会相信他吗？他的本心其实毫无杀人之意……

宽治横躺在车座上，沉浸在暂时的平静中。真希望时间能停留在这一刻。

列车在仙台车站要停靠十六分钟，于是宽治又在车站的粉红色电话上拨通了警视厅的号码。

这次立刻接通了大场。

"我说，宇野，据说円台寺的墓地里有四百多座墓碑啊，你让我们怎么找呢？就算是警察办案，也不能随便去挖别人的墓吧？你回来帮帮忙，怎么样？"大场的声音依然很平静。

"三天后，我就回去。"宽治回答。虽然不知道自己未来的命运，但他不想再逃亡了。

"还要等三天？你如果想起来什么，就随时告诉我吧！"

"那个墓碑挺大的。"

"那么，是土葬时期的墓？"

"什么意思？我不明白。"

"要藏下一个小孩，只够埋下骨灰盒的火葬墓地大概面积不够用吧？"

"我说了，太复杂的事情我不懂。"

"墓地主人的名字呢？墓碑上雕刻着某某人之墓吧？"

"记不清了。我只记得大概的位置是墓园最深处靠近围墙那一带。啊，对了，墓碑周围围着一圈竹篱笆。"

"是吗？你只去过那里一次？"大场问了一个很奇怪的问题。

"嗯，怎么回事？我记不得了。"

"怎么会记不得？听着，下面我要问你一件很重要的事。你三番五次地给小吉夫家里打电话，对方要你证明小孩在你的手上，于是你拿了小孩的一只鞋，放在山谷那家运输公司前的轻型摩托车上，对吧？"

"嗯。"

"那只鞋就是小吉夫脚上穿的鞋。所以，打完电话，你又去了一趟墓园，从小孩脚上取下鞋子，对吧？"

"啊，好像是。"

"到底是不是?"

"嗯,是。"

"好,那我就明白了。谢谢你。"

大场的声音刹那间颤抖了。电话那头传来刑警们的窃窃私语声。

"大场警官,我好像是把那个小孩勒死的。不过,不管你相不相信,当时的情形在我的脑子里一点儿记忆都没有。"

"是吗?回头你再跟我详细谈谈。"

"嗯,你等我三天。"

"知道了。不过有件事,你要答应我。"

"什么事?"

"你不准死,我还想和你多聊聊呢!"

宽治一时答不上话。虽然他嘴上一直在说"回去",但脑子里已经隐隐冒出了自杀的念头。正在思索该怎么回答,听筒里及时地响起了提示音,因话费不足而被挂断了。

肩上的重担终于卸下,警察应该能找到那孩子的遗体吧?

宽治望了一眼站台上的挂钟,已经是晚上九点多了。不知从什么地方飘来一阵鲣鱼酱汁的香味。他四下环顾,见站台中央有个立式荞麦面小摊,围满了人。他走过去吃了碗面。在这样寒冷的夜晚,能吃上一碗热乎乎的荞麦面是多么难得的享受啊!宽治越发对人世间充满了留恋。

52

落合昌夫在仙台车站与联合侦查总部取得联系时正好是新的一

天即将到来之际。因为特快列车沿途停靠的车站很少，停靠时间又很短，他只能等到达仙台站才与总部联系。其实，列车在仙台站的停靠时间也只有五分钟而已。

接电话的是田中。刚接通，电话的另一端就传出了怒喝声："怎么这么晚才联系？这边都等不及了！"

"仁井、落合、岩村三人现已到达仙台车站。列车准点运行。不出意外，将于明天早上六点十分到达青森车站。"昌夫汇报说。

"知道了。案子有重大突破，通知你们一声。大约一个小时前，在台东区円台寺的墓地里找到了疑似小吉夫的尸体。"

听了田中的话，昌夫一时说不出话来。他觉得血液一阵阵地翻涌，差点儿连手里的听筒都举不起来。

"最坏的情况还是发生了啊，侦查总部的所有成员都深受打击。不过，这都是由于宇野的主动招供，从这一点来说，总算是庆幸。"

"到底怎么回事？"

"宇野在逃跑途中曾经两次给大场警官打电话，是大场警官在跟他通话时问出来的。"

"是这样啊……"

"所以现在，我们也能以小吉夫绑架案对宇野宽治提起逮捕和公诉了。另外，小吉夫是在被宇野绑架后没多久被杀的。宇野拿了小吉夫的运动鞋放在轻型摩托车上的时候，孩子已经死在墓地中了，所以小吉夫并不是在宇野从东京体育场逃跑后才被杀的。嗯，这或许只是警方的自我安慰，不过，你没有必要再过于自责了！"

"是……"

"另外，已经确认宇野乘坐的就是东北本线的八甲田号。他打电话来的时候,我们听到了从喇叭里传出的车站广播。你们的判断是正确的。现在,你们的最后一项任务是务必抓住宇野,把他带回东京。万一他真的杀死了继父再自杀,警视厅就要第三次丢人现眼了!所以,绝不能让他渡过津轻海峡,一定要在青森将他就地逮捕!"

"明白!"

放下电话的同时,列车上响起了发车铃声。昌夫急忙赶回车厢,向仁井和岩村说明了大致情况。

"是嘛……"仁井以从未有过的低沉声音叹息了一声,陷入了沉默。岩村则紧咬牙关,眼中涌出了泪水。他曾在铃木家逗留多日,大约是想到了孩子父母的感受,情难自禁。

"不过,浅草警署的署长和饭岛部长大概可以松口气吧。"仁井嘟囔了一句。虽然明白他的言外之意,昌夫和岩村却只是默默地听着,没出声。小吉夫被绑架后没多久就遇害了,这个令人心痛的事实对警方的高官来说却是个安慰。

还要等上六个小时才能到青森。快车白鸟号的二等车厢里意外地拥挤不堪,乘客们缩在狭窄的座位上纷纷睡去。天花板上的荧光灯发出惨白的光,窗帘也已经拉上,更增加了车厢内的封闭感。昌夫他们原本无事可做,刚想小睡一下为明天早上的任务养精蓄锐,便得知了发现小吉夫尸体的消息。入睡是不可能了,他们只能默默地闭上眼。车厢里,只有"咣当咣当"滚滚向前的车轮声,这是三个人从未经历过的、最难熬的夜间火车之旅。

列车抵达青森车站前五分钟,车内开始广播。虽然刚过六点,但大多数旅客都已起身开始准备下车。

"各位旅客：此行旅途漫长，您辛苦了。本次列车将于五分钟后抵达终点站青森车站。列车将驶入二号站台，请大家从左侧下车。需要继续搭乘列车的旅客请注意：乘坐奥羽线弘前方向列车的旅客请前往六号站台……"

昌夫等人急着下车，便提前朝车门附近走去。为了在渡轮离岸前抓住宇野，他们一秒钟也不能耽搁。

"前往北海道的旅客请注意，青函渡轮的始发时间为六点三十分，船名是羊蹄丸号，将于十点二十分到达函馆。搭乘渡轮的旅客请往站台前方行走，上了台阶后右转，经过栈桥的等候室，前往登船口……"

昌夫等人询问站在身旁的列车员，之前乘坐八甲田号抵达的乘客是否已经登船。列车员回答说："通常是在开船前二十分钟才开始引导旅客登船。"也就是说，宇野差不多该上船了。

"羊蹄丸号定员能载多少人？"昌夫继续问道。

"大概九百人左右。"列车员回答。

"满员吗？"

"啊，不会。现在过了旅游旺季，坐船的人应该不多，估计只有一半客人。"

即便如此，也有四百多人。昌夫焦躁地叹了口气。

"一旦上了船，在船上搜寻宇野恐怕有点儿危险。如果他先发现了我们，说不定会直接跳海。"昌夫说。现在的宇野无所顾忌，干出什么事都不稀奇。

"还有一个办法，就是等船到了函馆再找他，反正他肯定要在函馆下船。"岩村提议道。

"不行，如果他没有上这条船，我们就彻底被他耍了；他也有可能为了弄到逃跑所需的费用而在青森市内逗留,所以必须在开船之前找到他。"

仁井也跳起来。的确,如果在船离岸后才发现宇野不在船上,他们就彻底失去了线索。

"那么,在船离港前,通过船上的广播找人怎么样?船上应该有所有乘客的名单。"岩村又提议。

"你可真是傻得出奇了。噢,广播一下'宇野宽治先生,有您的留言,请尽快来乘务员办公室一趟',他就乖乖地来了?再怎么傻的人也……何况他根本不傻,再说,他登记的名字肯定是假名字。"

"不,或许这招管用。"昌夫说。仁井和岩村同时看向他,昌夫便对他们说起了自己刚刚想到的方案。

仁井沉吟片刻,面有难色:"既然没有其他办法,那就试试这招吧。"岩村则完全拿不定主意,只能把嘴紧紧地抿成了"一"字形。

火车鸣着汽笛驶进了青森车站的站台。此刻正是日出时分,清晨的阳光从车站大厅东侧的市内街道上照进来,像是忽然登台一般,照亮了整个车厢,映入人们眼帘的是飘浮在雾霭中的砖瓦屋顶。在本州岛的最北端,青森的早晨竟如此之美。昌夫看得心驰神迷,直到列车员打开车门。

"青森站到了,青森站到了。"站台上的喇叭里传出广播。

列车停稳,车门打开。昌夫等人朝着栈桥方向飞奔。

53

开船前二十分钟,羊蹄丸号渡轮的旅客开始登船了。船上共开放了三处舷梯，每处舷梯旁都有旅客排队准备上船，其中几位刚结束购物、背着大包袱的老太太的身影尤其引人注目。还有一些戴着"奶酪协会"袖标的团体旅客，大概是近来经济颇为景气的缘故，都站在一等座的舷梯口外等候着。

宇野宽治从船尾的舷梯处上了船，走进铺了榻榻米的普通舱。他抢到了一个棉布垫子，在舱房的角落里占了一小块地方，终于能伸直腰板躺下了。在夜行列车的狭窄座位上蜷缩了一整晚的身体感到一阵舒服的酸疼，他不由得呻吟了一声。

"小哥，没带行李呗？学生仔？"

"啊，是啊。"如果反驳，就要啰啰嗦嗦地解释。被人当作学生也挺好。

"从东京坐八甲田号来的？"

"嗯，是。"宽治故意用标准腔回答。

"哟，是打东京来的呗？"光是冲着"东京"两个字，老太太就佩服不已，还朝周围的同伴不停地夸耀。

"小哥，东京奥运会的工程还在建？"另一位老太太问。

"国立竞技场已经盖好了，代代木体育馆和日本武道馆还在盖着呢。"宽治很得体地回答。

"啧啧，了不得呀，了不得！"老太太们笑起来，随后便在榻榻米上围坐成圆圈，开始吃饭团。宽治满心期待着她们能分给自己一个，但愿望落了空，老太太们只是"咕叽咕叽"自顾自地咀嚼着。宽治只得站起身来走出舱房，打算去船上的商店买个面包。到了商店门口，他又改了主意，买了包喜力，走到甲板上抽起来。

寒冷的海风让人心情愉悦。十一月上旬的青森已经入冬，只穿一件毛衣的宽治不禁瑟瑟发抖。不过，比起礼文岛，这种冷不算什么。等杀了继父，他想，回一趟礼文岛也不错。虽然又要违背和大场警官的约定了，但自己反正会被判死刑，这点儿小小的任性总还是可以原谅的吧？他朝舷梯的方向看去，见登船的旅客越来越多，好像另一列火车刚刚进站，转乘渡轮的旅客蜂拥而来。

他把烟头丢进海里，正要返回船舱，忽然听到了船上的广播：

"从札幌来的小宫正三先生，从札幌来的小宫正三先生，您的太太良子正在商店门口等您。如果您在船上，请尽快前往入口处的商店。"

刹那间，宽治的脑海里一片空白。难道是自己听错了？不，广播里确实在喊着继父和母亲的名字。这是怎么回事？他的大脑中一阵混乱，神经似乎在大脑深处麻痹，视线也变得模糊不清。老毛病又犯了，他觉得自己像是即将被拖进迷雾的另一端。恍惚之间，好像回到了从前，自己还是个孩子，与继父和母亲生活在一起，一家三口出门旅行，在船上走散了。

不对，自己已经长大了。宽治使劲地摇摇头，像是要提醒自己睁开眼睛。他从船舱的玻璃窗上看到了自己的身影。眼前才是真实的世界，他用双手搓了搓脸，触觉也是真实的。

难道母亲没有和继父离婚，一直背着自己跟他见面？或者自从自己离开了礼文岛，他们就复婚了？宽治完全搞不清状况。他又搓了搓脸，想证明自己不是在做梦。

不管怎样，他不能置之不理。当然，他不能和他们碰面，还是先从远处查看一下动静吧。宽治觉得脚步虚浮，一路轻飘飘地走着，也开始出现耳鸣，周围的声音似乎消失了。

他偷偷地回到船舱，沿着大堂的墙边走着，小心地不与任何人的目光接触。到了商店门口，他躲在柱子后面，朝刚刚进去买过香烟的商店里窥视着。柜台前有几个客人正在买东西，但其中并没有母亲的身影。

难道继父已经找到了她，两个人一起离开了？还是自己听错了？说起来，真的有过那段广播吗？还是自己满脑子报仇的念头，神经错乱了？宽治顿时没了自信。

这时，有人从后面拍了拍他的肩膀。他吃了一惊，回头看去，面前站着落合警官。

"宇野，你让我们好找啊！"

来不及思索，宽治撒腿就跑。前面有一个强壮的男人，张开双臂拦住了他。

"不许动！你被包围了！"

他又看看旁边，也站着一个男人。

"把双手举起来！不准反抗！"

这几声大吼惊动了大堂周围的客人，他们纷纷以探寻的目光朝这边看过来。

宽治朝唯一没有人堵路的商店方向跑去，客人们惊呼着散开。他一头扎进柜台，在女售货员"呀——"的惊叫声中爬起来寻找后门。后门就在眼前。他拉开门，沿着工作人员专用通道飞奔，朝着明亮的方向跑过去，来到了甲板上。朝舷梯方向望去，只见刚才的一名刑警正挡在面前。

"宇野，你逃不掉了！"身后也有人追上来。

宽治又朝船尾跑去。

"六点三十分出发的羊蹄丸号即将离港，请各位旅客带好随身行李，离开座位时不要忘了贵重物品……"

在广播声中，宽治趴在船尾甲板的栏杆上俯视着大海。不知道来了多少警察,他也许已经被堵在了船上。不过,他们怎么会知道自己在这里?

宽治翻过了栏杆,海鸟在他头顶叫着。抬头仰望,是高远的天空;低头俯视,是令人晕眩的海面。

"站住!"警察在身后喊着。

宽治向着天空一跃而起。

54

"跳海了!宇野跳海了!"岩村大喊一声,也翻过了栏杆。昌夫和仁井几秒钟后也赶了过来,从栏杆上探出身子,朝海中望去,见宇野浮出了深蓝色的水面,然后看清方向朝岸边游去。他眼前不远处的悬崖上有梯子。看来,宇野并不是想自杀,他还是一门心思地想逃跑。

岩村脱下上衣放在甲板上。成群的海鸟飞过来。

"岩村,等等!别跳!"昌夫大喊。

但岩村充耳不闻,跳入了海中。他先是沉入水中,但马上浮出水面,以自由泳追赶宇野。

"快,赶紧下船,在栈桥那里两面夹击!"仁井命令道。

昌夫拾起岩村的上衣,两个人飞奔着跑过甲板。船上的喇叭里正播放着《萤之光》的旋律。

在栈桥一侧的栏杆旁,几名乘客排成一列,与前来送行的朋友和熟人依依不舍地告别。船员正准备撤掉舷梯。

"等一下!警察!快放下舷梯!"他们大吼着制止船员,飞奔着跑下舷梯,又沿着立交式通道跑去。这边的广播里也传出了《萤之光》的旋律。送别的人好奇地看着这两位跑得满脸通红的警察。

他们跑到通道拐角处，望见了已经爬上岸的宇野的身影。

"看见了！在那边！"

宇野脱掉了鞋子，正沿着混凝土堤岸跑着，身后是一连串湿漉漉的脚印。

大约三十秒后，岩村也游上岸，浑身水滴四散地追了过去。

船上的汽笛响了。耳边传来震耳欲聋的声音，昌夫不由得缩了缩脖子。紧接着又响了几声铜锣声，青函渡轮终于离港了。

昌夫和仁井跑下楼梯，再次回到青森站的月台上。隔着铁轨和铁栅栏，宇野在东侧的道路上和他们平行飞奔，速度之快，让他们大为吃惊。看来他拼尽了力气。两面夹击的计划落空了，反倒有几只海鸟莫名其妙地跟着他们飞了过来。

仁井跳下铁轨，昌夫也紧紧跟随。他们斜穿过铁轨，翻过铁栅栏，因此耽误了一点儿时间，但岩村跑到了前头。在不见其他人影的柏油路上，宇野、岩村、仁井、昌夫四个人前后排成一条线，一路狂奔。他们已经没力气再喊"站住"了，只听见"呼呼"的剧烈的喘息声在鼓膜里回荡。

几个人一路跑着，冲破北国寒冷的空气。

宇野在车站前的十字路口忽然笔直地穿过去。路口中央停着十几辆出租车，宇野毫不客气地踩着车子的发动机盖跳过去。司机一脸暴躁地下车，刚要开口骂人，一眼看见追过来的昌夫一行，知道是警察在抓人，便住了口。

宇野顾不上看交通信号，径自横穿马路。公共汽车紧急刹车，重重地按着喇叭。车站前的交警以为出了什么事，走到外面查看，但似乎没弄明白状况，只看到昌夫他们追逐的身影。

宇野又跑进一条小巷。昌夫等人紧追不舍。面前忽然人头攒动，他们怔不得不急忙停下脚步。空气中飘散着水果和蔬菜的清香，还没铺好柏油的道路两侧全是售卖食品的商店，原来是闯入了早市。

巷子尽头处传来"啊呀""危险"之类的惊呼声，是宇野在人群中横冲直撞。他躲闪着人群，像钻缝一样朝前跑去。

"警察！快躲开！躲开！"岩村喊着。这一招十分奏效，路上的行人纷纷朝路边避让，像摩西在《十诫》中劈开海水般让出了道路。他们立刻看到了宇野的背影。

岩村猛地冲刺，拉近了和宇野的距离，随即一只脚猛蹬地面，另一只脚朝宇野的腰部蹬去。两个人同时摔倒在地，又同时顺势滚进路旁的商店。店里摆放商品的柜台被撞翻，通红的苹果像雪崩似的滑落下来，滚了一地，铺满了店里的通道。

随后赶到的仁井也扑了过去，两个人一起压在宇野的身上。他们用双手按住宇野的后脑勺，怒喝："死心吧！看你还往哪儿跑！"

昌夫被满地的苹果绊了个跟头，正摔在三个人的身上。于是，四个人摞在一起，叠成了一座人山。

"岩村，把你的袜子脱下来！"仁井叫道。

"啊？"岩村气喘吁吁地问。

"这小子在咬舌头呢，赶紧脱！"

岩村恍然大悟，从人山里钻出来，脱下袜子，又把湿淋淋的袜子团成一团递给仁井。

仁井接过袜子，一把塞进宇野的嘴里。此时，宇野的嘴角已经流出血来。

"阿落，你来铐住他！"

"是！"

昌夫喘着粗气伸手在腰间摸索。他的手一直在发抖，摸了好几下才总算掏出手铐，铐在宇野的双手上。之后他便一头仰倒在地上。仁井和岩村也都躺倒在地上，累得站不起身。在这条早市小巷里，只听见昌夫他们"啊——啊——"的粗重喘息声。路过的行人渐渐围了过来，小心翼翼地窥探着动静。这时，从商店的收音机里传来了新闻广播：

"昨晚，在东京台东区円台寺的墓园中，警方在墓碑下发现了一名男童的遗体。遗体疑似十月在浅草被绑架的铃木吉夫，目前警方正在紧急确认。另外，昨天下午在指认杀人现场时逃走的宇野宽治仍在逃亡，警方正全力追捕……"

昌夫他们仰望着天空，听着收音机里的广播。宇野大概也已筋疲力尽，趴在地上一动也不动。围观的人大概做梦也不会想到，在他们眼前上演的这一幕正是小吉夫绑架案的最新剧情。

"喂，该走了！车站前好像有交警！"仁井从地上爬起来。昌夫和岩村也站起身，夹着宇野的腋下把他架起来，朝车站走去。

嘴里塞着袜子的宇野没有呻吟，也没有低头，而是慢悠悠地摇晃着脑袋，似乎在嘲笑着什么。

昌夫没有说话。他觉得心中一片空白，没有任何感情，心绪难以言表。

没有抓到凶手后的兴奋，他的脑子里只萦绕着一个念头：自己完成了任务，没有放走凶手。

醒过神来，他发现海鸟仍在头顶的天空中盘旋着。它们啾啾地鸣叫，像是在对他们说："不要走，不要走。"

忽然有个男人出现在他们面前，手撑在膝盖上，一脸痛苦的表情，嘴里"呼呼"地喘着粗气，脖子上还挂着一架照相机。原来是《中央新闻》的记者松井。昌夫早就把他忘到了九霄云外——哦，对了，他曾说过要跟踪报道。

"喂，落合警官，来……来让我拍张照片吧！"松井一边大口喘气一边竖起了食指，"就一张！"

昌夫他们毫不理会，继续朝前走。此时他们连骂人的力气都没有了。

松井端起照相机，一边后退一边按下了快门。结果，他不小心踩到了地上的苹果，摔倒在地。大概是体力已经耗尽，他虽然不甘心，却没能马上坐起身。

所有人都在粗声喘息，久久停不下来。

55

在圆台寺发现小吉夫的遗体三天后，铃木商店举行了葬礼。町井美纪子强忍着撕心裂肺的痛苦去参加了，母亲福子也去了，"要是明男没在浅草跟那个叫宇野的搭讪，事情也不会闹成这样。"她从一个莫名其妙的角度感到了自家的责任，对铃木家深表同情。

"妈，您只要低下头就行了，别说这些有的没的。"美纪子叮嘱母亲。明男本来就被怀疑教唆宇野绑架，还被检察机关传唤过，她可不想再让人产生误解。

因为明男确实从宇野那里分到了一部分赎金，所以检方没打算轻易放过他。后来经浅草警署居中调停，以东山会把从明男那儿榨取的钱还给铃木家为条件，事情才得以收场。警方发现小吉夫的遗体后，明男大受打击，彻底消沉了。

美纪子让他把招摇的黑道大背头剪掉,他居然乖乖照办。

发现小吉夫遗体的新闻震撼了全日本。人们原本存着一线希望,觉得小吉夫一定还好好地活在什么地方,但这个消息打破了他们的幻想。很多人都为事情最终演变至最坏的结果而泪流满面。首相、东京知事都发声明表示哀悼,演艺圈的艺人、职业棒球运动员乃至相扑的横纲级选手等纷纷接受媒体采访表示吊唁。美纪子也发动旅馆业协会给铃木家送去了花圈和慰问金。全日本的国民都沉浸在自己亲戚的孩子不幸夭折般的悲伤心情中。

一路逃亡、最终在青森被逮捕归案的宇野宽治坦白了一切。孩子遗体的隐藏地是他自己说出来的,警察也确实是在同一个地方找到了尸体,他自知无可抵赖,所以死了心,彻底交代了。不过,他自始至终没有表示过任何反省或道歉的意思,只是翻来覆去地说着"我也不知道事情为什么会弄成这样",那口气就像在议论别人的所作所为。

杂志、电视新闻、娱乐节目曾经围绕这个案子展开过种种推理,但当谜团最后解开,才发现杀人动机不过是因为罪犯的一时冲动:当时急于弄到钱的宇野宽治打起了绑架的算盘,又被孩子的哭声弄得心烦意乱,于是下手勒死了小孩。这种随意的犯罪冲动又引发了另一个悲剧性的话题,所有人都满怀憎恶地质问:为什么仅仅因为孩子哭泣,就会产生杀意?为什么当初会想绑架孩子?为什么宇野宽治会如此漠视生命?

或许是觉察到这种民众的情绪,报纸上开始披露宇野宽治童年时的经历。"曾被继父当作讹诈工具的遭遇是不是导致凶手养成特异人格的主要原因?"围绕这一焦点问题的报道尤其引人注目。的确,骇人听闻的惨案发生在民众的眼前,如果不明白背后的原因,民众就会更觉不安。

近田律师对媒体宣称,将申请对宇野宽治进行精神鉴定。考虑到犯人一直声称自己在杀人时丧失了记忆,这一要求算是合理。从新闻报道来看,法院很可能会同意律师的请求,对宇野进行精神鉴定;检方则坚持应对宇野判处死刑。所以案子的审判大概会拖很久。在这个漫长的过程中,铃木一家是否还将反复遭受痛苦的折磨?想到这里,美纪子心痛得难以忍受。

铃木商店腾出了一半的店面来举办葬礼,外面还设了记账、上香用的桌子来接待一般吊唁者。灵堂设在正屋,供亲友们列队祭奠。店前的马路实际上已暂时禁止通行,由街坊们负责维持秩序、指挥交通。来参加葬礼的人很多,与铃木家素不相识的人也远道而来,无论如何都要给小吉夫烧上一炷香。媒体一大早就包围了铃木家,且毫无散去的意思。

美纪子很想帮铃木家做些什么,便将记账的活儿揽过来。母亲福子也来负责接待客人,忙着为吊唁者端茶倒水。

正屋里传来僧人们的诵经声和敲击木鱼的声音,还夹杂着四处传来的啜泣声。赶来帮忙的邻居、街坊也哭红了眼睛。

后来,小吉夫班上的教师带着同班的孩子前来吊唁。看似校长和教务主任的两个人走进了正屋,担任班主任的教师和孩子们则并排站在上香台前。等候已久的媒体立刻围了上去,照相机的快门声此起彼伏地响成一片。孩子们被眼前的阵势吓坏了,像一群小羊似的呆呆地站着。

"喂,请住手!"美纪子忍无可忍地冲了过去。

"你别碍事,躲开!"一名摄影师气势汹汹地说。

"他们还是孩子,你们适可而止吧!"美纪子毫不畏惧地顶了回去。

摄影师们个个面露不满之色,但还是朝后退了大约三米。

孩子们似乎还不能理解小伙伴的死,仍是一副天真无邪的模样。男孩在追逐打闹,女孩则在互相摆弄着头发。他们不知道究竟发生了什么事,只是按照班主任的吩咐挨个儿向小吉夫的遗照合掌行礼。但是,听到班主任开始对着遗像呜咽,孩子们的表情立刻变了,纷纷求助似的抬头看着班主任。一个女孩哭起来,悲伤的情绪就像水波纹一样四散开来,引得近半数的孩子都开始抽泣。

照相机的快门声再度响成一片。美纪子说不出任何安慰之词,只是跟孩子们一起流泪。现在,全日本都在流泪吧?小孩子被杀害,这是世上最令人悲伤的事。

来吊唁的客人里还有几张熟面孔,其中一位是曾经在吉原跟美纪子打过一次照面的立木。美纪子正在诧异这位黑帮老大到此何事,却见他一脸郑重地烧了炷香,放下吊唁金便转身离去。

她还看见了落合和岩村两位刑警。岩村哭得两眼通红,他一直在铃木家蹲守,想必比其他人更伤心。

还有一个自称在铃木家当过女佣的年轻女子来访。听邻居们说,她刚巧在绑架案发生前辞掉了店里的工作,和一名调酒师私奔了。警方曾一度怀疑她就是绑匪。这位相貌朴实的姑娘淌着大滴的眼泪,与孩子的家属抱头痛哭。

就在僧人们的诵经快要结束的时候,一辆黑色皇冠汽车停在了店门前。几名穿制服的警察立即围在车子四周立正站好,司机下了车,毕恭毕敬地拉开车门,一位衣装革履的绅士从车里走了出来。

媒体一片哗然。

"总监,能请您讲几句话吗?"

"您会因为这次的案子引咎辞职吗?"

从记者的提问中,美纪子才得知此人的身份,原来是警视厅的一把手亲自前来吊唁了。

说起来,当初刚发生绑架案的时候,在电视上对绑匪喊话的就是这位警视总监。

总监没有回答记者的提问,径自走进了店中。虽然听不到里面的说话声,但想来他是在向家属进行自我介绍。负责接待的人露出不胜惶恐的表情把他迎进去。

"那人是谁?"母亲福子在一旁问。

"好像是警视总监,上过电视。"美纪子小声地说。

"他就是警视总监啊?那我有件事要去和他说说!"福子挽了挽袖子。

"您就消停消停吧!电视台的摄像机正在拍着呢!"美纪子瞪着眼拦住了母亲。

发现小吉夫的遗体后,警视总监召开了新闻发布会,详细讲述了事情的经过,包括凶手在实施绑架后不久将孩子杀害、前去收取赎金时孩子事实上已经死亡等细节。其中多少包含着为警方辩解的意思,似乎在向公众说明,孩子的死与警方的失误并无关联。

事实或许的确如此,但这并不意味着警方的失误可以因此一笔勾销。新闻媒体时至今日仍在不停地质疑警方,听说警视厅的刑事部长也因此承担了责任,已经递交辞呈。

美纪子的眼前仍时常浮现出宇野在青森被逮捕时的那张照片。在那张占据了报纸整版的照片里,宇野宽治嘴里塞着防止自杀的布,两条胳膊分别被刑警抱住,整个人像是被拖行似的往前走。这个曾与自己有过一面之缘的年轻人为什么竟会……在美纪子心中翻涌着的，与其说是对凶手的憎恨，不如说是无尽的、彻骨的哀伤。

上完香的警视总监走出店门，媒体又围了上去。就在这个当口，福子大喝一声：

"喂！你这个警察！连小孩的生命都保护不了吗？"

美纪子赶忙捂住了母亲的嘴。媒体和围观的人一起回头朝她们看过来。

警视总监刹那间脸色苍白，随即转过身，朝店内深深地弯下腰。快门声此起彼伏地响着，总监的鞠躬持续了十秒钟。

总监离去后，美纪子又开始忙于一般吊唁者的吊唁金记账、上香。前来慰问的人络绎不绝。

一个、两个、三个……美纪子对从自己面前经过的每一个人都郑重其事地低头致意。

本作初次发表于《小说新潮》二〇一六年十月号至二〇一七年九月号、二〇一七年十一月号至二〇一九年三月号。以单行本出版时，曾改名为《雾的那一边》。

本作中包含若干今天看来不甚适宜的词句和表达方式，谨为呈现故事所发生时代的背景而特意采用。

本作为虚构类作品，不涉及任何真实存在的组织或个人。特此声明。